WOLFGANG WESTPHAL

Spätes Gewissen

TÖDLICHE VERGANGENHEIT Die Mauer ist offen. Nach 30 Jahren kehrt Paul in seine Heimatstadt nahe der Ostsee zurück. Dort der Schock: Sein Jugendfreund Karl, zu dem er seit der Flucht aus der DDR fast keinen Kontakt mehr hatte, ist tot. Angeblich hat er sich umgebracht, doch daran glaubt Paul nicht. Noch weniger, als er erfährt, dass Karl Zeuge eines Mordes wurde. Er will unbedingt herausfinden, was damals geschah. Je tiefer er gräbt, desto gefährlicher wird es. Weitere Verbrechen kommen zum Vorschein. Paul wird davor gewarnt weiter zu recherchieren, da die alten Stasiseilschaften immer noch äußerst aktiv sind. Aber er lässt nicht locker und bringt sich dadurch in Lebensgefahr. Viel zu spät begreift er, dass er vom Jäger zum Gejagten geworden ist.

Dr. Wolfgang Westphal wurde 1944 in Schwerin/Mecklenburg geboren. Nach einer dramatischen Flucht aus der DDR machte er sein Abitur und studierte anschließend Medizin in Frankfurt, Kiel, Bonn und Münster. Auf verschiedene Stationen als Assistenz- beziehungsweise Stationsarzt folgte 1976 die Niederlassung als Allgemeinmediziner. Der Autor hat bislang zwei Thriller und einige Kurzgeschichten veröffentlicht und ist Mitglied im Verein »Gegen Vergessen – Für Demokratie e. V.«.

WOLFGANG WESTPHAL
Spätes Gewissen
Kriminalroman

GMEINER SPANNUNG

Personen und Handlung sind frei erfunden.
Ähnlichkeiten mit lebenden oder toten Personen
sind rein zufällig und nicht beabsichtigt.

Besuchen Sie uns im Internet:
www.gmeiner-verlag.de

Im Ehnried 5, 88605 Meßkirch
Telefon 07575/2095-0
info@gmeiner-verlag.de

1. Auflage 2017

Lektorat: Claudia Senghaas, Kirchardt
Herstellung: Mirjam Hecht
Umschlaggestaltung: U.O.R.G. Lutz Eberle, Stuttgart
unter Verwendung eines Fotos von: © ullstein bild – Chybiak
Druck: CPI books GmbH, Leck
Printed in Germany
ISBN 978-3-8392-2077-1

»Gefährlich ist's, den Leu zu wecken, verderblich ist des Tigers Zahn, jedoch der schrecklichste der Schrecken, das ist der Mensch in seinem Wahn.«

Friedrich Schiller, Das Lied von der Glocke

KAPITEL 1

Schönow, in der Nähe von Berlin, Mitte der 70er-Jahre

Für einen zufälligen Betrachter ein anmutiges Bild.

Eine hübsche junge Frau, Julia Kundrow, fährt mit einem blauen Damenfahrrad des VEB MIFA, aus Schönow kommend, auf der Zepernicker Straße in östlicher Richtung. Bekleidet ist sie mit einem bunten Sommerrock und einem weißen Nicki. Sie biegt auf der Schönwalder Chaussee Richtung Norden ab, und unser fiktiver Beobachter nimmt vielleicht an, dass sie zum Schwimmen fährt, denn in ihrer Fahrtrichtung liegt der dafür sehr gut geeignete Gorinsee.

Aber mit der Erwartung eines erfrischenden Sprungs in das Gewässer hat ihr Ausflug nichts zu tun, und bei genauerer Beobachtung hätte man das auch erkennen können, denn zu Beginn der Fahrt dreht sie sich mehrmals nervös um, als hätte sie Sorge, dass ihr jemand folgt.

In Wahrheit fährt sie zu einem Rendezvous.

Nein, das Wort passt nicht, denn es könnte eine falsche Assoziation auslösen.

›Erzwungene Verabredung zum Zweck intimer und perfider Handlungen‹ ist mit dem, was bald folgen wird, korrekter beschrieben.

Auch das Wetter ist für ein romantisches Stelldichein nicht geeignet. Der Himmel präsentiert sich grau in grau, und für den Sommermonat Juli ist es viel zu kalt.

Diese Gegebenheiten sind für den Initiator des Treffens allerdings bedeutungslos, setzt er doch völlig andere Prioritäten. Er liebt, wahrscheinlich berufsbedingt, das Konspirative, und wegen seines Charakters erregt es ihn, nicht nur

Macht zu haben, sondern diese auch auszunutzen. Menschen nach Belieben zu manipulieren, ja zu indoktrinieren, verschafft ihm eine tiefe Befriedigung. Sein Schema ist simpel: Eine weibliche Person wird von der Staatssicherheit beschuldigt, ein Gesetz der DDR verletzt zu haben, und kommt in Haft. Durch den Vorwurf, eine verachtenswerte antisozialistische Gesinnung zu besitzen (die Gesinnung ist ihm sch…egal), hat der Mann in seiner Funktion als Untersuchungsführer die uneingeschränkte Macht zu drohen, zu erpressen, zu demütigen, zu beleidigen, zu schlagen und zu erniedrigen. Ganz zum Schluss, wenn die Ausweglosigkeit dem Opfer unumkehrbar bewusst, es der Verzweiflung nahe ist, zaubert er einen Strohhalm aus dem Hut, hält ihn hin, zieht ihn zurück, um ihn wieder hinzuhalten. Dabei zeigt er Mitgefühl, deutet Milde an, täuscht Gewissensbisse dem Gesetz gegenüber vor (welches ihm ebenfalls gleichgültig ist) und präsentiert am Ende einen Ausweg zu anscheinend harmlosen, tatsächlich aber unsäglichen Bedingungen. Dass dieser nur ein Trugschluss ist, weiß nur er, und sein obsessives Lustempfinden steigert sich schier ins Unermessliche, wenn er am Ende im Gesicht seines Opfers entdeckt, dass es begriffen hat, dass alles nur eine Schimäre war. Aber es ist zu spät, und nun folgt das von ihm in jeder Einzelheit geplante schreckliche Finale.

Dieser Mann geht bei seinem Tun so gut wie kein Risiko ein, stehen ihm doch alle Machtmittel zur Verfügung, die geeignet sind, Wahrheiten zu verdrehen, zu verfälschen, zu manipulieren, ja sie einfach zu ignorieren.

Seine Vorgesetzten billigen sein abscheuliches Verhalten, glauben sie doch, dass dieses nur einem einzigen Zweck dient: der Idee des Sozialismus zum Sieg zu verhelfen. Niemand aus seinem Umfeld wäre je auf den Gedanken gekommen, an seiner unerschütterlichen Systemtreue zu zweifeln. Seine eigene Gewissheit ist allerdings eine andere: Nicht ich bin für diesen

Staat geboren und lebe für die Idee, sondern es ist eher umgekehrt. Aber diese Tatsache behalte ich besser für mich.

*

Bald ist Julia ganz von Wald umgeben. Das satte Grün der Buchen, der gelegentlich in prächtigem Rot leuchtende Fingerhut an den Böschungen und baumfreien Arealen wird genauso wenig von ihr registriert wie das heftige auf- und abschwellende Geräusch des Windes.

Ein Auto mit knatterndem Zweitaktmotor nähert sich aus der Ferne, überholt, was bei ihr Erschrecken, ja beinahe Panik auslöst, hat sie doch die Befürchtung, dass der Fahrer vielleicht ein Bekannter aus Schönow ist, der, einer Eingebung nachkommend, anhalten und sie nach dem Ziel ihrer Tour fragen könnte.

Aber das beigefarbene Modell sozialistischer Autobaukunst (eine zwölf Jahre alte Rennpappe) bringt sie nicht in Verlegenheit, sondern fährt mit hoher Drehzahl vorüber, eine blaugraue stinkende Wolke verbrannten Öls hinter sich herziehend.

*

»Du fährst die Straße entlang, immer geradeaus«, hatte ihr ehemaliger Untersuchungsführer einen Tag zuvor zu Julia am Telefon gesagt (während er wollüstig und böse lächelte) und mit eindringlicher Stimme angefügt: »*Ich* finde dich, nicht du mich, kapiert?« Und weiter, warnend: »Denk immer daran: Ein unbedachtes Wort zu irgendjemandem, und du befindest dich wieder dort, wo du gerade hergekommen bist. Und du kannst mir glauben: Dieses Mal würdest du von mir nicht noch einmal mit Nachsicht behandelt werden. Die U-Boot-Zellen im Keller kennst du bis jetzt nur vom Hörensagen. Für dein renitentes Verhalten hättest du sie mehr als einmal verdient gehabt. Eine Woche in der Isolation, ohne Licht, ohne Fenster, ohne Stuhl, Liege und Zudecke, ohne ein gesprochenes Wort in den vier Quadratmetern mit dem harten, unebenen und glitschigen Steinfußboden und der kalten modrigen Feuchtigkeit hat schon viele überzeugt. Nach einigen Tagen hättest du die Möglichkeit, unterschreiben zu dürfen, in einem völlig anderen Licht gesehen. Freilich mit dem Pferdefuß, dass deine Unterschrift dann mit einigen zusätzlichen Jährchen belohnt worden wäre. Ob du diese unbeschadet überstehen würdest – wer weiß das schon. Und was in der Zwischenzeit mit deiner Familie, vor allen Dingen mit Robert und Edith, passiert, darüber will ich gar nicht erst spekulieren.«

Julia hatte seine Drohungen ernst genommen, sich an die Vorgaben gehalten.

Na ja, vielleicht nicht ganz, aber so gut wie. Kein Wort sprach sie innerhalb ihrer Familie. Keinen Satz zu den Arbeitskollegen im VEB Kombinat Plaste Bernau, die Stelle, die sie nach ihrer vorzeitigen Entlassung hatte antreten müssen und in der ihre Aufgabe darin bestand, unterschiedlich große Haushaltsschüsseln in unterschiedlich große Pappkartons zu packen. Selbstverständlich sprach sie auch nicht mit Nachbarn und Freunden, denn überall in dem Arbeiter- und Bauernstaat gab es lauschende Ohren. Speziell nach dem Mauerbau trugen diese so gut wie alles weiter, war es auch noch so harmlos.

Also kein Wort, keine Geste, nichts.

Eine Ausnahme gab es dennoch, und die war eher ungewollt.

In dem kleinen Städtchen Schönow lebte eine alleinstehende Dame, die man durchaus, ohne etwas Ehrenrühriges zu sagen, mit der Vokabel »seltsam« charakterisieren konnte. Sie war im Jahre 1950 plötzlich aufgetaucht und einfach geblieben. Niemand wusste, woher sie kam, ja niemand konnte überhaupt etwas Definitives über sie berichten. Thorn (Westpreußen, heute Torun) war ihr Geburtsort, zumindest stand das in ihrem Personalausweis. Diese Tatsache war den Kleinstadtbewohnern nur deshalb bekannt geworden, weil die Schreibkraft im Stadtamt geschwätzig war.

Ida Sagasser hieß diese absonderliche Frau, die immer in Schwarz gekleidet ging. Keiner wusste, ob sie eine Familie besaß, welchem Beruf sie früher einmal nachgegangen war, ja ob sie überhaupt einen gehabt hatte. Auch Freunde schien sie nicht ihr Eigen zu nennen, jedenfalls war darüber nichts bekannt.

Als bald nach ihrem Auftauchen zufällig für die Leihbibliothek eine Leiterin gesucht wurde, meldete sie sich, und da niemand anderer diese Stelle reklamierte, bekam sie sie zugewiesen.

Frau Sagasser erledigte ihre Tätigkeit nicht nur gut, sondern sehr gut. Akribisch führte sie die Verleihlisten, sorgte dafür, dass immer alles zurück in die Regale kam, auch wenn sie von manchen Kunden die ausgeliehenen Bücher persönlich abholen musste, was sie aber nicht zu stören schien.

Ihre von den Leuten belächelte Schrulligkeit hatte noch einen weiteren Effekt: Sie führte dazu, dass die Bücherei weitgehend frei von staatlicher Einflussnahme blieb, was sich in der Vielfalt des Bücherrepertoires niederschlug, die nicht nur, wie sonst so häufig im sozialistischen Deutschland, hauptsächlich aus sowjetischer Heldenliteratur bestand.

Julia war ein regelmäßiger Kunde in diesem Bücherladen, und es wäre ihr nie eingefallen, ein ausgeliehenes Buch verspätet zurückzubringen. Sogar nach ihrer Freilassung aus dem Gefängnis der Staatssicherheit in Hohenschönhausen ging sie umgehend dorthin, um sich wegen der schon lange abgelaufenen Ausleihzeit für die letzten zwei Bücher zu entschuldigen. Frau Sagasser reagierte auf die Entschuldigung mit einem wissenden Blick, und es entwickelte sich ein kurzer Dialog, über dessen Inhalt Julia erst einmal furchtbar erschrocken war, weil auf solche Äußerungen, wie die Bibliothekarin sie von sich gab, zumindest dann, wenn diese öffentlich geworden wären, zehn Jahre Stasi-Knast gestanden hätten.

»An dem Ort, wo man Sie eingekerkert hatte, Frau Kundrow, haben die Russen meinen Vater nach dem Krieg verrecken lassen, obwohl er während der Zeit des böhmischen Gefreiten Sozialdemokrat und Widerstandskämpfer gewesen war.«

»Das tut mir sehr leid«, hatte Julia flüsternd geantwortet, während sie ängstlich durch das Fenster nach draußen schaute, als hätte sie Sorge, dass von der Straße her ein Fremder der Unterhaltung folgt.

Frau Sagasser bedankte sich für Julias Mitgefühl, schien aber mit ihren Gedanken nicht in der Gegenwart zu sein, denn ihr Blick war nach innen gerichtet, als sie fortfuhr:

»Nach seinem Tode habe ich nie mehr die Kraft gefunden, einen Menschen für mich zu suchen, denn noch einmal zu verlieren, was man liebt, hätte ich nicht durchgestanden.«

»Das kann ich gut verstehen«, antwortete Julia einfühlsam, aber auch zögerlich, denn sie wollte das gefährliche Gespräch beenden.

»Heute gibt es an diesem grauenhaften Ort zwar neue Uniformen, aber ihre Träger sind in Wahrheit dieselben«, dozierte Frau Sagasser weiter. »Solche Männer sind auf der ganzen Welt Brüder im Geiste. Sie waren es gestern, sie sind es heute und sie werden es morgen sein, allen Beteuerungen zum Trotz. Auch wenn ihre Motive unterschiedlich scheinen, sie sind es nicht. Ich werde Sie, Frau Kundrow, in mein Gebet einschließen, denn mehr als beten kann ich für Sie nicht tun, auch wenn ich es gerne möchte.«

Bitte, Frau Sagasser, hören Sie auf! Sie würden einen Aufenthalt in Hohenschönhausen nicht überstehen, schoss es Julia durch den Kopf.

»Haben Sie keine Angst, dass man Sie abholt«, fragte sie stattdessen, »wenn Sie solche gefährlichen Sätze zu einer Fremden sagen?«

Julia blickte sich noch einmal argwöhnisch um.

»Nein, die habe ich nicht mehr«, entgegnete Frau Sagasser selbstbewusst und schaute Julia in die Augen. »Meine Angst war verschwunden, als ich erkannte, dass ich durch das Alleinsein frei von Verantwortung bin. Wenn ich wüsste, dass es morgen vorbei ist, könnte ich trotzdem meine letzte Nacht gut schlafen. Ich bin vorbereitet, und hinter irgendwelche Mauern bekommt mich niemand.«

Warum Julia dann am Tag vor dem erzwungenen Treffen noch einmal in die Bibliothek ging, hätte sie nicht sagen können. Vielleicht wollte sie nur, dass überhaupt jemand davon erfuhr. Vielleicht war es aber auch eine letzte verzweifelte Geste des Widerstands gegen ihren Peiniger.

Sie gab die ausgeliehenen Bücher zurück. Dann, als ihre Hand die Türklinke schon berührte, drehte sie sich noch einmal um.

»Morgen muss ich zu einer Verabredung«, sagte sie flüsternd, während sie ihren Blick nicht auf die Bibliothekarin, sondern auf ein neben der Ausgangstür stehendes Bücherregal richtete. »Besser gesagt, ich muss zu einem unsittlichen Treffen mit meinem Untersuchungsführer. Er hat mich in den Wald nahe des Sees befohlen. Dann ist meine Schuld beglichen. Das hat er mir versichert. Nur ein einziges Mal, und ich bin frei. Wenn danach aller Schmutz abgewaschen ist, haben wir, mein Mann, meine Kinder und ich, wieder eine Zukunft.«

Frau Sagasser antwortete, ohne von Julias Worten überrascht zu sein. Während sie sprach, legte sie ihre schmale Hand behutsam auf ihren Handrücken, der sich immer noch auf der Klinke befand.

»Bitte, Frau Kundrow! Sie dürfen den Zusicherungen dieses

Mannes keinen Glauben schenken. Gehen Sie nicht dorthin! Ihre Verabredung ist ein Treffen mit dem Teufel. Ein Teufel in Gestalt eines Menschen. Derjenige, der solch einer Kreatur vertraut, kann nur verlieren. Entweder seine Seele oder sein Leben. Vielleicht aber auch beides.«

Sekunden später, als Julia die auf dem Handrücken liegende Hand wegen ihrer Torheit, die sie glaubte, begangen zu haben, abgeschüttelt hatte und auf die Straße geflüchtet war, rief die Bibliothekarin ihr hinterher: »Mein Kind, die Schlimmsten sind die, die Freiheit versprechen, aber etwas völlig anderes im Sinn haben. Solchen Lügnern ist die Bedeutung dieses wunderbaren Wortes gleichgültig. Lassen Sie sich nicht darauf ein. Haben Sie den Mut, Nein zu sagen.«

Ein älterer Mann, der in dem Moment vorüberging und die Worte wohl gehört hatte, wandte rasch seinen Kopf ab, als hätte er Sorge, Zeuge eines Vorfalls zu werden, der keiner Zeugen bedurfte.

Am selben Abend, als sich Julia dann am ganzen Körper rasierte, war ihr Ehemann Gerhard, der sehr unter den Ereignissen der letzten Monate gelitten hatte, zufällig ins Bad gekommen. Er sah, was er auf keinen Fall sehen sollte. Julia schaute ihn bestürzt an. Für einen Moment glaubte sie den Mut aufzubringen, ihn anzuflehen: »Gerhard, hilf mir«, wollte sie nicht nur rufen, sondern schreien: »Gerhard, nimm mich in deine Arme, beschütze mich! Beschütze mich und deine Kinder, so wie du es bei unserer Eheschließung geschworen hast. Siehst du nicht, dass deine Frau gezwungen wird, sich einem anderen hinzugeben? Siehst du nicht die Qual in ihren Augen, in ihrer Seele. Gerhard, hilf mir … hilf uns!«

Aber statt des Hilferufs blaffte sie ihn an: »Was willst du hier, merkst du nicht, dass du störst?«

Gerhard konnte ihre Worte nicht deuten. Und um die sowieso schon schwierige Situation nicht weiter zu komplizieren, tat er, als hätte er weder etwas gesehen noch etwas gehört, und zog sich mit einer Entschuldigungsfloskel zurück.

Julia setzte sich, als er das Bad verlassen hatte, auf die Toilettenbrille, schlug ihre Hände vor das Gesicht und weinte hemmungslos. Sie weinte so heftig, dass sie überzeugt war, dass er dieses hören musste und zurückkommen würde, was aber nicht passierte.

Gerhard setzte sich stattdessen vor den Fernseher. Er überlegte, warum sie sich rasierte, und konnte keine Antwort finden. Ihre schreckhaft aufgerissenen Augen gingen ihm nicht aus dem Kopf, und tief in seinem Inneren spürte er eine riesige Bedrohung.

Geh zurück, sprich mit Julia, fordere sie auf, sich zu erklären. Gerhard, sei nicht so feige. Julia ist seit Hohenschönhausen nicht mehr sie selbst. Frag sie, was passiert ist, lass nicht alles den Bach hinuntergehen!

Aber er fand nicht die Kraft, seinen Gedanken die Tat folgen zu lassen. Stattdessen saß er in seinem Sessel, darauf hoffend, dass sie kommen, dass sie ihn bitten würde, mit ihm zusammen ins Bett zu gehen.

Nichts geschah.

Als Gerhard später ins Schlafzimmer kam, hatte sich Julia schon in ihre Decke eingerollt und von ihm abgewandt.

Noch einen Tag vor ihrer Entlassung hatte sie mit Abscheu zu ihrem Untersuchungsführer gesagt: »Ich verweigere mich nicht einem Treffen mit Ihnen, aber ich werde mir auf keinen Fall meine Haare abrasieren. Lieber bringe ich mich um!«

»Das mit dem Umbringen ist nicht so einfach, wie du glaubst«, hatte der Major lächelnd geantwortet. »Wenn du das wirklich vorhast, solltest du damit noch warten. Ich kann dir später einen guten Tipp geben, denn ich bin auch ein Spezialist auf diesem Gebiet. Aber denk noch mal drüber nach. Ich jedenfalls freue mich auf unser Wiedersehen. Du und ich, ein einziges Mal ungestört in freier Natur. Mehr verlange ich nicht. Du freust dich doch auch, dass du für so wenig Einsatz so viel Gewinn bekommst, nicht wahr?«

Als Julia damals nicht gleich antwortete, wiederholte er den letzten Satz in dem Tonfall, den sie in den zurückliegenden Monaten fürchten gelernt hatte, und sie wusste, dass seine Macht über sie mit dem Tag ihrer Entlassung nicht geringer, sondern größer werden würde. Größer aber nur bis zu dem Punkt, der für sie auf der einen Seite eine ungeheure Schmach, auf der anderen Seite aber auch einen beispiellosen Sieg bedeuten würde.

Dann bin ich frei, und er kann mir nichts mehr tun, ohne sich selbst zu desavouieren, also ist Verweigerung keine Option.

»Ich freue mich«, hatte Julia schnell gemurmelt.

»Das solltest du auch«, entgegnete er kalt. »Deine Kinder werden dir später dankbar sein. Und Gerhard. Der ganz besonders. Mir sind in letzter Zeit einige Bemerkungen von ihm zu Ohren gekommen. Eindeutig staatsfeindlich. Der SED-Parteisekretär in eurem Kaff ist auch nicht gut auf ihn zu sprechen. Wenn jetzt noch eine Kleinigkeit hinzukommt, dann sieht es für deine Familie gar nicht gut aus. Und du glaubst ja gar nicht, Julia, was bei einer Wohnungsdurchsuchung alles so gefunden werden kann.«

Seine Drohung hatte Wirkung gezeigt. Julia war überzeugt, dass ihre ganze Familie zerstört werden würde, sollte auch Gerhard verhaftet werden.

Dann war der Tag da.

Am Morgen lief bei der Familie Kundrow alles seinen gewohnten Gang. Edith kam in den Hort, Robert in die Schule, und Gerhard fuhr in seine HO-Filiale. Auch Julia stieg in den Bus, um zu ihrer Arbeitsstelle zu gelangen.

Dann aber, kurz bevor das Fahrzeug das Fabrikgelände erreichte, bat sie eine Bekannte, sie zu entschuldigen, da sie heftige Regelschmerzen hätte, und fuhr nach Schönow zurück.

Zu Hause angekommen, legte sie sich ins Bett, zog die Decke über den Kopf und betete, dass irgendetwas passieren möge. Was, das wusste sie nicht.

Als sie dann einsah, dass nichts passieren würde, ließ sie ihren Tränen erneut freien Lauf.

Es wurde ein Uhr, später halb zwei und dann zwei.

Plötzlich war es, als wäre sie ein fremdgesteuerter Roboter, denn wie eine Marionette erhob sie sich, ging ins Bad und dort unter die Dusche, seifte sich ein, wusch sich minutenlang mit heißem Wasser, so, als ob es möglich sei, prophylaktisch Schmutz und Ekel abzuwaschen.

Sie zog alte Unterwäsche an, wohl wissend, dass das nichts verhindern würde, und griff zu ihrem bunten unmodern gewordenen Rock und zu dem hellen verwaschenen Pullover.

*

Julia schaute dem sich schnell entfernenden Trabant mit seiner bläulichen Motorenölwolke nach.

Frau Sagassers Worte kamen ihr in den Sinn. Auf der einen Seite hat sie recht. Mit dem Teufel trifft man keine Absprachen. Auf der anderen aber auch unrecht, denn so schlimm mein ehemaliger Untersuchungsführer auch sein mag, ein Teufel ist er nicht, sondern nur ein boshafter Mann, der seinen Trieben folgt. Aber das macht ihn auch verwundbar. Ab morgen habe *ich* ihn in der Hand, denn was heute geschehen wird, ist für ihn in höchstem Maße riskant, wenn jemand davon erfährt.

Verdammt, wo bleibt er? Ich will es hinter mich bringen! Nur noch ein halber Kilometer, dann ist das Waldgebiet zu Ende. Habe ich ihn verpasst? Habe ich mich in der Zeit geirrt?

Seine Drohung kreiste unaufhörlich in ihrem Kopf, der Körper verspannte sich, und ihr Mund wurde trocken.

Irgendwo muss doch sein Wartburg stehen, irgendwo hier am Straßenrand. Ist er verhindert? Ist er krank geworden? Hat er gar einen Unfall gehabt? Ein ungestörtes Treffen hat er gesagt.

Julia, dir steht nur eine einzige schreckliche Erniedrigung bevor! Wie viele Frauen auf der Welt sind in den Jahrhunderten auf diese Weise erniedrigt worden! Die meisten haben es überstanden. Auch ich werde es überstehen. Nur noch knapp 300 Meter!

Unvermutet fühlte sie etwas Neues. Etwas zwischen leiser Hoffnung und aufkommender Freude. Etwas, an das sie überhaupt noch nicht gedacht hatte: die Möglichkeit, dass das Treffen nicht an ihr, sondern an ihm scheitern könnte.

Sich dieses klarmachend trat sie mit all ihrer Kraft in die Pedale, und mit jedem Meter wuchs ihre Zuversicht.

Nur noch die leichte Rechtskurve da vorne, dann ist es geschafft! Den Rückweg machst du über den Schleichweg, um ihm nicht doch noch zu begegnen. Du hast dann getan, was er gewollt hat. Mehr kann er nicht verlangen, und mehr wird er nicht bekommen! Schau, dort ist schon das Ende des Waldes, und weit und breit kein Wartburg. Noch 150 Meter.

KAPITEL 2

Plötzlich zerplatzte Julias Illusion wie eine bunt schillernde Seifenblase.

Wie ein böser Zauberer stand der Major jäh auf der Straße. So, als wäre er aus dem Nichts erschienen. Ein gefährlicher

Geist aus einer Flasche, die zuvor harmlos am Wegesrand gelegen hatte.

Julias ganzer Mut war nun nötig, nicht kehrtzumachen, nicht dem Fluchtreflex nachzugeben, den sie umgehend verspürte, oder gar zu versuchen, in schneller Fahrt an ihm vorbeizukommen, wusste sie doch, dass dieses eine Katastrophe nach sich ziehen würde.

Der Major breitete seine Arme aus, als wolle er sie mit Herzlichkeit begrüßen, und grinste dabei sein ihr bekanntes gemeines Grinsen.

Als sie nahe herangekommen war, schaute er sie durchdringend und lauernd an, als würde er auf den Fluchtversuch warten oder ihn gar erhoffen. Als sie aber nichts unternahm, deutete er mit einer kurzen herrischen Geste nach links auf einen schmalen Waldweg.

Ein jäher Schwindel löste bei ihr die Erinnerung an den seinerzeit erlittenen Kollaps aus, als sie nach Schlägen eines Unteroffiziers zusammengebrochen war und für einen kurzen Moment geglaubt hatte, alles hinter sich gelassen zu haben. Aber das Aufschlagen ihres Kopfes an dem Türsockel und die Platzwunde mit dem herausströmenden Blut, das ihr in Ohr und Nase lief, hatte Julia damals die Hoffnung genommen, dem unerträglich gewordenen Elend zu entkommen. Bei dem nachfolgenden Verhör hatte der Major, dem diese Begebenheit berichtet worden war, ihr unmissverständlich klargemacht, dass sie unmöglich Herr über Leben und Tod ihrer eigenen Person sein könne. Herr über ihr Leben und damit auch über ihren Tod waren die Partei, der Staat, die Staatssicherheit und in der letzten und wichtigsten Instanz er selbst.

Heute war ihr Schwindel flüchtig, blieb der Kollaps aus. Die Überzeugung, dass die Dusche den ganzen Schmutz nebst der Sekrete dieses perversen Mannes wegwaschen würde, ließ sie bei Bewusstsein bleiben.

Julia bremste, lächelte verkrampft, stieg ab und schob das Rad langsam und mit staksigen Schritten in Richtung des ihr gewiesenen Wegs.

Wo ist der Wagen, er muss doch hier irgendwo stehen?

»Wo haben Sie denn Ihr Auto?«, fragte sie wie nebenbei, hoffend, dass er diese Frage als reine Neugier und nicht als das bewerten würde, was sie tatsächlich war: die Angst, dass er intensivere Vorbereitungen getroffen haben könnte für das, was folgen sollte.

Aber wenn der Major eines nicht war, dann war es sensibel, und deshalb machte er sich um den Sinn solch einer Frage auch keine Gedanken.

»Dahinten«, antwortete er unpräzise, während er seine Handschuhe auszog.

Mit den wulstigen blassrosa Fingern, auf denen viele rötlichen Borstenhaare wuchsen, deutete er ins Unbestimmte.

Genau diese Finger hatten bei Julia schon bei deren erstmaligem Anblick Ekel ausgelöst, weil sie sie an fette gepökelte Eisbeinstückchen erinnerten.

»Schieb dein Rad dort hinten in das Gebüsch. Wir brauchen keine Spanner. Außerdem bist du zu spät!«

»Entschuldigung. Ich … ich konnte nicht schneller.«

»Warum nicht?«

»Ich kam nicht unbemerkt von zu Hause fort, weil unsere Nachbarn etwas von einem Hänger abgeladen haben. Sie hatten doch gesagt, dass niemand etwas merken darf.«

»Ich verlange, dass du so etwas einkalkulierst!«

»Aber Sie hatten doch gesagt …«

»Nicht frech werden, kapiert? Ich weiß, was ich gesagt habe.«

»Ja gut, aber …«

Eine kurze Bewegung, und sein rechter Handrücken traf mit einem scharfen Geräusch Julias Wange. Ihr Kopf wurde zurückgeschleudert, und sie fiel auf den Rücken. Nach einem Moment der Bestürzung rappelte sie sich hoch und wich angstvoll zurück, als er sich anschickte, auf sie zuzukommen.

Aber er kam nicht, sondern blieb stehen, blickte auf die Stelle seiner Hand, mit der er Julia getroffen hatte, spitzte seinen Mund und pustete mit leidender Gesichtsmimik Luft auf die leichte Rötung, die sich inzwischen dort gebildet hatte, und blaffte sie an:

»Bist du so blöd oder tust du nur so? Du bist schuldig. Die Straftatbestände der feindlichen Hetze, der Verunglimpfung von Staat und Partei sind bewiesen, und der Vorwurf einer Agententätigkeit ist nicht entkräftet. Du bist nur deshalb hier, weil *ich* dir diese Chance gebe. Also überzeuge mich! Sonst geht der zweite Beweisordner an die Staatsanwaltschaft. Du kannst mir heute zeigen, dass dein Patriotismus und deine Liebe zur Arbeiterklasse wahrhaftig und nicht vorgetäuscht sind.«

Du verdammter heuchlerischer Schweinehund!

Julia schaute den Major nicht an. In ihrem Inneren arbeitete es, und sie konnte nicht erkennen, ob dieser Mann selbst glaubte, was er sagte, oder ob es ihm einfach nur Spaß machte, sie mit Phrasen zu provozieren.

Und schon fuhr er fort: »Verschwende diese Gelegenheit nicht, indem du dir Freiheiten herausnimmst, die dir nicht zustehen. Ich habe mehr verschwiegen, als ich durfte. Aber nichts ist vergessen. Kommen die Dinge zum Vorschein, weißt du selbst, was passieren wird! Und du willst doch nicht wieder zurück nach Hohenschönhausen. Oder …?«

»Nein, bitte …«

Ihr Inneres krampfte sich zusammen.

»Mach dir klar, dass ich meine Karriere für dich riskiere. Etwas Dankbarkeit solltest du schon zeigen!«

Plötzlich aufkommender Zorn über seine unerträgliche und

selbstherrliche Verlogenheit ließ sie ihren Vorsatz, sich durch nichts provozieren zu lassen, für einen Augenblick vergessen.

»Ich bin gerührt! Ich habe gar nicht gewusst, dass Sie so ein mutiger Mann sind. Einer, der Vorschriften missachtet, nur um einer armen Fehlgeleiteten zu helfen. Aber die Wahrheit ist eine andere. Es hat Ihnen Spaß gemacht, mich zu schikanieren. Ihnen geht es doch gar nicht um die sozialistische Idee. Zu demütigen und zu erniedrigen, das gefällt Ihnen, daran ziehen Sie sich hoch! Der Sozialismus spielt dabei nicht …«

Jäh stoppte Julia ihre Rede.

Jetzt schlägt er mich tot!

Mit offenem Mund starrte der Stasi-Mann sie an. Man sah, dass er nicht glauben konnte, was er soeben vernommen hatte, und hektische rote Flecken zeigten sich auf seinem ansonsten blassen Gesicht.

Julia wich zurück, denn sie erwartete, dass er nun auf sie losgehen würde.

Aber nichts passierte. Die Flecken verschwanden und auch sein starrer Gesichtsausdruck.

»Sehr interessant, deine Ansichten«, sagte er beinahe freundlich. »Fahr fort! Es gehört Mut dazu, so offen seine Meinung zu sagen.«

»Finden Sie?«

»Ja, das finde ich wirklich.«

Beinahe wäre Julia wieder in die Falle getappt. Schon wollte sie ihrem Herzen weiter Luft machen, als sie auf seine spitze farblose Zunge schaute, die sich in diesem Moment mit hoher Frequenz zwischen den schmalen Lippen hin und her bewegte.

Also schwieg sie.

»Keine weiteren Vorwürfe?«, fragte er verdächtig leise nach einer Weile.

»Nein.«

Er trat nun doch einen Schritt auf sie zu.

Julia bewegte sich um dieselbe Distanz zurück und versuchte sich zu schützen, indem sie den Unterarm vor ihr Gesicht hielt.

Er grinste nur.

»Morgen werde ich mich doch noch einmal mit deinem Umfeld und mit deinem Mann beschäftigen«, sagte er stattdessen. »Ich vermute, dass dort die Ursache deiner penetranten Renitenz liegt.«

Julia wusste, dass sie überzogen hatte.

Genau dahin wollte er mich bringen, und ich habe es wieder nicht gemerkt.

»Nein, bitte nicht! Nicht zu Hause! Gerhard hat sich wirklich nichts zuschulden kommen lassen.«

»Na gut. Dann werde ich mich mit Robert unterhalten. Er ist alt genug, um uns sagen zu können, was sein Vater alles so macht. Robert weiß sicher, was für einen Radiosender ihr hört, wohin eure Fernsehantenne ausgerichtet ist. Kinder wissen unheimlich viel. Beinahe alles.«

»So etwas wagen nicht einmal Sie, ein Kind einem Verhör zu unterziehen«, entgegnete Julia.

»Mach dich nicht lächerlich. Kinder sind wunderbare Zeugen. Sie sind ehrlich und sehr glaubwürdig, wenn man es richtig angeht.«

»Nein, das glaube ich nicht, dass das MfS Kinder für seine Zwecke benutzt.«

Julia spürte ihr Herz hoch im Halse klopfen.

»Der beste Freund deines Sohnes ist doch dieser Hermann.«

»Ja, was ist mit ihm?«

»Mit Hermann? Nichts. Nur, dass er vor Mitschülern ein paar Sachen erzählt hat, die er nur aus dem Westfernsehen haben konnte. Als er eingesehen hatte, dass seine Eltern durch seine Aussage in Schwierigkeiten waren, wurde er ungemein kooperativ. Und weißt du, was er erzählt hat?«

Hermann, diese kleine Ratte, hat gepetzt!

Julia wusste, dass sie sich in der Falle befand, trotzdem sagte sie:

»Sie wollen mir nur Angst einjagen.«

»Dein Sohn Robert besitzt Schundhefte aus dem Westen. Sie befinden sich unter einer Holzdiele in seinem Zimmer. Dass das Hetzschriften sind, weißt sogar du. Wir werden Gerhard bis zur Klärung dieses Sachverhalts in Haft nehmen müssen. Deine Kinder können dann unmöglich in ihrem Umfeld bleiben, ist doch bewiesen, dass sie permanent staatsfeindlicher Propaganda ausgesetzt wurden. Das siehst du doch ein.«

»Ich weiß von keinen Schundheften. Mein Sohn besitzt so etwas nicht.«

Verflucht, ich muss die Dinger irgendwie wegbringen!

»Lüg nicht schon wieder. Es sind Akim- und Sigurdhefte. Wir werden nachher zusammen nachschauen. Das Versteck ist direkt an der Wand, dort, wo der rote Sessel steht.«

»Das ist doch lächerlich. Solche Heftchen sind absolut harmlos. Da kämpft das Gute gegen das Böse, und das Gute gewinnt. Alle Jungs lesen so etwas gerne! Das hat doch nichts mit antisozialistischer oder staatsfeindlicher Propaganda zu tun!«

»Doch, das hat es. So etwas ist schleichendes Gift. Es bereitet den Boden für Rowdytum und Verbrechen. Und gerade hast du zugegeben, davon gewusst zu haben.«

»Nein … ja … Bitte zerstören Sie nicht meine Familie! Bitte!«

»Gut. Ich werde deine Tirade vergessen, vorausgesetzt, du entschuldigst dich.«

»Ja, bitte entschuldigen Sie! Es tut mir leid, was ich gesagt habe. Ich flehe Sie an, veranlassen Sie keine weiteren operativen Vorgänge bei uns. Machen Sie mit mir, was Sie wollen. Aber zerstören Sie nicht meine Familie, nehmen Sie mir nicht Robert und Edith!«

»Das klingt schon viel vernünftiger«, sagte der Major, und es schien, als ob er nachsichtig lächelte.

»Soll ich mich jetzt ausziehen? Sagen Sie mir, was ich tun soll! Ich werde niemandem etwas verraten, das schwöre ich!«

Ich lasse mir meine Angst nicht anmerken, den Triumph wirst du nicht bekommen, du elendes Dreckschwein!

»Ich weiß, dass du nichts verraten wirst, ansonsten würdest du dein eigenes Todesurteil unterschreiben. Und nicht nur deins.«

»Ich verspreche, dass Sie zufrieden sein werden.«

»Sehr gut. Aber du kannst jetzt gehen.«

»Was? Was soll ich?«

Will er mich veralbern?

»Ja, das war's. Ich will nicht, dass du etwas tust, was du eigentlich nicht möchtest.«

»Sie lassen mich gehen … einfach so? Ohne …«

»Einfach so. Du kannst dich auf dein Fahrrad setzen. Ich werde dich nicht hindern.«

»Ich darf fahren?«

Er veralbert mich, oder?

»Sag mal, Julia, hast du es mit den Ohren? Ich sagte doch: Du kannst fahren. Die Erziehungsstunde ist beendet.«

Julia starrte ihn mit offenem Mund an. Sie konnte nicht glauben, was sie soeben gehört hatte.

Er meint es ernst.

»Danke. Vielen Dank! Danke, ich freue mich so!«

Julia guckte immer noch ungläubig, schickte sich dann aber an, zu ihrem Fahrrad zu gehen.

»Tschüss, dann bis nachher«, kam es von seiner Seite.

Sie blieb stehen und drehte sich zurück.

»Wie meinen Sie das, bis nachher?«

»Na bei der Hausdurchsuchung! Aber das weißt du doch, das haben wir doch gerade besprochen. Ich bin mit meinem

Wagen schneller als du mit dem Fahrrad und warte auf dich vor eurem Haus. Meine Kollegen werden dann auch schon da sein, die rufe ich gleich über Funk, wenn du gefahren bist.«

Er spielt sein Spiel mit mir. Das Schwein hat alles geplant!

Julia war entsetzt, als ihr plötzlich ihre Situation überdeutlich wurde.

Frau Sagasser hatte recht, dass ich meine Seele und auch mein Leben riskiere. Meine Seele habe ich schon längst verloren, aber mein Leben will ich behalten. Niemand weiß außer der Bibliothekarin von diesem Treffen. Der Major glaubt, freie Hand zu haben. Soll ich ihm erzählen, dass es Frau Sagasser weiß? Nein, das geht nicht. Vielleicht kann ich in einem günstigen Moment entkommen. Bis dahin muss ich mich devot geben.

»Und was ist, wenn ich doch bleibe? Würde das eine Hausdurchsuchung verhindern?«, fragte Julia, um Zeit zu gewinnen.

Erneut erschien ein Lächeln auf seinem Gesicht, aber gleich danach runzelte er die Stirn.

»War das eine Aufforderung an mich, gegen Vorschriften zu verstoßen?«

»Nein … nein, wirklich nicht!«

»Dann erkläre mir, warum du bleiben willst. Und zwar so, dass ich dir glauben kann.«

Du verdammter Heuchler!

»Ich bleibe hier, weil ich es möchte. Und ich will auf keinen Fall, dass Sie mir zuliebe Dinge tun, die nicht mit den Vorschriften zu vereinbaren sind.«

»Ich sehe, dass du ein schlaues Mädchen bist. Sag mal, hast du dich auch rasiert und gewaschen, wie wir das vereinbart hatten?«

»Ja.«

»Das wollte ich dir auch geraten haben!«

»Bitte sagen Sie mir, was ich jetzt tun soll.«

Julia zitterte am ganzen Körper. Dem Major sah man seine Befriedigung an.

»Du tust wirklich alles?«, lachte er boshaft.

»Was ist *alles*?«

»Alles, was ich von dir will.«

»Ja. Ich schwöre es!«

»Julia, wir werden sehen, ob du dich an deinen Schwur hältst. Wenn ja, überlege ich mir das mit deinem Sohn und deinem Mann.«

»Danke.«

»Bedanke dich nicht … du elendes Miststück!«

»Wie bitte?«

»Du blöde, dämliche Kuh! Du sprichst ab jetzt nur noch, wenn du gefragt wirst, kapiert?«

»Ja.«

»Und tust nur noch, was ich dir sage!«

»Ja.«

»Dann zieh dich jetzt aus, du kleine dreckige Schlampe! Los, mach schon! Und gnade dir Gott, wenn ich noch ein einziges Haar an dir finde.«

»Bitte, tun Sie mir nicht weh!«

»Deine Sachen legst du ordentlich auf den Holzstapel dort. Die Schuhe ziehst du wieder an, und dann kommst du zu mir.«

Julia beeilte sich, seinen Befehlen nachzukommen.

»Siehst du den Stock hier? …«

KAPITEL 3

Eine Stunde später fuhr ein weiterer Radfahrer dieselbe Strecke, die Julia zuvor gefahren war. Dieses Mal aber nicht auf einem Fahrrad aus volkseigener Produktion, sondern mit einem alten wackligen und verrosteten Vorkriegsmodell.

Gegen Mittag hatte es für den Mann Geld gegeben. Nur ein paar kleine Scheine und einige Alu-Chips. Aber das reichte für seine momentanen Bedürfnisse.

Die erste Flasche Korn des VEB-Nordbrand aus der HO musste dafür herhalten, seinen Tremor zu vertreiben, ansonsten hätte er es gar nicht auf den wackligen Drahtesel geschafft. Die zweite sollte eigentlich erst am See geöffnet werden, an dem er ein paar Reusen kontrollieren wollte. Aber sein Durst veranlasste ihn, diese doch schon während des Radelns aufzuschrauben.

Dann passierte, was passieren musste: Ein fast platter Fahrradreifen, ein Schlagloch und eine von ihm nicht mehr zu korrigierende Schräglage waren in der Summe zu viel. Mit einer fast eleganten Armbewegung konnte er bei dem Sturz gerade noch verhindern, dass die wertvolle Flasche auf den Asphalt knallte. Sie landete, ohne zu zerbrechen, auf dem weichen Boden der Böschung und kullerte nun zurück in ein Gebüsch. Ihm selbst blieb der Kontakt mit dem harten Untergrund nicht erspart, und dementsprechend deftig fielen seine Flüche aus.

Um den Flascheninhalt zu retten, der schon begann, sich in das Gras zu ergießen, war er für seinen Zustand erstaunlich schnell wieder auf den aufgeschürften Beinen und hechtete ins Unterholz.

Als er die nur noch Viertel volle Flasche mit Siegergeste in die Luft reckte, stand wie durch Zauberhand in seiner Blickrichtung ein schönes blaues Damenfahrrad an einem Baum. Erst schüttelte er mehrmals seinen Kopf, denn ganz sicher war er nicht, nicht zu halluzinieren. Da aber das Fahrrad an der Stelle blieb, schaute er sich misstrauisch um und rief leise zweimal »Hallo«.

Niemand antwortete. Niemand war weit und breit zu sehen, der Besitzansprüche stellte. Und da das so war …

Sehr lange hielt seine Freude an dem Vehikel allerdings nicht, denn kaum war er gegen Abend zurück im Dorf, stürzte sich auch schon ein Mann mit der Frage auf ihn, wie er denn an Julia Kundrows Fahrrad käme, und nur das beherzte Eingreifen eines Volkspolizisten, der mit seinem Kollegen neben einem oliv-weiß lackierten Dienst-Trabi stand, verhinderte ein blaues Auge oder Schlimmeres. Erst in diesem Moment fiel dem Mann auf, dass sich eine kleine Gruppe von Dorfbewohnern an der Straße versammelt hatte, und er beeilte sich zu erklären, wie er zu dem Rad gekommen war.

Im selben Augenblick hielt hinter dem Trabi der Vopos ein ziviler Wagen, ein Wartburg, und zwei Männer stiegen aus. Ohne sich auszuweisen, erklärten sie, Angehörige der Staatssicherheit aus Berlin zu sein. Diese Behauptung wurde von niemandem angezweifelt, besaßen doch DDR-Bewohner für diese speziellen Leute eine untrügliche Antenne.

Die beiden ließen sich von den Volkspolizisten die Sachlage erläutern. Ein Großteil der Dorfbewohner schien plötzlich nicht mehr an dem Geschehen interessiert und verschwand.

Bald darauf wurde eine Personenbeschreibung der als vermisst gemeldeten Julia Kundrow an die umliegenden Vopo-Dienststellen durchgegeben, und man vergaß auch nicht, das Grenzkommando Mitte zu informieren, das für die Absicherung des Berliner Mauerstreifens zuständig war, denn hinter Personen, die abgängig waren, steckte meistens ein Republikfluchtversuch.

In derselben Nacht passierte nichts mehr, denn die beiden Angehörigen der Stasi hatten, bevor sie nach Berlin zurückfuhren, allen Dorfbewohnern ein absolutes Verbot erteilt, irgendwelche Suchaktionen durchzuführen.

Sehr früh am Morgen trafen dann in Schönow zwei zivile Wagen ein, wovon einer zu dem Haus der Familie Kundrow fuhr, und der andere, in dessen Kofferraum ein Schäferhund mitgeführt wurde, auf dem Marktplatz hielt, wo schon die beiden Volkspolizisten mit ihrem Dienst-Trabi warteten.

Zusammen begaben sie sich nun zu der Stelle, an dem sich der *Fahrradtausch* vollzogen hatte. Dort angekommen, verließen die Männer ihre Fahrzeuge. Auch der Schäferhund, der nun angeleint wurde, kam ins Freie. Er wurde zu einem Einweckglas geführt, das der Fahrer aus einem Karton hervorgeholt hatte. Der Deckel des Glases, in dem sich ein großer Stofflappen befand, wurde entfernt und der Hund angewiesen, an dem Gefäß zu schnüffeln. Der Vierbeiner schien das Prozedere zu kennen, denn er schnupperte ausgiebig, und wenig später zog er, sichtbar aufgeregt, seinen Führer knurrend in den Wald hinein. Die übrigen Männer folgten.

Keine 150 Meter war die kleine Kolonne im Gänsemarsch gegangen, als der Hund durch lautes Kläffen signalisierte, dass er etwas entdeckt hatte.

Und so war es auch: Am Rand einer Lichtung hing eine unbekleidete Frau am untersten Ast einer Buche an einem Strick, der um ihren Hals geschlungen war. Und da der Wind kräftig wehte, bewegte sie sich langsam hin und her. Ihre Füße verursachten durch das Schleifen auf dem blättrigen Untergrund ein leises, aber doch vernehmbar schabendes Geräusch, so als würde ein Gärtner mit einem Rechen heruntergefallenes Laub von einem Gehweg in ein Gehölz befördern.

Die Männergruppe verharrte.

Der Mund der Frau stand offen wie bei einem stummen

Schrei. Ihre Augen waren hervorgetreten, starrten geradeaus, und ihr Kopf war zur rechten Seite hin abgekippt. Da sich das Gesicht im Gegensatz zum übrigen Körper kaum bewegte, hatte es den Anschein, als würde sie die Angekommenen argwöhnisch und intensiv beobachten.

Als Erster reagierte der jüngere der beiden Volkspolizisten. Er wandte sich ab und stolperte ein paar Schritte seitlich. Es hatte den Anschein, dass er sich jeden Moment übergeben müsse. Der junge Mann holte aber nur ein paar Mal tief Luft und kehrte dann zu der Gruppe zurück.

Auch die beiden Stasi-Mitarbeiter hatten sich gefangen. Der eine befahl dem Hund sich hinzulegen. Das Tier gehorchte, während der zweite eine Praktica Spiegelreflexkamera zückte.

»Genossen«, wandte er sich an die begleitenden Volkspolizisten in einem unangenehm belehrenden Tonfall: »Ich mache jetzt Aufnahmen zur Beweissicherung. Treten Sie ja nicht ins Bild! Alles braucht seine Ordnung!«

Er ging auf die tote Frau zu und fotografierte sie aus vielen Positionen, tauschte danach sein Universal- gegen ein Nahobjektiv aus und dokumentierte den Seilknoten an ihrem Hals, die Seilschlaufe, den Ast, an dem sie hing, ihre Hände und Handgelenke und machte zum Schluss noch mehrere Aufnahmen ihrer Füße.

Auffällig war, dass die Tote am rechten Fuß noch einen Schuh trug. Der linke befand sich gut zwei Meter entfernt. Direkt vor ihr lagen mehrere Steine auf dem Boden. Neben dem Baum hatte jemand geschlagenes Holz gestapelt. Darauf lag ihre zusammengelegte Kleidung, geordnet zu zwei äußerst akkuraten Häufchen.

»Eindeutig ein Suizid! Endlich etwas anderes als diese ewigen Grenzverletzer«, sagte der ältere Stasi-Mann und lächelte schmallippig.

»Schauen Sie mal, Genosse Oberleutnant«, zweifelte der andere. »Die Frau muss, wenn sie sich selbst getötet hat, eigenhändig diese Steine hierher getragen haben, dann darauf gestiegen sein und sie mit den Füßen weggestoßen haben. Das Wegstoßen ist aber mit einem Strick um den Hals verdammt schwierig. Warum ist sie nicht einfach auf den Holzstapel geklettert, auf dem jetzt ihre Klamotten liegen, und von dort heruntergesprungen?«

»Fragen Sie sie doch, warum sie das so und nicht anders gemacht hat«, antwortete der Ältere schnippisch, und man konnte ihm ansehen, dass ihn die Bemerkung seines Kollegen geärgert hatte. Nach einigen Sekunden fügte er hinzu:

»Halten *Sie* sich gefälligst raus! *Ich* mache hier die Bewertung! Auch eine zierliche Frau kann mit ihren Füßen Kraft entwickeln. Wenn das Seil kürzer gewesen wäre, dann hätte sie es nicht schaffen können, da gebe ich Ihnen recht, Genosse Unterleutnant. Aber mit ihren Zehenspitzen berührt sie ja auch jetzt noch den Boden.«

»Aber es hat bestimmt sehr lange gedauert, bis sie … und fürchterlich gequält muss sie sich auch haben. Wer macht denn so etwas?«, fragte wiederum der Jüngere.

»Das ist nicht mein Problem. Sie hat sich sogar noch schön hergerichtet für die Nachwelt. Wer macht denn *so* etwas? Keine Schambehaarung, keine Achselhaare, kein einziges Härchen an den Beinen. Alles abrasiert. So eine könnte mir auch gefallen. Schade, dass ich sie nicht mehr fragen kann.«

»Und warum, Genosse Oberleutnant, hat sie sich vollständig ausgezogen? Auch den Slip?«

»Sie war sich eben auch im Sterben ihrer Schönheit bewusst, Genosse Unterleutnant. Die Sachlage ist eindeutig. So, wie das hier arrangiert ist, war kein Dritter beteiligt. Wie hätte das auch gehen sollen? Wie will man jemanden auf ein paar kleine Steine stellen, der sich wehrt? Und wenn sie auf dem Rasen gestanden hätte, hätte man das Seil nicht um ihren Hals legen können, dafür ist es zu kurz. Nein, nein, das ist ein eindeutiger Suizid, Genosse. Sie äußern Bedenken, obwohl Sie keinerlei Erfahrung besitzen. Unbegründete Bedenken!«

»Und wenn wir uns irren?«

»Sie meinen, wenn *ich* mich irre? Na gut. Ich benachrichtige den Genossen Major. Er ist sowieso wegen einer anderen Sache hier in der Gegend.«

»Entschuldigung, Genosse Oberleutnant, das ist nicht nötig. Ich war voreilig. Sie haben recht. Ich meinte ja nur … ich wollte …«

»Geben Sie sich keine Mühe, Unterleutnant. Ich hoffe für Sie, dass der Major nicht allzu verärgert ist.«

Der Stasi-Oberleutnant ging ein paar Schritte zur Seite, griff zu seinem Sprechfunkgerät und führte ein kurzes Gespräch. Dann kam er zurück.

»Der Genosse Major kommt gleich. Er war nicht erfreut. Wir sollen Abstand halten, um keine Spuren zu verwischen.«

Es dauerte eine knappe halbe Stunde, als die kleine Gruppe fernes Motorengeräusch vernahm. Etwas später kam ein großer hagerer Mann in Zivil mit fleischig schlaffen Gesichtszügen zielstrebig durch den Wald direkt auf die Gruppe zu.

»Oberleutnant, was gibt's?«, raunzte er den ranghöheren der beiden Stasi-Mitarbeiter an. »Können Sie denn nichts alleine machen? Das hier ist eine Privatveranstaltung, das sehe ich auf den ersten Blick!«

Intensiv schaute er einen Moment auf die tote Frau, um dann zu sagen: »Die Frau ist doch Julia Kundrow, die seit gestern vermisst wird, oder?«

»Ja, Genosse Major, das ist sie. Der Hund hat sie mit der Geruchsprobe eindeutig identifiziert. Trotzdem möchte ich Sie höflich bitten, einen Blick auf die Leiche zu werfen. Der

Genosse Unterleutnant hat Zweifel an meiner Einschätzung geäußert, dass es sich um einen Suizid handelt.«

»Soso. Hat er das?«

Der rangniedere Stasi-Mann wollte zu einer Erklärung ansetzen, wurde aber von dem Major durch eine herrische Geste gehindert.

»Jetzt nicht!«, fauchte er.

Nun drehte sich der Major zu den Volkspolizisten herum.

»Und?«

»Entschuldigung, Genosse Major! Oberwachtmeister Schäfer und Wachtmeister Boger, abkommandiert zur Unterstützung der Organe der Staatssicherheit, melden sich zur Stelle.«

»Danke, rühren«, kommandierte der Angesprochene. Nun deutete er mit dem Zeigefinger auf den jüngeren der beiden Stasi-Offiziere.

»Jetzt Sie!«

»Genosse Major, ich hege keinerlei Zweifel an der Richtigkeit der Beurteilung des Genossen Oberleutnant. Es handelt sich um ein Missverständnis. Ich wollte einfach nur sicher sein, dass wir nichts übersehen und auch nichts Falsches tun.«

»Wollten Sie das. Gut, dann wollen wir auch nichts Falsches tun und uns die Sache einmal anschauen. Ich kannte die Frau sehr gut, denn ich war ihr Untersuchungsführer, als sie sich in Haft befand. Schon dort war sie instabil und hatte mehrmals mit Suizid gedroht aufgrund vielfältiger persönlich-familiärer Probleme. Da sie die ihr vorgeworfenen Verfehlungen zugegeben und auch bedauert hat, sah ich keinen Grund, sie vor ihrer Gerichtsverhandlung weiter bei uns zu behalten. Ich habe mir aber noch am letzten Tag ihrer Haftzeit die Zusicherung geben lassen, dass sie sich wegen ihrer Depressionen in ärztliche Behandlung begibt. Es ist doch an der Leiche nichts verändert worden, oder?«

»Nein, Genosse Major, absolut nichts«, antwortete der

Oberleutnant beflissen. »Ich habe darauf geachtet, dass Ihre Anweisungen strikt befolgt werden.«

Der Major nickte zufrieden und ging zu der Toten. Er begutachtete das Seil nebst Schlaufe und Knoten, die Steine, auf denen sie gestanden haben musste, die Kleidungsstücke und den Boden rings um den Fundort. Dann kam er zu der wartenden Gruppe zurück.

»Zweifelsohne Suizid. Sehr bedauerlich für die Familie und ein unnötiger Weg für mich. Sie, Genosse Unterleutnant, melden sich morgen Punkt neun Uhr bei mir. Unbegründete Gerüchte in die Welt zu setzen und einem Vorgesetzten zu widersprechen! Das wird für Sie Konsequenzen haben. Kapiert?«

»Zu Befehl, Genosse Major«, sagte ein bleich gewordener Unterleutnant.

Der Major grüßte lässig, drehte sich um und verschwand.

»Das gibt einen unschönen Punkt in Ihrer Kaderakte«, sagte der Oberleutnant hämisch. »Also Genossen«, wandte er sich nun an die beiden Volkspolizisten. »Ihr habt es gehört. Ein Suizid aus privaten Gründen. Das ist nichts für das MfS. Wir rücken ab. Wir informieren die Kripo, die sich um alles Weitere kümmert. Ihr beide bewacht unsere haarlose Schönheit, bis die Genossen hier sind. Alles verstanden?«

»Jawohl, Genosse Oberleutnant«, antworteten die beiden Volkspolizisten im Chor.

»Denkt an eure Kaderakten. Setzt ja keine Gerüchte in die Welt! Es würde euch nicht gut bekommen!«

»Selbstverständlich, Genosse Oberleutnant. Sie können sich auf uns verlassen!«

Die beiden Volkspolizisten schauten den Stasi-Offizieren nach, als sich diese zusammen mit ihrem Schäferhund entfernten.

»Eine verdammte Scheiße ist das hier«, fluchte der Oberwachtmeister, und zum Zeichen seiner Anteilnahme nahm er die Dienstmütze von seinem Kopf und drehte sie verlegen in seinen Händen.

»Los, komm. So können wir sie nicht lassen. Wir sollten sie abschneiden, bevor Kripo und Leichenwagen kommen«, sagte er nach einer Weile zu seinem Kollegen, dem Wachtmeister Boger. »Wir legen sie auf den Boden und ziehen ihr wenigstens die Hose und den Pullover an. Das wird nichts verfälschen, und es ist ja auch schon alles dokumentiert worden.«

»Nein, das geht nicht. Wir müssen zuerst auf die Kripo warten«, entgegnete der Jüngere.

»Na gut. Weißt du, was ich merkwürdig finde?«

»Nein, was denn?«

»Warum zieht man sich nackig aus, wenn man sich aufhängen will?«

»Das weiß ich nicht.«

»Und warum zieht sie sich erst die Strümpfe aus und danach die Schuhe wieder an?«

»Weil das Stehen auf den Steinen wehtut? Aber halt bloß dein Maul! Es war Liebeskummer oder Familienzwist oder so. Hast du das verstanden?«

»Aber …«

»Nichts aber. Gib endlich Ruhe! Bist du denn von allen guten Geistern verlassen? Ich will nichts mehr davon hören! Wenn dir die Ausbildung deines Sohnes am Herzen liegt, dann behältst du deine kruden Erkenntnisse für dich. Die will keiner hören. Ich habe nichts Ungewöhnliches gesehen. Es gibt keine Unklarheiten! Nicht jetzt, nicht morgen und auch nicht in einem Jahr!«

Der Oberwachtmeister nickte bedrückt. Eigentlich wollte er noch seine Verwunderung zum Ausdruck bringen, dass der Major den Ort so schnell und ohne fremde Hilfe gefunden hatte, unterließ es aber.

KAPITEL 4

Das beschauliche Leben, das die Familie Kundrow in Schönow, einem kleinen Stadtteil Bernaus in der Nähe Berlins, geführt hatte, war zerstört. Das Drama hatte mit einer Lächerlichkeit begonnen, um dann in einer schrecklichen Katastrophe zu münden. Und der letzte Akt war auch mit Julias Tod noch nicht eingeläutet. Dieser sollte erst Jahrzehnte später zur Aufführung kommen.

Von Anfang an:

Sowohl Julia als auch Gerhard, ihr Ehemann, gehörten zu der mit Abstand größten Gruppe von Bürgern, die es in der DDR gegeben hatte. Die Gruppe der Unauffälligen.

Die Menschen, die dieser Kategorie zugeordnet werden konnten, zogen an den staatstragenden Feiertagen wie am 1. Mai oder 7. Oktober nicht Fahnen schwenkend, Hände klatschend und Parolen schreiend durch die Straßen, wie es nach dem Willen der Einheitspartei jeder wahrhaftige DDR-Bürger tun sollte, aber sie waren bis ungefähr zwei Jahre vor dem Mauerfall auch nicht aufmüpfig. Grob könnte man formulieren, dass die Devise aller Unauffälligen war: Tut ihr uns nichts, dann tun wir euch auch nichts.

Diese Staatsbürger beklagten sich zwar häufiger über den alltäglichen Mangel, in der Regel aber nur dann, wenn sie wussten, dass kein Fremder davon etwas mitbekam.

Die Kundrows hatten sich ihr kleines Nest gebaut. Ihr Leben verlief gleichförmig, ohne großes Auf und Ab, ohne hochfliegende Pläne und unrealistische Wünsche, aber auch ohne tiefere Enttäuschungen.

Dann kam der Tag, an dem sich alles änderte.

Während eines Restaurantbesuchs hatte sich Julia, unter dem

Einfluss von zwei Gläsern Wein, mit einer Freundin etwas laut über die schlechte Versorgungslage in der DDR im Allgemeinen und über die für junge Frauen untragbare Mode aus der VEB-Produktion im Speziellen beschwert. Sie redete sich in Rage, und ihre Worte gipfelten in dem unerhörten Satz, dass man, wenn sich nichts ändern würde, eben dahin gehen müsse, wo diese Dinge, die Frauen nun mal gerne anziehen, selbstverständlich sind und auch nicht erst nach der x-ten Erfüllung von Fünfjahresplänen zu bekommen seien.

Diese Aussagen wurden an einem Nebentisch aufmerksam verfolgt, gemeldet und von den Sicherheitsorganen als Beweis einer bevorstehenden Republikflucht gewertet. Es dauerte danach keine Woche, und Julia saß wegen des Verdachts eines Vergehens nach Paragraf 213 im gefürchteten Stasi-Knast Hohenschönhausen.

Für Julias Ehemann Gerhard war das nicht nur ein Schock, es war eine Tragödie. Anfänglich glaubte er an einen Raubüberfall, als ein Nachbar morgens vor acht an seine Haustür hämmerte, um zu berichten, dass drei Männer Julia, die gerade das Haus verlassen hatte, in einen Wartburg gezerrt hätten. Aber nach kurzem Nachdenken wusste Gerhard, dass drei Männer, die jemanden frühmorgens in einen Wartburg zerren, nur von der Staatssicherheit sein konnten. Nun hoffte er auf ein Versehen oder eine Verwechslung. Aber nachdem ihm schon am selben Tag die Aufforderung zuging, sich umgehend bei der nahen Dienststelle des MfS zu melden, ahnte er, dass es ernst war. Und als dann dort ein barsches Verhör mit der Androhung stattfand, auch ihn in Untersuchungshaft zu nehmen, wenn er nicht kooperierte, wusste Gerhard, dass die von Partei und deren Organen immer und überall gerühmten DDR-Bürgerrechte nur dann Gültigkeit besaßen, wenn man sie nicht benötigte. Oder anders ausgedrückt: Es wurde ihm ohne Wenn und Aber klargemacht, dass die Bürgerrechte das Papier nicht wert waren, auf dem sie geschrieben standen.

Nach Julias Verhaftung verhielt sich Gerhard im Alltag so hilflos wie ein Neugeborenes, denn in der Kundrow'schen Familie war es immer sie gewesen, die sich um alles kümmerte. Nicht nur um die Kindererziehung.

Gerhard hatte seinen Sportverein, seine Freunde und seinen HO-Lebensmittelladen, mit dem er den größten Teil des Familienbudgets erarbeitete. Aber nun war er völlig auf sich gestellt. Er musste Robert, den älteren Sohn, morgens für die Schule fertigmachen und Edith, die kleine Tochter, in den Hort bringen. Nebenbei war der Haushalt zu versorgen.

Gerhard versuchte händeringend, für seine Frau eine Besuchserlaubnis zu erlangen, und einen Anwalt benötigte er auch, um den erhobenen Anschuldigungen begegnen zu können. Aber weder das eine noch das andere gelang. Ein Rechtsanwalt, so sagte man ihm, würde erst dann zu Julia gelassen, wenn der Sachverhalt zweifelsfrei geklärt sei. Das Gleiche gelte für eine Besuchserlaubnis. Im Klartext hieß das: Erst alles zugeben, alles unterschreiben, dann könne man auch über juristischen Beistand diskutieren. Das war die verquere Logik der DDR-Rechtsprechung.

Gerhard war verzweifelt. Zuerst versuchte er, bei seinen Freunden im Sportverein Unterstützung zu bekommen, denn einige waren nicht ohne Einfluss. Aber mehr als schulterklopfendes Bedauern gepaart mit dem Hinweis, dass sich alles zu seinen Gunsten aufklären werde und dass die Mitarbeiter des MfS auch nur ihre Pflicht täten und dass man in diesem Stadium der Wahrheitsfindung nicht intervenieren dürfe, bekam er nicht zu hören. In seiner Not entschloss er sich, den Stolz zu überwinden, und klingelte eines Abends bei dem örtlichen Sekretär der SED, einem Herrn Hanfft, und bat um Hilfe. Mit diesem Mann hatte er freilich Jahre zuvor einen erbitterten

Streit ausgetragen, als der eine Besserbehandlung im Sinne einer bevorzugten Versorgung mit Südfrüchten in dem von Gerhard geführten HO-Lebensmittelgeschäft verlangt, aber nicht bekommen hatte.

Der Parteisekretär grinste nur herablassend, als Gerhard sein Anliegen in Demutshaltung vortrug, und drohte mit einer Anzeige, sollte er nicht augenblicklich verschwinden.

Gerhard verstand die Welt nicht mehr, schlief nachts kaum noch, begann, seine Arbeit zu vernachlässigen, und konnte abends nur mit Alkohol zur Ruhe kommen.

Dann wurde Julia überraschend entlassen, und er hoffte, dass alles nur ein böser Traum gewesen war.

Aber Julia war nach ihrer Haftzeit verändert. Sie lachte nicht mehr ihr fröhliches ansteckendes Lachen, sprach kaum, schon gar nicht über die Zeit im Stasi-Gefängnis, weinte viel, und wenn sie abends die Kinder ins Bett gebracht hatte, begab sie sich sofort ins Schlafzimmer. Dort baute sie dann aus zwei Decken einen Kokon, in dem sie sich versteckte, und wenn ihr Mann zärtlich werden wollte, wehrte sie ihn ab.

Gerhard wurde noch ratloser, und um nicht zu viel grübeln zu müssen, stand er regelmäßig in der Nacht auf, ging ins Wohnzimmer, öffnete eine Flasche billigen Goldbranntwein und torkelte erst dann wieder in sein Bett, wenn sich mehr Luft als Flüssigkeit in der Flasche befand.

An dem Abend, als sie vermisst wurde und dann nur ihr Fahrrad wieder auftauchte, sah er das Unglück auf sich und seine Kinder zukommen. Er wusste sofort, dass Julia nicht wiederkommen würde. Deshalb weigerte er sich auch, an der Suche teilzunehmen, die von Nachbarn spontan organisiert worden war, und warf eine Bekannte aus dem Haus, die kurze Zeit später klingelte, nur um ein Gerücht zum Besten zu geben, in dem es hieß, dass Julia auf der Straße zum Gorinsee von einem Fluchthelfer abgeholt worden sei. Gerhard wusste, dass das nicht stimmen konnte, denn ihm ging das Bild seiner Frau, wie sie sich mit dem Rasiermesser die Körperhaare abrasierte, nicht aus dem Kopf. Er war überzeugt, dass sie eine obskure Verabredung gehabt hatte, und zog den für ihn einzig logischen Schluss, dass seine Frau nach begangenem Ehebruch aus Scham im Selbstmord einen Ausweg gesucht und gefunden hatte.

Gerhard trank in dieser Nacht eine ganze Flasche des billigen Fusels, erbrach sich und fiel besinnungslos von der Wohnzimmercouch.

Am nächsten Morgen sah er das von ihr benutzte Rasiermesser im Spiegelschrank des Badezimmers und griff erneut zur Flasche.

Dann klingelten die zwei Volkspolizisten.

Gerhard öffnete, sagte nichts, winkte die Staatsdiener herein, torkelte hinterher und nahm reglos die Nachricht entgegen, dass Julia tot sei. Er fragte weder wo noch wie, auch nicht warum.

Die beiden Polizisten schauten sich an und waren froh, nicht weiter ins Detail gehen zu müssen. Beim Hinausgehen sagte der Jüngere unbedarft:

»Ihre Frau war ganz nackt, das wollten wir Ihnen doch noch sagen, als …«

Das war zu viel. Zwar bestätigte diese Aussage Gerhards Überlegungen. Aber weil sein Stolz zutiefst verletzt war, schalteten seine grauen Zellen auf Angriff.

»Raus, ihr Dreckschweine«, schrie er voll von unbeherrschter Wut. »Sie wurde umgebracht, auch wenn das nicht in eure Spatzenhirne geht. Ihr werdet es schon sehen, ihr verdammten Arschlöcher. Raus jetzt! Verschwindet!«

Während der ältere Vopo die Beleidigungen überhörte und auch den Rauswurf mit der furchtbaren Ausnahmesituation, in der sich Gerhard befand, erklärte und entschuldigte, schrieb der jüngere eine Notiz.

Aber erst einmal passierte nichts.

Als Julias Leichnam von der Staatsanwaltschaft freigegeben worden war, befand er sich in einem geschlossenen und verschraubten Sarg, der nicht geöffnet werden durfte.

Jemand musste nun die Beerdigung organisieren. Gerhard war mit diesem Problem überfordert. Zwar hatte er von der HO-Zentrale ein paar Tage Sonderurlaub bekommen, aber da er statt eines Frühstücks schon morgens mit Schnaps begann, wäre alles im Chaos versunken, wenn nicht die Schwiegereltern, Ulla und Hans aus Dresden, diese Aufgabe übernommen hätten. Sie erledigten alle wesentlichen und delegierbaren Laufereien, die bei einem Todesfall notwendig waren.

Die beiden Sachsen, die von Gerhard immer gemieden worden waren, gehörten zu den eher selteneren SED-Mitgliedern, für die Parteizugehörigkeit nicht eine Frage der Karrieremöglichkeit, sondern eine der Überzeugung war.

Ulla und Hans schafften es, dass die Beisetzungsfeier ihrer Tochter, arrangiert über das Institut für Kommunalwirtschaft, ohne wesentliche Zwischenfälle zwar schlicht, aber würdig ablief. Es gab sogar eine kleine Traueranzeige in der ›Berliner Zeitung‹. Auch gelang es ihnen, dass ihr Schwiegersohn seinen Alkoholkonsum während und nach den Feierlichkeiten deutlich reduzierte.

Was kurz darauf zu einer vorzeitigen Rückreise der Schwiegereltern in die sächsische Landesmetropole führte, war ein erbittert geführter Diskurs der beiden Männer, als es um die Ursache von Julias Tod ging.

Ulla brachte gerade die Kinder ins Bett, als Gerhard plötzlich mit dem Thema anfing, das die Schwiegereltern die ganze Zeit vermieden hatten, weil sie sich nicht mit den tieferen Ursachen dieses Dramas auseinandersetzen wollten.

»Es gibt eindeutige Anzeichen dafür«, sagte Gerhard unerwartet zu Hans, »dass Julias Tod kein Suizid war.«

Er sprach diesen Satz einfach so in den Raum, während sein Schwiegervater gerade dabei war, die Tageszeitung zu lesen.

»Was denn für Anzeichen?«, erwiderte Hans irritiert und schaute unwirsch von seiner Lektüre hoch. »Du hast doch Julia gar nicht mehr gesehen, nachdem man sie gefunden hat. Wie kannst du denn so etwas behaupten? Die Untersuchung unserer Sicherheitsorgane hat eindeutig ein Fremdverschulden ausgeschlossen.«

»Sie hat an dem Abend davor etwas gemacht, was sie noch nie gemacht hatte, und ich weiß, dass das nicht aus freien Stücken geschah.«

»Und was war das?«

»Das geht dich nichts an. Außerdem waren eure Genossen von der Stasi so verdammt schnell hier vor Ort, als hätten sie nur darauf gewartet. Diese Schweinepriester wollen nicht, dass die Wahrheit ans Licht kommt. Und ein Suizid wegen einer Depression bringt sie nicht in Verdacht, etwas damit zu tun gehabt zu haben.«

»Ausgemachter Schwachsinn, den du da von dir gibst«, erregte sich Hans und wollte sich wieder über seine Zeitung beugen.

»Schwachsinn?«, konterte Gerhard. »Weshalb war Julia denn so eigenartig, als sie aus Hohenschönhausen wiedergekommen ist? Ich will wissen, was man dort mit ihr gemacht hat!«

Hans warf nun voller Ärger die Zeitung auf den Fußboden.

»Hör endlich auf, unsere Sicherheitsorgane zu beschuldigen! Ulla und ich waren dort und haben uns erkundigt. Unsere Tochter ist dafür, dass sie die Gesetze unseres Staates missachtet hat, während ihrer Haftzeit gut behandelt worden. Das hat man uns von allen Seiten bestätigt. Es hat dort auch keine besonderen Zwischenfälle gegeben.«

»Gut behandelt? Keine Zwischenfälle? Das glaubst du doch selbst nicht. Niemand, der in diesen Drecklöchern einsitzt, wird gut behandelt. Das weißt du genauso gut wie ich!«

»Gesetze sind dazu da, dass sie befolgt werden!«

»Hans! Julia ist tot! Julia, meine Frau, Julia, die Mutter von Edith und Robert, Julia, eure Tochter. Sie ist tot, tot, tot! Habt ihr das immer noch nicht begriffen?«

»Doch, Gerhard, das haben wir. Es ist auch ganz schwer, das zu akzeptieren. Irgendwo auf ihrem Weg ist sie uns entglitten. Wir wollten, aber wir konnten sie nicht schützen. Der Einzige, der das hätte tun können, warst du! Wir nicht, denn wir waren nicht hier. Wir waren so gut wie nie hier!«

»So, jetzt soll ich auch noch die Schuld haben? Willst du das sagen?«

»Nein, das habe ich nicht gesagt und auch nicht gemeint. Ich wollte damit nur ausdrücken, dass wir keinen Einfluss mehr auf sie hatten. Wenn sie sich nicht zu diesen Hetzaussagen hätte hinreißen lassen, dann würde sie heute noch leben!«

»Aber sie hatte doch recht! Ich sehe es jeden Tag in meinem Geschäft, wie unzufrieden die Leute sind. Unsere Versorgungslage ist einfach nur beschissen und wird von Jahr zu Jahr beschissener. Es traut sich nur niemand, das laut auszusprechen! Und wenn es jemand ausspricht, dann landet er dort, wo Julia gelandet ist!«

»Gerhard, auch du bist einer derjenigen, die immer Westradio hören, das wissen wir. Nur von den ewigen Lügen, die dort verbreitet werden, kommt diese verdammte Unzufriedenheit.«

»Das steht doch gar nicht zur Debatte! Ich werde Licht in das Dunkel bringen. Diese Dreckskerle haben meine Frau auf dem Gewissen!«

»Gerhard, hüte deine Zunge. Du willst doch nicht ernsthaft behaupten, dass das MfS etwas mit dem Tod unserer Tochter zu tun hat.«

»Doch, das will ich, und das werde ich auch beweisen!«

»Wenn du das nicht zurücknimmst, werde ich dich melden müssen.«

»Ja? Musst du? Dann melde doch! Melde, so viel du willst! Auf eine Meldung mehr oder weniger kommt es doch nicht mehr an in diesem Scheißstaat«, schrie Gerhard und baute sich bedrohlich vor Hans auf.

»Gerhard, du redest dummes Zeug, und das kommt nur von diesem verfluchten Schnaps«, sagte Hans und griff wieder zu der Zeitung, um anzudeuten, dass für ihn dieses Thema erledigt war, aber Gerhard schlug ihm die Blätter aus der Hand.

»Es ist dort etwas passiert«, brüllte er. »Ich weiß es! Die haben damit etwas zu tun! Ich spüre es!«

»Gerhard, jetzt halt endlich dein schmutziges Mundwerk«, rief Hans wütend und stand auf. »Denk an unsere Enkel und lass Ulla dieses Zeug nicht hören. Sie mag so etwas überhaupt nicht.«

»Denkt ihr mal besser an eure Enkel! Merkt ihr nicht, dass in diesem Staat nur Speichellecker etwas werden. Nur die Nachbeter, die zu blöde sind für eine eigene Meinung«, brüllte Gerhard, und seine Stimme überschlug sich.

»Gerhard, das habe ich jetzt nicht gehört. Ich verstehe, dass das alles zu viel für dich war. Du hast deine Frau verloren. Aber du bist nicht der Einzige, der etwas verloren hat. Ein Kind zu verlieren, ist weitaus schlimmer. Julia hatte Depressionen. Das hat auch der Arzt in Hohenschönhausen bestätigt, und das war auch mit ein Grund, weshalb sie vorzeitig entlassen worden ist. Sie sollte sich in Behandlung begeben. Das hat ihr der Genosse Untersuchungsführer auch noch zum Schluss eindringlich geraten. Sie hat diesen gut gemeinten Rat leider nicht befolgt. Und du hättest dich mehr kümmern müssen!«

»Ich habe mich gekümmert.«

»Wenn sie in ein Krankenhaus gekommen wäre, würde sie noch leben!«

»Sie hat sich nicht selbst aufgehängt«, beharrte Gerhard.

»Gerhard, es gab eine offizielle Untersuchung. Man hätte festgestellt, wenn es anders gewesen wäre. Das waren Spezialisten! Da wurde nichts übersehen!«

»Dass ich nicht lache«, ereiferte sich Gerhard und schubste Hans in den Sessel zurück. »So eine Untersuchung heißt doch, den Bock zum Gärtner zu machen! Außerdem scheiß ich auf eure Spezialisten.«

»Gerhard …«

Ulla kam mit hochrotem Kopf hereingestürmt, die Gerhards letzte Aktion beobachtet hatte.

»Schluss jetzt!«, schrie sie. »Hans, mit diesem Verbrecher redest du kein Wort mehr! Ich verbiete es dir! Ich habe Julia immer gewarnt, etwas mit dem Schmutzfinken anzufangen. Aber sie wollte ja nicht hören. Jetzt ist unsere Tochter tot, und dieses Stück Scheiße ist schuld. Es wäre besser gewesen, wenn *er* sich aufgehängt hätte! Er hat unser Kind auf dem Gewissen, der Drecksack.«

In diesem Moment kam auch Robert ins Wohnzimmer, der durch den Lärm aus dem Schlaf gerissen worden war. Er schaute mit weit aufgerissenen Augen in die Runde, rannte dann auf seinen Vater zu, klammerte sich an ihn und brüllte: »Oma ist böse und gemein. Sie soll weggehen, ich hasse sie!«

Ulla wurde ganz bleich.

»Du kleine undankbare Ratte«, zischte sie. »Aber das ist kein Wunder bei einem Gangster als Vater. Da konnte ja nichts anderes herauskommen. Hans, nun sag doch auch mal was!«

Gerhard setzte Robert ab und ging mit zwei schnellen Schritten auf seine Schwiegermutter zu und schlug ihr mit der Faust mitten ins Gesicht.

KAPITEL 5

Kröpelin, Mecklenburg

Im Jahr 1990 starb mein Vater, der bei meiner Schwester in Bayern gelebt hatte. Lange zuvor hatte er einen Wunsch geäußert: Er wollte in seiner Heimatstadt Kröpelin in Mecklenburg beerdigt werden. Und da vor Jahresfrist die Mauer gefallen war, konnten wir diesen seinen letzten Wunsch erfüllen.

Meine Fahrt zu der Trauerfeier von Bremen nach Kröpelin dauerte endlos. Schon in Hamburg gab es den ersten Stau. Das war aber nur die Ouvertüre, denn was folgte, war eine einzige Katastrophe. Stundenlanger Stopp in Schlutup. Auto an Auto, Abgas- und Katalysatorgeruch, Dreck und Staub, aggressive und nervöse Autofahrer. Manche hupten, weil es nicht vorwärtsging, und andere fühlten sich bemüßigt zu antworten, sodass ein ganzes Hupkonzert meine Nerven strapazierte.

In der einen Richtung fuhren die Mercedes, BMWs, VWs, die Audis, Opel- und Fordlimousinen, in der Gegenrichtung stanken die Trabis und Wartburgs, und die blaugrauen Benzin- und Ölwolken vernebelten die Straßen, und ich überlegte, ob vielleicht eine Atemmaske verhindern könnte, dass meine Lungen komplett verrußten.

Nachdem dieser Härtetest überstanden war, kam Entlastung, und ich konnte die Fenster in meinem Wagen öffnen, um mit frischer Luft die inzwischen aufgetretenen Kopfschmerzen zu vertreiben, denn ich befuhr nun die Landstraße nach Wismar mit ihren vielen wunderschönen Alleebäumen und erfreute mich an der abwechslungsreichen unverwechselbaren Landschaft, so geformt durch die letzte Eiszeit.

Dieses das Herz öffnende Bild stand allerdings in auffallendem Kontrast zu den deprimierend hässlichen und schrecklich heruntergekommenen Einheitsgraugebäuden, die in allen Orten zu besichtigen waren, die ich durchfuhr. Wie kann man nur ein Land so vor die Hunde gehen lassen, war die Frage, die mir bei diesem Anblick durch den Kopf ging. Während ich das überlegte, gingen meine Gedanken zurück in das Jahr 1960, als unsere Familie unfreiwillig den umgekehrten Weg genommen hatte. Der Weg, den ich meine, führte von Kröpelin auf verschlungenen Pfaden nach Berlin und dort über die noch offene Grenze.

Mein Schicksal, oder besser gesagt, meine Biografie im Spannungsfeld Ost/West war damals nicht außergewöhnlich. Über drei Millionen Menschen sind, wie Sie sicher wissen, nach dem Krieg in die eine Richtung gelaufen. Anfänglich mit kalkulierbarem Risiko, jedoch je näher der 13. August 1961 kam, desto gefährlicher wurde es, und nach diesem Datum war es immer eine Aktion auf Leben und Tod, wobei der Tod mehr und mehr die Oberhand gewann.

Ich war noch nicht einmal 16 Jahre alt, als wir das schöne Mecklenburg und den Staat mit dem Namen DDR verließen. Nein, verlassen ist nicht das richtige Wort. Fliehen oder flüchten trifft es besser, oder man kann auch ironisch sagen: »rübermachen«. Einigen wir uns darauf: Unsere Familie hat am 8. Mai 1960 rübergemacht.

Die offizielle DDR-Terminologie war allerdings eine andere: Die Familie W. hat in verbrecherischer Absicht die Gesetze der DDR gebrochen.

Über 30 Jahre waren nun vergangen, und ich hatte geglaubt, dass die Mauer des sich Nicht-Erinnern-Wollens, die ich 1960 bei dem Grenzübertritt zwischen Ost- und Westberlin in der U-Bahn errichtet hatte, problemlos halten würde. Ja, ich war mir sicher, dass meine ersten 16 Lebensjahre einfach so vorübergegangen waren, ohne schmerzhaft bleibende Spuren in mir zu hinterlassen. Welch dumme, welch unglaublich dumme Annahme.

Nach diesen Gedanken konzentrierten sich meine Sinne bei der Fahrt in die Vergangenheit wieder auf die Straße, denn es war nicht mehr weit.

Dann, ohne dass ich es beabsichtigte, reduzierte ich ungefähr 20 Kilometer vor meinem Ziel die Geschwindigkeit meines Autos, und in Neubukow (etwa neun Kilometer vor Kröpelin) begann es.

Erst spürte ich nur ganz leichtes Herzklopfen, dann kam eine undefinierbare unangenehme Spannung, die sich im ganzen Körper verbreitete.

Ich atmete tief durch, stellte die Musik lauter, aber das half nicht. Dann öffnete ich die vorderen Fenster des Wagens ganz und ließ mir den Fahrtwind heftig ins Gesicht wehen. Aber auch das zeigte nicht den gewünschten Effekt, und der Schweißfilm, der sich auf meiner Stirn gebildet hatte, trocknete nicht.

Jetzt waren es nur noch vier Kilometer.

In der Ferne sah ich schon die Silhouette der kleinen Stadt mit ihrer charakteristischen Kirche. Ich verminderte die Geschwindigkeit weiter, versuchte, ein Lied zu singen. Merkwürdigerweise fielen mir nur alte Pionier-, FDJ- und DDR-Kampflieder ein, deren Texte mir immer noch gut im Gedächtnis waren.

Dann sah ich linker Hand die Koppel, auf der im Sommer unsere Kühe gegrast hatten, und wenig später überfuhr ich die Bahngleise, die, einen großen Bogen schlagend, nach einigen 100 Metern wieder in den Ort hineinführten.

Jetzt spürte ich mein Herz hoch im Hals und musste das Singen abbrechen, denn mein Mund schien nur noch aus Pappe zu bestehen. Kalter klebriger Schweiß bildete sich auf meiner

Haut, und mir wurde übel. Vor den Augen flimmerte es, und meine Füße, die die Pedale des Wagens zu betätigen hatten, wurden weich und wollten ihren Dienst nicht mehr erledigen.

Ich fuhr Schritttempo. Hinter mir hupten die Trabis und Wartburgs, deren Fahrer sicher über diesen trödelnden, arroganten Wessi mit seinem schicken BMW-Schlitten unfreundliche Kommentare abgaben. Es war mir in dem Moment sch...egal. Sollten sie meckern, sollten sie fluchen, ich konnte nicht anders.

Vorbei ging es an der Baumschule. Dann langsam bergauf bis zu der auf der rechten Seite liegenden Molkerei (Bilder von Fahrradrennen mit meinem Freund und anderen Jungen auf dieser Straße erschienen in meinem Gedächtnis und auch solche vom abendlichen Reiten unserer Arbeitspferde auf die Koppel).

Ich fuhr auf den freien Platz davor und wollte aussteigen. Aber auch das schaffte ich nicht. Ich schloss die Augen, und genau so, als wenn in einem Film den Zuschauern durch schnelle Schnitte der Atem genommen werden soll, rasten frühere Geschehnisse, Orte, Freunde, Familienangehörige, Klassenkameraden, Lehrer und weiß ich noch was an mir vorüber. Bruchstücke des lange Vergangenen.

Und plötzlich kamen sie, die Tränen. Die, die ich bei meinem Weggang nicht vergießen konnte, und auch aus gekränktem Stolz nicht vergießen wollte. Ich naiver Mensch hatte geglaubt, alles hinter mir gelassen, alles abgehakt zu haben. Mein Leben war von mir beim Grenzübertritt in einem Leitzordner abgeheftet und in einen Schrank gestellt worden, verschlossen mit einem Schloss, dessen Schlüssel ich glaubte weggeworfen zu haben.

Aber die ersten anderthalb Jahrzehnte eines Lebens kann man nicht einfach verschwinden lassen. Sie nisten sich ein, bilden unauslöschliche Engramme. Diese sind und bleiben. Sie wirken, sie prägen, steuern, beeinflussen und dirigieren, ob man nun möchte oder nicht.

Bei dieser Fahrt in meine Historie habe ich das erste Mal in meinem Leben bewusst erfahren, dass Heimat mehr ist als der Ort und das Land, in dem man geboren wurde, und ganz gewiss mehr als ein paar Jahreszahlen.

Hier in diesem kleinen unscheinbaren und unattraktiven Kaff hat sich mein Fundament gebildet, auf dem alles andere, was mich ausmacht, gebaut wurde. Das weiß ich jetzt, und ich glaube, dass es gut und richtig so war.

Ein schlechtes Gewissen, aus Kröpelin einfach zu verschwinden, hatte ich damals nur Karl gegenüber, meinem besten Freund. Ich habe ihm einige Monate nach unserer Flucht geschrieben, als ich schon wieder die Schulbank in der BRD drückte. Selbstverständlich nicht direkt, denn das hätte für ihn unangenehme Folgen haben können, sondern ich wählte einen verschlungenen Weg. Einige unangenehme Verhöre seitens der Stasi, ob er Kenntnis von unserer ›Untat‹ gehabt habe, hatten er und andere mit Sicherheit sowieso erdulden müssen. Leider ging die Verbindung zu Karl später gänzlich verloren. Ich habe ihn nie wiedergesehen und von seinem schlimmen Schicksal über 30 Jahre lang nichts geahnt.

Wenn ich ehrlich bin, hatte ich wegen unserer Flucht nicht nur wegen meines Jugendfreundes Gewissensbisse. Ich hatte damals noch einen Gefährten (vielleicht war es auch eine Gefährtin). Das Wort ist untertrieben, denn eigentlich war es mehr. Es war die Liebe zu einem kleinen schwarzen Vogel, vielleicht 200 Gramm schwer, der, so habe ich schmerzhaft erfahren müssen, nach meinem Weggang nur noch einige Tage gelebt hat. Jack, meine lustige sprechende Dohle, hatte nach meinem Fortgang nicht mehr gefressen und nicht mehr getrunken. Aber vielleicht wurde das unschuldige Wesen auch getötet, denn ein im ganzen Ort bekanntes Tier, und auch noch ein so außergewöhnliches, hätte bestimmt zu der Überlegung Anlass gegeben, ob denn der neue Besitzer nicht von unserer Flucht gewusst haben müsste. Ein für ihn schwer zu kalkulierendes Risiko.

Wenn ich an meinen Jack denke, mir vorstelle, wie er auf meiner Schulter saß, wenn ich mit dem Fahrrad durch unsere kleine Stadt gefahren bin, und er dann auf einen Baum flog, aber umgehend wiederkam, wenn ich mich zu weit entfernt hatte, könnte ich heute noch heulen. Heulen aus Scham wegen meines Verrats an dem kleinen unschuldigen Wesen.

*

Zur Beerdigung meines Vaters waren viele alte Kröpeliner und einige Verwandte gekommen. Aber ich muss zugeben, dass meine Erinnerung an dieses Ereignis sehr eingeschränkt ist. Die psychische Belastung war hoch, und deshalb habe ich sehr viel von dem ganzen Drumherum vergessen.

Einen Teil der Menschen, die meinem Vater die letzte Ehre gaben, kannte ich, den Großteil jedoch nicht, und bei dem anschließenden Kaffeetrinken hatte ich große Mühe, die vielen Personen zuzuordnen. Als dann eine alte Frau, die häufig bei Erntearbeiten mitgeholfen hatte, auf mich zukam, mich umarmte und unter Tränen sagte: »Paul, dass ich das noch erleben darf«, musste ich, ob ich wollte oder nicht, mitweinen.

Etwas später sah ich einen alten Bekannten meines Vaters, der bei uns auf dem Hof die Stellmacherarbeiten erledigt hatte. Ich ging auf ihn zu, und wir unterhielten uns eine Weile. Plötzlich fiel mir ein, dass er das Haus schräg gegenüber dem meines Freundes Karl bewohnte, und ich fragte, ob er mir etwas über dessen Verbleib sagen könne.

»Ja, weißt du das nicht?«, fragte er, und als ich verneinte: »Karls Mutter ist schon lange tot und Karl …«

Aus irgendeinem Grund hatte ich das Gefühl, dass er sagen wollte: und Karl auch. Aber stattdessen sagte er: »Und Karl ist weggezogen. Wohin, das weiß ich leider nicht.«

Mein unguter Gedanke verschwand. Dann unterhielten wir uns über unseren schrecklich heruntergekommenen Hof mit den schönen Hinterlassenschaften der sozialistischen Planwirtschaft, und meine Überlegungen, wo Karl abgeblieben sein könnte, waren erst einmal aus meinem Kopf.

In der Nacht nach der Beerdigung konnte ich nicht schlafen. Zu aufwühlend war der Tag gewesen, zu intensiv beschäftigten mich die vielen Erinnerungen. So war ich müde und zerschlagen, als ich am nächsten Morgen zusammen mit meiner Schwester einen Spaziergang durch Kröpelin machte.

Als wir vor unserem ehemaligen Wohnhaus in der Strandstraße standen, die zu DDR-Zeiten Straße der Deutsch-Sowjetischen Freundschaft hieß, hielt neben uns abrupt ein Auto. Eine männliche Person sprang heraus und stürmte auf uns zu. Meine Verblüffung wich aber, als sich herausstellte, dass es Werner war, ein ehemaliger Klassenkamerad aus der POS (Polytechnische Oberschule, diese Schulform entsprach der Mittelschule in der BRD, hatte aber eine zusätzliche handwerkliche Komponente), der in unserer Klasse wegen seiner Länge und Statur ›Giraffe‹ genannt wurde.

»Mensch, Paul«, schrie er fast überschwänglich und schüttelte meine Hand. »Gestern noch habe ich zusammen mit Günter über den Republikflüchtling Paul geredet. Und weißt du, was Günter vorgeschlagen hat?«

»Erzähl«, forderte ich ihn auf.

»Wir sind übereingekommen, dass es doch schön wäre, wenn wir einmal ein Treffen der Abschlussklasse 1960 organisieren könnten. Aber nur, wenn du mitmachst.«

»Tolle Idee. Ich bin dabei, denn ich möchte natürlich auch gerne wissen, was aus euch Banditen geworden ist.«

»Klasse! Ich werde das mit Günter besprechen. So sehr viele waren wir ja sowieso nicht, und die meisten wohnen immer noch in Kröpelin oder in der Umgebung. Zumindest bei denen ließe sich etwas kurzfristig organisieren. Dass du abgehauen bist, hat damals einen ziemlichen Wirbel ausgelöst, und die Leute sind immer noch neugierig, Einzelheiten zu erfahren. Gib mir mal deine Telefonnummer.«

Ich ließ mir von meiner Schwester zwei Zettel geben, und wir notierten die Nummern gegenseitig. Dann unterhielten wir uns eine Weile, fragten, was jeweils der andere so gemacht hatte, machte und plante. Plötzlich war ihm wohl eingefallen, weshalb wir in der Stadt waren, und er sprach uns jäh sein Beileid über den Tod unseres Vaters aus, und fast im selben Atemzug sagte er: »Dass dein Freund Karl nicht mehr lebt, weißt du ja. Kannst du mir vielleicht sagen, woran er gestorben ist? Darüber gibt es nämlich nur Gerüchte.«

Mein entsetzter Blick verdeutlichte ihm, dass ich keine Ahnung hatte.

»Oh, es tut mir sehr leid, aber ich dachte, dass ihr in Kontakt standet und dass du informiert bist«, entschuldigte er sich, und der zu Boden gerichtete Blick unterstrich seine Gefühlslage. Werner verabschiedete sich schnell, was mir sehr recht war, denn eine Fortsetzung unseres Gesprächs war nach dieser niederschmetternden Nachricht nicht mehr möglich.

Mit allem hatte ich gerechnet, aber damit nicht. Karl (Kalle) Wilke gab es nicht mehr.

Ich war wie vor den Kopf geschlagen. Wie konnte das sein? Eine Krankheit? Ein Unfall? Sonst irgendetwas Schlimmes?

Ich hatte mir schon unser erstes Zusammentreffen ausgemalt, mich gefreut, ihn umarmen zu können, ihn einzuladen, ihm, vielleicht zusammen mit seiner Familie, Bremen zu zeigen, um dann behutsam zu versuchen, unsere alte Freundschaft wieder zu beleben.

Stattdessen hatte ich etwas ganz Wertvolles verloren, obwohl ich, ich muss es gestehen, über die Jahre nicht mehr so häufig an Karl gedacht hatte. Aber nicht an jemanden zu denken, heißt nicht, dass man denjenigen auch aus dem Herzen verbannt hat.

Kalle hatte immer einen Teil meines Lebens mit sich herumgetragen. Dieser Teil war nun verschwunden, und zwar unwiederbringlich. Das »weißt du noch« wird nie von einem von uns gesagt werden. Dabei hätten wir doch so viel zu erzählen gehabt, und es wäre schön gewesen, sich gemeinsam zu erinnern und über Dinge zu lachen, die nur wir beide erlebt hatten.

Eigentlich war Kalle, im Gegensatz zu mir, nicht besonders unzufrieden mit seinem Leben in der Republik gewesen. Politische Diskussionen wie so häufig mit meinem anderen Freund Friedel, der mit mir in dieselbe Klasse der POS ging, habe ich mit ihm höchst selten geführt. Politik interessierte Karl nicht, und zu dem SED-Staat hatte er ein ziemlich neutrales, man kann durchaus sagen entspanntes Verhältnis. Er hatte den Wunsch, einen Beruf zu ergreifen, der mit einer Tätigkeit in freier Natur verbunden war. Entweder zur See zu fahren und dabei eine Weltumrundung zu erleben oder Förster zu werden, oder beides nacheinander zu tun. Trotz seines Fernwehs hatte er nie die Absicht geäußert, anderswo als in Mecklenburg zu leben. Aber die von ihm erträumte Fahrt auf allen Weltmeeren hätte ihm das System nur dann gestattet, wenn eine Frau und mindestens ein Kind als *Pfand* dageblieben wären. (Einfach nur pervers solch eine Bedingung!)

Der nächste Schock kam, als ich von einem ehemaligen Lehrer erfuhr, dass Karl von eigener Hand ums Leben gekommen war. Prompt meldete sich erneut mein Gewissen: Wäre etwas zu verhindern gewesen, wenn du dich mehr gekümmert hättest? Dass der Versuch, diese Frage zu beantworten, zum Scheitern verurteilt war, wusste ich natürlich, trotzdem quälte sie mich.

Kurze Zeit später gab es eine Begebenheit, in der Karl die entscheidende Rolle innehatte, von der ich jetzt erzählen werde, die nicht nur mein Leben entscheidend beeinflussen sollte.

Ungefähr ein Jahr, nachdem wir unser Ackerland und die Kröpeliner Hofstelle auch juristisch zurückbekommen hatten, fanden meine Schwester und ich einen Käufer für unser altes Wohnhaus samt allen Nebengebäuden. Da der Großteil der Gebäude abgerissen werden musste, nutzte ich einen Besuch in Kröpelin, um mir alles noch einmal anzuschauen.

Das mit Abstand interessanteste Gebäude für mich als Kind war neben dem Wohnhaus mit seinem Dachboden voller Krimskrams, auf dem sich für einen Jungen so mancher Schatz entdecken ließ, die alte Wurstfabrik meines Großonkels, die später meinem Großvater und danach meinem Vater gehörte und die nach dem Krieg hauptsächlich als Kornspeicher diente. Dieser unförmige Betonklotz hatte mich schon immer fasziniert, strahlte er doch etwas Geheimnisvolles, Morbides aus.

Die modrigen Kellerräume waren damals mit alten verrosteten Kühlaggregaten und sonstigen technischen Gerätschaften gefüllt, und die Parterre-Etage hatte mein Vater an den Konsum vermietet. Sie war für uns Kinder deshalb nicht zugänglich. Über Steintreppen kam man dann in die drei oberen Stockwerke. Zwei davon dienten als Kornspeicher.

Der aufregendste Platz für uns Jungens war der zentrale Raum im obersten Stockwerk. Hier stand eine große Gerätschaft, von der ich bis heute nicht genau weiß, zu welchem Zweck sie zu Zeiten der Wurstherstellung gedient hatte. Dieses stillgelegte Monstrum eignete sich hervorragend als Versteck. Besonders für Dinge, von denen niemand wissen durfte. Hier hatten wir (Karl und ich) unsere ›Waffensammlung‹ deponiert (einen defekten Trommelrevolver, alte Schrotpatronen und ein verbogenes Gewehr), aber auch viele andere Sachen, die für uns besitzenswert waren, und hier bewahrte Kalle sein Tagebuch auf, von dem seine Mutter nichts wissen durfte.

Es gab aber noch etwas Faszinierendes: die Möglichkeit, auf das Dach zu gelangen.

Die alte Fabrik besaß ein Flachdach mit einer Isolierung aus Teerpappe. Das Dach war allerdings nicht waagerecht, sondern hatte eine beträchtliche Schräge, möglicherweise wegen der besseren Dichtigkeit. Für uns Kinder war es strengstens verboten, darauf herumzuklettern, denn wegen des Neigungswinkels war es gefährlich, zumal es keinerlei Randbegrenzungen gab. Die Benutzung der mittig angelegten Dachlukenöffnung war normalerweise nur über eine Leiter möglich, die in einem verschlossenen Raum aufbewahrt wurde. Aber es gab ja dieses Monstrum, und von dem konnte man mit etwas Geschick an die Dachöffnung gelangen, diese aufstoßen und sich dann hinaufhangeln.

Kalle hatte mit dem Betreten des Daches so seine Probleme, aufgrund dessen er sich häufiger von mir einige Lästereien anhören musste. Wenn er sich doch traute, blieb er in der Regel nahe dem Ausstieg und konnte zu meinem Unverständnis den schönen Ausblick nicht genießen, den man vom Rand des Gebäudes auf die Umgebung und die Stadt hatte. Er konnte nicht verstehen, dass ich diesen Nervenkitzel mochte, der sich immer dann einstellte, wenn ich an dem glatten Rand des Daches lag und in die Tiefe schaute.

Der Tag, an dem ich mich jetzt anschickte, ein letztes Mal diese Räume zu betreten, ist mir in deutlicher Erinnerung geblieben.

Durch unser altes Wohnhaus bin ich einfach nur hindurchgegangen, denn es wäre mir unangenehm gewesen, den alten neugierigen Besitzer herauszukehren. Auf dem Hof, dessen unebenes Kopfsteinpflaster als Einziges die Zeit unbeschadet überstanden hatte, befand sich kein Mensch. Links in dem

Stall, in dem damals unsere Arbeitspferde ihr Zuhause hatten, lag irgendwelcher Abfall. Rechts waren schon zwei Ställe abgerissen worden.

Ich ging weiter, in Gedanken versunken. Erinnerungen stürmten auf mich ein, und ein Gefühl der Wehmut über unwiederbringlich Verlorenes konnte ich nicht verleugnen.

Den Eingang zur Wurstfabrik hatte jemand mit Holz vernagelt. Ich lockerte zwei Bretter und kroch mühsam durch die Öffnung in das Innere. Alle Räume waren leer, zum Teil sogar besenrein gefegt. Die dicken Mauern der alten Fabrik hatten an einigen Stellen Risse, und die meisten Fenster waren eingeschlagen. Nirgendwo hatte man in den zurückliegenden Jahren etwas repariert, nirgendwo an den schäbigen Wänden frische Farbe aufgetragen.

Der Wind pfiff durch die zerborstenen Fenster und heulte schrecklich wegen der Lücken im Mauerwerk. Meine Schritte hallten in den leeren hohen Räumen und warfen vielfältiges Echo. Das Gefühl von eben war verschwunden. Ich fror und spürte, dass sich auf meinen Unterarmen eine Gänsehaut bildete. Plötzlich tauchte in mir der wahnwitzige Gedanke auf, dass vielleicht Karls Geist hier irgendwo herumschwebte. Obwohl ich mich wegen dieses Einfalls schämte und mich lautstark als Angsthase titulierte, wollte meine Beklemmung nicht weichen, und ich hatte das Bedürfnis kehrtzumachen. Dem wollte ich aber dann doch nicht nachgeben und ging weiter, von Raum zu Raum, bald darauf die Treppen hinauf in das nächste Stockwerk und zum Schluss auf den Boden.

Als ich dann das Ungetüm von Maschine sah, war die Angst verschwunden, und ich merkte, dass meine Augen feucht wurden.

Bei schlechtem Wetter hatte ich hier häufiger mit Kalle gesessen. Wir sprachen über unsere Probleme und haben Zukunftspläne gesponnen.

Alles war jetzt wie vor 35 Jahren, und natürlich war auch der Dachzugang noch an derselben Stelle. Wie wir es damals geschafft haben, auf das Dach zu gelangen, ohne uns den Hals zu brechen, war mir in diesem Moment allerdings schleierhaft.

Schon wollte ich wieder die Treppen herunter, als mir unser Versteck einfiel.

Mein Gedächtnis war wohl doch nicht mehr so gut, denn ich hatte erhebliche Mühe, den Hohlraum zu entdecken, in dem sich damals unsere Geheimnisse befanden. Als es dann doch geschafft war, griff ich hinein, tastete nach rechts und nach links und war etwas enttäuscht, dass nichts mehr von dem da war, was wir damals hier angesammelt hatten.

Schon wollte ich meine Hand herausziehen, als ich an der linken Seite mit den Fingern an ein Papier stieß, das ich durch diese Berührung noch ein Stückchen weiter von mir wegschob. Ich zog meine Hand zurück und versuchte, in den Hohlraum zu schauen. Erfolglos, denn es war viel zu dunkel. Vorsichtig steckte ich die Hand wieder hinein und konnte fühlen, dass dort ein einzelnes Blatt Papier lag. Mich packte die Neugier. Nach dem dritten Anlauf schaffte ich es, den Zettel mit Zeige- und Mittelfinger zu greifen und herauszuziehen.

Erst einmal legte ich meinen Fund zur Seite und klopfte mir den Schmutz von Hemd und Hose. Dann ging ich eine Treppe hinunter an ein Fenster, denn ich wollte wissen, was ich entdeckt hatte.

Es war ein großes, eng beschriebenes DIN-A4-Blatt, das allerdings nicht vollständig war. An Kalles Schrift hatte ich keinerlei Erinnerung, war mir aber wegen der Umstände sicher, dass diese Zeilen von ihm stammten. Wer außer Kalle sollte hier auch etwas deponiert haben?

Der Zettel war ziemlich brüchig und fühlte sich an wie altes dünnes Pergamentpapier. Entziffern konnte ich das Geschriebene trotz des hellen Lichts nicht, denn die Schrift war nur schemenhaft zu erkennen, außerdem hatte ich meine Lesebrille im Hotel gelassen.

Auf eine weitere Besichtigung der Hofgebäude verzichtete ich nun, denn meine Neugier auf den Inhalt des Schreibens war riesig. Auf der Fahrt zurück in mein Hotel behandelte ich den Fund so, als würde ich ein rohes Ei transportieren.

Dort angekommen, besorgte ich eine Lupe und setzte mir die Brille auf die Nase. Entgegen meiner Befürchtung konnte ich ohne Schwierigkeiten die Worte entziffern, und was ich zu lesen bekam, stürzte mich in eine riesengroße Verwirrung:

Lieber Paul,

ich schreibe diesen Brief, obwohl ich weiß, dass Du ihn nie lesen wirst.

Mir war klar, dass ihr irgendwann abhauen werdet, dennoch hatte ich angenommen, dass wir uns vorher noch verabschieden können. Zumindest hatte ich gehofft, dass Du mir eine Nachricht hinterlassen würdest. Aber ich weiß natürlich auch, dass Du gesagt hattest, dass niemand einen Hinweis auf das Datum Eurer Flucht bekommen darf. Du musstest es Deinen Eltern versprechen. Ich habe das verstanden, trotzdem war ich enttäuscht. Ich wusste natürlich, dass jedes Wort zu viel, jede Andeutung für Euch gefährlich war. Ich habe später erfahren, dass Euch die Stasi permanent beobachtet hat. Sogar auf Eurem Hof hatten sie sich eingenistet, einer eurer Arbeiter war IM. Sie wollten dich und deine Familie unbedingt erwischen.

Paul, ich hoffe, dass Dein Leben so verlaufen ist, wie Du es Dir gewünscht hast. Du bist heute bestimmt in einer guten Position bei einer großen westdeutschen Elektrofirma, hast Frau, Kinder, ein Auto und eine schöne Wohnung.

Du weißt, dass es mein Wunsch gewesen ist, einmal um die Welt zu fahren. Aber es sollte nicht sein. Als die Mauer kam, war mein Traum ausgeträumt.

Nachdem ich die Schule beendet hatte, habe ich eine Lehre als Stellmacher begonnen, diese aber nicht abgeschlossen, weil ich mit dem Meister nicht zurechtgekommen bin. Dann war ich bei der Armee, habe später eine Reihe von Sachen angefangen und auch wieder beendet. Das Richtige war nicht dabei. Ganz bestimmt habe ich auch den nötigen Fleiß vermissen lassen. Besonders dann, wenn man mit sich selbst nicht im Reinen ist, neigt man dazu, Dinge falsch anzupacken.

Eine Freundschaft wie zu dir habe ich nie wieder gefunden. Dann wäre mein Leben vielleicht anders verlaufen. Der einzige Mensch, der mich damals wirklich verstanden hatte, war meine Verlobte. Das war in der Zeit bei der Armee. Aber diese Beziehung hielt nicht, es war hauptsächlich meine Schuld.

Während meiner Lehrzeit bin ich häufig zum Rostocker Hafen gefahren, habe mir die großen Pötte angesehen und geträumt, dass ich auf solch einem Riesenkahn in alle Häfen der Welt schippern würde.

Einmal habe ich eine große Dummheit begangen und bin nachts, reichlich besoffen, in das Wasser des Hafenbeckens gestiegen. Ich wollte über einen Festmacher an Bord eines dänischen Frachters klettern, mich verstecken, um mir meinen Traum zu erfüllen. Ich war aber noch nicht einmal halb oben, als mich die Kräfte verließen und ich zurück ins Hafenbecken gefallen bin. Das Klatschen ist auf einem Wachboot gehört worden, und sie haben mich wie ein Stück Treibholz eingesammelt.

Für ein paar Tage kam ich in das Stasi-Gefängnis wegen des Versuchs der Republikflucht. Das war einfach nur schrecklich. Da ich aber überhaupt keine Sachen bei mir hatte, betrunken war und in meiner Wohnung keine Hinweise gefunden wurden, dass ich tatsächlich eine Flucht geplant hatte, haben sie mich wieder laufen lassen, aber erst, nachdem ich ein Dokument unterschrieben hatte, das mich zu einem IM machte. Ich bekam eine Verpflichtungsprämie ausgehändigt, die ich aufgrund meiner finanziellen Situation auch dringend brauchte. Nachträglich schäme ich mich dafür, bin aber zu keinem Zeitpunkt zu einem Denunzianten geworden. Und ich weiß auch schon, wie ich wieder von dem Verein loskommen kann, ohne das Geld zurückgeben zu müssen.

Dieser Plan hängt mit einer ganz schlimmen Sache zusammen, die ich teilweise beobachtet habe. Den Mann, der dafür verantwortlich war, kannte ich nicht, und ich wusste damals auch nicht, dass er Offizier bei der Stasi war. Ich habe ihn kurz darauf während eines konspirativen Treffens zufällig gesehen, hatte dann aber nicht den Mut, etwas zu sagen. Selbst beobachtet habe ich das schreckliche Geschehen nicht, das sich im Wald in der Nähe Bastorfs zugetragen hat, weil ich zu feige war und weggelaufen bin. Als ich etwas später an den Ort zurückkehrte, hing dort eine junge Frau bewegungslos und nackt an einem Baum. Ich bin dann endgültig davongelaufen, weil ich von ihrem Tod überzeugt war. Aber ich hatte mich geirrt. Elisabeth Dembrock (den Namen habe ich erst später erfahren) war nur tief bewusstlos. Sie ist anschließend in einem Rostocker Pflegeheim gestorben.

Alles steht ausführlich in einem kleinen Buch, das ich meiner Zimmerwirtin nach der Zeit meiner Lehre zur Aufbewahrung gegeben habe. Dieses unglaublich abartige Stas…

Als ich die Zeilen entziffert hatte, musste ich mich erst einmal hinsetzen.

Kein Zweifel, Kalle hatte ein Verbrechen beobachtet. Leider war das Schreiben nicht vollständig, sodass wichtige Informationen fehlten, denn der untere Teil seines Briefs war nicht mehr vorhanden. Vielleicht hatten Mäuse daran Gefallen gefunden, vielleicht war er feucht geworden und zerbröselt.

Dennoch, der lesbare Teil war so brisant, dass ich Herzklopfen bekam und ruhelos im Zimmer auf und ab lief. Sofort kamen die Fragen: Wann wurden die Zeilen geschrieben? Was ist mit dieser Frau Dembrock passiert? Und was ich mir überhaupt nicht erklären konnte: Warum hatte Karl den Brief in unser altes Versteck gelegt?

Das nächste Problem, das auftauchte, war: Was sollte ich tun, oder besser, was konnte ich tun? Aus Karls Zeilen ging hervor, dass die Stasi, oder präziser ein Stasi-Angehöriger, von ihm direkt eines Verbrechens beschuldigt wurde.

Karl muss den Brief lange nach unserer Flucht verfasst haben. Und zu dem Zeitpunkt war die Chance, dass ich irgendwann durch die Fügung des Schicksals tatsächlich in unser Versteck greifen würde, gleich null. War das Schreiben in Wahrheit gar nicht für mich bestimmt, sondern eher eines, das er für sich verfasst hatte? Vielleicht zur Entlastung seines Gewissens, denn schließlich hatte er nicht den Mut aufgebracht, den Täter zu hindern oder ihn zu bezichtigen.

Plötzlich kam mir ein weiterer Gedanke, der mich elektrisierte.

Könnte es sein, dass sein Tod irgendetwas mit dem mysteriösen Geschehen um diese Elisabeth Dembrock zu tun hatte? Oder noch anders: War die Erpressung, die Karl offensichtlich vorhatte, um von seiner Stasi-Verpflichtungserklärung freizukommen, misslungen, und hatte er deshalb sterben müssen?

Das alles waren gewagte Hypothesen, aber so ganz abwegig waren sie auch nicht, und je mehr ich darüber nachdachte, was sich damals ereignet haben könnte, desto unheimlicher wurde mir die Angelegenheit.

Da sich durch meine Gedankenspiele nichts klären lassen würde, konnte mich nur die Beantwortung einer Frage weiterbringen: Wer war Elisabeth Dembrock? Wie wurde sie zum Opfer, und was geschah damals wirklich?

Ich schaltete den PC an und musste enttäuscht feststellen, dass nirgendwo dieser Name auftauchte.

Ein anderer Gedanke kam mir.

Was wäre, wenn ich Angehörige von ihr finden würde? Ich konnte doch unmöglich hingehen und sagen, dass ich ein Brieffragment gefunden hätte, in dem ein ehemaliger Angehöriger der Staatssicherheit bezichtigt wird, vor langer Zeit ein Verbrechen an Elisabeth verübt zu haben. Aber einen definitiven Beweis für meine Behauptung hätte ich nicht. Ich könne zwar ein paar Zeilen vorweisen, allerdings ohne Datum und Unterschrift. Geschrieben von einem früheren Freund, der aber auch nicht mehr leben würde. Wahrscheinlich würde man mich mit einem Knüppel aus dem Haus jagen!

Was also sollte ich machen? Suchen oder nicht? Und: Machte die Suche nach so langer Zeit überhaupt noch Sinn?

Feigling, beschimpfte ich mich alsbald. Es ist doch sekundär, ob bei dem Herumstochern in der Vergangenheit etwas herauskommt oder nicht. Du musst einfach versuchen, Licht ins Dunkel zu bringen, das bist du Karl schuldig!

Für diesen Zweck musste ich als Erstes herausbekommen, was überhaupt passiert war.

Wer könnte Näheres wissen? Karls ehemalige Verlobte? Vielleicht, aber sicher ist das nicht. Und wie soll ich sie finden, kenne ich noch nicht einmal ihren Namen. Vielleicht ist es sinnvoller, nach dem Buch zu forschen, das Karl bei seiner ehemaligen Vermieterin deponiert hat und in dem alles schwarz auf weiß stehen soll. Das dürfte nicht allzu schwierig sein, denn ehemalige Klassenkameraden oder frühere Freunde Karls aus Kröpelin werden die notwendigen Hinweise geben können.

Dann hatte ich eine andere Idee: Ich erinnerte mich an das Gespräch mit Werner, der Giraffe, und der Idee des Klassentreffens. Das war zwar schon einige Jahre her – in der Zwischenzeit war das Wiedersehenstreffen aus vielerlei Gründen immer wieder verschoben und abgesagt worden –, aber jetzt wollte ich Nägel mit Köpfen machen. Am selben Abend telefonierte ich und bat Werner, dieses nun endlich zu organisieren! Er freute sich über den Anruf und versprach, alles sofort in die Wege zu leiten. Und tatsächlich, getreu dem Motto, was lange währt, wird endlich gut, fand es zehn Tage später statt.

Die Ersten, die in dem Restaurant auftauchten, in dem wir uns verabredet hatten, waren Werner und Günter. Als Nächste kamen Hedwig und Rosemarie, dann Marianne und Ingo. Ich muss zugeben: Auf der Straße hätte ich niemanden erkannt, und auch jetzt konnte ich nur auf den zweiten oder dritten Blick Ähnlichkeiten mit dem Klassenfoto von 1959 oder mit meinen Erinnerungen ausmachen.

Unglaublich, wie stark man sich verändert, ohne es selbst richtig wahrzunehmen.

Nach dem ersten großen Hallo dauerte es doch eine ziemliche Weile, bis sich richtige Gespräche entwickelten. Unzweifelhaft gab es zwischen uns eine Hemmschwelle. Aber nach einer Runde Sekt zum Anstoßen, einigen Bieren und einem Schnaps wurde es lockerer, und dann dauert es nicht mehr lange, bis das erste schallende Gelächter durch den Raum hallte, und mit einem Mal sah man auch in den Gesichtern die Klassenkameraden von früher.

Schnell erfuhr ich, dass mehrere Ehemalige schon verstorben waren. Auch mein damaliger Freund Friedel war darunter, mit dem ich von allen den weitaus intensivsten Kontakt gepflegt hatte. Vor einigen Monaten hatte er einen Herzinfarkt erlitten.

Wieder nahm mich diese Information sehr mit, denn wir beide waren in der 9. und 10. Klasse enger befreundet und hatten als 15-Jährige immer die systemkritischsten und schonungslosesten politischen Diskussionen geführt.

Vor der üblichen zu nichts führenden Ost-West-Diskussion ›Wer ist der bessere Mensch, Wessi oder Ossi‹ hatte ich etwas

Sorge gehabt, denn ich wusste, dass ich im Zweifelsfall meine negative Einstellung über den 1989 zusammengebrochenen Staat und auch meine Meinung hinsichtlich der Unterstützer sehr eindeutig vortragen und verteidigen würde. Aber an diesem Thema war heute niemand interessiert, und das empfand ich als wohltuend.

Erst später am Abend stellte ich dann die Fragen nach dem Verbleib von Karl und nach dem Geschehen um Elisabeth Dembrock. Mein Interesse an Elisabeth Dembrock begründete ich damit, dass ich einen Artikel über Suizidgründe in Ost und West gelesen hätte, in dem dieser Fall erwähnt wurde, der angeblich hier in der Gegend passiert war.

Während zu Karl niemand etwas Substanzielles wusste, war der Fall Dembrock bekannt.

»Das ist ja ein Zufall«, sagte Günter im Anschluss an meine Frage. »Gerade in der letzten Woche habe ich in der Stadtbäckerei Bad Doberan ihre Mutter gesehen.«

»Du kennst die Familie?«, fragte ich überrascht.

»Kennen ist übertrieben. Ich weiß, was damals passiert ist und dass die alte Frau die Ereignisse um die Flucht und den späteren Suizidversuch ihrer Tochter bis heute nicht verwunden hat.«

»Was ist denn passiert?«, bohrte ich, denn dass es auch noch um einen Fluchtversuch ging, war mir neu.

»Das war eine schreckliche Angelegenheit«, berichtete Günter weiter. »Waldarbeiter haben die junge Frau in der Nähe Bastorfs gefunden. Sie hing dort an einem Baum, und die Arbeiter glaubten, dass sie tot sei. Sie haben sie abgeschnitten, hingelegt und dann Polizei und Feuerwehr gerufen. Aber sie war nicht tot, jedenfalls nicht ganz.«

»Was heißt das, nicht ganz?«, fragte ich irritiert.

»Die Luftzufuhr muss wohl durch den Strick nicht vollständig unterbrochen gewesen sein. Sie hat dann über Wochen im

Koma gelegen. Niemand hatte damit gerechnet, dass sie je wieder aufwachen würde. Aber sie tat es, wenn auch nur kurzzeitig. Etwas später ist sie in einem Rostocker Pflegeheim gestorben.«

»Und? War es Suizid?«, fragte ich, durch seine Aussage neugierig geworden.

»Das weiß ich nicht.«

»Kennt man denn den Grund der Tat?«, wollte ich nun wissen.

»Man hat angenommen, dass Frau Dembrock sich aus Kummer umbringen wollte.«

»Was meinst du damit?«

»Na ja«, entgegnete Günter zögerlich und trank einen Schluck Bier. »Die Dembrock wollte mit ihrem Freund in den Westen abhauen. Mit dem Paddelboot von Hiddensee rüber nach Dänemark. Das ging schief. Die beiden wurden auf der See von der Grenzbrigade gestellt. Ihr Freund ist dabei ertrunken. Zumindest stand es so in der Zeitung. Wahrscheinlicher ist allerdings, dass er erschossen wurde.«

»Und du meinst, dass der Tod ihres Freundes der Grund für ihren Suizid gewesen ist?«

»Vielleicht«, sagte Günter ausweichend.

»Gab es denn noch andere?«, fragte ich weiter, denn ich konnte mir immer noch kein richtiges Bild machen.

»Was sich alles während der U-Haft abgespielt hat, weiß keiner. Aber es soll durchaus Fälle gegeben haben, wo sich Leute, die in Haft waren, später umgebracht haben.«

»Verstehe«, sagte ich, obwohl ich eher verwirrt war. Mir lagen jetzt einige Fragen zu seiner Aussage auf der Zunge, aber ich wagte sie doch nicht zu stellen, weil ich die Diskussion nicht zu sehr in Richtung Stasi leiten wollte.

»Auch musste sich Elisabeth Dembrock ganz bestimmt verpflichten, über die Flucht und über alles, was sich im Stasi-Knast abgespielt hat, zu schweigen«, ergänzte Günter.

»Woher weißt du das denn alles?«, rutschte mir raus, und ich merkte, dass das skeptisch geklungen haben musste.

»Ohne so eine Verpflichtung wurde niemand aus einem Stasi-Gefängnis entlassen. Das ist Fakt.«

»Tut mir leid, das wusste ich nicht«, erklärte ich entschuldigend.

»Kein Problem«, sagte er nachsichtig. »Es wurde auch noch gemunkelt, dass sie einen Gönner bei der Stasi hatte. Dieser Mann soll sich für die Dembrock weit aus dem Fenster gelehnt haben. Aber das sind wahrscheinlich nur Gerüchte.«

»Und wer brachte diese in Umlauf?«

»Keine Ahnung. Du weißt ja selbst: Solche Geschichten sind plötzlich da, und keiner weiß, woher sie kommen.«

Jetzt hatte ich das Gefühl, dass Günter keine Lust hatte, dieses Gespräch fortzusetzen, denn er wandte sich ab und rief nach der Bedienung.

»Weiß man denn, wer dieser uneigennützige Gönner war?«, wollte ich doch noch wissen, denn mir fielen die letzten Worte aus Karls Brief ein.

»Das weiß ich auch nicht. Aber in der Bezirksverwaltung in Rostock sollen Köpfe gerollt sein. Man munkelte, dass der Stasi-Offizier, der durchgesetzt hatte, dass Elisabeth nach Bastorf kam, nach Hohenschönhausen versetzt worden ist.«

»Sie ist nach Bastorf gekommen?«, fragte ich verblüfft.

»Ja, in die LPG Rote Erde. Sag mal, warum interessiert dich das alles so brennend?«, fragte Günter sichtlich genervt.

Sein Einwand brachte mich ins Schleudern.

»Das hat keinen speziellen Grund. Vielleicht, weil über 30 Hektar des Landes dieser LPG mal meinem Vater gehörten, bevor man sie uns weggenommen hat? Außerdem, dieser Fall interessiert mich einfach«, entgegnete ich nebulös. »Aber wegen deiner Detailkenntnis könnte man beinahe glauben, dass du dabei gewesen bist«, gab ich den Ball zurück.

»Dabei gewesen nicht, aber ich war Mitglied der Kröpeliner Feuerwehr. Wir wurden als Erste gerufen. Ich bekam damals über den Vater eines Freundes auch Informationen von der ermittelnden Kriminalpolizei. Da hört man auch schon mal Dinge, die nicht in der Zeitung stehen. Und weißt du, was das Merkwürdigste war, das die Runde machte?«

»Nein.«

»Außer ihren Haaren auf dem Kopf hatte sie kein einziges mehr am Körper. Die waren alle abrasiert. Von ihr selbst, wie die Kripo festgestellt hat. Aber warum rasiert man sich alle Haare ab und hängt sich dann auf?«

»Und?«

»Die Ermittler haben diese Tatsache mit einer pathologischen Zwangshandlung erklärt. Aber nun lass uns Schluss machen mit diesem unerfreulichen Thema.«

»Recht hast du«, stimmte ich ihm zu und spürte, dass mir bei dem ganzen Gerede der Schweiß ausgebrochen war.

Wir wandten uns wieder der Schule und den Lehrern zu. Dieses Thema konnte man entspannter angehen, denn Lehrer sind letztendlich immer und überall dieselben mit ihren Fehlern, skurrilen Eigenarten, aber auch positiven Seiten.

In der folgenden Nacht konnte ich lange nicht einschlafen, Hunderte von Gedanken hinderten mich. Auch waren am nächsten Morgen all die unbeantworteten Fragen wieder da, denn keine war wirklich auf dem Treffen beantwortet worden.

Ein Stückchen bist du aber weitergekommen, sprach ich mir Mut zu, wusste ich zumindest, dass der Name aus Karls Brief stimmte und dass die Mutter von Elisabeth Dembrock wahrscheinlich in Bad Doberan lebte.

Eine andere Frage tauchte auf, die mich beunruhigte: Hatte Kalle mit Elisabeth Dembrock etwas zu tun gehabt, oder war, wie er es in dem Brief geschrieben hatte, alles reiner Zufall gewesen? Und: Wie kam er überhaupt dazu zu behaupten, dass es kein Selbstmordversuch war, wenn er nicht Augenzeuge gewesen ist?

Die Angelegenheit wurde immer undurchsichtiger, aber auch spannender, und deshalb muss die Suche unbedingt weitergehen.

KAPITEL 6

Bad Doberan, Mecklenburg

Bevor ich mich einen Tag später auf die Landstraße zurück nach Bremen begab, machte ich einen Abstecher nach Bad Doberan, um die Anschrift von Elisabeths Mutter herauszubekommen. Ich hatte mir vorgenommen, bei der alten Frau nicht mit der Tür ins Haus zu fallen, sondern meinen Besuch im Vorfeld anzukündigen.

Wie schwer es allerdings sein kann, jemanden zu finden, von dem man außer dem Nachnamen nichts weiß, sollte ich bald erfahren.

Der einfachste Weg wäre gewesen, Günter zu fragen. Das wollte ich aber nicht, denn mein Interesse an Elisabeth Dembrock sollte sich nicht herumsprechen.

Günter hatte bei dem Treffen erzählt, Elisabeths Mutter in irgendeinem Bäckereigeschäft gesehen zu haben. Ich war mir ziemlich sicher, dass er auch einen Namen erwähnt hatte. Aber welchen? … Tja, ein gutes Gedächtnis ist manchmal von Vorteil.

Nachdem ich mein Auto im Zentrum abgestellt hatte, fragte ich eine mir entgegenkommende Frau nach einer Bäckerei.

Dort wollte ich mir dann die Namen weiterer Backstuben geben lassen. Dann würde ich mich bestimmt erinnern, was mein ehemaliger Schulkamerad gesagt hatte. Ihre Antwort, dass ich bis zur nächsten Ecke, dann links in die Straße Am Markt gehen solle und dass dann nach 200 Metern die *Stadtbäckerei* käme, die durchaus zu empfehlen ist, brachte meine Erinnerung zurück. Günter hatte von der *Stadtbäckerei* gesprochen. Die Hälfte des Problems hatte sich damit schon von selbst erledigt, und ich wertete das als gutes Omen.

Also ging ich voller Elan in dieses Geschäft, kaufte ein großes Stück Mohnkuchen und fragte beim Bezahlen, ob hier eine ältere Dame mit dem Namen Dembrock bekannt sei. Die Verkäuferin verneinte, ging dann aber freundlicherweise in den rückwärtigen Raum, um die Filialleiterin zu befragen, aber auch hier fiel die Antwort negativ aus.

Ich bedankte mich, nahm meinen Kuchen und begab mich zurück zum Wagen.

Was nun? Den Gang zum Meldeamt konnte ich mir schenken, denn eine Sammelauskunft von allen Personen mit dem besagten Namen würde ich nicht bekommen. So wusste ich im Moment nicht weiter und machte mich auf den Weg zurück in meine Heimatstadt.

Als ich das Nadelöhr Hamburg mit dem üblichen zähflüssigen Verkehr hinter mich gebracht hatte, fuhr ich auf einen Rastplatz, denn der Mohnkuchen lockte seit geraumer Zeit.

Beim Öffnen der Tüte blickte ich zufällig auf den Werbeaufdruck. Und da stand, dass es zwei Filialen dieser Bäckerei gab.

Blödmann, an diese Möglichkeit hättest du auch denken können!

In Bremen angekommen, notierte ich die Telefonnummer und die Anschrift der zweiten Filiale.

Dann forschte ich im Internet. Obwohl es immer heißt, dass man in diesem Medium jede Person finden kann, entdeckte ich nichts. Also rief ich in der zweiten Filiale an. Leider wieder vergeblich.

Nun fütterte ich meinen PC mit dem Namen meines toten Jugendfreundes. Es kamen, wie schon von mir befürchtet, so viele Links, dass es völlig unmöglich war, den einen, den richtigen herauszufiltern.

Um nicht vorzeitig aufgeben zu müssen, blieb mir nur noch die ordinäre Suche.

Ich nahm ein paar Tage Urlaub und mietete mich in Kühlungsborn in einem Hotel an der Ostseeallee ein, von dem man nur ein paar Schritte über die Straße gehen musste, um zu dem herrlichen weißen Sandstrand zu gelangen.

Am nächsten Morgen fuhr ich nach Bad Doberan. Ich hatte mir überlegt, dass es durchaus sein kann, dass Frau Dembrock in der Bäckerei doch bekannt war, aber möglicherweise nicht namentlich. Vielleicht kannte man sie vom Sehen oder konnte sie mit den tragischen Ereignissen um ihre Tochter in Verbindung bringen.

Und diese Vermutung sollte tatsächlich zutreffen, aber vollkommen anders, als ich vermutet hatte.

Als ich vor der Backstube stand, wartete ich wegen der Besonderheit der Frage so lange, bis sich kein Kunde mehr im Geschäft aufhielt, was eine Weile dauerte. Dann trat ich ein, stellte mich mit Namen vor, erklärte mein Anliegen und fragte, ob der Fall der toten jungen Frau von damals bekannt sei und wenn ja, ob jemand ihre Mutter kennen würde.

Die beiden Verkäuferinnen schauten sich fragend an. Dann schüttelten sie wie auf Kommando bedauernd ihre Köpfe und sagten übereinstimmend, dass sie weder von dem Ereignis gehört hätten noch eine Frau kennen würden, auf die solch eine Geschichte zutreffen könnte. Aber dann bekam ich doch noch den Hinweis, der sich als Volltreffer erweisen sollte.

»Vielleicht sollten Sie mal den Grochowski fragen«, sagte zum Schluss des Gesprächs eine der Frauen.

Als ich sie fragend anschaute, fügte sie lachend hinzu: »Dieser Mann weiß alles, was sich im Ort abspielt, und kennt jeden Kleinstadtklatsch seit Adolfs Zeiten.«

Nun ja, bis Adolf wollte ich nicht zurück, trotzdem klang der Ratschlag interessant.

»Und wo wohnt dieser Herr Allwissend?«, fragte ich skeptisch. Die Verkäuferin schien den ironischen Unterton nicht registriert zu haben, denn sie sagte eifrig:

»Wenn Sie aus unserem Geschäft herauskommen, gehen Sie nach rechts und dann immer geradeaus.«

Dabei zeigte sie mit weit ausholender Geste in die von mir zu gehende Richtung, um danach fortzufahren:

»Nach gut 100 Metern bekommt unsere Straße einen anderen Namen. Sie heißt dann Neue Reihe. Dort wohnt der Grochowski, ein sehr netter und hilfsbereiter Mann, wenn auch etwas eigentümlich. Ich glaube auf der linken Seite, jedenfalls ziemlich am Anfang.«

Ich bedankte mich, verließ die Bäckerei und ging in die Richtung, die sie mir gezeigt hatte.

Und tatsächlich: Schon bald fand ich den Namen an einem Wohnungsschild eines alten heruntergekommenen Hauses.

Ich klingelte. Nach einigen Sekunden brummte der Summer, und eine muntere Stimme kam durch die Sprechanlage: »Zweiter Stock!«

Der scheint ja absolut keine Angst vor irgendwelchen Leuten mit unlauteren Absichten zu haben!

Ich stieg die abgenutzte und nicht sehr saubere Holztreppe hinauf. Im zweiten Stock angekommen, drang durch eine einen Spaltbreit geöffnete Wohnungstür abermals die Stimme:

»Nur herein, wenn's kein Schneider ist!«

Unwillkürlich musste ich lächeln und folgte der Aufforderung.

»Hier, in der Küche«, bekam ich prompt die nächste Anweisung.

Ich klopfte vorsichtig an die offen stehende Tür, aus der die Stimme gekommen war, und trat ein. Beim Anblick dessen, was ich nun zu sehen bekam, hätte ich beinahe laut losgelacht.

Ein 70- bis 80-jähriger Mann, oder sollte man besser sagen Kobold?, denn er konnte allerhöchstens 1,50 Meter groß sein und 40 Kilogramm wiegen, saß mit freier Hühnerbrust und bis zu den Knien aufgekrempelten Hosenbeinen einer verschlissenen Trainingshose undefinierbarer Farbe auf einem wackligen Holzstuhl. Haare hatte er keine mehr auf dem Kopf. Dafür trug er eine gehäkelte Kippa, die mit irgendeinem zentralen Ornament verziert war. Vor ihm auf dem Fußboden stand eine große pinkfarbene Plastikschüssel, die bis zum Rand mit Seifenwasser gefüllt war und in die er seine Füße getaucht hatte. Auf dem grauweiß gestrichenen Küchentisch neben ihm stand eine große Porzellantasse mit dampfendem Milchkaffee, und daneben lagen eine längliche Metalldose und ein schmuddeliges Küchentuch.

»Entschuldigen Sie, dass ich Sie unangemeldet überfalle«, sagte ich, wurde aber sofort unterbrochen: »Wollen Sie auch einen Kaffee?«

Eigentlich könnte ich einen gebrauchen.

Meine Höflichkeit und mehr noch die Erkenntnis, dass es in diesem Haushalt mit der Hygiene nicht so weit her sein konnte, ließen mich sein freundliches Angebot ausschlagen.

»Besten Dank, ich habe gerade vor zehn Minuten einen getrunken«, log ich. »Von zu viel Koffein bekomme ich Herzklabastern.«

Der kleine Mann nickte verständnisvoll und deutete auf einen Stuhl, der auf der anderen Seite des Tisches stand. Ich dankte und setzte mich ihm gegenüber.

»Nun, was wollen Sie wissen?«, begann er zu meiner Verblüffung.

»Woher wissen Sie, dass ich etwas wissen möchte?«

»Was sollten Sie denn sonst wohl hier wollen?«, kam die Gegenfrage, deren Richtigkeit von mir mit einem Nicken bestätigt wurde.

Da er offensichtlich über einen siebten Sinn verfügte, erzählte ich freimütig, wer mich geschickt hatte, und natürlich auch, wen ich suchte. Während er noch bei der Schilderung, wie ich zu seiner Adresse kam, in sich hinein kicherte, wurden seine Gesichtszüge ernst, als ich von Elisabeth Dembrock und dem Hinweis berichtete, den ich auf ihre Mutter bekommen hatte.

»Schlimme Geschichte«, sagte er, als ich mit meinem Bericht zu Ende war. Einen Moment lang glaubte ich, dass er mir keine Auskunft geben würde, denn seine Züge wirkten verschlossen. Aber er benötigte wohl nur Zeit, um zu überlegen, und tatsächlich dauerte es nicht lange, bis der Mann fortfuhr: »Was auch immer Sie von der alten Dame an Informationen wollen, Sie werden diese nicht in der Form bekommen, die Sie sich erhoffen. Aber versuchen Sie es. Ich bin mir ziemlich sicher, dass sie mit Ihnen reden wird. Sie wird Ihnen auch alles erzählen, was sie weiß. Aber sie lebt schon seit geraumer Zeit in ihrer eigenen Welt, was die Sache schwierig machen dürfte.«

»Ich verstehe, was Sie meinen«, sagte ich.

»Tja«, entgegnete er. »In diesem Zusammenhang muss die Frage erlaubt sein, welche der beiden Welten die bessere ist. Ich weiß darauf keine Antwort. Wissen Sie eine?«

»Nein, jedenfalls keine allgemeingültige.«

»Das Schlimme ist«, fuhr Grochowski fort, »dass es vorkommt, dass Frau Dembrock gelegentlich weiß, dass ihre Tochter nicht mehr lebt, und wenn das passiert, ist sie immer ganz verzweifelt. Und manchmal, wenn sie es wieder vergessen hat, kann sie nicht begreifen, warum Elisabeth sie nicht besuchen kommt, und wirft ihr dann vor, sie allein zu lassen.«

»Sie meinen also, dass es wenig Sinn macht, sie aufzusuchen.«

»Das will ich nicht sagen. Es könnte durchaus sein, dass sie einen guten Tag hat und sich an Dinge erinnert, die Sie interessieren. Versuchen Sie einfach Ihr Glück. Auf jeden Fall wird sie sich freuen, Besuch zu bekommen. Schon das wäre ein Gewinn. Eine Bedingung habe ich allerdings, bevor Sie von mir die Adresse bekommen«, sagte er, nahm seine Füße aus der Schüssel, massierte sie und steckte sie wieder hinein.

»Und die wäre?«, fragte ich.

»Sie haben mir erzählt, wie Sie mich gefunden haben und auch wen Sie suchen. Über das Warum weiß ich aber noch nichts.«

Ich berichtete nun freimütig von Karls Brief mit seinem Verdacht, dass wahrscheinlich an Elisabeth ein Verbrechen verübt worden war. »Ich führe diese Recherche nicht aus Neugier durch, sondern erfülle sozusagen eine moralische Verpflichtung«, erklärte ich.

Er nickte. Urplötzlich hatte ich das Empfinden, dass er mit sich kämpfte.

Weiß Grochowski etwas über das Verbrechen?

Er schaute mich an, massierte seine Beine, schaute wieder und sagte dann:

»Das, was Sie vorhaben, ehrt Sie, wenn es auch zu spät kommen dürfte, denn ich kann mir nicht vorstellen, dass Sie noch etwas von Bedeutung herausfinden werden. Deshalb bekommen Sie einen wohlgemeinten Rat, wenn Sie ihn denn hören wollen.«

Mein Gefühl, dass er jetzt deutlich reservierter war als noch zu Gesprächsbeginn, verstärkte sich.

»Nur raus damit«, entgegnete ich.

»Überlegen Sie genau, wem Sie was erzählen und wen und was Sie fragen.«

»Das verstehe ich jetzt nicht«, sagte ich verblüfft.

»Dann will ich es erläutern«, erklärte Grochowski ernst. »In der DDR gab es eine lange Reihe professioneller Lügner. Behördlich geschulte Lügner ohne Skrupel. Ihr Beruf war es, anderen ihre Geheimnisse zu entlocken. Die meisten dieser Leute leben noch heute und glauben, durch die Wende unverschuldet ins Abseits geraten zu sein. Sich mit so einer Person auseinanderzusetzen , kann unerfreulich werden.«

»Danke für den Rat«, sagte ich ausweichend, unsicher, wie ich damit umgehen sollte.

Du versteckst etwas, ich habe bei dir irgendeinen wunden Punkt getroffen!

»Bei aller moralischen Verpflichtung Ihrem Freund gegenüber«, sagte Grochowski weiter eindringlich, »sollten Sie nicht vergessen, dass Sie, sollten Sie doch etwas Entscheidendes herausbekommen, weder einen Beweis erbringen können, noch wird jemand aufgrund Ihrer Erkenntnisse zur Rechenschaft gezogen. Das sollten Sie abwägen, bevor Sie bereit sind, ein Risiko einzugehen.«

»Das will ich auch nicht«, verteidigte ich mich. »Ich möchte nur erfahren, was passiert ist und was mein Freund Karl mit dieser Frau Dembrock zu tun hatte und vielleicht auch noch, was für eine Rolle das MfS dabei gespielt hat.«

»Das habe ich schon verstanden. Nehmen wir mal an, dass Elisabeth Dembrock damals keinen Suizid begangen hat, wie es in dem Schreiben Ihres toten Freundes stand. Trifft das zu, dann war es ein Mord, der vertuscht wurde.«

»Allerdings hat nach dem, was ich gehört habe, ein hinzugezogener Spezialist aus Berlin bestätigt, dass es sich um einen Suizidversuch gehandelt hat«, sagte ich.

»Das erstaunt mich nicht. So ein Spezialist hätte damals, auch ohne Bauchschmerzen zu bekommen, bestätigt, dass die Sonne im Norden aufgeht«, sagte der kleine Mann und klang dabei ziemlich verdrossen. »Noch einmal: Ich glaube, dass es für Sie besser ist, den Dreck von damals nicht aufzuwirbeln, sonst schaffen Sie sich ein Problem, das Sie nicht so gerne hätten.«

Ich wusste natürlich, was er andeuten wollte, antwortete aber bewusst begriffsstutzig: »Was denn für ein Problem?«

»Sie glauben doch nicht wirklich, dass 80.000 Hauptamtlichen ihre Tätigkeit eingestellt und ihre tschekistische Gesinnung, auf die sie äußerst stolz waren und es immer noch sind, an der Garderobe abgegeben haben. Sie können sich gar nicht vorstellen, was dieses Gesindel heute schon wieder macht!«

»Ich war bis jetzt der Annahme, dass die Institution Staatssicherheit und mit ihr das Personal in der Versenkung verschwunden sind.«

»Verschwunden? Dass ich nicht lache! Nach einer kurzen Phase der Depression nach dem Mauerfall gibt es wieder reichlich Aktivitäten. Und die alten Kämpfer kommen nicht nur zusammen, um sich in den Armen zu liegen und alte Kampflieder zu grölen. Nein, sie überlegen permanent, wie sie die durch das Zusammenwachsen der beiden deutschen Staaten erlittene Schmach tilgen können.«

»Das hätte ich nicht für möglich gehalten«, sagte ich.

»Jaja! Aber nicht nur das! Sie betreiben eine Reihe von Hilfsvereinen für einstige Genossen, hauptsächlich, um ihresgleichen mit allen Mitteln rauszuhauen, wenn doch mal einer vor Gericht kommt. Und die Mittel, die sie anwenden, sind dieselben wie früher: Lügen, Erpressung und Denunziation. Ganz nach dem Motto: Alle Anschuldigungen sind falsch und bösartig. Erstunken und erlogen, denn im MfS ist niemals jemand schuldig geworden. Außerdem sind die Gerichte der BRD abzulehnen, weil sie kein Recht sprechen, sondern ausschließlich als Siegerjustiz fungieren.«

»Unglaublich!«

»Sie sagen es. Man sollte einen in die Enge getriebenen Stasi-Offizier, der Dreck am Stecken hat, zu keinem Zeitpunkt unterschätzen. Der hat immer noch die Mittel und findet Wege, seine Krallen auszufahren. Auch wenn er nicht viel gelernt hat in seinem Leben – denunzieren, ausschalten oder mundtot machen, das beherrscht er immer noch aus dem Effeff.«

Oh, bei dem Grochowski habe ich wohl unwillentlich in ein persönliches Wespennest gestochen!

»Ich werde alles noch einmal überdenken«, erklärte ich ihm.

»Ich will Sie nicht über Gebühr ängstigen«, sagte er nun wieder entspannter. »Ich will damit nur sagen, dass Sie gut abwägen sollten zwischen Ihrem Ziel, die Wahrheit herauszufinden, und dem Risiko, das Sie eingehen, um dieses Ziel zu erreichen.«

»Darf ich fragen, ob Sie mit der Stasi schlechte Erfahrungen gemacht haben?«, fragte ich und bedauerte im selben Moment den Satz. Also fügte ich hinzu: »Entschuldigen Sie, das geht mich nichts an.«

Für einen Moment schaute er mich missmutig an, dann wurde seine Miene aber wieder freundlicher.

»Schon in Ordnung. Ich gebe Ihnen jetzt die Adresse. Sie müssen mir aber zusichern, Frau Dembrock mit Ihren Fragen nicht allzu sehr aufzuregen. Sie ist eine liebe alte Frau, die in ihrem Leben schon viel zu viel durchgemacht hat. Verstehen Sie?«

»Natürlich. Wenn ich sehe, dass es nicht funktioniert, breche ich ab. Ich verspreche es.«

»Gut. Gehen Sie in die Mollistraße. Schräg gegenüber vom Drogeriemarkt werden Sie sie finden. Die Hausnummer weiß ich nicht, aber der Name steht auf dem Schild. Meta heißt sie übrigens. Viel Glück!«

Grochowski nahm nun seine Beine endgültig aus dem Wasser, legte das bereitliegende Handtuch auf den Fußboden neben die Plastikschüssel und stellte beide Füße auf das Tuch. Dann griff er nach einem kleinen Kästchen, aus dem er einen Hornhauthobel aus Metall nahm. Erst jetzt sah ich, dass der eine Fuß knallrot, der andere dagegen deutlich blasser war.

»Wie weit können Sie noch laufen, bis es schmerzt?«, fragte ich.

»Sie sind Mediziner. Stimmt's?«

»Richtig.«

»20, 30 Meter, je nach Tagesform. Die verdammten Zigaretten. Ihre Kollegen haben mich immer davor gewarnt. Wie sagt man noch? Wer nicht hören will, muss fühlen«, kommentierte er gequält.

Da ich dieses Thema nicht vertiefen wollte, lenkte ich ab, indem ich sagte:

»Danke, Sie haben mir sehr geholfen. Darf ich Ihnen für Ihre freimütigen Auskünfte und Ratschläge eine Flasche Wein vorbeibringen?«

»Gerne«, sagte er nun lachend. »Es können ruhig auch zwei sein. Aber … darf ich denn überhaupt?«

Grochowski deutete auf sein blasses schlecht durchblutetes Bein.

»Doch, doch, durchaus. Aber nicht mehr als ein bis zwei Gläser pro Tag. Und seien Sie vorsichtig beim Entfernen der Hornhaut. Sie dürfen sich auf keinen Fall verletzen, denn die Wunde würde nur sehr schlecht oder gar nicht wieder zuheilen.«

»Danke«, sagte er. »Ich passe auf. Ich heiße übrigens Konrad.«

»Paul«, antwortete ich, und wir gaben uns die Hand.

KAPITEL 7

Nachdem ich Konrad Grochowski drei Flaschen Chianti classico vorbeigebracht hatte, machte ich mich auf den Weg zu Meta Dembrocks Wohnung.

Mein ursprünglicher Plan, mich bei der Frau per Brief anzukündigen, war durch das, was ich erfahren hatte, hinfällig geworden.

Wie kann ich sie veranlassen, mich hineinzulassen? Am besten mit einer kleinen Bestechung!

Ich ging in das ›Blumenparadies‹, kaufte einen schönen bunten Strauß und besorgte eine Schachtel Pralinen.

Mit den Geschenken begab ich mich zu ihrer Anschrift und klingelte. Erst nach dem dritten Läuten kam ein unwilliges »Ja, bitte?« aus einem winzigen schnarrenden Lautsprecher.

»Guten Tag, Frau Dembrock«, sagte ich forsch. »Ich habe Informationen zu Ihrer Tochter Elisabeth, die ich Ihnen gerne überbringen möchte. Würden Sie so freundlich sein, mir die Tür zu öffnen?«

Schweigen auf der Gegenseite.

Ich wiederholte meinen Text, dieses Mal etwas langsamer und lauter.

Erneutes Schweigen. Ein Knacken im Lautsprecher bedeutete mir, dass sie die Verbindung unterbrochen hatte.

Verdammter Mist!

Während ich noch überlegte, was ich tun könnte, klappte direkt über mir ein Fenster auf, und der Kopf einer alten Dame mit wirren grauen Haaren kam hervor.

»Was wollen Sie?«, fragte sie unfreundlich.

Gerade wollte ich meinen Spruch ein drittes Mal zum Besten geben, als mir eine Idee kam: Ich hob Blumenstrauß und

Pralinenschachtel in die Höhe und rief zusammen mit einem freundlichen Lächeln: »Von Elisabeth!«

Wie von Zauberhand verklärte sich ihr Gesicht. Aber genauso plötzlich, wie ihre positive Gefühlsregung gekommen war, war sie auch schon wieder verschwunden.

Ich rechnete nun damit, dass sie das Fenster zuschlagen würde. Aber stattdessen wurde nur ihre Mimik geringschätzig.

»Wird auch Zeit«, knurrte sie. »Moment, ich mach auf.«

Sie verschwand aus meinem Blickfeld. Kurz darauf brummte der Summer.

Frau Dembrock empfing mich an der Tür im ersten Stock und nahm mir kommentarlos die Präsente ab, die sie gleich in einen links liegenden Raum trug, an dessen Tür ein großer Zettel mit dem Wort *Küche* hing.

Dann kam sie zurück.

»Warum ist sie nicht mitgekommen?«, fauchte sie, um ihre Frage sofort selbst zu beantworten: »Ich weiß schon. Sie hat für ihre Mutter keine Zeit … wie üblich.«

Dann drehte sie sich um, ging zur nächsten Tür, an der auch ein Zettel klebte, dieses Mal mit dem Wort *Stube*. Sie öffnete und signalisierte mir zu folgen.

Ich ging hinter der betagten Dame her und betrat das Zimmer, von dem aus sie zuvor aus dem Fenster geschaut hatte. Der Raum war mit alten Möbeln bestückt, und in der Ecke stand ein kleiner Röhrenfernseher auf einer Anrichte. Der Fußboden bestand aus hell gesprenkeltem PVC. Einen Teppich gab es nicht. Mein Blick fiel auf den Wohnzimmertisch. Dort lagen einige Papierzettel unterschiedlicher Größe, die alle beschrieben waren.

Frau Dembrock hatte sich inzwischen auf einem kleinen Sessel niedergelassen, der in einer Zimmerecke neben einem winzigen runden Beistelltischchen stand, und ich wartete darauf, dass sie mir eine Sitzgelegenheit anbot.

Sie schaute nicht unfreundlich, sagte aber nichts, und ich kam mir irgendwie blöd vor. Deshalb nahm ich ungefragt einen der Stühle, setzte mich und erklärte, indem ich sie anstrahlte:

»Ich darf doch?«

Sie reagierte weder zu- noch ablehnend, sondern schaute mich nur an. Und dann brach es aus ihr heraus:

»Gestern habe ich Elisabeth noch gesagt, dass ich frisches Scheuerpulver und Schmierseife brauche. Sie hat auch versprochen, sich um die Hühner zu kümmern. Ich kann das nicht mehr. Gerade vorhin war ich noch im Stall – und was soll ich Ihnen sagen? Wieder musste ich alles sauber machen. Seit mindestens zwei Wochen hat sie sich um nichts gekümmert. Immer muss *ich* den Dreck wegputzen, immer lässt sie *mich* mit allem alleine. Aber die Eier, die hat sie alle mitgenommen! Nicht ein einziges hat sie dagelassen!«

Ich hatte keine Ahnung, worüber Frau Dembrock sprach, nahm aber an, dass sie sich gerade irgendwo in der Vergangenheit, vielleicht auf einem Bauernhof befand. Grochowski hatte recht gehabt. Viel erfahren würde ich aufgrund ihrer Demenz nicht. Trotzdem startete ich einen Versuchsballon:

»Ich werde Elisabeth den Kopf waschen und ihr sagen, dass sie die Hühner füttern und auch den Stall sauber machen muss.«

»Aber nicht vergessen«, antwortete sie mit einem schelmischen Lächeln.

»Haben Sie denn jemanden, der Ihnen beim Reinemachen hilft?«, fragte ich vorsichtig, denn ich wollte wissen, ob sie von einer Pflegerin betreut wurde.

»Was reden Sie da für einen Quatsch!«, entgegnete sie harsch und schaute mich voll Misstrauen an. »Ah, ich verstehe! Sie will ihre Mutter ins Heim bringen. Aber nicht mit mir!«

»Nein, das will sie nicht«, versuchte ich, sie zu besänftigen, »das hätte sie mir erzählt.«

Frau Dembrock ging auf meinen Einwand nicht ein.

»Sagen Sie ihr auch noch«, erklärte sie mir stattdessen, »dass sie sich unbedingt um den Antrag für die FDGB-Verschickung kümmern muss.«

»Mach ich. Darf ich mir ein Blatt Papier und einen Stift nehmen, damit ich mir das notieren kann?«, tastete ich mich weiter vor, weil ich einen Blick auf die Zettel werfen wollte, die auf dem Tisch lagen.

Da Frau Dembrock nicht widersprach, stand ich auf und nahm einige der Blätter in die Hand. Darauf standen lauter praktische Anweisungen, die sich auf Tätigkeiten des Tagesablaufs bezogen. Alle waren von derselben, vermutlich weiblichen Person geschrieben. Auf der Suche nach einem Kugelschreiber ging ich zu dem kleinen Sekretär, der an der gegenüberliegenden Wand stand. Dort lag ein Stück Pappe, auf dem zwei Telefonnummern in übergroßen Ziffern notiert waren. Eine Handynummer und eine aus dem Festnetz ohne Vorwahl, also aus Bad Doberan. Direkt an der Wand lehnten noch zwei Fotoalben, und daneben standen einige Bücher, wobei auf dem wohl selbst gefertigten ersten auf dem Pappeinband ein interessanter Titel handschriftlich geschrieben stand: *Die Welt soll es erfahren.*

Gerne hätte ich hineingeschaut, aber das wäre doch zu dreist gewesen.

Ich nahm einen der Zettel, schrieb mir die Telefonnummern ab und steckte das Papier in meine Hosentasche.

»Ich werde mich um den Antrag kümmern«, sagte ich, während ich mich zu ihr zurückdrehte, erkannte aber im selben Moment, dass sie mich gar nicht mehr wahrnahm.

Frau Dembrock hatte eine Puppe in ihre linke Armbeuge gelegt, und zwar genau in der gleichen Art, wie eine Mutter ihr Baby halten würde, und schaukelte den kleinen Kind-Ersatz hin und her. Dazu sprach sie leise beruhigende Worte und war darin so vertieft, dass ich nicht weiter stören wollte. Also ging ich hinaus und schloss hinter mir leise die Wohnungstür.

Zurück im Hotel griff ich zum Hörer, denn ich war sehr neugierig, wer sich hinter den Telefonnummern verbarg.

Bei dem Anschluss aus dem Ortsnetz meldete sich schon beim ersten Klingeln eine übellaunige Frau, die meinen Anruf wohl als Zumutung empfand. Dazu passte, dass sie ihren Namen auch auf Nachfrage nicht preisgeben wollte. Zwar bekam ich mit viel Mühe heraus, dass sie Frau Dembrock kannte, in welcher Beziehung sie zu ihr stand, wollte die Frau partout nicht verraten. Ich vermutete, dass es die Betreuerin war, die befürchtete, dass ein Finanzamtskontrolleur in der Leitung war, Sektion Schwarzarbeit.

Bei der Handynummer hatte ich keinen Erfolg. Es meldete sich niemand, und eine Mailbox war nicht eingeschaltet.

Ich musste mir zugestehen, dass mein erster Anlauf, Licht ins Dunkel zu bringen, gescheitert war, aber es gab ja eine weitere Möglichkeit. Ich musste nur herausfinden, wo Karl seine Lehre gemacht hatte, und dann hoffen, dass sein kleines Buch noch existierte.

Für diesen Zweck versuchte ich zuerst, Karls alten Nachbarn und die seiner Mutter aufzutreiben. Das war nicht schwierig, aber mehr, als dass eine Frau Wilke zusammen mit ihrem Sohn in dem kleinen Haus in der Straße der Deutsch-Sowjetischen Freundschaft gewohnt hatte und dass die Mutter irgendwann gestorben sei, erfuhr ich nicht.

Einen Tag später traf ich zufällig einen seiner früheren Mitschüler, der aber wusste auch nur, dass mein Freund nach dem überraschenden Tod seiner Mutter aus Kröpelin weggegangen war.

Tagelang klapperte ich nun alle ehemaligen Stellmachereien in der Umgebung ab und später auch noch die Tischlereien – erfolglos. Später dehnte ich meine Suche wegen der Begebenheit im Rostocker Hafen dorthin aus. Ich lernte zwar viel über Land und Leute, erntete aber auf meine Fragen immer nur bedauerndes Kopfschütteln.

Zwischenzeitlich hatte ich mehrere Male probiert, die Handynummer anzurufen, jedes Mal mit demselben frustrierenden Ergebnis. Ich war drauf und dran aufzugeben. Dann stellte ich mir die Frage, wieso Karl das Verbrechen überhaupt beobachten konnte. Er musste sich, wenn seine Anschuldigungen stimmten, am Ort des Geschehens befunden haben. Aber wie war er dorthin gekommen? Hatte er vielleicht in der Nähe gewohnt?

KAPITEL 8

Bremen

Doreen hatte es sich zur Regel gemacht, nach der Frauenstammtischrunde, die traditionsgemäß an jedem zweiten Mittwoch des Monats im ›Haus am Walde‹ stattfand, für den Heimweg zu ihrer Wohnung, die am Lehster Deich lag, ein Taxi zu nehmen. Von dieser Gewohnheit wich sie nur dann ab, wenn sich eine ihrer Freundinnen anbot, sie mitzunehmen, oder wenn Sebastian, ihr Lebensgefährte, einen seiner besonders fürsorglichen Tage hatte.

Heute war beides nicht der Fall, denn alle Teilnehmerinnen hatten eine Kleinigkeit getrunken und nahmen deshalb lieber den direkten Weg zurück nach Hause, und für Sebastian besaß ein Fußball-Champions-League-Spiel mit deutscher Beteiligung erste Priorität. Er hatte sich in einer Kneipe mit Freunden verabredet.

Von den sieben Frauen, die an den monatlichen Zusammenkünften mehr oder weniger regelmäßig teilnahmen, fanden an diesem Mittwoch fünf den Weg dorthin. Alle, mit Ausnahme von Doreen, mit eigenem Pkw.

Auch heute, wie zumeist, war es ein schöner, lustiger Abend geworden mit netten Gesprächen, Ausgelassenheit und viel Gelächter.

Doreen blieb nach der herzlichen Verabschiedung von ihren Freundinnen am Eingang des Lokals stehen, um ihr Taxi zu erwarten, das sie per Handy bestellt hatte, und schaute dem letzten Wagen (es war Kerstins Golf) winkend nach, der nach links in Richtung Borgfeld abbog.

Verdammt kalt ist es schon für einen so schönen Hochsommerabend!

Sie schloss die Knöpfe ihrer Strickjacke und zog den Anorak über, den sie sich zuvor locker über die Schulter gelegt hatte.

Bis Mitternacht fehlten nur noch 40 Minuten, und Doreen wollte möglichst schnell nach Hause, denn am nächsten Morgen musste sie früh raus.

Plötzlich verspürte sie ein eigentümliches Gefühl der Bedrohung, das sich nicht abschütteln ließ. Obwohl Doreen von Natur aus kein ängstlicher Mensch war, ging sie einige Schritte zurück in den Eingang des Restaurants.

Lächerlich, dein Verhalten.

Doreen versuchte, ihre aufgekommene Ängstlichkeit zu ignorieren. Das gelang aber nur bedingt, und kurze Zeit später musste sie auch noch an den Gruselfilm denken, den sie sich vor ein paar Tagen im Fernsehen angeschaut hatte, in dem ein pathologischer Mörder seinem Hobby nachging, einsame Frauen zwischen 22 und 24 Uhr zu jagen, sich an ihnen zu vergehen, um sie dann auch noch kreativ umzubringen.

Ein dunkel gekleideter junger Mann, der die Kapuze seines Parkas weit ins Gesicht gezogen hatte, kam aus dem Lokal. Doreen ging einige Meter von dem Hauseingang weg, hoffend, dass der Jüngling hinter ihr in Richtung der Parkplätze verschwinden würde. Den Gefallen tat er ihr nicht, sondern er blieb direkt vor der Türe stehen, schaute, zögerte, marschierte dann aufreizend langsam an ihr vorbei und musterte sie dabei herausfordernd.

Sie wich dem unverschämten Blick nicht aus, und aufgrund seines Verhaltens rechnete Doreen nun mit einer billigen Anmache. Um der zu begegnen, hatte sie sich blitzschnell ein paar unschöne Worte bereitgelegt, denn solch ein impertinentes Benehmen konnte sie auf den Tod nicht ausstehen. Zu ihrer Überraschung schnalzte der Jüngling aber nur widerlich mit der Zunge, grinste anzüglich, blieb aber stumm.

Nachdem er sich um einige Meter entfernt hatte, drehte er sich dann doch zurück, und Doreen sah es an seinem Luftholen, dass er jetzt den Spruch ablassen wollte. Dem kam sie zuvor, denn sie zeigte ihm ihren hochgereckten Mittelfinger.

»Verpiss dich, aber ganz schnell!«, rief sie zusätzlich.

Erst sah es so aus, als wolle er etwas erwidern. Dann hatte er es sich wohl überlegt, kopierte ihre anstößige Geste, machte eine abwertend-resignierende Handbewegung und ging weiter, irgendetwas Unverständliches vor sich her murmelnd.

Normalerweise mochte Doreen weder vulgäre Gesten noch schätzte sie Leute, die miteinander in Begriffen der Fäkalsprache kommunizieren. Heute gestattete sie sich diese Ausnahme, ja sie war sogar sehr zufrieden, wie sie mit der Situation umgegangen war, zumal es keine Zuhörer gegeben hatte.

Sie blickte dem Jüngling feixend hinterher. Zu ihrem Erstaunen ging er aber nicht zu den geparkten Autos, sondern verschwand in der Dunkelheit. Während sie noch überlegte, wo der junge Mann denn mitten in der Nacht hinwollte, sah sie einen Wagen mit einem leuchtenden Taxischild auf dem Dach um die Ecke biegen.

Toll, das geht ja heute richtig flott.

Doreen war erleichtert. Der große Wagen hielt, und der schon etwas ältere Fahrer kurbelte die Scheibe mit den Worten herunter: »Frau Höppner?«

Doreen bestätigte. Sie erwartete jetzt, dass der Fahrer aussteigen würde, um ihr die Tür zu öffnen. Das war aber nicht der Fall. Stattdessen lächelte er, deutete in Richtung seines Unterkörpers und sagte entschuldigend: »Meine Hüfte!« Und dann: »Steigen Sie bitte hinten ein!«

Doreen öffnete die hintere Türe auf der rechten Seite und kletterte hinein. Sie hatte sofort registriert, dass das Auto nicht das allerneuste Modell war, zudem war es nicht in der gewohnt hellen gelbbeigefarbenen Taxifarbe, sondern ganz in Schwarz lackiert. Doreen hatte sich deshalb schon auf abgenutzte, verschlissene Sitze und kalten Tabakgeruch eingestellt, war aber positiv überrascht, als sie ein topp gepflegtes Autoinneres vorfand, ganz in glänzend schwarzem Leder.

»Lehester Deich, bis ganz zum Ende«, sagte sie, legte den Gurt an und lehnte sich entspannt zurück. Erst in diesem Moment sah Doreen, dass der Wagen eine Trennscheibe aus Glas besaß, die geöffnet war. Der Fahrer, der gerade den Taxameter einschaltete, bemerkte über den Spiegel ihren erstaunten Blick. Er lächelte und erklärte ihr unaufgefordert den Grund dieser Ausstattung:

»Dieses ist das einzige Taxi in Bremen, welches früher einmal ein afrikanischer Botschafter gefahren hat«, sagte er.

»Eine afrikanische Botschaft in Bremen?«, entgegnete sie überrascht.

»Nein, nicht in Bremen. In Bonn, als die Stadt noch Regierungssitz war. Ich habe das gute Stück preiswert erworben, als in dem Land, aus dem der Diplomat kam, wieder mal ein Staatsstreich angesagt war. Danach habe ich den Wagen umrüsten lassen. Aber Sie wollen sich bestimmt nicht mein Gequatsche hören, sondern auf schnellstem Wege nach Hause.«

»Ja, eigentlich schon«, stimmte Doreen zu und überlegte einen Moment, wo der Mann wohl herkommen könnte, denn er sprach mit leichtem Dialekt.

»Wird umgehend erledigt, Madame«, erwiderte der Fahrer etwas linkisch, wendete dann schnell und gekonnt, fuhr zurück auf die Hauptstraße und weiter in Richtung Horn.

Doreen wurde durch das Brummen des Motors müde. Sie schloss die Augen und musste nach einer Weile spontan auflachen, als sie an Ursulas Einlage vom heutigen Abend dachte, die als Einzige der Stammtischgruppe ungebunden war und deshalb häufiger über neue Männerbekanntschaften erzählen konnte.

Doreen war ihr lautes Gekicher peinlich.

»Entschuldigung, ich musste gerade an etwas Lustiges denken«, rief sie nach vorne. Dabei schaute sie in den Rückspiegel des Fahrers, und beide Blicke trafen sich. Flüchtig hatte sie wieder ein mulmiges Gefühl, denn der Blick, der ihr jetzt begegnete, schien kalt und irgendwie aggressiv, jedenfalls hatte er nichts mehr von der Zuvorkommenheit, wie noch vor einigen Minuten.

Du humorloser Blödmann! Ich kann doch wohl lachen, wann und wo ich will!

Sie wandte ihren Blick ab.

Was bin ich mit einem Mal so schrecklich müde? Hoffentlich sind wir bald da, und ich kann mir die Decke über den Kopf ziehen. Aber was ist das nur für ein süßlicher Geruch? Das Parfum des letzten Gastes?

Nach einigen Minuten richtete sich Doreen auf, weil ihr das Atmen schwerfiel, und sie spürte eine Beklemmung, als hätte jemand ein Gewicht auf sie gelegt. Dann wurde ihr schwindlig, und nur mit Mühe schaffte sie es, nicht wegzutreten.

Was ist los, verdammt, wir müssten doch auch schon längst da sein!

Sie riss ihre Augen auf, schaute auf die Straße, konnte aber nicht feststellen, wo sich das Taxi befand, denn alles um sie herum war verschwommen.

Ist es dunstig geworden? Wo sind wir?

Wieder schaute sie nach draußen und erkannte mit Schrecken, dass der Mann auf einer Straße fuhr, die ihr unbekannt war. Und dann kam der nächste Schock:

Dieser Nebel ist hier bei mir im Auto! Oh mein Gott, es brennt! Warum hält der Fahrer nicht, er muss doch merken, dass etwas nicht stimmt!

»Halten Sie sofort an«, schrie sie und sah im selben Moment, dass die Trennscheibe geschlossen war.

Verzweifelt presste sie ihr Gesicht gegen das glatte kalte Glas und hämmerte wild mit den Fäusten dagegen.

Der Mann am Steuer fuhr stur geradeaus, ihn schien all das nicht zu kümmern.

Doreen sank schluchzend zurück auf die schwarz glänzenden Polster. Tränen liefen an ihren Wangen herunter, und kurze Zeit später fielen erst ihr Kopf und dann, wie in Zeitlupe, ihr Körper zur Seite. Es dauerte nicht lange, und sie zog ihre Beine an, kauerte sich in eine Ecke der Sitzbank und schlief fest ein.

Der Fahrer hatte das letzte Geschehen aufmerksam im Rückspiegel beobachtet. Er fuhr von der Straße herunter in einen Feldweg und dort hinter ein Gebüsch. Nachdem er aufmerksam die Umgebung beobachtet hatte, stieg er aus und öffnete die hinteren Türen. Er wartete einen Moment, dann packte er Doreen an den Achseln, zog sie aus dem Wagen und schleifte sie nach hinten zum Kofferraum, den er öffnete.

Dort ließ er ihren Oberkörper hineinfallen, packte dann ihre Beine, und mit einer einzigen Bewegung warf er die junge Frau endgültig hinein. Nun schlug er den Deckel zu, setzte sich ohne Eile wieder an das Steuer, und zurück ging es auf die Fahrbahn.

KAPITEL 9

Doreen kam wieder zu Bewusstsein. Sie versuchte, sich zu orientieren und zu erinnern. Beides gelang nicht. Das Einzige, was sie registrierte: Es roch fremd, es fühlte sich fremd an, und es war beängstigend still um sie herum.

Das hier ist nicht dein Bett, du bist nicht zu Hause!

Vorsichtig öffnete sie die Augen. Auf ihrer rechten Seite konnte sie ein schwaches elektrisches Glimmen erkennen.

Wo bist du, verdammt noch mal?

Sie lag auf dem Rücken und war nackt bis auf ihren Slip.

Was ist das hier, was ist mit mir passiert?

Ihr kam ein Gedanke. Sie zog ihre rechte Hand unter der Decke hervor. Zittrig fing sie an zu suchen, erst rechts, dann links.

Niemand liegt neben mir! Ist das jetzt gut oder schlecht?

So ganz allmählich kamen ihr die Geschehnisse der letzten Nacht ins Bewusstsein, und ihr Herz fing an zu hämmern.

Die Trennscheibe aus dem Auto tauchte auf, und sie sah ganz deutlich den Hinterkopf des Fahrers, der stoisch geradeaus fuhr. Sie sah ihre eigenen verkrampften Fäuste, die verzweifelt und vergeblich auf das dicke Sicherheitsglas einschlugen. Und dann dachte sie an den merkwürdigen Dunst, den scheußlichen süßlichen Geruch.

Dieses Schwein hat mich betäubt. Mit irgendeiner Chemikalie hat er mich betäubt. Er hat das Zeug in den Fond des Wagens geleitet. Deshalb die Trennscheibe. Dann hat er mich in diesen Raum geschleppt und in das Bett gelegt. Oh mein Gott, was will er von mir?

Doreen hatte nur noch einen Gedanken:

Weg, weg, weg von hier!

Sie stieß die Zudecke von sich, tastete mit den Fingern zum Bettrand und wollte gerade ihre Füße über die Kante heben, als plötzlich mehrere Deckenlampen aufflammten.

Geblendet hielt sie die Hände vor ihre Augen.

»Es ist besser, dass ich Ihnen Licht mache! Nicht dass Sie sich noch die Beine brechen! Dann habe ich die Scherereien«, kam es vorwurfsvoll aus einem Lautsprecher.

Doreen nahm nach einem Moment des Erschreckens langsam ihre Hände wieder herunter und schaute sich verängstigt um.

Sie befand sich in einem kleinen Raum, vielleicht vier mal drei Meter. Wände und Decke waren mit hellem Kunststoffmaterial ausgepolstert, und an der Decke befanden sich einige Strahler, die auf das Bett ausgerichtet waren. Und noch etwas fiel ihr auf, und das steigerte ihre Angst gewaltig: Neben dem Bett konnte sie einen großen Fleischerhaken erkennen, der aus der Deckenpolsterung herausragte. Und an dem Haken baumelte ein Seil, an dessen Ende eine Schlinge geknüpft war. Entsetzt starrte sie auf diesen schrecklichen Gegenstand, und es kostete sie große Mühe, ihren Blick von dort zu lösen.

Das Licht war hell und kalt. An der Längsseite des Raums, nahe dem Fußende, befand sich eine Öffnung im Mauerwerk, vor der ein weißer Vorhang hing, und neben dem Kopfende des Bettes, an der Querseite, eine dick gepolsterte Tür.

»Alles in Augenschein genommen?«, höhnte nun die Stimme.

Doreen sagte nichts. Sie rutschte zurück und zog die Zudecke bis zu den Schultern hoch.

»Bitte, ich möchte nach Hause«, flüsterte sie dann. »Ich verspreche, niemand wird etwas erfahren!«

»Nein«, kam es kalt aus dem Lautsprecher.

»Sie wissen doch sicher, dass neuerdings im ›Haus am Walde‹ der Vorplatz und auch der Eingangsbereich mit Kameras überwacht werden«, versuchte sie, den unsichtbaren Mann zu verunsichern. Aber Doreens Stimme zitterte, als sie leise anfügte: »Wenn die Polizei nach mir sucht, wird man ihr Auto erkennen.«

»Du willst besonders schlau sein, Doreen! Aber du bist einfach nur dämlich«, kam es aus dem Lautsprecher. »Nichts wird überwacht, und das weißt du auch. Fast mein ganzes Leben lang habe ich mir Lügengeschichten anhören müssen und alle durchschaut. Ich werde mir nicht auch noch von dir solch einen Mist erzählen lassen. Das macht mich wütend! Kapiert?«

Doreen reagierte nicht.

»Hast du das verstanden, will ich wissen?«

»Ja!«

»Und du willst doch nicht, dass ich gemein werde, oder?«

»Nein.«

»Dann sage laut und deutlich: Nein, das möchte ich nicht.«

»Nein, das möchte ich nicht.«

»Also hör auf, mir Schwachsinn aufzutischen!«

Was will er von mir? Geld? Sex? Soll ich versuchen, ihm Geld anzubieten? Nein, das ist nicht der Grund meiner Entführung. Dafür hätte er sich jemand anderen ausgesucht. Und Sex? Soll ich mich ihm anbieten?

»Ich möchte nach Hause. Mehr will ich nicht. Lassen Sie mich gehen, bitte! Ich habe Ihnen doch nichts getan«, sagte sie schwach.

»Lass das! Meine Beschuldigten haben auch immer gesagt, dass sie nichts getan hätten. Dabei haben sie die Gesetze mit Füßen getreten. Ihre Beteuerungen waren damals genauso sinnlos wie deine Versuche jetzt. Du bist schuldig, wie alle anderen Handlanger des Kapitals in der BRD schuldig sind! Kapiert?«

Was redet er? Ist er verrückt? Bestimmt kommt der Mann aus der ehemaligen DDR. Die haben doch immer BRD gesagt. Aber was soll das mit dem Kapital? Sebastian, hilf mir. Hilf mir doch! Ich drehe gleich durch!

»Bitte, das kann nicht sein! Sie müssen sich irren! Ich kenne Sie doch gar nicht!«

»Dafür kenne ich dich umso besser.«

»Was? Wieso? Woher kennen Sie mich? Sie müssen mich verwechseln.«

»Ich kenne euch alle, Ihr verdammten Revanchisten. Ihr habt unseren Staat annektiert.«

Der ist total verrückt.

»Bitte, ich weiß nicht, wovon Sie sprechen. Haben Sie doch ein Herz«, flehte Doreen in bewusst unterwürfiger Stimmlage. »Ich habe mit alldem nichts zu tun. Wenn Ihnen Unrecht widerfahren ist, dann tut es mir leid! Wirklich! Aber ich kann nichts dafür. Ich interessiere mich nicht für Politik. Bitte, ich flehe Sie an, lassen Sie mich gehen!«

»Schluss jetzt! Du hast nun genug Blödsinn von dir gegeben. Steh auf und geh ins Bad. Das ist hinter dem Vorhang. Dort ziehst du dich aus und legst deinen Slip ordentlich in den bereitstehenden Korb. Dann schüttest du das Schaumbad in die Wanne und öffnest den Warmwasserhahn. Du steigst in die Badewanne und wäschst dich gründlich. Danach nimmst du die Einmalrasierer, die auf dem Waschtisch liegen, und rasierst dir alle Körperhaare ab. Alle! Ich werde das Ergebnis kontrollieren. Verärgere mich nicht, es würde dir nicht gut bekommen!«

»Bitte, ich will das nicht mit dem Rasieren.«

Ich muss versuchen, weiter mit ihm zu sprechen. Ich muss Zeit gewinnen, ihn in eine Diskussion verwickeln. Der ist total abgedreht. Aber wenn ich mit ihm rede, bekomme ich vielleicht eine Chance.

»So! Du willst das nicht«, kam es aus dem Lautsprecher.

»Nein! Und ich mache das auch nicht. Das können Sie nicht von mir verlangen. Sie haben doch nichts von einer Frau, die nicht will. Wir können uns ja später einmal verabreden, wenn Sie das wünschen. Das wird bestimmt spannend, ein richtiges Abenteuer. Ich mag ungewöhnliche Menschen und, ich bin mir sicher, dass Sie etwas ganz Besonderes sind. Ich könnte mir vorstellen, dass …«

Weiter kam Doreen nicht.

»Du dämliche Kuh, wovon ich etwas habe und wovon nicht, das geht dich nichts an! Hast du das kapiert? Und lass dieses schwachsinnige Gefasel, damit erreichst du nichts.«

»Ja, aber haben Sie doch Mitleid!«

Oh verdammt, ich darf ihn nicht weiter provozieren. Das eben war blöd. Aber was kann ich denn sonst machen? Widerstand leisten, ihn zwingen, in den Raum zu kommen? Er weiß sicher nicht, dass ich früher mal Kampfsport gemacht habe. Aber kann ich das auch noch? Oh mein Gott, lass mich eine Idee haben. Der Kerl ist völlig verrückt!

»Doreen, merkst du nicht, dass du dich wiederholst? Du wirst es jetzt genauso machen, wie ich gesagt habe.«

»Nein, das werde ich nicht.«

»Schluss jetzt. Keine weiteren Diskussionen! Wenn du dich weigerst, werde ich dir sehr wehtun. Ich habe reichlich Erfahrung mit dem Wehtun. Aber ich glaube, dass das nicht nötig ist. Du wirst es freiwillig tun.«

»Nein, werde ich nicht!«

»Nein?«

»Nein. Sie müssten mich schon totschlagen.«

Mach ihn wütend, dann wird er unkonzentriert. Dann bekomme ich vielleicht doch eine Gelegenheit zur Flucht. Wenn er mich schlägt, tue ich als, würde ich ohnmächtig werden. Vielleicht schaffe ich es dann, aus dem Raum zu flüchten.

»Ich werde dich nicht schlagen, Doreen. Aber töten werde ich dich, da liegst du richtig. Schau mal auf den Haken in der Decke, der wartet.«

Doreen lief es kalt den Rücken herunter. Mehr noch als der Inhalt dieser furchtbaren Aussage erschreckte sie die Gefühllosigkeit in seiner Stimme. Sie schloss ihre Augen und hatte die Empfindung, in einen tiefen Abgrund zu fallen.

Dieses Schwein meint es tatsächlich ernst. Der will nicht nur Sex, das ist ein völlig durchgeknallter Sadist. Und wenn ich mich weiter weigere, bringt er mich um! Ich glaube, ich werde wirklich wahnsinnig!

»Ich zähle jetzt bis drei«, kam es wieder aus dem Lautsprecher.

Aber das war gar nicht mehr nötig. Doreen erhob sich, ging zu der Maueröffnung, schob den Plastikvorhang zur Seite und kam in einen kleinen vollständig gekachelten Raum. An der Wand vor ihr hing ein Waschbecken aus Metall, unter dem ein kleiner Wäschekorb stand. Und darin lagen ihre Anziehsachen, fein säuberlich zusammengelegt. Rechts befanden sich eine Badewanne und links eine Metalltoilette ohne Brille. Zwei Einwegrasierer lagen auf dem Waschtisch, und eine Tube mit Rasierschaum stand geöffnet daneben. Einen Spiegel gab es nicht.

Im selben Moment, als sie ihre Hand mit dem Gedanken ausstreckte, ob sie sich vielleicht mit den Klingen der Einwegrasierer verteidigen könnte, hörte sie ihn erneut:

»Für das, was dir jetzt durch den Kopf geht, taugen die Dinger nicht. Ich habe es ausprobiert. Du hast genau eine halbe

Stunde Zeit, und wenn ich mit dir zufrieden bin, dann wird alles wieder gut, und du bist bald zu Hause.«

KAPITEL 10

Hauptkommissar Walter Hausmann hatte eine einmalige Gabe, um die ihn einige seiner Kollegen beneideten. Er war in der Lage, an der Art des Klingelns seines Diensttelefons zu erkennen, ob dieses Ungemach bedeutete oder nicht. Im ersteren Fall pflegte er bisweilen das Telefonat mit einem Tastendruck und Unschuldsmine zu seinem Kollegen Jens Fiedler hinüberzustellen, der ihm im Büro gegenübersaß.

»Jens, für dich«, sagte er dann, oder auch: »Jens, deine Mutter. Scheint sehr wichtig zu sein!«

Doch eine Gefahr barg dieses Verhalten: Musste er doch immer damit rechnen, dass ein Wurfgeschoss in Form eines harten Büroartikels in Richtung seines Kopfes angeflogen kam.

An diesem Montagmorgen schrillte der Apparat an Walters Schreibtisch besonders negativ, und der Hauptkommissar schaute sich Hilfe suchend im Zimmer um. Aber eine Möglichkeit des Ausweichens gab es nicht, denn es war gerade kurz nach Dienstbeginn, und der Stuhl seines Kollegen war noch verwaist, wie nicht selten um diese frühe Uhrzeit.

In dem Bremer Kommissariat 33, zuständig für Kapitalverbrechen, hatten sich beide als Team einen guten Ruf erworben, und deshalb bekamen sie häufig die kniffligen Fälle auf den Schreibtisch, diejenigen, die man nicht mit der schnellen, aber durchaus nicht unbeliebten Hau-Ruck-Methode erledigen konnte.

Nachdem Walter Hausmann das Telefon abgenommen, seinem Gesprächspartner, ohne ihn zu unterbrechen, zugehört und sich zwischen ein paar Brummlauten einige Notizen gemacht hatte, beendete er das einseitig geführte Telefonat mit den Worten:

»Wir sind gleich da. Ist der Einsatzdienst informiert? … Gut. Lass alles weiträumig absperren. Dass mir dort niemand herumtrampelt! Das Zelt werden wir vielleicht auch brauchen, es sieht nach Regen aus. Bitte kümmere dich, dass es vor Ort ist. Okay? … Dann bis gleich.«

In dem Moment, als er den Hörer auflegte, öffnete sich die Tür, und Jens Fiedler kam hereingestürmt. »Tut mir leid, dass ich zu spät …«

»Keine Zeit für Entschuldigungsreden«, unterbrach Walter Hausmann seinen Kollegen. »Wir müssen los. Eine Frauenleiche an der Blocklander Hemmstraße!«

»Was, am Montagmorgen?«, entrüstete sich Jens Fiedler. »Meine Güte! Hat man denn neuerdings gar keine Zeit mehr, sich auszuruhen? Wenn du wüsstest, was mir alles am Wochenende passiert ist!«

»Spar dir deine Geschichtchen für später auf, wir werden erwartet!«

Kurze Zeit später starteten drei zivile Fahrzeuge mit Blaulicht und Signalhörnern von der Direktion der Kriminalpolizei In der Vahr und rasten zu dem Fundort der Toten, der sich in dem nicht weit entfernten Stadtteil Findorff befand. Kurz, bevor die Wagen das Ziel erreichten, passierten sie eine Straßensperre, an der sich der Verkehr schon staute. Den eigentlichen Fundort konnte man dann nicht mehr übersehen, denn dort standen schon mehrere Fahrzeuge mit wild zuckenden Signallichtern.

Die zwei Hauptkommissare stiegen aus dem Wagen und nahmen befriedigt zur Kenntnis, dass der Fundort tatsächlich weiträumig abgesperrt worden war und die Spezialisten in ihren weißen Schutzanzügen ihre Arbeit bereits aufgenommen hatten.

Ein Beamter, der vor der Folienabsperrung stand und darauf achtete, dass kein Unbefugter den Ring betrat, begrüßte die beiden Hauptkommissare und reichte ihnen die obligaten Latexhandschuhe und Schuhüberzieher.

»Es dauert noch einen Moment, bis ihr dürft«, sagte er entschuldigend und grinsend. »Der Doc ist schon da und wirft gerade einen Blick auf das Opfer. Ihr wisst ja, dass er es nicht mag, dabei gestört zu werden.«

»Wer hat sie gefunden?«, fragte Hauptkommissar Hausmann, während er zu dem Arzt hinüberschaute.

»Ein Autofahrer, der hinter dem Busch da hinten pinkeln wollte. Dem kam das längliche Paket verdächtig vor, und als er näher heranging, hat er gesehen, um was es sich handelt, und uns informiert.«

»Warum kam ihm das Paket verdächtig vor?«

»Das hat er nicht gesagt.«

»Hat er es etwa geöffnet?«

»Er sagt Nein. Der obere Teil der Folie hatte sich wohl beim Ablegen geöffnet. Der Kopf der Frau soll herausgeschaut haben.«

»Und wo ist dieser Mann jetzt? Ihr habt ihn doch nicht wegfahren lassen?«

»Nein, nein, keine Sorge. Er sitzt in seinem Wagen und ist völlig durcheinander. Dort drüben, in dem alten, silbernen Vectra. Eine Kollegin ist bei ihm. Macht das mal zuerst. Der Mann muss dringend zur Arbeit!«

»Gut, dann wollen wir ihn nicht warten lassen. Jens, übernimmst du das? Und bestell den Mann am besten für den

Nachmittag oder für morgen ins Präsidium für das Protokoll. Ach ja, wirf sicherheitshalber mal einen Blick in seinen Kofferraum. Dezent, versteht sich, und nicht so, wie es sonst deine Art ist.«

»Sehr spaßig«, entgegnete Jens Fiedler. »Na schön, ich nehme ihn mir mal vor. Ich muss ihm aber schon sagen, warum ich seinen Kofferraum sehen möchte. Keine Angst, ich mache es nicht mit vorgehaltener Waffe.«

Jens Fiedler ging lachend zu dem Auto, während Walter Hausmann erst einmal von außen um das Absperrband herumging und sich den Fundort von allen Seiten anschaute.

Der Ort für eine Ablage ist verdammt gut gewählt. Man kann mit dem Auto einbiegen, nach ein paar Metern drehen, anhalten, zurücksetzen, in Ruhe schauen, ob man alleine ist, den Kofferraum öffnen, die Tote herausheben und sie hinter dem Wagen ins Gras der Böschung legen. Niemandem würde das auffallen. Zu den Gartenhäusern da hinten gibt es wegen des dichten Buschwerks keine Sichtverbindung, und mit Liebespaaren ist hier auch nicht zu rechnen. Wenn sich über den Hochschulring von rechts oder links ein Auto nähert, sieht man das rechtzeitig und kann reagieren. Hat der Täter einfach Glück gehabt, oder hat er sich diesen Ort mit Akribie ausgeguckt? Wenn er mit kühler Überlegung gehandelt hat, dann ist der Mann von einem anderen Kaliber, als wenn das alles zufällig zustande gekommen ist, da bin ich mir sicher.

Walter Hausmann sah nun, dass der Doktor vom Ärztlichen Beweissicherungsdienst ihm zuwinkte. Er schlüpfte unter dem Absperrband hindurch und ging zu dem Gerichtsmediziner, der sich zuvor tief über die Leiche gebeugt hatte.

Beide Männer begrüßten sich herzlich. Dann warf der Hauptkommissar einen Blick auf das dunkelhaarige Opfer.

Keine so ganz junge Frau. Wahrscheinlich zwischen 40 und 50. Attraktiv, aber nicht schön im eigentlichen Sinne, soweit ich das in diesem Zustand beurteilen kann. Und das Entsetzen kann ich noch deutlich in ihrem Gesicht erkennen.

Walter prägte sich das Gesehene ein und schaute dann weg, weil er den Voyeurismus, der mit seinem Beruf zwangsläufig einherging, nicht mochte.

»Verdammtes perverses Schwein«, murmelte er.

»Erdrosselt mit einem dünnen Seil oder einem Draht«, riss ihn der Gerichtsmediziner aus seinen Überlegungen. »Das wird die Analyse zeigen. Schon seit über 24 Stunden tot. Mehr kann ich im Moment noch nicht sagen. Die Sicherung der Mikrospuren an dem Transportmaterial und an der Leiche machen wir besser im Institut. Sie ist übrigens vollständig unbekleidet. Sie wurde weder geworfen noch geschleift. Sie wurde, ich will es mal so formulieren, gefühlvoll hingelegt. Das bedeutet, dass der oder die Täter kräftig waren und keine Eile hatten.«

»Ist dir sonst noch etwas aufgefallen?«, fragte der Hauptkommissar.

»Ja. Eine Sache ist wirklich merkwürdig. In und am Transportplastiksack ist eine ziemliche Menge Flüssigkeit. Das Zeug riecht intensiv nach Chemie. Vielleicht, um Spuren zu vernichten. Wenn ich recht habe, hat der Kerl in weiser Voraussicht die Frau und das Verpackungsmaterial damit abgewaschen. Dann können wir uns den Test auf Abriebspuren schenken.«

»Nicht blöd, der Mistkerl«, sagte Walter Hausmann mürrisch.

»Nein. Und wahrscheinlich nicht der gehörnte Ehemann, der seine Frau im Affekt umgebracht hat. So ein Zeug haben Ehemänner nur selten in ihren Bastelwerkstätten. In diesem Fall hättet ihr ein Problem. Aber vielleicht irre ich mich auch.«

»Ich befürchte mal, du irrst dich nicht, was seine Raffinesse betrifft«, kommentierte Walter Hausmann die Aussage. »Ich hatte soeben wegen eines anderen Details eine ähnliche Überlegung. Hoffentlich täuschen wir uns beide. Wann kann ich mit ersten Ergebnissen von euch rechnen?«

»Ruf mich morgen gegen Abend an, dann weiß ich mehr. Sollte sich früher etwas ergeben, hörst du von mir. Können wir die Frau abtransportieren? Es soll bald regnen.«

»Ja, aber nur in Absprache mit der Spusi. Die sind sicher noch nicht fertig. Ich befürchte, dass unser Freund nicht viel für uns hinterlassen hat. Das habe ich im Urin.«

»Na, trotzdem gutes Gelingen. Findet den Schweinehund.«

»Wir werden uns Mühe geben.«

Die beiden Männer verabschiedeten sich, und Walter Hausmann ging zu dem leitenden Beamten des Erkennungsdienstes hinüber.

»Rudi, habt ihr irgendetwas gefunden?«

»Nein, nichts«, bekam er als Antwort. »Keine Reifenspuren, keinen Schuhabdruck, keinen Zigarettenstummel, keinen abgebrochenen Fingernagel. Einfach nichts.«

»Verdammter Mist! Sucht jeden Millimeter noch einmal gründlich ab. Vielleicht hat er ja doch einen Knopf mit seinem Monogramm verloren oder ein Haar mit Wurzel.«

»Träum weiter, Walter! Ich habe das Gefühl, dass hier alles tot ist, und damit meine ich nicht nur die Frau.«

»Ich weiß, was du meinst. Gebt euch trotzdem Mühe!«

»Dafür sind wir hier, das ist unsere höchsteigene Passion.«

»Amen!«

Walter Hausmann lächelte gequält. Er gab dem Beamten die Hand und schlüpfte wieder unter dem Absperrband hindurch. Gerade sah er noch, dass der silberne Vectra auf den Hochschulring abbog. Seine Blicke suchten jetzt seinen Kollegen Fiedler. Er entdeckte ihn und sah, dass dieser dabei war, die gleiche Runde zu drehen, die er soeben gemacht hatte.

Er wartete, bis sein Kollege damit fertig war, und ging dann zu ihm.

»Hat der Mann irgendetwas bemerkt, bevor er hier gehalten hat?«

»Nein, nichts. Er konnte uns nicht weiterhelfen. Sein Kofferraum war mit Gartenutensilien gefüllt.«

»Es wäre auch zu schön gewesen. Trotzdem, man weiß nie genau, wie manche Leute so ticken. Weißt du übrigens, was ich glaube?«

»Du wirst es mir gleich sagen.«

»Ich glaube, dass wir es mit einer harten Nuss zu tun haben.«

»Walter, bist du Hellseher? Das kannst du doch noch gar nicht wissen!«

»Für so etwas habe ich einen siebten Sinn! Alles Stein und Asphalt. Die Spusi hat absolut nichts gefunden, und der Doc sagt, dass wir an der Toten wahrscheinlich keine Täterspuren finden werden, denn sie wurde mit einer chemischen Substanz gesäubert.«

»Dann werde ich wohl meinen Urlaub für die nächste Woche canceln müssen.«

»Das ist nicht auszuschließen. Aber lass uns das entscheiden, wenn eine Identifizierung vorliegt. Vielleicht klärt sich die Sache wider Erwarten doch schnell auf.«

»Dein Wort in Gottes Gehörgang!«

»Jens, lass uns zurück ins Büro fahren. Hier können wir nichts mehr tun. Wir müssen möglichst schnell die Befragung der Anwohner organisieren, vielleicht gibt es ja doch Hinweise. Und dafür brauchen wir noch ein paar mehr Leute.«

KAPITEL 11

Zwei Tage später konstituierte sich die SOKO ›Blockland‹.

Walter Hausmann hatte die zentrale Sachbearbeitung und die Leitung der Mordkommission (MK) übernommen. Er war für das große Ganze und für das Zusammenführen der Erkenntnisse aus der Spurensicherung, der KTU und der Überprüfung von ehemalig Verurteilten oder einmal in Verdacht Geratener zuständig, während Jens Fiedler, dessen Urlaub tatsächlich abgesagt worden war, den Abschnitt Ermittlungen leitete, den Kontakt zur Staatsanwaltschaft und den anderen Behörden pflegen sollte.

Die Identität des Opfers konnte schnell geklärt werden. Es war eine 36-jährige Frau namens Doreen Höppner, die als Sekretärin in einer kleinen Baufirma im Viertel arbeitete, kinderlos war und zusammen mit ihrem Lebenspartner, einem 45-jährigen Bankangestellten, ein kleines Einfamilienhaus zur Miete in der Straße Am Lehester Deich bewohnt hatte.

Schon am Donnerstag, also einige Tage vor dem Auffinden, hatte Sebastian Paulat, der besagte Lebensgefährte, seine Freundin als vermisst gemeldet und gemutmaßt, dass mit ihr »etwas Schlimmes« passiert sein müsse. Er hatte zu Protokoll gegeben, dass sie am Mittwoch von einer Damenstammtischrunde, die im ›Haus am Walde‹, nahe der Uni und nahe dem bekannten Bremer ›Universum‹ stattgefunden hatte, nicht zurückgekehrt sei.

Von Amts wegen wurde in Krankenhäusern nachgefragt, die Reviere der Schutzpolizei bekamen einen Hinweis mit der Bitte, die Augen offen zu halten, und Herr Paulat erkundigte sich bei allen Freunden, Bekannten und nahen Verwandten, ob jemand etwas über das Verschwinden Doreens sagen könne. Alle diese Bemühungen führten zu nichts und waren nun Makulatur geworden.

Die Vorahnung, dass sich die Tätersuche als schwierig erweisen würde, bewahrheitete sich mehr und mehr, denn als die Mordkommission nach ihrer ersten Zusammenkunft, in der die Aufgaben verteilt worden waren, das zweite Mal in voller Besetzung zusammentraf, waren die Resultate immer noch dünn und standen im krassen Widerspruch zu der hektischen Betriebsamkeit, die im Präsidium herrschte.

Zum Schluss der zweiten Zusammenkunft ergriff der Hausmann als Leiter der MK das Wort:

»Kollegen, nach den jetzigen Resultaten muss man kein Prophet sein, um zu prognostizieren, dass auf uns ein hartes Stück Arbeit zukommt. Wir alle wissen, dass bei Tötungsdelikten eine Aufklärungsquote von rund 95 Prozent besteht. Wir wissen aber auch, dass diese Quote nicht existiert, weil wir samt und sonders die großen Ermittlungsgenies sind, sondern deshalb, weil bei dieser extremsten Form eines Kapitalverbrechens meist schon bei deren Entdeckung ein ganz dicker Finger in Richtung Täter zeigt. In unserem Fall gibt es leider bis jetzt noch nicht einmal ein kleines Fingerchen.

Das Umfeld der toten Frau ist unauffällig, wie wir soeben von Oberkommissar Mertens gehört haben. Der Lebenspartner hat ein wasserdichtes Alibi. Am Arbeitsplatz von Frau Höppner gab es keine Probleme. Mit ihrem Bruder hatte sie weder Auseinandersetzungen, noch ist etwas über Erbstreitigkeiten bekannt. Ihre Stammtischfreundinnen können allesamt Alibis vorweisen, und in der Gaststätte, in der sie direkt vor der Tat war, gab es an dem Abend ihres Verschwindens keine ungewöhnlichen Vorkommnisse. Den Bekanntenkreis der Frau und ihre Nachbarschaft werden wir weiter durchleuchten, aber es deutet bis jetzt nichts darauf hin, dass es einen Zusammenhang gibt. Vielleicht war Frau Höppner nur zur falschen Zeit am falschen Ort. Ich werde gleich auf diesen Punkt zurückkommen.

Dennoch sind wir nicht ganz nackt, und auf einige Dinge sollten wir ein besonderes Augenmerk lenken. Ein Taxifahrer, der am fraglichen Mittwoch nach 23 Uhr eine Fahrt zum ›Haus am Walde‹ bekommen hatte, hat sich gemeldet. Wir wissen, dass Frau Höppner mit ihrem Handy bei der Taxizentrale angerufen und einen Wagen angefordert hat. Dieses Telefonat erfolgte nicht über das Lokal. Deshalb wusste die Taxizentrale auch, dass die Anruferin eine Frau war und wohin die Fahrt gehen sollte. Beides wurde per Funk weitergegeben. Die Fahrt ist dann nach einigen Minuten wieder abgesagt worden, und das passierte ebenfalls nicht über das Telefon der Gaststätte. Der Taxifahrer hat dann eine andere Fahrt übernommen. Das wurde überprüft. Stellt sich die Frage, wer es war, der abgesagt hat? Mit großer Wahrscheinlichkeit der Täter selbst, denn er hatte schließlich ein Interesse daran, nicht mit dem echten Taxi zu kollidieren. Er muss demnach den Funk abgehört haben. Nun, das ist für jemanden, der technisch versiert ist, keine unüberwindbare Hürde. Nur riecht ein solches Verhalten verdammt nach akribischer Planung. Es wurde ein Prepaidhandy benutzt. Die Verbindungsdaten haben wir ermittelt. Sie bringen uns zwar nicht weiter, aber wir wissen dadurch definitiv, dass der Täter irgendwo in der Nähe gewartet haben muss. Die Gesprächsaufzeichnungen des Taxiunternehmens von dem Abend existieren leider nicht mehr. Da waren wir zu spät. Eine Schlussfolgerung könnte sein, dass unser Mann selbst Taxifahrer ist oder einen Wagen auf Taxi präpariert hat, denn sonst wäre die Frau bestimmt nicht eingestiegen. Diesem Ansatz werden wir nachgehen. Leider gibt es bis jetzt noch keine Zeugen, die gesehen haben, dass Frau Höppner in so ein Auto gestiegen ist. Mit diesem Punkt gehen wir an die Öffentlichkeit, denn es könnte ja sein, dass jemandem in der Umgegend ein wartendes Taxi aufgefallen ist, weil er vielleicht selbst einsteigen wollte und abgewiesen wurde. In diesem Zusammenhang kann ich auch die Frage beantworten, ob Frau Höppner ein zufälliges Opfer war oder ob der Täter sie direkt im Visier hatte. Alles spricht für einen Zufall, denn niemand konnte wissen, dass sie sich ein Taxi bestellen wird.

Ein zweiter Punkt, an dem wir vielleicht ansetzen können, ist folgender: Der Täter hat eine Substanz benutzt, die es ermöglicht, DNA-Spuren zu beseitigen. Die KTU sagt, dass diese Lösung von ähnlicher Zusammensetzung ist wie dieses DNA-Exitus-forte-Zeug, das einigen von euch sicher schon einmal untergekommen ist. Ähnlich, aber aggressiver. Einiges spricht dafür, dass der benutzte Zusatz irgendwo im Ostblock hergestellt worden ist, und zwar schon vor längerer Zeit. Das Interessante an dieser Tatsache ist wiederum, dass unser Mann ganz offensichtlich wusste, warum er die Substanz verändert hat. Wir gehen davon aus, dass er das Restrisiko von DNA-Exitus-forte kannte, nämlich, dass sich damit nicht in jedem Fall alle Verunreinigungen beseitigen lassen. Das wiederum lässt den Schluss zu, dass er Erfahrung besitzt. Entweder gut ausgebildet, oder er hat sich akribisch informiert. Wenn wir spekulieren, dass er gut ausgebildet ist, könnte man auf den Gedanken kommen, dass das irgendwo im Osten vor dem Mauerfall geschah. Aber alles das sind reine Spekulationen. Ihr seht die Schwierigkeiten, in denen wir stecken. Die Suche nach Zeugen war bis jetzt auch nicht erfolgreich. Wir haben, hauptsächlich durch die reißerischen Berichterstattungen in den Medien, jede Menge Anrufe und mussten deshalb zusätzliche Leitungen schalten. Gebracht hat es nichts, denn einen Treffer gab es bisher nicht. Wir wollen hoffen, dass sich das noch ändert. Summa summarum: bislang eine ziemliche Frustveranstaltung. So, Leute, das wär's erst einmal. Jetzt dürfen Fragen gestellt werden.«

»Kann man zu dem Tatwerkzeug, den Umständen der Tatausführung und zu den Motiven des Täters schon etwas sagen?«, meldete sich ein Oberkommissar, der vom KDD zu der Kommission gestoßen war.

»Ja, das können wir. Das Werkzeug ist eine dünne Wäscheleine aus Draht, die mit rotem Plastik ummantelt ist, wie man sie in jedem Supermarkt kaufen kann. Ein Massenprodukt, hergestellt in China. Der Täter hat der Frau die Schlinge zweifach um den Hals gelegt, wohl um ganz sicherzugehen, dass das Material nicht reißt. Noch etwas: Derjenige, der diese Schlinge geknüpft hat, war geübt, vielleicht sogar ein Spezialist. Die Gerichtsmedizin sagt auch, dass kein wirkliches Erhängen stattgefunden hat, sondern ein langsames Ersticken. Wahrscheinlich hat sich der Kerl an ihrem Todeskampf ergötzt. Ihr Sterben hat sich nach den Erkenntnissen der Mediziner über einen längeren Zeitraum hingezogen. Sie war übrigens nicht gefesselt, weder an den Füßen noch an den Händen. Vermutlich hat sie sich sogar zwischendurch mit einem Holzstock gewehrt, denn an ihrer rechten Innenhand gab es deutliche Druckstellen, und unter der Haut des Zeigefingers hat man einen dünnen Holzsplitter gefunden, der frisch eingedrungen sein muss, denn die lokale Körperabwehr hatte erst gering darauf reagiert. Erstaunlich ist in diesem Zusammenhang, dass an ihr keine Spuren eines Kampfes gesichert werden konnten. Das müsste man eigentlich erwarten, wenn sie tatsächlich mit einem Holzstock auf den Täter losgegangen ist oder sich damit verteidigt hat. Der Splitter selbst war aus alter Buche und extrem ausgetrocknet. Möbel- oder Regalholz oder so, sagt die KTU.«

»Und das Motiv?«

»Sexuell motivierter Sadismus, etwas in der Art. Aber nageln Sie mich auf diesen Punkt nicht fest. Ich bin weder Psychologe noch Hellseher.«

»Nach Spermaspuren brauche ich wohl nicht zu fragen, oder?«

»Nein. Der Doc meint, dass eine Penetration nicht stattgefunden hat, jedenfalls keine unter Zwang. Wir können also nicht eindeutig sagen, ob ein ausschließlich sexuell gefärbtes Motiv vorgelegen oder ob ihn etwas anderes angetrieben hat. Aber ich nehme mal an, dass es letztendlich doch in irgendeiner Form ein sexuelles Motiv war, denn darauf reduziert es sich doch meistens.«

»Also war es ein perverser, impotenter, weil alter, Taxi fahrender, schwanzgesteuerter Chemiker«, kam ein nicht ganz ernst gemeinter Erklärungsversuch.

»Es wäre eine von vielen Möglichkeiten«, sagte Walter Hausmann säuerlich.

»Ist sie gefoltert worden? Haben wir es vielleicht mit einem Sadisten zu tun?«, kam eine weitere Frage.

»Hinweise auf Quälereien zum Zweck, dem Opfer Schmerzen zuzufügen, hat die Rechtsmedizin nicht gefunden. Aber eine Sache ist noch äußerst ungewöhnlich: Frau Höppner hatte sich am ganzen Körper frisch rasiert.«

»Was heißt *frisch*?«

»Na ja, keine 24 Stunden vor ihrem Tod.«

»Das hieße ja, dass das erst nach ihrer Entführung gewesen sein muss.«

»Sie sagen es!«

»Das ist ja interessant. Und womit wurden die Haare entfernt?«

»Mit Einwegklingen eines bekannten Herstellers, das beweisen die Spuren. Leider wiederum Massenware«, antwortete der Hauptkommissar. »Die Rasur selbst ist mit zittriger Hand erfolgt, denn es gibt eine Reihe kleinerer Hautverletzungen. Diese wurden übrigens laut KTU mit einer Lösung zur Stillung von Blutungen behandelt.«

»Also ein fürsorglicher Täter.«

»Wohl kaum. Wir nehmen an, dass das Beobachten des Rasierens oder die Haarlosigkeit ihres Körpers für den Mann eine besondere Bedeutung hat.«

»Woher wissen wir, dass sie es selbst war, dass sie nicht von dem Täter oder einer anderen Person rasiert worden ist?«

»An den Körperstellen, die man selbst schlecht erreichen kann, ist das Ergebnis deutlich weniger exakt als an den anderen. Das beweist, dass sie sich selbst rasiert hat.«

Ein anderer Beamter meldete sich zu Wort.

»Gibt es Archiveinträge oder Hinweise aus der Zentralkartei auf einen Modustäter?«

»Gute Frage. Das haben der Kollege Fiedler und ich auch schon diskutiert. Nein, im Moment haben wir keine Hinweise, dass dieser Modus Operandi schon einmal aktenkundig war. Diese Aussage ist aber vorläufig. Wir haben beim BKA und bei Interpol Anfragen laufen. Einschränkend muss man jedoch sagen, dass es bestimmt nicht immer ins Protokoll kommt, wenn jemand rasiert ist. So etwas gilt heute ja als weitgehend normal. Noch weitere Fragen? … Nein? Dann schließe ich die Zusammenkunft. Wir treffen uns ab sofort täglich bei Dienstbeginn zur Lagebesprechung. Entschuldigt ist nur der, der sich außerhalb im Einsatz befindet. Ach ja, da ist noch eine Kleinigkeit: Sollte irgendetwas von dem, was wir hier erörtern, an die Öffentlichkeit gelangen, wird es einen weiteren Toten geben. Ans Kreuz genagelt von mir persönlich. Und nun Kollegen, an die Arbeit!«

KAPITEL 12

Noch vor dem Mittagessen kam die Nachricht, dass die Obduktion des Mordopfers vorverlegt worden war. Sie sollte schon um 13 Uhr beginnen, also drei Stunden früher als ursprünglich geplant.

Jens Fiedler, der diese Termine in der Gerichtsmedizin verabscheute, hatte sich von seiner Verpflichtung drücken wollen, indem er für 17 Uhr zwei Zeugen ins Präsidium bestellt hatte, die eine Beobachtung zu Protokoll geben wollten.

»Pech gehabt, Jens«, sagte Walter Hausmann süffisant zu seinem Kollegen, der den Anruf der Sekretärin des Rechtsmediziners entgegengenommen hatte und genau wusste, mit welchen Problemen dieser zu kämpfen hatte.

»Du täuschst dich, Walter«, entgegnete Jens entrüstet. »Eine Autopsie als solche ist für mich überhaupt kein Problem. Ich mag es nur nicht, wenn die Säge läuft, die den Schädel aufschneidet, und, na ja, der Geruch dort ist auch nicht immer so toll. Sonst macht mir das nichts aus.«

»Schon klar!«

»Das letzte Mal hatte ich etwas mit dem Magen und deshalb musste ich zwischendurch mal kurz raus.«

»Jens, du musst dich nicht rechtfertigen. Stopf etwas in die Ohren und schmiere dir gegen den Geruch Mentholsalbe unter die Nase. Kollege Koller hat immer welche in der Tasche. Sonst muss er sich übergeben, hat er mir erzählt.«

*

Kurz nach 13 Uhr stiegen die beiden Hauptkommissare die Kellertreppe im Rechtsmedizinischen Institut in der Friedrich-Karl-Straße hinab. Als Erster ging Jens Fiedler, wenn er auch um die Nase herum etwas blass aussah.

Je tiefer sie kamen, umso kälter wurde es. Das unfreundliche Neonlicht, der stärker werdende Geruch nach Formalin, der leichtes Augenbrennen auslöste, und die anderen Ausdünstungen, die wahrzunehmen waren, ließen seine Schritte langsamer werden. Nun blieb er stehen, bückte sich und begann, an seinen Schuhbändern zu nesteln.

In diesem Moment trat ein vierschrötiger Mann, der einen weiten fleckigen Kittel trug, aus einer Glastür.

»Die Hauptkommissare Hausmann und Fiedler?«, fragte er.

Als Walter Hausmann das bestätigte, stellte sich der Mann als Sektionsgehilfe vor.

»Wenn Sie mir folgen wollen«, sagte er mit ausholender Armbewegung. »Wir sind heute in Raum 2.«

»Moment«, antwortete Walter Hausmann, »mein Kollege braucht noch ein paar Sekunden. Wir finden schon den Weg und kommen gleich nach.«

»Okay«, entgegnete der Mann. »Dr. Heger und Herr Ruland sind für Ihre Sektion zuständig, der Chef ist heute in Hamburg.«

Dann schaute er auf Jens Fiedler herunter, registrierte sein blasses Gesicht und grinste.

»Wegen der anstehenden Kooperation?«, fragte Walter Hausmann, der seinem Kollegen Zeit gönnen wollte. »Ich habe davon in der Zeitung gelesen.«

»Keine Ahnung, kann sein«, erwiderte der Mann uninteressiert und verschwand.

»Alles in Ordnung, Jens?«, fragte Walter Hausmann seinen Kollegen.

»Alles gut«, kam leise die Antwort.

Jens richtete sich auf, atmete einige Male tief durch, und dann gingen beide zur Stirnseite des langen Kellerflurs.

An einer breiten Milchglasschiebetür hing ein Plakat mit großen roten Lettern: ›*Sektion 2 Kein Zutritt für Unbefugte!*‹

Walter Hausmann klopfte, und von innen ertönte eine muntere sonore Stimme:

»Kommt nur herein!«

Hauptkommissar Hausmann schob die Tür auf.

»Hallo, Walter, ihr wurdet mir schon angekündigt. Oh, wen hast du denn heute mitgebracht? Ist das nicht der Jens? Den habe ich in unseren heiligen Hallen ja lange nicht mehr gesehen«, wurden die Kommissare von einem großen aschblonden Mann begrüßt, der freundlich lächelnd an einem langen Stahltisch stand, auf dem Doreen Höppners Leichnam lag.

»Jens ist heute nicht so gut drauf«, sagte Walter Hausmann. »Also Holger, unterlass bitte deine Scherze, versprich es mir!«

»Okay, ich verspreche es. Ihr habt nichts zu befürchten. Es wird auch nicht sehr lange dauern. Die äußeren Untersuchungen und die blutchemischen Analysen wurden schon gestern abgeschlossen, und der vorläufige Befund ist euch ja schon heute Vormittag zugefaxt worden. Gibt's dazu noch Fragen?«

»Ja«, sagte Jens Fiedler, der sich gefangen hatte. »Das Entfernen der Körperhaare wurde von ihr selbst durchgeführt?«

»Das ist richtig«, bestätigte der Arzt.

»Könnte es auch sein, dass der Einwegrasierer, der dafür verwendet wurde, sowohl von ihr als auch von dem Täter benutzt wurde?«

»An die Möglichkeit hatten wir auch schon gedacht. Ich will es mal so beantworten: Alle Verletzungen, die beim Rasieren passiert sind, hat die Frau sich mit größter Sicherheit selbst zugefügt, und zwar mit der rechten Hand. Das kann man an der Richtung der Schnitte sehen. An den Stellen des Körpers, an denen keine Verletzungen gefunden wurden, kann natürlich auch jemand anderer rasiert haben. Aber warum sollte er?«

»Also unwahrscheinlich.«

»Ja.«

»Gut. Zu der Lösung, die er für die Blutstillung verwendet hat. Kannst du dazu etwas mehr sagen?«

»Nein, nur das, was ihr schon wisst. Es war eine Adrenalinlösung. In welcher Konzentration das Adrenalin verwendet und mit welcher Substanz es verdünnt wurde, kann nicht mehr eruiert werden.«

»Und dieses Zeug zur Unbrauchbarmachung von DNA-Anhaftungen?«

»Das ist gesichert worden und wird beim BKA untersucht. Einen Teil davon haben wir für eine Stellungnahme auch zum Produzenten von DNA-Exitus-forte geschickt. Für die Beantwortung einer solchen Frage fehlen uns die technischen Möglichkeiten. Ihr wisst ja, die Stadt hat kein Geld. Sonst noch Fragen?«

»Nein, zu diesem Komplex nicht.«

»Gut, dann lasst uns anfangen. Ihr seid sicher nur an der Todesursache interessiert. Kollege Ruland! Würden Sie mir bitte zur Hand gehen?«

Ein junger Mann, den man vom Aussehen her für einen Studenten im fünften Semester halten konnte, hantierte mit einer Kamera an einem Nebentisch.

»Moment, ich will nur noch die Aufnahmen sichern und stehe in einer Minute zur Verfügung«, antwortete er und ging mit seinem Fotoapparat in einen Nebenraum.

»Ein sehr fähiger junger Kollege«, erklärte der Rechtsmediziner. »Er arbeitet hier an seiner Dissertation und schlägt sich deshalb schon seit Monaten die Nächte um die Ohren. Selbst schuld. Er hätte während des Studiums Zeit genug gehabt, das zu erledigen.«

»Was?«, sagte Jens Fiedler entsetzt, »nachts, ganz alleine zwischen all den Leichen? Das könnte ich nicht.«

»Aber er hat sich noch nie beklagt, dass ihn eine gebissen hätte«, erklärte Dr. Heger und lachte lauthals.

»Holger, denk daran, was du versprochen hast«, tadelte Walter Hausmann mit einem Grinsen im Gesicht.

Der junge Arzt kam zurück.

»Den brauchen wir im Moment nicht«, sagte Dr. Heger und deutete auf den Fotoapparat, den der Assistent immer noch in der Hand hielt. »Zeig bitte mal den Kommissaren die Fotos von den Augen, das wird sie interessieren.«

»Mach ich«, sagte der junge Mann und schaltete einen Beamer ein, der auf eine weiße Leinwand an der Querwand des Raums gerichtet war.

Nach einigen schnellen Bildfolgen blieb das Gerät an dem stark vergrößerten Abbild eines Augenpaares stehen.

Dr. Heger, der gerade dabei war, mit einem Skalpell den sogenannten Kragenschnitt an der Leiche auszuführen, unterbrach seine Tätigkeit und erläuterte:

»Ihr seht hier die extreme Gefäßzeichnung in den Bindehäuten und die vielen Einblutungen. Das passiert, wenn die Blutzufuhr zum Gehirn nicht vollständig durch die Strangulation unterbrochen, sondern hauptsächlich nur das Zurückfließen des Bluts zum Herzen verhindert wird. Deshalb kommt es in der Folge zu dem Blutstau. Besteht eine ausreichende Fallhöhe, gibt es so etwas nicht. Bei unserer Frau kommt hinzu, dass der Strangulationsvorgang mehrmals unterbrochen wurde, was man an den Schnürfurchen sehen kann. Rudi, das nächste Foto.«

Ein weiteres Foto erschien auf der Leinwand, und die Polizisten sahen auf einem blassen Hautabschnitt mehrere blaurote streifenförmige Male.

Der Beamer wurde ausgeschaltet.

Dr. Heger hatte den Kragenschnitt beendet und war nun dabei, den Kehlkopf frei zu präparieren:

»Das ganze Gewebe hier ist immer noch ödematös geschwollen«, wendete er sich wieder an die Polizisten und deutete auf die geöffnete Halsregion. »Schaut her, das Zungenbein ist intakt. Es war also eindeutig ein Erdrosseln. Ich werde jetzt den Medianschnitt ausführen, der uns Hinweise auf den Zustand der inneren Organe gibt, oder um es anders zu sagen, ob das Abschneiden der Luftzufuhr bei der Frau der ausschließliche Grund für ihren Tod war.«

Mit einer einzigen Bewegung schnitt der Obduzent die Haut vom Hals bis zum Schambein auf, und sein Assistent bestimmte mit einem Zentimetermaß die Dicke der Fettschicht und notierte sie. Dann wurde der Brustraum geöffnet, und Herr Ruland goss Wasser in eine von ihm künstliche geschaffene Tasche, worauf Dr. Heger mit einer Nadel in das darunterliegende Gewebe stach.

»Test auf pathologische Luftansammlung«, erklärte er. »Ist hier nicht der Fall.«

Der Bauchraum wurde weit geöffnet, und beide Ärzte untersuchten alle sichtbaren Organe.

»Siehst du etwas Auffälliges?«, fragte Dr. Heger seinen Kollegen.

»Nein. Magen, Dünn- und Dickdarm, Netz, Leber, Gallenblase, Bauchspeicheldrüse, Milz, Nieren, Blase – alles unbeschädigt und makroskopisch unauffällig.«

»Gut, jetzt schauen wir uns mal die Lungen und das Herz an«, erklärte Dr. Heger den Polizisten. »Seht, auch hier nichts Krankhaftes. Wir untersuchen nachher noch einmal die Organe isoliert, aber ich kann mit großer Sicherheit jetzt schon sagen, dass wir nichts Gravierendes finden werden.«

Es erfolgte die Entnahme aller Organe aus Brust- und Bauchraum, die von beiden Ärzten beurteilt, gemessen und gewogen wurden. Als dann der Assistent die elektrische Säge aus einem Regal nahm, die zur Öffnung des Schädels gebraucht wurde, diese in eine Steckdose einstöpselte und aufheulen ließ, hatte Jens Fiedler genug.

»Den Rest brauche ich nicht mehr«, sagte er und ging hinaus.

KAPITEL 13

Mecklenburg

Am nächsten Tag, als ich von Bastorf nach Kühlungsborn fuhr, sah ich einen Landwirt, der gerade mit einem Traktor von seinem Hof gefahren kam und auf die Hauptstraße abbiegen wollte.

Gute Gelegenheit, der kennt sich mit Sicherheit hier aus.

Ich stoppte meinen Wagen, stieg aus und ging auf das Gespann zu. Der Mann sah mich kommen, hielt an und beugte sich aus dem Fahrerhaus.

»Na, wo soll's denn hingehen?«, fragte er neugierig.

»Das ist nicht das Problem«, entgegnete ich lächelnd. »Aber ich habe eine Frage: Wissen Sie, wo es zu DDR-Zeiten hier Stellmachereien gegeben hat? Ich suche einen Freund, der früher in einer gearbeitet haben soll.«

Ein Lächeln der Zufriedenheit glitt über sein Gesicht, und plötzlich hatte ich das Gefühl, als hätte der Landmann sehnsüchtig auf diese eine Frage gewartet.

»Kein Mensch weiß heutzutage noch, was eine Stellmacherei ist«, dozierte er, »und nichts wird mehr repariert, sondern alles neu gekauft. Aber wer kann sich das schon leisten? Nur der, der eine gut bezahlte Arbeit hat. In der DDR hatten alle Arbeit. Wissen Sie, dass das Kilo Schwarzbrot 50 Pfennig gekostet hat und dass für die Miete niemand mehr als 40 Mark bezahlen musste? Und heute?«

»Ja, früher war alles besser«, antwortete ich ironisch.

Der Mann schien meinen Kommentar als Bestätigung seiner Meinung anzusehen, denn er erhob nun seine Stimme: »Wo sind denn die blühenden Landschaften, die uns versprochen wurden? Können Sie sie irgendwo erblicken? Ich sehe nur an jeder Ecke Arbeitslose, Elend und Leute mit leeren Portemonnaies. Das alles gab es früher nicht! In der DDR hatte jeder sein Auskommen!«

Blödmann, du bist auch einer von denen, die nur durch die rosarote Ostalgie-Brille glotzen. Ich habe absolut keine Lust, mir deine Tirade anzuhören. Sag mir, wo hier Stellmachereien waren, und dann fahr wieder auf deinen Acker!

»Ja, das mit den blühenden Landschaften war ein gemeiner Trick vom dicken Kohl wegen der Wahl«, sagte ich gegen meine Überzeugung. Und dann: »Ich würde mich gerne weiter mit Ihnen unterhalten, aber ich bin leider in Eile. Wissen Sie denn, wo mein Freund gearbeitet haben könnte?«

»Kein Mensch hat heute mehr Zeit für ein vernünftiges Gespräch«, beschwerte er sich erneut mit mürrischem Gesicht, und ich glaubte schon, dass ich meine Verrenkungen umsonst gemacht hatte. Aber dann bekam ich tatsächlich zwei Adressen. Eine in Rerik, die andere in Neubukow, die ich allerdings schon kannte.

Also fuhr ich nach Rerik. Die Stellmacherei existierte dort nicht mehr, stattdessen gab es unter der Anschrift einen kleinen Antiquitätenladen.

Ich trat ein, und eine Frau fragte freundlich nach meinen Wünschen. Als ich sagte, dass ich auf der Suche nach einem ehemaligen Lehrling sei, der hier vielleicht Mitte der 60er-Jahre gearbeitet habe, rief sie nach ihrem Vater.

Ein griesgrämiger, mindestens 80-jähriger Mann kam aus einem hinteren Raum. Als ich ihm mein Problem erklärt hatte, nickte er und sagte:

»Karl Wilke. Der Junge hatte seinen Platz im Leben noch nicht gefunden. Wenn mich mein Gedächtnis nicht täuscht, kam er aus Kröpelin. Geschickt war er, aber faul und wenig interessiert. Nach der Hälfte seiner Zeit hat er in den Sack gehauen. Ist zur Volksarmee. Meinte wohl, dass es dort leichter wäre, aber da hat er sich garantiert getäuscht. Mehr weiß ich nicht. Aber fragen Sie mal die alte Frau Klüth aus dem Birkenweg. Bei der hat er gewohnt.«

Ich bedankte mich, lobte seine Exponate und fuhr zum Birkenweg.

Das kleine frisch renovierte Häuschen machte einen netten Eindruck mit den vielen Blumen und Sträuchern im Vorgarten und dem gepflegten Kiesweg, der zu einer in dunkelblau lackierten Haustür führte.

Als ich klingelte, erschallten mehrstimmiges Kindergeschrei und lautes Hundekläffen. Dann stritten sich im Inneren zwei Mädchenstimmen darüber, wer denn die Haustür öffnen dürfe, und gleichzeitig knurrten mindestens zwei Hunde, sodass ich vorsichtshalber einige Schritte zurückwich.

Es wurde von einer jungen Frau geöffnet, die mich erst einmal nicht beachtete, sondern damit beschäftigt war, den Ansturm der vielen Beine auf die Türöffnung zurückzudrängen, sodass ich ungewollt lachen musste.

»Sie wissen abends auch, was Sie getan haben«, sagte ich mitfühlend.

»Das können Sie wirklich glauben«, antwortete sie mit demonstrativ gestresster Miene. Jetzt erst schaute sie mich richtig an, und prompt verfinsterte sich ihr Gesicht.

»Oh nein, nicht schon wieder«, kam es stöhnend. »Kein Bedarf, der Herr, absolut keiner!«

»Keine Angst, ich will Ihnen nichts verkaufen«, erwiderte ich. »Ich möchte nur die alte Frau Klüth sprechen. Es geht um einen Freund von mir, der früher hier zur Untermiete gewohnt haben soll.«

»Kein Trick?«

»Nein, nein«, lachte ich, »kein Trick!«

»Dann entschuldigen Sie. In der letzten Zeit haben sich diverse Vertreter bei uns die Klinke in die Hand gedrückt. Um wen geht es denn, bitteschön?«

»Um Karl Wilke.«

»Das muss schon lange her sein. Den Namen kenne ich nicht.«

»Bald 40 Jahre!«

»Oh, da wird sich unsere Omi aber freuen! Sie freut sich immer, wenn sie etwas von den jungen Männern hört, die hier mal gewohnt haben. Sie hat ihre Jungs, wie sie sie nannte, ziemlich bemuttert, ob sie es nun wollten oder nicht.«

»Ist denn Ihre Frau Mutter für mich heute noch zu sprechen?«

»Ganz bestimmt ist sie das. Nicole, geh doch mal nach oben und schau, ob Omi schläft.«

Das größere der beiden Mädchen tobte die Treppe hoch, während die Kleinere einen Flunsch zog und zusammen mit den Hunden verschwand.

Jetzt erst stellte ich mich vor und entschuldigte mich wegen der Störung.

»Keine Ursache«, sagte die junge Frau lächelnd.

»Omi ist wach«, schallte es in dem Moment. Nun sagte meine Gesprächspartnerin etwas, das ich nicht verstand.

»Trinken Sie aber nicht mehr als einen, sonst bekommen Sie Kopfschmerzen.«

Gerade als ich nachfragen wollte, schoss das Mädchen auf dem Treppengeländer rutschend herunter und bekam dafür einen Rüffel verpasst, der sie aber wenig beeindruckte, denn sie zuckte nur gelangweilt mit den Schultern.

»Er soll hochkommen, sagt Oma«, krähte sie dann.

»Gehen Sie ruhig nach oben«, wurde ich von der jungen Frau aufgefordert.

Ich stieg die steile Holztreppe hinauf und wurde im ersten Stockwerk von einer netten älteren Dame empfangen.

Nachdem ich mich abermals vorgestellt und mein Anliegen geschildert hatte, bat sie mich hinein. Es ging in ein gemütlich eingerichtetes Zimmer, von dessen Fenster man in der Ferne ein wenig von der Ostsee erspähen konnte.

Ich durfte mich setzen, und ehe unser Gespräch begann, bot mir die Frau einen dunkelroten Schnaps an, der sich in einer Mineralwasserflasche befand.

»Ein selbst aufgesetzter Schlehenlikör, die reine Naturmedizin«, sagte sie genießerisch.

Aha, das war die Warnung von eben.

»Danke«, antwortete ich. »Aber bitte nur ein halbes Glas zum Probieren. Ich bin mit dem Wagen.«

Frau Klüth goss die Gläser randvoll.

»Schmeckt wundervoll«, lobte ich.

Der Schnaps schmeckte wirklich köstlich und eindeutig nach mehr.

Ich schilderte nun der alten Dame unter Auslassung der Geschichte um Elisabeth Dembrock, warum ich auf der Suche nach Karl war, und sie hörte interessiert zu.

»Ja, der Karl«, sagte sie danach. »Das war ein ganz Stiller. Er machte auf mich immer einen entwurzelten Eindruck. Ich glaube, dass er den Tod seiner Mutter nie überwunden hat. Kurz, bevor er zu uns kam, muss sie gestorben sein. Karl hatte leider nie den Mut, einmal sein Herz auszuschütten. Das hätte ihm sicher gutgetan! Außerdem hatte er für einen jungen Mann zu wenig Gesellschaft. Seine Lehre war auch nicht das Richtige.

Er hat mir einmal erzählt, dass er viel lieber Förster geworden wäre.«

Eine nette Frau, die sich sicher gekümmert hat!

»Wissen Sie etwas über eine Freundin oder einen engeren Freund?«, fragte ich.

»Nein, in der Zeit, als er bei mir gewohnt hat, hatte er keine Freundin, auch keinen richtigen Freund. Aber warten Sie, an den Wochenenden ist er manchmal nach Rostock gefahren.«

Prompt hatte ich die Passage aus dem Brief mit seiner IM-Verpflichtung im Kopf.

»Wissen Sie, was er in Rostock gemacht hat? Hatte er vielleicht dort eine Freundin?«, fragte ich.

»Das weiß ich nicht«, sagte die alte Frau, und ich sah ihr an, dass sie versuchte, sich zu erinnern. »Montags kam er deshalb ab und zu nicht rechtzeitig zur Arbeit«, fügte Frau Klüth hinzu. »Deshalb gab es dann Streit mit seinem Meister.«

»War das der Grund, warum er seine Lehre nicht beendet hat und wieder weggegangen ist?«

»Das weiß ich auch nicht. Vielleicht hatte das auch mit dieser Stasi-Sache zu tun.«

»Was denn für eine Stasi-Sache?«, fragte ich.

Jetzt wird's interessant.

»Na ja. Eines Tages kamen einige dieser freundlichen Herren und stellten in seinem Zimmer alles auf den Kopf. Karl war an dem Wochenende von einer Fahrt nach Rostock nicht zurückgekommen, und ich machte mir schon Sorgen.«

Ich sah Frau Klüth an, dass ihr dieses Ereignis in unguter Erinnerung geblieben war.

»So wie diese Männer gefragt haben«, fuhr sie fort, »ist er wohl beschuldigt worden, eine Republikflucht versucht zu haben. Das war aber großer Quatsch. Wenn er so etwas vorgehabt hätte, hätte ich es garantiert bemerkt. Das habe ich denen auch gesagt, aber es hat keinen interessiert.«

»Und wie ist die Sache ausgegangen?«, fragte ich gespannt.

»Tja, wie war das noch? Ich glaube, dass Karl erst einige Tage nach diesem Ereignis zurückkam.«

Da war er im Stasi-Knast und hat die Verpflichtungserklärung unterschrieben.

»Er war danach noch schweigsamer, und ich hatte das Gefühl, dass er völlig neben sich stand«, bestätigte Frau Klüth indirekt meine Überlegungen. »Ein paar Monate später ist er dann weg. Ich bin mir ziemlich sicher, dass er bei der Armee unterschrieben hatte. Mehr weiß ich nicht. Er hat mir nie erzählt, was damals in Rostock passiert ist. Aber irgendetwas war da, da bin ich mir sicher. Ich hätte ihn direkt fragen und ihm meine Hilfe anbieten sollen.«

»Sagen Sie, Frau Klüth«, fragte ich vorsichtig, »hat er Ihnen ein kleines Buch, vielleicht ein Tagebuch oder etwas Ähnliches, zur Aufbewahrung gegeben? In dem Brief an mich, von dem ich Ihnen erzählt habe, schreibt er so etwas.«

»Ja … jetzt, wo Sie es sagen, fällt es mir wieder ein«, sagte sie aufgeregt. »Das hatte ich vergessen. Aber dieses Buch existiert leider nicht mehr. Viele Jahre stand es versteckt ganz hinten in meinem Bücherschrank. Dann bin ich in den ersten Stock gezogen, weil meine Tochter sich von ihrem Mann getrennt hat und mit den Kindern zu mir gekommen ist. Deshalb musste der größte Teil meiner Bücher in den Keller. Wir hatten vor nicht allzu langer Zeit einen fürchterlichen Starkregen, und im Keller stand über einen Meter hoch das Wasser. Fast alle meine Bücher sind danach in den Müll gewandert. Das kleine Buch von Karl muss dabei gewesen sein. Vor seinem Abschied hatte er es mir in die Hand gedrückt und mich gebeten, dass ich es für ihn aufhebe. Er würde es irgendwann abholen, hat er gesagt. Aber er ist nie wieder aufgetaucht.«

»Schade. Ich war so nahe dran«, sagte ich betrübt.

»Tut mir leid, ich kann Ihre Enttäuschung verstehen. Ich

hätte auch gerne gewusst, was er da hineingeschrieben hat, und vor allen Dingen, was aus ihm geworden ist.«

»Wissen Sie denn, zu welcher Waffengattung er sich gemeldet hat? Vielleicht zur Marine?«

»Das weiß ich nicht. Aber fragen Sie mal in Berlin nach. Da muss es doch irgendwo Unterlagen geben. Wenn Sie etwas herausbekommen, würde ich Sie bitten, mich zu informieren.«

»Das ist doch selbstverständlich«, log ich. Aus irgendeinem sentimentalen Grund wollte ich der hilfsbereiten alten Frau nicht erzählen, dass Karl tot war.

Nun unterhielten wir uns noch eine Weile über allgemeine Dinge. Dann bedankte ich mich, nicht ohne mir das Rezept für den Schlehenlikör aufzuschreiben, und gab ihr meine Anschrift für den Fall, dass ihr doch noch etwas Wichtiges einfallen sollte.

Zurück in Kühlungsborn machte ich auf der Strandpromenade einen Abendspaziergang und muss zugeben, dass meine Laune dabei ziemlich mies war.

Fast eine ganze Woche Herumrennerei – und was ist dabei herausgekommen? Gar nichts!

KAPITEL 14

Bremen

Am nächsten Tag saß ich in meiner Bremer Wohnung und dachte nach.

Aufgeben oder nicht? Sehr viel Sinn machen meine Aktionen wohl nicht mehr. Gut, ich habe noch die zweite Telefonnummer, aber was soll das noch bringen? Mit dem Verlust von Karls Notizbuch ist die Chance dahin, Licht in diese mysteriöse Angelegenheit zu bringen.

Trotzdem holte ich den Telefonzettel aus meiner Brieftasche. »Paul, ein letzter Versuch«, sagte ich laut zu mir.

Schon beim zweiten Klingeln wurde zu meiner Verblüffung abgenommen, und eine Männerstimme sagte kurz angebunden, vielleicht auch etwas genervt: »Wagner.«

Ich war so überrascht, dass ich anfing zu stottern. Deshalb dauerte es eine Weile, bis es mir gelang, dem Teilnehmer auf der anderen Seite zu erklären, warum ich seine Nummer angewählt hatte und was mein Anliegen war.

»Ich gebe mal weiter«, sagte er gedehnt.

Der Mann schüttelt jetzt bestimmt verständnislos seinen Kopf.

Der Hörer wurde abgelegt, dann hörte ich ihn laut rufen:

»Susi, Telefon für dich! Aus Bremen! … Nein, ich weiß nicht, wer dran ist, es geht um Bad Doberan und deine Frau Dembrock.«

Nach einem Moment meldete sich kurzatmig eine fröhliche Stimme:

»Susanne Wagner. Mit wem spreche ich?«

Ich nannte meinen Namen, trug fast schon routineartig die Geschehnisse um meinen ehemaligen Schulfreund vor und erklärte, dass ich auf der Suche nach der Wahrheit wegen des Suizidversuchs von Elisabeth Dembrock sei, und dass mein Freund in diese Sache irgendwie verwickelt sein könnte.

»Oh, damit habe ich nun gar nicht gerechnet«, erklärte mir die Frau auf der anderen Seite des Telefons. Und dann: »Und was wollen Sie von mir?«

»Ich bin an Einzelheiten interessiert. Ich habe bis jetzt nur mit der Mutter von Elisabeth Dembrock gesprochen. Das hat mich nicht weitergebracht. Von ihr habe ich übrigens auch

Ihre Telefonnummer. Die alte Frau war aber leider nicht in der Lage, meine Fragen zu beantworten. Das ist mein Problem. Können Sie mir vielleicht weiterhelfen?«

Schweigen auf der anderen Seite.

»Hallo, sind Sie noch am Apparat?«, fragte ich nach einer Weile.

»Doch, doch«, kam es zurück. »Ich weiß schon, wovon Sie sprechen. Das war eine ganz üble Sache damals.«

Ich spürte ihr Unbehagen.

»Nicht, dass Sie mich falsch verstehen«, versuchte ich zu beschwichtigen. »Ich habe nicht die Absicht, Sie in Schwierigkeiten zu bringen, wirklich nicht!«

Oh, ich glaube, ich habe unbeabsichtigt eine Schwachstelle getroffen!

»Was Sie aber schon getan haben«, war ihre Antwort zusammen mit einem gezwungenen Lachen.

»Tut mir leid. Wenn Sie nicht weitersprechen wollen, lege ich auf. Ich konnte nicht ahnen, dass das für Sie ein wunder Punkt ist.«

»Ja, das ist es. Warum, das möchte ich nicht erörtern. Auflegen müssen Sie aber nicht, denn eigentlich bin ich ganz froh, einmal darüber zu reden. Ob ich Ihnen allerdings helfen kann, weiß ich nicht, denn ich war nicht dabei, als es passierte.«

»Aber Sie kannten Elisabeth Dembrock.«

»Ja, ich kannte sie.«

Wieder spürte ich ihre Hemmung.

»Erzählen Sie mir davon?«, versuchte ich es.

»Ich weiß nicht … na gut. Also: Ich habe in der DDR vor meinem Studium ein Jahr in der Produktion in verschiedenen Betrieben gearbeitet, um die Bedingungen zu studieren, unter denen die Werktätigen arbeiten mussten. Unter anderem auch in der LPG Rote Erde in Bastorf. Dort habe ich Elisabeth kennengelernt. Sie hatte einen Republikfluchtversuch hinter sich, ist gefasst worden und sollte sich, um einer Gefängnisstrafe zu entgehen, auf der LPG bewähren. Wir waren uns sympathisch und hatten später viele interessante Gespräche. Sie war in der Lage, Dinge differenziert zu betrachten, was man nicht von jedem behaupten konnte. Und ich hatte keine Scheu, mir ihre Positionen anzuhören, die allerdings nicht unbedingt die meinen waren.«

»Hat sie irgendwann einmal den Namen Karl Wilke erwähnt?«

»Karl Wilke? Nein, glaube ich nicht. Der Name sagt mir nichts. Wir führten eher Gespräche über allgemeine Dinge. Selten über Personen. Elisabeth sprach auch nie über politische Themen oder über ihre eigene Vergangenheit. So hat sie nicht ein einziges Mal über ihre Flucht geredet, bei der ihr Freund ums Leben gekommen ist. Er soll durch eigenes Verschulden in der Ostsee ertrunken sein.«

»Und? Entsprach das den Tatsachen?«

»Das kann ich nicht sagen, es war die offizielle Version. Unter der Hand wurde erzählt, dass der Mann bei der Flucht erschossen wurde. Darüber haben wir aber nie geredet, denn sie hatte immer Angst vor Denunziation und davor, wieder ins Gefängnis zu kommen. Sie müssen wissen, dass lange Ohren damals ein Markenzeichen von vielen Genossen waren.«

»Immer auf der Hut zu sein bei dem, was man sagt, ist ganz schön anstrengend«, kommentierte ich und erinnerte mich an meine eigene Zeit in der DDR.

»Das stimmt nur bedingt«, widersprach sie mir. »Wenn so etwas erst in Fleisch und Blut übergegangen ist, macht man es automatisch.«

»Könnte es denn sein, dass Elisabeth meinen Freund doch gekannt hat, ohne dass Sie davon erfahren haben?«

Frau Wagner überlegte einen Moment.

»Das ist unwahrscheinlich«, sagte sie dann. »Wenn da etwas

gewesen wäre, hätte ich es mitbekommen. Die einzigen Personen, über die sie manchmal sprach, waren ihre Eltern. Besonders an ihrer Mutter hat sie sehr gehangen.«

»Hatte sie denn außer Ihnen noch andere Freunde in Bastorf?«

»Ja, später einen Freund, der in Kühlungsborn beim FDGB beschäftigt war. Ich glaube, sonst gab es niemanden. Aber unser Verhältnis war nicht so eng wie das zwischen besten Freundinnen. Das heißt, ich habe nicht alles von ihr gewusst. Ich weiß, dass sie die persönlichsten Dinge sowieso lieber aufgeschrieben hat. Sie hat davon gesprochen, ihre Lebensgeschichte irgendwann einmal zu veröffentlichen.«

»Sie hat Tagebuch geführt? Das ist ja interessant.«

»Nein, ein richtiges Tagebuch war das nicht. Sie hat über ihre Flucht, bei der ihr Freund zu Tode gekommen ist, die Monate im Stasi-Knast und über die Zeit in der LPG Rote Erde ein richtiges Buch geschrieben. Ich habe es aber nicht gelesen. Das wollte ich auch nicht, denn ich wusste, dass der Inhalt brisant war. So etwas zu lesen und es nicht zu melden, wäre riskant gewesen.«

»Dieses Buch habe ich wahrscheinlich gesehen«, sagte ich. »Bei Meta Dembrock auf der Anrichte. Ich habe den handschriftlich geschriebenen Titel lesen können. *Die Welt soll es erfahren*, oder so ähnlich.«

»Ich glaube, dass die Vermieterin, bei der Elisabeth während ihrer Bastorfer Zeit gewohnt hat, es nach ihrem Tod gefunden und Jahre später zu Meta gebracht hat. Ich wollte immer schon einmal hineinschauen, aber Meta wollte das nicht, und daran ich habe mich gehalten.«

»Sagen Sie, Frau Wagner, könnte ich über den Freund aus Kühlungsborn mehr über Elisabeth erfahren?«

»Nein, ich glaube nicht. Ein ziemlich undurchsichtiger Typ, wenn Sie mich fragen. Ich habe mich nur einmal mit ihm ausführlicher unterhalten. Sehr sympathisch war er mir nicht, und ich vermute, dass er es war, der sie später verpfiffen hat. Das wurde jedenfalls erzählt, aber Genaues weiß ich darüber auch nicht.«

»Was ist denn passiert?«, fragte ich.

»Man hat Elisabeth ganz plötzlich aus der LPG rausgeschmissen, und sie sollte zurück ins Gefängnis. Ich hatte davon leider nichts mitbekommen. Und als ich es erfahren habe, war es zu spät. Dann kam die schockierende Nachricht, dass sie sich im Wald erhängen wollte. Aber das wissen Sie ja schon.«

»Das ist auch alles, was ich weiß.«

»Waldarbeiter haben sie gefunden. Die kamen aus Kröpelin. Nur deshalb ist die Sache überhaupt in der Gegend publik geworden. In der LPG haben alle sofort einen Maulkorb verpasst bekommen. Niemand durfte sich dazu äußern, und niemand durfte irgendwelche Fragen stellen.«

»Warum? Es macht doch keinen Sinn, einen Suizidversuch totzuschweigen.«

»Da irren Sie! Im Sozialismus hatten die Menschen glücklich zu sein. Und wenn man glücklich ist, begeht man keinen Selbstmord.«

»Sehen Sie«, sagte ich, »dass diese verquere Logik üblich war, hatte ich schon wieder vergessen.«

»Ich war darüber ziemlich aufgebracht«, fuhr sie fort, »und weiß noch, dass ich meinen Vater angerufen habe, weil ich unbedingt wissen wollte, was wirklich passiert war. Er sagte mir aber nur, dass ich unbedingt meine Finger von der Sache lassen soll, wenn ich in Zukunft vorwärtskommen möchte. Ich war ziemlich geschockt und habe gekuscht. Deshalb habe ich heute auch noch ein schlechtes Gewissen.«

»Das verstehe ich. Und warum hat Meta Dembrock Ihre Telefonnummer, wenn ich das fragen darf?«

»Das ist einfach zu erklären. Elisabeth hat mich mal bei einem unserer Gespräche gebeten, nach ihren Eltern zu schauen, wenn sie es selbst nicht mehr könne. Sie hatte immer Sorge, dass etwas passieren würde. Und sie hat recht gehabt. Ihre Bitte konnte ich nicht ablehnen, auch wenn ich damals geglaubt habe, dass ich nicht in Anspruch genommen werde. Aber wenn ich etwas zusage, fühle ich mich auch in der Pflicht.«

»Das finde ich toll von Ihnen! Darf ich Sie fragen, in welchem Heim Elisabeth betreut wurde, bis sie starb?«

»Ja, es war das ›Heilig Geist‹ in Rostock. Dorthin kam sie, nachdem sie lange im Krankenhaus in Bad Doberan im Koma gelegen hatte. Körperlich hatte sie sich erstaunlich gut erholt, aber sie hat nie wieder gesprochen. Schwere globale Amnesie, haben die Ärzte gesagt. Also kein funktionierendes Gedächtnis mehr. Manchmal hatte ich aber bei meinen Besuchen das Gefühl, dass sie mich erkannte. Merkwürdig war, dass sich immer ein Angehöriger der Staatssicherheit mit im Raum befand, wenn ich da war. Heute glaube ich, dass man sichergehen wollte, dass sie tatsächlich nichts sagt. Sie bekam dann eine Lungenentzündung und kurz darauf eine Sepsis. Das war das Ende.«

»Schrecklich! Die arme Frau!«, sagte ich betroffen.

»Das kann man wohl sagen. Arme Elisabeth, aber auch arme Meta! Gott sei Dank leidet Meta seit der zunehmenden Demenz nicht mehr ganz so schlimm. Aber immer dann, wenn sie einen lichten Moment hat, beginnt alles von vorne.«

Ich erinnerte mich an das Gespräch mit ihr und musste unwillkürlich lächeln, als ich an ihre fabulierte Geschichte mit den Hühnern und den angeblich mitgenommenen Eiern dachte.

Manchmal bringt die Demenz durchaus amüsante Geschichten hervor.

»Das Schlimme daran ist, dass keiner wirklich helfen kann, kein Medikament und kein Arzt«, erklärte ich.

»Da haben Sie recht«, stimmte mir Susanne Wagner zu. »Meta hat übrigens nie an einen Selbstmordversuch ihrer Tochter geglaubt. Aber sie hatte keine Chance herauszubekommen, ob sie damit richtig lag. Niemand außer dem MfS durfte damals so etwas untersuchen. Es hat viele Gerüchte um ihren Tod gegeben.«

»Und was vertreten Sie heute für eine Ansicht? War es ein Suizid?«

Frau Wagner wich aus.

»Ich kann mir kein Urteil erlauben, dafür kenne ich zu wenige Fakten«, sagte sie zögernd, »aber ich habe das Gefühl, dass nicht alles so gewesen ist, wie offiziell behauptet wurde. Es ist nur ein Gefühl, mehr nicht!«

»Verstehe.«

Ich glaube, dass du jetzt nicht die ganze Wahrheit sagst.

»Eigentlich müsste Meta in ein Pflegeheim«, wechselte Frau Wagner das Thema. »Irgendwann schaffe ich es auch noch, dass sie freiwillig aus ihrer Wohnung geht, denn lange kann sie dort nicht mehr bleiben. Dann habe ich meine Verpflichtung erfüllt. Sie erkennt mich manchmal nicht mehr, wenn ich sie besuche. Und gelegentlich glaubt sie sogar, dass ich Elisabeth bin. Das ist dann für mich besonders schlimm.«

»Ich finde es großartig, dass Sie sich um sie kümmern.«

»Meine Verpflichtung ist mein schlechtes Gewissen. Ich habe damals …«

Frau Wagner brach den Satz ab und führte ihn auch nicht mehr zu Ende. Dann sagte sie kurz: »Mehr kann ich dazu am Telefon nicht sagen.«

»Dann will ich auch nicht weiter in Sie dringen«, stimmte ich zu, denn ich merkte, dass sie sich quälte.

»Danke«, sagte sie erleichtert. »Es war gut, einmal zu reden.

Aber jetzt muss ich mich wieder um meine Küche kümmern, sonst gibt es heute Abend nichts zu essen. Es tut mir leid, dass ich Ihnen nicht weiterhelfen konnte.«

»Das ist so nicht richtig«, widersprach ich, »denn das, was Sie gesagt haben, bestätigt meine Überlegungen, wie alles abgelaufen sein könnte. Ganz herzlichen Dank! Es war sicher nicht ganz leicht für Sie, das alles zu erzählen. Darf ich Sie trotzdem noch einmal anrufen, wenn ich eine Frage habe?«

»Sie dürfen. Aber mehr werden Sie am Telefon von mir nicht hören.«

Du weißt bestimmt noch mehr!

»Heißt das, dass es doch noch etwas gibt?«, hakte ich nach.

»Na ja …«

»Wenn ich das jetzt richtig interpretiere«, begann ich nun wieder vorsichtig, »dann denke ich, dass dieses Etwas Sie immer noch bedrückt.«

An der anderen Seite der Leitung herrschte wieder für einen Moment Schweigen.

Volltreffer!

Und nun kam es ganz zaghaft:

»Ja, Sie haben recht. Da ist noch etwas. Aber das hat nichts mit Ihrem Freund zu tun, sondern ausschließlich mit Elisabeth. Und es stimmt, es belastet mich … sehr sogar.«

»Das tut mir sehr leid.«

»Muss es nicht. Ich habe gedacht, dass mein schlechtes Gewissen mit den Jahren geringer wird, aber das Gegenteil ist der Fall. Mein Mann sagt immer, dass man die Vergangenheit ruhen lassen soll. Aber das kann ich nicht.«

»Mir geht es ähnlich.«

Ich spürte, dass Frau Wagner noch immer unter den Ereignissen litt.

»Also gut«, sagte ich, ohne groß zu überlegen. »Wann treffen wir uns, um uns gegenseitig die Absolution zu erteilen?«

Oh, das war jetzt blöd von mir. Gleich legt sie verärgert auf!

Wieder Schweigen auf der anderen Seite. Gerade wollte ich mich entschuldigen, als ein herzliches Lachen durch den Hörer kam.

»In zehn Minuten? Bei mir oder bei Ihnen?«

Jetzt war ich es, der stutzte und dann loslachen musste.

»Ich befürchte, dass ich es in der genannten Zeit nicht ganz schaffe.«

»Das ist dann Pech«, lachte sie wieder. »Von wo telefonieren Sie?«

»Aus der schönen Wesermetropole Bremen. Darf ich fragen, wo Sie sich befinden?«

»Ja, Sie dürfen. In der noch schöneren Vorharzmetropole Wernigerode.«

»Oh! Da sind zehn Minuten vielleicht doch etwas knapp berechnet.«

»Ja vielleicht. Aber nur ein bisschen, außerdem lohnt es sich. Glauben Sie mir! Wernigerode ist eine tolle Stadt.«

»Ich weiß. Ich kenne Wernigerode von früher recht gut. Meine Großmutter ist häufig mit meiner Schwester und mir in den Sommerferien dorthin gefahren. Zur Luftveränderung.«

»Und wann war das?«, fragte sie neugierig.

»In den 50ern. Mich hat als Junge besonders das Schloss mit den alten Kanonen und der Folterkammer fasziniert. Seit der Wende bin ich allerdings nicht mehr dort gewesen.«

»Sehen Sie, das ist doch *die* Gelegenheit!«

»Darüber werde ich ernsthaft nachdenken.«

KAPITEL 15

»Jens, so wie es aussieht, hängen wir fest. Vor sechs Tagen ist Frau Höppner gefunden worden, aber wir haben immer noch nichts Greifbares.«

Walter Hausmann rührte griesgrämig in seiner Tasse Kaffee und schaute vorwurfsvoll seinen Kollegen an, als trüge dieser die Schuld an dem Dilemma, in dem die SOKO ›Blockland‹ steckte.

»Und ich müsste mir diesen ganzen verdammten Stress gar nicht antun«, klagte nun auch Jens Fiedler, während er aufstand, ans Fenster ging und hinausschaute. »Normalerweise hätte ich Urlaub gehabt, aber anstatt die Zeit auf dem Campingplatz zu verbringen, zu angeln, zu grillen, Bier zu trinken und schönen Frauen hinterherzuschauen, sitze ich hier und bekomme vor lauter Ärger Magengeschwüre.«

»Sei doch froh, dass du nicht zum Camping gefahren bist«, entgegnete Walter und goss sich heißen Kaffee nach. »Das hätte doch für dich noch mehr Stress gebracht. Und dann hättest du keine Magengeschwüre, sondern einen formidablen Herzinfarkt bekommen.«

»Wie kommst du denn auf so einen Blödsinn?«

»Ich höre noch, wie du im letzten Jahr tagelang geschimpft hast. ›Das war das letzte Mal! Nie wieder fahre ich mit den Blagen zum Camping! Immer dieses Gequake, wenn mal eine Ameise in dem Wohnwagen herumläuft.‹ Soll ich weitere Zitate bringen?«

»Letztes Jahr hatte es auch nur geregnet. Da haben sich die Kids zu Tode gelangweilt«, verteidigte sich Jens. »Alles war blöd, und wer hatte Schuld? Vater! Aber dieses Jahr lacht die Sonne von morgens bis abends. Es wäre ein herrlicher Spaß geworden. Und was geht stattdessen ab? Die beiden sind bei meiner Ex und werden dort nach allen Regeln der Kunst verwöhnt. Jeden Abend muss ich mir am Telefon anhören, wie toll es auf dem Reiterhof ist. Super!«

»Mal ehrlich, Jens. Sei froh, dass ihr so eine gute Lösung nach der Scheidung gefunden habt.«

»Bin ich auch«, stimmte Jens Fiedler seinem Kollegen zu und kehrte an seinen Schreibtisch zurück. »Trotzdem habe ich Frust. 20 Leute an einem Fall, und absolut nichts. Die Presse schießt sich auch allmählich auf uns ein. Hast du den Artikel im ›Weserkurier‹ gelesen? Du wirst der Erste sein, der zum Abschuss freigegeben wird, und ich bin der Nächste in der Reihe.«

»So etwas sind wir doch gewohnt, und das müssen wir auch aushalten.«

»Ich wusste gar nicht, dass du heute deine philosophisch-gelassene Phase hast. Ich jedenfalls habe sie nicht, und es nervt mich, dass es keine Fortschritte gibt. Stimmt es, dass der Innensenator gestern den Polizeipräsidenten angerufen und Resultate eingefordert hat?«

»Das weiß ich nicht. Ich habe am Abend mit dem Chef gesprochen. Gesagt hat er mir nichts von solch einer Unterhaltung. Ich habe ihm klargemacht, dass mit einem kurzfristigen Erfolg nicht zu rechnen ist, es sei denn, es gibt einen Zufallstreffer. Er hatte Verständnis und will zudem dafür sorgen, dass uns noch mehr Personal zugewiesen wird.«

»Das wird auch Zeit, denn schon wegen der vielen Überprüfungen und Befragungen der Taxifahrer brauchen wir dringend mehr Leute.«

»Der Chef hat mich auch gefragt, ob ein professioneller Fallanalytiker von Vorteil sein könnte. Ich habe gesagt, dass ich mich erst einmal mit dir besprechen muss.«

»Ich glaube nicht, dass ein Psychofuzzi uns im Moment

wirklich weiterhelfen kann. Was nützt ein Täterprofil, wenn wir niemanden haben, den wir damit abgleichen können. Bei zehn Verdächtigen zur Auswahl wäre das etwas anderes.«

»In dem Punkt gebe ich dir recht. Trotzdem, ein paar neue Ideen könnten wir durchaus gebrauchen.«

»Na gut, meinen Segen hast du. Aber wir müssen auch selbst aktiver werden.«

Walter schaute nun interessiert zu Jens hinüber.

»Und was schwebt dir so vor?«, fragte er skeptisch.

»Vielleicht sollten wir ein paar zusätzliche Einzelheiten des Tatablaufs veröffentlichen«, sagte Jens und deutete auf ein vor ihm liegendes Protokoll. »Und die Prämie für sachdienliche Hinweise in Höhe von 2.000 Euro ist auch lächerlich!«

»Im letzten Punkt stimme ich dir zu. Eine vernünftige Belohnung hat schon so manchem Gedächtnis auf die Sprünge geholfen. Ich werde mich darum kümmern. Aber ich bin gegen die Veröffentlichung weiterer Tatumstände, jedenfalls nicht zum jetzigen Zeitpunkt. Wir müssen unbedingt Täterwissen zurückhalten. Sonst können wir Trittbrettfahrer überhaupt nicht mehr aussortieren.«

Jens Fiedler stand wieder auf. Er ging zum Fenster, machte dann kehrt und lief in dem kleinen Zimmer unruhig auf und ab.

»Jens, setz dich wieder hin und schreib endlich deine Berichte. Du machst mich mit deinem dämlichen Herumgerenne ganz nervös«, sagte Walter Hausmann ungehalten.

»Kümmere du dich mal besser um deinen eigenen Kram«, entgegnete Jens aufgebracht und schaute seinen Kollegen wütend an.

»Okay, ich habe das nicht böse gemeint. Ich glaube, dass wir mit den Nerven beide etwas zu Fuß sind, also entschuldige.«

»Akzeptiert«, entgegnete Jens und setzte sich zurück auf seinen Platz.

»Aber noch einmal: die Wäscheleine, dieses merkwürdige Rasieren und das verdünnte Adrenalin. Alles kann nebensächlich sein, muss es aber nicht. Deshalb sollte man zumindest einen Teil davon öffentlich machen, um den Druck auf diesen Perversen zu erhöhen. Vielleicht weiß ein Außenstehender – eine Freundin, ein Freund, eine Ehefrau oder einfach ein Bekannter dieses Scheißkerls – irgendetwas und muss nur darauf gestoßen werden.«

»Ich bin nicht deiner Meinung, zumindest nicht bei dem Rasieren«, sagte Walter Hausmann bestimmt. »Was meinst du, was passieren wird, wenn wir veröffentlichen, dass der Kerl auf rasierte Frauen steht. Garantiert bekommen wir mehrere Tausend Anrufe aus ganz Deutschland.«

»Vermutlich hast du recht«, stöhnte Jens und kratzte sich am Kopf. »Man fühlt sich wie ein Tiger im Käfig, wenn nichts vorangeht!«

»Vom BKA haben wir noch keine Nachricht? Ich meine, wegen der Substanz zur Beseitigung genetischer Spuren?«

»Nein. Aber die KTU hat zu der Einwickelfolie Stellung genommen. Ein Allerweltsprodukt. Das Gleiche trifft auf das Klebeband zu. Alles extrem gesäubert. Ein paar Talkumanhaftungen, die allerdings zu gering sind, um das Produkt zu identifizieren. Sonst gibt es nichts. Alle biologischen Spuren, die gefunden wurden und die nicht von Doreen Höppner stammen, sind unspezifisch, sagen sie.«

»Mist! Der Kerl ist verdammt clever«, ärgerte sich Walter. »Sag mal, hast du schon etwas über die Lösung zur Blutstillung herausgefunden?«

»Ja. Ich bin gestern als ganz normaler Kunde in eine Apotheke gegangen und habe gesagt, dass ich mich häufig schneiden würde und ob ich eine Tinktur zur Blutstillung kaufen könne. Die Frau hat mir stattdessen Vaseline mit Adrenalinzusatz empfohlen, aber ohne Rezept gibt es auch so etwas nicht, hat sie mir erklärt. Daraufhin habe ich meinen Hausarzt angerufen. Und der hat gesagt, dass er sich erst einmal schlaumachen müsse.«

»Also ist es gar nicht so einfach, an so eine Lösung zu gelangen«, überlegte Walter laut. »Horch dich doch mal in der Boxszene um, wie man an so ein Zeug kommt. Die Boxer schmieren sich doch so etwas immer auf ihre Cuts.«

»Okay.«

In diesem Moment klopfte es an der Tür, und nach einem »Herein« kam ein Beamter in den Raum, der einen Aktenordner in der Hand hielt.

»Oh, die Herren Hausmann und Fiedler bei ihrer schweren Arbeit«, sagte der Mann grinsend mit Blick auf Walters Kaffeetasse.

»Neidisch?«, fragte Jens spitz.

Der Mann ging nicht auf die Bemerkung ein, sondern hielt den Ordner in die Höhe und fragte: »Wer möchte? Es sind die Falldaten der letzten zehn Jahre.«

»Oh, das ist interessant. Gib mal her«, meldete sich Walter. Er nahm den Ordner entgegen, und der Mann ging mit einem »Viel Spaß auch« aus dem Zimmer.

Walter widmete sich dem Ordner, während Jens tatsächlich begann, Akten aufzuarbeiten.

Nach ungefähr 20 Minuten Studium wandte sich Walter Hausmann wieder an seinen Kollegen.

»Jens, hör mal zu.«

Hauptkommissar Fiedler unterbrach seine Tätigkeit und richtete sich auf.

»An die 300 Fälle aus dem Großraum Bremen aus den letzten zehn Jahren haben die Kollegen überprüft, die sich in irgendeiner Weise gegen das Leben anderer Personen gerichtet haben, einschließlich Bremerhaven.«

»Was, so viele sind das?«, wunderte sich Jens, stand auf und ging zu seinem Kollegen hinüber.

»Ja, allerdings sind in dieser Statistik auch Verkehrsdelikte, versehentliche Tötungen und Taten im Affekt aufgelistet. Die Suizide hat man ausgeklammert, die stehen ja auch nicht zur Diskussion.«

»Und gibt es Auffälliges?«, fragte Jens.

»Ja. Die drei Fälle, die rot markiert sind.«

Walter Hausmann deutete mit dem Finger auf ein Papier.

»Ein Lastwagenfahrer, der vor Jahren bei einem Einbruch eine alte Frau erschlagen hat, ist bei seiner Meldeadresse nicht aufzufinden. Hier steht, dass er wahrscheinlich in den Osten gezogen ist, das wird gerade überprüft. Dann gibt es einen Mann, der vor 18 Jahren seine Frau getötet hat und vor zwei Monaten aus der Haft entlassen worden ist. Unter seiner Anschrift ist auch er nicht zu finden. Aber er erfüllt seine Meldeauflagen und ist schon über 70 Jahre alt. Trotzdem müssen wir das abklopfen.«

»Und der Dritte?«, fragte Jens Fiedler gespannt. »Wie ich dich kenne, ist das der interessanteste Fall. Zeig her!«

Jens wollte nach der Akte greifen, aber Walter zog sie ihm weg.

»Das ist ein Psycho, der vor zwölf Jahren zwei Frauen vergewaltigt hat und auch schon wegen anderer Delikte aktenkundig ist«, sagte er. »Der Mann heißt Udo Pape, ist seit sechs Jahren verheiratet, lebt heute in Findorff, war aber seit der Vergewaltigung nicht mehr straffällig.«

»Da kannst du mal sehen, welchen positiven Einfluss eine Frau haben kann, wenn sie denn die richtige ist«, sagte Jens und grinste.

»Was sie bei dir offenbar nicht war«, kommentierte Walter trocken.

»Haha. Das musste ja jetzt kommen.«

»Seit seiner Entlassung ist der Mann in psychiatrischer Behandlung. Hier steht, dass ihn der behandelnde Arzt für ungefährlich hält, solange er seine Pillen schluckt.«

»Und was ist«, warf Jens ein, »wenn er die Pillen dreimal täglich in den Ausguss wirft?«

»Das ging mir auch gerade durch den Kopf«, überlegte Walter. »Und er hat Elektrotechnik gelernt, allerdings ohne Abschluss.«

»Also könnte er sich durchaus mit Apparaturen auskennen, mit denen man den Taxifunk abhören kann. Wir sollten ihm gleich mal einen Besuch abstatten«, sagte Jens eifrig, und man konnte ihm ansehen, dass ihn das Jagdfieber gepackt hatte. »Vielleicht haben wir Glück.«

»Gemach«, dämpfte Walter den Tatendrang. »Hier steht auch noch, dass der Mann im Moment nicht in Bremen weilt. Er soll auf einer Baustelle in Katar arbeiten. Die Überprüfung läuft.«

»Sehr schade«, knurrte Jens enttäuscht. »Ich bin gerade in der Stimmung, jemanden hochzunehmen. Aber weißt du, was ich mir überlegt habe?«

»Nein!«

»So ein Mord dürfte sich doch kaum in einer Hochhaussiedlung abgespielt haben.«

»Stimmt. Und weiter?«

Jens Fiedler trat nun wieder in die Mitte des Zimmers, so, als würde er mehr Platz brauchen, um weiter seinen Gedanken folgen zu können.

»Mir schwebt ein einsam gelegenes Haus in Bremen oder in der nahen Umgebung vor«, sagte er und zeichnete mit den Händen seine Vorstellung nach. »Gut gesichert mit Kameras und dem ganzen Zeug, das man braucht, um nicht überrascht zu werden. Vielleicht laufen dort auch ein paar scharfe Hunde herum. Ich sehe das Anwesen direkt vor mir!«

»Ich stimme dir zu, dass so ein Mord nicht in der Küche geschieht, während die Kinder im Garten spielen. Aber was in einem Reihenhaus oder in einer Etagenwohnung mit Fahrstuhl passiert, das weißt du auch nicht«, dämpfte Walter die Begeisterung seines Kollegen.

»Richtig. Aber es könnte sein. Stimmt's?«

»Ja. Nur gibt es für solche Anwesen keine Datenbank. Und an die Unterlagen der Stadtwerke kommen wir ohne Gerichtsbeschluss nicht heran. Ich werde mal bei den Revieren nachfragen lassen, ob irgendwo Besitzer einsam gelegener Häuser auffällig geworden sind.«

»Ich habe aber noch eine Idee.«

»Du bist ja heute richtig in Form!«

»Bin ich immer. Pass auf: Die Aufzeichnungen der Verkehrsüberwachung haben wir überprüft, und es ist nichts dabei herausgekommen. Aber was ist mit Geschäften, Tankstellen, Restaurants?«

»Guter Gedanke, Jens. Versuch das mal zu organisieren, auch wenn der Datenschutzbeauftragte wahrscheinlich einen Schreikrampf bekommt, wenn er erfährt, dass es immer noch private Kameras gibt, mit denen man mehr als das eigene Grundstück beobachten kann.«

»Wir werden es ihm nicht auf die Nase binden!«

KAPITEL 16

Kurz vor Feierabend des nächsten Tages kam Jens Fiedler strahlend in das Büro gepoltert. Walter Hausmann, der auf seinem Schreibtischstuhl saß, blickte ärgerlich von seinem Aktenstapel hoch.

»Musst du immer so einen Lärm veranstalten, wenn du zur Tür hereinkommst?«, rügte er.

»Ein Silberstreif am Horizont!«, rief Jens fröhlich.

»Dann lass mal hören«, antwortete Walter interessiert und legte den Ordner zur Seite, in dem er gelesen hatte.

»Mit unserem Psycho, der in Katar auf einer Baustelle arbeiten soll, stimmt etwas nicht. Ob das mit unserem Fall zu tun hat, weiß ich natürlich nicht, aber merkwürdig ist die Sache schon, und mein Gefühl sagt mir ...«

»Dann spann mich nicht länger auf die Folter!«

»Aber gerne. Ich habe mit der Botschaft in Doha mehrmals Kontakt gehabt. Die waren sehr hilfsbereit und haben herausgefunden, dass derjenige, der sich auf der Baustelle als Udo Pape ausgegeben hatte, nicht Udo Pape war.«

»Wie das?«

»Der richtige Pape ist tatsächlich eingereist, dann aber laut dortiger Behörde zwei Tage später wieder nach Frankfurt zurückgeflogen und nach Auskunft der Lufthansa von der Mainmetropole direkt weiter nach Bremen. Er könnte also für die Tat infrage kommen. Wer sich in Katar für ihn ausgegeben hat, das weiß man nicht, denn dieser Mann hat sich krankgemeldet und ist bis heute nicht wieder aufgetaucht.«

Walter verschränkte die Arme hinter seinem Kopf. Man sah deutlich, dass er angestrengt nachdachte.

»Tatsächlich merkwürdig«, sagte er. »Was ich nicht verstehe, ist Folgendes: Wenn Pape tatsächlich unser Mann sein sollte, muss er doch aufgrund seiner Vorgeschichte damit rechnen, dass wir sein Alibi überprüfen und über die Flugdaten herausbekommen, dass er zum Zeitpunkt der Tat wieder in Bremen war.«

»Vielleicht hat er nicht damit gerechnet, überhaupt ins Raster zu gelangen.«

»Aber weshalb dann so ein Aufwand? Verstehe ich nicht.«

Walter nahm seine Hände wieder herunter und schüttelte verständnislos den Kopf, während Jens zum Schreibtisch ging und den PC einschaltete.

»Walter, du sagst doch immer, dass man nie weiß, was sich bei solchen Leuten im Oberstübchen abspielt«, erklärte Jens, allerdings deutlich weniger euphorisch als zuvor.

»Ja stimmt. Und wer solche starken Psychopillen nehmen muss, ist nach meinem Dafürhalten auch nicht fähig, so etwas exakt zu planen«, zweifelte Walter weiter. »Da muss etwas anderes dahinterstecken.«

»Nimm mir nicht meine ganze Illusion«, maulte Jens und schaute flüchtig den Stapel von Papieren durch, den man ihm auf den Schreibtisch gelegt hatte. »Der Doc sagte doch, dass er ganz normal denken kann, wenn er regelmäßig die Tabletten nimmt. Deshalb könnte er es doch gewesen sein. Aber ich gebe zu, dass die Chance nicht allzu groß ist. Er wohnt übrigens jetzt mit seiner Frau in einem alten Kaisenhaus im Theklaweg, in der Nähe des Umspannwerks.«

»Oh, das ist nicht weit von der Fundstelle«, überlegte Walter und kratzte sich am Kopf.

»Ich habe schon mit der Ehefrau telefoniert«, berichtete Jens vorsichtig, denn er wusste, dass Walter solche Eigenmächtigkeiten manchmal nicht schätzte.

Aber der Rüffel blieb aus, und so fuhr er fort: »Sie hat mir gesagt, dass ihr Ehemann Udo in Katar auf Montage ist und dass sie ihn erst in einigen Wochen zurückerwartet. Ausgegeben habe ich mich als Mitarbeiter von ›Stadtgrün‹. Ich hatte ja nicht die Absicht, die Pferde scheu zu machen!«

»Sehr kreativ, Jens. Entweder hat sie dich angelogen oder glaubt tatsächlich, dass er in Katar ist.«

»Wir werden dem Theklaweg einen Besuch abstatten müssen«, entschied Walter, reckte sich, griff zum Kugelschreiber und füllte ein Formular aus.

»Walter, da ich mit deinem Vorschlag gerechnet habe«, ergänzte Jens zufrieden, »habe ich mir erlaubt, die Örtlichkeit schon einmal zu inspizieren. Ziemlich heruntergekommener Schuppen, in dem die Papes wohnen, wenn du mich fragst. Und weißt du, was ich im Garten gesehen habe?«

Jens grinste über das ganze Gesicht und konnte nur mühsam ein Lachen unterdrücken. Walter schaute ihn misstrauisch an: »Eine Gartenzwergfamilie?«

»Falsch! Eine dünne Wäscheleine aus rotem Plastik, die zwischen zwei Bäumen gespannt war, voll exquisiter weiblicher Reizwäsche der ganz besonderen Art. Walter, wenn ich dich so anschaue, könnte ich mir vorstellen, dass du auf solche Dessous abfährst.«

Walter ahnte, was kommen würde, wollte aber seinem Kollegen den Spaß nicht verderben.

»Du meinst so etwas Hauchzartes, Durchsichtiges, Schnuckeliges.«

»Ja genau«, stimmte Jens mit ernster Miene zu, lachte dann aber lautstark. »Ich habe so etwas das letzte Mal als Kind bei meiner Oma gesehen und war damals ziemlich irritiert.«

»Willst du damit sagen, dass du damals deinen Schaden fürs Leben erlitten hast? Das würde einiges erklären«, konterte Walter.

»Ich gebe es zu, aber sag es bitte nicht weiter.«

Jens lachte immer noch, und Walter lachte herzhaft mit.

»Versprochen! Aber Spaß beiseite: Die Wäscheleine könnte durchaus interessant sein. Allerdings werden wir nur aufgrund einer roten Plastikschnur keine Durchsuchungsanordnung bekommen.«

»Wir fahren einfach hin und hoffen, dass er da ist. Mal sehen, wie er reagiert«, schlug Jens vor.

»In Ordnung. Wenn er stiften gehen will, kassieren wir ihn ein. Wenn nicht, können wir ihn nur nach seinem Alibi fragen. Und wenn er ein Alibi hat, ist er sowieso nicht unser Mann.

Für unseren Besuch werden wir ein paar Kollegen von der Streife mitnehmen. Nicht, dass er hinten wegrennt, während wir vorne klingeln.«

»Zwei Wagen mit je drei Mann«, schlug Jens vor.

»Ja, das dürfte reichen.«

»Jens, zeig mir mal den Stadtplan auf Maps. Du hast doch gerade deinen PC laufen.«

Walter Hausmann erhob sich und ging zu seinem Kollegen hinüber. Beide schauten sich den Straßenverlauf auf dem Bildschirm an.

Jens nahm einen Stift und zeigte auf den Eintrag.

»Ein ziemlich kurzer Weg«, sagte er, »und wie es aussieht, dürfte das mit der Sicherung nicht allzu schwierig sein.«

»Richtig«, stimmte Walter zu. »Aber wir sollten zuerst die Kollegen vom Findorffer Revier fragen, wie wir die Sache am besten angehen, ohne allzu viel Wind zu machen.«

»Das nehme ich in die Hand.«

»Danke. Noch etwas anderes, Jens: Ich habe dir noch gar nicht gesagt, dass wir morgen unseren Fallanalytiker bekommen. Es ist eine Frau, die ziemlich fähig sein soll. Mitte 30, attraktiv, drahtig und durchsetzungsfähig, wie mir vom Chef berichtet wurde. Diplompsychologin. Sie kommt vom BKA und hat sich sogar ein paar Monate beim FBI umgesehen.«

»Hauptsache, dass das nicht so eine Neunmalkluge mit Hornbrille ist, die uns mit ihrem Soziologie-Psychologie-Kauderwelsch zulabert, schlaue Ratschläge gibt und den Täter mittels Freudscher Sexualtheorien aufspüren will.«

»Keine Panik, Jens. Die Sache ist doch ganz einfach: Wir hören uns an, was sie zu sagen hat, und wenn uns das nicht gefällt, setzen wir genau die Dinge um, die wir sowieso umgesetzt hätten. In den Pressekonferenzen kann sie dann ruhig ihre Weisheiten zum Besten geben, dann müssen wir uns damit nicht abplagen.«

»Das klingt doch gar nicht so schlecht.«

»Noch eine gute Nachricht: Deine Anregung, die Belohnung anzuheben, ist inzwischen erhört worden. Die Stadt hat verdoppelt, und einige Firmen haben kräftig draufgelegt. 15.000 sind es jetzt insgesamt. Die Telefone werden nicht mehr stillstehen, wenn sich das erst einmal herumgesprochen hat.«

»Hoffentlich haben wir endlich auch mal Glück«, sagte Jens, aber seinen Zweifel konnte man deutlich aus den Worten heraushören. »Wann willst du die Psychologin dem Team vorstellen?«

»Morgen gleich nach der Frühbesprechung«, antwortete Walter, während er zu seinem Arbeitsplatz zurückging. »Lena heißt sie übrigens, und sie trägt eine Brille, wie du es dir doch gewünscht hast.«

»Ha, ha, ha!«

»Stell dir den Wecker!«

»Wieso denn das?«

»Damit du in der ersten Reihe sitzen kannst. Ich kenne dich, mein lieber Jens, mir kannst du doch nichts vormachen!«

KAPITEL 17

Wernigerode

Nach knapp dreistündiger Fahrt bekam ich das erste Mal nach der Wende das historische Rathaus von Wernigerode zu Gesicht.

Doch das gebuchte Hotel zu finden, dauerte dann doch

noch einmal geraume Zeit, obwohl es vom Marktplatz nur einen Steinwurf entfernt lag. Straßenbaumaßnahmen und eine chaotische Beschilderung hätten einem Irrgarten alle Ehre gemacht.

Dann war es geschafft.

Da ich früh losgefahren war, hatte ich bis zu meiner Verabredung, die am Nachmittag in einem Café am Rathausplatz stattfinden sollte, noch reichlich Zeit. Deshalb entschloss ich mich zu einer kurzen Sightseeingtour.

Rathaus, Wohltäterbrunnen, Liebfrauenkirche und das Kleinste Haus befanden sich in unmittelbarer Nähe, auch die vielen verwinkelten Gassen und die alte Stadtmauer hatte ich ins Programm genommen. Da danach immer noch Zeit blieb, setzte ich mich ins Auto und fuhr in das Mühlental am Zillerbach und dort zu den Tennisplätzen, auf denen ich als Kind für ein paar Groschen in den großen Ferien als Balljunge gejobbt hatte. Dann ging es noch ein kleines Stück weiter zum Christianental, in dessen Nähe sich damals unsere Pension befunden hatte.

Nach einem Rundgang fuhr ich zum Hotel zurück, zog ein frisches Hemd an und machte mich auf den Weg zu meiner Verabredung. Plötzlich kam es mir vor, als hätte ich mich zu einem richtigen Date verabredet.

Fehlt nur noch die Blume am Revers. Macht man das heutzutage eigentlich noch?

In dem Café war ich fast eine Viertelstunde zu früh. Deshalb hatte ich genügend Zeit, das bunt gemischte Publikum zu mustern.

Dann kam Susanne Wagner, ich erkannte sie sofort. Groß, schlank, rötliche Haare und eine schwarze Brille, hatte sie gesagt. Und so war es auch.

Ich erhob mich, ging auf sie zu, stellte mich vor und bat sie an meinen Tisch. Beim Händeschütteln merkte ich, dass ihre

Hand feucht war. Während wir zu den Stühlen gingen, überlegte ich, ob es für sie doch belastender war, als ich angenommen hatte. Im selben Moment sagte sie auch schon:

»Ich bin ziemlich aufgeregt. Es ist wie bei einem Treffen, das von einer Eheanbahnung vermittelt wurde.«

»Nun sind wir mit dieser Ansicht schon zu zweit«, gab ich zurück. »Ich hatte überlegt, ob ich mir nicht besser eine Nelke ins Knopfloch meines Jacketts stecken soll. Dann habe ich mit Erschrecken festgestellt, dass ich gar kein Jackett anhabe. Sehr peinlich!«

Frau Wagner lachte, das Eis war gebrochen.

Wir setzten uns, bestellten und schauten uns an.

Interessante, attraktive Frau, die bestimmt mitten im Leben steht.

Nach etwas Small Talk über die Fahrt, das Wetter und die Unterkunft kam sie dann schnell auf den Punkt.

»Was könnte Ihr Freund mit Elisabeth Dembrock zu tun gehabt haben, und was ist eigentlich Ihr Interesse an der Sache?«, fragte sie ganz direkt und schaute mich dabei kritisch an.

»Das zu erklären, ist schwierig«, antwortete ich. »Ich versuche es, muss aber etwas ausholen.«

»Kein Problem, ich habe Zeit.«

»Also«, begann ich, »Karl und ich waren Jugendfreunde, die sich gegenseitig das Versprechen gegeben haben, das ganze Leben miteinander in Kontakt zu bleiben. Man kann auch sagen, dass wir uns umeinander kümmern wollten. Aber durch meine Flucht in den Westen habe ich dieses Versprechen gebrochen.«

»Aber das war doch die Entscheidung Ihrer Eltern«, kam ihr Einwand.

»Das stimmt nicht ganz. Es war auch meine Entscheidung. Ich hätte diesen Schritt auch ohne meine Eltern unternommen, weil ich nicht mehr in diesem Staat leben wollte.«

»Trotzdem, von einer wirklichen *Schuld* kann keine Rede sein.«

»Objektiv vielleicht nicht. Mein Inneres sagt mir allerdings etwas anderes. Es kommt hinzu, dass mein Freund schon seit Jahren tot ist, und ich weiß bis heute nicht wie, wo, wann und warum.«

»Oh, das haben Sie mir noch gar nicht erzählt. Jetzt verstehe ich auch, warum Sie das alles so genau wissen wollen.«

»Ja. Ich denke manchmal darüber nach, ob ich irgendetwas hätte beeinflussen können, wenn ich geblieben wäre.«

»Wer kann so etwas schon wissen«, sagte Frau Wagner mitfühlend, und ihr zuvor kritischer Blick wurde weich.

»Als ich im Westen wieder zur Schule gegangen bin, habe ich versucht, den Kontakt aufrechtzuerhalten. Anfänglich klappte das auch. Aber wir waren beide keine großen Schreiber, und bald geriet die Sache ins Stocken. Die Verbindung brach ab. Später habe ich es dann noch einmal versucht, aber keine Antwort mehr bekommen. Heute weiß ich, dass er zu der Zeit in der Volksarmee war. Ihnen ist sicher bekannt, dass für einen Armeeangehörigen Westkontakte einem Verbrechen gleichkamen.«

»Ja. An diese lächerliche Bestimmung kann ich mich gut erinnern. Ich fand sie schon damals nicht nur überzogen, sondern kontraproduktiv, obwohl ich dem Staat durchaus positiv gegenüberstand.«

»Was ich von mir nicht behaupten kann.«

»Das musste jeder mit sich ausmachen. Die für alle selig machende Wahrheit gab es nicht und wird es, Gott sei Dank, auch nie geben.«

»Da stimme ich Ihnen zu. Trotzdem, wenn ich an meinen Freund Karl denke, habe ich regelmäßig Gewissensbisse, das Gefühl, ihn im Stich gelassen zu haben. Das Einzige, was ich noch für ihn tun kann, ist zu versuchen, Licht in die mysteriöse Angelegenheit um Elisabeth Dembrock zu bringen, wie er es gewollt hat. In dem Schreiben, von dem ich Ihnen bei unserem Telefonat erzählt habe, fordert er mich regelrecht dazu auf. Ich frage mich auch, ob zwischen Karls Tod und dem von Elisabeth ein Zusammenhang besteht.«

»Wenn ich Sie richtig verstehe, fühlen Sie sich nicht so sehr faktisch, sondern eher moralisch schuldig.«

»Das ist richtig.«

»Dann ist es so wie bei mir. Ich habe ebenfalls das Gefühl, bei Elisabeth versagt zu haben. Auch ich kann das nicht einfach vom Tisch wischen, obwohl ich es gerne möchte.«

Frau Wagner wollte weitersprechen, zögerte, und ihr Blick schweifte ab, als müsse sie sich erst wieder sammeln. Dann fuhr sie aber doch mit fester Stimme fort: »Ich habe damals weggeschaut. Das muss ich mir vorwerfen. Dabei hätte ich nicht wegschauen müssen, denn durch die Stellung, die mein Vater innehatte, hätte ich für mich kaum etwas riskiert. Das ist es, was ich Ihnen bei unserem Telefongespräch angedeutet habe. Bevor ich im Einzelnen sage, was passiert ist, möchte ich aber noch mehr von *Ihnen* wissen.«

»Dafür muss ich aber weit zurück.«

»Gerne.«

Sie hatte nun wieder ihren distanziert-kritischen Blick aufgesetzt.

Ich berichtete von Kröpelin, dem Beruf meines Vaters, der Kollektivierungswelle in den Jahren 1959/60 und von der dadurch hervorgerufenen Zwangslage unserer Familie und warum Flucht die einzig richtige Entscheidung gewesen war. Ich berichtete weiter, unter welchen Umständen ich den Brief in unserem Versteck gefunden hatte, von meiner Suche nach Karls Buch und über die Enttäuschung, als ich erfahren musste, was mit diesem Dokument passiert war.

»Ob Karl mit Elisabeth Dembrock tatsächlich etwas zu tun

hatte, weiß ich nicht. Wahrscheinlich kannte er sie gar nicht«, fuhr ich fort.

»Die ganze Geschichte ist ziemlich verworren«, sagte Frau Wagner, als ich meine Ausführungen beendet hatte.

»Das stimmt. Ich vermute, dass er ein zufälliger Zeuge von dem war, was sich in dem Waldstück abgespielt hat. Wenn ich das, was in dem Brief steht, richtig deute, hat Karl die eigentliche Tat nicht selbst beobachtet, sondern nur den Mann gesehen, von dem er annahm, dass er für das Geschehene verantwortlich war. Wer das war, hat er erst später herausbekommen. Vielleicht hat er auch etwas gesehen und sich dann versteckt. Ich weiß es nicht. Jedenfalls spricht ganz viel für einen Zufall.«

»Warum ist er überhaupt dort gewesen, wissen Sie das?«

»Na ja«, sagte ich. »Karl war ziemlich introvertiert. Wohl fühlte er sich in der Natur, wenn er mit sich alleine war. Er träumte, auf einem Schiff um die Welt zu fahren, oder Förster, Wildhüter oder etwas Ähnliches zu werden. Mit dem Mauerbau und den rigiden Regeln für die Bürger der DDR hinsichtlich von Reisen ins Ausland war der Plan einer Weltumrundung für ihn nicht mehr realistisch. Leider hatte er nur die Volksschule beendet. So war ihm auch der Weg verschlossen, Förster zu werden. Nach dem Tod seiner Mutter machte er eine Stellmacherlehre, die er aber abgebrochen hat.«

»Sie glauben, dass Ihr Freund häufig alleine in der Kühlung unterwegs war?«

»Ja, das könnte ich mir vorstellen.«

Ich griff zu meiner Kaffeetasse, nahm einen Schluck und stellte mir vor, wie Karl aufgrund fehlender Kontakte alleine im Wald herumgelaufen war.

»Und wie sind Sie an die Anschrift von Meta Dembrock gekommen?«, fragte Frau Wagner nun.

»Das war auch ein Zufall.«

Ich hatte jetzt das Gefühl, dass es für Susanne Wagner bei meiner Geschichte etwas zu viele Zufälle gab, denn sie beäugte mich wieder äußerst kritisch.

Deshalb berichtete ich ihr von dem Tipp mit der Stadtbäckerei. Und auch von dem kleinen Mann mit seiner ulkigen Fußwaschung.

»Wissen Sie noch, wie dieser Mann hieß?«, fragte sie plötzlich, fast aufgeregt.

»Ja, Grochowski, Konrad Grochowski.«

»Das ist ja kurios!«, rief sie laut, sodass sich einige Damen vom Nebentisch umdrehten und uns strafende Blicke zuwarfen.

Ich konnte sehen, dass Frau Wagner das auch bemerkt hatte. Aber sie fuhr in gleicher Lautstärke fort: »Stellen Sie sich vor, diesen Mann kenne ich!« Und dann etwas leiser: »Allerdings nur vom Hörensagen. Grochowski ist ein früherer Kriminaler, der zu DDR-Zeiten wegen Kompetenzstreitigkeiten mit der Stasi und unliebsamen Äußerungen über das MfS kurz vor der Wende noch seinen Job verloren hat. Zu DDR-Zeiten war er ein toller Sportschütze mit vielen Auszeichnungen. Ich weiß das von meinem Vater, der ihn persönlich kennt.«

Frau Wagner schüttelte den Kopf, als könne sie das Ganze nicht glauben. Dann lachte sie herzhaft und fuhr fort:

»Er ist ein Unikum, eine gut informierte Institution. Schon damals ließ er sich den Mund nicht verbieten.«

»Ja, den Eindruck hatte ich bei unserem Gespräch auch. Ein sehr sympathischer Mann. Leider nicht mehr ganz gesund. So, jetzt sind Sie aber dran, etwas über sich und über Elisabeth zu erzählen.«

Ich sah, dass ihr Blick nun längst nicht mehr so klar war wie soeben, sondern durch den Raum irrte. Sie griff zu ihrem Taschentuch und wischte sich ihre Handinnenflächen trocken. Dann hatte sie sich aber wieder gefangen und erzählte mir ihren

Werdegang in der DDR, erläuterte ihre positive Sichtweise auf den Staat, bekannte sich zu ihren Privilegien, bedingt durch die Stellung ihres Vaters und gab zu, dass sie diese zwar nicht übermäßig ausgenutzt, aber auch nicht abgelehnt habe. Sie berichtete über ihre Arbeit in der LPG Rote Erde, erzählte von ihrem Hobby, dem Fotografieren, und dann von Elisabeth und kam am Schluss auf den Tag zu sprechen, an dem das LPG-Frühjahrsfest stattfand. Nun merkte ich wieder, dass ihr das Erzählen schwerfiel. Sie unterbrach abrupt ihren Bericht und sagte: »Bevor ich Ihnen jetzt beichte, was mich persönlich so bedrückt, brauche ich einen Schnaps.«

»Einen Likör?«, fragte ich.

»Nein, einen richtigen!«

Sie lächelte entschuldigend.

Ich bestellte zwei Obstler, und als diese auf dem Tisch standen, stießen wir miteinander an.

»Ich komme jetzt zum Kern«, erklärte sie danach entschlossen.

Gespannt hörte ich zu.

»Es war ein schöner Frühlingstag, an dem das LPG-Fest stattfand. Die Belegschaft und einige Gäste saßen draußen auf dem Hof zwischen den beiden alten Scheunen und feierten. Als das Kaffeetrinken vorbei war, fotografierte ich zuerst alle Paare, dann auch die Einzelpersonen. Die Bilder sollten später an die Wandzeitung. Für die Singles hatte ich mir etwas Besonderes ausgedacht: Mit Fotomontagen wollte ich möglichst unpassende Pärchen zusammenfügen. Einfach zum Spaß.«

Ich lehnte mich auf meinem Stuhl zurück und stellte mir die Situation plastisch vor, während Frau Wagner fortfuhr:

»Während des Festes war auch Elisabeths Aufpasser von der Stasi anwesend. Ein Major aus Rostock, den ich heimlich ablichtete, weil er sich dem Spaß entzogen hatte. Ich kann mich noch gut an den Mann erinnern. Er hatte nur noch wenig

Haar auf dem Kopf und war so blass, wie es rotblonde Menschen häufig sind. Ich fand ihn hässlich, jedenfalls mochte ich ihn nicht.«

»Also nicht gerade ein zweiter George Clooney«, kommentierte ich, um die Situation aufzulockern.

»Nein, das kann man wirklich nicht behaupten«, bestätigte sie lächelnd und fuhr fort: »Am Montag und Dienstag nach dem Fest hatte ich frei. Am Montag bin ich nach Rostock gefahren, um Material zum Entwickeln der Filme und Fotopapier zu besorgen, und hatte deshalb auch nicht mitbekommen, dass Elisabeth von dem LPG-Vorsitzenden entlassen worden war. Dienstag früh wusste ich immer noch nichts darüber. Da viel Arbeit vor mir lag, hatte ich auf das Gemeinschaftsfrühstück und das Mittagessen verzichtet. Beim Aufbau der Gerätschaften kam mir die Idee, vor dem Entwickeln ein Teleobjektiv, das mein Vater mir abgetreten hatte, auszuprobieren. Also setzte ich mich in meinen Trabi, fuhr in die Kühlung und stieg dort auf einen Hochsitz. In der Ferne fiel mir ein dunkler Wartburg auf, der in Richtung Wald fuhr. Das ist das richtige Objekt, habe ich gedacht und mit verschiedenen Blenden Aufnahmen geschossen. Plötzlich bog der Wagen vom regulären Weg ab und blieb hinter einem Gebüsch stehen. Das machte mich neugierig.«

»Und der Mann war dieser Stasi-Fritze?«

»Ja, aber das wusste ich zu dem Zeitpunkt nicht. Ein Mann stieg aus, nahm einen Beutel oder eine Tasche aus dem Kofferraum, schaute sich einige Male um und verschwand zwischen den Bäumen. Das habe ich alles fotografiert.«

Frau Wagner trank einen Schluck Kaffee und schaute dann für einen Moment schweigend in die Ferne, und ich sah, dass ihre Augen feucht waren. Sie fuhr fort:

»Danach kehrte ich in die LPG zurück und begann mit meiner Arbeit. Es war damals eine sehr langwierige Tätigkeit mit dem Entwickeln, Fixieren und Kopieren. Am Abend erfuhr ich dann von den schrecklichen Geschehnissen. Sie können sich vorstellen, dass die Spaßfotos und die Wandzeitung kein Thema mehr waren. An das Auto und den Mann dachte ich zu dem Zeitpunkt nicht mehr.«

Es muss ganz schlimm sein, sich zu erinnern, dass man quasi Zeuge eines Mordes gewesen ist.

»Und wie ging es weiter?«, fragte ich vorsichtig.

»Es dauerte mehr als einen Monat, bis ich wieder mal mein Fotolabor benutzte. Ich wollte nach vielen Bitten von LPG-Mitarbeitern jetzt doch für einige Teilnehmer des Festes die Bilder abziehen.«

»Und darauf haben Sie etwas Verdächtiges entdeckt?«

»Ja. Die Negative mit dem Wartburgfahrer hatte ich mir zuerst nur flüchtig angesehen. Es ging mir ja nur um die Qualität des Objektivs. Und die war gut. Ich hatte die Negative schon in der Hand, um sie wegzuwerfen, als mir noch eine andere Idee kam. Ich wollte sehen, wie weit man vergrößern kann, bevor die Aufnahmen zu körnig werden und für einen Papierabzug nicht mehr taugen.«

»Und?«

»Da kam der Schock. Auf einem Bild hatte ich den Mann im Profil getroffen. Als seine vergrößerten Konturen dann auf dem Fotopapier sichtbar wurden, erkannte ich ihn. Und sofort kamen die Fragen: Was hatte dieser Mensch zu dem Zeitpunkt im Wald verloren? Und: Hatte Elisabeth tatsächlich Selbstmord begangen, wie behauptet worden war, denn ich wusste inzwischen von dem Gerücht, dass sie, von den Kopfhaaren abgesehen, am ganzen Körper haarlos gewesen sein soll. Warum sollte sie sich vollständig rasieren, wenn sie nicht mehr weiterleben wollte? Aber wenn es Mord war, dann hätte man es doch bei der Untersuchung merken müssen. Mit dieser Erklärung versuchte ich, mein Gewissen zu beruhigen. Aber das gelang nicht, denn der mysteriöse Gang des Stasi-Majors in die Kühlung ging mir all die Jahre nicht aus dem Kopf.«

»Stellt sich die Frage, was er dort gemacht hat? Hat er sie wirklich umgebracht?«, überlegte ich laut.

»Das weiß ich nicht. Aber zufällig ist er dort bestimmt nicht unterwegs gewesen.«

»Nein, das glaube ich auch nicht. Er hatte damit etwas zu tun.«

»Wissen Sie, was mir gerade noch einfällt?«, sagte Frau Wagner.

»Nein.«

»Der Stasi-Major ist in die LPG immer mit einem hellen Wartburg gekommen. An dem Tag war es ein anderer, ein dunkler. Und kurz nach Elisabeths Tod, als er noch einmal auf dem Hof war, hatte er wieder seinen hellen Wagen.«

»Sind Sie denn auch ganz sicher, dass es niemand war, der ihm vielleicht nur ähnlich sah?«, fragte ich.

»Ganz sicher«, sagte Frau Wagner mit Überzeugung. »Ich habe ein sehr gutes Gedächtnis für Gesichter und vergesse ein einmal gesehenes Gesicht so gut wie nie.«

»Haben Sie die Aufnahmen noch?«

»Leider nein. Als ich mich entschlossen hatte, meinen Verdacht für mich zu behalten, habe ich das ganze Material vernichtet. Alle Fotos von dem Fest, überhaupt alle Fotos von Elisabeth während der LPG-Zeit.«

»Schade!«

»Ja. Ich habe mich all die Jahre immer wieder gefragt, warum ich das gemacht und warum ich geschwiegen habe. Eigentlich bin ich nämlich ein Mensch, der sich gerne auch mal einmischt, weil mir so etwas Spaß macht. Ich finde es manchmal toll anzuecken. Es ist aufregend.«

»Aber in diesem Fall …«

»Ja. In diesem Fall habe ich gekniffen. Ich habe lange nachgedacht, warum ich so feige gewesen bin. Die Erklärung, die ich dafür gefunden habe, ist ziemlich profan.«

»Und?«

»Ich hatte vor diesem Mann Angst! Richtige Angst. Zum einen, weil er bei der Stasi war. Ich weiß aus Erzählungen meines Vaters, wozu diese Leute fähig waren. Und einen tragischen Unfall wollte ich nicht erleiden. So etwas hat es durchaus gegeben, auch wenn man es vehement bestritten hat und immer noch bestreitet. Der zweite Grund ist, dass der Major mir irgendwie abartig vorkam. Das können Sie als Mann vielleicht nicht verstehen. Der war einfach unheimlich.«

»Doch, doch, das verstehe ich sehr gut.«

»Ich weiß nicht, ob ich mir meine Feigheit jemals wirklich vergeben kann.«

Frau Wagner trank den letzten Schluck aus ihrem Glas, und ich sah, dass sie erneut mit den Tränen kämpfte.

»Vorhin haben Sie mich getröstet«, sagte ich. »Jetzt bin ich an der Reihe. Auch wenn Sie zur Polizei gegangen wären und Ihre Beobachtung gemeldet hätten, wäre die Sache im Sande verlaufen. Wirklich gesehen haben Sie doch nichts, und was hätten diese Fotos bewiesen? Nichts! Und Sie wären ständig in Angst gewesen. Leute vom Schlage des Majors vergessen nichts und verzeihen schon gar nichts.«

Was hatte Karl geschrieben? »Dieses unglaublich abartige Stasi…« Recht hat er gehabt. Dieser Mensch war in der Tat ein abartiges Stasi-Schwein!

»Ja, das mag schon stimmen«, sagte Frau Wagner nicht ganz überzeugt. »Trotzdem hat mein Bild, das ich von mir hatte, seit jener Zeit einen großen Kratzer.«

Sie wischte sich eine Träne aus dem Auge, straffte sich und ich spürte, dass sie unser Gespräch nun beenden wollte. Und so war es auch.

»Jedenfalls danke ich Ihnen, dass Sie mir zugehört haben«, sagte sie mit fester Stimme. »Ich bin sehr erleichtert, dass ich all das loswerden durfte.«

»Das Gleiche kann ich von mir sagen. Ich bin jetzt überzeugt, dass mein Freund Karl nichts mit Elisabeth Dembrock zu tun hatte. Auch er hat sich nicht getraut, sein Wissen weiterzugeben, und unter den Bedingungen, die damals herrschten, kann man so ein Verhalten auch niemandem vorwerfen.«

»Ja, das ist auch meine Meinung«, sagte Frau Wagner. »Trotzdem bleibt ein schales Gefühl zurück, denn dieser Mensch läuft mit großer Sicherheit weiter völlig unbehelligt durch die Weltgeschichte.«

»Wahrscheinlich«, stimmte ich betroffen zu. »Wir haben aber nichts, das über Vermutungen hinausgeht, und ich sehe auch keine Möglichkeit, wirklich an belastbare Fakten zu kommen. Es sei denn, dass man einen früheren Hauptamtlichen findet, der sich über den Major auslässt.«

»Ein Sechser im Lotto ist wahrscheinlicher«, sagte sie sarkastisch.

Ich winkte die Bedienung heran und bezahlte. Danach begaben wir uns zum Ausgang.

»Wenn Sie und Ihr Mann einmal in Bremen sein sollten, dann würde ich Sie gerne zum Essen einladen«, sagte ich, als Frau Wagner mir zum Abschied die Hand reichte. »Ich würde mich wirklich sehr freuen.«

»Danke. Ich rufe an, wenn wir die Absicht haben, Ihre Stadt heimzusuchen«, lächelte Frau Wagner, »denn ich habe das Gefühl, dass die Akte Elisabeth doch noch nicht ganz geschlossen ist.«

»Da fällt mir ein«, fügte ich hinzu, »dass ich in drei Wochen wegen einer anderen Sache in Kühlungsborn bin. Wenn ich Zeit habe, könnte ich versuchen, von den ehemaligen LPG-Mitarbeitern einen zu finden, der vielleicht noch Bilder von dem Fest besitzt. Ein Foto, auf dem der Major zu sehen ist, könnte eine Chance sein.«

»Machen Sie das! Nach meiner Erinnerung habe ich aber nur die Bilder mit den Paaren in dem alten Strandkorb an die Leute verteilt, und auf diesen war er nicht, da bin ich mir sicher. Aber wenn Sie bei Ihrem Besuch noch etwas Zeit übrig haben sollten, dann wäre es schön, wenn Sie Meta Dembrock besuchen könnten, um dort nach dem Rechten zu sehen. Ich komme in der nächsten Zeit nicht dazu, denn ich bin in Kürze im Auftrag einer Zeitung im Riesengebirge unterwegs, um die dort lebenden Tiere in freier Wildbahn zu fotografieren.«

»Oh, Sie haben Ihr Hobby zum Beruf gemacht?«

»Ja. Und diesen Beruf liebe ich sehr und bekomme auch viel Anerkennung. Wenn ich daran denke, wie mühsam vor 40 Jahren das Metier des Fotografierens war und was man im Gegensatz dazu heute mit den Digitalsystemen alles anstellen kann, dann wird mir schmerzlich bewusst, dass die Jahre über uns nur so hinwegrasen.«

»Das kann ich nur bestätigen«, sagte ich. »Je älter man ist, umso schneller scheint die Zeit zu vergehen.«

Wir verabschiedeten uns endgültig und gingen in verschiedene Richtungen davon.

KAPITEL 18

Bastorf, Mecklenburg

Wegen einer Hochspannungsleitung, die durch unseren verpachteten Acker in Bastorf geführt werden sollte, hatte ich meinen geplanten Besuch um eine Woche vorgezogen, denn ich wollte genau sehen, wo und wie der Energieversorger seine Erdkabel verlegte. Leider wartete ich vergeblich auf den Beginn der Arbeiten, und erst nach einem Telefonat stellte sich heraus, dass ein anderer Eigentümer Widerspruch gegen die Arbeiten eingelegt hatte und deshalb der Termin auf unbestimmte Zeit verschoben worden war.

Nun hätte ich allen Grund gehabt, über so ein Verhalten verärgert zu sein, aber mein Groll hielt sich in Grenzen, denn es war ein schöner Tag mit angenehmen Temperaturen, und an dem strahlend blauen Himmel zeigte sich kein Wölkchen. Ein kaum wahrzunehmender Dunsthauch lag wie ein zarter Schleier über dem silbern schimmernden Wasser der Ostsee. Ein fantastisches Bild, das zum Träumen anregte.

Eine eigentümlich melancholische Stimmung hatte mich erfasst. Kühlungsborn lag direkt vor mir, und wie eine kleine Spielzeugeisenbahn schnaufte der ›Molli‹ in diesem Moment aus der Stadt heraus in Richtung Heiligendamm, eine weiße Wolke aus heißem Wasserdampf in die Luft pustend, während seine Dampfpfeife einen schrillen Laut ausstieß.

Dieser Ton hörte sich an wie fernes Wehklagen und löste bei mir eine Assoziation aus. Ich wusste, dass Elisabeth Dembrock zusammen mit ihrem Freund die Flucht über die Ostsee gewagt hatte, die zu dem Tod des Freundes und letztlich auch zu ihrem führte. Hatte sie auch während ihrer Zeit in

Bastorf einmal an dieser Stelle gestanden und auf die blaue See geschaut? Wenn ja, dann waren ihre Gedanken aber völlig andere als jetzt die meinen.

Für sie war die Ostsee Bedrohung, eine Verlängerung des Todesstreifens der Mauer, deren Strand mit KZ-artigen Wachtürmen gespickt und deren Wasserfläche von aufs Schwerste bewaffneten Schiffen beherrscht wurde, die auf eine besondere Art der Jagd spezialisiert waren. ›Dead or alive‹ war der mündliche Befehl für alle Grenzsoldaten. Gleichgültig, ob auf See oder an Land. Jeder kannte diesen Befehl, fast alle Grenzer hatten danach gehandelt, nur zugegeben hatte es im Nachhinein niemand.

Für mich war schon als Kind der Blick auf die Ostsee großartig gewesen, und gerne erinnere ich mich daran, wenn wir (das waren meine Mutter, meine Schwester und ich) mit unseren Fahrrädern, aus Kröpelin kommend, die letzten Bäume der Kühlung hinter uns gelassen hatten und *sie* dann dort wie eine wunderbare Verheißung vor uns liegen sahen.

Bei Elisabeth Dembrock dürfte der Schmerz die Freude über die Schönheit der Natur verdrängt haben, denn, weiter nördlich zwar, aber dennoch im selben Wasser, wurde ihr ihre Zukunft genommen.

Während mich diese Gedanken bewegten, erinnerte ich mich unversehens an Frau Wagners Erzählung, den Hochsitz, den Wartburg und die Bilder, die sie während des LPG-Festes geschossen hatte, und dann an Karls Brief und an meine Verpflichtung. Und mit einem Mal wusste ich, dass ich unbedingt weitersuchen musste.

Da mir aber nicht klar war, wie, vertrödelte ich den restlichen Tag mit vielen unergiebigen Gedanken, unproduktiven Planspielen und entwickelte, wahrscheinlich, weil ich keine vernünftige Idee hatte, wie das Ziel erreicht werden könnte, bald ausgeprägte Hassgefühle auf den Major und das System der Staatssicherheit, welches ihm seine monströse Tat erst ermöglicht hatte.

Dann, nach einer ganzen Flasche Rotwein zum Abendessen, wurde ich müde, ging aufs Zimmer und legte mich in der Hoffnung ins Bett, am nächsten Morgen erfrischt und besser gelaunt aufzustehen.

Was dann kam, war wohl einer der schlimmsten Albträume, die ich je gehabt hatte.

Als ich das erste Mal aufwachte, war Mitternacht lange vorüber. Schon zu diesem Zeitpunkt spürte ich eine Unruhe und hatte auch wegen des Herzklopfens das Gefühl, schlecht geträumt zu haben. Ich ging ins Bad, wusch mir das Gesicht mit kaltem Wasser und legte mich dann wieder hin. Und nun tauchten in meinem Kopf Bilder auf, die grauenhaft real waren.

Eine Frau hing an einem Baum, keine drei Meter von mir entfernt. Sie schaute auf mich und flehte verzweifelt um Hilfe.

Dann veränderte sich das Bild. Ihr Gesicht verzerrte sich, die Zunge kam aus dem Mund, wurde lang und länger, erst dunkelrot, dann blauschwarz, und einen Moment später brach sie ab, fiel auf den Boden und verschwand wie eine Schlange in der Erde. Nun veränderten sich die Gesichtszüge der Frau: Ihr Antlitz verwandelte sich zu einem Totenschädel, und der Körper zu einem Skelett, das sich plötzlich von dem Baum löste und auf mich zugeflogen kam.

Schweißgebadet wachte ich auf. Ich war so erschöpft, dass es mir unmöglich war aufzustehen. Nach einigen Minuten hatte ich mich beruhigt, befürchtete aber, dass der Traum wiederkommen würde. Mit Mühe erhob ich mich, ging zur Minibar und nahm mir eine Flasche Wasser. Ich stellte den Fernseher an und verhinderte damit, dass ich erneut einschlief. Zerschlagen und müde ging ich am nächsten Morgen zum Frühstück.

Nach dem Bezahlen der Hotelrechnung machte ich mich auf den Weg nach Bad Doberan zu Meta Dembrock. Wieder hatte ich ihr einen großen Strauß Blumen und etwas Süßes besorgt. Ihre Wohnung zu finden, war dieses Mal kein Problem, aber entweder war sie nicht da oder reagierte nicht auf mein Klingeln.

Ich wartete. Als eine ältere Dame aus dem Nachbarhaus kam, ergriff ich die Gelegenheit und sprach sie an. Ich erfuhr, dass Frau Dembrock wegen eines Sturzes ins Krankenhaus gekommen war.

Aus Erfahrung wusste ich, dass altersdemente Menschen bei einem Ortswechsel nicht selten völlig die Orientierung verlieren. Also war die Chance gering, dass sie sich jetzt in einem besseren Zustand befand als beim letzten Mal.

Trotzdem, das Versprechen, das ich Susanne Wagner gegeben hatte, wollte ich erfüllen. Also fuhr ich nach Hohenfelde, einem kleinen Nachbarort, in dem sich das Bad Doberaner Krankenhaus befand.

Erwartet hatte ich eine Klinik im DDR-Look und war deshalb positiv überrascht, einen freundlichen, modern ausgestatteten Zweckbau vorzufinden.

Frau Dembrock lag mit einer zweiten Patientin in einem Dreibettzimmer. Sie hatte sich den Oberschenkelhals gebrochen und war operiert worden.

Nachdem ich meinen Blumenstrauß in eine Vase gestellt hatte, setzte ich mich neben ihr Bett auf einen Stuhl und bemühte mich um ein wenig Konversation. Wie befürchtet, war das nicht möglich, zumal ihre Laune nicht die beste war.

Um sie aufzuheitern, reichte ich ihr die mitgebrachte Pralinenschachtel, und sie griff herzhaft zu. Als dann eine der Süßigkeiten ins Bett fiel, suchte ich ein Taschentuch, um den entstandenen Fleck zu entfernen, und öffnete deshalb die Schublade ihres Nachtschranks. Ich fand das Gesuchte und entdeckte zudem, dass dort einige ihrer persönlichen Sachen lagen, unter anderem die beiden kleinen Fotoalben.

Mir kam ein Gedanke.

»Wollen wir uns Ihre Fotobücher ansehen?«, fragte ich sie.

Frau Dembrock nickte zustimmend.

Ich nahm die Alben heraus, setzte mich auf den Rand ihres Bettes, blätterte diese langsam durch und zeigte ihr Bild für Bild. Dabei gab ich meine Vermutungen zu jedem der Fotos zum Besten. Das war auch nicht schwer, denn unter den Fotografien standen die Jahreszahlen und Namen der Fotografierten. Bald bemerkte ich, dass bei ihr verschüttete Erinnerungen wiederkamen, und auf meine Kommentare reagierte sie entweder zustimmend oder ablehnend, je nachdem, ob ich richtig oder falsch lag. Bei einigen Jugendbildern Elisabeths kamen sogar von ihr situativ passende Anmerkungen. Als sie dann bei einem kuriosen Schnappschuss plötzlich herzerfrischend lachte, beglückwünschte ich mich zu meiner spontanen Eingebung.

Auf den letzten Seiten des zweiten Albums tauchten unerwartet zwei Bilder auf, von denen ich sofort sah, dass sie auf der LPG Rote Erde gemacht worden waren. Das eine Foto zeigte Elisabeth in Arbeitskleidung vor dem einen Tor der reetgedeckten Scheunen. Bei dem zweiten befand sie sich neben derselben Scheune, und etwas weiter weg, direkt vor dem Genossenschaftshaupthaus, standen einige Personen, die offensichtlich miteinander redeten.

Dieses zweite Foto weckte mein Interesse. Elisabeth lächelte. Aber, wie es mir schien, ziemlich gezwungen. Ganz hinten, auf der rechten Seite und auch ein wenig verwaschen, konnte man das Profil eines groß gewachsenen Mannes mit schütterem Haar erkennen, dessen Mimik auf eine ziemliche Arroganz schließen ließ. Ich rief mir ins Gedächtnis, was ich von dem Stasi-Major wusste, und kam zu dem Schluss, dass er es tatsächlich sein könnte.

Was sollte ich jetzt tun?

»Kann ich mir dieses Bild für Elisabeth ausborgen?«, fragte ich, war aber überzeugt, dass sie ablehnen würde.

»Nehmen Sie es und zeigen es Elli. Aber sagen Sie ihr, dass sie mir versprochen hat, mich hier im Ferienheim zu besuchen. Sie muss sich unbedingt auch noch um den Garten kümmern! Sonst ist er im Nu voller Unkraut. Sagen Sie ihr das … unbedingt!«

Ich war erleichtert, dass sie mir das Foto freiwillig überließ, denn es zu stibitzen wäre mir doch schwergefallen.

»Elli wird Sie bald besuchen, das hat sie mir gesagt«, antwortete ich und schämte mich wegen der Unwahrheit.

Frau Dembrock schien das aber im Moment nicht zu interessieren, sie lag mit ihren Gedanken, wer weiß wo, lächelnd im Bett und nahm sich ein weiteres Schokoladenteilchen.

Bald darauf verabschiedete ich mich und begab mich zum Zimmer des Stationsarztes. Dort stellte ich mich als Kollege vor und äußerte mein Interesse an der Patientin.

»Ich möchte keine Befunde von Frau Dembrock«, sagte ich vorbeugend, »sondern ich würde gerne von Ihnen wissen, wie es mit ihr weitergeht.«

»Unsere Sozialstation wird versuchen, sie in ein Pflegeheim zu geben. Sie haben sicher selbst gesehen, dass sie nicht mehr zurück in ihre Wohnung kann«, antwortete er freundlich. »Es gibt zwar schon lange eine Pflegerin, aber diese Frau kann sich immer nur stundenweise kümmern, und das reicht einfach nicht mehr aus. Das mit der Heimunterbringung tut mir leid. Ich weiß, dass Frau Dembrock das nicht möchte. Aber auch dann, wenn sie wieder ganz mobil werden sollte, ist sie wegen ihrer Demenz ohne Aufsicht eine Gefahr für sich, und andere.«

»Da haben Sie recht«, stimmte ich zu. »Frau Dembrocks Tochter lebt schon seit Jahren nicht mehr, und es gibt auch nach meiner Kenntnis niemanden, der diese Aufgabe übernehmen kann. Wenn Sie mir einen Gefallen tun wollen, dann informieren Sie mich bitte, wenn eine Entscheidung über den weiteren Verbleib getroffen worden ist. Ich könnte dafür sorgen, dass sie wenigstens von Zeit zu Zeit von einer guten Freundin Besuch bekäme.«

»Das ist eine schöne Idee«, sagte der Stationsarzt. »Geben Sie bitte Schwester Heide Ihre Daten. Ich kümmere mich darum und verspreche, dass Sie informiert werden, wenn es soweit ist.«

Ich bedankte und verabschiedete mich, gab mein Kärtchen im Schwesternzimmer ab, ging zum Parkplatz und setzte mich ins Auto.

Dort holte ich die Fotografie aus meiner Brieftasche und betrachtete sie. Leider störte die Unschärfe am rechten Bildrand sehr.

Jemand, der den Major kennt, kann ihn mit ziemlicher Sicherheit identifizieren, aber als Grundlage für eine wie auch immer geartete Recherche taugt diese Aufnahme nicht.

Erst einmal wollte ich aber sicher sein, dass das Foto tatsächlich den Major zeigte.

Wer außer Susanne Wagner kann noch etwas über den Mann wissen? Zum Beispiel der fußbadende Kobold, der alles wusste, der überall seine Nase drin hatte? Ja, das ist eine gute Idee!

KAPITEL 19

Bremen

Hauptkommissar Hausmann hatte recht gehabt. Jens Fiedler war am nächsten Morgen einer der Ersten, der den Besprechungsraum betrat, und er hatte, entgegen seiner sonstigen

Gewohnheit, nämlich zu den Beratungen der SOKO sich immer in eine der hintersten Reihen zu verkrümeln, um von dort aus sicherer Distanz bissige Bemerkungen zum Besten geben zu können, ganz vorne Platz genommen.

Die heutige Sitzung wurde, wie immer seit Gründung der SOKO, durch Hausmann eröffnet, der die Direktiven für den Tag ausgab und neu gewonnene Erkenntnisse verkündete.

Viel Bemerkenswertes gab es wieder nicht. Ein kleiner Lichtblick waren vielleicht die vielen Telefonanrufe, die wegen der Belohnung eingegangen waren, worauf sich Jens veranlasst sah, eine Anmerkung über zunehmende Geldgier zum Besten zu geben, was ihm einen bösen Blick seines Zimmernachbarn, aber auch Zustimmung von Kollegen einbrachte.

Da für den heutigen Nachmittag die Befragung von Udo Pape vorgesehen war, dessen Status sich von dem eines Zeugen zu dem eines potenziell Beschuldigten ändern könnte, wurde auch noch über die geplante Vorgehensweise dieses Einsatzes gesprochen.

»Haben wir weitere Sachprobleme zu diskutieren?«, fragte anschließend Walter Hausmann und blickte fragend in die Runde.

»Es ist schon erstaunlich«, sagte er dann süffisant. »Manche von euch sind heute, entgegen ihrer sonstigen Gewohnheit, sehr früh aus den Betten gekommen, und einige haben sogar ein frisches Hemd aus dem Schrank geholt. Und warum diese ungewöhnliche Mühe? Aus kollegialer Höflichkeit, weil wir eine Person, die vom BKA kommt und die Suche nach unserem Täter unterstützen soll, im Team begrüßen? Oder ist der Grund vielmehr der, dass sich herumgesprochen hat, dass diese Person weiblichen Geschlechts ist? Dafür, dass die Idee, einen professionellen Fallanalytiker zu bemühen, nicht einen einzigen wirklichen Fürsprecher gehabt hat, halte ich das jetzige Interesse schon für bemerkenswert. Kollege Kutzner, Sie sind der Tür am nächsten. Seien Sie doch so nett, gehen Sie auf den Flur und bitten Sie Frau Grimm herein. Sie hat gewünscht, sich selbst vorstellen zu dürfen. Deshalb gibt es zu ihrem Werdegang von mir auch keine Informationen. Nur eines noch: Sollte sich irgendjemand genötigt sehen, unqualifizierte Bemerkungen hinsichtlich gottgegebener männlicher Überlegenheit oder ähnliche Dämlichkeiten von sich geben zu müssen, und mir kommt dieses zu Ohren, fliegt derjenige ohne weitere Erklärung aus dem Team und kann auch schon mal mit dem Schreiben seines Versetzungsgesuchs beginnen. Ich hoffe, dass ich das deutlich genug formuliert habe.«

Während der letzten Worte des Hauptkommissars hatte sich Kommissar Kutzner erhoben, die Tür geöffnet und war in den Flur getreten. Keine zwei Sekunden dauerte es, und eine schlanke dunkelhaarige Frau in Jeans und schwarzem Pulli betrat den Raum.

Wie selbstverständlich ging sie zum Rednerpult und begrüßte mit einem warmen, aber kurzen Lächeln den Hauptkommissar.

»Ich darf?«

»Das Mikro gehört Ihnen«, sagte Walter Hausmann charmant lächelnd, ging ins Auditorium und setzte sich auf den ersten freien Platz.

»Ich weiß, dass Sie alle gespannt sind und sich fragen, was ich wohl für eine bin«, begann sie. »Und einige von Ihnen haben sicher Sorge, dass ich mir Kompetenzen anmaßen werde, die mir nicht zustehen.«

Lena Grimm ließ ihren Blick über die Versammelten schweifen.

»Ich verstehe diese Empfindungen, kann aber Ihre Befürchtungen zerstreuen. Ich werde Ihnen nichts wegnehmen. Warum sollte ich auch, ist doch mein Einsatz zeitlich begrenzt. Und da das so ist, gibt es von mir auch nur das Notwendigste zu meiner Person. Weitere Fragen zu diesem Thema werde ich nicht beantworten, weil sie für das, was unser Ziel ist, ohne Bedeutung sind. Also: Ich bin 36, nicht verheiratet, aber gebunden und habe eine Tochter. Ich mag Professionalität und schätze Selbstbewusstsein, wenn dieses nicht vordergründig und Ausdruck von Selbstüberschätzung ist. Jetzt zu meiner Aufgabe: Ich bin dazu da zuzuhören, Hinweise und Empfehlungen zu geben und ein Täterprofil zu erstellen, mehr nicht. Ich mische mich nicht in Ihre Ermittlungen ein und führe auch keine Vernehmungen. Zuhörer und Beobachter ja, Tippgeber auch, aber Besserwisser nein. Entgegen manchen Gerüchten schreibe ich keine Beurteilungen von Ihnen, aber während der Ermittlungen kann es schon mal sein, dass ich an einzelnen Personen Kritik äußere. Wer am Schluss die Lorbeeren erntet und wer die saure Zitrone bekommt, das machen Sie bitte unter sich aus. Und zwar dann, wenn ich nicht mehr da bin. Als Erstes möchte ich alles wissen, was es zu diesem Fall gibt. Alles an Fakten, aber auch alles an Mutmaßungen, auch solche, die nicht in Ihre Berichte eingeflossen sind. Danach werden wir gemeinsam ein Täterprofil erarbeiten. Und wenn ich gemeinsam sage, dann meine ich das auch. Ein Profil, das ausschließlich von mir konzipiert ist, hilft Ihnen wenig. Sie müssen die Vorstellung von der Person, die wir suchen, in sich tragen. Nur dann werden Sie ihn oder sie erkennen, wenn er oder sie Ihnen begegnet. Was viel Arbeit erspart, ist, nicht unnützen Dingen hinterherzurennen. Wir sind Kriminalisten, keine Beschäftigungstherapeuten. Und noch ein Hinweis: Ein sehr wichtiger Mann, besonders bei einer verfahrenen Geschichte wie dieser, ist der Kommissar Zufall. Aber Vorsicht: Der kommt nicht einfach durch die Tür wie ich soeben. Ihm muss man erst einmal die Chance geben, zu uns zu gelangen. Also: Augen und Ohren weit öffnen! Diskutieren Sie mit Ihren Kollegen, lesen Sie alles, was in der Presse steht. Auch von dort kommen neben vielen Dingen, die ärgerlich sind, durchaus brauchbare Gedanken. Ich werde ungefähr einen Tag benötigen, bis ich mir einen Überblick geschaffen habe. Und wenn es sich einrichten lässt, würde ich morgen gerne mit einigen von Ihnen ein paar persönliche Worte wechseln. So, das war es für den Moment von meiner Seite. Ich danke für die Aufmerksamkeit!«

KAPITEL 20

Kurz nach dem Mittagessen kam Lena Grimm in das Zimmer der Hauptkommissare Hausmann und Fiedler. Erstens, um sich besser bekannt zu machen, und zweitens, um die persönliche Einschätzung des Leiters der MK und seines Stellvertreters über den Stand der Ermittlungen zu erfahren.

Beide Männer waren aufgestanden und hatten sie mit Handschlag begrüßt. Walter deutete auf einen der drei Stühle, die um einen kleinen Tisch gruppiert waren, der in der Mitte an der Längswand des Zimmers stand und auf dem benutzte Kaffeetassen und eine Vase standen, in der ein Kunstblumenstrauß steckte.

»Oh Entschuldigung«, sagte Jens Fiedler, räumte das Geschirr ab und stellte es auf die Anrichte, auf der sich auch die Kaffeemaschine befand. »Möchten Sie einen?«, fragte er, auf die Maschine deutend.

»Danke nein«, erwiderte Lena Grimm. Dann nahm sie die Vase in die Hand, von deren Plastikblumen sich in diesem Moment ein kleines Staubwölkchen löste und auf die Tischplatte rieselte.

»Es geht doch nichts über ein behagliches Ambiente«, sagte sie spöttisch.

»Tut mir leid, ich habe heute Morgen vergessen zu gießen«, antwortete Jens schlagfertig.

Lena Grimm lachte herzhaft, und die Männer stimmten in das Lachen ein, während sich alle an den Tisch setzten.

»Ich bin gekommen«, begann Frau Grimm, »weil ich gehört habe, dass Sie am Nachmittag einen Verdächtigen in Augenschein nehmen wollen. Mit dem Aktenstudium bin ich zwar noch nicht durch, glaube aber, nach dem, was ich bis jetzt gelesen habe, dass Pape nicht als Täter infrage kommt. Oder gibt es etwas, was nicht in den Protokollen steht? Wenn ja, dann sollten Sie besser das Anwesen beobachten und warten, bis der Verdächtige das Haus verlässt, dann ist die Gefahr, unliebsame Überraschungen zu erleben, nicht so groß. Die Erfahrung lehrt, dass dort, wo ein Täter zu Hause ist, auch seine Aggressionsbereitschaft am höchsten ist.«

»Das ist uns durchaus bekannt, Frau Grimm«, sagte Jens unwirsch. »Die kriminalistische Grundschule haben wir schon absolviert.«

»Was soll das jetzt, Jens?«, sagte Walter unwirsch.

»Lassen Sie nur, Herr Fiedler hat ja recht«, erwiderte Lena Grimm nachsichtig. »So ein Hinweis würde von mir nicht kommen, wenn ich Sie besser kennen würde. Sie können sich gar nicht vorstellen, wie lax manche Ihrer Kollegen mit ihrer eigenen Sicherheit umgehen, sobald ihr Jagdinstinkt erst einmal geweckt ist. Ich verstehe meine Aufgabe auch darin, auf Grundsätzliches hinzuweisen.«

»Danke«, erwiderte Walter. »Sicherheitsaspekte werden bei zunehmender Gewaltbereitschaft immer wichtiger. Aber nun zu unserem Fall: Ich finde es erstaunlich, dass Sie auf den ersten Blick erkannt haben, dass es berechtigte Zweifel an einer Täterschaft von Pape gibt. Trotzdem haben wir uns entschlossen, auf Nummer sicher zu gehen und dem Herrn einen Besuch abzustatten. Wollen Sie mitkommen? Wir können allerdings nicht garantieren, dass der Fuchs im Bau ist.«

»Danke, heute nicht, denn ich muss mich im Präsidium erst einmal zurechtfinden. Ferner habe ich mir vorgenommen, mit den anderen Abschnittsleitern zu sprechen, und das Papierstudium ist auch noch nicht beendet.«

Während Walters Aufmerksamkeit sich auf den Gast konzentrierte, blätterte Jens gelangweilt in einer Akte.

»Gut«, sagte Walter Hausmann abschließend. »Wir danken Ihnen für Ihren Besuch und sind sicher, dass wir gut zusammenarbeiten werden. Ehe ich es vergesse, ich soll Ihnen vom Präsidenten ausrichten, dass er sich für den winzigen Büroraum entschuldigt, aber ein anderes Zimmer haben wir im Moment leider nicht zur Verfügung.«

»Machen Sie sich deshalb keinen Kopf, kleine Zimmer bin ich gewöhnt.«

Damit erhob sie sich und ging hinaus.

Als sich die Tür geschlossen hatte, sagte Jens ironisch, seinen Kollegen nachäffend: »Ich finde es erstaunlich, dass Sie auf den ersten Blick gesehen haben, dass es berechtigte Zweifel … Süßholz raspeln ist nichts dagegen. Walter, wenn ich nicht wüsste, dass du eine Ehefrau besitzt, würde ich denken, dass du auf die Kleine scharf bist!«

»Blödsinn«, entgegnete Walter ärgerlich. »Wenn *ich* dein Verhalten bewerte, dann wundert es mich nicht, dass du von deiner besseren Hälfte von Tisch und Bett getrennt wurdest. Gutes Benehmen zählt nämlich leider nicht zu deinen Stärken.«

*

Zusammen mit zwei Streifenwagen fuhren Walter und Jens, die ihren kleinen Disput schon wieder vergessen hatten, am Nachmittag zum Theklaweg, um Udo Pape auf den Zahn zu fühlen. Während die Beamten der Schutzpolizei das Gelände sicherten, gingen die Kommissare erst durch die schief hängende Gartentür, die so grässlich quietschte, dass sich die Bewohner eine Hausklingel hätten sparen können, und dann über den ungepflegten unkrautbewachsenen Weg zu dem Haus, dessen einstmalige weiße Farbe mehr zu erahnen denn zu erkennen war.

Jens drückte den Klingelknopf. Beide lauschten, aber es war nichts zu hören. Weder das Ansprechen der Türglocke noch irgendein anderes Geräusch im Inneren des Hauses. Jens versuchte es ein zweites und drittes Mal. Nichts. Sie probierten es nun mit lautem Klopfen, aber auch hier keine Antwort.

»Mist«, fluchte Walter. »Ich gehe mal ums Haus. Vielleicht ist ja doch jemand da, der nur nicht mit uns reden möchte.«

Nach kurzer Zeit kam er zurück und zuckte mit den Schultern: »Kein Schwein anwesend, soweit ich das sehen konnte«, sagte er. »Abmarsch, Jens. Die Mühe hätten wir uns sparen können.«

Beide Männer gingen zurück. Beim Passieren der Pforte hörten sie plötzlich eine verschlafen klingende Frauenstimme:

»Wenn Sie zu meinem Mann wollen, der ist nicht da.«

Die Kommissare drehten sich wieder zurück.

»Frau Pape?«, fragte Walter.

»Ja, das bin ich«, sagte die untersetzte Frau, die nun einige Schritte aus der Tür heraustrat. Sie war mit einer Trainingshose und einem langärmligen fleckigen Sweatshirt bekleidet, das für ihren fassartigen Oberkörper deutlich zu klein war. »Ich habe nach dem Mittagessen ein Nickerchen gemacht«, erklärte sie weiter und strich sich ihre strähnigen Haare mit einer koketten Bewegung aus der Stirn.

»Wissen Sie, wo Ihr Mann ist?«, fragte Walter, der aus ihrem Tonfall sofort gehört hatte, dass stärker als Müdigkeit kürzlich genossener Alkohol ihre Stimme verwaschen klingen ließ.

»Udo ist auf Montage in Katar«, sagte sie und gähnte ausgiebig. »Kommen Sie in drei Wochen wieder. Dann ist er bestimmt daheim.«

»Können wir für einen Moment hereinkommen? Es spricht sich so schlecht über den Gartenzaun hinweg«, erklärte Walter.

»Was wollen Sie denn von ihm?«, fragte sie, nun deutlich aggressiver. »Geld hat er sowieso keines. Das können Sie sich abschminken!«

»Nein, wir wollen kein Geld. Wir sind von der Polizei und müssen ihn dringend sprechen. Es geht um einen seiner Arbeitskollegen.«

»Ja? Um wen denn? Da kann ich Ihnen bestimmt helfen.«

»Das ist sehr freundlich, aber um wen es sich handelt, dürfen wir Ihnen leider nicht sagen, Frau Pape«, begründete Walter die Ablehnung.

»Könnt ihr Süßen euch denn überhaupt ausweisen?«, sagte sie plötzlich in einem Tonfall, dass sich die beiden Polizisten erstaunt ansahen.

»Selbstverständlich haben wir Polizeiausweise, die Sie auch gerne prüfen dürfen.«

Beide zückten ihre Legitimationen, aber die Frau hatte längst kehrtgemacht und war zurück zum Haus geschwankt, wobei sie beim Hineingehen gegen einen Türpfosten stieß.

»Gnädige Frau, wir folgen Ihnen unauffällig und unaufgefordert«, sagte Jens und grinste dabei über das ganze Gesicht.

Als die beiden Polizisten den Windfang hinter sich gelassen hatten und in das Haus traten, schlug ihnen ein stechender Geruch entgegen, und sie sahen, dass sich auf den Sitzgelegenheiten des Zimmers mindestens ein halbes Duzend Katzen tummelte, die wohl alle derselben Großfamilie angehörten, jedenfalls besaßen sie ausnahmslos ein mehr oder weniger intensiv rötlich-weiß geschecktes Fell.

Die Frau ging zu einem Sessel, dessen Farbe wohl einmal grün gewesenen war, und, um sich nicht der Mühe unterziehen zu müssen, die Katze, die dort döste, zum Verlassen aufzufordern, kippte sie das Sitzmöbel einfach um. Der Stubentiger schien diese Prozedur zu kennen. Er sprang ohne Protest herunter und verschwand in einem Nebenraum.

Frau Pape deutete auf zwei Stühle, die unmotiviert mitten im Raum standen. Auch wenn deren Sitzflächen nicht von Katzen belegt gewesen wären und über den Lehnen keine benutzten Kleidungsstücke gelegen hätten, wären die Kommissare dieser Einladung nicht gefolgt.

»Danke, wir stehen lieber, es geht auch ganz schnell«, sagte Hausmann. »Wann haben Sie denn mit Ihrem Mann das letzte Mal gesprochen?«

»Als er weggefahren ist.«

»Sie haben die ganze Zeit nicht mit ihm telefoniert?«

»Nein. Warum denn? Hätte ich das tun sollen?«

»Na ja, er ist schließlich Ihr Mann«, wunderte sich Walter. »Da spricht man doch schon mal miteinander, besonders, wenn einer so weit weg ist.«

»Ja, das stimmt. Udo spricht aber nicht viel. Und von dort zu telefonieren, das macht er schon gar nicht. Das ist auch viel zu teuer.«

»Wie lange wollte er denn wegbleiben, Ihr Udo?«

»Wie lange er wegbleiben wollte? Ungefähr zwei Monate. So genau weiß ich das nicht.«

»Aber er sagt Ihnen doch sicher Bescheid, wenn er wiederkommt. Wie war das denn sonst?«

Frau Pape kratzte sich ausgiebig am Kopf und überlegte.

»Beim letzten Mal war er krank und konnte nicht fahren«, sagte sie dann. »Und davor war er gar nicht weg. Da war er bei dieser Schlampe Sigrid. Aber ich bin nicht so blöd, wie er denkt! Ich habe sofort gemerkt, dass er gelogen hatte, und sie hat sich ein blaues Auge eingefangen. Dieses Mal habe ich mir das Ticket genau angesehen und bin mit zum Flughafen. Dort habe ich so lange gewartet, bis der Flieger weg war. Mit meinem Udo rumzumachen, wo gibt es denn so was?«

»Heißt die Sigrid zufällig Schröder und wohnt in der Regensburger Straße?«

»Nein, es ist Sigrid Mehrtens aus dem Wiesenweg in Walle. Kennen Sie sie?«

»Nein, Frau Pape, Sigrid Mehrtens kennen wir nicht.«

»Da haben Sie auch nichts versäumt.«

»Das war's auch schon mit unseren Fragen.«

»Sagen Sie mal, Frau Pape, Sie haben da im Garten so eine schöne rote Wäscheleine«, schaltete sich Jens ein. »So eine sucht meine Frau. Könnte ich mir davon einen Zentimeter abschneiden, damit ich sie ihr zeigen kann? Wo haben Sie die Leine denn gekauft?«

»Schneiden Sie, wenn es Ihnen Spaß macht. Udo hat sie besorgt. Davon haben wir noch eine im Schuppen. Woher er sie hat? Das weiß ich nicht. Wahrscheinlich von diesem Schadensverkäufer aus Oyten. Da ist er häufiger.«

»Ich weiß, wen Sie meinen. Danke dafür und auf Wiedersehen.«

Die Polizisten verließen das Haus, und wie auf Kommando atmeten sie draußen tief durch.

»Dass bei der Luft, die in der Bude herrscht, jemand überleben kann, ist wirklich verwunderlich und ein Beweis, dass der Mensch als solcher ein zähes Geschöpf ist«, sagte Walter kopfschüttelnd, nachdem er einige Meter gegangen war.

»Ja. Abgehärtet durch die lange Zeit der Evolution. Du weißt ja, nur die Harten kommen in den Garten.«

»In diesen Garten möchte ich aber nicht, Jens! Unter der Erde liegen bestimmt überall Katzengebeine, und ich mag keine Katzen.«

»Keine Angst! Du kommst da auch nicht hin, denn du gehörst ja nicht zu den Harten. Walter, weißt du, was ich glaube?«

»Ja, das weiß ich. Deshalb habe ich ihr auch den Namen entlockt. Unser Udo wird sich im Bettchen der Schlampe Sigrid befinden und ihr beiwohnen, wie man so schön sagt. Ich kann ihm das noch nicht einmal verdenken. Wir sollten diese Dame gleich mal besuchen. Aber zuerst schneide ein Stückchen der roten Wäscheleine ab, die Genehmigung hat sie uns ja gegeben.«

KAPITEL 21

Einen Tag später gab es keine Zweifel mehr: Udo Pape war die fragliche Zeit bei der anderen Frau gewesen, und wieder hatte sich eine Hoffnung zerschlagen.

Auch die Hinweise aus der Bevölkerung waren bislang unergiebig, und bei den zwei Zeugen, die angeblich in der Nähe des ›Universums‹ einen auffälligen Taxifahrer beobachtet haben wollten, war hauptsächlich der Wunsch nach Aufmerksamkeit der Vater des Gedankens.

Dann meldete sich ein junger Mann, der am Telefon behauptete, das abfahrende Taxi mit dem späteren Opfer vor dem ›Haus am Walde‹ beobachtet zu haben.

Ein erster konkreter Anhaltspunkt?

Wegen der Wichtigkeit sollte diese Zeugenbefragung von Lena Grimm beobachtet werden, denn durch ihre Kenntnisse in Psychologie war sie am ehesten in der Lage, die Glaubwürdigkeit dieses Zeugen zu beurteilen.

Da Jens und Walter die Befragung gemeinsam vornehmen wollten, hatten sie den Mann für den Nachmittag bestellt.

Während des Mittagessens saßen die Kommissare in der Kantine am selben Tisch. Jens Fiedlers Laune pendelte immer noch, oder schon wieder, in Gefrierpunktnähe, hatte er doch am Vormittag drei Personen befragt, die ebenfalls wichtige Beobachtungen gemacht haben wollten. Aber keines der Gespräche brachte irgendeinen Fortschritt, denn alle gehörten zur Gruppe derer, die aufgrund der Erwähnung irgendwelcher Nebensächlichkeiten oder selbst produzierter Hirngespinste die ausgelobte Belohnung abkassieren wollten.

»Ich garantiere dir, auch bei diesem Typen wird heute Nachmittag nichts herauskommen«, sagte Jens zu seinem Kollegen, während er auf einem zähen Fleischstückchen herumkaute. »Schon seine Frage nach einem Vorschuss beweist, dass dieser Wichtigtuer auch nur lauwarme Luft von sich geben wird. Wie ich das hasse! Was treibt die Leute dazu, uns die Zeit zu stehlen? Ich wette, dass dieser Typ pleite ist und es nur auf die Kohle abgesehen hat.«

»Abwarten, Jens, abwarten«, entgegnete Walter beschwichtigend. »Schließlich stimmt das, was er am Telefon gesagt hat, mit den Fakten überein.«

»Alles, was er gesagt hat, stand in der Zeitung. Der Rest bestand aus vagen Andeutungen.«

Jens wendete sich nun seinem Nachtisch zu, schob ihn aber nach dem ersten Löffel zur Seite. »Das Zeug ist unzumutbar«, sagte er missmutig.

»Nun komm mal wieder runter«, kommentierte Walter tadelnd. »Der Koch kann nichts dafür, wenn es bei uns nicht läuft. Außerdem kann sich in einem Schwall warmer Luft durchaus auch mal eine heiße Spur verstecken, wie wir von unserer Lena gelernt haben.«

»Ja, unsere Lena! Kluge Sprüche machen, das kann sie, das

ist auch nicht weiter schwer. Und hat es geholfen? Hat sie uns weitergebracht?«

»Doch, das hat sie, und das weißt du auch. Ich frage mich, warum du so empfindlich bist, wenn es um Frau Grimm geht. Steckt da vielleicht etwas anderes dahinter? Eigentlich passt sie doch in dein Beuteschema wie die Faust aufs Auge!«

»Dass ich nicht lache! So ein Blödsinn! Was weißt du denn schon über mein Beuteschema?«

»Oh, mehr, als du glaubst. Aber ernsthaft: Sei nicht immer so negativ!«

»Bin ich doch gar nicht. Aber von Frau Grimm hätte ich mehr Konkretes erwartet.«

Jens griff nun wieder zu dem von ihm soeben verschmähten Nachtisch.

»*Wir* sind für das Konkrete zuständig, nicht sie«, sagte Walter und beobachtete erstaunt, dass sein Gegenüber das Schälchen mit Fruchtjoghurt verspeiste. »Überleg doch mal, was sie uns alles schon geliefert hat in Anbetracht der wenigen belastbaren Fakten, die wir bisher zusammentragen konnten. Durch das Profil von ihr haben wir ihn doch direkt vor uns.«

»Wieso von ihr, das Profil haben wir gemeinsam erstellt.«

»Wie man's nimmt. Meines Erachtens hat Lena das gestern bei ihrem Einstandsbier sehr geschickt angestellt. Stückchen für Stückchen hat sie uns die Dinge in den Mund gelegt. Oder siehst du das anders?«

»Na ja. Ich gebe zu, dass die meisten Punkte auf ihre Anregung hin notiert worden sind. Dafür hat sie aber auch lange genug studiert.«

»Gut. Aber dass das eine mit dem anderen nicht immer viel zu tun hat, sehen wir doch bei uns im Präsidium. Du weißt, wen ich meine.«

»Natürlich weiß ich das. Der ist aber wohl eher wegen seines roten Parteibuchs und weniger wegen seines Titels in die Position gehievt worden.«

»Kann sein. Sag mal, Jens, die Kopie des Täterprofils hast du doch verteilt, oder?«

»Selbstverständlich. Ich habe mir den Zettel sogar in die Hosentasche gesteckt, damit ich immer mal wieder nachschauen kann, welchen der vielen Verdächtigen wir aussortieren können.«

»Witzbold.«

»Das Profil habe ich tatsächlich bei mir.«

»Glaube ich nicht, zeig her!«

Jens Fiedler griff in seine Hosentasche und zog ein zusammengefaltetes Blatt heraus, das er seinem Kollegen unter die Nase hielt, es dann aber wieder verschwinden ließ.

»Das ist doch der Einkaufszettel, den Mutter dir gestern gegeben hat!«

Triumphierend zog Jens das Blatt erneut hervor und begann: »Akribischer Einzeltäter, zwischen 40 und 65, mit großer Wahrscheinlichkeit militärische Ausbildung, exakter Planer, geht nur kalkulierte Risiken ein, kein Sadist im landläufigen Sinn, hatte wahrscheinlich ein gravierendes Kindheitstrauma, könnte im Familienumfeld missbraucht worden sein, ist es gewohnt, Gewalt anzuwenden, benötigt keine Rechtfertigung für das, was er tut, kann sich schlecht oder gar nicht unterordnen, benutzt alles und jeden, um seine Obsessionen auszuleben, kann jederzeit erneut zuschlagen, tötet bedingungslos den, der sich ihm in den Weg stellt. Das Rasieren ist Fetisch, wobei es unklar ist, ob das Rasieren selbst oder der haarlose Körper das Wichtigere ist, wahrscheinlich Letzteres. Die fehlenden Kampfspuren beweisen, dass er vollständige Kontrolle ausübt.«

Jens steckte den Zettel zurück. »Hättest du wohl nicht gedacht, oder?«

»Wenn ich ehrlich bin, nein. Ich leiste Abbitte. Aber du siehst: Wir wissen eine ganze Menge, und das ist das Verdienst von Frau Grimm. Außerdem glaube ich wirklich, dass wir ihn erkennen würden, wenn er zur Tür hereinkommt.«

»Vielleicht sollten wir einen Zeitungsaufruf starten, damit er freiwillig für ein Schwätzchen mit unserer Superpsychologin vorbeikommt. Dann haben wir ihn!«

»Spotte nur weiter. Aber du täuschst mich nicht, und dass du Frau Grimm magst, habe ich schon lange gemerkt. Also lass es sein, irgendwelche Nebelkerzen zu zünden. Außerdem: Eine Hellseherin haben wir nicht angefordert. Unsere Aufgabe ist es, die Arbeit zu erledigen und zu Ermittlungsergebnissen zu kommen!«

»Du hast ja recht«, sagte Jens zerknirscht. »Und ich gebe auch zu, dass sie ihren Job nicht schlecht macht.«

»Glaub mir, irgendwann kommt unser Durchbruch«, sagte Walter mit Nachdruck.

Jens schaute ihn zweifelnd an. »Dein Wort in Gottes Ohr«, sagte er. »Fakt ist aber, dass die Spuren immer kälter werden. Und bislang haben wir nur Nieten gezogen. Das ist doch nicht mehr normal. Haben wir es mit einem Geist zu tun?«

»Das wohl nicht. Aber mit einem cleveren Perversen, der ganz genau weiß, was er tut. Da fällt mir ein: Lena hat doch gemutmaßt, dass er eine militärische Ausbildung genossen haben könnte, und du wolltest dich erkundigen, ob jemand aus dem ehemaligen Ostblock infrage kommt.«

»Habe ich. Jeder Staat hinter dem Eisernen Vorhang hatte einen Geheimdienst. Genauso einen wie die DDR mit ihrer Stasi. Bei all diesen Organisationen war alles geheimer als geheim. An Personalunterlagen kommt man nicht heran, und bei der ehemaligen Staatssicherheit sind höchstens zehn Prozent nicht im Reißwolf gelandet. Vergiss es! Etwas anderes: Sag mal, isst du deinen Nachtisch noch?«

Walter schaute seinen Kollegen entgeistert an. »Nein, den kannst du haben«, sagte er grinsend und schob Jens die kleine Schale hinüber. »Meine Frau sagt sowieso, dass ich zu dick werde.«

»Danke, das Zeug ist nämlich lecker.«

KAPITEL 22

Bad Doberan, Mecklenburg

In der DDR hatten Kripo und Stasi nicht immer das entspannteste Verhältnis, denn das MfS konnte mit einem Federstrich eine kriminalpolizeilichen Untersuchung Makulatur werden lassen, wenn ihre Interessen berührt schienen.

Dieses Faktum war sicher eine der Ursachen dafür, dass Konrad Grochowski den gigantischen Apparat mit dem Namen Staatssicherheit so vehement abgelehnt hatte, wie er es bei unserem letzten Gespräch hatte durchklingen lassen. Ob er mir deshalb allerdings bei meinen Fragen, die ihn selbst in Schwierigkeiten bringen konnten, weiterhelfen würde, stand auf einem anderen Blatt.

Was sollte ich dieses Mal mitbringen, um ihn freundlich zu stimmen, überlegte ich. Rauchersachen waren wegen seiner Erkrankung verboten. Da er nicht so aussah, als würde er Süßigkeiten schätzen, blieb wieder nur der Alkohol. Über den Rotwein hatte er sich gefreut, aber erneut mit drei Flaschen Chianti aufzukreuzen, war auch nicht sehr einfallsreich. Deshalb stellte ich ihn mir noch einmal bildlich vor und war mir bald sicher, dass er auch Hochprozentiges schätzte. Also ging ich in ein Spirituosengeschäft und entschied mich für eine Halbliterflasche eines sehr guten alten Brandys. Eine Sorte, die auch ein Kenner nicht jeden Tag trinkt, und machte mich auf den Weg.

An der Eingangstür seines Hauses sah ich, dass eine neue Klingel mit Gegensprechanlage und weiter oben an der Hauswand eine Videoüberwachung installiert worden waren.

Ich läutete. Es dauerte eine ziemliche Weile, bis der Summer betätigt wurde. Dann hörte ich Konrads Stimme, die mich aufforderte, die Haustür hinter mir fest zu schließen und erst dann heraufzukommen.

»Konrad, was ist passiert?«, fragte ich, als das kleine Männchen die Wohnungstür geöffnet hatte, denn er trug den linken Arm in einer Schlinge, und seine Nase war mit einem Gips verziert, der irgendwie lächerlich aussah. Das und eine aufgeplatzte verschorfte Oberlippe in Verbindung mit einer mit mehreren Stichen genähten Platzwunde oberhalb seines linken Jochbeins sprachen eine eindeutige Sprache.

Auf meine Frage murmelte der Kobold nur so etwas wie: »Das willst du nicht wirklich wissen, Paul«, und fügte hinzu, als ich mein Bedauern über das Geschehene ausgedrückt hatte: »Ich hatte vor nicht allzu langer Zeit unangemeldeten und unfreundlichen Besuch.«

Ich sollte also nicht weiter nachfragen. Trotz des Schocks, ihn so vorzufinden, erschien es mir für mein Anliegen ein gutes Zeichen zu sein, dass er unsere Begegnung, meinen Namen und die Form unserer Anrede nicht vergessen hatte.

»Das letzte Mal, als ich hier war, war es auch viel zu einfach, zu dir in die Wohnung zu gelangen, quasi eine Einladung. Ich hatte mich darüber gewundert«, sagte ich und war bemüht, meine Worte nicht vorwurfsvoll und auch nicht rechthaberisch klingen zu lassen.

»Glaub mir, hier gibt es absolut nichts zu holen«, entgegnete Konrad wütend. »Und da ich bekannt bin wie ein bunter Hund, wissen auch alle Doberaner Gelegenheitseinbrecher von dieser Tatsache. Das hier war kein Raubüberfall mit der Absicht, ein paar meiner mickrigen Rentnereuros zu holen, sondern ein astreiner Einschüchterungsversuch. Ich kann mir denken, wer dahintersteckt. Die Botschaft, die damit verbunden war, ist ja auch nicht schwer zu verstehen.«

»Die da wäre?«, fragte ich unbedarft.

»Sie heißt: ›Konrad Grochowski, mach dein Maul nicht so weit auf! Misch dich nicht in Dinge ein, die dich nichts angehen! Lass die alten Sachen ruhen! Sonst könnte es beim nächsten Mal noch ganz anders enden.‹ Zu dritt waren sie und maskiert. Zwei zum Festhalten und einer … na ja, du siehst es selbst. Einfach lächerlich dieses Aufgebot bei einer halben Portion wie mir.«

»Es tut mir sehr leid!«

»Ja, mir auch. Erst in solch einer Situation merkt man, dass man doch immer noch sehr am Leben hängt. Ist schon merkwürdig.«

»Brauchst du irgendetwas? Kann ich etwas für dich tun?«

»Ja, du kannst die Flasche öffnen, die sich in deiner Plastiktüte befindet, an den Küchenschrank gehen, zwei Wassergläser herausnehmen und uns einen eingießen. Das ist es, was du für mich tun kannst. Sonst fällt mir nichts Vernünftiges ein.«

Ich musste laut lachen, und er lachte mit, was bei seiner malträtierten Oberlippe sicher schwierig war und auch so merkwürdig aussah, dass ich wegschauen musste.

Da hatte der kleine Mann doch mit seinen Röntgenaugen gesehen, was sich in meiner Plastiktüte befand.

Ich nahm die Flasche heraus und stellte sie auf den Tisch.

»Befehl zurück«, sagte er, nachdem er einen Blick auf das Etikett geworfen hatte. »Nimm nicht die Wassergläser, sondern die geschliffenen aus Kristall, die im obersten Fach des Schrankes da drüben stehen. Die haben schon meinem Vater gehört und werden von mir nur zu ganz besonderen Anlässen benutzt. Und der besondere Anlass ist heute sowohl dein Besuch als auch dieser phänomenale Schnaps. So ein Zeug habe ich in meinem ganzen Leben noch nicht getrunken!«

Ich ging zum Schrank. Und tatsächlich: Ganz oben hinten standen fünf kleine handgeschliffene Kristallgläser, die alle so verstaubt waren, dass ich den Verdacht hegte, dass die letzte besondere Gelegenheit schon Jahre zurücklag.

Eines der Gläser nahm ich heraus, ging ungefragt in die Küche, wusch es aus und kam dann zurück.

»Und du?«, fragte er scheinbar irritiert.

»Ich muss fahren, außerdem mag ich so etwas nicht.«

»Lügner«, sagte er streng. Dann aber: »Paul, du wirst mir immer sympathischer.«

»Das ist auch meine Absicht«, lächelte ich, goss ein und reichte ihm das Glas.

»Danke. Nimm dir einen Stuhl, setz dich und sag mir, was ich für dich tun kann. Dein Bestechungsversuch kommt doch sicher nicht von ungefähr.«

»Wenn ich dich so ansehe, dann fällt es mir schwer, meine Fragen zu formulieren.«

»Mein Freund, ich bin zwar lädiert und spreche im Moment auch etwas undeutlich, aber Ja oder Nein zu sagen, das bekomme ich noch ganz gut hin. Also mach dir keine Sorgen, sondern schieß los!«

»Danke. Ich habe hier ein Foto, das ich dir zeigen möchte. Ich möchte nur, dass du mir sagst, ob du den Mann kennst, der im Hintergrund steht und das Wort führt.«

»Dann lass mal sehen.«

Ich zog mein Foto heraus, reichte es ihm hinüber und deutete auf das Gesicht hinten auf dem Bild. Er warf nur einen kurzen, aber sehr eigentümlichen Blick auf das Foto, und für einen Moment schienen sich seine Gesichtszüge zu verfinstern, und ich glaubte, so etwas wie Hass in seiner Mimik zu entdecken. Dieser Gefühlsausbruch war aber schnell wieder vorbei, und dann kam es gepresst aus ihm heraus:

»Der also … Ich hätte es mir denken können.«

Ich sagte erst einmal nichts, denn ich sah, dass er überlegte, ob er mir eine Erklärung geben sollte. Nach einem Moment hatte er sich dagegen entschieden, denn er fuhr fort:

»Du hast ihn in Verdacht wegen Elisabeth. Stimmt's?«

»Ja, stimmt. Aber ich weiß weder, wer er ist noch wie er heißt. Wo er wohnt, weiß ich auch nicht, und beweisen kann ich meinen Verdacht schon gar nicht.«

»Verschleierung gehört zu den Gepflogenheiten seiner Zunft«, sagte mein Gegenüber gereizt.

»Nach meiner Vermutung«, erklärte ich weiter, »spricht viel dafür, dass Elisabeth Dembrock keinen Suizid aus freien Stücken begangen hat, sondern von diesem Mann umgebracht worden ist, vielleicht auch zu einem Suizid gezwungen wurde.«

Plötzlich schaute mich Konrad beinahe entsetzt an, als hätte ich etwas ganz Schlimmes gesagt.

Oh, verdammt, jetzt hast du mit deiner Aussage etwas in ihm aufgerührt.

Aber er hatte sich schnell wieder im Griff, stand auf, trat zum Fenster und schaute hinaus.

»Das kann schon sein«, sagte er gedehnt, und ich spürte, dass er in diesem Moment mit seinen Gedanken weit weg war. Nach einigen Sekunden drehte er sich dann entschlossen zu mir herum, setzte sich zurück auf seinen Stuhl, schaute mich an und sagte gepresst: »Paul, mir ist gerade etwas klar geworden! Die ganzen Jahre hatte ich einen schlimmen Verdacht. Jetzt weiß ich, dass es das verdammte Schwein hier war! Dafür wird er bezahlen, das schwöre ich!«

»Wovon sprichst du? Hat das mit Elisabeth zu tun?«

»Nein. Diese Sache gehört nicht hierher. Entschuldige, ich wollte dich nicht beunruhigen.«

»Tust du auch nicht. Möchtest du darüber sprechen?«, fragte ich, denn ich sah immer noch die Erregung in seinem Gesicht.

»Nein, nein, vielen Dank. Das wäre nicht gut. Gieß mir lieber noch einen ein.«

Ich griff zur Flasche.

»Danke, mein Freund. Um jetzt auf dein Problem zurückzukommen: Ich würde dir dringend raten, alles zu vergessen. Besonders diesen Mann. Wirklich, vergiss die ganze Geschichte. Du könntest dir sonst mehr als nur die Finger verbrennen.«

»Warum?«

»Warum, warum? Paul, du bist doch sonst nicht so schwer von Kapee! Aber gut. Ich will versuchen, es dir zu erklären: Der Kerl, mit dem du dich anlegen würdest, ist ein ganz Spezieller. Ich habe in meinem Leben viele hauptamtliche Mitarbeiter des MfS kennengelernt. Dabei auch eine Reihe mit höheren Dienstgraden. Die meisten, wenn auch nicht alle, waren äußerst linientreu. Das musste man damals immer im Hinterkopf haben. Mit einigen konnte man reden, aber man musste höllisch aufpassen, nicht an den Verkehrten zu geraten. Es war manchmal wie ein Ritt auf der Rasierklinge. Da wir Kriminaler wussten, welche Grenze man nicht überschreiten durfte, konnten wir ganz gut einschätzen, was ging und was nicht. Für so manche Beschuldigten gab es dagegen schreiende Ungerechtigkeiten, denn wenn auch nur der Hauch einer politischen Motivation bei einem auch noch so harmlosen Delikt vermutet wurde, mussten wir uns zurückziehen, obwohl wir genau wussten, was auf die armen Schweine zukam. Das MfS übernahm dann unsere Fälle, und wir konnten nur zähneknirschend zuschauen.«

»Und weshalb erzählst du mir das alles?«

»Um dir zu verdeutlichen, dass es damals, im Gegensatz zu heute, noch einen Rest von Regeln gab. Wenn man sich an diese Regeln hielt, passierte einem nichts.«

»Und die Regeln gibt es heute nicht mehr?«, fragte ich, denn ich wusste nicht, worauf der Kobold hinauswollte.

»Man kann sich nicht mehr auf die Dinge einstellen, es ist alles schrecklich kompliziert geworden«, sagte er.

»Und was ist so speziell an dem Mann, wie du vorhin gesagt hast?«

»Darauf komme ich jetzt. Bei allen Stasi-Offizieren, denen ich irgendwann begegnet bin, wusste ich immer, wen ich vor mir hatte. Es gab die brutalen, die überheblichen, die dämlichen, diejenigen, die nur ihre Marxismus-Leninismus-Scheiße im Kopf hatten. Es gab die korrekten und tatsächlich auch die, die mal Fünfe gerade sein ließen. Eine Ausnahme war dieser Mistkerl da auf dem Bild. Er passte in keine Schublade. Der Mann hatte etwas an sich, das Angst machte. Nein, Angst ist nicht das richtige Wort. Er war, wie soll ich es ausdrücken … er war einfach abstoßend.«

»Inwiefern?«

»Schwer zu sagen. Ich versuche es anders: Du gibst 50 Leuten die Hand. Und bei einem spürst du den Drang, dir sofort die Finger mit einer Bürste zu schrubben. So einer war das. Verstehst du, was ich sagen will?«

»Ja, ich kann es mir denken. Das klingt nicht gut.«

»Nein. Was willst du eigentlich von dem Kerl, wenn du doch nichts beweisen kannst?«, fragte Konrad, und ich spürte seine Gereiztheit.

»Auch wenn ich keine gerichtsfesten Beweise habe, möchte ich die Sache zur Anzeige bringen«, entgegnete ich verbissen. »Ich will erreichen, dass der Fall untersucht wird, auch wenn nichts dabei herauskommt. Das bin ich Elisabeth und ihrer Mutter schuldig. Ich will, dass der Mann vorgeladen wird, dass er sich erklären muss, dass ihm unangenehme Fragen gestellt werden. Und vielleicht gibt es ja doch noch Leute, die etwas gesehen haben.«

»Lass es sein!«

»Das kann ich nicht!«

»Ja, dann zeige ihn doch an!«

»Um eine Anzeige zu machen, kann ich nicht einfach zur Polizei gehen und sagen: Hören Sie mal: Zu DDR-Zeiten hat es einen Major des MfS in Rostock gegeben, von dem ich vermute, dass er ein Kapitalverbrechen begangen hat. Aber leider kenne ich weder seinen Namen noch weiß ich, wo er geblieben ist. Als einzigen Beweis meiner Geschichte präsentiere ich dann ein altes, verwaschenes Schwarz-Weiß-Foto. Deine Kollegen bekommen garantiert einen Schreikrampf.«

»Das könnte schon passieren«, sagte Konrad unbeeindruckt.

Du weißt etwas und willst es mir nicht sagen. Es tut mir leid, aber ich muss dir mit meinen Fragen weiter auf die Nerven gehen.

»Weißt du denn wirklich nicht, wie er heißt oder wo ich ihn finden kann?«, bohrte ich. »Es wüsste ja niemand, dass die Information von dir gekommen ist!«

»Bevor ich dazu etwas sage, will ich dir ein wenig über diesen Mann und seine Freunde erzählen, damit dir klar wird, dass es immer besser ist, über seine Gegner informiert zu sein, bevor man in den Kampf zieht.«

»Ich bin ganz Ohr.«

»Also: Wir waren damals alle froh, als er nach der Sache mit Elisabeth Dembrock aus Rostock verschwunden ist. Meine Kollegen und ich gingen bei dem Fall tatsächlich von einem Suizid aus. Wir hegten allerdings den Verdacht, dass er sie sexuell genötigt hat, denn sie hatte es allein ihm zu verdanken, vorzeitig aus dem Stasi-Knast entlassen worden zu sein. Vorzeitige Entlassungen waren sehr ungewöhnlich. Dann, so hatten wir uns das zusammengereimt, als sie nicht mehr wollte, wie sie sollte, oder er genug hatte und sie von ihm in den Bau zurückgeschickt werden sollte, wusste sie keinen anderen Ausweg mehr. Ich habe läuten hören, dass es wegen dieser Sache einen ziemlichen Wirbel gegeben hat.«

»Wegen des fast geglückten Suizids?«

»Nein. Ihr Tod wäre dem MfS egal gewesen. Weil der Major diese Bewährungsgeschichte ohne Rückendeckung eines Vorgesetzten aus persönlichen Motiven initiiert hatte.«

»Und das durfte er nicht.«

»Richtig. Eigenmächtigkeiten untergraben das System von Befehl und Gehorsam.«

»Ich verstehe.«

Paul, was hattest du für ein Glück, dass du durch die Flucht in den Westen diesem ganzen Mist entkommen bist!

»Dass die Sache dann auch noch in der Öffentlichkeit bekannt wurde, war reiner Zufall. Normalerweise sind solche Dinge vertuscht worden, denn Publizität schätzte man beim MfS nicht. Aber die Angelegenheit hatte sich zu schnell herumgesprochen, und deshalb musste man reagieren. Der Major ist nach Berlin versetzt worden. Wer weiß, was er dort noch alles angestellt hat.«

»Was? Du glaubst, dass Elisabeth nicht die Einzige war, die …«

An diese Möglichkeit habe ich ja überhaupt noch nicht gedacht, dabei liegt das auf der Hand!

»Diesem Kerl traue ich alles zu«, sagte Konrad, und ich spürte Hass in seiner Stimme. Dann sagte er abmildernd: »Das ist aber jetzt nur eine Gefühlsäußerung von mir. Konkretes ist mir nicht bekannt.«

Na? Sagst du auch die Wahrheit?

Konrad fuhr fort: »Was aus ihm nach der Wende geworden ist, das weiß ich nicht. Ich habe gehört, dass er irgendwohin in den Westen verschwunden ist, mit illegalem Stasi- und Parteivermögen aus DDR-Zeiten. Seine Aufgabe ist, alte Tschekisten zu unterstützen, hauptsächlich finanziell.«

Er ist informiert, er weiß bestimmt auch, wo der Major abgeblieben ist und kennt seinen Namen.

»Dafür, dass du nichts weißt, weißt du eine ganze Menge«, wollte ich ihn locken.

Konrad ging auf diese Bemerkung nicht ein.

»Dass diese Leute immer noch aktiv sind, glaube ich nach wie vor nicht«, erklärte ich provokativ.

Er schaute mich an, als hätte er es mit einem völlig Begriffsstutzigen zu tun.

»Doch, das sind sie!«, sagte er dann heftig. »Es gibt eine ganze Reihe von Organisationen für alte Kämpfer. GRH, RFB oder andere. Sogar eine Art von Gewerkschaft zur Durchsetzung von Rentenansprüchen haben sie gegründet. Sie bezahlen Juristen, die mit allen Wassern gewaschen sind und die es mit der Wahrheit nicht sehr genau nehmen. Bei solchen Sachen soll er mitmischen. Ob heute noch, kann ich nicht sagen.«

»Und was machen sie, außer Rentenansprüche durchzusetzen?«, wollte ich wissen, denn ich konnte mir tatsächlich nicht vorstellen, dass so eine verbrecherische Organisation wie die Stasi heutzutage noch aktiv war.

»Deren wichtigste Aufgabe ist, die Wagenburgmentalität aufrechtzuerhalten, und dafür ist ihnen jedes Mittel recht. Das wissen die Leute, und deshalb gibt es auch keine Nestbeschmutzer.«

»Kaum zu glauben.«

»Aber wahr! Paul, für dich ist es wirklich zuträglicher, wenn du dich von alledem fernhältst.«

»Ich weiß nicht«, sagte ich zweifelnd. »Das alles klingt wie aus einem schlechten Film. Solche Leute stehen doch nicht unter Artenschutz und auch nicht außerhalb der Gesetze.«

»Das wohl nicht, aber manche Dinge spielen sich in einem geschlossenen Kreis ab, in einer Parallelgesellschaft, wie man heute so schön sagt. Dort nutzen unsere Gesetze nicht viel. Glaub mir, die Möglichkeiten, die dieser Veteranentruppe immer noch zur Verfügung stehen, sollte keiner unterschätzen.«

Vielleicht hat er recht. Die alten Stasi-Seilschaften sind wohl virulenter, als ich geglaubt habe.

»Gut, ich verspreche, darüber nachzudenken«, sagte ich. »Trotzdem, wenn du den Namen des Majors kennst, wäre es schön, wenn du ihn mir nennen würdest. Mehr will ich nicht. Nur den Namen! Wenn ich zu der Überzeugung kommen sollte, ihn doch anzuzeigen, verspreche ich, was auch immer passiert, nichts von dir zu erwähnen. Niemals! Niemand weiß, dass wir beide uns kennen.«

»Darum geht es nicht! Den Namen dieses Stasi-Majors wirst du von mir auf keinen Fall erfahren, weil ich nicht an einem weiteren Unglück schuld sein möchte. Eines reicht!«

»Was meinst du damit?«

»Nichts, das ist eine andere Baustelle.«

»In Ordnung. Weißt du wenigstens, ob er noch lebt?«

»Verlassen hat er uns nicht. Davon hätte ich Kenntnis.«

»Wann hast du denn das letzte Mal von ihm gehört?«

»Lass mich überlegen. Das letzte Mal habe ich einen Artikel in einer einschlägigen Zeitung von ihm gesehen, das ist noch kein Jahr her. Er hat zwar unter Pseudonym geschrieben, aber es gab ein Foto neben dem Text. Er hat zugenommen, war aber bestens zu erkennen.«

»Und du bist sicher, dass es der Major war?«

»Unbedingt! Seine arrogante Fresse war nicht zu verkennen. Solche Leute haben früher nichts so sehr gemieden wie Fotoapparate. Eigentlich gilt das auch heute noch. Aber auch ein selbst ernannter Tschekist ist ab und zu eitel. Na ja, die Gefahr war für ihn auch gering, von dem Falschen erkannt zu werden, denn dieses Schundblatt wird nur von ganz verbohrten Altstalinisten gelesen.«

»Was denn für eine einschlägige Zeitung?«

»Schon mal von ›Rotfuchs‹ gehört?«

»Außer im Biologieunterricht, nein.«

»Da hast du auch nichts versäumt, es sei denn, du magst Märchenstunden über das Wesen des real existierenden Sozialismus ostdeutscher Provenienz.«

»Eigentlich weniger.«

»Das dachte ich mir. Apropos Märchen. Ich habe doch einen Tipp für dich.«

»Und?«

»Du kennst das Märchen von dem Wolf und den sieben Geißlein?«

»Ja, was ist damit?«

»Das ist der Tipp«, sagte Konrad, lächelte schelmisch, und ich musste wohl oder übel seine Entscheidung akzeptieren.

Wir unterhielten uns noch mehr als eine Stunde über Gott und die Welt, und als ich ging, war die teure Flasche schon beinahe zur Hälfte geleert. Ich war überzeugt, dass auch der Rest den Tag nicht überstehen würde.

KAPITEL 23

Bremen

Obwohl das Gespräch mit dem Kobold äußerst interessant gewesen war, hatte es mir aber auch deutlich die Risiken und Grenzen meines Tuns aufgezeigt. Der Berg, den ich erklimmen wollte, schien höher zu werden und der zu beschreitende Pfad unwegsamer.

Soll ich weitermachen, um mein Ego zu befriedigen oder akzeptieren, dass ich verloren habe?

Ich wusste es nicht.

Der Wolf und die sieben Geißlein.

Dauernd ging mir dieses Grimmsche Märchen im Kopf herum, während ich mit dem Auto zurück nach Bremen fuhr.

Was hat Konrad damit gemeint? Nun ja, der Major ist der Wolf, und die sieben Geißlein sind seine Opfer. Sieben? Sieben Opfer? Quatsch! Oder doch? Wie war das noch mit den Geißlein? Eines versteckt sich, rettet seine Geschwister, und wegen der Wackersteine im Bauch ersäuft die Bestie. Elisabeth wurde aber nicht gerettet. Der Fingerzeig muss also ein anderer sein. Irgendwo ist etwas in dem Märchentext verborgen.

Zu Hause angekommen führte mein erster Weg zum Bücherschrank. Aber bald kam die Enttäuschung, denn trotz mehrmaligem Lesen hatte ich keine Idee und ärgerte mich mächtig über meine Begriffsstutzigkeit.

Um wieder auf andere Gedanken zu kommen, setzte ich mich an den Schreibtisch und nahm den Stapel Post und die Zeitungen in die Hand, die sich in der Zeit meiner Abwesenheit angesammelt hatten. Erst in diesem Moment bemerkte ich das Blinken des Anrufbeantworters.

Frau Wagner teilte mir mit, dass sie über den Unfall, den Krankenhausaufenthalt und der Notwendigkeit des Pflegeheims für die alte Frau Dembrock von der Pflegerin informiert worden war, und bat um Rückruf.

Ich wählte und hatte Glück, denn sie wollte gerade das Haus verlassen. Nachdem wir uns begrüßt hatten, sagte sie:

»Ich werde in der nächsten Woche für ein paar Tage nach Bad Doberan fahren, um zusammen mit Frau Krug bei dem anstehenden Wohnungswechsel zu helfen. Mit dem Heim habe ich Kontakt aufgenommen und durchgesetzt, dass Meta in ein Einzelzimmer kommt. Mein Mann wird mich auf der Fahrt begleiten. Zu dritt werden wir es schon schaffen, dass sie ein gemütliches neues Zuhause bekommt. Wie war denn ihr Zustand, als Sie dort waren?«

»Teils, teils«, sagte ich. »Als ich ihr alte Fotos aus ihren Alben gezeigt habe, ist sie regelrecht aufgeblüht, aber das hielt nicht lange an. Zwischen diesen Bildern war übrigens ein Foto, auf dem der Major zu sehen ist. Im Vordergrund steht Elisabeth neben der rechten Scheune, und im Hintergrund sieht man einige Männer, die miteinander reden. Da ist er dabei. Sein Profil ist leider unscharf, aber Konrad Grochowski hat ihn eindeutig identifiziert.«

»An so ein Foto kann ich mich gar nicht erinnern. Es beweist aber leider nichts, außer, dass er auf dem Gelände gewesen ist. Damit werden wir nicht viel anfangen können.«

»Stimmt. Auch als Suchfoto kommt es nicht infrage, denn die Bildqualität ist nicht gut. Kennen Sie eigentlich den ›Rotfuchs‹?«

»Wie bitte?«

»Ich meine nicht den Räuber aus ›Fuchs, du hast die Gans gestohlen‹, sondern eine Zeitung, die nach den Aussagen von Grochowski von und für ehemalige Stasi-Leute gemacht wird.«

»Ja«, rief sie lebhaft. »Dieses Machwerk ist mir bekannt. Ich kenne sogar jemanden, der Abonnent ist. Warum fragen Sie?«

»Als ich mich mit Grochowski über das Foto und den Verbleib des Majors nach der Wende unterhalten habe, hat er mir erzählt, dass er vor ein bis anderthalb Jahren eine Aufnahme von unserem Mann in dieser ›Rotfuchs‹-Zeitung gesehen hat. Sollten wir uns doch noch entschließen, die Sache weiter zu verfolgen, wäre es gut, wenn wir uns um dieses Foto bemühen würden.«

»Abgedruckt vor noch nicht einmal zwei Jahren?«

»Ja, so habe ich ihn verstanden.«

Ich spürte, dass Frau Wagner überlegte.

»Der mit dem Abonnement ist ein Nennonkel von mir«, sagte sie dann. »Ein Freund meines Vaters. Ich könnte zu ihm gehen und die infrage kommenden Exemplare durchblättern, wenn er sie aufgehoben hat, wovon ich ausgehe, so wie ich ihn kenne. Der wird sich bestimmt wundern, denn wegen dieses Käseblättchens habe ich ihn schon einmal gehänselt. Die Lästerei hat er mir aber nicht übel genommen, denn trotz seiner immer noch sehr rückwärtsgewandten politischen Ansichten ist er ein durchaus netter und hilfsbereiter Mann. Finde ich das Bild, könnte ich es kopieren und würde mich dann wieder melden.«

»Sollen wir überhaupt weitersuchen?«

»Warum plötzlich die Bedenken?«, kam es erstaunt von ihr.

Ich erzählte nun, wovor Grochowski mich gewarnt hatte, und berichtete auch, in welchem unschönen Zustand ich ihn vorgefunden habe.

»Und für den Überfall waren ehemalige Stasi-Leute verantwortlich?«, fragte sie.

»Das weiß ich nicht. Jedenfalls war es kein Raubüberfall.«

»Haben Sie denn nicht gefragt, ob die ehemalige Mielke-Gang dahintersteckt?«

»Nein. Er hätte es mir schon erzählt, wenn er gewollt hätte. Wir sollten seine Warnung ernst nehmen!«

»Ich frage meinen Vater, was über die Aktivitäten der Stasi im real existierenden Kapitalismus bundesrepublikanischer Prägung bekannt ist, und melde mich dann.«

»Gute Idee und super formuliert«, lachte ich.

Wir verabschiedeten uns, und ich legte auf. Dann schaute ich auf die eingegangene Post und blätterte die Zeitungen durch, die sich in der Zwischenzeit angesammelt hatten. Neben vielen uninteressanten Themen gab es einen riesigen Aufreger in Bremen, der auch mein Interesse weckte. Es hatte einen Mord an einer jungen Frau gegeben, der der Polizei ziemliche Kopfschmerzen bereitete, und der Leitartikler vom heutigen Tag zeigte in seiner Kolumne wenig Verständnis dafür, dass die Ermittler keine Idee hatten, wie sie dem Täter auf die Spur kommen sollten.

Hoffen wir mal, dass der Kerl bald gefasst wird, denn ansonsten traut sich keine Frau mehr, ohne männliche Begleitung in eine Kneipe zu gehen.

KAPITEL 24

Bevor es zu der Befragung des Zeugen Michael Dörr kam, hatte Frau Grimm um ein Gespräch mit beiden Hauptkommissaren gebeten, das in deren Büro stattfand.

»Ich befürchte«, begann sie, die entgegen ihrer sonstigen Gewohnheit, Zuversicht auszustrahlen, heute gedrückt wirkte, »dass wir vielleicht sogar auf das nächste Opfer werden warten müssen, wenn uns nicht doch noch der Zufall zur Seite springt. Ich habe noch keinen Fall erlebt, in dem die Datenlage so unergiebig war wie hier. Es tut mir wirklich leid, dass ich Ihnen bis jetzt so wenig helfen konnte.«

Jens und Walter schauten sich überrascht an, denn damit hatten sie nicht gerechnet.

»Vielleicht hat ja der Zeuge Dörr etwas gesehen, das uns weiterbringt«, versuchte Walter sie aufzumuntern.

»Der? Garantiert nicht«, giftete Jens Fiedler sofort, der nicht verstanden hatte, was sein Kollege mit den Worten bewirken wollte. »Dörr ist auch so eine geldgeile Gestalt. Von diesen Typen habe ich die Schnauze voll, aber das sagte ich ja schon.«

»Nun reiß dich mal zusammen«, schoss Walter zurück. »Mit so einer unprofessionellen Einstellung können wir garantiert keinen Blumentopf gewinnen!«

»Stimmt, aber Zukleistern bringt auch nichts«, mischte sich Lena ein, die einen erneuten Streit zwischen den beiden Männern vermeiden wollte. »Man muss die Dinge aussprechen, die einem auf der Seele liegen. Frust ohne Ventil wirkt wie ein Bremsklotz. Herr Fiedler ist zwar manchmal etwas vorschnell, aber mir ist es lieber, wenn einer flott und geradeheraus ist, anstatt abzuwinken und sich fatalistisch auszuklinken.«

»Danke, das tat jetzt gut«, sagte Jens und lächelte stolz. »Wenn wir nicht so viel Zeit mit sinnlosen Befragungen verplempern würden, dann wären wir bestimmt schon weiter – meine Meinung.«

»Das, Herr Hauptkommissar, hat aber nicht nur an den inkompetenten Zeugen gelegen«, widersprach Lena Grimm nun auch ihm. »Erstens kann man vorher nicht wissen, ob eine Befragung etwas bringt. Und zweitens hat unser Täter bis jetzt keine erkennbaren Fehler gemacht. Aber jeder hat seine Schwachpunkte. Auch er, da können Sie sicher sein.«

»Aber wir kennen sie nicht«, kommentierte Walter zornig.

»Richtig, wir kennen sie nicht. Und deshalb befürchte ich auch, dass er noch einmal zuschlagen könnte«, fügte Lena hinzu.

»Malen Sie den Teufel nicht an die Wand«, sagte Walter, und Jens ergänzte: »Wenn das tatsächlich passieren sollte, sind Sie daran am allerwenigsten schuld. Sie machen wirklich einen guten Job, schließlich sind Sie keine Hellseherin!«

Walter Hausmann hob erstaunt den Kopf. Er konnte sich ein Grinsen nicht verkneifen, während auf Lenas Gesicht eine flüchtige Röte erschien.

»Die Frau war ein Zufallsopfer«, versuchte Walter, die nun entstandene peinliche Pause zu überbrücken. »Die Schwierigkeiten bei Zufallsopfern kennen wir alle.«

»Genau«, stimmte Jens zu, dem die Reaktionen der beiden nun doch aufgefallen war. »Dass die Spurenlage so dünn ist, dafür kann keiner!«

Walter schaute noch einmal ungläubig zu seinem Kollegen.

»Aber wir können doch nicht darauf warten, dass erneut etwas passiert«, fuhr Jens fort, stand auf und lief, wie es bei ihm in solchen Momenten üblich war, im Zimmer auf und ab.

»Es bleibt uns nichts anderes übrig, als in Ruhe weiterzuarbeiten«, kommentierte Walter. »Du hast recht, Frau Grimm kann nichts dafür, dass es so schlecht läuft. Aber jetzt setz dich wieder hin.«

»Ich brauche von Ihnen beiden keine Streicheleinheiten«, sagte Lena ärgerlich. »Mit Dafürkönnen oder nicht hat das auch alles nichts zu tun. Fakt ist: Bis jetzt konnte ich den entscheidenden Impuls nicht geben, und das regt mich auf.«

»Mich ärgert vielmehr, dass keiner weiß, wie wir aus dieser Sackgasse herauskommen sollen«, nörgelte Jens. »Niemand hat die eine zündende Idee!«

»Ich werde morgen bei der Teambesprechung alle auffordern, sich noch mehr einzubringen«, erklärte Walter ohne große Überzeugung. »Ich muss allerdings zugeben, dass wir zurzeit wirklich nichts haben, wo wir ansetzen können. Oder, Frau Grimm, wie sehen Sie das?«

»Für den Augenblick trifft das zu, aber ein Zufall, ein neidischer Mitwisser oder ein unbeabsichtigter Beobachter ändert die Situation grundlegend. Es gibt Tausende Möglichkeiten, von denen eine ausreicht, damit wir zurück ins Spiel finden. Und irgendwann wird das auch passieren.«

»Nun klingen Sie schon wieder besser«, sagte Walter erleichtert. »Für unser Team wäre es nicht gut, wenn sich herumsprechen würde, dass gerade Sie Ihre Zuversicht verloren haben.«

»Habe ich auch nicht! Nur ist einem nicht immer nach Optimismus.«

»Das kann ich verstehen.«

»Moment, mir kommt gerade ein Gedanke«, sagte Lena, und ihre Stimme klang plötzlich angespannt.

»Dann lassen Sie mal hören«, forderte sie Walter auf.

»Mich wundert schon die ganze Zeit«, erklärte Lena, »dass wir bis heute keinen ähnlichen Fall gefunden haben. Dabei könnte ich schwören, dass dieses Verbrechen nicht das erste ist, das unser Täter begangen hat.«

»Und was folgern wir aus dieser Erkenntnis?«, fragte Jens.

»Dass der Täter eine Vorgeschichte hat, von der wir keine Ahnung haben. Aber warum ist das so? Sie kennen die Analyse, und ich bin nach wie vor überzeugt, dass diese zutrifft. Ich bin mir auch sicher, dass er in einer militärischen oder geheimdienstlichen Einrichtung tätig ist oder war.«

»Und weiter, was bringt uns das?«, fragte Jens erneut, und es klang ein bisschen gelangweilt.

»Nehmen wir mal an«, erklärte Lena, die nun sehr konzentriert wirkte, »dass diese Hypothese zutrifft. Dann müssen die Taten vertuscht worden sein. Bei geheimdienstlichen Institutionen ist Nestbeschmutzung das schlimmste aller Delikte, schlimmer noch als Mord!«

»Kluger Gedanke«, sagte Jens, dieses Mal anerkennend.

»Deshalb frage ich mich Folgendes: Ist die jetzige Tat eventuell die erste, bei der ein Vertuschungsmechanismus nicht mehr greift? Hat man Mister X zum Beispiel irgendwo rausgesetzt? Ist er ausgeschieden oder gar in Rente? An diesem Punkt müssen Sie beide unbedingt nachhaken. Aber es könnte noch eine zweite Möglichkeit geben, weshalb uns keine ähnlichen Fälle bekannt sind.«

»Da bin ich mal gespannt«, sagte Hauptkommissar Hausmann.

»Weil wir unser Netz mit zu großen Maschen versehen haben«, konstatierte Lena.

»Was meinen Sie denn damit?«, fragte Jens.

»Nun, wir suchen doch nach Verbrechen mit gleichem oder ähnlichem Modus Operandi.«

»Ja und?«

»Was ist, wenn es die gibt, aber niemand davon etwas mitbekommen hat?«

»Wie soll denn das gehen?«, fragte Walter verblüfft.

»Es sind doch bei uns alle Fälle überprüft worden, bei denen auf dem Totenschein ›Nicht natürlicher Tod‹ angekreuzt war«, ergänzte Jens, »und es gab nicht einen Fall, bei dem der Verdacht bestand, dass dabei ein Verbrechen übersehen worden sein könnte.«

»Das habe ich gelesen«, lächelte Lena. »Aber beim Sortieren ist Ihnen ein Denkfehler unterlaufen. Eine mögliche Gruppe wurde übersehen.«

»Das verstehe ich jetzt auch nicht«, wunderte sich Jens.

»Mir ist diese Möglichkeit auch gerade erst eingefallen. Sie werden gleich sehen, worauf ich hinauswill.«

Beide Kommissare blickten sie gespannt an.

»Ich will mal an unserem Fall verdeutlichen, was ich meine«, sagte Lena. »Was wäre gewesen, wenn man Frau Höppner in ihrer eigenen Wohnung mit einer roten Plastikleine um den Hals gefunden hätte, die in nicht allzu großer Höhe, zum Beispiel an einer Türzarge, befestigt gewesen wäre?«

»Man hätte an einen Suizid gedacht.«

»Genau. Und jetzt nehmen wir mal an, dass diese Annahme falsch ist.«

»Da Fremdverschulden von einem Speziallisten in einem solchen Fall zu über 90 Prozent zu erkennen ist«, kommentierte Walter selbstsicher, »wären wir mit großer Sicherheit dahintergekommen.«

»Ja genau. Aber denken Sie einmal weiter. Die Spuren, die wir von unserem Opfer haben, beweisen in Wahrheit kein Fremdverschulden. Wir gehen davon aus, und zwar zu Recht. Aber beweisen tun sie das nicht.«

»Das sehe ich aber anders«, schaltete sich Jens Fiedler wieder in das Gespräch ein.

»Sie irren, Herr Hauptkommissar«, widersprach Lena. »Außer diesen schwachen Druckstellen an der rechten Hand und dem kleinen Splitter, welches beides nicht von einem Kampf herrührt und, wie die Gerichtsmedizin gesagt hat, damit kein Beweis einer Auseinandersetzung ist, gibt es bei Frau Höppner keine Fakten, die ein Verbrechen beweisen. Die unvollständigen Schnürfurchen an ihrem Hals sind zwar selten, denn in der Regel probiert man das eigene Erhängen nicht, so wie man es mit Probeschnitten beim Aufschneiden der Pulsadern macht. Es hat aber Fälle gegeben, bei denen zusätzliche Schnürfurchen zu finden waren, und zwar bei solchen, bei denen das Erhängen in Stehhöhe stattgefunden hatte, es also mehr ein Erdrosseln war. Genau wie in unserem Fall. Und jetzt übertragen Sie das auf Frau Höppner. Wir haben keinen Beweis für einen Fremdtäter, keine Fesselung, keine Abwehrverletzungen, keine erzwungene Penetration, keine Fremd-DNA.«

»Aber selbst an die Straße gelegt hat sie sich nicht. Oder irre ich mich da?«, ätzte Jens.

»Nein, Sie irren sich nicht. Aber stellen Sie sich einmal vor, Ihr Freund wäre zu uns gekommen und hätte behauptet, dass er Sie tot am Türpfosten der Wohnung gefunden hat. Er wäre in Panik geraten, hätte Sie verpackt und dann an die Straße gelegt. Könnten wir ihm durch das, was wir bis jetzt an Fakten haben, das Gegenteil beweisen?«

»Jens, Frau Grimm hat recht«, sagte Walter mit aufgerissenen Augen. »Natürlich war es kein Suizid, aber unter anderen Umständen hätte man das Gegenteil nicht beweisen können.«

»Ja und was ändert das?«, sagte Jens begriffsstutzig.

»Begreifst du nicht? Es läuft mir kalt den Rücken herunter, wenn ich daran denke. Wir haben alle Suizide, oder anders gesagt, alle Ereignisse, bei denen man geglaubt hat, dass es Suizide waren, von den Überprüfungen ausgeschlossen. Das war ein riesengroßer Fehler. Wir müssen zumindest diejenigen, bei denen kein Abschiedsbrief gefunden wurde und bei denen der Tod durch Erhängen eingetreten ist, nochmals durchleuchten.«

»Verdammter Mist, Walter. Das stimmt! Das ist tatsächlich eine Möglichkeit, an die wir alle nicht gedacht haben. Alle Achtung, Frau Grimm! Da wäre ich alleine nie darauf gekommen. Verdammt, verdammt!«, sagte Jens begeistert und schaute Lena mit leuchtenden Augen an.

In diesem Moment klopfte es, und ein Beamter teilte ihnen mit, dass er den Zeugen Dörr in den Vernehmungsraum 2 gebracht habe.

KAPITEL 25

»Jens, wenn wir jetzt da reingehen, dann überlass mir bitte die Befragung«, sagte Walter zu seinem Kollegen, als sie vor der Tür des Vernehmungszimmers standen. »*Wir* wollen schließlich etwas von dem Mann, und wenn du ihm zu verstehen gibst, was du von ihm hältst, bleibt er stumm wie ein Fisch.«

»Okay, Walter, stell deine schlauen Fragen. Ich höre nur zu. Außerdem verspreche ich dir Folgendes: Wenn Dörr uns den ersehnten Durchbruch beschert, glaube ich sofort wieder an den Weihnachtsmann, und der Zeuge bekommt die Belohnung von mir persönlich auf einem silbernen Tablett überreicht.«

»Nur wer den Glauben an den Weihnachtsmann nicht ganz verloren hat, hat sich so viel Fantasie bewahrt, um die Schritte weiterzudenken, die manchmal für den Erfolg notwendig sind«, sagte Lena ganz ohne Ironie in der Stimme.

»Ich glaube, dass Sie, Frau Grimm, nicht nur an den Weihnachtsmann, sondern auch noch ein wenig an den Osterhasen glauben ... Das sollte aber jetzt ein Kompliment sein«, fügte Jens schnell hinzu.

Walter schaute sehr überrascht, meinte er doch, nun auch an Jens eine leichte Gesichtsverfärbung festgestellt zu haben.

Lena erhob sich.

»Das glaube ich jetzt nicht«, lachte sie, hatte sie doch soeben dieselbe Beobachtung gemacht. Dann ging sie in den Beobachtungsraum.

»Jens, was ist denn in dich gefahren?«, fragte Walter und schüttelte verwundert seinen Kopf. »Sind deine Hormone mit dir auf Achterbahnfahrt, oder bist du vielleicht krank und ich muss mir ernsthaft Sorgen machen?«

»Blödsinn! Aber dieses Lob hatte sie sich wirklich verdient.«

»Das stimmt, nur kenne ich diesen sympathischen Zug überhaupt nicht an dir. Das hat doch bestimmt etwas zu bedeuten. Nachtigall, ick hör dir trapsen!«

»Walter, ehe du noch mehr Quatsch verzapfst, lass uns lieber beginnen, okay?«

*

Beide Polizisten betraten das Vernehmungszimmer, in dem schon der Zeuge Dörr an einem Tisch Platz genommen hatte. Während sich Jens an die Wand seitlich des Tisches lehnte, setzte sich Walter dem Zeugen gegenüber.

»Mein Name ist Walter Hausmann«, begann er, nachdem er das Datum der Befragung und alle Anwesenden für das Protokoll genannt hatte. »Ich bin Hauptkommissar und Leiter der Mordkommission. Hauptkommissar Fiedler wird das Gespräch beobachten. Die Unterhaltung zeichnen wir auf, aber das wissen Sie ja schon. Lassen Sie mich erst einmal betonen, dass es sehr lobenswert ist, dass Sie Zeit gefunden haben, zu uns zu kommen, um uns zu berichten, was Sie an dem besagten Abend vor dem Restaurant ›Haus am Walde‹ beobachtet haben.«

Der Zeuge Dörr, der bis zu diesem Moment lustlos auf seinem Stuhl gesessen und sein Gesicht in beide Hände gestützt hatte, richtete sich nun interessiert auf.

»Bevor ich überhaupt etwas sage«, begann er aggressiv und schaute sein Gegenüber herausfordernd an, »möchte ich betonen, dass ich meine Rechte kenne. Ich bin zu nichts verpflichtet!«

»Und weiter?«, fragte der Hauptkommissar, der schon ahnte, was diese Einlassung bewirken sollte.

»Was weiter?«

»Was wollen Sie damit sagen?«

»Ich will sagen, dass ich der Polizei mit meiner Aussage einen großen Gefallen tue. Deshalb verlange ich, dass ich eine vernünftige Entschädigung für die Zeit bekomme, die ich für Sie verschwende. Ich verlange außerdem, dass Sie mir die Belohnung garantieren, die mir im Anschluss an meine Aussage zusteht. Sie wissen schon, diese 15.000 Piepen.«

Im Augenwinkel sah Walter das breite Grinsen seines Kollegen, das wohl besagen sollte: »Siehst du, ich habe es dir doch gleich gesagt!«

»Lieber Herr Dörr, ganz ruhig. Alles, was Ihnen zusteht, bekommen Sie auch. Darauf haben Sie mein Wort«, erklärte er freundlich.

»Und wie steht es mit einem Vorschuss? Ich bin heute ausnahmsweise etwas klamm.«

»Das geht leider nicht, aber wenn Sie sich zum Abendessen nichts kaufen können, dann gebe ich Ihnen gerne eine Essensmarke für unsere Kantine.«

»Nee, lassen Sie mal, mir ist schon schlecht«, sagte der Zeuge und lachte laut über seinen Witz.

Walter schloss sich dem Gelächter an, während Jens den Zeugen nur reglos und missmutig ansah.

»Gut, Herr Dörr, dann beginnen Sie mal. Erzählen Sie uns einfach, was Sie gesehen haben«, forderte Walter nun seinen Zeugen auf.

»Na gut«, brummte der. »Also: An dem Mittwoch wollte ich im ›Haus am Walde‹ so gegen halb zwölf nachschauen, ob meine Kumpel noch da sind. Die wollten nämlich in der Kneipe den Geburtstag von meinem Freund Jupp feiern.«

»Und?«

»Und was?«

»Na, waren Ihre Kumpel noch im Restaurant?«

»Nee, sonst wäre ich ja drinnen geblieben.«

»Aha!«

»Ich bin wieder raus, und da stand diese Tussi.«

»Sie meinen das spätere Opfer.«

»Na, diese Frau in dem dunklen Anorak und der hellen Hose. Die stand vor der Tür wie bestellt und nicht abgeholt.«

»Sie wartete also dort.«

»Habe ich doch gesagt.«

»Gut. Weiter.«

»Als ich an ihr vorbei bin, hat sie mich ziemlich eigenartig angeguckt.«

»Wie meinen Sie das?«

»So, als hätte sie noch nie einen schönen Mann gesehen, wenn Sie wissen, was ich meine.«

Der Zeuge lachte erneut, nur dieses Mal lachte keiner mit.

»Schönheit, Herr Dörr, liegt im Auge des Betrachters, wenn Sie wissen, was *ich* meine«, kommentierte Jens nun doch.

Die Bemerkung brachte ihm einen strafenden Blick seines Kollegen ein.

Der Zeuge Dörr schien verunsichert, jedenfalls sagte er: »Verstehe ich nicht.«

»Vergessen Sie die Bemerkung meines Kollegen und fahren Sie bitte fort«, lenkte Hausmann ab.

»Na gut. Ich glaube, die Tusse wollte was von mir. Die wollte mich anmachen. Vielleicht hatte sie in der Kneipe Stress gehabt oder konnte dort keinen Macker aufreißen. Was weiß ich, keine Ahnung!«

»Und wie ging es weiter?«

»Wie gesagt, ich bin an ihr vorbei und habe mich dann noch einmal umgedreht, um zu sehen, ob sie mir nachglotzt.«

»Und?«

»Sie hat mir den Stinkefinger gezeigt, diese dämliche Ziege.«

»Herr Dörr!«

»Ja, ich weiß, dass ich das nicht sagen sollte, jetzt wo sie tot ist.«

»Nein, das sollten Sie wirklich nicht.«

»Dann nehme ich die ›dämliche Ziege‹ mit dem Ausdruck größten Bedauerns zurück«, grinste der Zeuge selbstgefällig.

»Na schön. Was passierte dann?«

»Ich bin weitergegangen. Dann habe ich das Auto gehört, also dieses Taxi. Es war ein großer schwarzer Daimler, der um die Ecke kam.«

»Der Wagen muss doch nach Ihrer Schilderung an Ihnen vorbeigefahren sein. Haben Sie den Fahrer sehen können?«

»Nein, die Kiste ist nicht an mir vorbeigekommen. Ich war schon auf dem Weg zum Uni-See.«

»Verstehe. Und dann?«

»Die Tusse ist eingestiegen, nachdem sie mit dem Driver gesprochen hat. Der hat gewendet und ist weggefahren.«

»Den Fahrer, Entschuldigung, Herr Dörr, den Driver haben Sie also nicht sehen können, und er ist auch nicht ausgestiegen.«

»Nein.«

»Hatten Sie den Eindruck, dass die Frau den Taxifahrer gekannt hat?«

»Weiß ich nicht. Glaube ich aber nicht.«

»Haben Sie auf das Nummernschild geschaut, es sich vielleicht merken können?«

»Nein. Das Schild war ziemlich verdreckt. Das habe ich gesehen und mich darüber noch gewundert, weil das Auto selbst picobello war.«

»Also nur das Schild war verschmutzt. Konnten Sie denn sehen, ob es ein Bremer Kennzeichen war?«

»Ja, wahrscheinlich, ansonsten wäre es mir aufgefallen.«

»Aber ganz sicher sind Sie sich nicht.«

»Nein.«

»Sie sind also nicht zur Straße gegangen, sondern waren auf dem Weg zu den Parkplätzen. Das habe ich doch richtig verstanden?«

»Ja.«

»Was wollten Sie denn dort? Sie waren doch ohne Auto, oder?«

»Ich wollte noch ein Stückchen spazieren gehen. Mir Luft um die Nase wehen lassen, wie man so schön sagt.«

»Aha! Spazierengehen. Luft um die Nase. Um Mitternacht! Erstaunlich! Erzählen Sie weiter.«

»Mehr weiß ich nicht, und mehr habe ich auch nicht gesehen, jedenfalls nicht, ohne dass es Kohle gibt.«

»Aber Sie haben doch am Telefon gesagt, dass Sie etwas ganz Wichtiges aussagen können. Sie sind als Zeuge verpflichtet, die Wahrheit zu sagen. Das, was Sie uns bisher erzählt haben, war aber nicht sehr wichtig, jedenfalls bringt es uns nicht weiter.«

»Und die Belohnung, die bekomme ich dann wirklich?«

»Wenn wir nur aufgrund Ihrer Informationen den Täter finden und überführen? Ja, dann gehört die Belohnung Ihnen. Die komplette Summe.«

»Versprochen?«

»Versprochen, Herr Dörr.«

»Es war ein SEL 6,3. Wahrscheinlich sogar ein 6,9. Jedenfalls ein Exportmodell.«

»Ein was?«

»Mensch! Ein Mercedes 6,3 Exportmodell mit den runden Halogendoppelscheinwerfern. Die meisten davon gingen damals in die USA. Das Motorengeräusch dieser Kiste klang aber verdammt nach einem 6,9er.«

»Und wie klingt ein 6.9er im Gegensatz zu einem 6.3er?«

»Satt, ganz satt. Davon gibt es nur noch ein paar. Gebaut worden ist diese Mühle Ende der 60er-Jahre.«

»Herr Dörr, Ihre Belohnung rückt näher.«

»Kein Vorschuss?«

»Leider nein, aber wir werden uns anstrengen, dass Sie und kein anderer die 15.000 bekommen.«

KAPITEL 26

Schon einen Tag später erschien erneut die mir nun schon bekannte Nummer auf meinem Display.

»Ich habe den Major im ›Rotfuchs‹ gefunden«, rief Susanne Wagner zur Begrüßung in das Telefon, und der Triumph war ihrer Stimme deutlich anzumerken. »Er ist älter geworden, aber er ist es. Eindeutig. Leider habe ich seinen bürgerlichen Namen nicht herausbekommen können, und meinen Onkel konnte ich nicht bitten. Der hätte garantiert wissen wollen, warum ich frage. Das war mir zu heikel.«

»Ja, wir sollten vorsichtig sein«, stimmte ich ihr zu. »Haben Sie sich denn bei Ihrem Vater erkundigt, ob es heutzutage noch illegale Stasi-Aktivitäten gibt?«

»Habe ich. Er sagte, dass er darüber nichts wisse und es sich auch nicht vorstellen könne. Ich hatte aber das Gefühl, dass er es nur nicht zugeben wollte.«

»Wie kommen Sie darauf?«

»Weil mein Vater sehr seltsam nachgefragt hat. So wollte er unbedingt wissen, ob ich einen speziellen Grund hätte, solch eine Frage zu stellen, oder ob es ein Problem geben würde, über das er informiert sein sollte. Ich habe das abgestritten und gesagt, dass meine Frage nur der Ausdruck allgemeiner Neugier war, weil ich in einer Zeitung gelesen hätte, dass es so etwas auch heutzutage noch geben würde.«

»Und, hat er das geglaubt?«

»Das weiß ich nicht. Er schien besorgt zu sein und warnte mich eindringlich vor Dingen, die ich nicht überschauen könne. Mein Vater weiß bestimmt mehr, als er mir erzählt hat.«

»Also sind die Warnungen von Grochowski nicht aus der Luft gegriffen.«

»Es sieht jedenfalls so aus, als würden wir uns auf ziemlich dünnes Eis begeben, wenn wir unsere Suche fortsetzen. Es kommt hinzu, dass wir an einem Punkt angelangt sind, an dem es ohne Insiderhilfe nicht mehr weitergeht. Das Foto nutzt nicht viel ohne den dazugehörigen Namen. Wollen wir den aber herausbekommen, müssen wir dieses Bild vielen Leuten zeigen, von denen wir nicht wissen, wo sie standen, oder besser, wo sie stehen. Und wenn wir Pech haben, schaffen wir uns damit ein richtiges Problem.«

»Ich weiß, was Sie meinen. Und was jetzt?«, fragte ich ziemlich ratlos.

»Können wir überhaupt noch etwas machen?«

»Ohne ein gewisses Risiko? Wohl kaum«, ergänzte ich. »Deshalb schlage ich vor, dass wir die Frage nach Elisabeth Dembrock erst einmal auf Eis legen, ich aber die Suche nach dem Schicksal meines Schulfreundes weiterführe. Das ist zwar nicht das, was ich mir gewünscht habe, aber man soll den Bogen auch nicht überspannen. Ich weiß jetzt definitiv, dass Karl nichts mit dieser schrecklichen Sache zu tun hatte. Und das ist für mich wichtiger, als ohne Aussicht auf Erfolg einem Psychopathen hinterherzurennen.«

»Da stimme ich Ihnen zu. Aber vielleicht sollten Sie sich noch einmal mit Grochowski in Verbindung setzen. Es könnte ja sein, dass er es sich überlegt hat und Ihnen doch noch einen Tipp gibt.«

»Ich kann es versuchen, glaube aber nicht, dass ich Erfolg haben werde, denn Grochowski sieht unsere Aktivitäten noch kritischer als wir selbst.«

»Er kennt diese Leute sicher am besten«, ergänzte Frau Wagner. »Deshalb ist es besser, wenn wir abbrechen. Sollte einer von uns allerdings in nächster Zeit doch noch eine gute Idee haben, ohne dass wir allzu viel riskieren müssen, diskutieren wir erneut.«

»Einverstanden«, stimmte ich zu. »Da fällt mir etwas anderes ein. Sie haben doch während unseres Gesprächs in Wernigerode gesagt, dass Sie vielleicht die Absicht haben, zusammen mit Ihrem Mann Bremen zu besuchen. Ich will das nur noch einmal erwähnen, damit die Idee nicht in Vergessenheit gerät.«

»Stellen Sie sich vor, genau darüber habe ich mit ihm vor ein paar Tagen gesprochen. Wir haben nämlich von einem Bekannten von dieser eine Woche dauernden Musikveranstaltung gehört, die in einem alten Park stattfindet, in den die Leute wie zu einem Picknick mit Fresskorb und eigenen Sitzgelegenheiten gehen. ›Sommer im Park‹ oder so ähnlich.«

»Sie meinen ›Sommer in Lesmona‹, in Knoops Park. Dieses Ereignis ist in Bremen Kult. Viel Freiluftklassik, teilweise sogar anspruchsvoll. Die einzelnen Darbietungen sind so gut wie immer ausgebucht. Es macht allerdings für Normalkonsumenten nur Spaß, wenn das Wetter mitspielt, was in Bremen manchmal ein Problem ist. Der richtige Fan sieht das natürlich anders. Wenn Sie sich dafür entscheiden sollten, würde ich mich um Karten kümmern.«

»Das ist eine gute Idee!«

KAPITEL 27

Dass wir die Suche abbrechen wollten, nagte in mir.

Sollte ich nicht doch Konrad anrufen? Den Namen, den wir suchen, kennt er, da bin ich mir sicher. Aber kann ich ihm zumuten, unseretwegen unkalkulierbare Risiken einzugehen? Zwar hatte der Überfall nichts mit der Sache um Elisabeth

Dembrock zu tun, aber eventuell mit einer anderen, bei der wahrscheinlich, so wie ich es verstanden hatte, auch die noch bestehenden Überbleibsel der Staatssicherheit beteiligt gewesen sind. Nein, unter Druck setzen darf ich ihn nicht und deshalb werde ich nicht anrufen!

Aber manchmal kommt die Jungfrau tatsächlich zum Kinde, denn kurze Zeit später, ich saß gerade an meinem Schreibtisch, klingelte das Telefon. Da eine mir unbekannte Handynummer auf dem Display erschien, meldete ich mich nur mit: »Hallo?«

Auf der anderen Seite der Leitung ertönte ein kurzes Lachen, und schon wusste ich, wer mein Gesprächspartner war.

»Danke noch einmal für den wunderbaren Brandy«, sagte der Kobold.

»Oh, bitteschön, es war mir ein Vergnügen …«

»Ich sehe, dass du weißt, wer hier spricht«, unterbrach er mich, als ich gerade »Konrad« sagen wollte. Im selben Moment fiel mir auf, dass seine Stimme irgendwie verkrampft klang. »Einer weiteren Identifizierung bedarf es nicht«, fuhr er fort.

Ich war verwirrt und deshalb schwieg ich, weil ich nicht wusste, warum ich weder meinen noch seinen Namen nennen sollte.

Befürchtest du, dass dein Telefon abgehört wird, oder ist dein Verhalten nur eine in Fleisch und Blut übergegangene Reminiszenz aus früheren Tagen?

»Hör einfach zu«, fuhr Konrad fort, während ich weiter schwieg. »Im Bremer Blockland existiert ein altes Bauernhaus, in dem schon lange kein Bauer mehr wohnt. Dafür gibt es dort einen neuen Besitzer. Der hat mit viel Geld aus trüben Quellen die alten Katen aufwendig restauriert und sich offiziell auf die Vermietung von Ferienwohnungen spezialisiert. Auffällig ist, dass die Gebäude mit ungewöhnlich viel moderner Technik ausgestattet sind. So zum Beispiel mit Kameras und Sensoren, die alle Besucher aufspüren, besonders die ungebetenen. Das

Anwesen liegt sehr einsam an einer sumpfig-moorigen Ecke und kann nur über eine einzige schmale Zufahrt erreicht werden. All das sind keine Idealbedingungen für Touristen. Trotzdem weiß ich, dass alle Zimmer permanent ausgebucht sind, denn es gibt nur Absagen, wenn man dort für einen Urlaub anfragt. Seine Kunden sind, wie man hört, bieder aussehende und sehr konservativ gekleidete alte Männer.«

»Ich verstehe«, sagte ich gedehnt, denn ich wusste, dass er damit ehemalige Mitarbeiter des MfS meinte.

»Sehr gut«, sagte Konrad zufrieden. »Zum Schluss will ich dich noch an das Märchen von den Gebrüdern Grimm erinnern.«

»Ich habe mir daran die Zähne ausgebissen«, sagte ich vorwurfsvoll.

Konrad reagierte nicht auf meine Bemerkung.

»Es gibt aber noch etwas, was du wissen solltest, und das ist sehr unschön«, sagte er stattdessen.

»Und?«, fragte ich und ahnte in dem Moment, dass es sich um ein neues Verbrechen handeln würde.

»In der Nähe von Berlin hat sich eine junge Frau, Mutter zweier Kinder, in den 80ern mitten in einem Forst unter mysteriösen Umständen das Leben genommen. Das Besondere ist, dass sie am ganzen Körper rasiert war. Darüber solltest du nachdenken, bevor du unüberlegte Entscheidungen fällst. Danke übrigens für den Tipp mit der Dauerkarte für den Molli. Davon mache ich jetzt häufig Gebrauch. Regelmäßig am Dienstag oder Donnerstag und immer mit dem ersten Zug. Wegen meiner Krankheit komme ich ja sonst kaum noch vor die Tür. Das Laufen ist nämlich äußerst schlecht geworden. Der Doc sagt, dass ich in nächster Zeit unbedingt operiert werden muss, wenn ich mein Bein behalten möchte. Ich überlege noch, werde aber wohl in den sauren Apfel beißen müssen.«

Ein Klicken ertönte, und das Gespräch war beendet.

Für eine Sekunde war ich versucht zurückzurufen, um mein Bedauern über die Verschlechterung seiner Durchblutungsstörung kundzutun, überlegte es mir dann aber anders, denn der Kobold hatte bestimmt einen Grund für die Eigentümlichkeit des Telefonats.

Wenn ich das Gesagte richtig verstanden hatte, gab es einen zweiten Fall aus der DDR-Vergangenheit, der Ähnlichkeiten mit dem von Elisabeth Dembrock aufwies.

Verdammter Mist! Die Sache wird richtig heiß. In der Nähe Berlins. Hatte nicht Günter gesagt, dass der Stasi-Major nach Hohenschönhausen versetzt worden war? Und Hohenschönhausen, die schlimmste aller Stasi-Stätten, liegt in der Nähe Berlins. Gibt es da einen Zusammenhang? Aber Konrad weiß augenscheinlich noch mehr, und er will auch mit mir darüber sprechen, persönlich. Da wir noch nie über die Schmalspurbahn Molli geredet hatten, die täglich mehrmals von Bad Doberan nach Kühlungsborn fährt, kann diese ungewöhnliche Einlassung nur bedeuten, dass er dienstags und donnerstags in diesem Zug anzutreffen ist. Gut, mein lieber Konrad, den Spaß mache ich mit, aber ist deine Vorsicht nicht etwas sehr übertrieben? Aber was hat es mit dem Anwesen im Blockland auf sich? Die angebliche Vermietung von Ferienwohnungen erfolgt, wenn ich Konrads Worte richtig interpretiere, aus Gründen der Tarnung. In Wahrheit treffen sich dort alte Stasi-Angehörige oder andere Kader der ehemaligen SED, und der Major ist mit von der Partie, sonst hätte er das Märchenrätsel nicht erwähnt.

Plötzlich bekam ich ein flaues Gefühl in der Magengegend, denn eine theoretische Gefahr ist das eine, die Erkenntnis, dass sich diese eventuell nur ein paar Kilometer entfernt eingenistet hat, das andere.

Warum hat mir Konrad die Anschrift dieses Hauses nicht gegeben, die er ganz sicher kennt? Das liegt bestimmt nicht daran, dass er eine neue Flasche Brandy haben möchte. Nein, ich glaube, dass er es mir nicht zu leicht machen will. Ich soll gezwungen werden, über meine Risiken nachzudenken.

Meine Stimmung war nach diesem Gespräch gedrückt.

Manchmal arbeitet man verbissen auf einen gewissen Punkt hin. Und wenn dieser Punkt erreicht ist, empfindet man kein Hochgefühl, sondern spürt nur Ernüchterung. So wie jetzt. Also: Was soll ich mit den neuen Informationen anfangen?

Erst einmal dachte ich über die von ihm erwähnte Örtlichkeit nach:

Das Blockland ist groß und relativ dünn besiedelt. Begrenzt von der A27, den kleinen Flüsschen Wümme und Lesum und dem Kuhgrabenweg. Sehr viele Ferienwohnungen auf ehemaligen Bauernhöfen wird es nicht geben. Also werde ich das Haus bestimmt ohne große Mühe finden. Und wozu gibt es ein Medium namens Internet, das so manche Neugier befriedigen kann?

Und tatsächlich: Schon die erste Recherche ergab, dass es keine Handvoll von Vermietern im Blockland gab, und ein Blick in das bekannte Programm eines amerikanischen Internetgiganten zeigte auf den Satellitenaufnahmen, dass nur ein einziges Anwesen die Kriterien erfüllte, die Konrad genannt hatte.

Was nun? Ich kann mich ja nicht dort mit einer Videokamera hinstellen und filmen, wer hinein- und wer hinausgeht. Aber Susanne Wagner kennt sich mit solchen Dingen aus. Ein Anruf bei ihr kann also nicht schaden!

Den Inhabernamen herauszufinden, war dann etwas schwieriger. Das lag daran, dass dieser in dem sehr schlecht gemachten Prospekt, der sich eher zur Kundenabschreckung eignete, nicht aufgeführt war.

Dieser Katalog wird bestimmt nur zur Verschleierung gebraucht und vielleicht auch noch, um das Finanzamt zu täuschen.

Als ich dann doch auf einer anderen Webseite seinen Namen entdeckte, musste ich laut auflachen. Wolff hieß der Eigentümer.

Darauf hätte ich auch selbst kommen können, aber manchmal sieht man den Wald vor lauter Bäumen nicht!

Meine Gefühle in diesem Moment waren schwer zu beschreiben: Auf der einen Seite gab es so etwas wie Genugtuung. Auf der anderen Angst. Angst vor diesem Mann, der keine 15 Kilometer von mir entfernt wohnte. Angst vor dem Risiko, das ich eingehen müsste, wenn ich mich fürs Weitermachen entschied.

Ich griff zum Telefon, denn ich wollte Susanne anrufen, um mich mit ihr zu besprechen. Sie war nicht da.

»Susi ist mit ihrer Ausrüstung im Wald und hockt auf irgendeinem Baum. Sie will Luchse in freier Natur vor die Linse bekommen«, erklärte mir ihr Mann. »Wann sie zurück sein wird, kann ich nicht sagen. Meistens dauert es länger als geplant. Sie hat zwar ihr auf stumm geschaltetes Handy dabei, aber wenn man sie nicht verärgern möchte, ruft man besser nicht an. Ich werde ihr von Ihrem Telefonat berichten, wenn sie wieder da ist, und sie wird Sie dann ganz bestimmt zurückrufen.«

Ich bedankte mich und legte auf. Nun musste ich noch einmal über das eigentümliche Gespräch mit Konrad nachdenken. Ich wusste zwar nicht genau, was er für ein Problem hat, aber das, was ich wusste, reichte aus, dass sich mein beklemmendes Gefühl verstärkte.

Wächst uns die ganze Sache nicht über den Kopf? Einen wirklichen und gerichtsrelevanten Beweis finden wir nicht, und der Kerl wird auch nicht angeklagt werden. Das zu hoffen, ist eine Illusion. Außerdem werde ich mich auf Auseinandersetzungen mit einem Mann, der mit allen Wassern gewaschen ist, nicht einlassen. Sein Haus ist gesichert, meines nicht! Er ist dafür ausgebildet worden, Schwachpunkte bei Menschen zu finden und diese gnadenlos auszunutzen, ist geschult, Menschen zu quälen, zu demütigen und sie auch, wenn es für das System opportun war, seelisch oder physisch zu vernichten.

Nein, nein, mehr als eine anonyme Anzeige wird es von meiner Seite nicht geben! Punkt, aus und Ende.

Aber was ist das für ein zweiter Fall? Konrad wird das nicht nur so gesagt haben, um die Gefährlichkeit von Wolff zu unterstreichen, sondern es wird diesen Fall geben. Recherchen in dieser Richtung wirst du, Paul, aber auf gar keinen Fall anstellen, nicht bei diesen Vorzeichen!

Und der Besuch bei Konrad? Der macht doch auch keinen Sinn mehr! Aber anrufen und absagen, das geht nicht. Besser schreiben und absagen? Zu unpersönlich, zu feige. Doch besser hinfahren? Heute ist Freitag. Die erste Gelegenheit, ihn zu treffen, ist am Dienstag. Also Paul, du hast noch genug Zeit zum Überlegen!

Am nächsten Tag klingelte abermals mein Telefon. Es war der von mir erwartete Rückruf Susanne Wagners. Ihre Stimmung war bestens, und sie erzählte mir gleich zu Beginn, dass sie ungewöhnlich schöne Aufnahmen eines neu angesiedelten Luchspärchens gemacht hatte und dass sich schon allein dafür ihre neue Kameraausrüstung gelohnt habe. Ich beglückwünschte sie und fragte neugierig, was denn als Nächstes ihrer Fotografierwut zum Opfer fallen soll.

»Mein Traum ist es, in Alaska, fernab aller Zivilisation, das Leben von Wildtieren zu fotografieren, und im nächsten Jahr will ich mir diesen Traum erfüllen«, erklärte sie mir.

»Und was sagt Ihr Mann dazu?«

»Er unterstützt mein Hobby, wird aber nicht mitkommen, denn dort ist es für ihn und seinen kranken Rücken zu kalt und zu anstrengend. Ich habe Kontakt zu einer der bekanntesten Tierfotografinnen aus den Staaten. Wir planen dieses

Projekt zusammen. Vielleicht klappt's. Vielleicht aber auch nicht, ich lass mich überraschen. Doch um das zu erzählen, habe ich Sie nicht angerufen. Ich wollte Ihrer Bitte um Rückruf nachkommen und gleichzeitig fragen, ob Sie schon für meinen Mann und mich für dieses Lesmona-Festival Karten besorgt haben. Haben Sie?«

»Äh … nein«, sagte ich schuldbewusst. »Dazu bin ich leider noch nicht gekommen. Aber es gibt Neuigkeiten in unserer Sache, die Sie unbedingt wissen müssen. Grochowski hat sie mir erzählt.«

»Da bin ich aber gespannt.«

»Ich kenne den Namen des Majors und weiß, wo er wohnt.«

»Super. Damit lässt sich etwas anfangen.«

»Nicht so voreilig«, dämpfte ich ihre Euphorie, »denn ich habe noch eine zweite Neuigkeit, und die ist weniger erfreulich.«

»Das klingt nicht gut.«

»Nein, ist es auch nicht. Wahrscheinlich gibt es einen zweiten Fall Elisabeth Dembrock.«

Für eine Weile war Schweigen in der Leitung.

»Oh mein Gott, jetzt muss ich mich erst einmal hinsetzen. Das trifft mich wie ein Blitz aus heiterem Himmel«, kam es leise aus dem Hörer.

»Mir ging es genauso.«

»Und was machen wir nun?«, fragte sie, nachdem ich mit meiner Schilderung zu Ende gekommen war, und ich hörte die Ratlosigkeit, aber auch die Sorge, die in ihrer Stimme mitschwang.

»Ich weiß es wirklich nicht«, sagte ich und wiederholte meine Überlegungen von vorhin.

»Sie haben recht«, erklärte sie nach einem weiteren Moment des Schweigens. »Eine direkte Konfrontation dürfen wir nicht riskieren. Aber ganz ohne Folgen sollte unser Wissen für diesen

Schweinehund auch nicht bleiben. Das Gründen einer Tarnfirma mit dem Ziel, den Staat um seine Steuern zu prellen, ist doch eine Straftat, oder liege ich da falsch?«

»Ja, das ist es. Aber auch so etwas muss erst einmal bewiesen werden!«

»Dafür gibt es doch die Finanzbehörde mit ihren Steuerfahndern, die, so hört man jedenfalls, so ein Verhalten gar nicht schätzen.«

»Richtig«, stimmte ich ihr zu, »aber ich spekuliere mal, dass dieses sogenannte Ferienobjekt nicht ausschließlich auf seinem Mist gewachsen ist. Da stecken bestimmt noch andere dahinter. Wahrscheinlich auch alte Stasi-Genossen. Über so einen läppischen Fehler stolpern solche Leute nur selten. Und deshalb sind die steuerlichen Dinge wahrscheinlich in Ordnung. Außerdem kann sich jeder Vermieter die Gäste aussuchen, die ihm genehm sind.«

»Ja, damit könnten Sie richtig liegen. Wissen Sie denn definitiv, dass Wolff und der Major ein und dieselbe Person sind?«, fragte Frau Wagner.

»Nein, nicht zu 100 Prozent.«

»Das dachte ich mir. Dann mache ich folgenden Vorschlag«, sagte sie nach einem kurzen Moment des Überlegens: »Meine fotografische Luchsjagd konnte ich wegen der tollen Bilder viel früher beenden als geplant. Mein Mann kommt bald wegen seines Rückens zur Kur nach Bad Wildungen. Ich werde ihn hinbringen. Danach habe ich freie Zeit. Und besser, als in unserem Haus an Langeweile zu sterben, erscheint es mir, mich mit meiner Kamera in der Nähe dieses ominösen Bauernhauses zu postieren. Wenn wir dann die Bilder in der Hand halten, wissen wir auch, ob es wirklich der Mann ist, den wir suchen. Dann können wir immer noch überlegen, was zu tun ist.«

»Sie meinen, dass wir nicht kapitulieren sollen?«, fragte ich weiterhin verunsichert.

»Diese Entscheidung vertagen wir einfach.«

»Einverstanden. Aber wenn wir ihn wirklich beobachten wollen, darf er absolut nichts mitbekommen.«

»Mit Tarnung kenne ich mich bestens aus«, sagte Frau Wagner selbstsicher. »Außerdem juckt es mich gewaltig in den Fingern, den Mann vor die Linse zu bekommen. Kümmern Sie sich schon mal um ein gutes preiswertes Hotel.«

»Nicht, bevor ich mir die örtlichen Gegebenheiten angeschaut habe. Und eine weitere Bedingung habe ich auch noch.«

»Die wäre?«

»Sie müssen mich die Hotelkosten übernehmen lassen, wenn Sie schon auf Ihren Detektivlohn verzichten.«

»Einverstanden«, lachte Frau Wagner. »Sobald Sie etwas Passendes gefunden haben, sagen Sie bitte Bescheid!«

»Mach ich.«

»Sehr gut.«

»Ich muss noch erzählen, dass ich glaube, dass Grochowski die Befürchtung hat, dass man ihn beobachtet«, fuhr ich fort. »Von wem, hat er nicht gesagt. Und über den Major weiß er mehr, als er mir am Telefon erzählt hat, das ist sicher. Ich will aber nicht, dass er sich unseretwegen in Gefahr begibt, besonders, weil er sich in sehr schlechter gesundheitlicher Verfassung befindet.«

»Steht es wirklich so schlecht um ihn?«

»Wer schwere arterielle Durchblutungsstörungen an den Beinen hat, hat garantiert auch welche in den Herzkranzgefäßen«, erklärte ich ihr. »Ein plötzlicher Infarkt ist bei so einer Krankheit nie ausgeschlossen.«

»Wollen Sie denn nach Bad Doberan fahren?«, fragte Frau Wagner.

»Bis jetzt habe ich geschwankt«, erklärte ich ihr. »Aber, wenn *Sie* hierherkommen, um Bilder von dem Major zu schießen, dann kann *ich* nicht tatenlos im Sessel sitzen und Däumchen drehen. Ich fahre Montag und werde versuchen, Konrad am Dienstag zu kontaktieren. Auf der einen Seite freue ich mich, ihn zu treffen, und bin sehr gespannt, was er mir erzählen kann. Auf der anderen habe ich das Gefühl, dass wir sehenden Auges in ein Hornissennest stechen. Hoffentlich täusche ich mich.«

»Das hoffe ich auch«, stimmte Frau Wagner zu. »Aber einfach zur Tagesordnung überzugehen, können wir auch nicht mehr. Dafür ist schon zu viel passiert.«

»Wir wissen zu viel, um aufzuhören, aber zu wenig, um uns an die Strafverfolgungsbehörden zu wenden.«

»Stimmt. Aber nun etwas anderes: Paul, wenn Sie schon nach Bad Doberan zu Grochowski fahren, könnten Sie doch auch noch einmal bei Meta vorbeischauen. Jeder Besuch ist wichtig für sie, unterbricht er doch die Eintönigkeit ihres Tagesablaufs.«

»Das will ich gerne übernehmen. Ich weiß zwar nicht, ob sie sich an meinen letzten Besuch erinnern wird, aber das spielt auch keine Rolle. Über ein paar Blümchen wird sie sich bestimmt freuen.«

Wir wechselten noch einige Worte, und zum Schluss versprach ich, mich nun doch um die Karten zu kümmern. Dann verabschiedeten wir uns.

KAPITEL 28

In den nächsten Tagen wurden sämtliche Halter eines SEL 6,3 und 6,9 Exportmodells und auch die eines ähnlichen Mercedestyps in Bremen, Hamburg und Niedersachsen überprüft, nachdem die ermittelnden Beamten sich überzeugt hatten, dass

Michael Dörr tatsächlich in der Lage war, die Modellreihen einwandfrei zu identifizieren.

Und schon am zweiten Tag gab es eine vielversprechende Spur, denn ein ehemaliger Oberst der Bundeswehr, der nach Beendigung seiner aktiven Laufbahn eine dubiose Personenschutzfirma aufgebaut hatte, war Halter eines solchen Fahrzeugs. Dann stellte sich auch noch heraus, dass dieser Mann seit einem halben Jahr aktenkundig war. Eine Prostituierte hatte ihn wegen Körperverletzung angezeigt, dann aber vor Prozessbeginn alle Anschuldigungen zurückgenommen, obwohl sie wegen ihrer Blessuren über zwei Wochen im Krankenhaus gelegen hatte.

»Wenn ich nicht ganz falsch liege«, frohlockte Jens Fiedler, »könnte das unser Mann sein.«

Walter enthielt sich eines Kommentars, während Lena skeptisch anfügte:

»Zuerst eine äußerst akribische Planung und dann so ein Fehler? Mir erscheint das nicht stimmig. Aber wir werden sehen.«

Lena behielt recht mit ihrer Skepsis. Der Mercedes befand sich zum fraglichen Zeitpunkt in Hannover in einer Vertragswerkstatt, und der Fahrzeugbesitzer war auf einer Urlaubsreise.

Parallel zu den Halterüberprüfungen lief eine Anfrage bei der Verkehrsüberwachung und bei der Bußgeldstelle, ob irgendwann so ein Auto auffällig geworden war. Aber auch das war nicht der Fall. Es gab nur einen Eintrag zu einer unbedeutenden Begebenheit, die sich vor über einem Jahr ereignet hatte, als ein SEL-Modell, allerdings eines mit Berliner Kennzeichen, auf einer Bremer Autobahn in einen Bagatellunfall verwickelt worden war. Ein Golf hatte auf der A1 die Vorfahrt missachtet und den SEL leicht touchiert. Da nicht viel passiert war, musste die Golffahrerin nur ein Ticket wegen Verkehrsgefährdung bezahlen. Zu einer schadensrechtlichen Auseinandersetzung der Fahrzeuglenker kam es trotz eindeutiger Rechtslage nicht, weil der andere Fahrer auf die ihm zustehende Regulierung verzichtete. Es handle sich nur um eine unbedeutenden Kratzer, und er hätte weder Lust noch Zeit, deshalb einen Anwalt zu bemühen, hatte er zu Protokoll gegeben.

»So doof müsste ich mal sein und mir nichts, dir nichts auf 1.000 Piepen verzichten«, ereiferte sich Jens Fiedler kopfschüttelnd, als er die Akte flüchtig in die Hand nahm und dann wieder zur Seite legte. Sein erster Gedanke war, das Auto trotzdem überprüfen zu lassen, aber dann kam er zur Überzeugung, dass dieser Wagen nicht der gesuchte sein konnte, denn der Fahrer hatte angegeben, geradewegs aus dem Ruhrgebiet gekommen zu sein und sich nun auf dem Rückweg nach Berlin zu befinden.

Was jetzt noch ausstand, war die Beantwortung der Anfrage beim Bremer Verfassungsschutz, ob es Aktivitäten in der Stadt geben würde, bei denen Personen gewalttätig oder irgendwie auf andere Art auffällig geworden waren, die früher Militärangehörige oder Geheimdienstmitarbeiter waren und möglicherweise in Streitkräften des ehemaligen Ostblocks gedient hatten. Außerdem stand auch noch die Recherche in der Boxszene an, wie man an verdünnte Adrenalinlösungen ohne Rezept kommen konnte.

Lena Grimm, die gerade Zeugenprotokolle zurückbrachte, die sie studiert hatte, befand sich zufällig mit in dem Zimmer, als Jens zum Hörer griff, um sich mit dem zuständigen Sachbearbeiter des Verfassungsschutzes, einem Herrn Wrieden, verbinden zu lassen.

»Die Schlapphüte trödeln dieses Mal ganz fürchterlich«, sagte er flüsternd zu Lena, während er das Mikrofon des Telefonhörers mit einer Hand abdeckte. »Die Anfrage haben wir schon vor Tagen gestellt! Das kenne ich gar nicht an ihm, denn normalerweise ist Wrieden richtig fix.«

Die Verbindung kam zustande, und der Hauptkommissar verdrehte nach einem Moment des Zuhörens die Augen und sagte ärgerlich: »Gute Frau, ich habe gar nicht verlangt, Herrn Wrieden aus der Konferenz zu holen. Aber es wird mir doch jemand sagen können, ob unsere Anfrage schon beantwortet worden ist. Oder sind Sie dazu nicht befugt?«

»Stellen Sie mal auf laut«, schaltete sich Lena interessiert ein.

Jens Fiedler nickte.

»Hier Lehmann«, kam nun eine kurz angebundene männliche Stimme aus dem Lautsprecher. »Unser Herr Wrieden ist in einer Konferenz. Wie lange diese dauert, kann ich Ihnen beim besten Willen nicht sagen.«

»Herr Lehmann, das hat Ihre Sekretärin mir schon dreimal erzählt«, knurrte Jens. »Ich möchte einfach nur wissen, ob die Anfrage beantwortet wurde. Das kann doch nicht so schwierig sein!«

»Ich schau mal nach.«

»Das wäre äußerst nett!«

Hauptkommissar Fiedler hielt wieder die Sprechmuschel zu und sagte zu Lena:

»Keine Ahnung, was mit denen los ist.«

»Hören Sie, Herr Hauptkommissar?«, kam wieder die Lautsprecherstimme. »Auskünfte am Telefon gibt es nicht mehr. Sie haben in den nächsten Tagen unsere Stellungnahme in der Post. Wir haben es zwar noch nicht geschafft, alles durchzusehen, aber ich sage Ihnen jetzt schon, dass darin wenig Substanzielles enthalten sein wird.«

»Ich denke, dass Sie noch nicht alles durchgesehen haben! Wie können Sie denn wissen, dass nichts dabei rauskommt?«, entgegnete Jens Fiedler ungehalten.

Herr Lehmann ging auf den Einwand nicht ein.

»Die Weitergabe von Aktenmaterial muss wegen der Geheimhaltungsvorschriften überprüft werden«, sagte er stattdessen. »Das dauert nun mal seine Zeit. Dafür haben Sie doch Verständnis, oder etwa nicht, Herr Hauptkommissar?«

»Doch, habe ich, wenn es nicht bis Weihnachten dauert.«

»In spätestens drei Tagen haben Sie Ihre Antwort.«

Damit war das Gespräch beendet.

»Was war das denn jetzt?«, fragte Jens mehr zu sich selbst.

»Kann es sein, dass bei denen mit Absicht gemauert wird?«, fragte Lena.

»Das glaube ich nicht, warum sollten sie?«

»Das weiß ich nicht, aber diese Leute haben auch immer eigene Interessen. Ich habe die Erfahrung gemacht, dass das Wichtigste für die Schlapphüte der Informantenschutz ist. Wenn eine Quelle auszutrocknen droht, geraten sie in Panik.«

»Ich werde kurz vor Feierabend noch einmal versuchen, Wrieden an den Apparat zu bekommen. Wenn er sich auch so zugeknöpft gibt, könnten Sie recht haben.«

»Wenn das der Fall ist, sollten wir einen persönlichen Termin vereinbaren, dabei kann man Absichten viel besser erkennen. Da würde ich gerne mitgehen.«

»Kein Problem. Wenn Sie überhaupt Lust haben, einmal mitzukommen, dann würde ich mich freuen, wenn Sie mich jetzt begleiten. In einer halben Stunde habe ich mit einem Boxclubtrainer einen Termin.«

»Um herauszufinden, wie man an die Substanz zur Blutstillung kommt?«

»Ja, genau.«

»Das würde mich auch interessieren, denn vor ein paar Jahren habe ich selbst noch geboxt, und das hat riesigen Spaß gemacht. Boxen ist viel mehr, als aufeinander einzuprügeln. Man kann dabei sehr viel über sich selbst lernen.«

»Oh, das hätte ich nicht vermutet. Muss ich Angst haben, dass Sie mich demnächst ausknocken, wenn wir aneinandergeraten, Frau Grimm?«

»Nur, wenn Sie zu viele Widerworte geben, Herr Fiedler.«

»Ich doch nicht! Also wollen Sie mit?«

»Ja gerne. Wie weit ist es denn? In spätestens anderthalb Stunden muss ich zurück sein.«

»Das schaffen wir locker. Bis Huchting ist es nur ein kurzes Stück auf der B75, und um diese Zeit sind die Straßen nicht sehr voll.«

»Na dann los!«, sagte Lena.

Jens hatte recht, denn schon 20 Minuten später hielten sie vor dem weitläufigen Sportgelände des Clubs auf einem großen Parkplatz. Bis sie dann allerdings den Trakt gefunden hatten, in dem sich die Räume des Boxclubs befanden, dauerte es noch einmal über eine Viertelstunde, sodass sie von dem Trainer mit den Worten:

»Ich dachte schon, dass Sie gar nicht mehr kommen«, empfangen wurden.

»Entschuldigung, es ist aber auch nicht ganz einfach, zu Ihnen zu gelangen«, entgegnete Jens Fiedler.

»Da haben Sie auch wieder recht«, sagte der Mann versöhnlich. »Oh, ich sehe, dass Sie sich Verstärkung mitgebracht haben, oder möchte die junge Dame nur einen Schnupperkurs bei uns belegen? Das wäre schön, denn netten weiblichen Nachwuchs können wir immer gebrauchen.«

»Leider nein«, lachte Lena Grimm. »Vielleicht ein andermal.«

»Das sagen alle, und dann kommt keiner! Aber Sie wollten etwas fragen, wie ich unserem Telefonat entnommen habe«, wandte der Trainer sich wieder an Jens. »Dann schießen Sie mal los, denn in zehn Minuten beginnt das Männertraining.«

»Danke, dass Sie sich die Zeit nehmen, es geht auch ganz schnell«, begann Jens. »Stellen Sie sich bitte Folgendes vor: Sie haben nichts mit Medizin und auch nichts mit Boxen zu tun. Wie würden Sie es anstellen, an Substanzen zu kommen, die man zur Stillung von Blutungen verwendet.«

»Also wenn ich Nasenbluten hätte, würde ich in die Apotheke gehen und nach blutstillender Watte fragen, aber das meinen Sie wohl nicht.«

»Nein.«

»Sie meinen Blutstillungen bei größeren Riss- oder Platzwunden?«

»Ja, so in der Art.«

»Salbe oder Lösung?«

»Lösung. Gibt es da einen Unterschied bei der Beschaffung?«

»Glaube ich nicht. Aber wir Boxer verwenden ausschließlich Salben auf Vaselinegrundlage, weil Vaseline die Haut geschmeidig macht und Schläge abrutschen lässt. Die Verordnungen dafür stellt der Vereinsarzt aus, und die Zubereitung erfolgt in einer ganz normalen Apotheke. Die Konzentration des Adrenalins, das ja das Zusammenziehen der Gefäße bewirkt, ist vorgeschrieben. Hier in Europa ist nur Adrenalin zugelassen, in Übersee werden aber auch noch andere Substanzen verwendet.«

»Es geht ausschließlich um Adrenalin.«

»Gut. Ich spekuliere mal, dass Sie bei einem Fall Reste gefunden haben und jetzt wissen wollen, wo das Zeug gemixt worden ist.«

»Richtig und gut kombiniert!«

»Normalerweise benötigt man ein Arztrezept. Wenn ich Bösewicht wäre und keine Spur hinterlassen möchte, dann würde ich mir ein paar hochkonzentrierte Adrenalinampullen aus einer Auslandsapotheke im Internet bestellen und diese dann mit steriler Kochsalzlösung mischen, die man überall frei kaufen kann. Simpler geht es nicht. Wenn ich ganz vorsichtig wäre, würde ich die Ampullen vorbezahlen und sie dann an eine falsche Anschrift schicken lassen.«

»Wie lange ist so ein Konzentrat haltbar?«

»Im Kühlschrank ein paar Jahre.«

»Und das Zusammenmischen kann jeder?«

»Ja, soweit ich weiß, benötigt man dafür keine großen Kenntnisse. Voraussetzung ist nur, dass man wegen der Verdünnung die Grundrechenarten beherrscht.«

»Ich sehe, dass wir nicht weiter zu suchen brauchen. Es ist viel zu einfach, an diese Sachen zu gelangen. Unseren Besuch bei Ihnen hätten wir uns sparen können.«

»Das würde ich nicht sagen. Wenn die junge Dame doch noch für einen Kurs unterschreibt, dann hätte es sich immerhin für den Verein gelohnt, und ich würde mich auch freuen, denn dann müsste ich nicht immer nur auf krumme und behaarte Männerbeine schauen.«

»Ich denke darüber nach«, sagte Lena Grimm und lächelte.

»Für Ihre Auskünfte danken wir Ihnen«, sagte Jens. »Jetzt wissen wir wenigstens, woran wir sind.«

Lena und Jens verabschiedeten sich per Handschlag von dem Trainer und gingen zum Ausgang. Im selben Moment öffnete sich die Tür, und zwei junge Männer kamen in Boxerkluft in den Raum.

Der größere der beiden marschierte vorneweg. Er grinste anzüglich, als er Lena bemerkte: »Trainer, mit dieser Puppe würde ich auch gerne mal in Clinch gehen. Oder ist sie unser Nummerngirl für den nächsten Kampfabend?«, kommentierte er.

Lena sah man an, dass sie über den Spruch nicht amüsiert war. Sie ging auf den jungen Mann zu, der stehen geblieben war und nun etwas hilflos zu seinem Trainer blickte. Mit beiden Händen packte Frau Grimm ihn am Trikot und warf ihn blitzschnell mit einem gekonnten Judogriff zu Boden.

»K.o. in der ersten Runde«, rief der Boxtrainer lachend. »Norbert, so schnell habe ich dich noch nie auf den Brettern gesehen!«

»Noch so eine Anmache, und du hast eine blutige Nase. Solche Scherze kannst du mit deinesgleichen machen, aber nicht mit mir!«, zischte Frau Grimm wütend und beugte sich zu dem Mann hinunter.

»Das war doch nur Spaß«, beschwerte er sich mit weinerlicher Stimme, hielt sich aber sicherheitshalber den Unterarm vors Gesicht.

Lena ließ das Trikot des Jünglings los. Mit hochrotem Kopf erhob er sich und stotterte eine Entschuldigung, während beide Polizisten endgültig die Halle verließen.

»Starker Auftritt«, lobte Jens, als sie draußen waren. »Ich hatte schon befürchtet, dass Sie ihm tatsächlich eins verpassen.«

»Hätte ich auch, wenn noch so ein Spruch gekommen wäre. Solche Typen kann ich auf den Tod nicht vertragen!«

»Frau Grimm, Sie werden mir immer sympathischer. Wollen wir im Vereinslokal noch einen Kaffee zusammen trinken?«

»Gerne, ich befürchte aber, dass meine Zeit nicht reicht. Ein andermal!«

»Was hat der Trainer soeben gesagt? Das sagen sie alle.«

»Nein, nein, *ich* habe es ernst gemeint.«

KAPITEL 29

Am Nachmittag ließ Jens Fiedler noch einmal beim Landesamt für Verfassungsschutz anrufen und wurde ohne Probleme mit dem Abteilungsleiter Wrieden verbunden.

»Es geht noch einmal um unsere Anfrage«, sagte Jens nach der Begrüßung, »die wir letzte Woche gestellt haben. Die Sache ist wichtig und drängt, und es wäre schön, wenn Sie sich nicht mehr allzu viel Zeit damit ließen.«

»Tut mir leid, dass es länger als sonst dauert. Aber ich benötige wegen geänderter Geheimhaltungsvorschriften bei der Beantwortung von Anfragen das Okay meines Vorgesetzten. Der kurze Dienstweg ist nur noch erlaubt, wenn Gefahr im Verzug ist. Und der Chef war zwei Tage nicht im Haus, deshalb die Verzögerung. Er hat aber heute Morgen seinen Kringel gemacht. Spätestens übermorgen haben Sie unseren Bescheid auf dem Schreibtisch.«

»Und wir hatten schon vermutet, dass Absicht dahintersteckte.«

»Nein, wirklich nicht, entschuldigen Sie!«

»Gut. Aber sagen Sie bitte Ihrem Kollegen Lehmann, dass er ruhig etwas freundlicher sein kann. So einen Ton bin ich jedenfalls von Ihnen nicht gewöhnt.«

»Lehmann ist ein eifriger Kollege, der direkt von der Schulbank kommt. Ich spreche mit ihm.«

»Danke. Noch eine Bitte: Da Ihr Chef schon gegengezeichnet hat, könnten Sie mir doch eine Vorabinfo geben.«

»Das mache ich gerne, aber ich befürchte, dass es nicht viel gibt, womit ich Ihnen eine Freude machen kann. Wenn Sie etwas über Rechte oder Linke oder über Personen aus der religiös-fundamentalistischen Ecke wissen wollten, dann könnte ich Ihnen eine Menge erzählen. Aber von Leuten aus ehemaligen Militär- und Geheimdienstkreisen gibt es im Augenblick nichts.«

»Was heißt ›im Augenblick‹? War das eine Floskel?«

»Na ja, wir haben vor ungefähr zwei Jahren für eine gewisse Zeit ein Anwesen im Blockland observiert. Das Gehöft hatte ein ehemaliger Stasi-Major erworben und restaurieren lassen. Im Grundbuch steht er als alleiniger Eigentümer. Wir glauben allerdings, dass verschleiert werden soll, dass eine Organisation ehemaliger Stasi-Offiziere dahintersteckt, können es aber nicht beweisen. In den Gebäuden werden nach unseren Erkenntnissen Schulungskurse und Altherrenabende abgehalten. Die Überwachung durch unsere Behörde wurde eingestellt, weil nichts Strafbares vorlag.«

»Und wer ist dieser Strohmann? Wissen Sie, wie er heißt?«

»Moment, ich schau mal.«

»Aha, da ist es. Peter Wolff, 68, ledig, Rentner, ehemaliger Major der Staatssicherheit der DDR, gemeldet mit Hauptwohnsitz hier in Bremen, mit Zweitwohnsitz in Berlin-Lichtenberg. Das haben Sie aber jetzt nicht von mir. Wenn Sie diese Info verwenden wollen, dann benötige ich eine offizielle Anfrage. Sie bekommen dann alles, was nicht der Geheimhaltung unterliegt, einschließlich einiger Fotos.«

»Fast 70 Jahre alt ist der Mann, sagten Sie?«

»Ja. Und nicht mehr so ganz fit. Hüftoperiert. Er benutzt Gehstützen.«

»Wann ist die Observation beendet worden?«

»Vor über einem Jahr.«

»Dann wissen Sie auch nicht, ob dieser Mann immer noch seine Krücken benötigt?«

»In einem anderen Zusammenhang besitzen wir auch neueres Material. Man muss schließlich wissen, was ehemalige Bekannte so treiben.«

»Heißt das, dass es aktuelle Fotos gibt?«

»Das könnte zutreffen.«

»Ich verstehe nicht, warum Sie daraus jetzt so ein Geheimnis machen?«

»Ich erkläre es Ihnen: Wenn zu diesen Treffen Leute kommen, die der Überwachung unterliegen, sind wir im Spiel, und Sie könnten die Ergebnisse auch auf Anfrage bekommen. Wenn Sie aber Auskünfte über Personen haben wollen, die mit auf den Fotos sind, aber nicht überwacht werden dürfen, unterliegt das dem Datenschutz. So läuft das nun mal.«

»Dann frage ich anders: Gibt es auf diesen Bildern Personen, die Gehstützen benutzen?«

»Ja, das kann ich bestätigen. Eine Person.«

»Danke. Unsere zweite Anfrage werde ich gleich auf den Weg bringen.«

»Machen Sie das. Wir werden uns auch mit der Antwort beeilen, denn ich kann mir denken, um was es geht. Nur noch eine Anmerkung: Sehr gebrechlich sieht die Person, die die Stützen benutzt, nicht aus.«

»Vielen Dank, lassen Sie uns bitte alles zukommen. Liegt oder lag gegen den Mann sonst irgendetwas vor? Ich meine, ist Ihnen aus seiner Vergangenheit etwas bekannt, das uns interessieren könnte?«

»Nein, von der Tatsache abgesehen, dass er Vernehmer bei der Stasi war und mit Sicherheit Leute drangsaliert hat. Nein, nach unseren Erkenntnissen gibt es da nichts.«

»Da fällt mir doch noch etwas ein«, sagte Jens. »Am 30. des letzten Monats, war da ein Treffen von ehemaligen Stasi-Offizieren? Können Sie mir dazu etwas sagen?«

»Ich schau mal … Nein, die Frage kann ich leider nicht beantworten. Wie ich schon sagte, die Treffen dürfen von uns nur beobachtet werden, wenn Personen teilnehmen, bei denen die Überwachung richterlich genehmigt worden ist. Das passiert ungefähr vier- oder fünfmal im Jahr. Und an dem von Ihnen genannten Zeitpunkt waren wir nicht vor Ort. Das heißt aber jetzt nicht, dass dort nichts stattgefunden hat.«

»Schade, es hätte ja sein können. Vielen Dank für Ihr Entgegenkommen.«

Am selben Abend nach dem Essen begann es in Jens Fiedlers Kopf zu rumoren. Andauernd versuchte er, einen Gedanken zu fassen, der sich wie ein cleverer und verstockter Beschuldigter immer wieder aalglatt davonmachte.

Am nächsten Morgen hatte Jens diese Sache erst einmal

vergessen. Beim Bezahlen der Brötchen beim Bäcker fiel sein Blick zufällig auf die Kuchenauslage. Und plötzlich war der Gedanke wieder da, aber erneut konnte er ihn nicht greifen.

Nachdem er seine Kinder vor der Schule abgesetzt hatte, fuhr er ins Kommissariat und erzählte Walter von dieser merkwürdigen Geistesblockade. Der aber sagte nur, dass er so etwas auch kenne, und dass sich der Gedanke irgendwann von selbst melden werde.

Etwas später kam Lena in das Zimmer. Jens, mit für ihn ungewohnter Mitteilsamkeit, berichtete auch ihr von seinem Problem.

»Was genau haben Sie denn gemacht, als dieser Gedanke wieder auftauchte?«, fragte sie interessiert.

»Es klingt blöd, aber ich habe gerade auf die Kuchenauslage beim Bäcker geschaut.«

»Und was für Kuchensorten lagen dort?«

»Keine Ahnung.«

»Jens, waren es Butter-, Mohn-, Streusel-, Käse-, Kirsch- oder Apfelkuchen, Schnecken, Berliner oder Plundergebäck?«, mischte sich Walter Hausmann lachend in das Gespräch ein.

»Berliner! Ich glaube, dass es um Berlin geht.«

»Und wieso Berlin?«, fragte Walter verblüfft.

Jens erzählte nun von dem Gespräch mit dem Mitarbeiter des Verfassungsschutzes und auch, dass dieser ehemalige Stasi-Major Peter Wolff seinen zweiten Wohnsitz in Berlin hat.

»Und weiter?«, fragte Walter, der den Bezug nicht finden konnte.

»Nichts weiter«, sagte Jens Fiedler mürrisch. »Es muss doch etwas anderes gewesen sein.«

»Aber mit Berlin hat es zu tun?«, fragte nun Lena.

»Ja, das glaube ich zumindest.«

»Du glaubst doch nicht ernsthaft, dass dieser Stasi-Fritze mit seinen Kunstgelenken und den Krücken mit der Sache zu tun hat. Wie soll so einer denn eine Frau aus dem Kofferraum heben?«

»Nein, mit dem hat es auch nichts zu tun. Es war irgendetwas mit Berlin. Und es ärgert mich, dass ich meinen Gedanken nicht wiederfinden kann.«

»Bleiben Sie dran, Herr Fiedler«, sagte Lena. »Seine Behinderungen und auch sein Alter sprechen gegen ihn. Allerdings war er bei der Stasi, er würde durchaus in unser Grobschema passen. Eine Überprüfung könnte also nicht schaden. Versuchen Sie mal herauszubekommen, ob es in der kritischen Zeit, als die Sache mit Doreen Höppner passierte, auf dem Anwesen Aktivitäten gab, oder ob er dort alleine gewesen ist.«

»Mach ich«, sagte Jens.

»Gedanken oder auch Gefühle, mit denen sich unser Unterbewusstsein beschäftigt«, kommentierte Lena im Hinausgehen an Jens gewandt, »sind wichtig, denn sie kommen tief aus unserem Inneren.«

»Seit wann kommen denn aus deinem Inneren tiefe Gefühle oder Gedanken?«, fragte Walter Hausmann spöttisch, als Lena den Raum verlassen hatte.

»Das war mir jetzt selbst peinlich«, erklärte Jens.

»In eurer Familie hat keiner Alzheimer, oder?«, lästerte Walter weiter.

»Jedenfalls nicht, dass ich wüsste.«

»Irgendwer ist immer der Erste!«

»Sehr witzig, Walter, sehr, sehr witzig.«

»Ich komme noch einmal zu deinen inneren Gefühlen, denn ich habe da so eine Idee, was diese sein könnten. Möchtest du sie hören?«, grinste Walter.

In diesem Moment schellte Hausmanns Telefon. Und da es in seinen Ohren sehr negativ klingelte, betätigte er den Knopf, um das Gespräch zu Jens hinüberzustellen. Der zeigte aber nur mit dem Zeigefinger an seine Stirn und stellte den Anruf zurück.

»Hausmann«, meldete sich Walter und wurde blass, als er hörte, worum es ging.

»Was ist?«, fragte Jens.

»Es ist wieder eine Frau verschwunden. Eventuell haben wir einen zweiten Fall Höppner.«

KAPITEL 30

Bad Doberan, Mecklenburg

Am Montag zog sich meine Fahrt nach Kühlungsborn lange hin. Stau auf der A1 vor Hamburg, Stau, als es an Hamburg vorbeiging, und vor Lübeck sah ich schon wieder die roten Bremslichter leuchten. Aber auf der A20 hatte ich dann freie Fahrt und drückte das Gaspedal durch, obwohl ich immer noch sehr gut in der Zeit lag. Sinnfreien Frustabbau nennt man wohl so ein Verhalten.

Bei der Abfahrt Kröpelin verließ ich die Autobahn und stellte beim Blick auf die Uhr fest, dass es zum Einchecken im Hotel noch zu früh war.

Vielleicht ist es besser, jetzt schon das Versprechen zu erfüllen, das ich Frau Wagner gegeben habe.

Eigentlich wollte ich in dem Heim anrufen, um zu eruieren, ob heute ein Besuch bei Meta Dembrock möglich sei, musste aber feststellen, dass ich mein Handy in Bremen liegen gelassen hatte. Ärgerlich, aber nicht zu ändern. So entschloss ich mich, es ohne Voranmeldung zu versuchen.

Das Pflegeheim lag im Westen der Stadt. Es war eine umgebaute alte Patriziervilla mit einem schönen Garten. Ich klingelte. Eine nette Dame öffnete die Tür und fragte zuvorkommend nach meinem Wunsch, und schon beim Betreten registrierte ich positiv, dass es sich bei diesem Haus nicht um eine der modernen und abweisenden Hightech-Altenaufbewahrungsanstalten handelte. Ich schilderte mein Anliegen und sagte auch, dass mein Besuch unangemeldet erfolgen würde. Trotzdem erbot sie sich, mich zu Frau Dembrocks Zimmer zu begleiten. Als ich dann aber auf Nachfrage zugeben musste, dass ich nur ein Bekannter und kein Angehöriger war, forderte sie mich auf, mich doch bitteschön auszuweisen. Ich zeigte ihr meinen Ausweis und erklärte dabei, dass ich auf der Suche nach der Wahrheit um den Tod von Frau Dembrocks Tochter Elisabeth sei und andeutungsweise auch, warum diese Wahrheit für mich so wichtig war.

»Oh, da haben Sie einen Treffer gelandet«, sagte die Dame. »Ich habe Elisabeths Buch gelesen, in dem sie auch über ihre Flucht, den Tod ihres Freundes, ihre Zeit im Stasi-Gefängnis und später in der LPG Bastorf geschrieben hat. Das zu lesen, war einfach nur schrecklich, ganz, ganz schrecklich!«

Im Nu war ich elektrisiert.

»Haben Sie das Buch noch?«, fragte ich mit Herzklopfen.

»Nein, aber ich besitze eine Kopie. Die habe ich gemacht, um sie meinen Kindern und später den Enkeln zu zeigen, damit diese auch erfahren, was sich damals hier abgespielt hat. Ich hätte nie geglaubt, dass es bei der Staatssicherheit solche Subjekte wie diesen Untersuchungsführer gegeben hat.«

»Ich habe dieses Buch in Metas alter Wohnung gesehen«, erklärte ich, »aber ich habe sie nicht fragen können, ob ich hineinschauen darf. Ich würde viel dafür geben, es lesen zu dürfen.«

»Fragen Sie sie doch einfach! Ich bin sicher, dass sie es Ihnen ausborgen wird, denn Frau Dembrock hat mir einmal in einem klaren Moment gesagt, dass sie möchte, dass möglichst viele Menschen wissen sollen, was passiert ist. Sie hat mir auch gesagt, dass sie nie an einen Selbstmord geglaubt hat.«

»Sie ist also manchmal doch orientiert?«, fragte ich überrascht, denn ich hatte das Gegenteil befürchtet.

»Ja und nein. Sie lebt ganz selten in der Jetztzeit, ist aber gelegentlich durchaus klar, wenn es die Vergangenheit betrifft.«

Wir hatten nun das Zimmer erreicht. Ein großes Plakat tat kund, dass hier Meta Dembrock wohnte, und man sah, dass es von Kinderhand gemalt worden war. Die freundliche Frau klopfte. Da von drinnen keine Antwort kam, klopfte sie noch einmal. Wieder keine Reaktion. Mit einem Generalschlüssel öffnete sie die Tür und schaute vorsichtig hinein.

»Meta, Besuch für dich«, sagte sie leise und erneut: »Meta?«

Sie wandte sich zu mir zurück und sagte bedauernd: »Unsere Meta schläft tief und fest. Es tut mir leid, aber Sie müssen ein anderes Mal wiederkommen. Ich kann sie jetzt unmöglich wecken, werde mich aber erkundigen, ob ich Ihnen meine Kopie zum Lesen geben darf, vorausgesetzt, sie hat einen ihrer guten Tage.«

»Das wäre sehr nett von Ihnen«, bedankte ich mich.

»Wann werden Sie wiederkommen?«, fragte sie mich freundlich.

»Wahrscheinlich übermorgen, vielleicht aber auch schon morgen.«

»Die nächsten drei Tage bin ich nicht im Dienst, aber ich sage Bescheid, dass Sie kommen. Schauen Sie am besten nachmittags herein, denn dann ist die Chance, dass Sie mit Frau Dembrock ein Gespräch führen können, am größten.«

Ich dankte und verabschiedete mich, hatte aber den Vorgarten noch nicht verlassen, als ich hörte, dass die Haustür geöffnet wurde. Ich drehte mich um und sah, dass die nette Dame in der Tür stand und mit einem Packen Zetteln wedelte und mich mit ihrer freien Hand zu sich winkte.

»Diesen Teil des Buches wollte ich eigentlich einer Kollegin zeigen«, sagte sie. »Das eilt aber nicht. Lesen Sie und geben es mir zurück, wenn Sie wieder da sind. Ich kümmere mich, dass Sie auch den Rest bekommen. Und dann sorgen Sie dafür, dass die Welt davon erfährt! Das bin ich Meta schuldig.«

Ich nahm den Packen Papier und ging damit zurück zum Auto. Dort setzte ich mich hinter das Steuer und blätterte die kopierten Bögen durch. Sie alle waren mit der Hand in einer schönen, klaren Schrift beschrieben und durchnummeriert. Die Aufzeichnungen begannen mit Elisabeths Kindheit und endeten im Stasi-Knast.

Ich stieg wieder aus, nahm eine leere Plastiktüte aus dem Kofferraum und legte die Bögen vorsichtig hinein, denn ich wollte sie nicht beschädigen. Dann fuhr ich in mein Hotel, checkte ein und setzte mich, entgegen meiner Absicht, erst etwas zu essen, auf den Balkon und nahm das Manuskript zur Hand.

Die Absätze über ihre Kindheit, Schulzeit und Ausbildung las ich nur flüchtig. Es kam das Kapitel, in dem sie zusammen mit ihrem Freund über das Für und Wider einer Flucht diskutierte, und ich erinnerte mich deutlich an meine eigenen Gedanken damals zu diesem Thema. Dann folgte die Schilderung ihrer Flucht …

Gut 60 Kilometer wollten wir zurücklegen oder, um es in der gängigen Maßeinheit zu sagen, ungefähr 33 Seemeilen. Von der Vogelwarte Hiddensees bis Mön, der dänischen Insel, deren Kreidefelsen wir noch heute Morgen als Ziel unserer Sehnsucht mit bangem Herzen als fernen, winzigen Punkt durch das Fernglas betrachtet hatten.

Das Wetter, die große Unbekannte, ließ uns, Gott sei Dank, nicht im Stich. Es war für unser Vorhaben ideal. Der Himmel, der noch in der Früh tiefblau gewesen war, hatte sich jetzt, es war später Nachmittag, in eine einzige große, dunkelgraue Masse verwandelt, aus der gelegentlich sogar Sprühregen fiel. So konnten wir uns leicht ausrechnen, dass die Dämmerung bald einsetzen würde. Zusätzliche, wertvolle Paddelzeit!

Wir, das sind Ronny und ich, Elisabeth Dembrock, die nur von Ronny und ganz gelegentlich von meiner Mutti Elli genannt werden darf. Mit zur Familie gehört unser hellblauer Trabi, liebevoll von uns mit einem Spritzer Schaumwein ›Blue Magic‹ getauft. Ich muss zugeben, kein linientreuer, sondern ein klassenfeindlicher Name, der alleine schon ausgereicht hätte, wäre er den Behörden gemeldet worden, in unserer ach so weltoffenen Republik, die Stasi auf den Plan zu rufen.

Von Blue Magic mussten wir uns verabschieden, nachdem wir in der letzten Nacht die drei Bootsteile vom Dachgepäckträger genommen und sie in Strandnähe wieder zusammengebaut hatten. Gut drei Kilometer ließen wir unseren Renner zurückknattern, um ihn in der Nähe der Inselschule mit Wehmut im Herzen abzustellen.

Dann waren wir, eng umschlungen, wie auf der Suche nach einem lauschig-einsamen Platz am Strand entlanggelaufen bis zu der Stelle, an der wir unser mit Gestrüpp bedecktes Paddelboot verborgen hatten, um es vor neugierigen Blicken von See und von der Straße her zu schützen. Schon lange zuvor hatten wir ausgekundschaftet, dass hier, nördlich der Vogelwarte, der Bewuchs äußerst blickdicht und somit für unsere Zwecke bestens geeignet war.

Ronny beobachtete von einer kleinen Anhöhe mit seinem Fernglas das Geschehen auf dem Wasser, während ich auf dem Rücken lag und in den grauen Himmel schaute, der in diesem Moment genauso grau war wie das Leben in unserem vermieften Land.

Was ist das für ein Staat, der von Eltern fordert, sich von ihren Kindern loszusagen, weil diese einen Ausreiseantrag gestellt hatten, der Menschen am Tag der Menschenrechte inhaftiert, nur, weil sie für dieses Recht eintreten?

Ronny und ich, von Natur keine Draufgänger, haben uns unsere Entscheidung nicht leicht gemacht, sondern sorgfältig abgewogen: Auf der einen Seite lockte die Freiheit, auf der anderen standen unsere Familien. Bei mir hauptsächlich meine liebe Mutti Meta, aber auch der kranke Vati, die Freunde und vor allen Dingen die geliebte Heimat. Und noch etwas musste in unsere Entscheidung einbezogen werden: Auf dem Wege von einem Ufer zum anderen lauerte der Tod. Überall, heimtückisch und hinterrücks.

»Viel Betrieb, Elli«, sagte Ronny zu mir und riss mich aus meinen Gedanken. »Die Herren der Grenzbrigade Küste haben heute wohl eine Übung, denn ich kann ein HMSR und drei Grenzboote auf einmal sehen. Das gab es bislang noch nie. Es kann aber auch sein, dass sie etwas geortet oder dass sie von einem Grenzhelferspitzel einen Hinweis auf Fluchtwillige bekommen haben, die genau wie wir das Weite suchen wollen. Na ja, sie werden sich bis heute Abend wieder verziehen.«

»Sollen wir nicht besser abbrechen, um es morgen noch einmal zu versuchen?«, wandte ich ein.

»Nein, auf keinen Fall«, entgegnete Ronny. »Von hier bekommen wir das Boot nicht mehr weg und wir müssten es für eine Nacht liegen lassen. Das wäre zu riskant. Außerdem soll morgen das Wetter wieder schön werden. Dann wird es auf dem Wasser wegen der guten Sicht schwieriger, unentdeckt zu bleiben. Außerdem weiß man auch nicht, wer sich bei Sonnenschein so alles in den Dünen herumtreibt. Ganz zurückfahren geht auch nicht, denn so ein tolles Boot bekommen wir nicht wieder. Aber mach dir keine Sorgen. Wenn die Grenzer da draußen tatsächlich hinter ein paar armen Teufeln her sind, dann wollen wir ihnen viel Glück wünschen. Uns sucht man

garantiert nicht, denn niemand weiß, dass wir hier sind. Vom Dornbusch können sie uns mit ihren Ferngläsern bei so einer Sicht sowieso nicht sehen. Und wenn wir auf dem Wasser sind, können sie uns auch mit ihrem Radar nicht orten. Unser Boot ist zu flach und vollständig aus Sperrholz.«

»Ronny, ich habe ein schlechtes Gefühl, und ich habe große Angst«, flüsterte ich und musste mich abwenden, um nicht loszuheulen.

»Elli, für schlechte Gefühle ist es zu spät. Es sei denn, wir wollen unseren Plan aufgeben. Wir können alles hierlassen und fahren mit Blue Magic zurück. Dass uns das Boot gehört, kann niemand beweisen. Ob wir aber noch einmal eine gleich gute Chance bekommen, das steht in den Sternen.«

»Du hast ja recht«, gab ich zu. »Ich will es ja selbst! Und ich möchte auf keinen Fall auf halbem Weg aufgeben. Das würde ich mir nie verzeihen! Also nimm mein Gerede nicht so ernst. Ich habe einfach Schiss.«

»Elli, das brauchst du wirklich nicht! Stell dir vor, schon morgen trinken wir eine richtige Cola! Eine Cola vom Klassenfeind! Mit viel, viel Eis!«

»Ja, Ronny, das wird ein Fest. Wir stoßen mit dem dekadentesten Getränk der Weltgeschichte an und erklären den beiden Erichs, dass sie uns mal kreuzweise können.«

»Genau! Das machen wir. Also pass auf: Wir warten besser noch die erste Nachtstreife ab, dann geht es los. Merkst du, wie feucht die Luft ist? Es wird Nebel aufkommen. Da werden sie uns schon gar nicht finden können. Bis zum Morgengrauen sind wir in dieser Suppe unsichtbar. Und die paar Kilometer schaffen wir locker in der Hälfte der Zeit.«

Ich war nicht so überzeugt. Trotzdem, zurück konnten wir nicht, denn die Möglichkeit, dass schon jemand entdeckt haben könnte, dass wir abgängig sind, war groß. Republikflucht oder deren Vorbereitung, der Unterschied bei der Bestrafung war marginal. In beiden Fällen war uns der Stasi-Knast sicher. Nein, sie durften uns einfach nicht kriegen!

Mir war kalt. Ich kuschelte mich an meinen Begleiter und er sich an mich. Erst da merkte ich, wie sehr er zitterte. Auch er hatte Angst. Vielleicht sogar mehr als ich. Verdammte Männer, müssen sie immer den Helden herauskehren? Warum können sie nie zu ihren Gefühlen stehen?

»Sollte irgendetwas passieren, nur für den theoretischen Fall«, flüsterte Ronny, kaum zu verstehen, »dann musst du mir versprechen, dich zu ergeben. Haft ist immer noch besser als zu sterben.«

»Und du? Was machst du?«, fragte ich konsterniert.

»Ich weiß es nicht. Ich glaube, ich könnte das Gefängnis nicht ertragen. Die elenden Verhöre schon gar nicht. Ich bin kein Held, wenn ich auch manchmal so tue. Ich werde bestimmt gleich sagen, wer alles von unserem Plan gewusst hat.«

»Nein, das würdest du nicht«, protestierte ich. »Wenn du überhaupt keine Angst hättest, dann würde ich an dir zweifeln. Und das tue ich nicht.«

»Man darf uns eben nicht erwischen«, lenkte Ronny ab. »Aber was rede ich? Man wird uns nicht erwischen! Du bist schon immer mein Talisman gewesen. Und du wirst mich auch heute nicht enttäuschen.«

Dann küsste er mich.

Die Zeit verstrich sehr langsam, und ich schaute alle paar Minuten auf die Uhr.

*

Es war dunkel geworden. Ich stand auf und machte ein paar gymnastische Übungen, um meine steif gewordene Muskulatur zu lockern.

»Sie kommen«, flüsterte Ronny plötzlich mit einem Zittern in der Stimme. »Leg dich hin und mach dich ganz klein. Wir

warten, bis sie außer Sicht sind, und dann geht es los. Es wird schon schiefgehen!«

In der Ferne konnte ich den Schein näherkommender Taschenlampen sehen, außerdem vernahm ich Hundegebell.

»Und wenn uns diese verdammten Köter doch wittern?«, flüsterte ich. »Die sind doch darauf trainiert, Flüchtlinge aufzuspüren.«

»Der Wind kommt von See«, versuchte Ronny mich zu beruhigen. »Sie können uns nicht wittern. Außerdem haben wir genügend Essig vergossen, das mögen diese Mistviecher gar nicht.«

Ich legte eine Hand über meinen Kopf, mit der anderen umklammerte ich Ronnys kalten Arm. Er drückte mich leicht auf den sandigen Untergrund und ich betete. Ich betete das erste Mal seit meiner Kindheit.

Die Stimmen kamen näher.

Dann waren sie da, und plötzlich hatte ich das Gefühl, dass mein Herz stehen bleibt. Genau auf unserer Höhe verstummte die Unterhaltung der Grenzer, und ein Taschenlampenstrahl tastete sich vom Sand des Küstenstreifens in unsere Richtung. In dem Gebüsch vor uns raschelte es, während die Hunde knurrten. Ich sah vor meinem geistigen Auge, wie die Bestien an ihren Leinen zerrten. Gleich wird jemand rufen, dass wir mit erhobenen Händen herauskommen sollen! Ich war drauf und dran, mich freiwillig erkennen zu geben, denn ich war einer Panik nahe.

Ronny rührte sich nicht. Er drückte meinen Rücken und den Kopf ganz fest auf den Sand. Und jetzt hörte ich es: Jemand pinkelte ins Gebüsch, keine fünf Meter von uns entfernt, und die anderen diskutierten nun über ein Fußballspiel zwischen Empor Rostock und Dynamo Berlin.

Dann war der Spuk vorbei. Die Stimmen entfernten sich, und zum Schluss hörte man nur noch leises, vom Wind verwehtes Gelächter. Kurz darauf war es wieder still.

Ich atmete tief durch, hatte aber trotzdem immer noch das Gefühl der Starre in meinem Körper.

Das war verdammt knapp gewesen!

»Jetzt«, flüsterte mein Freund.

Ich rührte mich nicht.

»Elli, komm«, sagte er drängend. »Das Boot muss ins Wasser, dann verwischen wir unsere Spuren und gießen den restlichen Essig aus. Sie werden bald zurückkommen … Elli, los jetzt!«

Wie eine Aufziehpuppe erhob ich mich. Mir war schwindlig, und ich wäre sicher gestürzt, wenn Ronny mich nicht gehalten hätte.

»Atme dreimal ganz tief durch«, sagte er, und in seiner Stimme konnte ich kein Zittern mehr erkennen. Seine Entschlossenheit gab mir meine Kraft zurück, und als ich tief durchgeatmet hatte, konnte auch ich meine Angst beherrschen.

Wir schauten zuerst intensiv auf die See, die schwarz und unheimlich vor uns lag, konnten aber nichts Ungewöhnliches entdecken. Dann liefen wir zu unserem Boot, entfernten das Gestrüpp und trugen es zum Wasser. Danach ging es zurück, und während ich den Essig verteilte, verwischte Ronny mit einem festen Strauchstück unsere Spuren. Noch einmal überprüften wir, dass die Paddelblätter, nebst der zwei, die wir zur Reserve mitgenommen hatten, gesichert waren. Dann klatschten wir uns ab. Ronny ergriff das leichte Boot am Bug, in das wir als Proviant nur Trinkwasser und zwei wasserdichte Tüten mit Keksen geladen hatten, während ich das Heck packte. Vorsichtig gingen wir im Gleichschritt in die See. Das laute Rascheln unserer Regenanzüge, das mich schon während der gesamten Vorbereitungszeit genervt hatte, machte mich jetzt fast wahnsinnig, war ich doch der Überzeugung, dass man dieses Geräusch auf der gesamten Ostsee hörten konnte.

Nichts passierte. Kein Scheinwerfer flammte auf, kein scharf gemachter Schäferhund stürzte sich auf uns. Ohne Probleme konnten wir in unser Gefährt klettern, genau so, wie wir diesen kritischen Moment immer und immer wieder trainiert hatten.

Nach einer Weile beruhigte sich mein wild schlagendes Herz. Flüsternd gab Ronny den Takt vor, den wir zu paddeln hatten. Das schmale Boot nahm Fahrt auf und schon nach weniger als einer Minute konnten wir die Küste nicht mehr sehen, was bedeutete, dass man auch uns nicht mehr entdecken konnte. Der Leuchtkompass und meine Armbanduhr waren die einzigen metallenen Gegenstände, die sich an Bord befanden. Den Kompass trug Ronny an einer doppelt gesicherten Angelschnur um den Hals, und damit richtete er nun das Boot aus.

Als ich meine Paddelblätter, anfangs vorsichtig, dann aber mehr und mehr kraftvoll durch das Wasser zog, immer darauf achtend, dass wir synchron blieben, spürte ich, dass meine Furcht verflog. Ja, ich hatte plötzlich das Bedürfnis, laut zu singen.

»Wir haben es geschafft«, jubelte ich.

Unser hoher Schlagrhythmus ließ uns durch das Wasser schießen, immer weiter nach Nordost, immer weiter dem ersehnten Ziel entgegen.

Mitten in meine Euphorie hinein passierte es, und nichts war im Leben mehr, wie es gewesen war.

Ich war so überrascht, dass ich anfänglich überhaupt nicht wusste, was um mich herum geschah. Ein Scheinwerfer schoss aus westlicher Richtung über das Wasser und bewegte sich wie eine hinterhältige Schlange rasend schnell auf unser Boot zu. Der gleißend helle Strahl erfasste uns, blendete mich, schoss dann aber weiter, verharrte für eine Sekunde, erkannte den Irrtum, machte einen Umweg über den grauschwarzen Himmel, und kam dann erneut auf uns zu.

»Weeeeeg!«, schrie Ronny. »Paddle! Los, paddle um dein Leben!«

Ich war für Sekunden wie gelähmt. Im Nu waren wir außer Takt, und unser Boot verlor an Fahrt. Dann hatte ich mich gefangen, und die Angst verlieh uns zusätzliche Flügel.

»Bei zwei Uhr ist eine Nebelbank«, rief Ronny. »Ich steuere sie an, achte du darauf, den Rhythmus nicht zu verlieren.«

Trotz der prekären Situation war Ronnys Stimme ruhig. Sie klang in meinen Ohren, als würde er Anweisungen bei einem ganz normalen Schiffsmanöver geben. Und tatsächlich, wir erreichten den Nebel, bevor uns die Schlange, die hektisch zischelnd nach ihrem Opfer suchte, wiedergefunden hatte.

»Geben Sie auf«, schallte ein quäkendes Megafon über das Wasser. »Sie haben keine Chance zu entkommen! Wenn Sie unseren Befehlen nicht Folge leisten, machen wir von den Schusswaffen Gebrauch. Geben Sie auf und kommen Sie längsseits, dann passiert Ihnen nichts.«

Ich hörte Ronny flüstern: »Wir paddeln erst einmal zurück, das erwarten sie nicht. Dann steuern wir nach Osten und gehen später zurück auf unseren alten Kurs. Dass sie uns gefunden haben, kann nur ein blöder Zufall gewesen sein. Sie können uns nicht orten, und wenn ihr Motor läuft, können sie uns auch nicht hören. Also: volle Fahrt voraus!«

Meine Bewegungen waren die einer Marionette, abgehackt und steif. Im Nu schmerzten meine Arme und Schultern. Aber unser Boot hatte wieder Fahrt aufgenommen, und wir konnten trotz der Nebelschwaden sehen, dass die Grenzer in der falschen Richtung suchten.

Verbissen arbeiteten wir weiter. Dann änderte Ronny erneut unseren Kurs.

»Diese Schweine kriegen uns nicht«, flüsterte er keuchend.

»Uns kriegt niemand«, unterstützte ich ihn, während ich gleichzeitig krampfhaft und erfolglos versuchte, das Zittern aus meiner Stimme zu verbannen.

Plötzlich war da ein zweiter Scheinwerfer, keine 50 Meter von uns entfernt. Er kam fast direkt aus Norden, erfasste unser Boot sofort bei seinem ersten Anlauf und ließ uns nicht entkommen. Wieder quäkte eine blecherne Stimme. Scharf, höhnisch und aggressiv: »Bleiben Sie, wo Sie sind. Stellen Sie das Paddeln ein, Sie haben keine Chance!« Und wie zum Beweis dieser Behauptung glitt nun auch der Scheinwerfer des ersten Bootes, das sich in der Zwischenzeit wieder genähert hatte, abermals auf uns zu.

Wir befanden uns in ihrem Zangengriff.

»Wir kommen längsseits und nehmen Sie an Bord: Sollten Sie versuchen zu flüchten, machen wir von unseren Schusswaffen Gebrauch!«, kreischte die Stimme.

Eine dunkle Silhouette kam langsam näher.

Alles war aus: In meinem Kopf dröhnte und sauste es. Mir wurde übel, und ich musste würgen. Als Zeichen unserer Kapitulation legte ich mein Paddel quer auf das Boot und schlug beide Hände vor mein Gesicht. Denken konnte ich nicht mehr. Das Gefühl einer völligen Leere erfasste meinen Körper, und während sich in meinem Bauch ein riesiger Stein zu bilden schien, spürte ich, wie die Kälte meine Arme und Beine erreichte.

Mein Zittern ließ unser ganzes Boot vibrieren.

Ronny war still in sich zusammengesunken. Seine Körperhaltung demonstrierte unsere Hoffnungslosigkeit viel stärker, als es irgendwelche Flüche gekonnt hätten.

Inzwischen war das Grenzboot ganz nah herangekommen, und gegen den Himmel sah ich einige Gestalten, die sich über die Reling beugten. Mehrere kleinere Scheinwerfer waren auf uns gerichtet, und zwei Männer ließen ein Fallreep herunter.

»Kommen Sie einzeln an Bord«, befahl eine Stimme. »Die Frau zuerst!«

Mechanisch ergriff ich die Sprossen, die vor meinem Gesicht herumbaumelten, und wie in Zeitlupe richtete ich mich auf und begann, gestützt und geschoben von Ronny, hinaufzuklettern. Als ich es fast geschafft hatte, schossen viele Arme wie die eines Kraken auf mich zu, ergriffen meine Hände, packten mich an Schultern und Haaren und zerrten mich hinauf. Dann flog ich wie ein nasser Sack über die Reling auf die harten Schiffsplanken.

»Und jetzt der Mann«, befahl die Stimme.

Ich konnte nichts mehr sehen, denn zwei Kerle hatten mich auf den Bauch geworfen und legten mir an den Händen, die sie mir auf den Rücken gebogen hatten, Fesseln an.

»Nun kommen Sie schon!«, hörte ich die scheußliche Stimme rufen. »Ein bisschen schneller, oder brauchen Sie eine Extraeinladung?«

Plötzlich erfolgte ein lautes, klatschendes Geräusch, das mir durch Mark und Bein fuhr, wusste ich doch, was gerade passierte.

Sofort kreischte jemand: »Das Schwein haut ab!« Und dann kam Ronnys Todesurteil: »Feuer!« Aus mindestens zwei Maschinenwaffen peitschten Schüsse.

Hektik kam auf. Männer rannten hin und her. Befehle wurden geschrien, und eine Alarmsirene heulte. Das Ganze war für mich wirklich und unwirklich zugleich.

Ich wollte aufspringen und konnte doch nur liegen bleiben. Ich wollte bei ihm sein, gleichzeitig wünschte ich mich ganz weit weg. Ich wollte ihn retten, ihm beistehen, aber im selben Moment sterben, einfach nur tot sein in der Hoffnung, frei von Schmerzen versinken zu dürfen in dem schwarzen Wasser, das mir Erlösung von meiner unermesslichen Qual verhieß.

Nichts von alledem war mir vergönnt. Noch mehr Männer quetschten jetzt meinen Rücken, drückten auf meinen Kopf und verdrehten mir die Arme.

»Bringt die Frau unter Deck«, schrie die Stimme. Man stülpte mir irgendetwas über, zerrte mich hoch und schleifte mich hinunter.

Ronny habe ich seit diesem schrecklichen Moment gar hun-

dert Mal wiedergesehen, bis hin zum heutigen Tag. Unregelmäßig, für mich durch nichts zu beeinflussen, kommt er in der Nacht zu mir und bleibt nur so lange, wie er es für richtig hält. Das Merkwürdige ist, dass ich ihn manchmal nicht erkenne. Er ist dann so verschwommen, so unklar wie der graue Nebelgeist des Erlkönigs. Trotzdem habe ich nie auch nur den geringsten Zweifel, dass er es ist.

Es gibt von ihm aber auch andere Besuche. Dann ist er so deutlich, so lebendig, dass ich ihn anfassen will, nein, anfassen muss. Ich möchte ihn zu mir ziehen, sodass er mich und ich ihn beschützen kann, um ihn nie wieder loszulassen. Niemals, solange ich lebe. Aber immer dann, wenn ich glaube, dieses Ziel erreicht zu haben, gelingt es nicht, und er ist wieder verschwunden. Dann wache ich auf und schmecke salzige Tränen auf meinen trockenen Lippen.

Am schrecklichsten ist es, wenn ich mit ansehen muss, wie sein Körper in dem schwarzen, endlosen Wasser der See versinkt, wenn dünne Schwaden roten Bluts aus den Löchern quellen, die ihre Kugeln in seinen Körper gerissen haben. In solchen Momenten weiß ich, dass ich kein Recht mehr habe zu leben, während er, bewegt von der immerwährenden Strömung, kalt und tot auf dem Grund des Meeres treibt.

Seinen Freiheitstraum durfte er träumen, aber ihn zu leben, das hat man ihm verwehrt. Trotzdem, vor die Entscheidung gestellt, zu sterben oder seinen Traum zu verraten, hat er sich ohne zu zögern entschieden.

Nachdem das Rattern der Maschinenpistolen zu Ende war, wollte ich nur noch tot sein, und wenn ich gekonnt hätte, hätte ich mich trotz meiner Fesseln an Deck gekämpft und wäre über Bord gesprungen. Damit schienen sie zu rechnen, denn ich war in der ganzen Zeit von Männern mit ausdruckslosen Gesichtern umgeben, von denen aber keiner wagte, mir direkt in die Augen zu schauen.

Irgendwann liefen wir dann in einen Hafen ein, und sie brachten mich an Land. Mit einem Sack über dem Kopf und mit gefesselten Händen. Ich wurde in einen PKW gestoßen, und in rasendem Tempo ging es durch den Rest der Nacht.

»Kopf zwischen die Knie« und »Schnauze halten«, war das Einzige, das ich während der Fahrt zu hören bekam.

Irgendwann, ich konnte durch das Sackleinen erkennen, dass es schon Morgen war, bremste das Auto abrupt. Meine Tür wurde aufgerissen, und irgendjemand schrie: »Kommse raus …, los, kommse raus … nun kommse schon!«

Der Mann, der neben mir gesessen hatte, gab mir einen heftigen Stoß, sodass ich aus der Tür des Autos stürzte und unsanft auf dem Boden landete.

Jetzt riss man mir den Sack vom Kopf.

Ehe ich mich orientieren konnte, kam die nächste Anweisung:

»Aufstehen! Mitkommen!«

Ich wurde von zwei jungen Männern in Zivil mit starren, hassverzerrten Gesichtern grob in Richtung eines Gebäudes geschubst.

»Los, gehnse schneller«, herrschte mich ein Uniformierter an.

»Was ist mit Ronny? Bitte, was ist mit Ronny«, flehte ich.

»Maul halten«, war die Antwort. »Sie haben hier keine Fragen zu stellen!«

Ich wurde in ein Gebäude dirigiert. Es ging über Metalltreppen und Gänge, rechts, links, rauf, runter und wieder rauf. Schon nach kurzer Zeit hatte ich die Orientierung verloren. Dann riss der vor mir gehende Mann eine Zellentür auf, und der, der hinter mir war, stieß mich hinein.

»Sie sind die Gefangene 62/1. Das ist von nun an Ihre Anrede«, sagte er. »Wenn die Tür geöffnet wird, haben Sie sich mit dem Gesicht zur Wand zu stellen und die Arme auf den Rücken zu nehmen. Das Bett dürfen Sie tagsüber nicht

benutzen, dafür gibt es den Hocker dort. Haben Sie das verstanden?«

»Ja.«

Er knallte die Tür zu und verriegelte sie durch mehrmaliges Schlüsseldrehen. Dieses war ein durch Mark und Bein dringendes Geräusch, das etwas Endgültiges hatte. Ein Auge schaute durch ein Guckloch an der Tür. Wahrscheinlich wollte es sich überzeugen, dass ich noch da war, und dann entfernten sich die schweren, eisenbeschlagenen Stiefel.

Die Zelle war etwa drei Meter lang und zweieinhalb Meter breit. An der rechten Längswand stand eine schmale Holzpritsche, daneben ein kleiner Hocker. Auf der Gegenseite hing ein Waschbecken, und daneben war eine Toilette aus Metall ohne Deckel in den Boden eingelassen. Fenster gab es nicht. Etwas Licht kam trotzdem herein, denn ein Teil der Stirnwand bestand aus milchigen Glasbausteinen.

Lange verharrte ich in einer Art Schockstarre. Dann setzte ich mich erschöpft auf die Pritsche. Ich wollte mich gerade hinlegen, als ich durch ein krachendes Geräusch hochfuhr.

»Runter vom Bett«, schrie eine keifende, weibliche Stimme durch die Türklappe. »Gesessen wird nur auf dem Stuhl, 62/1.«

Ein böses Auge glotzte mich an. Als ich nicht gleich reagierte, brüllte die Stimme noch lauter: »62/1, runter vom Bett, und zwar etwas plötzlich, sonst machen wir Ihnen Beine!«

Verstört stand ich auf, setzte mich auf den Hocker und wartete.

Die Zeit verstrich, ohne dass etwas passierte. Gleich kommt jemand, um mit dir zu sprechen, dachte ich. Aber Stunden über Stunden vergingen und nichts geschah. Irgendwann öffnete sich wieder die Klappe und eine Frauenstimme schrie: »62/1, herkommen!«

Mir wurde ein Teller mit zwei Scheiben Brot und ein Becher aus Plaste hineingeschoben. In dem Becher befand sich kalter

Tee undefinierbarer Sorte. Dann knallte die Klappe wieder zu. Später musste ich das Geschirr hinausreichen, und irgendwann erlosch das Licht.

Am nächsten Tag verpasste man mir Anstaltskleidung, fotografierte mich, nahm meine Fingerabdrücke, schnauzte mich an, wenn ich nicht schnell genug den Anweisungen folgte. Man stellte mich auf die Waage und unterzog mich einer unwürdigen körperlichen Untersuchung. Alle Leibesöffnungen wurden ausgeleuchtet und grob ausgetastet. Es war widerlich. Sonst passierte nichts. Niemand wechselte ein normales Wort mit mir. Nur Befehle wurden ausgestoßen: Könnsenich, Machense, Gehnse, Kommse!

Tag um Tag verging nun in einer dumpfen Eintönigkeit, und bald war ich überzeugt, dass man vorhatte, mich hier bei lebendigem Leib verrotten zu lassen.

Schlimm war, dass ich mit niemandem sprechen konnte, und wenn ich doch den Mut aufbrachte, eine von meinen Fragen einem Bewacher zu stellen, reagierte der entweder mit der üblichen Standardkommunikation: »Maul halten, 62/1«, oder er reagierte gar nicht.

Dann, es waren ungefähr zwei Wochen vergangen, begannen die Vernehmungen. Bei den Märschen in die dafür speziell ausgestatteten Räume, die von einem ›Läufer‹ begleitet wurden, der außer Anweisungen zu geben, immer stumm blieb, habe ich nie einen Mitgefangenen gesehen. Das war gewollt, denn an Schnittstellen der langen Flure waren rote Ampeln installiert. Wenn sie aufleuchteten, musste man mit dem Gesicht zur Wand stehen bleiben und solange warten, bis sie wieder erloschen. Drei Männer wechselten sich bei den stundenlangen Verhören ab, wobei der Dienstgradhöchste, ein Major, das Sagen hatte.

»Sie sprechen mich mit Herr Untersuchungsführer oder mit Herr Major an, 62/1, nicht mit Genosse, denn das steht Verbrechern wie Ihnen nicht zu«, brüllte er mich gleich beim ers-

ten Mal an. Wochenlang wurde ich mit Beschimpfungen und Vorwürfen überhäuft, bis ich fast selbst zu der Überzeugung gelangt war, ein verbrecherisches Subjekt zu sein, genau, wie mich der Major mit Vorliebe titulierte.

Gelegentlich machte er aber auch längere Pausen, lächelte freundlich, und sein schwammiges, blasses Gesicht schien dann beinahe sympathisch. Naiv, wie ich war, fiel ich darauf herein, denn ich lächelte verschüchtert zurück und fragte vorsichtig: »Bitte, können Sie mir sagen, was aus Ronny geworden ist?«

Wie ein Blitz schlug seine Fleischerhand mit den rötlichstoppligen Borstenhaaren auf die Tischplatte, dass es nur so krachte, und in meinen Ohren dröhnte es, als hätte man neben mir eine Pistole abgeschossen. Der Stasi-Major sprang von seinem Stuhl auf, und seine rechte Hand klatschte an meine Wange.

»Noch einmal einen Satz, ohne dass ich Sie zum Sprechen aufgefordert habe«, schrie er, und sein ungesund fahles Gesicht nahm von der Anstrengung eine dunkelrote Farbe an, »und Sie werden es bereuen! Kapiert? Sind Sie zu dämlich, sich an die Anweisung zu erinnern, oder sind Sie einfach nur renitent?«

»Entschuldigen Sie vielmals«, sagte ich eingeschüchtert.

»Entschuldigung, was? Wie heißt das, du dämliche, blöde Kuh?«

»Entschuldigung, Herr Major!«

Diese Form der Unterhaltung, mehr Peitsche als Zuckerbrot in vielen Varianten, wurde zu unserer Normalität.

Brüllen, Schreien, Schütteln, Zerren an meinen Haaren. Dann aber auch verständnisvolles Sprechen mit leiser Stimme, gespielte Nachsicht und ein freundlich lächelnder Mann mit eintrainiertem Augenaufschlag.

Wenn er besonders wütend war über das, was ich gesagt hatte, ging er um mich herum, um mir mit seiner Fleischerhand von hinten an meinen Kopf und auf den Rücken zu schla-

gen. Aber immer kontrolliert, nie enthemmt. Weich klopfen, so hieß wohl diese Übung.

Aber der Major hatte noch mehr drauf. Zuweilen, besonders dann, wenn er auf ›Verständnis‹ machte, lehnte er sich in seinem Stuhl zurück und schaute mich mit einem undefinierbaren Blick an, der zwischen träumerisch und lüstern lag. So, als würde er überlegen, ob er mich auf der Stelle oder erst etwas später ausziehen soll. Einmal hat er mich sogar gefragt, ob ich viele Haare am Körper hätte oder eine schöne, glatte Haut, die er bevorzugen würde.

Um ihn friedlich zu stimmen, denn er war schließlich auch ein Mann, habe ich dann eines Tages zwei Knöpfe von meiner Gefangenenbluse offen gelassen. Das Ergebnis war, dass er einen Wutanfall bekam, der sich gewaschen hatte.

Ich konnte ihn einfach nicht einschätzen.

Bei den Verhören arbeitete er sich zumeist an mir ab, und wenn er keine Lust mehr hatte, dann kamen zwei andere Vernehmer an die Reihe. Vierschrötige Kerle mit niedrigem IQ.

Immer und immer wieder dieselben Fragen, häufig zehnmal hintereinander und das nicht selten eine ganze Woche lang. Und dann die Drohungen: ›Jemand hat Ihnen geholfen, wir wissen das! Wenn Sie es jetzt nicht sagen, dann nehmen wir uns Ihre Eltern vor. Die werden nicht so verstockt sein. Sie haben doch selbst gesagt, dass weder Ihre Mutter noch Ihr Vater mit seinen Herzinfarkten Aufregungen vertragen können. Ganz unten im Keller haben wir noch ein paar Räume für besondere Gäste. Dort gibt es weder Bett noch Stuhl und auch kein Licht, dafür steht das Wasser knöchelhoch. Also überlegen Sie es sich.‹

Dann drückte er auf einen Knopf, und ein Läufer brachte mich zurück in die Einsamkeit meiner Zelle.

Eines Tages, so gegen Abend, wurde meine Tür aufgerissen und ein Kerl schrie in breitem sächsischen Dialekt sein übliches: »62/1! Kommse mit!« Er brachte mich in einen sehr klei-

nen, unmöblierten Raum, ging hinaus und schoss ab. Auf der rechten Längsseite befand sich eine Metalltür, Fenster gab es nicht. Es war heiß.

Ich setzte mich auf den Fußboden.

Irgendwann öffnete sich diese Tür. Ein mir unbekannter bulliger Wärter, von dem ein stechender Schweißgeruch ausging, kam herein:

»Aufstehen, 62/1! Mitkommen!«

Drohend stand er vor mir, und ich hatte das Empfinden, dass er mich schlagen wollte. Ich erhob mich vorsichtig. Er grinste fies und hob blitzschnell seine Hand. Ich zuckte zurück.

»Ich sehe, dass wir uns verstehen«, sagte er zufrieden. Dann packte er mich am Arm und zerrte mich in den Nachbarraum.

Dort saß der Major hinter einem Schreibtisch, auf dem zu meinem Erstaunen ein Schälchen mit Keksen, eine Kanne mit dampfendem Kaffee und zwei Porzellantassen standen, die sogar Untertassen hatten. Untertassen hatte ich hier noch nie gesehen.

Mein Untersuchungsführer lächelte entspannt und deutete auf den Stuhl, der vor dem Schreibtisch stand.

»Setzen Sie sich, 62/1.«

Zitternd und voller Misstrauen folgte ich seinem Befehl.

»Brauchen wir für unser Gespräch den Oberwachtmeister?«, fragte er mich hinterhältig. Ich schüttelte zaghaft den Kopf. Mit einer kurzen Bewegung seiner Schweineborstenhand schickte er den Mann hinaus.

»62/1. Wir kommen doch ganz gut miteinander aus. Oder wie sehen Sie das?«

»Ja, das stimmt«, flüsterte ich.

»Etwas lauter!«, brüllte er und sprang auf.

Ich zuckte zusammen und hob meine Arme zur Abwehr. Meine Schreckreaktion schien ihn königlich zu amüsieren.

»Keine Angst, ich tue Ihnen nichts. Stattdessen mache ich Ihnen einen Vorschlag«, sagte er mit demonstrativ nachsich-

tigem Tonfall. »Entweder Sie nehmen ihn an oder Sie lehnen ihn ab. Es liegt ganz bei Ihnen.«

»Herr Major, alles, was ich kann, werde ich tun. Aber ich werde niemanden fälschlicherweise bezichtigen, der mit dem, was mir vorgeworfen wird, nichts zu tun hatte. Das kann auch nicht in Ihrem Interesse sein.«

»62/1, was in meinem Interesse liegt oder nicht, das überlassen Sie gefälligst mir«, tobte er.

»Ja, Herr Untersuchungsführer.«

»Ich bin immer noch nicht überzeugt, dass Sie mir die ganze Wahrheit gesagt haben«, fuhr der Major fort. »Unter Umständen wäre ich trotzdem bereit, Ihnen eine Chance zu geben, weil ich glaube, dass Sie mit etwas gutem Willen, wieder zu einem vollwertigen Mitglied unserer sozialistischen Gesellschaft werden können.«

»Das werde ich, ganz sicher.«

»Ich denke da an eine vorzeitige Entlassung zur Bewährung.«

»Das wäre toll!«

»Die Bedingung ist, dass Sie absolutes Stillschweigen bewahren. Sollten Sie sich nicht daran halten, sind Ihnen 20 Jahre Einzelhaft sicher.«

»Ich schwöre es, Herr Major!«

»Gut, Frau Dembrock. Sie wissen nun, dass ich bereit bin, für Sie ein großes Risiko einzugehen. Um Sie zu kontrollieren, werde ich gelegentlich Ihre Arbeitsstätte besuchen. Ich werde mich aber auch mit Ihnen persönlich treffen müssen, um mich zu überzeugen, dass meine Maßnahmen auf fruchtbaren Boden gefallen sind.«

»Herr Major, Sie können sich auf mich verlassen. Es wird keine Klagen geben!«

»Unsere persönlichen Treffen werden konspirativ sein. Ja, und noch etwas: Sie dürfen ein Jahr lang den Ort, an den ich Sie schi-

cke, nicht verlassen. Das heißt, Sie werden für diese Zeit Ihre Eltern nicht sehen und Sie dürfen zu ihnen und auch zu sonstigen Personen keinen Kontakt haben. Die Einhaltung dieser Anordnung werde ich kontrollieren lassen. Das sind die Bedingungen.«

»Wohin schicken Sie mich?«

»Sie kommen nach Bastorf, zur LPG Rote Erde. Sie werden dort für mich auch noch eine wichtige Aufgabe zu erfüllen haben. Deshalb sind auch die persönlichen Treffen notwendig. Darüber gebe ich Ihnen jetzt noch keine weiteren Informationen. Etwas Landarbeit bei frischer Luft tut gut. In einem Radius von zehn Kilometern dürfen Sie sich in Ihrer Freizeit frei bewegen. Überschreiten Sie diese Linie auch nur um einen einzigen Meter, dann ist mit unserem Experiment Schluss. Sollten Sie allerdings das Jahr zu meiner Zufriedenheit beenden, wäre es vorstellbar, dass Sie nach Ihrem Prozess Ihre alte Stelle in der Reederei wieder einnehmen können. Wissen Sie übrigens, dass Sie sich in Rostock befinden?«

»Nein, das wusste ich nicht.«

»Wie heißt das?«

»Nein, Herr Untersuchungsführer, das wusste ich nicht.«

»Sie wissen so manches nicht, 62/1. Ich will Sie noch auf einen anderen Punkt aufmerksam machen.«

»Ja?«

»Ist Ihnen bewusst, dass ich mit dieser Geschichte ein hohes Risiko auf mich nehme?«

»Ja, Herr Major, und ich bin Ihnen dafür sehr dankbar.«

»Dafür verlange ich Vertrauen und Entgegenkommen. Persönliches Entgegenkommen. Haben Sie das verstanden?«

»Verstanden schon, Herr Major, aber ich weiß nicht, was Sie damit meinen.«

»Nun, die Kühlung ist ein schönes Waldgebiet, besonders in der warmen Jahreszeit. Ich kenne dort ein, zwei abseits gelegene Plätze. Haben Sie nun verstanden?«

»Herr Major, wollen Sie andeuten, dass Sie für Ihr Entgegenkommen mit mir schlafen wollen?«

»Natürlich nicht, 62/1. Nehmen Sie sich nichts heraus. Der Schuss könnte nach hinten losgehen. Ich möchte mich nur mit Ihnen treffen, um mich zu überzeugen, dass Sie auf dem richtigen Weg sind. Und das geht außer uns beiden niemanden etwas an. Und jetzt müssen Sie sich entscheiden, ob Sie die Folge leisten wollen oder nicht. Eine zweite Gelegenheit wird es nicht geben!«

»Herr Untersuchungsführer, ich bin einverstanden. Die Treffen aber bitte in einem Zimmer oder in einem Hotel, nicht im Wald, da habe ich Angst! Ich bitte Sie!«

Der Major nahm von einem Stapel Papier zwei Zettel und hielt sie mir unter die Nase.

»Das sind Formulare, die nur noch auf meine Unterschrift warten. Wenn ich unterschreibe, wird sich sofort ein Wagen nach Bad Doberan auf den Weg machen und Ihre Eltern hierher holen. Wollen Sie das wirklich?«

»Herr Major, ich hatte schon als Kind immer schreckliche Angst, wenn ich allein im Wald war!«

Der Major antwortete nicht. Stattdessen nahm er einen Kugelschreiber, der in einer kleinen Munitionshülse auf dem Schreibtisch steckte, und unterschrieb die beiden Bögen. Dann stand er auf, ging zur Tür und riss sie auf.

»Oberwachtmeister, hier sind zwei Anweisungen, die umgehend auszuführen sind. Besondere Rücksichtnahme ist nicht notwendig.«

»Zu Befehl, Genosse Major!«

Ich sprang auf, stürzte an die Tür und schrie voller Angst: »Bitte, Herr Major. Nicht meine Eltern, ich flehe Sie an! Ich mache, was Sie wollen! Ich entschuldige mich. Ich habe nicht überlegt, bitte!«

»62/1, niemand hat Ihnen erlaubt, aufzustehen. Sofort zurück auf Ihren Stuhl. Kapiert?«

Wie ein erwischter Dieb schlich ich mit gesenktem Kopf zu meinem Platz.

Der Major murmelte etwas zu dem Wachtmeister. Dann kam er zurück in den Raum, lächelte jovial, schloss die Tür hinter sich und sagte: »Ich gieße uns jetzt eine Tasse Kaffee ein, und dann essen wir etwas Gebäck aus dem Intershop.«

KAPITEL 31

Kühlungsborn, Mecklenburg

Am Abend musste ich irgendetwas tun, um mich von Elisabeth Dembrocks beeindruckendem Bericht lösen zu können. Zudem stellte ich mir vor, dass die Flucht meiner Familie misslungen und meine Eltern in dem Stasi-Kerker Rostock gelandet wären. Nicht auszudenken! Und dabei war es reines Glück gewesen, dass man uns nicht erwischt hatte! Auch ist es etwas anderes, sich mit dem nüchternen Zahlenwerk einer Statistik über Fluchten über die Ostsee zu befassen oder einen authentischen Bericht einer betroffenen Person auf sich wirken zu lassen.

So entschloss ich mich zu einem ausgiebigen Spaziergang an der fast fünf Kilometer langen Promenade. Es war ein schöner Weg parallel der Ostseeallee mit den vielen, schon restaurierten Hotels und Pensionen.

Zu Beginn erreichte ich genau das, was ich erreichen wollte, denn die vielen leger gekleideten Touristen, die zusammen mit ihren Kindern unterwegs waren, für die sicher aufgrund der warmen Witterung heute später als üblich Schlafenszeit war, wirkten so friedlich und entspannt, dass sich meine Stimmung aufhellte.

Dann, bis zur Seebrücke waren es nur noch wenige Schritte, schaute ich eher zufällig nach rechts.

Und da stand er. Gut 20 Meter hoch. Oben auf der Säule thronte eine achteckige zweistöckige Kanzel, die mit Panoramafenstern und Schießscharten versehen war. Und ganz an der Spitze sah ich die vergitterte Plattform, auf der, es war noch gar nicht so lange her, die Grenzer mit ihren Maschinenpistolen und Nachtgläsern wie Spinnen im Netz auf ihre Opfer gelauert haben. Es war der eine von zwei noch erhaltenen Wachtürmen der Grenzbrigade Küste, die Anfang der 70er-Jahre nur zu einem einzigen Zweck gebaut worden waren: Menschen abzuschrecken, die DDR illegal zu verlassen. Und wenn diese sich nicht abschrecken ließen, dann wollte man sie wenigstens entdecken, jagen, stellen und wieder einfangen. Und wenn das mit dem Einfangen auch nicht funktionierte …

Nach meiner Kenntnis sind allein von Kühlungsborn um die 40 Fluchtversuche unternommen worden, von denen nur jeder dritte glückte. Insgesamt waren es an der gesamten Ostseeküste gut 5.000. 5.000 Einzelschicksale, bei denen es mindestens 175 Tote gegeben hatte. Wahrscheinlich waren es deutlich mehr, denn viele Fälle sind nach wie vor ungeklärt. Vergessener Mahlstaub des Systems, vergessener Mahlstaub deutsch-deutscher Geschichte.

Ganz bewusst blieb ich stehen und lehnte mich an die Betonmauer, die das Meer davon abhalten sollte, bei Sturm die Promenade zu überfluten. Von allen Personen, die innerhalb der nächsten 20 Minuten vorübergingen, blieb nur ein ungefähr achtjähriger Junge stehen. Er zeigte auf den Wachturm und sagte zu seinem Vater, dass er unbedingt dort hinaufwolle, und zwar jetzt! Dieser antwortete, dass die Männer der DLRG schon Feierabend hätten und dass der Turm geschlossen sei.

Ich war deprimiert über so viel Unwissen und konnte nicht entscheiden, ob es für den Einzelnen von Vorteil ist, von den schlimmen Dingen, die passiert waren, Kenntnis zu haben oder nicht. Bequemlichkeit versus Wissen, was ist besser?

In der folgenden Nacht war an Schlaf kaum zu denken, weil mir tausend Dinge durch den Kopf gingen, und als ich dann tatsächlich schlief, hatte ich mal wieder schlimme Albträume, sodass ich aufstand und eine Schlaftablette nahm. Aber das hätte ich nicht tun sollen, denn ich wachte viel zu spät auf, um in den ersten Morgenzug von Bad Doberan nach Kühlungsborn zu gelangen. Mein Treffen war geplatzt.

Nach dem Frühstück fuhr ich zweimal an Grochowskis Haus vorbei. Warum ich das tat, wusste ich nicht so genau, denn, wenn ich den Kobold zufällig gesehen hätte, hätte ich ihn trotzdem nicht ansprechen können. Weil mir nichts Besseres einfiel, entschloss ich mich, noch heute nach Bremen zurückzufahren.

Es war kurz vor zwölf, und durch das, was die nette Dame in dem Heim gesagt hatte, wusste ich, dass ein Besuch bei Meta Dembrock jetzt nicht angebracht war. Ich fuhr trotzdem.

An dem Gebäude angekommen, klingelte ich. Eine ältere Frau öffnete mit finsterer Miene und fragte barsch, was ich denn hier wolle. Als ich dabei war, eine Erklärung abzugeben, unterbrach sie mich: »Bei Frau Dembrock ist jetzt Mittagsruhe, und das nächste Mal melden Sie Ihren Besuchswunsch gefälligst einen Tag vorher an!«

Mir lag es auf der Zunge zu entgegnen, dass eine Anmeldung bei einer Demenzkranken wenig sinnvoll sei, unterließ aber den Einwand. Und das war auch gut so, denn plötzlich hellte sich ihr Gesichtsausdruck um eine Nuance auf und sie fragte: »Sind Sie der Mann, den mir Frau Schneider angekündigt hat?«

Als ich bejahte, kam ein knappes: »Warten Sie!« Die Frau drehte sich herum, verschwand im Gebäude und schloss die Tür hinter sich.

Was blieb mir übrig? Ich wartete.

Und tatsächlich, nach einigen Minuten öffnete sich die Tür erneut, und ich bekam einen großen Umschlag mit den Worten in die Hand gedrückt: »Soll ich Ihnen geben.«

Rums, die Tür war wieder zu.

In Bremen angekommen setzte ich mich an meinen Schreibtisch und nahm mir den zweiten Teil von Elisabeths Aufzeichnungen vor.

In den ersten Seiten beschreibt sie den unfreundlichen Empfang in der LPG durch den Vorsitzenden, einem Herrn Zeck, das Misstrauen der Belegschaft und wie sie es geschafft hatte, so allmählich die ihr gegenüber bestehenden Vorurteile abzubauen. Richtig interessant wurde es, als sie begann, über Susanne Wagner zu erzählen …

Am besten verstand ich mich bald mit Susanne, einer netten, jungen Studentin, die vor ihrem Studium der Planökonomie (sie war in Berlin an der Hochschule ›Bruno Leuschner‹ eingeschrieben), für ein Jahr in verschiedenen sozialistischen Betrieben praktische Erfahrungen sammeln musste. Da ihr Vater in Sachsen ein großes Maschinenbaukombinat leitete, zudem auch noch ein Parteiamt innehatte, genoss sie eine Reihe von Privilegien, und keiner der Genossen wollte riskieren, es sich mit ihr zu verscherzen. Das Sympathische an ihr war, dass sie diese Vorrechte für sich nicht über Gebühr einforderte. Trotzdem war sie sich ihrer Sonderstellung sehr wohl bewusst.

Susanne war eine begeisterte Fotografin und alles, was ihr vor die Linse kam, wurde verewigt, in ihrem eigenen Foto-

labor entwickelt und vervielfältigt. Besonders beliebt waren bei der Belegschaft ihre Fotomontagen, die bei den Mitarbeitern immer ein ziemliches Gelächter auslösten, wenn sie an der LPG-eignen Wandzeitung auftauchten.

Die dicke Käthe aus der Küche und auch der Vorsitzende waren die einzigen Personen, die ihre Haltung zu mir die ganze Zeit nicht um einen Deut veränderten. »Einmal verschissen, immer verschissen«, hatte Käte es mir eines Tages in ihrer charmanten Art erklärt.

Anfang Februar kam der Major. Ich rechnete damit, dass er seinen Lohn einfordern würde, obwohl es für den Wald und für die Sache, die er trotz seiner Dementis nach meiner Überzeugung mit mir vorhatte, viel zu kalt war. Er sprach eine Weile mit dem LPG-Vorsitzenden, ging dann auf mich zu, schüttelte mir die Hand und sagte vor allen Anwesenden, dass ich auf gutem Wege sei, mich wieder zu einem vollwertigen Mitglied der sozialistischen Gemeinschaft zu entwickeln.

Ich mutmaßte, dass hinter seiner Lobeshymne etwas anderes steckte. Und so war es auch: »Elisabeth«, sagte er bald darauf mit einem charmanten Lächeln. »Ich muss mit Ihnen noch etwas Wichtiges besprechen. Lassen Sie uns für ein paar Minuten spazieren gehen.«

Er fasste mich zutraulich an den Arm und zog mich hinaus auf den Hof. Nur mit Mühe konnte ich meine aufkommenden Tränen zurückhalten. Der Major amüsierte sich.

»Über etwas mache ich mir Sorgen«, sagte er dann ganz direkt und wartete geduldig, bis ich den Ball aufgenommen hatte:

»Worüber denn, Herr Major?«

»Über Ihren Vater. Er hat letztens in einer Gaststätte einen sehr unschönen Witz über das MfS zum Besten gegeben.«

Ich schwieg.

»Dieser Witz kostet ihn mindestens ein Jahr«, legte er nach.

»Herr Major, ich halte mich an unsere Vereinbarung. Aber ich flehe Sie an! Bitte sorgen Sie dafür, dass die Äußerung meines Vaters nicht verfolgt wird. Er ist ein vom Schicksal nicht verwöhnter alter Mann, der unter dem Einfluss von Alkohol schon mal ein paar unbedachte Worte sagt. Aber mein Vater ist immer loyal zu unserem Staat gewesen.«

»Darauf kommt es nicht an! Und was ich Ihnen noch sagen wollte: Versuchen Sie ja nicht, mit mir ein falsches Spiel zu spielen, indem Sie sich Fürsprache besorgen. Es würde Ihnen nicht gut bekommen. Im Frühjahr melde ich mich.«

Mit diesen Worten drehte er sich um, ging ohne Abschiedsfloskel zu seinem Wartburg und fuhr davon.

Ich musste eine Weile über das Gespräch nachdenken und war mir schnell sicher, dass er hier in der LPG seine Informanten hatte. Ich stand also unter Beobachtung, und mit der Fürsprache hatte er Susanne gemeint.

Wir hatten in letzter Zeit häufiger miteinander geredet, und trotz ihrer Systemtreue, aus der sie kein Hehl machte, war ich überzeugt, dass sie ein Mensch war, dem man ein Geheimnis anvertrauen konnte, ohne Angst haben zu müssen, dass dieses schon einen Tag später aktenkundig wurde.

Obwohl die Mauern, die mich umgaben, nicht mehr sichtbar waren, so waren sie doch immer noch vorhanden.

Einen Monat später lernte ich zufällig Rolf kennen, einen jungen Mann, der beim FDGB in Kühlungsborn beschäftigt war.

Bald hatte ich das Gefühl, ihn schon lange Zeit zu kennen, denn ich konnte mit ihm völlig unverkrampft über Gott und die Welt reden, und das tat mir richtig gut.

In der Folgezeit trafen wir uns häufiger. Auf der einen Seite waren diese Treffen schön, auf der anderen hatte ich damit auch meine Probleme. Mein Verstand sagte mir, dass irgendwann die Zeit der Trauer vorbei sein muss, mein Gefühl signalisierte allerdings etwas anderes. Und wenn Rolf mich küsste, wenn er mich flüchtig berührte, genoss ich die körperliche Nähe. Später aber, wenn ich allein in meinem Bett lag und an Ronny dachte, machte ich mir die größten Vorwürfe.

Irgendwann wirst du deine Erinnerung in ein kleines goldenes Schächtelchen packen müssen, um weiterleben zu können, machte ich mir klar. Dann kannst du, wann immer du es willst, dieses Schächtelchen öffnen und das dort liegende Kleinod wie einen geheimen Schatz anschauen.

Rolf schien für meine Schwierigkeiten Verständnis zu haben, jedenfalls drängte er nicht und hatte offensichtlich ein Gespür dafür, dass ich Zeit benötigte, wenn er auch nicht wissen konnte, warum.

Irgendwann konnte ich dann nicht mehr anders: Ich musste ihm meine ganze Geschichte erzählen und war danach wie von einer Last befreit, hatte ich doch jemanden gefunden, dem ich wirklich mein Herz ausschütten konnte. Jedes Mal, wenn ich mein Innerstes nach außen kehrte, fiel ein kleines Stückchen des Panzers von mir ab, den ich um mich herum errichtet hatte.

Seit langer, langer Zeit ging es mir wieder gut. Ich setzte in Rolf ein riesengroßes Vertrauen, war überzeugt, dass er ein Mensch war, von denen es ganz viele in der DDR gab: Die dienstlich-offizielle Seite ist das eine, die intime, private, das andere.

Die letzten Tage im Februar und der März waren die schönsten Wochen, die ich nach Ronny erleben durfte. Ich hatte meine große Moralmauer bewusst eingerissen und hegte bald die Hoffnung, dass aus Rolf und mir mehr werden könnte, als nur eine erotische Kurzbeziehung. Familie, Kinder und andere Träumereien, solche Gedanken verirrten sich in meinen Kopf.

Die ersten Zweifel kamen, als ich eines Abends, wir hatten zärtlich miteinander geschlafen, vorsichtig andeutete, dass er der wertvollste Mensch in meinem Leben sei und dass ich mir mit ihm eine Zukunft vorstellen könne. In der Sekunde, als ich das sagte und ihn dabei anschaute, hatte ich jäh das Empfinden, als würde ich aus einem warmen, gemütlichen Zimmer in einen kalten Wintersturm gestoßen. Irritierend war nicht so sehr seine zögerliche Antwort. Das hätte ich verstanden. Es war sein unsteter Blick, der mich streifte und sofort wieder weg war. Sonst, wenn er mir seine Liebe erklärte, mir seine Gefühle nahebrachte, leuchteten seine Augen ganz tief. Nichts davon war jetzt zu sehen, im Gegenteil. Es war ein ängstliches Weghuschen, ein irrlichterndes Suchen nach einem nicht vorhandenen Fixpunkt.

»Lass mir Zeit«, sagte er, und ein eigenartiger Ausdruck erschien auf seinem Gesicht. War es nur ein Erschrecken? Angst vor dem Zukünftigen? Dachte er plötzlich daran, dass seine Karriere gefährdet sein könnte mit einer Verbindung zu einer ehemaligen Klassenfeindin?

Vollends verwirrt war ich, als er sich wegdrehte und mit starrer Miene schweigend durch ein Fenster in die Ferne schaute.

Ein völlig Fremder stand neben mir.

Ich wusste nicht, warum Rolf so reagierte. Er hätte doch einfach sagen können, dass das aus diesen oder jenen Gründen mit uns nicht gehen würde. Ich hätte es zwar nicht verstanden, aber ich hätte versucht, es zu verstehen. Schämte er sich meiner? Aber wir liefen doch häufig Arm in Arm in Kühlungsborn und am Strand entlang und es störte ihn nicht. Jederzeit musste er doch damit rechnen, einen Arbeitskollegen oder einen Vorgesetzten zu treffen. Argwohn begann sich in meinem Kopf breitzumachen.

Sollte …? Nein, nein! Das konnte nicht sein!

Das nächste Treffen war von beidseitiger Missstimmung geprägt. Unser Gespräch hatte etwas Zwanghaftes, und beide waren wir erleichtert, als wir uns wieder trennten.

Mir war klar, dass die Sache vorbei war. Kopf in den Sand, das würde nicht funktionieren – und das wollte ich auch nicht.

Ich fuhr mit dem Fahrrad zurück in mein karges Zimmer, das man mir in Kägsdorf zur Verfügung gestellt hatte, legte mich hin und musste so laut heulen, dass meine Wirtin an die Tür klopfte, diese leise öffnete und sich dann auf den Bettrand neben mich setzte. Mitfühlend ergriff sie meine Hand.

»Fräulein Elisabeth, was ich Ihnen jetzt sage, sage ich nur, weil ich sie mag«, erklärte sie mir leise. »Seien Sie nicht zu vertrauensselig. Ab und zu trügt auch der schönste Schein. Manchmal sucht der Mensch Trost und Halt, weil er sich unglücklich, vielleicht auch einsam fühlt, und ist dadurch zu schnell bereit, den Strohhalm zu ergreifen, der ihm genau zu diesem Zweck hingehalten wird. Ich verstehe so etwas nur zu gut. Aber: Hören Sie auf eine alte Frau! Passen Sie auf! Um Ihrer selbst willen.«

Dann stand sie auf und ging aus dem Zimmer.

In dieser Nacht konnte ich abermals nicht schlafen. Die Worte meiner Vermieterin gingen in meinem Kopf hin und her, wobei ich mich fragte, ob ihre Ansprache ein allgemeiner, mütterlicher Ratschlag gewesen war, oder ob sie alles in Kenntnis eines ganz konkreten Sachverhalts gesagt hatte. Ich wusste, dass ihr Mann früher bei der Partei in Bad Doberan ein wichtiges Amt bekleidet hatte. Besaß er noch Verbindungen und hatte etwas läuten hören?

Wenn das zutreffen sollte, spielte Rolf mit mir ein falsches, gemeines Spiel.

Aber kann sich jemand so verstellen? Kann jemand so charakterlos sein, jemand, der mir nicht nur einmal wunderschöne Liebesbeteuerungen gemacht hat? Dennoch, sind die Abgründe der menschlichen Seele nicht auch das Schwärzeste, was auf der Welt existiert?

Irgendwann bin ich dann eingeschlafen.

Am nächsten Tag, es war ein Samstag Ende März, fand das Frühlingsfest der LPG statt. Mir war die Lust daran gründlich vergangen, und am liebsten hätte ich abgesagt. Da aber der Major sein Kommen angekündigt hatte und mir eine Direktive zugegangen war, dass er mich unbedingt sprechen wolle, hatte ich keine Wahl.

Das Wetter hatte es sehr gut mit den Feiernden gemeint. Viel Sonne und fast kein Wind machten es möglich, dass das Nachmittagskaffeetrinken draußen neben den beiden Scheunen stattfinden konnte. Und die allseits gelobte Besonderheit dieses Nachmittags war: Es gab ›echten‹ Kaffee aus einem Intershop und nicht den sonst in der DDR üblichen ›Muckefuck‹.

Später wurde süßer Kirschlikör aus VEB-Produktion herumgereicht und der Höhepunkt kam, als Susanne ihren Fotoapparat zückte und alle Personen in einem alten Strandkorb für ein Erinnerungsfoto ablichtete. Unter großem Hallo verkündete die Studentin, dass sie in ihrem Fotolabor einige ungewöhnliche Paarungen arrangieren werde, die demnächst am Schwarzen Brett zu bewundern seien.

Alle machten den Spaß mit, nur der Major, der inzwischen auch eingetroffen war, verweigerte sich.

Kurz darauf verschwand er, ohne mich eines Blickes gewürdigt zu haben. Einerseits war ich froh, dass er mich nicht angesprochen hatte, andererseits auch verunsichert, denn das völlige Ignorieren meiner Person war ungewöhnlich. Der Major hat bestimmt irgendetwas Ungutes vor, überlegte ich und spürte so etwas wie eine über mir schwebende Bedrohung.

Als ich dann am Sonntag zur Arbeit kam, fühlte ich mich schlecht, denn ich hatte abermals eine unruhige Nacht gehabt.

Unmittelbar nach dem Mittagessen wurde ich zu Herrn Zeck gerufen. Da ich schon häufiger zu einem Gespräch mit dem LPG-Vorsitzenden zitiert worden war, gab es eigentlich keinen Grund, nervös zu sein, aber ich war es.

»Geht es Ihnen nicht gut?«, waren seine Worte, als er mich beim Hereinbitten ansah. Das erste Mal seit meiner Tätigkeit hier spürte ich so etwas wie Interesse an meiner Person. Aber diese menschliche Regung war schnell wieder vorbei. Er wandte seinen Blick ab, schaute aus dem Fenster und begann dann mit seiner Rede, die eher einer Urteilsverkündung glich:

»Frau Dembrock, ich mache es kurz: Sie sind ab sofort von Ihren Aufgaben entbunden und haben sich morgen um zehn Uhr in dem Konferenzzimmer einzufinden. Dort wird ein Gespräch stattfinden, in dem es um Ihre Zukunft geht. Ich möchte Ihnen dringend empfehlen, bis dahin selbstkritisch über die Frage nachzudenken, ob Sie tatsächlich den Erwartungen entsprochen haben, die man nach Ihrem Gefängnisaufenthalt in Sie gesetzt hatte. Das, Frau Dembrock, wäre für heute alles. Sie können gehen.«

Ich war wie vor den Kopf geschlagen, wankte hinaus, nahm meine Sachen von der Garderobe, fuhr in meine Wohnung, zog mich um, wobei ich gar nicht wusste, warum ich das tat, und warf mich dann auf mein Bett.

Nachdem ich eine halbe Stunde mit Heulen zugebracht hatte, entschloss ich mich zu einem Spaziergang, um meinen Geist wieder klarzubekommen, aber das funktionierte nicht, weil ich dauernd an Rolf denken musste. Hatte er nun oder hatte er nicht?

Übermüdet meldete ich mich am Montag zur vorgesehenen Zeit in der LPG.

Das erste ungünstige Zeichen gab es schon, als ich das Haupthaus betrat. Dort lief ich der dicken Käthe über den Weg, die mich, so schien es mir jedenfalls, mit einem ganz besonders freundlichen Blick bedachte.

Dann stand ich vor der Tür des Konferenzzimmers.

Von drinnen war lautes Palaver zu vernehmen. Ich klopfte. Schlagartig verstummten die Stimmen, und kurz darauf wurde von einer mir unbekannten Frau geöffnet, die mich mit unwirscher Handbewegung zum Hereinkommen aufforderte.

Ich trat ein.

Alle starrten mich an, so als wäre ich eine Attraktion aus einem Panoptikum. Ich zählte in dem Raum sechs Personen. Außer der Frau standen alle vor dem einzigen Fenster: der Stasi-Major, der LPG-Vorsitzende und zwei unangenehm aussehende Männer, die ich nicht kannte.

Ich wurde von Herrn Zeck an die entfernte Stirnseite des langen Tisches dirigiert. Der Major nahm mit abweisender Miene mir gegenüber Platz, und alle anderen setzten sich auf die Stühle, die rechts und links neben meinem ehemaligen Untersuchungsführer standen, sodass schon die Sitzordnung erkennen ließ, dass ein Tribunal bevorstand und mir dabei die Rolle der Angeklagten zugedacht worden war.

Der Major erhob sich, ergriff das Wort und erklärte weitschweifig, warum man hier zusammengekommen sei. Dann las er von einem Zettel einen kurzen Lebenslauf von mir vor, in dem auch der Fluchtversuch angesprochen wurde (allerdings ohne Ronny zu erwähnen). Zum Schluss fragte er mich, ob das alles richtig gewesen sei.

Mir war die Kehle zugeschnürt, und ich konnte nur nicken. Aber mit einem Einwand hatte er sowieso nicht gerechnet, denn ohne mich anzusehen, fuhr er fort.

»Jetzt kommen wir zu unserer eigentlichen Aufgabe, nämlich darüber zu befinden, ob die anwesende Frau Elisabeth Dembrock von dem Vorwurf der feindlichen Haltung gegen unseren sozialistischen Arbeiter- und Bauernstaat entlastet werden kann und ob sie sich während ihrer Zeit hier in der LPG so verhalten hat, wie man es von ihr erwarten durfte. Möglichkeiten, ihre geänderte Einstellung unter Beweis zu stellen, hatte sie genügend. Und zwar nicht nur innerhalb, sondern auch außerhalb ihrer Dienstzeiten. Es hätte ihr sicher gut zu

Gesicht gestanden, durch besonderen gesellschaftlichen Einsatz zu versuchen, den von ihr angerichteten Schaden für die Partei und für unser Land in Wort und Tat wiedergutzumachen.

Zu ihren Gunsten ist positiv hervorzuheben, dass sie die ihr zugewiesenen Arbeiten tadellos erledigt hat.

Deutlich anders sieht es in ihrem Privatleben aus. Von einer Übernahme gesellschaftlich relevanter Aufgaben ist mir nichts bekannt, und bei Schulungsabenden über richtiges sozialistisches Bewusstsein wurde sie nur äußerst selten gesehen. Es gab in diesem Punkt von Frau Dembrock so gut wie keine Anstrengungen. Im Gegenteil: Mir liegt eine unterschriebene Aussage vor, die beweist, dass von Reue hinsichtlich der von ihr begangenen Straftat nicht die Rede sein kann, sondern dass sie nach wie vor das Scheitern ihrer Republikflucht bedauert. Der FDGB-Mitarbeiter Rolf S., ein untadliges Mitglied unserer Gesellschaft, ist der Hauptzeuge für die von mir erwähnten Verfehlungen. Er ist für seine Offenheit und seine unerschütterliche Staatstreue belobigt und vor einigen Tagen auf eigenen Wunsch zurück in seine Heimatstadt geschickt worden, wo neue und wichtige Aufgaben auf ihn warten. Er lässt über mich Frau Dembrock ausrichten, dass seine Beziehung zu ihr, ich füge hinzu, seine platonische Beziehung, auf einem fatalen Irrtum beruht hat. Sein sozialistisches Ehrgefühl würde ihm eine Fortsetzung dieser Freundschaftsbeziehung verbieten, die auch noch von ihrer Seite zu einer Liebesbeziehung gemacht werden sollte. Er verbitte sich deshalb weitere Kontaktversuche.

Genossinnen und Genossen! Das sind die Tatsachen, die Sie kennen müssen, um ein Urteil abgeben zu können. Nach reiflicher Diskussion in unserer Dienststelle mit allem Für und Wider wurde einstimmig beschlossen, das Verfahren gegen Elisabeth Dembrock wegen versuchter Republikflucht abermals zu eröffnen. Sie hat durch ihr Verhalten alle Menschen guten Willens in unserer Republik enttäuscht. Rechtfertigungsgründe für ihre Haltung kann ich nicht erkennen. Deshalb war eine andere als die getroffene Entscheidung nicht möglich. Die notwendigen Dokumente werden zusammengestellt und in den nächsten Tagen der Staatsanwaltschaft Rostock übergeben.

Ich selbst, der ich als Untersuchungsführer den Sachverhalt der Anschuldigung nach §213 Strafgesetzbuch der DDR aufzuklären hatte, muss selbstkritisch eingestehen, dass ich der Angeklagten zu viel Vertrauen entgegengebracht habe. Das war eine unentschuldbare Fehlbeurteilung, die mir nicht hätte passieren dürfen. Aus diesem Grunde habe ich mit dem Leiter der Bezirksverwaltung des MfS Rostock die Sachlage kritisch und in aller Offenheit erörtert und um meine Versetzung in eine andere Dienststelle gebeten.

So, Genossen, das wäre alles. Wenn es keine Gegenstimmen gibt, gilt das soeben von mir Vorgetragene und wir können auf eine Abstimmung verzichten. Sollten keine Wortmeldungen vorliegen, beende ich die heutige Zusammenkunft. Um Frau Dembrock Gelegenheit zu geben, ihre Angelegenheiten zu ordnen und ihre Sachen zusammenzupacken, wird auf eine sofortige Ingewahrsamnahme verzichtet, wenn sie hier und heute uns ihr Ehrenwort als Staatsbürgerin der DDR gibt, dass sie nicht versuchen wird, sich dem zu erwartenden Verfahren durch Flucht zu entziehen … Frau Dembrock?«

Ich war nur noch eine leere Hülle, nickte mechanisch, ohne wirklich zu begreifen.

»Frau Dembrock, schauen Sie mich gefälligst an, wenn ich mit Ihnen rede! Haben Sie die Absicht, sich dem Verfahren zu entziehen?«

»Nein«, hauchte ich.

»Gut. Ich habe nichts anderes erwartet. Sie sollten allerdings wissen, dass Sie weiterhin unter Beobachtung stehen. Also unternehmen Sie nichts Unüberlegtes. Denken Sie an Ihre Eltern! Haben Sie das verstanden?«

»Ja.«

»Frau Dembrock, Sie haben alles Notwendige innerhalb von zwei Tagen zu erledigen, um sich dann mit einem gepackten Koffer nebst Ihrem PM-12 (spezieller Ausweis für Fluchtwillige) bereitzuhalten. Man wird Sie von Ihrer Unterkunft in Kägsdorf mit einem neutralen Fahrzeug des MfS abholen.«

Ich saß auf meinem Stuhl, unfähig ein Wort herauszubringen, unfähig, meine Gedanken zu ordnen. Zehn Jahre Haft, zehn Jahre Haft, zehn Jahre Haft, das war das Einzige, was mein Gehirn in diesem Moment gebetsmühlenhaft von sich gab. Wie vor den Kopf geschlagen stand ich auf und wollte zur Tür.

Der Stasi-Major stoppte mich, indem er laut sagte: »Ich möchte Sie, werte Genossen, bitten, den Raum zu verlassen, denn ich habe mit Frau Dembrock noch ein paar Worte unter vier Augen zu wechseln. Immer noch fühle ich mich verantwortlich. Deshalb will ich auch verhindern, dass sie etwas Unüberlegtes tut, denn ich weiß, dass Elisabeth zu Depressionen neigt. Auch möchte ich, dass ihr bewusst wird, welche Konsequenzen es für sie und ihre schwerkranken Eltern haben könnte, wenn sie sich weiterhin starrköpfig verhält.«

Ich setzte mich zurück auf den Stuhl und schlug die Hände vor mein Gesicht. Ich wollte mit diesem hundsgemeinen Mann, der mich mit Absicht ins offene Messer hat laufen lassen, keine Worte wechseln, denn ich war mir sicher, dass er es war, der Rolf auf mich angesetzt hatte. Aber warum? Das ergibt doch keinen Sinn! Und was bringt einen Menschen wie Rolf dazu, so eine Niedertracht zu begehen? Außerdem: Der Major hätte mich doch haben können, das hatten wir abgemacht! Er hätte alles mit mir machen können, alles! War sein Antrieb nur die Genugtuung, seine Macht auszukosten, die Befriedigung, Menschen wie Puppen tanzen zu lassen?

Die Tür wurde geschlossen. Der Major kam ganz nahe an

mich heran, was mir sehr unangenehm war, und sprach so leise, dass ich seine Worte kaum verstehen konnte.

»Haben Sie keine Angst«, flüsterte er verschwörerisch. »Nichts wird passieren, wenn Sie Ihr Versprechen halten. Ein Verfahren gegen Sie gibt es nicht, dafür habe ich gesorgt. Elisabeth, bald werden Sie frei sein. Morgen um zwei treffen wir uns und müssen dann auch über Ihre Sonderaufgabe sprechen. Die Skizze, die ich Ihnen jetzt gebe, damit Sie den Treffpunkt finden, dürfen Sie niemandem zeigen. Sie bringen dieses Blatt unbedingt wieder mit. Ferner möchte ich, und das ist äußerst wichtig, dass Sie sich am ganzen Körper rasieren. Außer auf dem Kopf will ich kein Haar mehr an Ihnen sehen. Kein einziges! Der morgige Tag ist Ihre letzte Chance! Es wird alles gut, wenn Sie das machen, was ich vorgebe. Wie sagt man: Keine Suppe wird so heiß gegessen, wie sie gekocht wird. Das stimmt. Aber es stimmt auch, dass man die Suppe auslöffeln muss, die man sich selbst eingebrockt hat. Kapiert, mein Schätzchen?«

Nach diesen Worten ging er hinaus, und ich hätte kotzen können.

Ich bin dann in meine Wohnung gefahren und habe das letzte Kapitel meines Buches beendet, das ich seit der Ankunft hier in Kägsdorf geschrieben habe. Geschrieben, weil ich möchte, dass all die Ungeheuerlichkeiten, die passiert sind, irgendwann einmal bekannt werden.

Da ich den Versprechungen des Majors nicht traue, werde ich das Buch ganz nach unten in den Pappkarton legen, in dem meine Vermieterin ihre alten Erinnerungsfotos aufbewahrt und der in dem Schrank steht, den ich eigentlich nicht benutzen darf.

Sich vorzustellen, was nach Elisabeths Eintrag passiert ist, brauchte es nicht viel Fantasie, und mein Zorn über diesen Psychopathen war grenzenlos. Ich dachte an Konrads letzten

Ratschlag, aber nach diesen schrecklichen Zeilen war Wegschauen keine Option mehr.

Also: Was ist das für ein zweiter Fall? Wo genau ist er passiert? Und: Bekomme ich noch die Gelegenheit, Konrad sein Wissen zu entlocken, oder würde seine Krankheit das verhindern?

Klar war, dass ich die Sache nicht mehr fallen lassen konnte. Zu viel Böses war geschehen, und zu viel Böses lag wahrscheinlich noch im Verborgenen. Aber nichts von dem, was Susanne und ich wussten, würde einen bundesdeutschen Juristen beeindrucken. Nichts davon war geeignet, den Major der Justiz zu überantworten.

Vor dem Einschlafen gingen mir lauter düstere Gedanken durch den Kopf, und im Halbschlaf dachte ich mir etliche Möglichkeiten aus, wie man diese menschliche Ausgeburt von Rücksichtslosigkeit und Perversion ins Jenseits befördern könnte, und ich gebe zu, dass ich dabei eine gewisse Befriedigung empfand.

KAPITEL 32

Bad Doberan, Mecklenburg

Am nächsten Morgen fühlte ich mich ausgelaugt und zerschlagen. Als ich dann beim Frühstück erneut über den Stasi-Major nachdachte, war die schlechte Laune vom Vortag sofort wieder da. Wie viel von solchen Taten mochten es bei ihm gewesen sein? Die zwei oder noch mehr? Ich hatte zwar nicht Psychologe studiert, wusste aber, dass die Befriedigung, die ein Täter nach solch einer Tat empfindet, nach einer gewissen Zeit schwindet und nach Erneuerung schreit.

Ich nahm mir vor, die Bremer Polizei mit meinem Wissen und meinen Gedanken zu konfrontieren. Auch dann, wenn ihm nichts zu beweisen war, auch dann, wenn uns der Kerl eine lange Nase zeigen würde.

Missmutig ging ich nach unten, um die Zeitung aus dem Briefkasten zu holen. Wieder oben angelangt, legte ich das Blatt auf den Frühstückstisch, holte mir meine Lesebrille und ging in die Küche, um mir noch Kaffee einzugießen. In diesem Moment klingelte das Telefon.

Konrad war am Apparat.

»Übermorgen muss ich endgültig in die Klinik«, sagte er, nachdem wir uns begrüßt hatten. »Eine Arterie ist so gut wie zu, und es tut jetzt schon beim Sitzen weh. Wenn ich noch länger warte, dann nehmen mir deine Schlachterkollegen mein Bein ab.«

»Kann ich dir mit irgendetwas helfen?«, fragte ich und entschloss mich, von meinem letzten Kontaktversuch nichts zu erzählen.

»Du kannst mir eines von deinen Beinen abgeben, das würde mir schon weiterhelfen«, antwortete er und lachte gequält.

»Willst du mit mir vorher noch über die Sache reden?«, fragte ich vorsichtig.

»Ja, das möchte ich. Es bleibt alles wie besprochen. Und ich bin ein Frühaufsteher, wie du weißt.«

»Darf ich dir noch einen Ratschlag geben?«

»Nur zu!«

»Sollte der Schmerz plötzlich ganz stark werden, ist sofort eine Notoperation erforderlich. Wir Ärzte sagen immer, dass über solch einen Zustand die Sonne nicht untergehen darf. Sonst ist nicht nur das Bein, sondern der ganze Kerl futsch!

Ich schätze aber mal, dass du das weißt. Die Betonung liegt auf sofort. Jede zusätzliche Minute verschlechtert dann die Chance zu überleben dramatisch!«

»Jawohl, Herr Doktor!«

Damit legte er auf.

Nun nahm ich die Zeitung und las erst einmal die Fakten und Kommentare zu dem Tötungsdelikt Doreen Höppner und die Ermittlungsprobleme, die die Polizei damit hatte. Dann griff ich zum Telefon und buchte in Kühlungsborn eine Unterkunft für die heutige Nacht.

Gegen Abend war ich wieder in der Stadt an der Ostsee angelangt. Der beim Frühstück vermisste Appetit stellte sich nun ein, und so ließ ich mir Steak und Rotwein gut schmecken. Dementsprechend war meine Bettschwere, und ich hatte endlich mal wieder eine ruhige, albtraumlose Nacht.

Schon beim Aufstehen und auch während des Frühstücks war ich seltsam nervös, und als ich meinen Wagen in Heiligendamm auf einem Touri-Parkplatz abstellte, war es für den Zug, mit dem er kommen musste, noch viel zu früh. So ging ich über einen Waldweg zum Strand und dann zur Seebrücke und schaute für eine Weile auf das schöne blaue Wasser.

Zehn vor neun kündigte sich der »Molli« mit seiner schrillen Dampfpfeife an. Dann kam er schnaufend, Kohledampfwolken ausstoßend, in die Station gefahren.

Ich stieg, so wie ich es mir vorgenommen hatte, in das erste Abteil und ging von dort langsam von Wagen zu Wagen. Da nicht mehr als die Hälfte aller Plätze belegt war, kam ich schnell voran.

Dann sah ich Konrad: Trainingshose, graues T-Shirt, verwaschene schlabbrige Stoffjacke und die Kippa auf dem Kopf, die ich schon kannte. Er saß in Fahrtrichtung am Ende einer Sitzbank.

Ich schaute an ihm vorbei, um mich nicht zu verraten, und wollte mich ein paar Plätze entfernt niederlassen. Konrads Augen waren nach draußen auf die See gerichtet, denn wir befanden uns in diesem Moment schon in Höhe der Steilküste. Nun wendete er seinen Blick, erkannte mich und winkte mir lächelnd zu.

»Oh, Paul, der Doktor aus Bremen«, sagte er ziemlich laut, was mich so erstaunte, dass ich zusammenzuckte. »Welche Ehre!«

»Ganz meinerseits«, antwortete ich mit einer angedeuteten Verbeugung. »Darf ich mich zu dir setzen?«

»Nein«, rief er, »*ich* komme zu dir! Das ist bequemer. Hier ist es schon ziemlich eng«, erklärte er mit Blick auf eine ziemlich korpulente Frau, die ihm gegenübersaß und die nun so tat, als hätte sie diese taktlose Bemerkung nicht gehört.

Konrad stand auf und kam zu mir hinüber.

»Keine Gefahr?«, fragte ich leise.

»Nein«, kam es lächelnd von ihm.

»Und warum dann dieses konspirative Treffen?«

»Ich werde dir nachher einige Fotos zeigen. Das ist der Grund. Diese Bilder in meiner Wohnung aufzubewahren, war mir zu riskant. Mir gegenüber wohnt seit Kurzem ein Mann, der mich beobachtet. Warum und in wessen Auftrag, das weiß ich nicht. Aber vielleicht täusche ich mich auch, denn auch eine Paranoia meinerseits kann nicht ausgeschlossen werden. Aber warum ein Risiko eingehen?«

»Da hast du recht«, stimmte ich zu. »Soll ich dir einen Anwalt engagieren, der sich mit solchen Dingen auskennt und der dafür sorgt, dass das aufhört?«

»Nein danke. Ich muss morgen in die Südklinik. Was soll mir da ein Advokat nützen? Drück lieber die Daumen, dass alles gut geht!«

»Versprochen! Sag mal, ist eine richtige Operation vorgesehen oder nur eine Aufdehnung der Beingefäße mittels eines Katheters?«

»Das steht wohl noch nicht fest. Vorsichtshalber hat man aber schon mal von Metallgittern und Plastikadern gesprochen.«

»Oh, das wäre dann nicht so einfach! Aber ich bin mir sicher, dass du das schaffst. Sind deine Schmerzen denn noch schlimmer geworden?«

»Nein. Die haben sogar nachgelassen, aber wahrscheinlich sucht meine Psyche nur nach einem Grund, sich doch noch zu drücken.«

»Es wird alles gut gehen, denn ich weiß, dass ihr Ostler eine zähe Spezies seid.«

»Darauf kannst du einen lassen! Die meisten von uns haben viel durchgemacht, jedenfalls mehr als ihr verweichlichten Westler.«

»Das siehst du durchaus richtig. Aber ernsthaft – du hast Angst, oder?«

»Stimmt. Nicht so sehr vor der Operation, sondern davor, dass etwas schiefgeht und ich mit einem oder gar keinem Bein aufwache. Ja, ich gebe es zu, davor habe ich eine scheiß Angst.«

Ich schaute ihn von der Seite an und sah, dass sich auf seiner Stirn kleine Schweißperlen gebildet hatten. Anstatt etwas zu sagen, ergriff ich seine Hand und drückte sie.

»Danke«, sagte er mit belegter Stimme.

Inzwischen war der Zug in Kühlungsborn-West angekommen und leerte sich schnell. Wir waren die Letzten, die das Abteil verließen, und ich sah, dass Konrad Schwierigkeiten beim Aussteigen hatte. Deshalb reichte ich ihm meine Hand, die er auch widerspruchslos annahm.

»Darf ich dich zum Frühstück einladen?«, fragte ich, als wir auf dem Bahnsteig standen.

»Danke nein. Der Zug fährt in 20 Minuten zurück. Den werde ich nehmen, denn der nächste geht erst in zwei Stunden. Das ist mir zu spät.«

Die Niedergeschlagenheit in seiner Stimme war nicht zu überhören.

»Soll ich denn aus dem Museumscafé etwas zu trinken holen?«

»Gerne. Für mich eine Dose Cola mit Strohhalm.«

»Mit etwas hinein?«

»Nein, heute nicht«, grinste er.

Ich kaufte die Cola und eine kleine Flasche Wasser und setzte mich zu ihm auf die Bank.

»Das Märchenrätsel hast du wohl inzwischen gelöst«, begann er, und als ich nickte: »War ja auch nicht so schwer. Aber, Paul, nimm meinen wohlgemeinten Rat an: Versuche auf keinen Fall, dich mit Wolff anzulegen oder ihm absichtlich über den Weg zu laufen. Der Kerl ist eine Nummer zu groß für dich. Du ziehst den Kürzeren! Er ist nicht nur clever, er ist skrupellos! Trotz seines fortgeschrittenen Alters und seiner Gebrechen.«

»Was für Gebrechen?«, fragte ich.

»Er hat eine neue Hüfte und benutzt jetzt Gehhilfen, um der Umwelt seine Behinderung und sein Leiden zu demonstrieren. Dass er die Krücken wirklich braucht, bezweifle ich.«

»Woher weißt du das alles?«

»Betriebsgeheimnis.«

»Und was soll *ich* jetzt machen?«

»Das musst du selbst wissen. Du könntest mich beispielsweise in der Reha in Bad Nauheim besuchen.«

»Das meine ich nicht.«

»Ich weiß.«

»Selbstverständlich besuche ich dich. Versprochen.«

»Danke. Außerdem habe ich gelesen, dass guter Brandy nach Gefäßoperationen wahre Wunder vollbringen kann.«

»Von diesem hochwissenschaftlichen Artikel habe ich gehört«, entgegnete ich mit ernster Miene. »Hat den nicht ein gewisser Konrad Grochowski verfasst?«

Er lächelte verschmitzt.

»Aber noch einmal zu deiner Warnung«, fuhr ich fort. »Ich werde kein unnötiges Risiko eingehen, denn lebensmüde bin ich nicht. Ich dachte eher an eine anonyme Anzeige.«

»Das ist eine Möglichkeit. Was du aber unbedingt machen solltest, ist Folgendes: Gehe zur Bremer Kripo und überzeuge meine Kollegen, dass sie alle Suizide weiblicher Personen des letzten Jahrzehnts noch einmal überprüfen sollen, bei denen sich Frauen angeblich selbst erhängt haben. In einem großzügigen Radius um die Stadt herum. Allzu viele werden das nicht sein. Wichtig ist, ob sie am Körper rasiert gewesen sind. Nicht in jedem Fall wird man das im Nachhinein noch herausbekommen, aber man sollte es versuchen.«

»Gute Idee, das mache ich. Die Polizei ist sowieso gerade mit der Aufklärung eines Frauenmordes beschäftigt.«

»Stand in der Presse etwas von einer Rasur?«, fragte er interessiert.

»Nein, das würde ich wissen«, entgegnete ich.

»Jammerschade«, sagte Konrad. »Die Schlagzeile wäre nämlich nicht schlecht: Ehemaliger Kripobeamter aus Bad Doberan klärt Bremer Mordfall im Handumdrehen!«

Plötzlich schoss mir ein Gedanke durch den Kopf: »Könnte er es nicht doch gewesen sein, auch ohne …?«, fragte ich.

»Nein, bestimmt nicht«, erklärte Konrad. »Solche Psychopathen ändern ihre Vorgehensweise nicht. Das Rasieren, was es auch immer bedeuten mag, gehört dazu. Es hat für ihn eine tiefe, wahrscheinlich rituelle Bedeutung. Also setz dich mit den Kripoleuten in Verbindung.«

»Unbedingt! Aber sag mal: Glaubst du denn im Ernst, dass der Kerl in seinem fortgeschrittenen Alter und mit dieser Hüftsache weiterhin Frauen ermordet oder ermordet hat?«

»Die Frage habe ich mir auch schon gestellt. Ich weiß es nicht. Ich glaube, dass das niemand von uns beantworten kann. Zu DDR-Zeiten war er in seiner Position unangreifbar. Nach der Wende gab es diesen Vorteil nicht mehr, und seine Genossen werden ihn heute im Zweifelsfall nicht bedingungslos decken, denn denen ist auch das Hemd näher als der Rock. Aber wer weiß!«

»Verstehe. Dennoch, du würdest nicht ausschließen, dass er sich nach der Wende doch noch weitere Opfer gesucht hat.«

»Nein.«

»Und sein Motiv?«

»Wahrscheinlich ein sexuelles. Aber das ist doch eher dein Metier.«

»Stimmt. Ich glaube aber, dass sexuelle Empfindung, wie wir sie verstehen, bei solchen Subjekten eine untergeordnete Rolle spielt. Machtausübung, Dominanz und das Ausleben sadistischer Neigungen stehen im Vordergrund. Da fällt mir ein: Über was für einen anderen Fall wolltest du mit mir sprechen?«

»Der hat sich in der Nähe Berlins zugetragen.«

»Und auch da war Wolff der Täter?«, fragte ich.

»Sagen wir mal so«, entgegnete Konrad, »als die Frau, sie hieß übrigens Julia Kundrow, erhängt in einem Waldstück gefunden wurde, war sie gerade aus dem Stasi-Gefängnis in Hohenschönhausen entlassen worden. Ihr Untersuchungsführer war Wolff. Als man sie fand, war sie vollständig rasiert. Ein bisschen viel Übereinstimmung für einen Zufall. Oder wie siehst du das?«

»Ja, das sehe ich genauso. Und woher weißt du das schon wieder?«

»An diese Fakten bin ich zufällig gekommen.«

»Wie das?«

»Ich hatte mich zu DDR-Zeiten einmal mit einem Kollegen aus Rostock über Wolff unterhalten. Dieser Kollege war äußerst froh, dass Wolff wegen seiner Eigenmächtigkeiten im Fall Elisabeth Dembrock nach Berlin versetzt wurde, denn er war wegen einer anderen Sache mit ihm im Streit. Das Ergebnis war, dass mein Kollege einen schwarzen Punkt in seine Kaderakte bekommen hat, und so etwas war Gift für die Karriere. Dementsprechend sauer war er. An diese Geschichte habe ich mich erinnert. Außerdem wusste ich, dass er verwandtschaftliche Verbindungen in der Nähe Berlins hat.«

»Und weiter?«

»Na ja, wie der Zufall so spielt! Ein Schwager von ihm war in Schönow bei der Volkspolizei. Diesen damaligen Dorfpolizisten hat mein Kollege vor Kurzem auf meine Bitte angerufen. Und das war ein Schuss mitten ins Schwarze. Der Mann hat erzählt, dass er Dienst hatte, als Julia Kundrow vermisst wurde. Am nächsten Tag gehörte er auch zu dem Suchtrupp, der sie dann gefunden hat. Dabei ist er Wolff begegnet, als dieser zu der toten Frau gerufen wurde, weil sich zwei Stasi-Offiziere nicht darüber einigen konnten, ob sie es mit einem Suizid zu tun hatten oder nicht.«

»Ich spekuliere mal, dass Wolff einen Suizid festgestellt hat.«

»Du sagst es. Dadurch war es auch kein Stasi-Fall mehr. Die Kripo hat dann mithilfe der Volkspolizei die Sache übernommen. Die Vopos hatten wohl am offiziellen Tathergang Zweifel, haben aber nicht gewagt, die Version der Stasi infrage zu stellen. Direktiven, die aus dem MfS kamen, waren nämlich Gesetz.«

»Und die ganze Sache ist im Sande verlaufen?«

»Genau. Der rechtliche Aspekt war mit der Diagnose auf dem Totenschein erledigt. Allerdings ist die Familie Kundrow an dem Verlust der Mutter zerbrochen. Der Vater hat getrunken und die staatlichen Organe beschimpft. Daraufhin hat man ihm seine Kinder weggenommen. Heim oder Zwangsadoption, das waren die Möglichkeiten in so einem Fall.«

»Das ist ja furchtbar.«

»Ja. Mit solchen Maßnahmen war man bei Eltern, die in Ungnade gefallen waren, sehr schnell bei der Hand. Viele Kinder, besonders solche, die noch nicht älter als drei Jahre alt waren, sind in der DDR bei linientreuen Stiefeltern aufgewachsen. Manche der Kinder haben nie erfahren, dass Vati und Mutti nicht ihre leiblichen Eltern sind. Und auch heute noch suchen Mütter und Väter nach ihren Nachkommen, weil alle Adoptionsunterlagen vernichtet wurden.«

»Noch einmal: Was mache *ich* jetzt?«

»Wenn du unbedingt willst, kann ich dir die Anschrift dieses Kollegen in Schönow geben. Du kannst dich ja mal mit ihm unterhalten. Wenn, dann stell dich aber nicht mit deinem richtigen Namen vor, denn den braucht in dem Ort niemand zu erfahren. Das wäre zu gefährlich. Aufklären wird man allerdings nach den vielen Jahren auch dieses Verbrechen nicht. Ich würde dir allerdings raten, die Finger davon zu lassen!«

»Ich denke darüber nach«, sagte ich vage.

Eine kleine Pause entstand, und ich konnte sehen, dass Konrad mit sich kämpfte.

»Da ist aber noch etwas, weshalb ich dich treffen wollte«, sagte er dann. »Etwas, das *mich* stark belastet, ich habe es vorhin angedeutet. Eigentlich ist das allein meine Sache, aber da ich nicht weiß, ob ich meine Operation überstehe, möchte ich, dass jemand davon erfährt.«

»Lass hören.«

Verdammt, die Sache wird immer brisanter!

»Kannst du dich erinnern, dass ich etwas durcheinander war, als du mir das erste Mal erzählt hast, dass du Wolff in Verdacht hättest, an Elisabeth Dembrocks Tod schuld zu sein.«

»Ja, du hattest eine Andeutung gemacht, bist dann aber nicht darauf eingegangen.«

»Genau. Darum geht es! Aber ich muss darauf bestehen, dass das, was ich dir jetzt erzähle und was ich dir zeige, unter uns bleibt.«

Was bezweckt Konrad mit dieser Forderung?

»Kein Problem.«

Grochowski griff in seine Jacke. Er zog einen Umschlag heraus, in dem sich eine Reihe von Schwarz-Weiß-Fotos befand, die er mir einzeln herüberreichte.

»Schau sie dir genau an«, forderte er mich auf.

Es waren schreckliche Bilder, denn sie zeigten eine jüngere Frau, die an einem Türscharnier hing. Ich schaute mir Foto für Foto an, gab sie dann zurück und blickte ihn fragend an.

»Tatort ist das Vernehmungszimmer von Wolff in Rostock in der Hermannstraße. Über ein Jahr vor Elisabeth Dembrock. Es handelt sich bei der Frau auf den Fotos um die Tochter eines Lehrers aus Bad Doberan, den ich persönlich gut kannte. Er bat mich um Hilfe, weil er nicht glauben konnte, dass seine Tochter das hier aus eigenem Entschluss getan hat. Ich bekam erstaunlicherweise von der Stasi die Erlaubnis, die Protokolle einzusehen. Das hätte mich eigentlich misstrauisch machen müssen. Aber nichts deutete in den Unterlagen darauf hin, dass etwas vertuscht wurde. Und deshalb bin ich auch zu dem Schluss gekommen, dass zwar die Aufsicht vernachlässigt worden war, dass man den Untersuchern aber weiter keinen Vorwurf machen konnte. Und genau so habe ich das meinem Bekannten auch gesagt.«

»Aber nun hast du Zweifel!«

»Ja.«

»Was stand denn über den Hergang in den Protokollen?«

»Wolff war bei der Vernehmung. Er wurde aus seinem Zimmer gerufen und schickte deshalb einen Wachtmeister in den Raum. Die Frau soll kurz darauf versehentlich gestürzt sein und sich eine blutende Kopfwunde zugezogen haben.«

»Gestürzt?«

»Na ja, in Wahrheit ist sie geschlagen worden, vielleicht sogar mit einem Gegenstand. Bei sichtbaren Verletzungen sind die Gefangenen damals immer ›versehentlich gefallen‹. Das war so, und das wusste auch jeder. Im Protokoll stand, dass der Wachtmeister Verbandsmaterial holen wollte. Dabei ist er aufgehalten worden. Die Gefangene, die nun alleine war, hat ein Verlängerungskabel genommen und sich an dem Scharnier der Tür erhängt. Man muss wissen, dass Suizidversuche in Stasi-Gefängnissen nicht selten waren. Was damals dafür sprach, dass es sich so abgespielt hat, wie die Stasi gesagt hatte, war, dass außer den Schnürfurchen am Hals und der kleinen Kopfverletzung keine Abwehrspuren vorhanden waren, die man bei Gewaltanwendung erwarten musste.«

»Und warum glaubst du jetzt, dass im Protokoll die Unwahrheit stand, dass etwas vertuscht wurde?«

»Wegen der Bilder.«

»Das musst du mir erklären, denn ich habe darauf nichts Ungewöhnliches gesehen, von der schrecklichen Sache selbst einmal abgesehen.«

»Damals habe ich das auch nicht. Aber pass auf: Die Frau war ein dunkler Typ, die stark nach der Mutter kam. Die Mutter kannte ich, und ich erinnere mich, dass sie an Armen und Beinen ziemlich behaart war. Bei der Tochter ist auf den Bildern nichts von Haaren zu sehen. Das ist natürlich kein Beweis. Aber es gab zwei Schnürfurchen am Hals. Das hatte ich damals zwar bemerkt, aber anders bewertet. Und jetzt schau dir mal dieses eine etwas unscharfe Foto hier an.«

Konrad reichte mir einen Abzug, den ich mir sorgfältig anschaute. Aber wieder konnte ich nichts Besonderes entdecken und gab das Bild mit einem Achselzucken zurück.

»Ich habe es damals auch nicht gesehen, aber schau: Die Knopfleiste der Bluse ist auf der verkehrten Seite. Das bedeutet, dass ihr jemand die Bluse links herum angezogen hat, als sie schon an der Tür hing. Sie wird über den Tag so nicht herumgelaufen sein. Und noch etwas: An den Unterschenkeln gibt es Schnittverletzungen vom Rasieren. Und auf diesem Foto sieht man, dass sich ihre Fußspitzen auf dem Boden befinden. Das bedeutet, dass sie erst gestorben ist, als sie die Kraft verlassen hat.«

»Und du meinst …«

»Ich meine nicht, ich weiß! Dasselbe Muster wie bei Elisabeth und wahrscheinlich dasselbe wie bei Julia Kundrow. Und ich habe damals meinem Bekannten nicht geglaubt!«

»Es hätte am Ergebnis nichts geändert.«

»Kann sein. Aber ich schäme mich dafür. Ich konnte mir beim besten Willen nicht vorstellen, dass jemand so etwas tut.«

»Soll ich die Bilder an mich nehmen und sie der Polizei übergeben?«

»Nein, noch nicht. Ich schicke die Fotos postlagernd an folgende Anschrift.«

Er zeigte mir einen Zettel mit einer Adresse und einer Identifikationsnummer.

»Kannst du dir das merken?«

»Ja, kein Problem.«

»Also: Sollte ich nicht wieder aufwachen, kannst du mit den Fotos machen, was du willst. Bringe sie zur Polizei oder zu einem Anwalt. Geht die OP gut, machst du erst einmal gar nichts. Ich verlasse mich auf dich!«

»Ja, das kannst du auch. Darf ich dich trotzdem etwas fragen?«

»Natürlich!«

»Weshalb machst du das? Was hast du vor, wenn im Krankenhaus alles gut geht?«

»Das habe ich noch nicht entschieden, darüber muss ich noch nachdenken. Aber keine Sorge: Wenn ich etwas tue, ist es nichts Unziemliches.«

Merkwürdige Formulierung. Was meint er damit?

»Dann bin ich beruhigt«, sagte ich, obwohl ich es in Wahrheit nicht war.

»Gut, Paul, es wird Zeit für mich. Hilfst du mir zurück in den Zug?«

Wir erhoben und umarmten uns. Dann drückte er mir einen Zettel in die Hand.

»Schmeiß ihn besser weg. Wenn nicht, dann mache nichts Unüberlegtes.«

»Versprochen, mein Freund. Soll ich dich in der Klinik oder erst in der Reha besuchen?«

»Auf keinen Fall im Krankenhaus. Es ist schlimm genug, dass man dort den Ärzten und Schwestern ausgeliefert ist. Dann noch eine Horde mitleidiger Besucher ertragen zu müssen, das wäre einfach zu viel!«

»Okay, okay. Kein Besuch im Krankenhaus! Aber sobald du verlegt wirst, rufst du mich an!«

»Das mache ich.«

Ich geleitete Konrad zurück in den »Molli« und wartete, bis der Zug langsam in der Ferne verschwunden war.

Danach setzte ich mich zurück auf die Bank, zog den Zettel heraus, den er mir gegeben hatte und starrte auf die krakelige Schrift: Jörg Boger, stand dort und eine Nummer mit einer 03338-Vorwahl. Ich überlegte einen Moment, dann griff ich zum Handy.

KAPITEL 33

Schönow, in der Nähe Berlins

Robert Kundrow war es tatsächlich gelungen, seine Schwester wiederzufinden. Und das war gar nicht so schwierig gewesen.

In Ediths Fall hatte man in Gegensatz zum gängigen Verfahren die Adoptionspapiere nicht vernichtet. Das wiederum war der Tatsache geschuldet, dass man vonseiten der DDR-Behörden keine Veranlassung sah, ihre Adoption im Geheimen ablaufen zu lassen.

Aber von Beginn an:

Nicht lange nach Julias Tod starb auch Gerhard, der Vater von Edith und Robert. Manche sagten an gebrochenem Herzen, andere waren der Ansicht, dass nur ein akutes Leberversagen aufgrund des exzessiven Alkoholgenusses die Ursache seines Ablebens gewesen sein konnte. Die Wahrheit lag wahrscheinlich irgendwo in der Mitte.

Zwar gab es für die Kinder noch die Großeltern mütterlicherseits, Ulla und Hans, die als Elternersatz hätten einspringen können. Aber Robert war ihnen zu renitent, hatte der Junge doch die dauernden Auseinandersetzungen zwischen Gerhard auf der einen und Hans und Ulla auf der anderen Seite miterlebt und sich, sehr zum Verdruss der beiden Sachsen, immer auf die Seite des Vaters geschlagen. Bei Edith lagen die Dinge anders. Sie war zu klein, um das Unglück begreifen zu können, das mit dem Tod Julias über die Familie hereingebrochen war, und wäre sicher von den Großeltern adoptiert worden. Aber eine Maserninfektion mit anschließender Enzephalitis verursachte erhebliche Schäden in ihrem Gehirn und bewirkte außerdem eine körperliche Retardierung, sodass sie nur 1,45 Meter groß wurde und auch, als sie schon volljährig war, gerade mal 32 Kilogramm wog. Diese schweren gesundheitlichen Einschränkungen waren für Ulla und Hans nicht akzeptabel, und deshalb wurde Edith zur Adoption freigegeben. Die Chance, mit ihrer Behinderung und der in der Folge der Enzephalitis sich entwickelten Epilepsie mit mehreren schweren Anfällen pro Jahr Adoptiveltern zu finden, war extrem gering.

Wider Erwarten funktionierte es dennoch.

Robert kam in ein Kinderheim in Thüringen, lernte später Maschinenschlosser, machte seinen Meister, wurde Autobauer und ging nach der Wende zu einer großen Firma nach Dingolfing, während Edith von Herma und Albert, einem kinderlosen Ehepaar, das das für eine Adoption vom Gesetzgeber vorgeschriebene Höchstalter schon deutlich überschritten hatte, aufgenommen wurde. Die Behörde war in Ediths Fall wegen der Behinderung an der Ausübung der Fürsorgepflicht nicht wirklich interessiert, und die Adoptiveltern waren glücklich, ihren Kinderwunsch doch noch erfüllt zu bekommen. Heute würde man sagen: eine klassische Win-win-Situation.

Liebevoll betreuten Herma und Albert ihre Edith, wie sie immer sagten, und hatten eigentlich nur ein einziges, dafür aber riesiges Problem: Was sollte werden, wenn sie sich aus Altersgründen nicht mehr würden kümmern können?

Dann meldete sich Robert.

Herma und Albert begannen mit aller Vorsicht, Edith auf die neue Situation vorzubereiten. Stückchen für Stückchen erzählten sie ihr aus der Vergangenheit der Familie Kundrow. Immer etwas mehr, aber immer nur so weit, dass Edith folgen konnte und in der Lage war, ihr Schicksal zu akzeptieren.

Eines Tages sagte dann Tante Herma zu ihr, dass sie am nächsten Wochenende ihren Bruder treffen werde und sich auch das alte Haus anschauen dürfe, in dem sie mit Robert und den Eltern gewohnt hatte, und natürlich auch den Platz auf dem Friedhof, auf dem ihre Mutti liegen würde.

An einem Freitagnachmittag wurde Edith, versehen mit ihrem Taschengeld, zur Gärtnerei geschickt, um einen Blumenstrauß zu besorgen. Sie nahm einen mit bunten Sommerblumen, und tags darauf ging es schon früh am Morgen los.

Albert hatte zwei Zimmer in einem einfachen Hotel reserviert, in das sie gleich nach ihrer Ankunft ihr Gepäck brachten. Danach fuhren sie zum Friedhof. Albert stellte seinen Wagen auf dem Vorplatz ab und sagte, dass er warten würde.

Herma nahm Edith nach dem Aussteigen in den Arm. Diese presste ihren Kopf an die Schulter ihrer Adoptivmutter und schluchzte kläglich.

»Keine Angst«, beruhigte Herma. »Du musst nicht weinen. Deine Mutti weiß, dass du sie heute besuchen kommst, und sie freut sich schon sehr. Kämm dir deine Haare, damit Julia sieht, was für ein fesches Mädchen sie hat.«

Dann ging sie zum Kofferraum, nahm die Blumen heraus und drückte sie Edith in die Hand.

»Komm«, sagte sie sanft. »Ich weiß, dass es für dich schwer ist, aber ich begleite dich. Albert wird hier auf uns warten.«

Edith nickte, griff nach Hermas Hand und ließ sich führen. Während beide an den Bäumen, Büschen und den vielen anderen Grabstätten entlanggingen, sprachen sie kein Wort.

Nach einigen Minuten blieb Herma neben einer alten Holzbank stehen und deutete auf einen großen Baum, neben dem ein junger Mann kniete.

»Geh jetzt dorthin«, sagte sie. »Sag einfach, dass du Edith bist. Dann legst du deinen Blumenstrauß vor den Grabstein.«

»Ist dort Mutti …«

»Ja Edith, das ist der Platz, an dem deine Mutter begraben ist. Ich setze mich auf die Bank und warte. Nimm dir genügend Zeit, und wenn du mich brauchst, dann winke, und ich komme zu dir.«

Langsam ging sie auf den sitzenden Mann zu. Er hatte ihr Kommen bemerkt, drehte sich um, erhob sich und starrte sie beinahe ungläubig an.

Edith schaffte es nicht zu sagen, wer sie war, aber das war auch nicht nötig.

Der Fremde deutete auf das kleine verwilderte Rechteck, vor dem er gekniet hatte und auf dem ein Strauß bunter Rosen lag. Er flüsterte:

»Es ist wunderbar, dass du gekommen bist.«

Dann tat er einen Schritt auf sie zu. Sie blickten einander an, und erst in diesem Moment wurde ihr bewusst, dass Robert vor ihr stand. Robert, ihr großer Bruder!

Beide umarmten sich und weinten. Edith taumelte und wäre wohl gefallen, wenn Robert sie nicht gehalten hätte. Vorsichtig half er ihr, sich auf den Boden zu setzen. Dann nahm er ihr den Strauß aus der Hand und legte ihn neben den, der schon dort war, setzte sich dann neben sie und lehnte sich bei ihr an.

»Robert, glaubst du, dass unsere Mutti uns jetzt sehen kann? Tante Herma sagt das«, fragte Edith ernst. »Aber Mutti ist doch dort unten, wieso kann sie uns sehen?«

»Ja, Edith, Julia ist dort. Trotzdem kann sie uns sehen, denn ihre Seele ist in diesem Moment hier bei uns. Mutti weiß immer, was wir machen, und deshalb sind wir auch nie alleine, auch dann nicht, wenn wir das manchmal glauben. Das darfst du nie vergessen! Weißt du, was eine Seele ist?«

»Natürlich weiß ich das«, protestierte Edith entrüstet.

Robert schaute sie prüfend an. Dann lächelte er.

»Wenn du etwas nicht weißt, kleine Schwester«, sagte er nach einer Weile leise, »dann kannst du mich immer fragen. Ich bin dein großer Bruder, und ein großer Bruder muss immer für seine kleine Schwester da sein. Das gehört sich so zwischen

Geschwistern. Es tut mir leid, aber bis vor einigen Wochen habe ich nicht gewusst, dass du noch lebst. Großmutter Ulla hatte mir einmal geschrieben, dass du tot seiest, gestorben an einer Infektion. Ich war zu der Zeit in einem Heim und habe das geglaubt. Sie wollte wohl nicht durch ein Kind an die Dinge, die mit Julia geschehen sind, erinnert werden. Aber vielleicht war sie auch von dem überzeugt, was sie mir geschrieben hatte.«

»Ich weiß das alles nicht.«

»Du musst damals sehr krank gewesen sein. Das hat mir jedenfalls deine Adoptivtante am Telefon berichtet.«

»Dass ich hier geboren bin, weiß ich nur, weil Tante Herma es mir gesagt hat.«

»Ich kann mich an viele Dinge erinnern. Es ist schwer zu begreifen, was erst mit Julia, dann mit Gerhard und später auch mit dir passiert ist. Ganz schrecklich war es, als mir plötzlich bewusst geworden ist, dass alle fort waren. Ich fühlte mich, als wäre ich ganz alleine auf der Welt. Aber diese schlimmen Zeiten sind Gott sei Dank für uns beide vorbei. Edith, du glaubst gar nicht, wie froh ich bin, dich gefunden zu haben. Ich kann es nicht in Worte fassen, so schön ist das.«

»Ja, einfach schön«, sagte Edith ergriffen.

Sie wischte eine Träne von ihrer Wange und konnte ihre Augen nicht von Robert wenden.

In den nächsten zwei Wochen sprach sie nur von ihrem großen Bruder. Herma und Albert waren sicher, dass ihr Problem, das ihnen nicht nur eine schlaflose Nacht bereitet hatte, keines mehr war, und obwohl beide nicht gläubig waren, dankten sie dem Herrgott für diese wunderbare Fügung.

Keine drei Wochen später rief Robert erneut an und erzählte, dass er bald wieder nach Schönow wolle, um ein paar Dinge zu erledigen. Erstens müsse er die Überführung von Gerhard vorbereiten und die dafür notwendigen Formalitäten erledigen. Auch wären ihm Dinge zu Ohren gekommen, die die damalige offizielle Version eines Suizids von Julia unglaubhaft erscheinen ließen. Dem wolle er nachgehen, sagte er, denn das sei er sich und seiner Schwester, aber besonders Julia schuldig. Da sich alles durch Gespräche klären lassen würde und somit ungefährlich sei, wolle er fragen, ob es nicht eine gute Idee sei, wenn Edith mitkäme, denn seine Schwester besser kennenzulernen, wäre für ihn äußerst wichtig.

»Tolle Idee, Robert«, antwortete Herma. »Du weißt, dass Edith an Epilepsie leidet? Schaffst du das denn alleine mit ihr, und besteht für sie auch wirklich keine Gefahr? Edith hat allerdings durch die neuen Tabletten, auf die sie seit einem Jahr eingestellt ist, keinen schwereren Anfall mehr gehabt.«

»Wenn du mit Gefahr die Sache meinst, der ich noch nachgehen will, brauchst du dir keine Sorgen zu machen. Ich möchte nur mit einem ehemaligen Polizisten sprechen und mich mit einer alten Frau treffen, die damals die Bibliothek geleitet hat. Diese Frau, Sagasser heißt sie, scheint mit unserer Mutter direkt vor ihrem Tod gesprochen zu haben. Vielleicht weiß sie etwas, vielleicht aber auch nicht. Ich verspreche, dass ich Edith zu keinem Zeitpunkt allein lassen werde.«

»Also Robert, prinzipiell haben wir keine Bedenken. Deine Gespräche sollten aber nicht allzu anstrengend für Edith sein. Eine große Belastung kann nämlich jederzeit einen Krampfanfall auslösen. Weißt du denn, wie man sich verhalten muss, wenn das passiert?«

»Ja, das weiß ich. Das habe ich gelernt, als ich mehrere Kurse als freiwilliger Katastrophenhelfer gemacht habe. Das ist kein Problem.«

»Gut. Dann sind wir einverstanden. Wir finden es übrigens wundervoll, wie du dich um deine Schwester kümmerst.«

»Danke! Ich rufe an, wenn es feststeht, wann ich fahre. Ich

muss den Zeitpunkt erst noch mit meiner Firma absprechen und gebe euch Bescheid.«

»Super, Robert. Edith wird sich wahnsinnig freuen. Sie redet sowieso nur noch von dir! Sie wird ganz aus dem Häuschen sein.«

»Herma, das freut mich sehr. Ich melde mich.«

KAPITEL 34

Bremen

Nachdem in den Medien die Nachricht verbreitet worden war, dass es einen neuen Entführungsfall gegeben hatte, brachen noch am Vormittag die Telefonleitungen der Polizei zusammen.

Viele Anrufer wollten tatsächliche oder vermeintliche Beobachtungen zum Besten geben, andere machten sich Sorgen über Verwandte oder Bekannte, die sie länger nicht gesehen hatten, und wieder andere beschimpften die Beamten, dass der Täter im Fall Doreen Höppner immer noch nicht gefasst sei trotz des vielen Geldes, das von den Steuerzahlern jedes Jahr für die Polizei aufgebracht würde.

Der Polizeipräsident verfügte eine Urlaubssperre, zitierte alle Leitungskräfte zu einer Lagebesprechung in das Präsidium, und direkt danach wurde eine Pressekonferenz anberaumt.

Am Schluss dieser Konferenz versprach er mit großen Worten und unter Verweis auf die exzellenten Aufklärungsraten bei Kapitalverbrechen, dass man nicht ruhen und rasten werde, dass kein Stein auf dem anderen bliebe, bis diese zwei Fälle restlos aufgeklärt seien. Schließlich existierten mehrere Erfolg versprechende Spuren, denen man mit aller Energie nachginge. Und bis jetzt habe, so fügte er hinzu, solch eine konzentrierte Arbeit immer zum Erfolg geführt. Dann gab er noch seiner Hoffnung Ausdruck, dass es sich bei dem neuen Fall vielleicht doch nicht um eine Entführung, sondern nur um ein absichtliches Entfernen handeln könne, auch wenn, wie er zugab, diese Möglichkeit nach der Faktenlage wenig wahrscheinlich sei.

In Wahrheit spürte man in der MK weder Zuversicht noch gab es Erfolg versprechende Spuren. Stattdessen machte sich so etwas wie Verzweiflung breit, und bald schon fuhren Streifenwagen die Gegenden ab, die sich zum Ablegen einer Toten am besten eigneten.

Routinemaßnahmen wie Aufrufe in Radio und TV mit der Bitte an die Bevölkerung, Verdächtiges zu melden, Kameraauswertungen, Personenüberprüfungen und ähnliche Dinge folgten.

Bis zum nächsten Tag hatte es weit über 200 Anrufe gegeben. Alle Gespräche waren aufgezeichnet worden und die wichtigsten Aussagen gesondert auf speziell konzipierte Karteikarten übertragen, damit die Kriminalbeamten sie der Reihe nach abarbeiten konnten.

Am frühen Nachmittag gab es noch eine Teambesprechung, denn man hatte sich, hauptsächlich auf Drängen von Lena Grimm und Walter Hausmann, entschlossen, die Ermittlungsarbeit beider Fälle unter einer Leitung zu führen, um der Gefahr zu begegnen, sich zu verzetteln.

Am darauffolgenden Tag wurden dann die Einzelheiten der Entführung der Öffentlichkeit präsentiert, und wie zu erwarten, schwoll die Zahl der Anrufe noch weiter an, nachdem auch der Rundfunk stündlich die bekannt gewordenen Fakten gebetsmühlenartig wiederholte. Arbeit gab es somit überreichlich, und der Karteikartenstapel wuchs. Bei der nächsten

Pressekonferenz gab Hauptkommissar Hausmann in Absprache mit dem Ehemann der Entführten folgende Erklärung:

»Frau Otten forderte von Zuhause ein Taxi an. Nachdem der Mietwagen kam, hat sich die junge Frau verabschiedet und ist zur Straße gegangen. Sie wollte bei ihrer kranken Mutter nach dem Rechten sehen und vorgekochtes Essen für die nächsten Tage vorbeibringen, was auch geschah. Als Herr Otten später bei der Schwiegermutter nachfragte, wann er seine Frau zurückerwarten könne, sagte ihm diese, dass ihre Tochter schon vor zweieinhalb Stunden gefahren sei. Herr Otten bekam es mit der Angst und hat bei der Polizei angerufen. Seitdem gibt es kein Lebenszeichen. Alle Orte, wo sie geblieben sein könnte, sind mehrmals mit leider negativem Ergebnis überprüft worden, und somit ist die Wahrscheinlichkeit eines Verbrechens groß.«

»Ist bei der Rückfahrt auch das bestellte Taxi wieder abbestellt worden, und war es dasselbe Taxiunternehmen wie beim ersten Fall?«, fragte einer der anwesenden Reporter.

»Es war dasselbe Unternehmen bei der Hin- und Rückfahrt, aber nicht dasselbe wie beim Mordfall Höppner«, erklärte der Leiter der MK. »Allerdings ist die Vorgehensweise in diesem Punkt in beiden Fällen identisch. Der Wagen wurde von Frau Otten bestellt und schon Minuten später von einer männlichen Stimme wieder abbestellt. Der Anrufer hat sich am Telefon als der Ehemann ausgegeben. Die Bestellung und die Absage wurden aber nicht von derselben Bürokraft des Taxiunternehmens bearbeitet.«

»Und womit wurde die Fahrt abgesagt? War es wieder ein Prepaid-Handy?«

»Ja, genau wie beim ersten Fall. Wir haben dieses Mal zwar das Gespräch auf Band, nur ob es uns weiterbringt, wissen wir nicht, denn die Stimme darauf ist sehr leise und auch verzerrt. Das Gespräch selbst dauerte auch nur einige Sekunden.

Für eine vernünftige Stimmanalyse wird die Qualität nicht ausreichen.«

»Und das Taxiunternehmen ist bei der Abbestellung nicht misstrauisch geworden?«

»Offensichtlich nicht. Jeden Tag werden Fahrten abgesagt, das gehört zur Routine. Wir können dem Unternehmen und den Mitarbeitern keinen Vorwurf machen.«

»Haben Sie noch andere Erkenntnisse, die belegen, dass beide Fälle zusammenhängen, und was ist Ihr Gefühl zu dem Punkt?«, fragte ein Reporter.

»Gute Frage. Nein, außer den soeben erwähnten Parallelen gibt es bis jetzt keine weiteren Indizien, aber es spricht auch nichts dagegen, und auf Gefühle sollte man sich nicht verlassen, die können schnell mal täuschen.«

»Meinen Sie, dass auch ein Nachahmer im Bereich des Möglichen liegt?«

»Ja, die Möglichkeit besteht durchaus.«

»Werden jetzt zwei Sonderkommissionen gebildet?«

»Nein. Wir ermitteln gleichrangig und gleichzeitig mit einer MK, weil wir meinen, dass das zielführender ist. Sollte es aber Erkenntnisse geben, die einen anderen Schluss wahrscheinlicher erscheinen lassen, sind wir in der Lage, kurzfristig zu reagieren.«

»Ist die Möglichkeit eines absichtlichen Fortbleibens vonseiten der Frau definitiv ausgeschlossen?«, kam eine weitere Frage.

»Das können wir natürlich nicht mit absoluter Sicherheit sagen«, antwortete Walter Hausmann. »Es gibt aber bis jetzt keinen Hinweis für ein solches Verhalten, denn außer der Handtasche mit ihren Papieren und den Sachen, die sie für ihre Mutter mitgenommen hatte, führte sie nichts bei sich, was so eine Annahme stützen könnte. Sämtliche anderen persönlichen Gegenstände befanden sich in ihrer Wohnung. Und der Ehemann hat bestätigt, dass nichts fehlt, soweit er das beurteilen kann. Da Frau Otten nicht über größere Geldbeträge verfügte und auch keine wesentlichen Abhebungen in den letzten Monaten erfolgt sind – ihre Kreditkarte befand sich übrigens im häuslichen Safe –, gehen wir davon aus, dass diese Möglichkeit nicht sehr wahrscheinlich ist.«

»Sehe ich das richtig«, brachte sich ein weiterer Reporter ein, »dass Sie es für ausgeschlossen halten, dass ein persönliches Verbrechensmotiv vorliegen könnte?«

»Meine Damen und Herren von der Presse«, entgegnete der Hauptkommissar genervt. »Erstens wissen wir noch nicht 100-prozentig, ob tatsächlich ein Verbrechen stattgefunden hat, und zweitens werden Sie doch wohl nicht im Ernst glauben, dass ich in der Öffentlichkeit über das private Umfeld eines potenziellen Opfers schwadroniere. Wer solche Annahmen bewusst mit der Absicht in die Welt setzt, eine Story zu produzieren, die die Auflage steigern soll, beweist eindrucksvoll, wes Geistes Kind er ist. Ich hoffe, dass verstanden wurde, was ich von so einer Frage halte.«

Ein weiterer Reporter meldete sich zu Wort: »Es fehlen immer noch Einzelheiten zu dem Tathergang bei dem Fall Doreen Höppner. Warum werden diese zurückgehalten?«

»Eine durchaus berechtigte Frage. Auch bei uns in der MK wurde kontrovers diskutiert, ob wir weitere Besonderheiten bekannt geben sollen. Wir hatten uns entschieden, erst einmal alle Datensammlungen zu ähnlichen Vorkommnissen sowohl in Deutschland als auch im europäischen Ausland in der Hoffnung abzugleichen, einen Treffer zu landen. Leider bis jetzt ohne Erfolg. Außerdem wussten und wissen wir nach wie vor nicht definitiv, ob die spezielle Vorgehensweise des Täters, die es tatsächlich gibt, nur zufälliges ermittlungstechnisches Beiwerk ist, was bei der Bekanntmachung zwar vielfältige Spekulationen auslösen und extrem viel Arbeit produzieren würde, uns aber nicht weiterbringt.«

»Wenn ich Ihre diffusen Äußerungen richtig deute, vermuten Sie, dass es sich um einen Mehrfachtäter handeln könnte. Oder habe ich Sie falsch verstanden?«

»Doch, da liegen Sie schon richtig. Auch in diesem Punkt gehen die Meinungen auseinander, denn bei einem Serientäter müssen, wie das Wort es sagt, auch mehrere Taten vorhanden sein. Entweder es gibt sie, und wir kennen sie nicht, oder es gibt sie nicht, und dann existiert auch kein Serientäter. Unsere sehr kompetente Fallanalytikerin Lena Grimm, die gleich noch etwas zu dieser Problematik sagen wird, ist von einem Serientäter überzeugt. Ich bin ebenfalls ihrer Auffassung. Aber eine Vermutung ist das eine, der Beweis das andere. Und Beweise haben wir nicht. Wir müssen, so schwer es auch fällt, weiter Geduld aufbringen.«

Nach einer Reihe von zusätzlichen Fragen, die sich hauptsächlich um die Telefonate mit dem Taxiunternehmen und um die Umstände des Verschwindens drehten, beendete der Hauptkommissar seine Stellungnahme und übergab das Mikrofon an Frau Grimm.

Sie stellte sich kurz vor und kam dann zu ihrem Anliegen.

»Ich verstehe«, erklärte sie, »dass Sie, meine Damen und Herren, mit den Ergebnissen, die die Bremer Kriminalpolizei vorgelegt hat, nicht zufrieden sind. Das kann ich gut nachvollziehen. Als Fallanalytikerin bin ich trotz meines noch nicht so sehr fortgeschrittenen Alters bei einer langen Reihe von Verbrechen für das BKA beratend tätig gewesen. Ganz selten habe ich dabei Fälle gehabt, die so arm an Hinweisen gewesen sind wie dieser. Ich versichere Ihnen, dass die dürftigen Ermittlungsergebnisse nichts mit der Unfähigkeit der Beamten zu tun haben, sondern ausschließlich mit der ungewöhnlichen Raffinesse, ja man kann schon sagen, mit der kalten Professionalität des Täters. Zu der zweiten Tat, wenn sie denn mit der ersten zusammenhängt, können wir bis jetzt noch nicht sehr viel sagen. Und Spekulationen in die Welt zu setzen, gehört nicht zu unserer Arbeitsweise. Außerdem stehen wir mit den Ermittlungen noch am Anfang. Bei dem ersten Verbrechen ist das anders. Da haben wir ein sehr klares Bild von dem Täter. Wir wissen, warum er wie und was gemacht hat, und wir wissen auch, dass er aufgrund der Besonderheiten seines Vorgehens eine Tatvorgeschichte haben muss, die seinem engeren Umfeld nicht verborgen geblieben sein kann. Aber gerade in diesem wichtigen Punkt tappen wir im Dunkeln. Warum das so ist, können wir momentan noch nicht erklären. Es gibt Hinweise, dass der Mann eine militärische Ausbildung genossen haben könnte, die er vielleicht in einem Staat des ehemaligen Ostblocks erfahren hat. Das alles scheint auf den ersten Blick sehr vage und bestärkt sicher Ihre Meinung, dass wir im Nebel herumstochern. Bei genauem Hinsehen sind unsere Anhaltspunkte jedoch sehr wohl konkret, denn mit einem Täter, der sich unbemerkt mitten unter uns entwickelt hat, haben wir es mit Sicherheit nicht zu tun. Er muss seine Abartigkeit in einem Umfeld begonnen und ausgelebt haben, das abgeschottet war. Sonst hätten wir Kenntnis von ähnlichen Vorfällen, denn es gibt immer bei solcher Art von Verbrechen Vorläuferhandlungen. Die Frage, die wir uns stellen, ist folgende: Warum geben die Datenbanken keine Hinweise? Warum scheint die Kriminalpsychologie zu versagen? Wenn wir das klären können, sind wir dem Täter ganz nahe. Polizeiarbeit ist häufig nicht nur die Beantwortung der Frage, warum sich etwas so und nicht anders abgespielt hat, sondern auch das Nachdenken darüber, warum gewisse Dinge nicht vorhanden sind, obwohl sie es müssten. Es kann sein, dass wir in Kürze doch weitere Einzelheiten der Tatausführung bei dem Fall Höppner veröffentlichen, nämlich dann, wenn wir uns davon Fortschritte erwarten. Gibt es Fragen von Ihrer Seite?«

»Stimmt es, dass Sie im letzten Jahr kurz vor Ihrem Rausschmiss standen, weil Sie bei einem Fall, der sich in Berlin abgespielt hat, den Chef der Kripo angegangen sind, anstatt sich um die Belange dieses Falls zu kümmern, und dass dadurch wichtige Akten nicht oder sehr spät ausgewertet werden konnten und nur durch einen Zufall ein weiteres Verbrechen verhindert wurde?«, fragte ein Reporter einer überregionalen Zeitung.

»Stimmt.«

»Was? Sie geben das zu? Wie kann es denn sein, dass Sie heute immer noch im Dienst sind?«

»Wenn man recherchiert«, sagte Lena mit Ärger in der Stimme, »dann sollte man nicht nur herauspicken, was einem in den Kram passt, sondern sich eine gewisse Objektivität bewahren. Und jetzt zu Ihren Vorwürfen: Ja, es gab Differenzen zwischen mir und der Polizeileitung. Ich hatte gefordert, sich wegen der Dringlichkeit auf das Wesentliche, oder anders ausgedrückt, auf die Hauptspur zu beschränken, denn es gab in dem Fall eine Haupt- und mehrere Nebenspuren. Das war ein Risiko. Aber manchmal muss man Risiken eingehen. Dass eine zweite Tat verhindert wurde, war somit nicht dem Zufall zu verdanken, sondern Ergebnis dieser Abwägung. Ich gebe Ihnen aber recht, dass die Sache auch anders hätte ausgehen können. Und es stimmt: In dem Fall würde ich nicht vor Ihnen stehen.«

»Aber ich gehe nicht fehl in der Annahme«, ergänzte der Reporter sarkastisch, »dass es jetzt keine Hauptspur gibt. Oder noch anders: Es gibt überhaupt keine Spur!«

»Da ich kein Ermittler bin, gebe ich Ihre Frage weiter«, antwortete Lena kühl und nickte Walter Hausmann zu.

»Wir haben eine größere Anzahl von Hinweisen, denen wir nachgehen«, sagte dieser ohne große Überzeugung, und man sah ihm an, dass er die Pressekonferenz gerne beenden wollte. »Und ja, eine sogenannte ›heiße‹ Spur haben wir derzeit nicht.«

»Dann will ich mal übersetzen, was Sie soeben gesagt haben«, entgegnete der Reporter spöttisch: »Sie haben nichts! Sie haben gar nichts! Sie haben nur Ausflüchte.«

»So einen Blödsinn habe ich lange nicht gehört«, entgegnete der Hauptkommissar wütend und wollte gerade zu einer längeren Entgegnung ansetzen, als ihn eine junge Reporterin einer bekannten Illustrierten unterbrach und mit schriller Stimme begann, massive Vorwürfe gegen die Bremer Polizei im Allgemeinen und gegen den Leiter der MK im Besonderen zu erheben. Und plötzlich schien es, als hätten die Teilnehmer der Pressekonferenz nur auf diesen Zwischenruf gewartet: Alle schrien durcheinander und wollten ihre Sicht der Dinge zum Besten geben.

Walter Hausmann wurde rot vor Wut. »So etwas muss ich mir nicht bieten lassen«, brüllte er in den Raum und brach die Konferenz ab.

KAPITEL 35

»Nun geht es los«, sagte Jens Fiedler, »und das war erst der Anfang. Es musste irgendwann so kommen! Verwunderlich ist eher, dass es jetzt erst passiert. Ich hatte schon viel früher damit gerechnet.«

Lena Grimm, Walter Hausmann und Jens Fiedler saßen nach der am Vortag aus dem Ruder gelaufenen Pressekonferenz im Dienstzimmer der Hauptkommissare beim Kaffee.

»Es passt ins Bild«, ergänzte Walter, »dass die MK als solche und nicht der Fall Otten der heutige Aufmacher im ›Weser-

Kurier‹ ist. ›Buten un Binnen‹ hat bei mir auch schon um ein Interview nachgesucht. Ich werde mich dem stellen, schließlich bin ich der Hauptverantwortliche.«

»Hört alle mal zu, was hier in dem Tageskommentar steht«, rief nun Jens, und die Geringschätzung in seiner Stimme war nicht zu überhören.

»*Beamte der Mordkommission ohne Fortune oder nur ohne Kompetenz?* Lena, Walter, was meint ihr, wie kann man verhindern, dass wir von den Medien ganz auseinandergenommen werden und ein vernünftiges Arbeiten unmöglich wird? Was schlagt ihr vor?«

»Ich bin dafür, in die Offensive zu gehen«, erwiderte Lena, die sich seit dem letzten Abend mit Jens duzte. Er hatte sie nach der Pressekonferenz, als noch alle Mitglieder der MK mit hochroten Köpfen auf dem Flur zusammenstanden und palaverten, zum »Italiener« eingeladen, und Lena hatte, sehr zu seiner Freude, nicht abgelehnt. Als er sie dann vor ihrem Hotel absetzte und vorschlug, in der Hotelbar noch einen Absacker zu nehmen, hatte sie lächelnd den Kopf geschüttelt und gesagt, dass es mehr als das Du während der Zeit der Ermittlungen nicht geben könne. Ihm lag auf der Zunge zu fragen, wie es denn danach sei, merkte dann aber rechtzeitig, dass so eine Frage nicht unbedingt eine gute Idee war.

»Wie meinen Sie das?«, fragte Walter irritiert. »Wie sollen wir mit dem, was wir vorzeigen können, in die Offensive gehen?«

»Nach meiner Meinung wäre es besser gewesen, wenn Sie nach dem Frontalangriff dieser rothaarigen Ziege, die übrigens ihre Zotteln dringend nachfärben müsste, genau das gesagt hätten, was wir in dem Moment alle gedacht haben, anstatt die Konferenz abzubrechen.«

»Und was haben wir alle gedacht, wenn ich fragen darf?«, erwiderte Walter spitz.

»›Du blöde Schnepfe‹, haben wir gedacht, ›du bist weder an den Schicksalen noch an schneller Aufklärung interessiert. Dich interessieren nur zwei Dinge: erstens die Sensationsnachricht als solche und zweitens, wie man sich damit selbst möglichst wirkungsvoll profilieren kann.‹«

»Frau Grimm, wo Sie recht haben, haben Sie recht. Ich gebe zu, dass ich genau das gedacht habe«, sagte Walter beeindruckt. »Ich war in der Sekunde leider zu verärgert, um eine vernünftige Erwiderung formulieren zu können. Mein Frust war der Grund für den Abbruch. Tut mir leid!«

»Das muss es nicht, aber Sie hätten das Mikro noch einmal zu mir zurückgeben können. Ich hätte dieser Dame schon etwas Passendes erzählt. Aber die Sache ist vorbei. Und wir sollten uns nicht grämen, dass es so gelaufen ist. Das lohnt nicht. Vor allen Dingen dürfen wir nicht den Fehler begehen, uns selbst zu zerfleischen. Als Konsequenz schlage ich vor, nur noch einmal in der Woche zu einer Pressekonferenz einzuladen, und an den anderen Tagen über einen Polizeisprecher Statements verkünden zu lassen. Mehr nicht, es sei denn, es passiert etwas Besonderes. So können wir halbwegs in Ruhe weiterarbeiten, und der Eklat von gestern hat auch noch etwas Gutes gehabt.«

»Einverstanden, dafür brauchen wir aber die Zustimmung unseres Präsidenten. Das wird nicht einfach, denn der Chef ist ein Anhänger von Pressekonferenzen.«

»Ich habe gestern auch in sein Gesicht geschaut«, sagte Lena lächelnd. »Und da habe ich gesehen, dass er über diese Dame genauso wütend war wie wir. Ich bin mir sicher, dass er zustimmen wird.«

»Wollen Sie ihn fragen? Bei mir sieht das zu sehr nach Feigheit aus.«

»Kein Problem, Herr Hausmann, ich werde das nachher gleich erledigen.«

»Danke, Frau Grimm. Jetzt fühle ich mich schon wieder besser. Da wir dieses Problem wenn auch nicht gelöst, so doch minimiert haben, können wir uns nun der Arbeit zuwenden. Meine erste Frage in diesem Zusammenhang ist: Was halten Sie von dem neuen Fall? Ist es tatsächlich ein zweiter Fall Höppner? Jens, willst du beginnen?«

»Okay. Meine Meinung ist, dass wir es mit einem Parallelfall zu tun haben. Es gibt einfach zu viele Gemeinsamkeiten, als dass beide Fälle nicht zusammenhängen. Deshalb rechne ich auch heute mit keinen Neuigkeiten, sondern erst übermorgen.«

»Und warum übermorgen? Bist du Hellseher?«

»Weil ich glaube, dass der Mann nach einem bestimmten Schema verfährt und sich auch die Zeit nimmt, die er braucht, um, ich will es mal so formulieren, die Angelegenheit richtig auszukosten. Und dieses Mal, so spekuliere ich, wird die Ablage nicht auf Bremens Straßen erfolgen, weil das für ihn zu riskant geworden ist, sondern irgendwo außerhalb und auch nicht mit dem Daimler, weil dieser Idiot von Dörr der Presse das mit dem Auto gegen Bares gesteckt hat. Wir hätten diesem Blödmann doch einen Vorschuss geben sollen, denn das Auto war eine große Chance, den Täter in flagranti zu erwischen.«

»Das mit dem Vorschuss hätte ich dir mal bei der Befragung vorschlagen sollen! Du hättest mir den Kopf abgerissen.«

»Ich sage das jetzt nicht, weil ich meine Meinung über Dörr geändert habe, sondern rein aus taktischen Erwägungen.«

»Das habe ich schon verstanden«, entgegnete Walter. »Aber über etwas anderes mache ich mir auch Gedanken: Mit einem unbeschriebenen Blatt haben wir es bei Frau Ottens Ehemann nicht zu tun. Eigentlich sollte ihn so etwas nicht diskreditieren, und sein letzter Kontakt mit der Justiz liegt über zwei Jahre zurück. Aber das heißt ja nicht unbedingt etwas.«

»Was hat er denn alles angestellt?«, fragte Lena Grimm interessiert.

»In seiner vorehelichen Zeit besaß er eine dicke Akte. Einbruch, schwere Körperverletzung, Hehlerei, Beamtenbeleidigung. Dann lernte er seine Frau kennen, und es gab kaum noch etwas. Vor einem Jahr hatte er allerdings eine Wirtshausschlägerei, wobei er seinem Gegner einen Glasaschenbecher an den Kopf geknallt hat und großes Glück hatte, dass dem außer einer Gehirnerschütterung und einer Platzwunde nicht viel passiert ist. Ein Kumpel von ihm hat dann ausgesagt, dass der andere die Schlägerei angefangen hat. Dieser Behauptung wurde heftig widersprochen. Bewiesen werden konnte weder das eine noch das andere. Alles in allem zeigt die Vorgeschichte, dass Otten ein aggressiver Mann ist. Jens, wir brauchen unbedingt mehr aus seinem Umfeld, um auszuschließen, dass er nicht doch Tatbeteiligter ist.«

»Er hat ein astreines Alibi.«

»Ja, das hat er. Ist eigentlich der Freund, der ihm das Alibi gegeben hat, überprüft worden?«, fragte Walter, an Jens gewandt.

»Überprüft nicht, befragt schon. Aus dem Protokoll geht hervor, dass zwischen den beiden eine Männerfreundschaft besteht. Fußball, Angeln, Kartenspiel, Kneipenbesuche. Das ist weder verboten noch ehrenrührig und auch nicht verdächtig.«

»Jens, du solltest diesen Mann auf jeden Fall unter die Lupe nehmen.«

»Mach ich, obwohl ich nicht glaube, dass die Sorge von Otten um seine Frau gespielt war.«

»Frau Grimm, was meinen Sie, hängen beide Fälle zusammen?«, wandte sich Walter jetzt an Lena.

»Beide Fälle hängen eindeutig zusammen. Ich frage mich nur, wie? Identischer Täter oder nicht? Beides ist gleichwertig plausibel. Sollte Jens recht haben, werden wir tatsächlich demnächst eine abgelegte Leiche finden. Sie wird bei demselben Täter rasiert sein, bei unterschiedlichen Tätern nicht. Und in dem Fall gibt es wiederum zwei Möglichkeiten.«

»Und die wären?«, fragte Walter Hausmann.

»Entweder ein klassischer Nachahmungstäter, der sich ganz nach dem Motto herausgefordert fühlte: Was der kann, kann ich schon lange, oder doch der Ehemann trotz seines Alibis. Nicht als Täter, denn das konnten wir ja ausschließen, sondern als Auftraggeber.«

»Was spricht denn nach Ihrer Ansicht für die Beteiligung des Ehemanns, von seinen Vorstrafen abgesehen, Frau Grimm?«

»Objektiv nichts«, antwortete Lena. »Subjektiv mein Gefühl, dass es mit seiner Sorge um die Frau in Wahrheit nicht so weit her war. Für solch einen Machotypen war seine emotionale Reaktion bei der ersten Befragung, die auf mich wie aus einem Fernsehkrimi abgeschaut wirkte, zu dick aufgetragen. Wobei ich zugeben muss, dass es, wenn es gespielt war, auf eine gute Schauspielschule schließen lässt. Vielleicht hat er tatsächlich den berühmten weichen Kern in der harten Schale, und wir tun ihm unrecht. Aber für meine Antennen wirkte seine Vorstellung übertrieben oder um es anders zu sagen: Sein emotionaler Zusammenbruch hat mein Herz wenig oder gar nicht berührt.«

»Ich weiß, was Sie meinen«, stimmte Walter zu. »Ich hatte eine ähnliche Empfindung. Bei seinem Ausbruch habe ich eine gewisse Peinlichkeit empfunden und nicht so sehr das eigentlich zu erwartende Mitgefühl. Aber was sollte der Mann für ein Motiv haben? Im Moment sehe ich keines. Und er würde sich fürchterlich erpressbar machen. Ich kann mir nicht vorstellen, dass das jemand tut. Aber wir sollten diese Möglichkeit im Hinterkopf behalten.«

»Mit der Erpressbarkeit stimmt das zwar«, sagte Lena. »Aber es wäre eine Erpressbarkeit auf Gegenseitigkeit. Der eine stiftet an, der andere begeht die Tat. Keiner der beiden kann den anderen unter Druck setzen, ohne sich selbst zu gefährden. Aber ehe jemand für einen anderen einen Mord begeht, muss etwas im Vorfeld gelaufen sein. Ein banales Kumpelverhältnis reicht da nicht.«

»Wir müssen über das Umfeld der beiden unbedingt mehr wissen«, fasste Walter das Gesagte zusammen, »besonders über die finanziellen Gegebenheiten.«

»Wegen der Probleme, die wir im Augenblick mit den Medien haben, würde ich vorschlagen, dass die Durchleuchtung des Umfelds von Otten und seinem Freund äußerst diskret durchgeführt wird«, sagte Lena eindringlich. »Wenn das bekannt werden sollte, und wir haben nicht mehr als unsere Bauchgefühle zu bieten, dann werden wir von der Öffentlichkeit gesteinigt und können uns alle einen neuen Job suchen.«

»Diese Angelegenheit werde ich Wienhold übertragen«, sagte Walter. »Der hat für solch heikle Aktionen ein besonderes Händchen. Bei seiner unkonventionellen Art, sich als väterlicher Freund in Szene zu setzen, verlieren die Leute sehr bald die Übersicht, und ihr Misstrauen der Polizei gegenüber löst sich in Wohlgefallen auf. Sie erzählen dann Dinge frei von der Leber weg, die sie eigentlich gar nicht erzählen wollten. Wienhold soll sich mal umhören.«

»Gute Idee, Walter«, stimmte Jens zu. »Der Mann ist für dieses Problem genau der richtige. Er wird den Bekannten von Otten und seinem Kumpel schon die Würmer aus der Nase ziehen, wenn es welche zu ziehen gibt.«

»Da fällt mir ein, Jens«, meldete sich Lena wieder zu Wort, »hast du schon diesen alten hüftoperierten Stasi-Offizier wegen seines Alibis zur Tatzeit im Fall Doreen Höppner überprüft?«

»Jein.«

»Was meinst du mit jein?«

»An dem Tag, als Frau Höppner entführt wurde, war seine Ferienpension gut besucht.«

»Und woher weißt du das?«, fragte Walter.

»Ganz einfach. Es hat an dem Abend eine Anzeige gegeben. Ein Jäger, der zufällig kurz vor 20 Uhr mit seinem Fahrrad in der Nähe des Anwesens vorbeigefahren ist, hat bei der Polizei angerufen und gemeldet, dass auf dem Hof herumgeballert wird. Eine Streife ist dorthin gefahren und hat einige angetrunkene ältere Männer angetroffen. Der Eigentümer, dieser Wolff, hat sich entschuldigt und gesagt, dass man versucht habe, einen benzingetriebenen Rasenmäher wieder flott zu bekommen. Dabei sei es zu Fehlzündungen gekommen, die wohl als Schüsse fehlgedeutet worden seien. Die Kollegen haben sich ihren Teil gedacht, konnten den Eigentümer aber nur auffordern, den Krach zu unterlassen. Es wurde eine Protokollnotiz angefertigt, und danach sind sie wieder weggefahren.«

»Unter diesen Voraussetzungen ist es mehr als unwahrscheinlich, dass Wolff unser Mann ist«, stellte Walter fest.

»Die Beschwerde kam vor acht, die Entführung erfolgte nach 23 Uhr«, widersprach Lena. »Unwahrscheinlich, aber nicht unmöglich. Denkt an unsere Kriterien! Wir sollten diesen Mann auf jeden Fall intensiver durchleuchten. Wo kommt er her, was hat er in der DDR bei der Stasi gemacht, was sagt die Gauck-Behörde zu seiner Person? Was macht er hier in Bremen und so fort.«

»In Ordnung«, sagte Walter, »aber im Moment ohne persönliche Befragung. Wir brauchen erst Hintergrundwissen. Nicht, dass wir wieder in ein Fettnäpfchen treten, wenn er zum Beispiel ein V-Mann des Verfassungsschutzes ist.«

»Das ist unwahrscheinlich. Davon hätte Wrieden sicher Kenntnis gehabt und uns etwas geflüstert«, wandte Jens ein.

»Die erzählen uns auch immer nur das, was ihnen in den Kram passt«, kommentierte Lena.

»Wir werden versuchen, an mehr Informationen zu gelangen. Dann sehen wir weiter«, entschied Walter.

»Wie wäre es mit einer Observierung?«, fragte Lena.

»Eine Personenobservierung halte ich im Moment für übertrieben«, erklärte Walter. »Das können wir auch wegen der angespannten Personalsituation nicht leisten. Aber wir könnten sein Anwesen mit einem unauffälligen Fahrzeug beobachten lassen. Wegen der exponierten Lage dürfte das nicht so schwierig sein.«

»Für rund um die Uhr brauchen wir sechs bis acht Leute und zwei Fahrzeuge«, stellte Jens fest.

»Gut, ich werde versuchen, die Genehmigung zu bekommen«, entschied Walter. »Jens, ich sage dir Bescheid, und du weist die Kollegen dann ein.«

»Mach ich. Besser und vor allen Dingen effektiver wäre eine Inspektion der Gebäude, meinetwegen auch mit vorgeschobener Begründung.«

»Die wird uns kein Richter erlauben! Damit brauchen wir erst gar nicht zu kommen!«

»Die nächsten zwei bis drei Tage werden spannend werden. Es tut sich etwas!«, orakelte Lena. »Sag mal, Jens, hat sich denn deine Gedankenblockade gelöst? Weißt du endlich, was dein Unterbewusstsein dir erzählen wollte?«

»Nein, immer noch nicht. Aber das interessiert mich auch nicht mehr. So wichtig wird es nicht gewesen sein, sonst wäre es mir inzwischen eingefallen.«

»Gut, Leute, genug geredet. An die Arbeit!«, erklärte Walter Hausmann, trank den letzten Schluck Kaffee und erhob sich.

KAPITEL 36

Kühlungsborn, Mecklenburg

Schon nach zwei Freizeichen meldete sich eine Frauenstimme. Ich stellte mich mit Schröder vor und fragte, ob ich Herrn Boger sprechen könne.

»Jörg ist auf einem Seminar«, war die Antwort der Frau, die sich kurze Zeit später als Ehefrau vorstellte. »Er kommt aber morgen zurück. Kann ich etwas ausrichten? Um was geht es?«

Ja, um was ging es eigentlich? Ich konnte ja schlecht sagen, dass es um einen ehemaligen Offizier des MfS ging, über den ich etwas wissen möchte.

»Ich bin im Moment an der Ostsee, in Kühlungsborn, und habe Ihre Telefonnummer von einem Freund bekommen, der in Bad Doberan wohnt«, erklärte ich ausweichend. »Wenn ich darf, würde ich gerne noch einmal morgen oder übermorgen anrufen, um mein Anliegen mit Ihrem Mann persönlich zu besprechen.«

»Heißt dieser Freund zufällig Grochowski?«

»Ja! Woher wissen Sie das?«, fragte ich erstaunt.

Sie ignorierte meine Frage. Stattdessen sagte sie vorwurfsvoll: »Warum sagen Sie das nicht gleich? Mein Mann und ich haben letzte Woche noch über ihn und diesen ehemaligen Stasi-Fritzen gesprochen, nach dem er sich erkundigt hatte. Wenn ich es richtig verstanden habe, glaubt Jörg, dass er diesen Mann vor Kurzem hier im Ort gesehen hat. Ja genau! Das war, nachdem die Kundrow-Kinder hier gewesen sind.«

Was? Der Major in Schönow?

Ich war ziemlich erschrocken.

»Und wo will Ihr Mann ihn gesehen haben?«

»Auf dem Grundstück von Hanfft, dem ehemaligen SED-Parteisekretär. Aber ganz sicher ist sich Jörg nicht, denn er ist mit ihm zuvor nur ein einziges Mal zusammengetroffen, und zwar, als man die tote Julia Kundrow gefunden hat. Ich weiß gar nicht, ob ich Ihnen das alles erzählen darf.«

»Ist es in Ordnung, dass ich wieder anrufe, wenn Ihr Mann zurück ist?«, fragte ich noch einmal.

»Selbstverständlich. Am besten so zwischen sieben und acht, dann haben wir schon zu Abend gegessen. Aber erzählen Sie meinem Mann nicht, was ich Ihnen soeben gesagt habe. Dann hängt unser Haussegen schief!«

»Nein, keine Sorge!«

»Gut. Also dann.«

»Eine Frage habe ich doch noch, Frau Boger«, sagte ich schnell. »Gab es einen besonderen Grund, dass Sie über den Major und Julia Kundrow gesprochen haben?«

»Doch, den gab es. Robert und Edith Kundrow haben sich erneut angekündigt, und in dem Zusammenhang haben wir über den Major gesprochen.«

»Das ist ja interessant.«

»Soweit ich Jörg verstanden habe, wollen beide den Tod ihrer Mutter untersuchen lassen. Als ob es da noch etwas zu untersuchen gibt! Und sie wollen auch das heruntergekommene Grab herrichten. Um den Tod von Julia gibt es bei uns immer noch viele Gerüchte. Was davon wahr ist und was nicht, wer weiß das schon? Auf jeden Fall sind die Kundrow-Kinder ein Gesprächsthema hier im Ort, das können Sie sich wohl denken!«

»Ja, das kann ich. Aber jetzt will ich Sie nicht weiter stören. Ganz herzlichen Dank für das Gespräch und dass Sie mir zugehört haben. Und viele Grüße an Ihren Mann. Ich melde mich auf jeden Fall.«

»Danke, ich werde es ausrichten. Auf Wiederhören!«

Damit war das Telefonat beendet.

Erst einmal musste ich die neuen Informationen einordnen:

Der Major in Schönow? Konnte das sein? Aber wenn es so war, was hat er dort gewollt? Wollte er verhindern, dass etwas über Julia Kundrows Tod bekannt wird? Oder war es Zufall, dass er zur selben Zeit dort aufgetaucht ist wie die Kinder der Toten? Können die Kundrow-Kinder etwas wissen, das ihn belastet? Unwahrscheinlich. Das Mädchen hat an diese Zeit keine Erinnerung, und für den Jungen, diesen Robert, war das, was geschehen ist, bestimmt ein furchtbares Trauma, aber irgendwelche Einzelheiten werden ihm auch nicht bekannt sein. Vielleicht hat sich Jörg Boger getäuscht, denn wer erkennt schon jemanden zweifelsfrei nach Jahrzehnten wieder, den er nur einmal flüchtig gesehen hat?

Nun ging ich in das Museumscafé und frühstückte. Da ich danach bis zur Abfahrt des nächsten Zuges noch genügend Zeit hatte, machte ich einen Spaziergang durch den Stadtwald, dann am Karpfenteich vorbei bis zur zweiten Haltestelle des »Molli« in Ost. Von hier ging es mit dem Zug zurück nach Heiligendamm. Dort stieg ich in meinen Wagen, fuhr auf direktem Weg nach Bremen und benötigte dafür noch nicht einmal zweieinhalb Stunden.

Das Erste nach dem Auspacken der Reisetasche war, dass ich Susanne Wagner anrief, denn ich musste ihr unbedingt berichten.

Da ich sie über das Festnetz nicht erreichen konnte, versuchte ich es über das Handy, aber auch hier hatte ich keinen Erfolg, hinterließ aber eine Nachricht auf ihrer Mailbox, die sie neuerdings immer eingeschaltet hatte.

Dann fiel mir mein Versprechen ein, das ich Konrad gegeben hatte. Ich suchte die Nummer der Bremer Kripo heraus und wollte mich mit dem Leiter der Mordkommission verbinden lassen.

Aber so einfach, wie ich angenommen hatte, ging das nicht. Erst verbrachte ich eine gefühlte Stunde in einer Warteschleife, dann hatte ich eine Dame (wahrscheinlich aus einem Callcenter) in der Leitung, die mich provokativ fragte, ob ich auch einer derjenigen wäre, die wegen der Belohnung anrufen würden. Erst als ich das ausdrücklich verneinte, fragte sie nach meinem Anliegen, erklärte mir aber dann, dass ich unmöglich mit den Herren der Mordkommission persönlich sprechen könne, da diese sonst wegen der vielen Anrufe nicht zu ihrer Arbeit kommen würden. Mir blieb nichts anderes übrig, als das zu akzeptieren. Erst dann durfte ich mein Ansinnen schildern, hinterließ meine Telefonnummer, und sie versprach, die vorgetragenen Fakten umgehend weiterzuleiten.

Gerade hatte ich den Hörer weggelegt, als es klingelte. Susanne Wagner war am Apparat. Sie sagte zu meiner Überraschung, dass sie bereits seit einigen Stunden in Bremen sei, weil sie ihren Besuch vorverlegen konnte. Gleichzeitig bat sie mich, sie am heutigen Abend in dem Restaurant ihres Hotels zu treffen, damit wir unser weiteres Vorgehen besprechen können.

Ich freute mich, dass sie tatsächlich gekommen war, und betrat zum vereinbarten Zeitpunkt das Hotelrestaurant.

Nachdem ich mich nach dem Befinden ihres Mannes erkundigt hatte, der es in der Kur offensichtlich gut getroffen hatte, kamen wir schnell auf den Punkt, und ich berichtete in aller Ausführlichkeit, was Konrad Grochowski mir gesagt hatte. Frau Wagner hörte aufmerksam zu.

»Bevor wir überlegen, was wir machen«, sagte ich zum Schluss, »sollten wir erst einmal entscheiden, ob wir ihn wirklich observieren wollen oder ob wir nicht besser mit dem, was wir bis jetzt haben, zur Polizei gehen, uns aber nicht abweisen lassen.«

»Das ist eine berechtigte Überlegung«, stimmte mir Frau Wagner zu. »Wir haben aber nichts Handfesteres, und der Kerl wäre auch noch gewarnt. Außerdem wissen wir noch nicht einmal genau, ob es unser Wolff ist, der dort in seiner Festung haust.«

»Davon gehe ich mal aus«, entgegnete ich, war aber doch leicht verunsichert.

»Außerdem ist die Bremer Polizei im Moment vollauf mit ihrem eigenen Frauenmord beschäftigt, soweit ich gehört habe«, fügte sie hinzu.

»Stimmt«, bestätigte ich. »Darüber wird seit Tagen ausführlich in allen Nachrichtensendungen berichtet und spekuliert. Man hat wohl immer noch keine heiße Spur.«

»Also wird sich die Kripo bedanken, wenn wir jetzt auch noch mit unserer Geschichte kommen. Was spräche dagegen, wenn wir in den nächsten Tagen versuchen, uns über den Mann ein aktuelles Bild zu machen, bevor wir konkret entscheiden?«

»Sie meinen, dass wir noch abwarten sollen?«

»Ja. Wir müssen einfach mehr von ihm wissen«, erklärte Frau Wagner mit Nachdruck.

»Gut, einverstanden. Vielleicht kann ich durch den ehemaligen Volkspolizisten in Schönow doch etwas über den Fall Julia Kundrow herausbekommen, von dem ich Ihnen erzählt habe«, überlegte ich laut. »Wenn wir über Zeugen beweisen könnten, dass die Frau durch ähnliche Umstände zu Tode gekommen ist und dass der Major auch dort war, als es passierte, wäre das doch ein deutlicher Fingerzeig für seine Beteiligung. Dann muss man dem doch nachgehen, oder?«

»Zumindest ist die Chance dann deutlich besser. Zeigen Sie mir jetzt das Gelände?«, fragte Susanne.

Sie will unbedingt ihre Observation!

Als Erstes reichte ich ihr die Satellitenaufnahmen, die ich ausgedruckt hatte.

»Super einsame Lage und bestens geeignet, sich Fremde vom Hals zu halten«, sagte sie beinahe anerkennend. »Ein müder Wanderer wird sich kaum dorthin verirren, und ich wette, dass auf der Zuwegung genügend Schilder stehen, die das Betreten des Grundstücks unter Strafe stellen. So, und jetzt die Umgebung, damit ich überlegen kann, an welcher Stelle ein Beobachtungsposten Sinn macht.«

Die Frau lässt sich nur schwer von einem einmal gefassten Plan abbringen, das ist sicher!

Auf einer Übersichtsfotografie suchten wir nun einen Platz, von dem aus der Hof unauffällig beobachtet werden konnte.

Frau Wagner entdeckte bald eine Stelle, die geeignet schien. Nach einer genaueren Überprüfung zeigte sich allerdings, dass genau auf der Linie, die wir benötigen, um freie Sicht auf das Objekt zu haben, eine niedrige Baumgruppe stand. Wir suchten weiter, mussten aber bald einsehen, dass es keine weiteren Orte gab, die die von uns geforderten Kriterien erfüllten. Entweder waren die Entfernungen zu groß oder waren zu leicht zu entdecken, oder man sah nicht genug.

»Zu blöd«, sagte sie ärgerlich. »Wir könnten uns natürlich irgendwo hinstellen und alle Personen knipsen, die vorbeikommen. Das würde auch niemand mitbekommen. Aber wer sagt uns, dass unser Mann tatsächlich in sein Auto steigt und seine Visage ablichten lässt genau zu der Zeit, wenn wir dort warten?«

»Und wenn ich hinfahre und ganz dumm nach einer Ferienwohnung für den nächsten Urlaub anfrage?«, sagte ich unbedarft.

»Vorsicht, Vorsicht«, entgegnete sie. »Das scheint mir nicht sehr klug zu sein, denn es könnte ihn misstrauisch machen. Er ist bestimmt kameratechnisch gut ausgerüstet, und mit professionellen Bildsuchprogrammen, die mit Fotos arbeiten, die irgendwo im Internet veröffentlicht sind, kann man schnell herausbekommen, wer an der Tür geklingelt hat. Ich schätze mal, dass es Fotos von Ihnen im Internet gibt, auch welche mit Adresshinweis.«

»Ja, das könnte durchaus sein«, bestätigte ich kleinlaut.

»Sehen Sie! Nein, nein, wir müssen für ihn unsichtbar bleiben. Etwas anderes lohnt das Risiko nicht! So einem Menschen ist alles zuzutrauen.«

»Na, nun malen Sie den Teufel nicht an die Wand! Aber konkret: Was schlagen Sie vor? Sie sind die Spezialistin in unserer speziellen Sendung: ›Vorsicht Kamera‹.

Susanne lachte.

»Ich kann für sechs volle Tage bleiben. Wenn Sie nichts Wichtigeres zu tun haben, wäre es schön, wenn wir morgen als Erstes das Gelände erkunden könnten. In natura sieht alles anders aus, und vielleicht ergibt sich doch noch eine weitere Möglichkeit. Sollte das nicht gelingen, werde ich mich immer sehr früh morgens zu dieser Stelle hier begeben. Von dort hat man beste Sicht auf den Eingangsbereich des Wohnhauses, und ich werde auch einen Großteil der Nebengebäude einsehen können. Leider ist es dann aber so, dass ich die ganze Zeit dortbleiben muss, denn wenn seine Kameras die Umgebung des Hofs überwachen, dann könnte er mich beim Kommen oder Weggehen sehen, zumindest solange es hell genug ist, und das würde mir nicht gefallen.«

Am nächsten Tag waren wir den ganzen Vormittag damit beschäftigt, die Örtlichkeit zu sondieren, aber es ergab sich nichts Neues.

»Und wie beobachten wir das Gelände nachts?«, fragte sie mich, als wir nach unserer Erkundungsfahrt Kriegsrat hielten.

»Ganz einfach«, sagte ich. »Gar nicht. Sie haben doch wohl nicht die Absicht, dort ein Feldlager aufzuschlagen?«

»Das nicht«, lächelte sie. »Aber mir kommt eine andere Idee: Ich werde an einem der Bäume eine Videonachtsichtkamera installieren und sie so einstellen, dass sie jede Sekunde ein

Übersichtsbild schießt. Wenn es im Sichtbereich des Objektivs Bewegungen gibt, schaltet die Kamera immer für eine Minute auf Dauerbetrieb. Die Entfernung zu den Gebäuden ist zwar für so ein Gerät zu weit, um jede Einzelheit erkennen zu können, aber wir werden im Groben sehen, was in den Nächten passiert, ob und wer dort herumläuft oder ob jemand kommt oder wegfährt.«

»Sie wollen wirklich Ihre teure Technik riskieren?«

»Ich besitze diese Spezialkamera noch nicht allzu lange und habe sie noch keinem richtigen Praxistauglichkeitstest unterzogen. Sie ist hauptsächlich dafür konstruiert, auf Bewegungen und Wärmestrahlung zu reagieren, wenn Tiere vorbeilaufen. Und das funktioniert auch. Das Anbringen erledige ich am besten gleich heute, wenn die Spaziergänger verschwunden sind.«

»Ich werde Sie begleiten. So ganz alleine, zumal als Frau, sollte man in der Dunkelheit nicht herumlaufen. In Bremen ist die Kriminalitätsrate nämlich ziemlich hoch.«

Am Abend brachten wir wie in die Jahre gekommenen Spione, die aus dem Kalten Krieg übrig geblieben waren, die Kamera in die von Susanne vorgeschlagene Position. Danach fuhr ich sie zurück zum Hotel, und wir verabschiedeten uns, nachdem ich sie für den kommenden Abend zum Essen in ein Restaurant eingeladen hatte.

*

Am nächsten Tag war ich schon sehr früh wach und richtig nervös, denn dauernd stellte ich mir vor, was passieren könnte, wenn der Major oder einer seiner Kumpanen Frau Wagner auf ihrem Beobachtungsplatz entdecken würden. Da meine Befürchtungen mit fortschreitender Zeit immer größer wurden, fuhr ich zu dem Wegabzweig und beobachtete mit einem Fernglas eine Weile das winzige Wäldchen, in dem sie sich befinden musste. Ich konnte nichts entdecken, und das irritierte mich. Beunruhigend war auch, dass ihr Auto nirgendwo zu sehen war.

Also blieb mir nichts anderes übrig, als unverrichteter Dinge zurückzufahren.

Am späten Nachmittag fuhr ich dann noch einmal dorthin, leider mit demselben negativen Ergebnis. Nun hielt ich es nicht mehr aus und griff zum Telefon, aber ihr Handy war abgeschaltet.

Soll ich die Polizei rufen? Aber wenn sich herausstellt, dass doch alles in Ordnung ist, mache ich mich nicht nur lächerlich, sondern auch noch alles kaputt!

Also unterließ ich den Anruf und schickte stattdessen ein inständiges Gebet gen Himmel. Wir hatten vereinbart, dass ich sie so gegen sieben zum Abendessen abholen würde. Bis dahin musste ich mich gedulden.

Gegen Viertel vor sieben klingelte das Telefon, und ich war heilfroh, als ich ihre Stimme vernahm.

»Gott sei Dank, dass Sie sich melden«, sagte ich. »Ich habe mir Sorgen gemacht, weil ich weder Sie noch Ihr Auto gesehen habe, als ich dort einmal vorbeigefahren bin.«

»So ganz stimmt das nicht, was Sie sagen«, korrigierte sie mich. »Sie sind mindestens zweimal vorbeigefahren und haben auch gehalten und mit Ihrem Fernglas herumgefuchtelt. So etwas sollten Sie unterlassen, denn das könnte auch unserem Freund auffallen. Mein Auto hatte ich weiter weg geparkt, denn ein auswärtiges Nummernschild fällt überall auf.«

»Tut mir leid, es wird nicht wieder vorkommen«, sagte ich beschämt.

»Kein Problem«, erklärte sie nachsichtig, »aber Sie brauchen sich wirklich keine Sorgen um mich zu machen. Er kann mir nichts tun. Auch dann, wenn er mich entdecken sollte, hätte er keine Chance herauszubekommen, wer ich bin. Außerdem habe ich schnelle Beine.«

»Na ich weiß nicht«, entgegnete ich, wenig überzeugt. »Darf ich Sie denn jetzt abholen? Ich habe ein nettes Lokal im Bremer Schnoorviertel für uns ausgesucht.«

»Nun muss *ich* sagen, dass es mir leidtut und mich entschuldigen. Statt essen zu gehen möchte ich lieber die heutigen Aufnahmen auf meinen PC laden und überprüfen.«

»Hatten Sie denn Erfolg? Ich habe noch gar nicht gefragt.«

»Ich glaube schon. Ich bin auch ziemlich sicher, dass es tatsächlich der Major ist, den ich auf dem Gelände gesehen habe. Die Entfernung war aber zu groß für eine 100-prozentige Identifizierung, und die sollte es schon sein. Ohne Vergrößerung und spezielle Bildbearbeitung geht das nicht, wenn ich das Bild aus dem ›Rotfuchs‹ mit meinen abgleichen will. So etwas benötigt Zeit, und ich möchte gern vor Mitternacht ins Bett, denn morgen in aller Herrgottsfrühe geht es weiter, wie Sie wissen. Die Aufzeichnungen der Nacht von der kleinen Videokamera will ich mir gleich noch anschauen, wenn ich auch nicht glaube, dass darauf viel zu sehen ist, denn in der Nacht war es ziemlich diesig. Heute Morgen lag immer noch Dunst über dem Gelände, der aber auch das Risiko meiner Entdeckung minimierte.«

»Und was machen wir mit dem Abendessen? Sie müssen doch hungrig sein.«

»Wenn die Einladung noch gilt, würde ich das lieber auf morgen verschieben.«

»Natürlich gilt sie noch!«

»Danke. Heute lasse ich mir etwas aus der Hotelküche aufs Zimmer bringen. Und eine Flasche Bier zum Durstlöschen und eine zweite zur Beruhigung. Darauf freue ich mich schon. Ich muss zugeben, dass ich ganz schön Herzklopfen hatte, als er aus dem Haus kam, sich mehrere Male misstrauisch nach allen

Seiten umdrehte und dann in das Tor eines anderen Gebäudes ging, in dem sich wahrscheinlich die Garage befindet. Er konnte mich nicht sehen, trotzdem habe ich mich so klein wie möglich gemacht. In der Garage wollte er wohl den großen Jahresputz seines Autos machen, denn er trug in der rechten Hand Eimer, Putzutensilien und eine Tasche. Links benutzte er eine Unterarmstütze, konnte sich aber gut damit bewegen. Es dauerte fast eine Stunde, bis er wieder auftauchte. Irgendetwas schien ihn zu beunruhigen, denn er ging in das Wohnhaus und kam nach einigen Minuten mit einem Feldstecher zurück. So schnell habe ich mich noch nie versteckt, und ich habe auch erst nach zehn Minuten meinen Kopf wieder aus dem Gras gehoben. Da war er weg, offensichtlich zurück im Haus. Dieser Mann ist mir unheimlich.«

Oh, verdammt. Die Sache ist doch riskanter, als ich gedacht habe. Ich darf Susanne auf keinen Fall in Gefahr bringen.

»Ich schlage vor, dass wir die Operation ›Major‹ abbrechen«, sagte ich eindringlich. »Es reicht, dass Sie ihn fotografiert haben. Mehr wollten wir doch nicht. Weshalb also noch ein unnötiges Wagnis eingehen?«

»Nein, das möchte ich nicht. Erstens haben wir den Beweis noch nicht sicher, und zweitens besteht das gestiegene Risiko nur in unseren Köpfen. Es hat sich doch seit gestern nichts geändert. Außerdem macht mir das Detektivspielen Spaß. Ich glaube, dass das mein neues Hobby wird! Es ist unheimlich spannend.«

»Spannend vielleicht auch, aber mit Sicherheit gefährlich.«

»Wissen Sie, was mir aufgefallen ist?«, lenkte sie ab.

»Nein.«

»Ich habe niemanden außer ihm dort gesehen. Es gab keinerlei Bewegung auf dem Hof, keine Besucher. Wie ausgestorben.«

»Ich sehe daran nichts Merkwürdiges«, sagte ich. »Er bewacht das Haus, bis die nächsten Gäste kommen. Und mit

Putzklamotten rumzulaufen, ist nun wirklich nicht verdächtig. Seine Stasi-Genossen wollen es bestimmt sauber und gemütlich haben.«

»Ja vielleicht. Wahrscheinlich regt dieser Widerling einfach zu sehr meine Fantasie an«, erklärte Frau Wagner. »So, jetzt müssen Sie mich aber entschuldigen, es wird Zeit!«

»Darf ich noch eine Bitte äußern?«, fragte ich vorsichtig.

»Selbstverständlich!«

»Gestatten Sie mir, dass ich Sie morgen gegen Mittag anrufe, um mich zu überzeugen, dass es wirklich keine Probleme gibt?«

»Sie dürfen, wenn Sie sich dann besser fühlen.«

»Danke.«

»Übrigens: Gegen die Langeweile werde ich mir mein kleines Radio mit dem Ohrstecker mitnehmen.«

»Gute Idee, aber überhören Sie meinen Anruf nicht! So gegen 14 Uhr?«

»Ja. Und nun gute Nacht!«

*

Am nächsten Tag war ich wieder früh auf, weil ich schlecht geschlafen hatte. Während des Frühstücks hörte ich dann in den Nachrichten, dass es eine neue Entführung gegeben hatte ähnlich dem Fall Doreen Höppner. Einzelheiten seien aber noch nicht bekannt.

Hoffentlich taucht diese Frau nicht tot und abgelegt an einem Straßenrand wieder auf. Kann der Major nicht doch der Täter sein, trotz aller Fakten, die dagegensprechen? Ist es besser, Susanne sofort anzurufen oder erst zum vereinbarten Zeitpunkt?

Bald konnte ich es nicht mehr aushalten. Ich hatte zwar gesagt, dass ich sie erst gegen zwei Uhr kontaktieren würde, und von ihrem Mann wusste ich ja, dass sie unerwünschte Telefonate verabscheute – trotzdem!

Als sie sich, wie von mir erwartet, unwirsch meldete, spulte ich erst einmal eine gedanklich vorbereitete Entschuldigungsrede ab. Dann schilderte ich das neueste Geschehen und meine Überlegungen dazu.

»Da haben Sie sich unnötig Sorgen gemacht«, sagte Susanne Wagner entspannt. »Wenn diese Entführung von demselben Täter begangen wurde, ist Wolff definitiv nicht unser Mann.«

»Und warum nicht?«

»Er hat gerade Besuch.«

»Ja und? Das eine schließt das andere doch nicht aus!«

»In diesem Fall schon. Eine kleine Gruppe älterer Männer besichtigt gerade das Anwesen. Ich schätze, dass ein Ehemaligentreffen vorbereitet wird. Der Major ist vor einer halben Stunde mit einem BMW weggefahren und hat zwei leere Körbe mitgenommen. Wahrscheinlich zum Einkaufen. Man lässt keine Leute unbeaufsichtigt herumlaufen, wenn man irgendwo jemanden gefangen hält, den man auch noch umbringen will. Die Aufnahmen der automatischen Kamera werde ich mir gleich noch anschauen. Dazu bin ich noch nicht gekommen. Sie werden zeigen, ob er in der Nacht unterwegs gewesen ist.«

»Wie lange wird das dauern?«, fragte ich und spürte eine Spannung in mir.

»Wenn Sie einen Moment Zeit haben, mache ich es sofort. Die Bilder laufen gerade rückwärts.«

»Sehr gut. Es würde mich sehr beruhigen, wenn er nicht in die aktuellen Fälle verwickelt ist.«

»Oh, da ist was, ich sehe eine Bewegung auf seinem Anwesen! Die Kamera schaltet nun auf Dauerbetrieb. Ja, jetzt ist es deutlich! Er steht mit einer Pistole in der Hand vor seinem Haus und bewegt sich rückwärts in die Eingangstür.«

»Was?«

»Der Film läuft doch verkehrt herum!«

»Ach so. Und?«

»Jetzt kann ich auch erkennen, was ihn aufgescheucht hat. Ein paar Wildschweine, die in seine Richtung unterwegs sind. Die haben wahrscheinlich die Bewegungssensoren ausgelöst, und deshalb ist er vor die Tür gekommen.«

»Wir hatten also mit der technisch guten Absicherung des Hauses recht.«

»Ja, man kann ihn in seiner Höhle wohl kaum überraschen. So, die Kamera ist wieder auf Einzelbildschaltung und nun ist der Streifen auch schon zu Ende. Er hat in dieser Nacht das Anwesen nicht verlassen, definitiv nicht!«

»Ich bin erleichtert«, sagte ich, »dass er damit nichts zu tun hat. Denn ich hatte schon ziemliche Angst um Sie!«

»Danke! Was meinen Sie, was ich hatte!«

»Also doch«, sagte ich mit einer gewissen Befriedigung. »Und ich habe schon gedacht, dass Sie so etwas wie Angst überhaupt nicht kennen.«

»Die Nachricht im Radio über die Entführung hat mich ziemlich aufgeregt. Ob man will oder nicht, man hat diesen Menschen von da drüben sofort im Kopf. Und wenn man hier sitzt und sich in irgendwelchen finsteren Vorstellungen ergeht, kann einem ganz schön blümerant werden. Nach dem, was ich bis jetzt gehört habe, ist eine Parallele zu dem Fall Doreen Höppner höchst wahrscheinlich. Damit ist Wolff aus dem Spiel.«

»Richtig«, antwortete ich. »Aber sagen Sie, Frau Wagner, wollen Sie nicht trotzdem Schluss machen? Ich meine nicht nur für heute, sondern generell. Wir wissen doch, dass Wolff unser Wolff ist. Wir wissen, dass er zumindest für den Tod von Elisabeth Dembrock und wahrscheinlich auch für den von Julia Kundrow verantwortlich ist, und nun wissen wir auch, dass er die beiden Frauen hier nicht auf dem Gewissen hat. Also?«

»Eigentlich haben Sie recht«, entgegnete Frau Wagner. »Aber mich hat das Jagdfieber gepackt, ich kann noch nicht aufhören. Außerdem ich habe das dringende Gefühl, dass sich dort etwas Ungutes abspielt, auch wenn ich nicht weiß, was es ist.«

»Meinen Sie wegen des geplanten Treffens der Stasi-Hauptamtlichen?«

»Nein. Das ist mir egal. Ich meine Wolff selbst. Wie er dort herumschleicht.«

»Schließlich ist es seine Aufgabe aufzupassen.«

»Schon. Aber dann bewegt man sich anders. Bei ihm wirkt alles irgendwie lauernd, als sei er permanent angespannt. Ich spüre einfach, dass er etwas ausbrütet.«

»Meinen Sie nicht, dass Sie da zu viel hineininterpretieren?«

»Der hat Dreck am Stecken, ich weiß es einfach.«

»Das hat er ja auch.«

»Ich meine nicht den aus seiner Vergangenheit, ich meine frischen Dreck. Und über den möchte ich etwas herausbekommen.«

»Vorsicht, Frau Wagner, Vorsicht! Das kann nicht unsere Aufgabe sein.«

»Aber Sie wissen doch, dass wir ihn wegen der alten Sachen nicht drankriegen können. Deshalb sollten wir uns noch eine Chance geben.«

»Ich weiß nicht. Aber gut, mit den allergrößten Bedenken! Wir bleiben dran, wenn Sie darauf bestehen. Ob das allerdings Sinn macht, steht auf einem anderen Blatt.«

»Was haben Sie denn heute noch vor?«, fragte sie, und mir war klar, dass sie erneut ablenken wollte.

»Ich rufe nachher noch einmal in Schönow an und frage, wann ich mit Boger sprechen kann. Ich hoffe immer noch, dass wir dort etwas finden, womit wir Wolff doch zu packen kriegen. Ich weiß zwar nicht, was das sein könnte, aber, wie Sie wissen, stirbt die Hoffnung zuletzt!«

»In Ordnung. Und ich werde zusehen, dass meine Kamera noch ein paar schöne Bildchen von ihm schießt. Wir schauen mal, wem das Glück mehr hold ist.«

»Einverstanden. Etwas anderes: Wann wollen Sie denn heute Ihr spezielles Fotoshooting beenden? Oder besser: Für wann darf ich einen Tisch bestellen?«

»Wenn Sie mich so gegen 19 Uhr vom Hotel abholen? Wäre Ihnen das recht?«

»Sehr gerne. Ich freue mich. Und seien Sie um Gottes willen vorsichtig!«

»Bin ich, Herr Doktor, bin ich immer! Dann bis heute Abend.«

KAPITEL 37

Bremen

Merkwürdig! Auf der einen Seite hat sie Angst vor Wolff, auf der anderen will sie ihn zur Strecke bringen. Unbedingt! Mit höchstem persönlichen Einsatz! Warum riskiert sie so viel? Vergangenheitsbewältigung? Bewusste oder unbewusste Schuldgefühle? Abrechnung mit dem System, dem sie einmal hinterhergelaufen ist? Eine Mischung aus allem? Aber was es auch immer ist: Susanne ist eine verdammt risikofreudige, eine verdammt mutige Frau.

Nach diesen Überlegungen suchte ich mir Bogers Telefonnummer heraus, griff zum Apparat und wählte. Es klingelte und klingelte. Als ich schon wieder auflegen wollte, kam die Verbindung doch noch zustande, und Frau Boger meldete sich.

Ehe ich meinen Spruch loswerden konnte, wusste sie schon, wer ich war, denn sie sagte: »Ich weiß, Sie wollen mit meinem Mann sprechen. Der ist aber nicht da. Ich habe ihm von Ihrem Anruf erzählt. Wenn Sie etwas wollen, hat er gesagt, dann sollen Sie herkommen und persönlich mit ihm reden. Nicht bei uns zu Hause, sondern auf dem Revier. Er will auf keinen Fall, dass die Nachbarschaft sieht, wenn Sie uns besuchen.«

»Warum denn das nicht?«, fragte ich verblüfft.

»Das ist nicht böse gemeint«, entgegnete sie. Und dann, flüsternd, als hätte sie Angst vor ungebetenen Zuhörern: »Hier im Ort gibt es viele, die den Untergang der DDR noch nicht verdaut haben und dem damaligen System hinterhertrauern. Ostalgie pur. Diese Leute haben noch immer viel Einfluss. Deshalb kann man sich schnell in die Nesseln setzen, besonders, wenn man in der Öffentlichkeit steht. Haben Sie bitte Verständnis!«

»Kein Problem« entgegnete ich zögerlich. »Ich will auf keinen Fall, dass Sie oder Ihr Mann wegen mir Schwierigkeiten bekommen. Ich rufe morgen noch einmal an. Sie können ihn ja mal fragen, wann es am besten passen würde.«

»Mach ich«, sagte Frau Boger freundlich und, wie mir schien, auch erleichtert. »Ich bin morgen Nachmittag im Haus, dann kann ich Ihnen sagen, wann. Da fällt mir noch etwas ein, vielleicht interessiert es Sie.«

»Ja, was denn?«

»Die beiden Kundrow-Kinder, Robert und Edith, sind seit gestern wieder hier. Und es wird erzählt, dass Wolff auch herkommt.«

»Wie bitte? Wer behauptet denn so etwas?«, fragte ich völlig irritiert. »Ich bin mir sicher, dass sich Wolff im Moment in Bremen aufhält.«

»Also, wer das im Einzelnen gesagt hat, das möchte ich Ihnen nicht sagen. Ich weiß nur, dass diese Person immer gut über die Dinge informiert ist, die sich in unserem Örtchen abspielen.«

»Hat denn dieser Informant auch etwas über den Zweck dieses angeblichen Besuchs gesagt?«

»Nein. Aber wenn Sie mich fragen, hat das nichts Gutes zu bedeuten. Und von mir haben Sie das nicht!«

»Selbstverständlich nicht, Frau Boger«, sagte ich, und meine Gedanken überschlugen sich. »Wenn ich heute noch nach Schönow käme? Meinen Sie, ich könnte mit Ihrem Mann sprechen?«

»Jörg hat heute Spätdienst. Und abends ist meist nicht viel los auf dem Revier. Sollten Sie noch kommen, dann gehen Sie doch einfach hin und versuchen Ihr Glück. Wenn Sie es aber nicht schaffen, dann rufen Sie mich morgen noch einmal an.«

»Danke, das mache ich«, sagte ich. »Eine Frage noch: Wissen Sie, wo die Kundrow-Kinder übernachten?«

»Nein. Das letzte Mal waren sie in der ›Waldperle‹. Mehr weiß ich nicht.«

Ich bedankte mich und legte auf. Nach dem Gespräch benötigte ich bestimmt fünf Minuten, um meine Gedanken zu ordnen.

Kann es tatsächlich sein, was mir Frau Boger soeben unter dem Siegel der Verschwiegenheit erzählt hat? Meinen wir dieselbe Person? Wolff sitzt doch in seinen von Kameras überwachten Gebäuden und …? Ja was macht er eigentlich den ganzen langen Tag, außer mit Putzeimern und Taschen in die Garage zu gehen und gelegentlich Besucher herumzuführen?

Ich griff zum Handy, denn erstens wollte ich Susanne Wagner berichten, was ich soeben erfahren hatte, und zweitens wollte ich wissen, ob der Kerl nicht doch irgendwelche Reisevorbereitungen traf.

»Was ist denn nun schon wieder?«, bekam ich sofort meinen Rüffel.

Ich erzählte die Neuigkeiten und fragte, ob Wolff tatsächlich noch in seinem Bau war.

»Soeben ist er wieder in die Garage gegangen«, erklärte Frau Wagner. »Seit der Zeit hat sich nichts gerührt.«

»Und die Besucher sind wieder weg?«

»Ja, außer ihm ist keiner da.«

»Wenn ich das richtig deute«, sagte ich, »sieht das nicht nach Abreisevorbereitung aus.«

»Nein, es macht nicht den Eindruck. Wie belastbar ist denn Ihre Info, dass er wirklich nach Schönow will?«

»Keine Ahnung«, sagte ich. »Wenn ich das wüsste, wüsste ich auch, was ich zu tun hätte.«

»Und das wäre?«

»Ich würde mich sofort in den Wagen setzen und hinfahren. Wenn Wolff nur halb so bösartig ist, wie wir vermuten, könnten Edith und Robert Kundrow in Gefahr sein. Vorausgesetzt, dass Konrad Grochowski sich nicht geirrt hat und wir von demselben Mann sprechen.«

»Davon gehe ich aus. Grochowski hat sich bestimmt nicht geirrt«, sagte Susanne mit Überzeugung. »Er weiß, was er sagt! Ich würde an Ihrer Stelle auf jeden Fall heute fahren. Dort sollten Sie sich aber nicht im Hotel mit Ihrem richtigen Namen anmelden, das wäre zu riskant. Die ganze Geschichte ist sehr verworren, und durch Inaktivität werden wir nicht hinter die Kulissen schauen können. Wir sollten unbedingt herausbekommen, was Edith und Robert wissen, und auch, was dieser ehemalige Vopo-Mann weiß oder vermutet. Und zwar möglichst bald. Vielleicht sehe ich Gespenster, aber ich habe ein ungutes Gefühl.«

»Wenn ich jetzt hinfahre, was machen Sie dann? Ich könnte frühestens morgen Abend zurück sein.«

»Die kleine Susanne ist schon vor einigen Tagen erwachsen geworden und weint nicht mehr, wenn Papa einmal nicht da ist«, spottete sie und lachte dann laut in den Hörer. »Ich habe keine Langeweile, wenn ich alleine bin. Keine Sorge! Außerdem sind wir über Handy verbunden. Ich werde Sie informieren, wenn sich hier etwas tut. Und denken Sie daran: Wenn es Ihnen gelingen sollte, noch heute mit dem Polizisten oder mit den Kindern zu sprechen, wüsste ich natürlich gerne, was Sie in Erfahrung gebracht haben.«

»Wird gemacht«, sagte ich, legte auf und begann, meine Reisetasche zu packen.

KAPITEL 38

Nicht erst in zwei Tagen, wie von Jens Fiedler prognostiziert, sondern schon einen Tag früher traf die Nachricht ein, dass eine nackte Frauenleiche in Niedersachsen auf einem Parkplatz der L158, der Bremer Straße, von einem polnischen Lastwagenfahrer gefunden worden war, der dort eine Schlafpause einlegen wollte. Schnell stellte sich heraus, dass die Befürchtung, dass es sich um die vermisste Frau Otten handeln könnte, tatsächlich zutraf.

Der Ablageort war auch dieses Mal gut gewählt, da sich der Parkplatz in einem kleinen Waldgebiet befand, das sich komplett überschauen ließ. Ein weiterer Vorteil war, dass man zumindest nachts nicht mit heimlichen Beobachtern rechnen musste, denn der Parkplatz grenzte an ein stark abschüssiges Gelände.

Die Art, wie die Frau abgelegt worden war, unterschied sich allerdings deutlich von dem Blocklandfall. Während der Täter im ersten Fall akribisch vorgegangen war, musste man jetzt davon ausgehen, dass die Tote einfach ins Gebüsch geworfen oder von einem Transportwagen abgekippt worden war.

Nach der ersten Untersuchung in der Gerichtsmedizin wurde dann die Vermutung geäußert, dass es sich vielleicht nicht um denselben Täter wie bei Doreen Höppner handelt, sondern um jemanden, der die Tat kopieren wollte und dabei ziemlich dilettantisch vorgegangen war.

Am frühen Nachmittag kam es zu einer Teambesprechung der MK, bei der Walter Hausmann Gemeinsamkeiten und Unterschiede der beiden Tathergänge erläuterte.

Der Hauptkommissar begann, indem er an Lena folgende Frage richtete:

»Nach Ihrer Einschätzung, Frau Grimm, kann es sein, dass wir es doch mit demselben Täter wie bei Frau Höppner zu tun haben, wenn man spekuliert, dass der Mann bewusst Unterschiede produziert hat, um uns in die Irre zu führen?«

»Neben der Frage«, antwortete sie ruhig, »dass man überlegen muss, was sich jemand von so einem Verhalten versprechen könnte, kann ich mit ziemlicher Sicherheit sagen, dass es sich um zwei Täter handelt. Alles andere macht wenig Sinn. Der erste Mord war von A bis Z akribisch vorbereitet und genauso ausgeführt. Das ist es ja auch, was uns immer noch die vielen Schwierigkeiten bereitet. Der zweite ist völlig anders. Wie es aussieht, wollte sich hier einer eines Problems entledigen und hat gedacht, die Gunst der Stunde nutzen zu können. Aber wenn man Ermittlungsbeamte hinters Licht führen will, gehören internes Wissen dazu und auch eine gewisse Intelligenz. Beides ist meiner Meinung nach nicht vorhanden.«

»Danke, Frau Grimm«, nahm Walter den Faden auf. »Ich wollte diese Frage im Vorfeld abgeklärt haben, damit erst gar keine unnütze Diskussion entsteht. Das Zurückhalten von Täterwissen bei dem Fall Höppner, wie das Abrasieren der Körperhaare, hat letztendlich entscheidend dazu beigetragen, dass wir gleich nach Bekanntwerden der neuen Tat verstärkt in eine Richtung ermitteln konnten. Und zwar mit Erfolg. Wenn Sie so wollen, gibt es jetzt wieder den berühmten Finger, der in Richtung des Täters zeigt. Aber erst einmal will ich zusammenfassen. Einen Teil der Fakten hat Frau Grimm schon genannt. Außer dem Tatwerkzeug, der Wäscheleine, die auch ausführlich in den Medien beschrieben worden ist, haben wir keinerlei Übereinstimmungen. An einzelnen Punkten arbeitet die Kriminaltechnik noch. Ich bin aber sicher, dass wir in Kürze mit genügend nicht zu widerlegenden Tatsachen aufwarten können. Der Hauptpunkt, der uns höchst optimistisch stimmt, in Kürze den Täter verhaften zu können, wird Jens gleich erläutern. Dieses schnelle Ergebnis wird uns helfen, aus den gröbsten Negativschlagzeilen herauszukommen. Hinzufügen muss ich allerdings, dass mit diesen Erkenntnissen sich die Hoffnung, dass wir beide Fälle zusammen lösen können, zerschlagen hat. Jens, bitte!«

Jens Fiedler erhob sich, nickte Lena und Walter zu und ergriff das Mikrofon.

»Ich muss beschämt zugeben«, begann er, »dass keiner von uns Kriminalisten, sondern unsere Psychologin vom BKA den entscheidenden Hinweis gegeben hat, der den Stein ins Rollen brachte. Ihr war aufgefallen, dass die Reaktion des Ehemanns auf das Verschwinden seiner Frau keinesfalls seinem Charakter entsprach. Das konnte, so hat es uns Frau Grimm erklärt, zwei Gründe haben. Erstens, der Mann glaubt, dass ein gewisses Verhalten von den Ermittlern erwartet wird, und er versucht, dieser Erwartung zu entsprechen, was nur ungenügend gelang. Und die zweite Möglichkeit: Er schauspielert, um etwas zu verbergen. Da wir es bei diesem Mann mit keinem sensiblen Charakter zu tun haben, war die zweite Möglichkeit wahrscheinlicher, und es zeigte sich erstaunlich schnell, dass unser Misstrauen berechtigt war. Wir haben dann unseren allseits geschätzten Kollegen Wienhold mit der Klärung dieses Problems beauftragt. Er sollte das Umfeld des Ehemanns intensiv ausleuchten, um unseren Verdacht zu bestätigen oder zu zerstreuen. Und das war ein voller Erfolg. Wir können beweisen, dass Otten und sein Freund sich gegenseitig erpresst haben. Der Freund ist der Täter. Er wurde von Otten wegen Schulden in sechsstelliger Höhe zu der Tat gezwungen. Dafür bekam er ein falsches Alibi und war seine Schulden los. Das ist zweifelsfrei nachgewiesen. Die beiden werden rund um die Uhr observiert. Die Unterschriften des Haftrichters unter die Haftbefehle sind, wie ich vor zehn Minuten erfahren habe, erfolgt und werden innerhalb der nächsten halben Stunde vollstreckt. Der Fall Otten dürfte gelöst sein. Moment, Walter möchte noch einmal das Mikro.«

»Meine Entscheidung«, sagte nun Walter Hausmann, »die beiden Fälle unter dem Dach einer einzigen MK laufen zu lassen, war ein Fehler. Das ist aber nicht weiter tragisch. Wir teilen uns auf. Um den Fall Otten gerichtsfest zu machen, brauchen wir nur noch ein paar Tage. Danach werden wir uns dann wieder mit voller Belegschaft auf den Fall Höppner konzentrieren. Die personelle Umstrukturierung und die damit verbundene neue Aufgabenverteilung finden Sie auf dem Rundschreiben, das Jens nun unter Ihnen verteilen wird. Mit der Leitung der Arbeiten, um den Otten-Fall abzuschließen, wird der Oberkommissar Wienhold betraut, dessen geschickte Ermittlungen wesentlich dazu beigetragen haben, dass dieser Fall so schnell aufgeklärt werden konnte. Die erste Pressekonferenz wird für morgen terminiert. Heute beschränken wir uns auf eine kurze Erklärung, natürlich erst nach der Verhaftung der beiden mutmaßlichen Täter. Also Kollegen, frisch ans Werk!«

»Ich gehe etwas früher«, sagte Jens Fiedler zu Walter Hausmann, als beide nach der Zusammenkunft gemeinsam den Konferenzraum verließen. »Meine Älteste hat morgen Geburtstag, und ich brauche noch ein passendes Geschenk.«

»Kein Problem, Jens. Meinetwegen kannst du gleich los, denn beim Umstrukturieren der MKs brauche ich dich nicht.«

»Danke, Walter. Du bist ein richtiger Kumpel!«

»Keine Ursache. Was willst du denn schenken? Wenn ich mich recht erinnere, ist das Geburtstagsgeschenk von dir letztes Jahr ein Flopp gewesen, oder wie war das noch?«

»Deine Erinnerung trügt dich leider nicht, es gab reichlich Tränen. Und dabei hatte ich es so gut gemeint mit dem rosa Fahrrad. ›So etwas kannst du einem Baby schenken‹, hat Conny mir erklärt und ist heulend in ihr Zimmer gerannt. Den Triumphblick meiner Ex sehe ich heute noch.«

»Dann streng dich mal an, dieses Mal nicht wieder danebenzuliegen. Was soll es denn sein?«

»Eine CD hat sie sich gewünscht. Außerdem Röhrenjeans einer besonderen Firma, die ich mir notiert habe, und dazu einen passenden Pulli. Die CD habe ich schon, die Klamotten noch nicht.«

»Gefährlich, gefährlich«, grinste Walter. »Die jungen Damen haben ihren eigenen Geschmack, das weiß ich aus Erfahrung. Nicht, dass du wieder in den berühmten Eimer greifst. Lass dich bloß richtig beraten!«

»Na ja, ihre Kleidergröße kenne ich, und bei den Jeans kommt es sowieso nur auf die Marke an. Das Problem ist der Pulli. Eigentlich sollte Mutter den kaufen, die kann aber nicht. Ich frage einfach in einer Boutique eine junge Verkäuferin, die wird schon wissen, worauf Mädchen in Connys Alter abfahren.«

»Frag doch Lena, ob sie mit dir in die Stadt geht. Bei ihr haben sich schon gefühlte 50 Überstunden angesammelt. Wenn ein paar davon abgefeiert werden, wird auch noch das Stadtsäckel geschont. Du kannst also mehrere Fliegen mit einer Klappe schlagen.«

»Und du meinst ...«

»Mensch, Jens, das ist deine Chance! Wer weiß, wie lange sie noch hier ist? Junge, du bist doch sonst auch nicht auf den Kopf gefallen!«

*

»Toll ausgesucht, da wird sich Ihre Tochter aber freuen«, sagte die Verkäuferin der Boutique in der Obernstraße und lächelte Jens Fiedler an. »Das habe ich auch nicht jeden Tag, dass der Vater mitentscheidet. Meist sagen die Mütter, was Sache ist, und die Väter zücken grimmig ihre Scheckkarte. Sie haben einen tollen Mann, gnädige Frau!«

Während Lena Grimm bei dem Kommentar souverän lächelte, wechselte Hauptkommissar Fiedlers Gesichtsfarbe ins Dunkelrote, und seine Mimik zeigte ein Zwischending aus Stolz und Schamhaftigkeit.

Wieder auf der Straße sagte er erst einmal aus tiefem Herzen: »Geschafft!« Und dann: »Danke, Lena, ohne dich hätte ich den anderen Fummel genommen, und das hätte bestimmt wieder Probleme gegeben. Nochmals ein großes Dankeschön!«

Während Jens das kundtat, legte er seine Hand vorsichtig um ihre Schulter und zog sie leicht zu sich hinüber. Und da er keinen Widerstand spürte, gab er ihr einen flüchtigen Kuss auf die Wange. Daraufhin blieb sie stehen und kommentierte: »Große Klappe, aber schüchtern, eine verdammt gefährliche Mischung!«

Sprach's, und griff entschlossen nach seinem Kopf. Und dann, nach dem Kuss: »So, und jetzt würde ich gerne auch mein Versprechen einlösen und mit dir einen Kaffee trinken gehen.«

KAPITEL 39

Schönow, in der Nähe Berlins

Am frühen Abend hatte ich Schönow erreicht und fuhr noch vor dem Einchecken im Hotel zur Polizeiwache.

Diese war in einem schmucklosen Haus untergebracht, vor dem ein Halteverbotszeichen stand. In einer Nische, rechts vom Gebäude, gab es drei für die Polizei reservierte Parkplätze, die allerdings nicht belegt waren. Das einzige Dienstfahrzeug, das ich entdecken konnte, stand verkehrswidrig in der Verbotszone.

Tolles Vorbild für gesetzestreue Bürger!

Ich wollte eintreten, aber es war abgeschlossen. Also benutzte ich die Klingel. Daraufhin wurde ich von einer Lautsprecherstimme unfreundlich und in breitem Berliner Dialekt gefragt, was ich denn wolle.

»Es geht um Informationen zu einem alten Fall«, sagte ich bewusst nebulös.

Der Türöffner schnarrte. Von einem Flur ging es in einen Raum, in dem ein Polizist hinter einer Holzabsperrung stand und mich missmutig ansah. Ich hatte ihn wohl gestört.

»Was für Informationen sollen das denn sein?«, fragte er ohne irgendeine Form der Begrüßung.

»Sehr wichtige zu einem ganz alten Fall«, erklärte ich weiter unbestimmt. Dann nannte ich den falschen Namen, mit dem ich mich schon bei Frau Boger vorgestellt hatte, und zwar ganz bewusst mit Titel, und murmelte etwas, was für ihn so ähnlich wie Anwalt klingen sollte.

»Diese Informationen sind für Herrn Boger extrem wichtig«, fuhr ich fort. »Würden Sie ihm bitte sagen, dass ich ihn zu sprechen wünsche. Es geht um die Familie Kundrow. Er hat doch Innendienst, da bin ich richtig informiert, oder?«

»Ich schau mal nach, ob der Chef da ist.«

»Er ist da, und das wissen Sie auch«, sagte ich streng.

»Wenn Sie das sagen, muss es wohl stimmen«, kam lässig die Antwort. »Ich werde mal fragen, ob der Chef auch Zeit für Sie hat«, entgegnete der Polizist und grinste. »Wie war noch gleich der Name dieser Familie?«

»Kundrow«, und nach einem Moment sagte ich noch einmal: »Kundrow!«

»Kundrow«, äffte mich der Polizist Augen rollend nach, drehte sich um und ging in einen hinteren Raum.

Es dauerte nur einige Sekunden, und schon kam er in Begleitung eines blassen älteren Mannes wieder heraus.

»Ich weiß nicht, unter welchen Umständen Julia Kundrow zu Tode gekommen ist«, blaffte der Mann, ohne dass ich überhaupt eine Frage gestellt hatte.

»Dann sagen Sie mir bitte einfach nur das, was Sie wissen. Es würde mir voll und ganz genügen«, entgegnete ich kühl.

»Ich weiß gar nichts. Rein gar nichts weiß ich! Außerdem ist alles schon so lange her, dass ich mich nicht mehr an Einzelheiten erinnere. Und nun gehen Sie bitte!«

»Wie Sie meinen«, sagte ich gedehnt. »Ich habe mir vorsorglich für morgen bei der Gauck-Behörde einen Termin zu diesem Komplex geben lassen. Schauen wir mal, was alles dabei zutage gefördert wird. Ich habe nämlich von einem Ihrer ehemaligen Kollegen Interessantes über Sie gehört. Wenn sich diese Dinge nachweisen lassen und in die Öffentlichkeit kommen, könnte es für Sie das eine oder andere Problem geben.«

Der blasse Polizist wurde noch blasser.

»Sie wollen mir drohen, Dr. Schröder?«

»Aber nein, wie kommen Sie denn auf so etwas?«, widersprach ich und lächelte schmal.

»Dirk«, sagte nun Boger zu seinem Kollegen, der dem Gespräch interessiert gefolgt war. »Schau doch mal nach, ob ich unseren Wagen vorhin abgeschlossen habe. Nimm dir Zeit und vertritt dir auch gleich mal die Beine.«

Der jüngere Polizist knurrte irgendetwas, holte dann aber aus einer Schublade einen Autoschlüssel und ging widerstrebend hinaus.

»Hören Sie«, erklärte mir nun der blasse Mann, »ich war zu keiner Zeit ein Stasi-Zuträger, wie Sie es soeben durch die Blume angedeutet haben. Ich hoffe, dass Sie wissen, dass Gerüchte eine fatale Wirkung entfalten können.«

»Ich wollte Sie wirklich keinesfalls unter Druck setzen«, sagte ich.

»Erzählen Sie mir nichts! Genau das war Ihre Absicht!«, entgegnete er wütend.

»Entschuldigung, dass das so rübergekommen ist. Aber es ist schon frustrierend. Niemand scheint mehr für irgendetwas von damals verantwortlich zu sein. Es gibt nur einen Haufen von Unschuldslämmern, ansonsten lauter Kämpfer für Freiheit, Gleichheit und Gerechtigkeit.«

»Noch einmal: Ihre Beschuldigungen sind unwahr«, fuhr Boger fort. »Ich gebe durchaus zu, dass ich Gerhard Kundrow nach dem Tod seiner Frau bei der Stasi gemeldet habe, weil er meinen Kollegen und mich beleidigt hat. Schlimm beleidigt. Aber ich war kein Zuträger! Meine Vorgehensweise war mehr als berechtigt. Heute tut es mir leid, weil er sich damals in einer schlimmen psychischen Situation befunden hat. Für das, was dann passiert ist, kann ich aber wirklich nichts.«

»Passen Sie auf«, sagte ich. »Ich will Ihnen nicht am Zeug flicken. Und ich glaube Ihnen auch, wenn Sie sagen, dass Sie kein Stasi-Zuträger waren. Sie brauchen also keine Angst zu haben. Ich werde nirgendwo nachfragen und hatte das auch nicht vor. Ich möchte von Ihnen einfach hören, was mit Julia

Kundrow passiert ist. Erzählen Sie, was Sie darüber wissen. Mehr will ich nicht.«

»Ich weiß wirklich nicht viel. Ich war damals mit meinem Kollegen Schäfer zusammen, als wir die junge Frau gefunden haben. Schäfer ist schon lange in Pension, und ich weiß nicht, wo er heute wohnt. Wir haben uns aus den Augen verloren. Bei dieser Sache damals durften wir keine Fragen stellen und hatten auch keine Untersuchungsbefugnis. Wir waren nur für den Abtransport der Frau zuständig.«

»Gut. Wer könnte denn sonst noch etwas wissen?«

»Vielleicht die Sagasser.«

»Die Bibliothekarin?«

»Ja. Sie ist aber eine sehr wunderliche Person und erzählt viel, wenn der Tag lang ist.«

»Was meinen Sie mit wunderlich?«

»Damit meine ich nicht nur ihr Gehabe und ihr Aussehen. Seit sie in Rente ist, verbreitet sie mit Vorliebe Verschwörungstheorien. So behauptet sie, dass die Stasi Julia Kundrow umgebracht hat und dass es dafür Beweise gibt, was natürlich vollkommener Blödsinn ist. Welche Beweise sollte sie denn auch haben? Zu ihrem Glück glaubt kein Mensch dieses wirre Zeug.«

»Warum zu ihrem Glück?«

»Man soll keine schlafenden Hunde wecken.«

»Verstehe ich nicht!«

»Das ist Ihr Problem. Wie schon gesagt, keiner glaubt ihre Geschichten. Aber gehen Sie ruhig hin. Die Frau ist für jedes Opfer dankbar, dem sie die Schauermärchen erzählen kann.«

»Ja, das ist eine gute Idee. Genau das werde ich tun. Vielleicht weiß sie ja doch etwas, was mich weiterbringt. Und danke, dass Sie mich vorgewarnt haben. Aber nun noch einmal zum Ausgangspunkt unserer Unterhaltung: Was hat denn die Stasi für Untersuchungen vor Ort durchgeführt? Wissen Sie noch, wer diese Leute waren?«

»Nein, die Namen kenne ich nicht.«

»War damals irgendetwas ungewöhnlich, irgendetwas auffällig, an das Sie sich doch noch erinnern?«

»Eigentlich nicht.«

»Was heißt eigentlich. Verschweigen Sie etwas?«

»Ich verschweige gar nichts. Aber ich habe Familie.«

»Das verstehe ich schon wieder nicht.«

»Dann will ich es Ihnen erklären: Es ist hier nicht ganz ohne Risiko, über alte Stasi-Sachen zu quatschen, da es immer noch mächtige Seilschaften gibt, die auf Gerüchte und Gequatsche ganz allergisch reagieren.«

»Das müssen Sie mir genauer erklären.«

»Den Teufel werde ich. Wenn Sie mehr wissen wollen, dann müssen Sie es schon selbst herausfinden. Meine Frau und mich lassen Sie damit gefälligst zufrieden!«

»Dann hat Frau Sagasser doch recht?«

»Nein, hat sie nicht! Die Frau hat keine Ahnung. Sie reimt sich etwas zusammen, weil sie das untergegangene Regime hasst, und zwar aus ganz persönlichen Gründen. Das kann ich sogar verstehen. Aber so ein Verhalten hilft niemandem. Wenn Sie sie treffen, dann sagen Sie ihr, dass sie sich in Zukunft zurückhalten soll! Sonst nimmt doch jemand ihr Geschwafel für bare Münze, und dann hat sie ein Problem.«

»Okay, das mache ich. Und es gibt wirklich nichts, was Sie mir erzählen können? Keinen Hinweis?«

»Na gut! Ich glaube, dass die Staatssicherheit damals an einer sorgfältigen Untersuchung nicht interessiert war. Besonders mein Kollege Schäfer hatte sich über deren oberflächliche Herangehensweise geärgert. Mehr war da aber nicht. Dieser Stasi-Major wollte den Fall schnell vom Tisch haben, wahrscheinlich, weil er persönlich involviert war. Er war während Julia Kundrows Haft ihr Untersuchungsführer und wusste, dass die Frau an Depressionen litt. Das hatte er wohl nicht ernst genommen.«

»Und dieser Major war zugegen, als sie gefunden wurde?«

»Nein. Gefunden haben wir sie zusammen mit zwei niederen Stasi-Offizieren. Der Major kam hinzu, weil sich die beiden in ihrer Beurteilung nicht einig waren. Der Ranghöhere, ein Oberleutnant, hatte ihn gerufen.«

»Uneins in welchen Punkten?«

»Das weiß ich nicht mehr. Ich glaube, dass es um irgendwelche Lappalien ging. Außerdem wollte der eine dem anderen eins auswischen, das war nicht zu übersehen.«

»Und dieser Major, was war das für einer?«

»Dazu möchte ich nichts sagen.«

Ich schaute mein Gegenüber intensiv an.

»Schon gut, erzählen Sie es aber nicht weiter.«

»Versprochen.«

»Der Stasi-Major war ein arroganter, unsympathischer Vogel. Er hat alles abgeblockt, aber die Untersuchung als solche nicht behindert.«

»Mehr war nicht?«

»Nein, mehr war nicht. Das einzig wirklich Merkwürdige ist, dass ich glaube, diesen Mann vor Kurzem an dem Haus des ehemaligen zweiten Sekretärs Hanfft gesehen zu haben. Ich kann mich aber auch täuschen.«

»Vielleicht ist er mit dem Mann befreundet.«

»Unwahrscheinlich. Das würde ich wissen. Wenn er tatsächlich dort war, war der Zeitpunkt vielleicht kein Zufall. Vielleicht ging es um Ihre Mandanten. Die Kundrow-Kinder sind doch Ihre Mandanten?«

»Hmm.« Ich sah keinen Anlass, diesen Punkt aufzuklären.

»Also nehmen Sie sich besser in Acht!«

»Hat Hanfft Sie bemerkt?«

»Nein, bestimmt nicht. Ich bin zufällig an dem Haus vorbeigefahren und habe dabei beobachtet, wie ein Mann zur Haustür ging, der dem Stasi-Major ähnlich war.«

»Wissen Sie, wie der Major heißt?«

»Nein, keine Ahnung. Aber ich gebe Ihnen einen wohlgemeinten Rat: Vergessen Sie die Sache und verschwinden Sie zusammen mit Ihren Mandanten.«

»Danke für den Ratschlag«, sagte ich.

Ich verabschiedete mich und fuhr zum Hotel. Zur Sicherheit meldete ich mich dort auch als Rechtsanwalt Dr. Schröder an, denn es könnte ja sein, dass eine Nachfrage kam. Ich fragte noch, ob Edith und Robert Kundrow hier ein Zimmer gebucht hätten, was leider nicht der Fall war. Telefonisch erkundigte ich mich auch noch in der ›Waldperle‹, aber auch dort waren sie nicht abgestiegen.

Plötzlich klingelte mein Handy. Susanne war am Apparat: »Er ist gerade weggefahren«, sagte sie aufgeregt.

»Wer?«, fragte ich begriffsstutzig, weil ich in Gedanken immer noch bei den Kundrow-Kindern war.

»Na der Major!«, erklärte sie. »Wer denn sonst?«

»Entschuldigung«, sagte ich und berichtete dann, was ich von Boger erfahren hatte.

Einen Moment war Schweigen auf der anderen Seite. Dann fragte sie:

»Was hat der Mann noch zum Schluss gesagt?«

»Dass ich zusammen mit Robert und Edith verschwinden soll.«

»Vermutlich ein guter Ratschlag, denn ich habe immer noch das Gefühl, dass sich irgendetwas Ungutes zusammenbraut.«

»Wenn der Major wirklich hierherkommt und gewisse Leute schon wussten, dass er kommt, ist es das Wahrscheinlichste, dass er wieder zu Hanfft fährt«, überlegte ich nun laut. »Ich werde dort vorstellig werden, um ihm zu zeigen, dass wir über sein Kommen informiert sind. Höchstwahrscheinlich überdenkt er dann seine krausen Pläne. Auch werde ich versuchen, Robert und Edith zu finden, um sie zu animieren, wieder nach Hause zu fahren, und dann muss ich auch noch unbedingt mit Frau Sagasser sprechen.«

»Ja, versuchen Sie, die beiden zu finden, und fahren Sie zu der Bibliothekarin. Stellen Sie dort Ihre Fragen und dann: Nichts wie weg! Vorsicht ist die Mutter der Porzellankiste. Aber lassen Sie das mit Hanfft. Heldentum lohnt sich nicht!«

»Vielleicht haben Sie recht. Vielleicht riskiere ich damit tatsächlich zu viel. Wie lange ist der Kerl denn schon weg?«

»Gut 30 Minuten. Es wird also noch dauern, bis er eintrifft, wenn er tatsächlich nach Schönow fährt.«

»Dann kann ich die Zeit nutzen. Hoffentlich finde ich Edith und Robert. Auf jeden Fall werde ich versuchen, Frau Sagasser zu kontaktieren. Und was gibt es bei Ihnen heute?«

»Ich werde meinen Beobachtungsposten räumen, denn ich will noch einen Spaziergang an der Weser entlang unternehmen. Das Wetter ist schön und lädt geradezu ein.«

»Lassen Sie heute Nacht auch Ihre Kamera laufen?«, fragte ich neugierig.

»Auf jeden Fall! Es könnte ja sein, dass er wieder nur zum Einkaufen ist oder Besuch bekommt. Sollte sich hier etwas tun, melde ich mich. Dasselbe erwarte ich von Ihnen. Und denken Sie daran: Nicht mehr als unbedingt notwendig riskieren.«

KAPITEL 40

Ich besorgte mir dann doch Hanffts Anschrift und Telefonnummer und auch die von Frau Sagasser, bei der ich sofort versuchte anzurufen, leider ohne Erfolg.

Mir kam eine Idee. Wenn ich sofort zu dem ehemaligen Sekretär fahren würde, könnte ich vermeiden, dass der Major mich sah. Das würde mein Risiko minimieren, aber der erwünschte Effekt bliebe derselbe.

Zehn Minuten später hatte ich das Haus gefunden. Ich klingelte. Nach einem Moment öffnete eine ältere Frau die Haustür. Sie hielt einen Riesenschnauzer an der Leine, der mich unfreundlich anknurrte.

»Verschwinden Sie, wir kaufen nichts, oder was wollen Sie hier?«, fragte sie unwirsch, und ihr Hund näherte sich mir zähnefletschend, sodass ich erschreckt zurückwich.

»Gnädige Frau«, sagte ich liebenswürdig, den wütenden Köter nicht aus dem Auge lassend, »ich will Ihnen nichts verkaufen. Ich möchte Ihrem Mann nur eine Frage stellen … und bitte, halten Sie Ihren Hund zurück!«

»Mein Mann ist nicht da. Er ist mit dem Landrat zur Jagd und kommt heute auch nicht mehr zurück«, antwortete sie, zog aber den Hund ein Stückchen von mir weg. Und dann, ein kleines bisschen freundlicher: »Vielleicht kann ich Ihnen helfen, wenn Sie mir Ihren Namen nennen und sagen, worum es geht.«

»Schultze ist mein Name«, log ich, ohne rot zu werden. »Es geht um Edith und Robert Kundrow.«

Ihr Zucken zeigte mir, dass ich getroffen hatte.

»Kenne ich nicht!«, entgegnete sie barsch, und das Untier neben ihr machte abermals eine Bewegung in meine Richtung. »Und was soll mein Mann damit zu tun haben?«

»Ich habe gehört, dass Ihr Mann heute noch einen ehemaligen Offizier der Staatssicherheit treffen wird, der etwas über die Umstände des Todes der Mutter von Robert und Edith Kundrow weiß. Wenn das zutrifft, würde ich diesen Offizier bitten, sich morgen ein paar Minuten mit mir zu unterhalten. Ich möchte ihm nur einige Fragen stellen. Von Ihrem Mann will ich gar nichts.«

»Von wem wollen Sie denn solch einen Unsinn gehört haben?«

»Das kann ich Ihnen leider nicht sagen.«

»Also Herr Schultze, oder wie Sie sonst noch heißen mögen«, sagte sie süffisant. »Ich schlage vor, dass Sie auf der Stelle verschwinden, oder ich lasse ganz zufällig Hasso von der Leine, und dann möchte ich nicht in Ihrer Haut stecken. Ist das angekommen?«

Bei so einer freundlichen Aufforderung schien es mir opportun, auf eine Entgegnung zu verzichten.

Ich ging rückwärts durch den Vorgarten, die schwarze Bestie im Blick, die geifernd und zähnefletschend ihre Chance sehnsüchtig herbeiwünschte, und war erst wieder entspannt, als das Eingangstor von außen geschlossen war.

Als ich in meinem Auto saß – ich hatte es aus Sicherheitsgründen einige Straßen entfernt abgestellt –, kamen mir doch Zweifel, ob das soeben ein guter Schachzug gewesen war. Für einen Moment war ich versucht, jetzt schon bei Susanne anzurufen, um ihr meinen Fauxpas zu beichten. Ich unterließ es, ahnte ich doch, was sie dazu sagen würde. Den fälligen Anruf erledigte ich erst, nachdem ich mein Zimmer in dem Hotel bezogen hatte und im Restaurant auf das bestellte Abendessen wartete.

Unser Gespräch war kurz, denn sie war gerade von ihrem Spaziergang zurückgekehrt und wollte unter die Dusche. Deshalb erzählte ich nur, dass ich mit falschem Namen eingecheckt hatte, erwähnte aber den Besuch bei Frau Hanfft nicht. Sie berichtete mir, dass es neue und widersprüchliche Informationen zu dem Entführungsfall geben und die Polizei wegen der Erfolglosigkeit erheblich in der Kritik stehen würde.

»Es wird zu dem Fall Höppner über ein weiteres Detail spekuliert«, fügte sie hinzu, »und das hat mich ziemlich irritiert.«

»Und was war das?«

»Die Tote soll vollständig rasiert gewesen sein, und man ginge von einer Ritualhandlung aus. Bis jetzt ist das allerdings nur ein Gerücht.«

»Sie denken an den Major!«

»Ja, Sie etwa nicht?«

»Daran gedacht habe ich, aber bei dem zweiten Fall hat er in der fraglichen Nacht doch seinen Bau nicht verlassen. Dann muss das Rasieren eine zufällige Parallele sein, oder doch zwei verschiedene Täter?«

»Ich weiß auch nicht, was mich dazu bringt, ihm alles Böse zuzutrauen«, sagte Susanne zerknirscht.

»Na ja«, stimmte ich ihren Überlegungen zu, »zuzutrauen ist ihm tatsächlich alles!«

»Was machen Sie eigentlich morgen?«, fragte sie mich abrupt, und ich wusste, dass sie von dem Thema »Major« wegkommen wollte.

»Ich werde am Vormittag die Suche nach den Kundrow-Kindern fortsetzen. Dann fahre ich zu Frau Sagasser. Und danach folge ich Ihrer Devise, die da heißt: Nichts wie weg! Und Sie? Was machen Sie?«

»Morgen früh wechsle ich den Chip der Videokamera und überprüfe ihn. Danach werde ich weiter die Stadt erkunden, vorausgesetzt, er kommt nicht zurück.«

Ich wollte noch einmal auf die geänderte Sachlage zurückkommen, aber Susanne blockte ab. So wünschten wir uns wechselseitig eine gute Nacht und legten fest, am nächsten Tag um die Mittagszeit erneut zu telefonieren.

KAPITEL 41

Frau Sagasser wohnte unweit von der Pension, in der Robert und Edith Quartier gefunden hatten.

Es war eine einsame Datsche direkt in einem Forst, die nicht so sehr einem Wohnhaus, sondern eher einer Schutzhütte für Waldarbeiter glich und an einem schmalen Weg lag. Umgeben war das primitive Anwesen von einem wackligen Zaun, der bereits an mehreren Stellen umgestürzt war. Eine Pforte gab es nicht oder nicht mehr und eine Klingel auch nicht.

Robert und Edith hatten sich mit der alten Frau für den Nachmittag verabredet.

Schon nach dem ersten Klopfen wurde von innen gerufen, dass die Tür nicht abgeschlossen sei.

»Schönen guten Tag, Frau Sagasser«, sagte Robert beim Eintreten. »Wir sind leider etwas spät. Bitte entschuldigen Sie.«

»Ein ganz herzliches Willkommen«, antwortete die Hausbewohnerin freudig.

»Darf ich Ihnen meine Schwester Edith vorstellen?«, fuhr Robert fort. »Ich danke dem Schicksal, dass wir beide uns wiedergefunden haben.«

»Sie dürfen, Robert«, erklärte Frau Sagasser und strahlte über das ganze Gesicht.

In dem Raum war es schummrig, denn es gab nur zwei kleinere Fenster, durch die etwas Licht hereinfiel. Eines befand sich über der Arbeitsplatte einer Küchenzeile in der rechten Längswand, das andere war genau auf der Gegenseite in das altersschwache Holz eingepasst. Direkt unter diesem Fenster stand ein Bett, in dem die alte Frau lag. Ihr Gesicht schien nur noch aus tiefen Runzeln zu bestehen, aber ihre Augen leuchteten trotz des Schummerlichts interessiert und intensiv wie kleine Kohlestückchen an einem verlöschenden Lagerfeuer.

Während Robert unbefangen auf sie zuging, sich herunterbeugte und dann hinkniete, blieb Edith auf Distanz.

»Robert und Edith«, sagte Frau Sagasser pathetisch. »Vor mehr als drei Jahrzehnten sah ich eure tapfere Mutter in ihr Unglück gehen, weil sie der Überzeugung war, euch nur so beschützen zu können. Aber wer sich mit dem Teufel einlässt, ist verloren. Was ich damals nicht ahnte, war, dass dieses Treffen mit einem Satan in Menschengestalt auch ihr physisches Ende bedeuten würde. Ich habe leider nicht vermocht, das Schreckliche zu verhindern. Aber es ist vorbei, und nun seid ihr hier. Unendlich lange Zeit habe ich nicht gewusst, was aus euch geworden ist, ja, ob ihr überhaupt noch am Leben seid. Ich konnte nur beten und habe immer gehofft, dass Unheil von euch genommen wird, und mir gewünscht, euch noch einmal sehen zu dürfen. Nun ist es mir tatsächlich vergönnt. Für eine alte Frau wie mich, für die das riesige Tor schon geöffnet wird, durch das wir alle müssen und durch das ich in Kürze stolz und ungebrochen schreiten werde, ist dies eine große Gnade, ein unendliches, unfassbares Glück.«

Die Worte hatte Frau Sagasser ernst und langsam gesprochen. Ihre Stimme war dabei melodisch und ihre Sprache klar, wenn auch absonderlich, so als kämen ihre Worte und auch sie aus einer fernen, längst vergangenen Zeit.

Robert berührte nun ihre Hand, die aussah wie ein dürrer Ast, der soeben von einem morschen Baum gefallen war und der nun zufällig unter der Zudecke hervorlugte.

Frau Sagasser lächelte glücklich.

»Robert, erzählen Sie mir, was seit der Beerdigung Ihrer Mutter geschehen ist und vor allen Dingen, was Sie hier machen«, sagte sie nun. »Sie haben doch nicht etwa die Absicht, Rache nehmen zu wollen?«

»Wir möchten nur erfahren, was damals vorgefallen ist, mehr nicht.«

»Also keine Rache«, sagte Frau Sagasser befriedigt.

Robert informierte sie nun in aller Ausführlichkeit über Ediths und seine Vergangenheit. Aufmerksam, ja gebannt folgte die alte Frau seinem Bericht. Zum Schluss erwähnte er noch, in welcher Pension sie abgestiegen waren und dass er für den nächsten Tag ein Gespräch auf Vermittlung einer freundlichen Dame von der Rezeption mit einem Herrn Hanfft verabredet hatte, der mit ihren Eltern bekannt gewesen sei und vielleicht über die damaligen Geschehnisse Auskunft geben könne.

Robert war so mit seiner Schilderung beschäftigt, dass er erst spät erkannte, dass irgendetwas Frau Sagasser irritiert haben musste.

»Habe ich etwas gesagt, das Sie gekränkt hat?«, fragte er betroffen, als ihm ihr verstörtes Gesicht auffiel.

»Die Frau an der Rezeption war die Tochter von Hanfft, und er selbst ist ein Politkumpan des Stasi-Offiziers, der die Schuld an dem Tod Ihrer Mutter trägt. Haben Sie denn erzählt, dass Sie mich hier treffen wollen?«

»Nein, das habe ich nicht«, entgegnete Robert, um sich sofort zu korrigieren: »Doch, die Frau hat zu mir gesagt, dass wir schon heute mit Herrn Hanfft sprechen können. Ich habe geantwortet, dass das nicht ginge, weil wir schon eine Verabredung mit Ihnen hätten.«

»Oh Gott! Sie beide müssen heute, nein besser jetzt, also sofort, zurück nach Hause fahren!«, rief Frau Sagasser laut, und ihr Gesicht war grau geworden. »Der Stasi-Major ist es! Dieser Mann ist der Teufel, von dem ich gesprochen habe. Er ist ein Freund von Hanfft. Robert und Edith, ihr seid in allergrößter Gefahr, weil ihr heute mit mir sprecht. Er will, nein, er muss verhindern, dass mein Wissen Verbreitung findet, weil es ihn bedroht.«

»Das verstehe ich nicht«, sagte Robert, während Edith sich erschrocken hinter ihm verbarg.

»Die Bedrohung war für ihn keine, solange die Welt glaubte, dass das, was ich sage, nur leeres Gerede ist. Gerede einer verrückten alten Frau. Nun aber nehmen die Kinder der Toten die Fährte auf, und ich bin mir sicher, dass er jetzt, genau in diesem Moment überlegt, wie das Problem zu lösen ist. Ich wusste, dass es passieren würde, aber ich wusste nicht, dass er so schnell reagieren muss. Er wird noch heute kommen!«

»Liebe Frau Sagasser«, sagte Robert lächelnd, »entschuldigen Sie, aber ich bin ganz verwirrt und ich glaube, meine Schwester ist es auch. Wie kommen Sie denn darauf, dass dieser Mann uns etwas antun will, nur weil wir Sie besuchen? Das anzunehmen, ist aberwitzig! Wissen Sie denn etwas Definitives über ihn?«

»Nein, ich habe keinen Kontakt und weiß auch sonst nichts. Dennoch weiß ich alles über ihn, obwohl ich ihn nie kennengelernt habe. Der Mann ist heute nicht weniger gefährlich als zu den Zeiten, als Stasi-Offiziere die Spinnen im Netz dieses Landes waren. Und er ist verbittert, weil das frühere System geächtet ist und er auf die Insignien seiner Macht verzichten muss. Das alles macht ihn zu einer tickenden Zeitbombe. Deshalb bitte ich euch inständig: Nehmt meine Worte ernst! Ich weiß, wovon ich spreche. Die Zeit drängt. Er wird nicht untätig bleiben. Vielleicht passiert schon heute Nacht etwas, aber spätestens morgen! Bitte fahrt nach Hause! Um mich braucht ihr euch keine Sorgen zu machen, denn ich bin vorbereitet.«

»Ich bitte Sie, Frau Sagasser, das alles scheint mir sehr weit hergeholt«, sagte Robert. »Ihr Schicksal war bestimmt schwer, und das tut mir aufrichtig leid. Es ist auch nachvollziehbar, dass negative persönliche Erfahrungen den Menschen prägen. Aber aus lange vergangenen Zeiten eine akute Bedrohung für die nächsten Tage abzuleiten, erscheint mir mehr als übertrieben.«

»Ich glaube, Robert, dass ihr immer noch nicht begreift, mit wem ihr es zu tun habt. Ich habe damals Ihre Mutter gewarnt. Sie glaubte, nicht anders zu können, und hat mit ihrem Leben bezahlt. Ich würde es mir nie verzeihen, wenn sich das wiederholt und ich nicht die Kraft und vor allem nicht die Überzeugung aufbringe, das zu verhindern.«

»Für Ihre Sorge um uns danken wir Ihnen sehr«, antwortete Robert. »Aber damit wir uns ein Bild machen können, sagen Sie uns doch bitte, was das für Beweise sind, von denen überall erzählt wird.«

»Ich muss euch enttäuschen. Ich habe keine Beweise. Ich habe nur verbreiten lassen, dass ich welche hätte, dass die Stasi und speziell dieser Mann für den Tod Ihrer Mutter verantwortlich sind.«

»Aber was soll denn damit erreicht werden, wenn Sie eine Behauptung in die Welt setzen, die sowohl unwahr ist, als auch noch einen früheren Geheimdienstler wütend machen muss. Was heißt es denn konkret, dass die Stasi Schuld hat?«

»Das ist sehr einfach zu erklären. Es heißt, dass der Tod Ihrer Mutter keine Verzweiflungstat war. Keine Folge einer Depression, die in einem Suizid mündete, wie im Nachhinein vom MfS behauptet wurde. Ich habe soeben gesagt, dass es keine direkten Beweise gibt. Aber glaubt mir, die indirekten werden ausreichen.«

»Welche indirekten und wofür ausreichen? Und wie kommen Sie überhaupt darauf, Sie waren doch gar nicht dabei!«

»Eure Mutter war am Tag vor ihrem Tod noch einmal bei mir in der Bibliothek. Sie hat mir erzählt, dass der Major sie gezwungen hat, sich mit ihm am nächsten Tag in dem Wald zu treffen. Genau dort, wo man sie dann gefunden hat.«

»Weshalb sollte er das wollen?«

»Ganz simpel: Er hatte die Absicht, seinen Lohn zu kassieren.«

»Seinen Lohn? Was für einen Lohn?«

»Robert, sei nicht so naiv! Der Lohn wurde eingefordert, weil eure Mutter auf Bewährung entlassen worden war. Diese Freilassung war keine humanitäre Geste. Sie war ein hundsgemeines erpresserisches Geschäft nach dem Motto: Ich lasse dich gehen, aber dafür gehörst du mir, und ich kann mit dir machen, was ich will. Ihre Mutter selbst war der Preis für ihre angebliche Freiheit. Sich zu widersetzen wäre auch nicht einfach gewesen, das hätte bedeutet, für lange Jahre im Gefängnis zu bleiben. Und was noch schwerer wiegt: Sie hätte auf Mann und Kinder, also auf dich, Robert, und dich, Edith, verzichten müssen.«

»Sie meinen, dass dieser Mann unsere Mutti in den Wald gelockt, wer weiß was mit ihr gemacht und sie dann umgebracht hat? Das können Sie doch unmöglich glauben, das wäre doch ein unfassbares Verbrechen gewesen!«

»Richtig. So absurd es aus heutiger Sicht auch erscheinen mag, genauso einen Ablauf kann ich mir vorstellen. Aber zu beweisen ist das nicht.«

»So etwas anzunehmen, ist doch Wahnsinn!«

»Es mag ja sein, dass ich im gewissen Sinne wahnsinnig bin. Das ist eine Frage der Definition. Der Major ist es sicher nicht. Pervers: ja. Berechnend: ja. Hinterhältig: ja. Hochgradig gestört: ja! Aber wahnsinnig: nein! Er weiß in jedem Augenblick, was er tut.«

»Glauben Sie denn wirklich, was Sie da sagen?«

»Subjekte wie er sind extreme Ausgeburten des Systems, die sich zu schrecklicher Größe entwickeln konnten, weil niemand da war, der sie hinderte. Alle hatten Angst vor diesem monströsen Gebilde mit dem Namen Stasi.«

»Haben Sie denn wenigstens einen Beweis oder einen Augenzeugen, dass der Major sich tatsächlich mit unserer Mutter am Tag ihres Todes in dem Wald getroffen hat?

»Nein, den habe ich auch nicht. Aber die kommenden Ereignisse werden Sie überzeugen, dass alles so gewesen ist. Auch in diesem Punkt bin ich mir sicher.«

»Ich glaube nicht, dass es jemanden gibt, der in die Zukunft schauen kann. Sie können das auch nicht. In dem Punkt bin *ich* mir sicher«, sagte Robert ärgerlich.

»Robert, du missverstehst mich. Ich würde nie behaupten, in die Zukunft blicken zu können. Niemand kann das. Aber so wie das Wasser immer den Berg hinunter und nicht hinauf fließt, kann man manches sicher voraussagen. Besonders dann, wenn man weiß, dass Dinge so und nicht anders gewesen sind. Dann kann man schlussfolgern, dass sie nur so und nicht anders enden werden. Das funktioniert aber nur, wenn man mit mehr als seinen zwei Augen sehen kann.«

»Und das können Sie?«

»Ja, das kann ich.«

»Verstehe«, sagte Robert und man sah ihm an, was er dachte.

»Ich spüre die Skepsis«, entgegnete Frau Sagasser selbstsicher. »Und mir ist klar, dass ich euch nicht überzeugen konnte. Aber sehr bald werden die Realitäten das für mich erledigen. Ihr werdet es sehen. Fahrt nach Hause und kommt in 14 Tagen wieder. Dann ist das Gewitter vorüber. Was versäumt ihr? Nichts! Eure Suche beendet ihr einfach etwas später als geplant! Ist diese kleine Zeitspanne es wirklich wert, dafür so viel zu riskieren?«

»Gut, Frau Sagasser. Ich bin zwar nicht Ihrer Meinung, aber Ihre Argumente so einfach vom Tisch wischen, will ich auch nicht«, erklärte Robert. »Ich verspreche Ihnen Folgendes: Wir fahren nach Hause, so wie Sie es vorgeschlagen haben, und kommen in zwei Wochen zurück. Dann werden wir unser Gespräch fortführen und zu einem guten Abschluss bringen. Ich bin mir sicher, dass in der Zwischenzeit nichts Dramatisches passieren wird.«

»Robert und Edith, ich kann gar nicht sagen, wie erleichtert ich bin. Fahrt noch heute! Überlasst Schönow für eine Weile sich selbst.«

»Versprochen! Vielen Dank für alles und dass Sie unsere liebe Mutti beschützen wollten.«

»Auf Wiedersehen, Robert, auf Wiedersehen, Edith. Gott sei mit euch! Sollte uns doch kein Wiedersehen beschert sein, dann müsst ihr wissen, dass ich sehr stolz auf euch bin. Wenn ihr dann in einer stillen Stunde einmal Zeit habt, denkt für eine Sekunde an die verrückte Alte aus Schönow.«

»Das werden wir ganz bestimmt!«

*

»Eine sehr ungewöhnliche Frau«, sagte Robert zu Edith, als sie wieder im Auto saßen. »Ungewöhnlich weitsichtig oder eher ein wenig paranoid? Was meinst du, Edith?«

»Was ist paranoid, Robert?«

»Das sagt man, wenn man glaubt, dass einer nicht so richtig im Oberstübchen ist. Weißt du, was ich meine?«

»Nicht so richtig. Ich weiß aber jetzt, wer der Mann ist, den wir suchen. Du hast es gehört! Wir müssen ihn finden und bestrafen!«

»Ruhig, Edith, ganz ruhig! Rachegedanken sind keine guten Ratgeber. Ob das, was Frau Sagasser gesagt hat, tatsächlich einen wahren Kern hat, oder ob die Fantasie ihre Wahrnehmung steuert und in die Irre führt, das weiß ich nicht. Wenn es allerdings tatsächlich so gewesen ist, dass dieser Stasi-Major Dinge vertuscht und sogar eine Verabredung mit unserer Mutti vor ihrem Tod hatte, dann tun wir gut daran, ihre Warnung nicht auf die leichte Schulter zu nehmen. Wie gesagt, *wenn* es stimmt!«

»Tante Herma hat gesagt, dass Unrecht immer Unrecht bleibt. Und wem das Unrecht egal ist, der darf sich nicht wundern, wenn ihm selbst Unrecht geschieht. Das hat sie gesagt. Ich habe es mir genau gemerkt!«

»Deine Tante Herma ist eine kluge Frau! Aber wir haben Frau Sagasser soeben ein Versprechen gegeben, und das müssen wir halten.«

»Robert, ich will jetzt nicht nach Hause fahren. Ich will, dass wir etwas unternehmen!«

Edith blitzte ihren Bruder wütend an.

»Sehr viel tun können wir im Moment nicht, kleine Schwester«, versuchte er sie zu beruhigen.

»Aber wir können jetzt nicht wegfahren!«

»Stimmt. Das geht nicht, jedenfalls nicht sofort. Deshalb schlage ich vor, dass wir die Nacht, die wir sowieso bezahlen müssen, noch im Gasthof bleiben und morgen zu Herrn Hanfft gehen.«

»Warum denn das?«

»Wir müssen ihn überzeugen, dass Frau Sagasser nichts gegen den Major in der Hand hat. Ich bin mir sicher, dass Hanfft ihn darüber sofort informieren wird, da er ja mit ihm befreundet ist. Sie ist es, die in Gefahr ist, wenn dieser Mann tatsächlich so gefährlich sein sollte, wie die alte Frau glaubt. Nicht wir!«

KAPITEL 42

Am nächsten Morgen hatte ich mich schon vor acht in den Frühstücksraum begeben und gerade die erste Tasse Kaffee getrunken, als ich bemerkte, dass ein Angestellter von Tisch zu Tisch ging und meinen (falschen) Namen rief. Ich meldete mich, und er sagte freundlich: »Herr Doktor, Sie werden beim Empfang am Telefon verlangt.«

Ich nahm an, dass es Susanne Wagner war, die mir etwas mitzuteilen hatte. Also stand ich schnell auf und ging zur Rezeption.

Aber ich hatte mich geirrt. Es meldete sich ein Herr Peters, der eine laute unfreundliche Stimme besaß. Ohne Vorrede kam er zur Sache:

»Ich habe gehört, dass Sie etwas über den Tod von Julia Kundrow in Erfahrung bringen wollen. Bin ich da richtig informiert?«

Ich ging auf seine Frage nicht ein, sondern stellte eine Gegenfrage:

»Wer sagt denn so etwas, und wer sind Sie überhaupt?«

»Wer ich bin, tut nichts zur Sache«, wehrte der Anrufer ab. »Und wenn Sie nicht interessiert sind, ist das auch kein Problem. Dann beenden wir unser Gespräch.«

»Nicht so eilig«, entgegnete ich. »Ich habe nicht gesagt, dass ich nicht interessiert bin. Ihr Anruf kommt nur etwas überraschend. Es weiß eigentlich niemand, dass ich in diesem Hotel übernachte. Woher wissen Sie denn davon?«

»Mein Anruf hat Ihnen doch bewiesen, dass Ihre Annahme falsch ist«, kanzelte er mich ab. »Wollen Sie nun das Geschäft machen oder wollen Sie nicht?«

»Das Geschäft? Was für ein Geschäft?«

»Das Fünfhunderteurogeschäft. Entweder *wir beide* machen diesen Deal, oder ich frage den Hauptamtlichen, der bei dem Tod von Julia Kundrow zugegen war, ob er interessiert ist. Ich bin mir ziemlich sicher, dass er meine Beweise gerne haben möchte und dafür die genannte Summe ausspucken wird.«

»Den Mann, der bei Julias Tod zugegen war? Sie haben Beweise, dass Frau Kundrow bei ihrem Tod nicht alleine war?«

»Sie sind doch der deutschen Sprache mächtig, oder habe ich mich unklar ausgedrückt?«, kam es patzig aus der Leitung.

»Nein, nein. Aber das Geld bekommen Sie nur, wenn der Beweis wirklich eindeutig ist«, sagte ich. »Sonst gibt es nichts! Wo befinden Sie sich im Moment?«

»In Neuruppin. Und ich habe kein Auto. Sie müssten sich schon hierher bemühen, wenn Sie interessiert sind.«

»Na gut. Wo treffen wir uns, und wie erkenne ich Sie?«

»Das ist ganz einfach. Ich warte auf der Bank vor dem Eingang der Klosterkirche ungefähr in anderthalb Stunden. *Ich* werde Sie ansprechen, nicht *Sie* mich! Kapiert? Ich zeige Ihnen dann das Material, und Sie sagen mir, ob Sie es haben wollen. Diskussionen um den Preis wird es nicht geben!«

»Einen Moment noch«, sagte ich, krampfhaft überlegend, wie ich mich verhalten sollte. »Ich habe nur 200 Euro in bar, den Rest müsste ich aus dem Automaten ziehen. Das mache ich aber erst, nachdem ich gesehen habe, was Sie haben.«

»Kein Problem.«

»Eine letzte Frage: Dieser Mann, der dabei gewesen sein soll, war das ein Major der ehemaligen Staatssicherheit?«

»Ich kann mich nicht erinnern, von einem Mann gesprochen zu haben«, wies mich mein Gegenüber erneut zurecht. »In anderthalb Stunden. Und ich werde nicht den ganzen Tag auf Sie warten!«

Klick, und das Gespräch war beendet.

Ich fragte an der Rezeption, wie lange ich mit dem Auto bis Neuruppin brauchen würde. Nicht länger als eine Stunde, sagte man mir. Ich schaute auf die Uhr und musste feststellen, dass es für die Suche nach Edith und Robert jetzt zu spät war. Nach kurzer Überlegung kam ich zu dem Schluss, dass das auch nach meiner Rückkehr noch ausreichend sein müsste. Noch einmal versuchte ich, bei Frau Sagasser anzurufen, um mich für heute anzukündigen, aber der Versuch war wiederum erfolglos.

Ich stopfte mir noch schnell ein Brötchen in den Mund und ging dann zum Hotelparkplatz. Noch nicht einmal eine Stunde benötigte ich, bis ich am ausgemachten Treffpunkt angekommen war, aber dieselbe Zeit verging noch einmal, bis ich begriffen hatte, dass mein Informant nicht kommen würde.

Sehr ärgerlich, den halben Vormittag zu vertrödeln! Was soll ich jetzt machen? Die Kundrow-Kinder suchen oder zuerst zu Frau Sagasser fahren? Vielleicht weiß sie ja, wo ich Edith und Robert finden kann.

Plötzlich durchfuhr es mich siedend heiß:

Könnte es sein, dass es der Major gewesen ist, der mich absichtlich nach Neuruppin gelockt hatte? Aber warum sollte er so etwas tun, was hätte er davon? Und woher sollte er wissen, mit welchem Namen ich in welchem Hotel abgestiegen bin?

Also gab ich diesen Gedanken wieder auf und wählte noch einmal Frau Sagassers Telefonnummer. Überraschend kam die automatische Ansage, dass der Teilnehmer momentan nicht erreichbar sei.

KAPITEL 43

Kurz nach dem Frühstück erreichte Robert eine Nachricht, dass er und seine Schwester umgehend noch einmal zu Frau Sagasser kommen sollten. Es sei wichtig und ganz eilig, wurde ihm von einem Pensionsangestellten mitgeteilt.

Keine zehn Minuten später waren die beiden an dem kleinen Haus.

Robert hielt Edith an der Hand, als er durch den torlosen Eingang trat, ließ sie dann aber los.

Er klopfte, und da sich drinnen nichts rührte, klopfte er noch einmal. Dann drückte er die Klinke herunter, musste aber feststellen, dass die Tür verschlossen war.

Merkwürdig.

Auf einmal knarrten hinter ihm die Bohlen. Er drehte sich um und sah mit Entsetzen, dass ein großer kräftiger Mann, bekleidet mit einem gummiartigen Overall, hinter Edith stand und mit dem linken Arm ihren Hals umschlungen hatte, während er in der rechten Hand eine Pistole hielt.

Robert erstarrte.

»Ein Versuch abzuhauen, und du und deine Schwester, Robert Kundrow, ihr beide seid schneller tot, als du bis drei zählen kannst. Kapiert?«

Robert begriff, dass ihm der Stasi-Major gegenüberstand.

Dieser Kerl hatte mich hierher gelockt, und ich bin darauf hereingefallen. Ich verdammter Idiot habe Frau Sagasser nicht geglaubt.

»Was wollen Sie von uns?«, rief er übermäßig laut.

»Noch einmal so einen Versuch, Aufmerksamkeit zu erregen«, sagte der Major böse knurrend, »und du bist Einzelkind.«

Robert entgegnete nichts. Verzweifelt suchte er nach einem Ausweg, während Edith mit offenem Mund und schreckgeweiteten Augen wie eine Marionette in dem kräftigen Arm des Mannes hing.

Plötzlich schlug der Major Robert mit einer kurzen Bewegung seine Pistole ins Gesicht. Robert ging zu Boden. An seiner linken Wange zeigte sich eine klaffende Wunde, aus der Blut sickerte.

»Das nächste Mal hast du ein Neunmillimeterloch in deinem Schädel«, erklärte der Major, und seine Augen starrten auf den am Boden liegenden Robert wie eine Schlange auf ihr Beutekaninchen.

»Steh auf!«, befahl er.

Robert erhob sich schwerfällig.

Was will dieser schreckliche Mann von uns? Uns umbringen? Frau Sagasser umbringen?

»Los, schneller!«, befahl der Mann, und sein Mund verzog sich zu einer Grimasse.

Er schob Robert mit der Pistole in eine Ecke neben der Tür und nahm mit der anderen Hand von einem kleinen Vorsprung einen Schlüssel herunter, den er in das Schloss steckte.

»Kundrow, du schließt jetzt auf, ziehst dann den Schlüssel ab und gibst ihn mir. Danach gehst du hinein bis zur Mitte des Raums. Dort legst du dich auf den Bauch und nimmst deine Hände auf den Rücken. Kapiert? Ich bin mit deiner Schwester hinter dir, also mach keine Dummheiten.«

Robert schloss auf, ging hinein und legte sich auf den Fußboden. Der Major schubste Edith in das Zimmer, zwang auch sie auf den Boden, kniete sich neben sie und hatte die junge Frau mit wenigen Handgriffen mit Kabelbindern an Händen und Füßen gefesselt und mit einem Tuch geknebelt. Danach nahm er die Pistole, die er in der Zwischenzeit auf den Boden gelegt hatte, wieder an sich und steckte sie in seine Hosentasche. Dann erst schloss er die Haustür, griff unter Ediths Achseln und schleifte sie in einen Nebenraum.

Frau Sagasser saß in einem Stuhl, der neben ihrem Bett stand. Ihre Arme waren an die Lehnen gefesselt, in ihrem Mund steckte ein Tuch, und die Füße waren mit Schnallen an den Stuhlbeinen festgezurrt.

»Vorzustellen brauche ich wohl niemanden«, sagte der Gummimann höhnisch.

»Kundrow, du stehst jetzt auf und ziehst deine Jacke aus!«, befahl der Major.

Robert rührte sich nicht.

»Ich zähle bis drei, Kundrow, wenn du dann nicht getan hast, was …«

Robert stand auf, zog seine Jacke aus und legte sie auf einen Stuhl.

»Und jetzt nimmst du der Alten den Knebel aus dem Mund und löst ihre Fußfesseln.«

Robert ging zu Frau Sagasser, nahm das Tuch heraus, das in ihrem Mund steckte, und entfernte die Schnallen von ihren Beinen.

»Wasser«, flüsterte sie kaum vernehmbar. Robert drehte sich zu dem Gummimann herum und blickte ihn fragend an. Der nickte.

Er nahm ein Glas aus dem kleinen Küchenschrank und ging damit zu einer Wasserflasche, die auf der Arbeitsplatte stand. Robert goss das Glas voll, stellte die Flasche zurück, ging zu der alten Frau und wollte ihr das Gefäß an den Mund halten, wurde aber von dem Major gehindert: »Stell es auf den Tisch!«

»Aber dann kann sie doch nicht trinken«, wagte Robert einen Einwand.

»Mach, was ich dir sage!«, schrie der Major unbeherrscht.

»Robert, tue alles, was er will«, sagte Frau Sagasser. »Er meint es ernst und hat keine Skrupel zu töten. Das hat er gelernt.«

»Du Nebelkrähe hältst sofort dein Maul. Kapiert?«

Frau Sagasser reagierte nicht.

»Hast du kapiert, du alte Hexe?«

Die Pistole schwenkte gefährlich in Roberts Richtung.

»Ja, ich habe Sie verstanden …«

»Und jetzt, Kundrow, sperr deine Ohren auf! Der Tod deiner Mutter war Folge ihres Selbstmords! Alles das, was passiert ist, hatte sie sich selbst zuzuschreiben! Diejenigen, die etwas anderes behaupten, lügen! Und damit du es weißt: Die Regeln, nach denen hier verfahren wird, bestimme ich und niemand sonst. Kapiert?«

»Bitte, Herr Major, lassen Sie Edith und Robert aus dem Spiel«, bat nun Frau Sagasser. »Halten Sie sich an mich. Ich gebe zu, dass ich gelogen habe, als ich von existierenden Beweisen sprach. Es gibt sie nicht, und es hat sie nie gegeben.«

»Das weiß ich schon lange«, sagte der Major unbeeindruckt. »Aber diese Tatsache ändert nichts an der Situation, die Sie mit Ihren Äußerungen heraufbeschworen haben.«

»Lassen Sie die beiden nicht für etwas büßen, woran sie keine Schuld tragen. Ihre Familie hat schon genug durchgemacht. Sie haben doch nichts davon, wenn Sie tun, was Sie geplant haben.«

»Was weißt du schon, du blöde Alte! Was gehen dich meine Pläne an? Und jetzt, Robert, holst du mir auch ein Glas Wasser.«

»Nimm ein frisches aus dem Abstellraum … das ist die Tür dort hinten«, sagte Frau Sagasser und deutete mit dem Kinn auf die rechte der beiden Türen, die sich am Ende des Raums befanden. »Dort steht ein ganzer Kasten.«

»Ja Kundrow, mach ruhig, was sie sagt, wenn du auf deine Schwester keinen Wert mehr legst. Ich wette, dass dieser Abstellraum eine Tür nach außen hat, in der von innen ein Schlüssel steckt.« Und nach einem Moment: »Na gut. Ich habe es mir überlegt«, sagte der Major nun mit lauerndem Grinsen. »Hol eine neue Flasche. Ich will dir aber vorher sagen, dass ich gute Ohren habe.«

Der Abstellraum war klein und besaß auf der Rückseite eine zweite Tür, in der tatsächlich ein Schlüssel steckte, und auf dem Boden, direkt vor einem selbst gezimmerten Regal, stand ein fast voller Kasten Mineralwasser. Kaum hatte Robert eine Flasche herausgenommen, als Frau Sagasser schrie: »Lauf, Robert, lauf weg! Lauf! Schnell!«

»Eins …«, rief nun der Major mit lauter, durchdringender Stimme. Und nach einem Moment: »Zwei …«

Bevor er die drei ausgesprochen hatte, war Robert zurück im Wohnraum.

»Warum bist du nicht weggelaufen? Es hätte so vieles erleichtert«, schluchzte Frau Sagasser.

»Alle Achtung! Robert Kundrow ist ein Mann von Ehre! Besonders auf einem Grabstein macht sich so etwas gut«, höhnte der Major. »Die Alte hat recht. Abzuhauen hätte für dich einiges erleichtert. Allerdings sagte der Psychologe in mir, dass diese Flucht nicht in deiner Möglichkeit lag. Jeder Mensch kann sich nur innerhalb seiner Grenzen bewegen. Und der, der um diese Art von Grenzen weiß, besitzt einen unschätzbaren Vorteil. Aber Schluss mit dem Gerede! Es wird Zeit, dass wir zum Ende kommen.«

Frau Sagasser war kreidebleich.

»Er will uns alle umbringen«, rief sie. »Allerdings möchte er nicht belangt werden. Für dieses Ziel muss er uns töten, aber nicht mit der Pistole. Wie er es machen will, das weiß ich nicht, aber er hat es vor!«

»Halt dein dreckiges Maul, du dämliche Xanthippe!«, brüllte der Major und starrte sie böse an. Dann aber grinste er, nahm ein Tuch und machte damit das Symbol für Erhängen.

»Möchtest du das erledigen, oder muss ich?«, wandte er sich an Robert. Und nach einem weiteren Moment, anscheinend enttäuscht: »Ich sehe schon, dass du dich weigern wirst. Keine Angst, ich springe für dich ein.«

Robert schaute ihn entsetzt an.

»Ja dann wollen wir mal«, sagte der Major und näherte sich der alten Frau. Robert wollte aufspringen.

»Bleib sitzen und rühr dich nicht! Denk an Edith!«, fauchte er.

Ein dämonisches Glitzern war in seine Augen gekommen.

Nun stand er direkt vor Frau Sagasser, die die Augen geschlossen hielt.

»Kundrow, steh auf und stell dich dort drüben hin, damit du alles gut beobachten kannst«, befahl der Major.

»Nein«, sagte Robert, »das mache ich nicht!«

»Wenn du nicht sofort tust, was ich dir gesagt habe, ist deine Schwester die Nächste. Aber dabei helfe ich dir nicht, das wirst du ganz alleine erledigen!«

Robert stellte sich an die Wand, und der Major wies ihn an, die Hände tief in die Hosentaschen zu stecken.

»Schau ihr ins Gesicht«, schrie er, als er sah, dass Robert den Blick abwendete, und trat einen Schritt auf ihn zu.

Im selben Moment riss Robert seine rechte Hand aus der Tasche und schlug sie dem Major ins Gesicht, obwohl dieser die Pistole auf ihn gerichtet hielt. Seine Fingernägel hinterließen auf der Wange des Majors drei tiefe Striemen.

Die Reaktion kam prompt. Ein gewaltiger Faustschlag ließ ihn zu Boden gehen. Dann folgte eine Serie von Fußtritten, die den jungen Mann durch den Raum schleuderten.

»Verdammte Scheiße«, fluchte der Stasi-Mann, ging zu einem Spiegel, der an der Wand hing, und betrachtete seine Verletzungen. Vorsichtig betastete er seine Gesichtshälfte, und man sah es ihm an, dass er außer sich vor Wut war. Er ergriff die Wasserflasche, hob den Arm, beugte sich über Robert, der stöhnend auf dem Boden lag, aber er schlug nicht zu, sondern lachte laut und hässlich: »So billig, ihr verdammten Kundrows, so billig kommt ihr nicht davon!«, brüllte er. »Ich wollte euch einen schmerzlosen Tod gönnen, aber ihr habt Besseres verdient!«

Er nahm einige Kabelbinder aus einer Tasche des Overalls und fesselte Roberts Arme und Beine. Dann ergriff er ein Kissen und presste es auf dessen Gesicht, drückte so lange, bis er sicher war, dass dieser ohnmächtig geworden war. Danach entfernte er die Kabelbinder, ergriff das Tuch und ging entschlossen auf Frau Sagasser zu, die ihn mit offenen Augen verächtlich anschaute.

KAPITEL 44

Frau Sagasser konnte dem Schal, den der Major um ihren Hals legte, keinen Widerstand entgegensetzen. Und weil das so war, benötigte er auch keine große Anstrengung, um sein grausiges Werk zu beenden.

Danach überzeugte sich der Major, dass Robert immer noch ohne Bewusstsein war, nahm ein Küchenmesser, legte es in seine rechte Hand und fügte ihm damit eine tiefe Wunde in Höhe der linken Pulsader zu. Dann legte er das Tuch, mit dem Frau Sagasser getötet worden war, unter Roberts blutenden Arm. Jetzt ging der Major zur Tür des Nebenraums, in dem sich Edith befand. Während er den Schlüssel herumdrehte, fiel sein Blick zufällig auf seinen rechten Gummihandschuh, und er konnte nicht glauben, was er sah: ein riesengroßes Loch in dem Material.

»So eine verdammte Scheiße«, fluchte er.

Wann kann das passiert sein, und was habe ich alles angefasst?

Sein Blick fiel auf seine Uhr, und er erkannte, dass er sich beeilen musste. Er überlegte kurz und entschied sich dann für ein anderes Vorgehen. Der Major zerknüllte einige Zeitungen, die auf dem kleinen Nachttisch lagen, warf diese auf und unter Frau Sagassers Bett, nahm sein Feuerzeug, das er immer bei sich trug, und entzündete das Papier.

Er überzeugte sich, dass die Zeitungen gut brannten, und war zufrieden, als er sah, dass die Flammen auf das Bett und das kleine Nachtschränkchen übergriffen. Dann ging er, ohne einen Blick auf den am Boden liegenden Robert und die tote Frau Sagasser zu verschwenden, zu dem Nebenraum, öffnete die Tür und beugte sich zu Edith herunter.

Sie schaute ihm mit furchtsamen Augen entgegen.

»Wir machen jetzt eine Fahrt zu einem ganz speziellen Ort«, erklärte er ihr. »Wenn wir dort sind, zeige ich dir, was es damit auf sich hat. Dafür werde ich dir aber die Augen verkleben, denn sonst wäre es ja keine Überraschung. Und deine Jacke, die ziehen wir aus, die brauchst du nicht.«

Wieder griff er in seine Hosentasche, zog dieses Mal eine kleine Rolle Paketklebeband heraus, riss davon zwei Stückchen ab, klebte eines über Ediths Augen und das andere über ihren Mund.

Er hob die knapp 32 Kilogramm leichte Frau mühelos vom Boden auf, warf sie sich über die Schulter und verließ das Haus. Bevor er leicht hinkend im Wald verschwand, schaute er noch einmal zurück und sah befriedigt, dass eine dünne Rauchsäule, vom Giebel des Hauses ausgehend, fast senkrecht in den Himmel stieg.

Trotz seiner Gehbehinderung marschierte er problemlos zu seinem BMW, den er in einer Senke geparkt hatte. Dort legte er Edith auf den weichen Waldboden und öffnete den Kofferraum. Dann packte er sie erneut, warf sie hinein, schloss die Klappe, setzte sich ans Steuer und startete.

Als er an Frau Sagassers Haus vorbeifuhr, wendete er seinen Blick nicht, sondern beobachtete konzentriert die Straße und deren Umgebung. Am Abzweig angekommen, war er sich sicher, dass ihn und sein Auto niemand gesehen hatte. Er bog ab und beschleunigte.

Die Vorfreude auf das, was bald kommen sollte, war deutlich in sein Gesicht geschrieben, hatte er doch gesehen, dass Ediths Körper so gut wie keine Behaarung aufwies.

Es dauerte keine fünf Minuten, und er hatte die Schönwalder Chaussee erreicht und fuhr weiter in Richtung Gorinsee. Bald ging er vom Gas, denn der Major wollte das schöne Gefühl der Vorfreude auskosten, und pfiff beschwingt das Lied vom kleinen Trompeter.

Wenn man unerschrocken seine Möglichkeiten richtig zu nutzen versteht, wendet sich immer alles zum Positiven!

Fast zwangsläufig kamen ihm seine bisherigen Taten in den Sinn.

Welche sind die schönsten gewesen? Keine Frage: Julia Kundrow und Elisabeth Dembrock! Die lange Zeit der Vorbereitung, die exakte Situationseinschätzung, die schwierige Vorhersehbarkeit des Verhaltens der beiden Frauen, das beglückende Spiel, ihnen immer nur so viel Hoffnung zu gewähren, dass sie sich nicht verweigerten, aber auch genau so viel Druck aufzubauen und diesen zu halten, dass ich in der Lage war, in jeder Sekunde ihre Angst wahrzunehmen. Töten ist erregend. Aber Töten ist nicht immer gleich, und eine Tat ohne akribische Planung, ohne Risiko ist wertlos. Das beglückende Gefühl klingt dann zu schnell ab. Und wenn, wie jetzt, das Opfer überhaupt keine Angst hat, dann ist es zwar aufwühlend, die Erregung bricht aber schon in dem Moment in sich zusammen, wenn der Kopf zur Seite fällt.

Julia und Elisabeth! Was würde ich darum geben, euch wieder erwecken zu dürfen, um alles noch einmal zu beginnen. Noch einmal dieses wahnsinnige Erleben!

Beide waren auf ihre Art wundervoll, hatten Aggressionen und wollten im letzten Moment flüchten. Besonders schön war, als Julia schon das Ende des Waldes vor sich sah. Diese Enttäuschung in ihren Augen, als ich vor ihr stand, ganz wunderbar. Und bei Elisabeth, als ich ihr ins Ohr geflüstert habe, dass es das Zurück in den Knast nicht geben würde! Hoffnung hatte sie empfunden, herrlich aussichtslose Hoffnung! Julias verbale Attacke, als sie für einen Moment die Beherrschung verloren hatte und dann zurückruderte. Und zum Schluss ihre Erkenntnis, dass sie nicht entkommen konnte … grandios! Elisabeth verkrampfte sich zu stark. Also, Zügel lockerlassen, sagen, dass alle belastenden Dokumente verschwinden würden. Und tatsächlich, sie griff nach dem Strohhalm, der in Wahrheit keiner war. Dann am Ort, wo es passieren sollte: die dicht stehenden Bäume! Die große Buche mit den tief hängenden Ästen. Sie wollte nicht mehr. Meine Drohung mit ihren Eltern. Ganz freiwillig hat sie sich dann auf die Steine gestellt. Das herrliche Gefühl, als sie mit der elastischen Gerte meinen Rücken bearbeitete, ihr Stöhnen der Wut, mein Stöhnen der Verzückung! Und dann Ihre Erkenntnis, dass sie sterben würde, dass ich nie etwas anderes gewollt hatte.

Trotz seiner guten Orientierungsfähigkeit hatte der Major nun doch Mühe, den Platz wiederzufinden, der ihm so ein einzigartiges Glückserleben beschert hatte.

Zweimal musste er hin und her fahren, dann erst war er sich sicher, an der richtigen Stelle zu sein. Allerdings musste er einsehen, dass der Platz auf der kleinen Lichtung, auf der er damals seinen Wartburg abgestellt hatte, um ihn vor den neugierigen Blicken der Rad- und Autofahrer zu schützen, nicht mehr existierte, denn er war zugewachsen, und der Major spürte, dass sich seine Laune einzutrüben begann.

Genau denselben Baum muss ich haben!

Um das zu erreichen, war es notwendig, seinen BMW in den schmalen Abzweig zu rangieren, in den er Julia das neue Mifa-Fahrrad hatte schieben lassen.

»So ein Mist«, fluchte er, als er einsehen musste, dass sich das Auto beim Einparken nicht völlig verbergen ließ. Aber einen längeren Weg zusammen mit Edith entlang der Straße wollte er nicht riskieren, zudem spürte er, dass seine Erregung wuchs und er nicht mehr warten konnte.

Soweit wie es nur ging, setzte er den Wagen zurück. Als es kein Weiterkommen mehr gab, stieg er aus, ging zur Straße und prüfte, ob man von dort das Nummernschild erkennen konnte, was der Fall war. Ärgerlich öffnete er die Kofferraumklappe, nahm als Erstes das Abschleppseil heraus und legte es neben sich. Dann zog er unter einer Abdeckung eine Folie hervor und überklebte das Kennzeichen aus Bremen, sodass es zu einem aus Berlin wurde. Dann erst hob er Edith aus dem Kofferraum. Nun entspannte er sich und dachte nicht mehr über neugierige Blicke nach, die von der Straße kommen konnten, sondern nur noch an seine Befriedigung.

Nach einem Moment der Orientierung wusste er, welcher Weg zum Ziel führte. Voll mit Adrenalin legte er sich Edith erneut auf die Schultern, trotz der Schmerzen in der Hüfte, marschierte los, und seine schlechte Laune von vorhin war wie weggeblasen, und es war in diesem Moment, als müsse er sein unfassbares Glück herausschreien.

Abermals begann er ein altes Kampflied zu singen: »Durchs Gebirge, durch die Steppen zog uns're kühne Division, hin zur Küste dieser weißen, heiß umstrittenen Bastion, heiß umstrittenen Bastion. Rot vom Blut wie unsere Fahnen war das Zeug doch treu dem Schwur ...«

In diesem Moment erschien ihm seine eigene Welt so einfach und rein, fühlte er sich doch wie ein Rotarmist, der weit im Osten, zusammen mit den Partisanen vom Amur, gegen die Weißen kämpft, und der Major bedauerte, nicht selbst in einer Zeit zu leben, in der man seine Feinde, ohne Skrupel haben zu müssen, töten darf.

Wenn man es doch nur ein einziges Mal fertigbringen könnte, all das subversive Gedankengut, das auf der Erde existiert, mit einem gewaltigen Schlag auszurotten, dann müsste es doch möglich sein, für immer eine gute Welt zu erschaffen! Wir Tschekisten des MfS hätten einfach mehr Mut und Entschlossenheit vor den Ereignissen im Herbst 1989 aufbringen müssen. Wir hätten allen destruktiven Elementen, die damals wie Krebsgeschwüre durch unsere Republik krochen, ihre verdammten Hälse umdrehen sollen. Aber Honecker und Mielke und all die anderen Genossen haben versagt, als es darauf ankam. Versagt, weil sie Dünnschiss in ihren Hosen hatten! Aus Angst vor dem Mob haben sie nicht gewagt, den reinigenden Feuerbefehl zu geben, dabei wäre es so einfach …

Weiter kam er nicht, denn durch seine Gedankenspiele unaufmerksam geworden, stolperte er und stürzte. Umgehend schmerzten seine Knie und die Hüfte heftig.

»Wir sind ganz nahe am Ziel«, flüsterte er Edith zu, der beim Hinfallen nichts passiert war. »Ich entferne jetzt das Klebeband. Du musst aber leise sein, sonst kann ich dir nicht zeigen, was ich möchte.«

Abrupt riss er die Streifen von Augen und Mund, worauf Edith mit kurzen spitzen Schmerzensschreien reagierte. Danach blieb sie aber still, was weniger mit seinen Worten, sondern eher mit der Verblüffung zusammenhing, als sie feststellte, dass sie sich mitten in einem Forst befanden.

Nun ging eine Verwandlung in ihm vor. Er schaute ihr kalt in die Augen und sagte emotionslos:

»Wenn du schreist, dann bist du tot! Kapiert?«

Um seine Drohung zu unterstreichen, griff er in die Hosentasche und zeigte ihr die Pistole.

»Bitte, was ist mit Robert und was mit der alten Frau«, flüsterte Edith, ohne auf seine Drohung zu achten. »Es hat doch gebrannt!«

»Es hat nicht gebrannt. Der Ofen hat gequalmt«, sagte er.

»Bringen Sie mich bitte zu meinem Bruder ...«, und dann flehend: »Bitte!«

»Erst wenn wir fertig sind. Jetzt bist du still!«

»Ich will sofort zu Robert!«

»Maul halten!«

»Ich will zu Robert!«

»Du hältst jetzt dein freches Maul! Kapiert?«

»Ich will zurück, sonst werde ich Sie anzeigen! Tante Herma hat ...«

Der Major glaubte, nicht richtig gehört zu haben. Blitzschnell hatte er sich gebückt und sie an der Kehle gepackt.

»Was willst du? Anzeigen willst du mich? ... Du? Mich?« Und nach einer kurzen Pause, hämisch grinsend: »Dazu bist du genauso wenig in der Lage, wie deine Mutter es war!«

»Was? Meine Mutti wollte Sie anzeigen?«

»Ja, stell dir vor. Deine Mutter wollte mich anzeigen! Einen Tschekisten wollte sie anzeigen! Lächerlich! Aber sie hat ihre Strafe bekommen. Hier, ganz in der Nähe. Seitdem liegt sie unter der Erde. Du wirst dasselbe Schicksal erleiden, wenn du so weitermachst. Willst du das?«

Edith reagierte nicht.

»Willst du das, du dämliche Ziege?«

Edith reagierte immer noch nicht.

Der Major hob voller Zorn seine Hand, überlegte es sich dann aber anders.

»Egal«, sagte er scheinbar nachsichtig. »Steh jetzt auf, damit ich dir die Fesseln abnehmen kann.«

Edith rappelte sich hoch, und man konnte sehen, dass sie an Flucht dachte. Aber er nahm das Abschleppseil, das er zuvor an seinem Gürtel befestigt hatte, und knüpfte es um ihre Taille. Erst dann zerschnitt er mit einem Messer ihre Fesseln.

»Ich zeige dir, wo du langzugehen hast«, sagte er. »Du gehst immer einen Schritt vor mir und trau dich ja nicht, irgendwelche Zicken zu machen! Kapiert?«

Edith sagte nichts.

»Los, es ist nicht mehr weit! Da lang! Ich zeige dir dort, was ich dir zeigen wollte, dann kannst du verschwinden und machen, was du willst.«

Mit seiner rechten Hand gab er die Richtung vor.

Ganz langsam setzte sich Edith in Bewegung.

»Schneller!«, trieb er sie zur Eile.

Nach noch nicht einmal fünf Minuten hatte der Major tatsächlich *seinen* Baum entdeckt, und da er sich intensiv an alles erinnerte, was hier vor Jahren passiert war, entwich ein brunftiges Stöhnen seiner Kehle.

»Bleib stehen, wir sind am Ziel«, sagte er und unterstrich seine Anweisung mit einem ungeduldigen Zerren an dem Seil.

Edith blieb stehen, drehte sich zurück und schaute den Major trotzig an.

»Was glotzt du so dämlich?«, fragte dieser irritiert.

Edith sagte nichts, wandte aber ihren Blick auch nicht ab.

Der Major zog seine Pistole aus der Hosentasche, zeigte sie ihr noch einmal und sagte dann: »Setz dich auf den Boden, damit ich dir das Seil abnehmen kann.«

Sie wandte sich von ihm ab und setzte sich auf den Waldboden. Er trat von hinten an sie heran, löste den Knoten, nahm dann das Seil, machte ein paar Schritte seitwärts und warf es mit einer kurzen geschickten Bewegung um den tief hängenden Ast der zentral stehenden Buche.

Im selben Moment, als er das Seil mit dem sich am Ende befindlichen Karabinerhaken sichern wollte, war in der Ferne Hundegebell zu vernehmen.

Der Major war irritiert und knurrte zornig. Sekunden später hatte er sich gefangen. Er lud seine Waffe durch und hielt ihr den Lauf an die Schläfe.

»Ein einziger Laut«, zischte er, »und du kommst schneller zu deiner Mutter, als dir lieb ist. Du bleibst hier sitzen und rührst dich nicht vom Fleck, egal was passiert! So lange, bis ich dir ausdrücklich erlaube, dich zu bewegen. Du solltest wissen, dass ich mit meiner Pistole eine Fliege auf 50 Meter Entfernung treffe.«

Er trat hinter den Stamm eines Baums, während das Hundegebell näherkam. Dann, der Hund war höchstens noch 20 Meter entfernt, hörte man eine ärgerliche, energische Stimme, die den Vierbeiner zu sich rief. Kurz darauf ließ ein winselndes Kläffen auf eine Züchtigung schließen. Nun entfernte sich das Gebell und verschwand dann ganz.

Der Major wartete eine Weile, dann kam er aus seinem Versteck. Er blieb noch einmal stehen, horchte, und da nichts mehr zu vernehmen war, trat er auf Edith zu, die immer noch bewegungslos auf dem Waldboden hockte. Er rüttelte sie an der Schulter und sagte:

»Siehst du, Edith, alles fügt sich. Und wenn du jetzt auch noch das tust, was ich dir sage, passiert dir auch nichts. Du brauchst keine Angst zu haben.«

Edith rührte sich nicht.

»Steh auf, du blöde Kuh!«

Nichts geschah.

Der Major schaute sie ungläubig an, und man konnte sehen, dass sein zunehmender Zorn ihm das Blut ins Gesicht presste.

»Steh auf und zieh dich aus!«

Edith rührte sich nicht.

»Hast du nicht gehört? Du stehst sofort auf und tust, was ich dir gesagt habe!«

Keine Reaktion.

»Edith, du sollst aufstehen und dich ausziehen! Hast du das endlich kapiert? Sofort!«

Edith rührte sich nicht.

»Du dämliche Ziege!«

Er zog abermals seine Pistole aus der Tasche, legte den Sicherungsstift um und hielt ihr den Lauf an den Kopf.

»Bei drei schieße ich ein Loch in deinen Schädel. Kapiert? Eins … zwei…«

Keine Reaktion.

Voller Wut schlug er ihr mit der Faust auf den Hinterkopf. Edith stürzte mit dem Gesicht auf den Waldboden.

»Wie du willst«, flüsterte er mehr zu sich selbst, sicherte die Pistole, steckte sie ein und ging mit schnellen Schritten zu der Buche. Er nahm das Abschleppseil, das an dem Stamm baumelte, knüpfte eine Schlinge, ging damit zu Edith und legte ihr diese um den Hals. Dann zerrte er sie hoch und schleifte sie zu *seinem* Baum.

In dem Augenblick, als er das Seil mit dem anderen Ende wieder an dem Ast befestigen wollte, sah er, dass Ediths Gesicht sich plötzlich verzerrte und dass sie einen entsetzlich ächzenden Laut ausstieß. Sekunden später überstreckten sich ihre Extremitäten, und blutiger Schaum trat aus ihrem Mund. Dann fingen die Arme und Beine an zu zucken, und es sah aus, als würde jeder ihrer Körperteile ein groteskes Eigenleben führen.

Der Major hatte vor Schreck das Seil losgelassen und starrte perplex auf die krampfende junge Frau.

»Scheiße!«, schrie er völlig außer sich und dann noch einmal: »So eine verdammte Scheiße!«

Als Verhörspezialist wusste er, dass er es mit einem epileptischen Anfall zu tun hatte, und auch, wie man sich dabei verhalten muss. Aber er wusste ebenfalls, dass es eine ziemliche Weile dauern würde, bis Edith wieder bei Bewusstsein sein würde, denn ihr Wachsein benötigte er für seine Befriedigung. Aber die Zeit zu warten hatte er nicht.

Seine Wut wurde immer größer. Gerade als er sie mit seinen Stiefeln malträtieren wollte, war ein tiefes, böses Knurren hinter seinem Rücken zu hören, und er hielt jäh inne. Als er sich umdrehte, um die Ursache zu ergründen, schaute er in die Augen eines großen Hundes, der keine fünf Meter von ihm entfernt, tief geduckt seine Zähne fletschte.

Die rechte Hand des Majors fuhr in die Hosentasche.

Zu spät, denn ehe er in der Lage war, seine Waffe herauszuziehen, kam von der Seite eine dunkle Männerstimme, die, da war sich der Major sicher, dieselbe war, die er schon vor 15 Minuten gehört hatte:

»Mein Gewehr ist auf Sie gerichtet. Ich möchte sofort wissen, was hier vor sich geht. Also wird's bald! Was, zum Teufel, machen Sie hier?«

Der Major drehte sich zurück und sah, dass der Mann, der ihn angesprochen hatte, eine Jagduniform trug und neben einem kräftigen Baum stand. Er hatte ein doppelläufiges Gewehr auf ihn gerichtet.

»Das Mädchen dort ist meine Tochter«, log er geistesgegenwärtig. »Sie leidet an Epilepsie. Als ihr Verlobter von der Krankheit erfahren hat, hat er sich von ihr getrennt. Deshalb wollte sich meine arme Edith umbringen«, erklärte der Major mit kläglich weinerlicher Stimme. »Gott sei Dank hat sie einen ihrer epileptischen Anfälle bekommen, sonst wäre ich bestimmt zu spät gewesen. Tun Sie mir bitte den Gefallen und passen Sie ein, zwei Minuten auf sie auf. Ich hole nur schnell ein Medikament aus meinem Wagen. Einen kleinen Einlauf, in dem sich ein Muskelentspannungsmedikament befindet. Damit kann man ganz schnell einen Krampfanfall beenden.«

Und ehe der verblüffte und nun verunsicherte Fremde reagieren konnte, ging der Major seitlich in den Wald und eilte in Richtung seines Autos.

»In ein, zwei Minuten bin ich wieder da«, rief er noch einmal, bevor er endgültig zwischen den Bäumen verschwand.

KAPITEL 45

Meine Rückfahrt aus Neuruppin verlief zügig und ohne Schwierigkeiten. Im selben Moment, als das Navi mich in den Abzweig zu dem Waldweg leiten wollte, in dem Frau Sagasser wohnte, bemerkte ich in der Ferne im Rückspiegel einen Feuerwehrlöschzug.

Ich bog schnell ab und folgte der schmalen Zufahrtsstraße. Nach ungefähr 50 Metern und nach einer Kurve sah ich plötzlich eine Rauchsäule über den Bäumen stehen und bald darauf auch eine Hütte, die in Flammen stand. Feuerwehr und Polizei waren im Einsatz.

Ein Uniformierter versperrte mir die Weiterfahrt und dirigierte mich von dem Weg herunter zu einem kleinen baumfreien Platz.

Ich stoppte den Wagen und sprang heraus. Im selben Moment raste auch schon der Löschzug vorbei, den ich zuvor gesehen hatte.

Ich wollte weiter in Richtung des brennenden Hauses gehen, wurde aber zurückgescheucht, und der uniformierte Beamte, der die Straße sicherte, rief mir zu: »Bleiben Sie weg! Es gibt für Sie hier nichts zu sehen. Entfernen Sie sich bitte mit Ihrem Fahrzeug!«

»Einen Moment«, entgegnete ich. »Können Sie mir sagen, was passiert ist? Ich wollte eine Frau Sagasser besuchen, die hier wohnen muss.«

Der Polizist schien plötzlich interessiert.

»Da sind Sie zu spät. Frau Sagasser ist bei dem Brand ums Leben gekommen«, sagte er. »Was genau passiert ist, wissen wir noch nicht. Was wollten Sie denn von ihr?«

»Das ist ja schrecklich und tut mir sehr leid«, entgegnete ich.

»Ich wollte mit Frau Sagasser wegen einer lange zurückliegenden Sache sprechen, und da ich sie telefonisch nicht erreichen konnte, bin ich hierher gefahren.«

»Sie kannten die Frau näher?«, fragte der Polizist misstrauisch.

»Nein, das kann man nicht sagen. Jedenfalls nicht persönlich. Den Tipp, mit ihr zu sprechen, habe ich von Ihrem Kollegen Boger, bei dem ich gestern war.«

»Von Jörg? Dann weiß ich auch, wer Sie sind. Von Ihrem Besuch wurde im Revier erzählt. Lassen Sie mir mal Ihre Anschrift und Telefonnummer hier für den Fall, dass wir noch Fragen haben«, sagte der Polizist und zückte sein Notizbuch.

Ich gab ihm die Daten, die ich auch in meinem Hotel angegeben hatte, und wollte schon zurück zu meinem Auto, als mir doch noch ein Gedanke kam.

»Darf ich Sie auch etwas fragen?«

»Dürfen Sie«, antwortete er großmütig.

»Wenn über mein Gespräch mit Herrn Boger bei Ihnen gesprochen wurde, dann ist Ihnen sicher auch bekannt, dass ich Edith und Robert Kundrow vertrete. Ich muss mich dringend mit ihnen unterhalten. Wissen Sie zufällig, wo sich die beiden im Moment aufhalten?«

Erstaunt sah ich, wie er bei dieser Frage regelrecht zusammenzuckte.

»Ich weiß nicht, ob ich Ihnen das sagen darf«, wand er sich. »Beide Personen waren beim Ausbruch des Brandes wahrscheinlich in der Hütte. Bei Robert wissen wir das definitiv, denn wir haben ihn schwer verletzt vorgefunden. Er ist jetzt im Krankenhaus, allerdings in einem kritischen Zustand. Wo sich seine Schwester aufhält, ist uns nicht bekannt. Wir haben aber eine Jacke von ihr sichergestellt, die dort gelegen hat.«

»Wer hat denn den Brand gemeldet?«

»Ein Spaziergänger hat uns alarmiert.«

»Und Edith Kundrow hat niemand gesehen?«, fragte ich noch einmal.

»Nein. Vielleicht ist sie in den Wald gelaufen. Vielleicht hat sie ja auch das Feuer gelegt.«

»Warum sollte sie?«

»Das weiß ich nicht. So, nun habe ich Ihnen aber genug erzählt. Der Chef müsste am späten Nachmittag wieder auf der Wache sein. Es wäre gut, wenn Sie vorbeikommen und Ihre Aussage zu Protokoll geben. Dann können Sie bestimmt auch mit Jörg persönlich sprechen. Vielleicht wissen wir zu dem Zeitpunkt schon Genaueres.«

Ich versprach zu kommen, ging zu meinem Auto und fuhr zurück ins Hotel. Während der Fahrt rief ich Susanne an und fragte, ob sich etwas beim Anwesen des Majors getan hat.

»Bei dem Anwesen nicht«, sagte sie, »aber von dem zweiten Entführungsfall gibt es Neuigkeiten. Aber erzählen Sie erst einmal.«

Ich berichtete alles, was in der Zwischenzeit passiert war.

»Es ist schon merkwürdig«, sagte sie danach nachdenklich. »In dem Moment, in dem Sie auf dem Weg zu diesem Treffen sind, stirbt eine wichtige Zeugin. Robert Kundrow ist schwer verletzt, und Edith ist verschwunden. Man könnte auf den Gedanken kommen, dass das alles kein Zufall ist.«

»Daran habe ich auch schon gedacht. Trotzdem kann ich es nicht glauben.«

»Und der Major?«

»Der konnte doch gar nicht wissen, dass ich hier bin«, sagte ich. In demselben Augenblick musste ich an meine Begegnung mit Frau Hanfft denken. Aber wieder unterließ ich es, ihr davon zu erzählen.

»Wissen Sie denn definitiv«, kam Susannes nächste Frage, »ob Wolff tatsächlich in Schönow ist, oder ist das nach wie vor nur eine Vermutung?«

»Keine Ahnung«, sagte ich. »Ich habe ihn jedenfalls nicht gesehen. Und ich habe auch nicht gehört, dass ihn jemand gesehen hat. Aber das will nichts heißen. Ich fahre nachher noch mal zum Polizeirevier. Dann frage ich Jörg Boger.«

»Ja, versuchen Sie das«, stimmte sie zu.

»Und jetzt erzählen Sie mir bitte, was über den neuen Entführungsfall in Bremen bekannt geworden ist«, forderte ich Frau Wagner auf.

»Man hat das zweite Opfer tot in einem Waldstück gefunden.«

»Was? Das ist ja furchtbar!«, rief ich erschrocken.

»Ja. Aber man weiß noch immer nicht genau, ob beide Morde von demselben Täter begangen worden sind.«

»Und warum nicht?«

»Wenn ich das aus den Nachrichten richtig entnommen habe, hat man auch die neue Frau nackt in einem Plastiksack gefunden. Sie soll ebenfalls mit einer Plastikwäscheleine erdrosselt worden sein. Allerdings wird in den Medien spekuliert, dass es sich bei dem Täter vielleicht um einen Nachahmer handelt. Aber das können auch Reporterspekulationen sein. Ich bin auf die nächsten Verlautbarungen der Polizei gespannt. Sollte sich bewahrheiten, dass es sich um einen Trittbrettfahrer handelt, dann käme der Major, zumindest theoretisch, wieder als Täter im Fall Doreen Höppner in Betracht. Das sehe ich doch richtig, oder?«

»Ja, das könnte sein, obwohl ich es mir nicht vorstellen kann bei seinem Alter und dem Hüftleiden!«

»Ich auch nicht. Trotzdem ist es besser, wenn wir vorsichtig sind. Wann wollen Sie denn nach Bremen zurückkommen?«

»Morgen. Ich hoffe immer noch, dass ich etwas über den Tod Julia Kundrows herausfinden kann, aber das wird jetzt noch schwieriger, da Frau Sagasser tot ist. Meine Hoffnung ist Boger. Hoffentlich taucht Edith Kundrow wieder auf. Vielleicht kann ich dann mit ihr sprechen. Ob dabei etwas herauskommt, weiß ich nicht, sie soll ja geistig behindert sein. Und nun auch noch der schwer verletzte Bruder!«

»Schrecklich, was die junge Frau alles durchmachen muss. Die Sache scheint immer verzwickter zu werden.«

»Da gebe ich Ihnen recht. Also, wenn nichts Besonderes passiert, komme ich morgen im Lauf des Tages zurück. Sind Sie heute wieder auf Ihrem Beobachtungsposten?«

»Ja natürlich. Irgendwann wird dieser Mensch wiederkommen, und das will ich auf keinen Fall verpassen.«

»In Ordnung. Wenn ich in Bremen bin, gebe ich Bescheid. Und natürlich auch dann, wenn ich Neues erfahre. Denken Sie bitte daran, dass seine Kameras mit großer Wahrscheinlichkeit auch funktionieren, wenn er nicht im Hause ist. Also gehen Sie um Gottes willen nicht zu dem Anwesen und laufen Sie nicht ohne Deckung zu Ihrem Beobachtungspunkt. Das wäre zu gefährlich!«

»Jawohl, Papa«, sagte sie, lachte und legte auf.

KAPITEL 46

In dem Moment, als ich das Polizeirevier betreten wollte, kam der Reviervorsteher Jörg Boger zusammen mit einem seiner Kollegen herausgelaufen.

»Keine Zeit«, rief er, wollte an mir vorbei, überlegte es sich dann aber anders und blieb stehen.

»Was mit Frau Sagasser und Robert Kundrow passiert ist, das wissen Sie sicher«, sagte er. »Ihm geht es aber schon etwas besser. Die Schnittwunde ist versorgt worden, und er ist außer Lebensgefahr, wenn auch noch ohne Bewusstsein. Und es wird Sie interessieren, dass wir Roberts Schwester Edith gefunden haben.«

»Was ist mit ihr?«, fragte ich. »Ist sie am Leben, geht es ihr gut?«

»Sie lebt und ist körperlich unversehrt, aber nicht vernehmungsfähig. Momentan ist sie auf dem Weg ins Krankenhaus. Sie hat wohl mitten im Wald einen epileptischen Anfall erlitten. Und zwar in demselben Waldstück, in dem damals ihre Mutter Julia ums Leben kam. Wie sie dorthin gekommen ist, wissen wir noch nicht. Ein Jäger hat sie gefunden. Die ganze Geschichte ist ziemlich undurchsichtig. Ich schau da noch nicht durch, und deshalb will ich erst einmal mit diesem Mann sprechen. Er hat nämlich auch noch behauptet, dass Edith mit einem älteren Begleiter zusammen gewesen sei, der sich als ihr Vater ausgegeben und sich dann sehr schnell verdrückt hat. Er soll einen großen dunklen Wagen mit einem Berliner Kennzeichen gefahren haben. Wenn ich das erledigt habe, mache ich mich auf den Weg ins Krankenhaus. Es gibt einiges zu klären. Vielleicht kann Frau Kundrow mir doch sagen, wie sie in dieses Waldstück kam und was dort vorgefallen ist.«

»Darf ich warten? Es würde mich sehr interessieren, wie es zu dem Tod von Frau Sagasser, zu dem Brand ihres Hauses und zu Roberts Verletzungen gekommen ist«, sagte ich.

»Ich kann mir vorstellen, dass Sie das interessiert, aber von mir gibt es heute keine weiteren Informationen. Ich habe Ihnen ohnehin schon viel zu viel erzählt. Übrigens: Mein Kollege wartet auf Sie. Er wird das Protokoll schreiben, das Sie dann bitte unterzeichnen. Meine Fragen habe ich auf einem Zettel notiert. Uns interessiert hauptsächlich, was Sie über die Kundrow-Kinder wissen und weshalb Sie Frau Sagasser besuchen wollten, Dr. Schröder. Wenn Sie das erledigt haben, können Sie fahren. Hinterlassen Sie uns aber Ihre Heimatanschrift und auch die Ihrer Kanzlei. So, jetzt muss ich.«

Er reichte mir die Hand und eilte dann zu dem Streifenwagen, der mit eingeschaltetem Blaulicht wartete.

Ich schaute dem abfahrenden Fahrzeug nach und betrat das Revier.

Ein junger missgelaunter Polizist empfing mich, und sein Gesichtsausdruck zeigte deutlich, was er von der ihm zugewiesenen Aufgabe hielt.

Umständlich tippte er meine Aussagen in seinen PC. Da er aber so gut wie keine Nachfragen hatte, war ich trotz seines Einfingersuchsystems nach einer guten halben Stunde wieder im Freien.

Soll ich jetzt noch eine Nacht im Hotel verbringen oder ist es besser, nach Hause zu fahren?

Ich entschied mich für die Nacht im Hotel, denn auf eine längere Autofahrt in der Dunkelheit hatte ich keine Lust.

Zurück im Hotel setzte ich mich ins Restaurant und bestellte ein zünftiges Essen, denn außer dem abgebrochenen Frühstück vom heutigen Morgen hatte ich noch nichts zu mir genommen. Danach ging ich in mein Zimmer.

Eigentlich wollte ich Frau Wagner anrufen, war aber plötzlich so müde, dass ich mich aufs Bett legen musste, und nach ein paar Minuten war ich fest eingeschlafen.

Erst nach Mitternacht wurde ich wieder munter, zog mich schlaftrunken aus und ging endgültig ins Bett.

Den Anruf wirst du vor dem Frühstück erledigen, war mein letzter Gedanke.

Das Klingeln des Telefons riss mich am nächsten Morgen unsanft aus dem Schlaf. Ich schaute auf die Uhr und sah mit Erschrecken, dass es schon sehr spät war … Sehr peinlich! Ich griff zum Hörer und meldete mich.

Ich muss wohl immer noch sehr verschlafen geklungen haben, denn Susanne sagte: »Oh, tut mir leid, dass ich Sie aus Ihren tiefen Träumen geholt habe.«

»Kein Problem«, konterte ich, »ich hatte sowieso gerade die Absicht aufzuwachen.«

Sie lachte.

»Ich wollte nur sagen, dass er wieder da ist«, erklärte sie, und ich hörte die Spannung in ihrer Stimme.

»Erzählen Sie!«

»Vor einer halben Stunde ist er mit seinem BMW auf den Hof gekommen. Er ist ausgestiegen, hat das Garagentor geöffnet und den Wagen hineingefahren. Dann ist er ins Wohnhaus, nach 20 Minuten mit einem großen Korb in der Hand wieder herausgekommen und ist zurück in die Garage … Oh, er kommt!«

»Und was macht er?«, fragte ich, nun vollständig wach.

»Sekunde … Er bleibt stehen und mustert die Umgebung mit seinem Fernglas. Ich gehe mal besser auf Tauchstation. Kein Risiko eingehen, haben wir gesagt … So, jetzt kann er mich nicht mehr entdecken. Sie können weitersprechen.«

»Seien Sie bloß vorsichtig!«

»Jaja, keine Sorge, ich passe schon auf!«

»Was macht er bloß immer in der Garage?«

»Keine Ahnung! Aber mir ist auch schon aufgefallen, dass das sein bevorzugter Aufenthaltsort ist. Da würde ich gerne einmal hineinschauen. Es kann ja sein, dass er immer sein anderes Auto bewundert.«

»Was für ein anderes Auto? Davon weiß ich ja gar nichts!«

»Doch, doch, er hat noch so eine blank geputzte schwarze Nobelkiste. Einmal hatte er dieses Auto auf den Platz vor dem Wohnhaus gefahren, und ich dachte, dass er damit wegfährt. Aber er hat nur irgendein Metallteil in den Kofferraum gelegt und dann mit Schraubenschlüsseln herumhantiert. Danach hat er die hinteren Autotüren geöffnet, so als wolle er lüften. Er ist dann aber nicht damit weg-, sondern zurückgefahren. Ich konnte es leider nicht genau sehen, glaube aber, dass dieses Teil eine kleine Pressluftflasche war, so wie Taucher sie benutzen.«

»Und wann war das?«

»Ziemlich zu Anfang. Ich habe es nicht erwähnt, weil es mir unwichtig erschien. Weggefahren ist er dann mit einem BMW. Einen BMW kann ich identifizieren, mein Mann fährt auch einen.«

»Und Sie wissen nicht, was das andere für ein Wagen war?«

»Leider nein. Die Dinger sehen doch fast alle gleich aus, oder etwa nicht?«

»Na ja, mehr oder weniger, jedenfalls haben alle vier Räder.«

»Oh, gut, dass Sie das sagen, das ist mir noch gar nicht aufgefallen«, lachte Susanne.

»Steht er immer noch dort und beobachtet die Umgebung?«

»Ich schaue mal vorsichtig durch die Büsche ... Er geht gerade wieder ins Haus.«

»Sagen Sie, Frau Wagner, Wolff hat an seinem Wagen doch ein Bremer Kennzeichen, oder?«

»Ja. Warum fragen Sie?«

»Es war nur so ein Gedanke. Unwichtig. Melden Sie sich, wenn sich bei ihm etwas tut?«

»Auf jeden Fall! Und jetzt erzählen Sie bitte, was sich gestern bei Ihnen ereignet hat.«

Ich berichtete alles, was passiert war, und sie hörte aufmerksam zu.

»Haben Sie eine Idee, was das für ein Mann war, der sich als der Vater von Edith Kundrow ausgegeben hat?«, fragte Susanne mich.

»Sie denken wieder an den Major?«

»Selbstverständlich.«

»Daran gedacht habe ich auch. Aber ich glaube das nicht.«

»Warum nicht?«

»Na ja, der Jäger, der Edith Kundrow gefunden hat, sagte doch, dass der Mann ein Berliner Kennzeichen hatte. Vielleicht hat Edith Kundrow Anhalterin gespielt und einen Fremden gebeten, sie dorthin zu bringen. Und der hat ein amouröses Abenteuer gewittert und sich verdünnisiert, als der Jäger mit seinem Hund ins Spiel kam«, überlegte ich laut.

»Ja, das könnte sein. Es ist einfach nur furchtbar!«

»Was meinen Sie?«

»Alle Dinge, die wir erfahren, könnten so oder ganz anders sein. Nie ist etwas eindeutig! Es ist wie verhext!«

»Stimmt. Deshalb sollten wir auch nicht zu viel spekulieren. Wir wissen doch noch nicht einmal definitiv, ob Wolff überhaupt in Schönow war. Vielleicht hat er irgendwo einen Verwandtenbesuch gemacht oder war bei seiner Geliebten, und wir verdächtigen ihn zu Unrecht.«

»Das glauben Sie doch selbst nicht!«

»Theoretisch könnte es aber sein. Leider hatte ich gestern keine Gelegenheit, Boger zu fragen, ob der Major tatsächlich im Ort war. Ich werde das nachholen. Dann komme ich zurück, und wir müssen gemeinsam überlegen, wie wir weiter verfahren.«

»Haben Sie eine Idee?«

»Ja. Ich schlage vor, dass wir jetzt wirklich zur Polizei gehen. Wir erzählen alles, was wir wissen, und hoffen, dass dort die richtigen Schlüsse gezogen werden. Wenn es doch falscher Alarm sein sollte, dann ist es halt so!«

»Einverstanden. Ich glaube, dass wir schon zu lange Räuber und Gendarm gespielt haben«, sagte Susanne nachdenklich.

»Der Ansicht bin ich auch«, stimmte ich zu. »Nehmen Sie bitte jetzt Ihre Kamera und beenden die Observierung. Mir ist die ganze Sache zu gefährlich. Es macht doch auch keinen Sinn mehr.«

Susanne sagte plötzlich aufgeregt:

»Oh, es tut sich was! Er fährt seinen BMW aus der Garage und hält vor dem Wohnhaus. Jetzt steigt er aus dem Auto, geht zur Tür und verschwindet im Haus … Jetzt kommt er wieder heraus. Was ist das denn?«

»Was?«

»Er hat so etwas wie einen Taucheranzug an.«

»Der und tauchen? Glaube ich nicht«, sagte ich.

»Jetzt steigt er in seinen Wagen und fährt weg. Sehr merkwürdig. Was hatten Sie vorhin gesagt?«

»Dass Sie Schluss machen sollen. Nehmen Sie Ihre Fotoutensilien und verschwinden Sie. Ich bin in fünf bis sechs Stunden in Bremen. Ich komme dann zu Ihrem Hotel, und wir gehen gemeinsam zur Kripo.«

»In Ordnung.«

»Gibt es eigentlich etwas Neues von den beiden Kriminalfällen?«

»Heute habe ich noch gar keine Nachrichten gehört«, erklärte Susanne. »Soweit ich weiß, ist die Öffentlichkeit mit der Arbeit der Polizei äußerst unzufrieden. Die Presse bezichtigt die Beamten der Unfähigkeit. Ich habe Ihnen ja schon erzählt, dass es sich vielleicht um zwei verschiedene Täter handelt. Gestern hat ein Sender noch berichtet, dass es Gerüchte über eine baldige Verhaftung gibt. Ob da was dran ist, weiß ich nicht.«

»Ich bin mal gespannt, wie das weitergeht.«

»Ich auch.«

»Gut. Es bleibt wie besprochen«, sagte ich abschließend. »Sie machen jetzt Schluss und fahren ins Hotel. Die Sache ist einfach zu heiß.«

»Keine Sorge, ich bin schon so gut wie weg!«

»In Ordnung.«

Wir wechselten noch ein paar Worte und verabschiedeten uns dann.

Nach dem Gespräch gingen mir Tausende Gedanken durch den Kopf.

Kann es nicht doch sein, dass der Major den Tod von Frau Sagasser verursacht und dann das Haus angesteckt hat, um Spuren zu verwischen? Wenn es aber so war, dann ist er auch der Mann in dem Wald gewesen. Das Auffinden Ediths dort ist schon sehr merkwürdig. Und aus einem Bremer ein Berliner Kennzeichen zu machen, ist auch nicht so schwierig.

Ich stand auf, packte meine Sachen zusammen und ging frühstücken. Dann bezahlte ich, nahm meine Reisetasche, marschierte zu meinem Auto mit der festen Überzeugung, dass es höchste Zeit war, die Sache zu beenden.

KAPITEL 47

Gerade als ich den Wagen starten wollte, klingelte das Handy. Da ich durch die schräg stehende Sonne die Schrift auf dem Display nicht lesen konnte, glaubte ich, dass Susanne wieder in der Leitung war.

»Nun«, sagte ich etwas spöttisch, »haben Sie den geheimen Beobachtungsposten geräumt und sind zurück im Basislager?«

Das verblüffte Schweigen auf der anderen Seite ließ mich schon ahnen, dass meine Vermutung falsch gewesen war.

»Paul«, kicherte der Kobold, »darf ich erfahren, um was für einen geheimen Beobachtungsposten es sich handelt?«

»Das ist ja toll, dass du anrufst«, sagte ich erfreut, spürte aber sofort auch ein schlechtes Gewissen, weil ich es versäumt hatte, mich nach seinem Befinden zu erkundigen. »Ich spekuliere mal, dass du in der Reha bist und dass ich dich besuchen darf. Ist das so richtig?«

»Fast. Aber lenke nicht ab«, entgegnete er. »Jetzt spekuliere ich mal! Du bist immer noch hinter Wolff her. Stimmt's?«

»Äh …«, stotterte ich, weil ich mich ertappt fühlte. »Ja, bis vor zehn Minuten war deine Vermutung richtig. Nun haben wir beschlossen, unsere Nachforschungen zu beenden und uns der Kripo anzuvertrauen.«

»Und weshalb dieser Sinneswandel?«

»Leider haben wir nach wie vor nur Teilwahrheiten und keine eindeutigen Beweise, mit denen wir den Mistkerl festnageln können. Aber jetzt berichte erst einmal, wie es dir ergangen ist.«

»Mir geht es hervorragend. Die Operation war nicht so umfangreich wie befürchtet, ist gut verlaufen, und seit gestern bin ich wieder zu Hause. Eigentlich sollte ich direkt in die Reha, das hat aber aus organisatorischen Gründen nicht geklappt, was mir auch ganz recht ist. In ein paar Tagen steht das Taxi vor der Tür, und dann komme ich nach Bad Nauheim im Hessischen in eine Spezialklinik. Bis dahin darf ich endlich wieder morgens ausschlafen. Aber jetzt erzählst du mir, was in der Zwischenzeit bei dir passiert ist. Und ehe ich es vergesse: Wer hat sich denn deinen Nachforschungen angeschlossen? Du hast doch soeben von ›Wir‹ gesprochen.«

Ich schilderte ihm, wie ich Frau Wagner kennengelernt hatte und welches ihre Motive waren, sich meinem Feldzug anzuschließen, wenn man das so nennen konnte.

»Den Vater der Frau kenne ich tatsächlich«, sagte Konrad, und ich hörte aus seiner Stimme das Interesse. »Er war überzeugter SED-Anhänger, aber einer von der eher seltenen und sympathischen Fraktion. Immer korrekt, nie fanatisch-sektiererisch und nie bestrebt, jemanden des eigenen Vorteils wegen anzuschwärzen. Von solchen Kameraden hatten wir nämlich reichlich. Dass er eine Tochter hat, wusste ich, aber nicht, was aus ihr geworden ist und was sie heute macht. Aber nun berichte, was ihr selbst ernannten Privatdetektive alles herausgefunden habt.«

»Ich will es versuchen.«

»Eine Frage vorweg«, sagte Konrad, »Wolff weiß nichts von euch, oder? Ihr werdet doch nicht so dumm gewesen sein, ihm auf die Pelle zu rücken?«

»Nein, nein, was glaubst du denn?«, entgegnete ich entrüstet. »Mach dir mal keine Sorgen. Der weiß garantiert nichts. Wir haben gut aufgepasst und kennen unser Risiko.«

»Wenn das so ist, bin ich beruhigt. Es war richtig, dass ihr abgebrochen habt, denn ihr konntet euch zu keinem Zeitpunkt sicher sein, dass er nicht doch von euren Aktivitäten Kenntnis erlangt. Und nun bitte die Details!«

Ich erzählte ausführlich. Und dieses Mal berichtete ich auch von meinem Besuch bei Hanfft. Bald merkte ich, dass keine Zwischenfragen mehr kamen. Dann war ich mit dem Bericht fertig und wartete auf seinen Kommentar, vielleicht auch auf ein Lob wegen unserer Hartnäckigkeit. Das kam aber nicht. Das Erste, was er nach einigen Sekunden Schweigen sagte, war: »Du bist dir wirklich sicher, dass sich Susanne Wagner jetzt außerhalb seiner Reichweite befindet?«

»Ja«, versicherte ich. »Gerade habe ich mit ihr gesprochen. Sie hat ihre Kameras eingepackt und ist auf dem Weg zurück ins Hotel.«

»Ruf sie an und sage ihr, dass sie ihr Hotel nicht mehr betreten soll, oder, wenn sie bereits dort ist, es wieder verlässt. Sie soll aber nicht auschecken, sondern nur ihr Zimmer nicht mehr benutzen und sich stattdessen zusätzlich in einem anderen Hotel einmieten und dort bleiben, bis du zurück bist. Dann geht ihr zusammen zur Polizei und besteht auf einem Gespräch mit einem leitenden Beamten, dem ihr alles erzählt, oder besser gesagt, beichtet.«

»Warum denn das?«, fragte ich verblüfft.

»Ganz einfach«, sagte Konrad. »Es fügt sich zum Schluss wie bei einem komplizierten Puzzle alles nahtlos ineinander. Leider sind mir die Zusammenhänge auch jetzt erst richtig bewusst geworden. Peter Wolff ist und war schon immer ein pervers-pathologisches Arschloch. Er steckt nach meiner Überzeugung auch hinter dem ersten Mord in Bremen, bei dem diese junge Frau auf der Straße abgelegt wurde.«

»Woher willst du das plötzlich wissen?«

»Das ist genau sein Stil. Und dazu die exakte Planung und Ausführung. Die zweite Tat hat er nicht begangen. Wir waren alle der Annahme, dass es nur einen Täter gibt, und diese Überzeugung hatte auch meinen Blick getrübt. Aber es sind garantiert zwei. Wir wissen, dass er Elisabeth Dembrock und auch Julia Kundrow auf dieselbe Art umgebracht hat, und ich bin mir sehr sicher, dass die Kripo bei der ersten Bremer Tat die Information über das Rasieren aus ermittlungstaktischen Gründen zurückgehalten hat. Das hat zu unserer Fehleinschätzung beigetragen. Die Polizei wird ihre Gründe dafür gehabt haben. Und das ist nicht alles: Der Kerl steckt mit Sicherheit auch hinter dem Verbrechen an der alten Frau aus Schönow, und für das Feuer ist er auch verantwortlich.«

»Du meinst Frau Sagasser. Und wie kommst du darauf?«

»Wenn ich mich in dieses Schwein hineinversetze, ist alles stimmig. Frau Sagasser hat er getötet, weil sie ihn gesehen hat, etwas wusste oder vielleicht auch, weil sie zu viele Gerüchte in die Welt gesetzt hatte. Er war auch der Mann, der zusammen mit Edith Kundrow von dem Jäger in dem Waldstück aufgespürt worden ist. Ich kann mir sehr gut vorstellen, was er dort im Sinn gehabt hat, bevor er gestört wurde. Es werden bestimmt noch andere Fälle ans Licht kommen, wenn man nur tief genug gräbt.«

»Wir müssen ihn stoppen!«, rief ich erschreckt aus.

»Ja, das sollten wir. Aber ein Problem gibt es«, erklärte der Kobold.

»Was meinst du?«, fragte ich, obwohl ich die Antwort eigentlich kannte.

»Es ist das Problem, an dem eure Aktionen von Beginn an immer wieder an ihre Grenzen gestoßen sind. Die Beweise. Sie fehlen! Kein Mensch wird bezeugen, dass er zur fraglichen Zeit in Schönow war. Niemand wird ihn dort gesehen haben. Und wenn ihn doch einer gesehen hat, wird derjenige es nicht zugeben.«

»Warum denn das?«, fragte ich entgeistert.

»Aus Angst. Außerdem wird er sich von einem seiner alten Weggefährten schon ein wasserdichtes Alibi für den Fall der Fälle besorgt haben.«

»Der Jäger und Edith Kundrow – ihre Aussagen werden seine Behauptungen widerlegen. Der Jäger kann ihn identifizieren, und Edith wird erzählen, was sich in dem Haus von Frau Sagasser abgespielt hat.«

»Können vielleicht. Aber wird sie das auch tun? Und wenn sie es tut: Wird man ihr glauben? Sie ist, wie du mir selbst gesagt hast, geistig behindert. So etwas nutzen gegnerische Anwälte heutzutage gnadenlos aus.«

»Und der Jäger?«

»Der Jäger kommt aus der Gegend, in der die alten Genossen nach wie vor das Sagen haben. Der wird sich an keine Details erinnern, wenn er vor Gericht aussagen soll. Einschüchtern und zersetzen, die berühmten Spezialdisziplinen aller Hauptamtlichen. Gestern wie heute. Hast du das schon vergessen?«

»Nein, habe ich nicht. Aber ich weigere mich zu glauben, dass diese Leute in der heutigen Zeit Verbrechen verüben können, ohne zur Rechenschaft gezogen zu werden«, sagte ich wütend.

»Du weißt doch«, entgegnete Konrad, »vor Gericht gewinnt selten der, der die Wahrheit sagt. Vor Gericht gewinnt zumeist der, der am cleversten lügt, der es versteht, seinen Widerpart zu desavouieren, und vielleicht auch noch der, der Tatsachen am besten verdrehen kann.«

»Da magst du nicht ganz unrecht haben«, stimmte ich bekümmert zu. »Und was machen wir jetzt?«

»Das weiß ich auch noch nicht, aber man kann immer etwas tun, wenn man es nur wirklich will.«

»Was meinst du damit?«

»Das war nur eine Floskel«, antwortete er ausweichend. »Lass uns lieber die Situation analysieren.«

»Okay.«

»Ich sehe das so: Unser Freund dürfte äußerst verbittert sein, dass ihm dieser Jäger mit seinem Hund einen Strich durch die Rechnung gemacht hat, denn dadurch wurde er um seine Befriedigung gebracht. Somit ist er jetzt noch unberechenbarer. Auch muss er längst mitbekommen haben, dass du, vielleicht sogar, dass ihr hinter ihm her seid, dass ihr ihn in seinem Adlerhorst beobachtet. Dass er euch noch nicht angegangen ist, hat wahrscheinlich nur damit zu tun, dass er erst wissen muss, ob hinter euch noch jemand steckt. Sei dir sicher, dass sein ihm zur Verfügung stehender Apparat in diesem Moment auf Hochtouren läuft. Er wird nicht lange brauchen, um alles herauszubekommen.«

»Wenn du recht hast und er tatsächlich von uns weiß, was glaubst du, was er tun wird?«

»Er wird einen Plan aushecken, um euch von eurem Vorhaben abzubringen. Und glaube mir, wenn er euch nicht genügend unter Druck setzen kann, wird er versuchen, einen von euch oder auch beide zu eliminieren.«

»Bravo! Du machst mir richtig Mut!«

»Ich habe dir schon mal gesagt, dass man über seinen Gegner informiert sein sollte, bevor man sich mit ihm auf ein Tänzchen einlässt.«

»Na gut. Das mit dem Eliminieren glaube ich dir zwar nicht, wahrscheinlich hast du aber grundsätzlich recht. Ich habe mich soeben entschlossen, hier und jetzt zur Polizei zu gehen, um auszusagen. So gewinnen wir wertvolle Zeit, und er hat keine Gelegenheit mehr, vorher etwas gegen Frau Wagner oder gegen mich zu unternehmen.«

»Moment, Moment«, sagte der Kobold. »Keine Schnellschüsse! Wenn Frau Wagner sich in Sicherheit befindet, dann haben wir Zeit, in Ruhe zu überlegen, wie wir am besten vorgehen.«

»Hast du denn eine bessere Idee? Vielleicht eine anonyme Anzeige, wie ich es schon einmal geplant habe?«

»Meinst du nicht, dass er trotzdem wissen wird, aus welcher Richtung das kommt?«, fragte der Kobold skeptisch.

»Aber was sollen wir denn sonst tun? Ihn totschlagen? Verdient hätte er es!«

»Das wäre in der Tat eine Möglichkeit«, sagte Konrad nachdenklich. »Mit dem bundesrepublikanischen Strafgesetzbuch werden wir ihn jedenfalls nur schwerlich zur Strecke bringen.«

»Das mit dem Totschlagen habe ich nicht ernst gemeint«, sagte ich erschrocken.

»Das weiß ich doch!«

»Konrad, mir ist aufgefallen, dass du soeben von ›wir‹ gesprochen hast. Willst du dich unserer Ermittlertruppe anschließen?«

»Diese Frage kann ich noch nicht eindeutig beantworten. Ich mache mir jedenfalls riesige Vorwürfe. Ich habe euch den Floh ins Ohr gesetzt, die Sache weiterzuverfolgen. Das war mehr als unbedacht. Damit bin ich eine Verpflichtung eingegangen.«

»Das ist doch Unsinn, was du jetzt sagst«, entgegnete ich. »Es war ganz allein meine Entscheidung. Du hast damit nichts zu tun.«

»Das stimmt nicht. Es wäre meine Pflicht gewesen, euch von diesem Husarenritt abzubringen, denn ich wusste im Gegensatz zu euch, welche Probleme man sich an Land zieht, wenn man gegen diese Leute vorgeht.«

»Konrad«, sagte ich, »wem hilfst du, wenn du dich jetzt auch noch in die Schusslinie begibst? Lass mich meine Anzeige machen, und dann warten wir ab. Bis sich die Dinge geklärt haben, werden Frau Wagner und ich von der Bildfläche verschwinden.«

»Das wird nicht reichen.«

»Doch, denn ich bin mir sicher, dass Recht immer noch Recht ist.«

»Paul, glaube mir! Gegen diese Leute verliert man, auch wenn man tausendfach im Recht ist. Es wäre für euch am besten gewesen, ab einem gewissen Punkt die Taktik der drei japanischen Affen anzuwenden. Aber dieser Zeitpunkt ist verpasst. Das Kind liegt bereits im Brunnen.«

»Du meinst, dass wir in Gefahr sind, egal, was passiert? Das kann ich mir beim besten Willen nicht vorstellen.«

»Du hast die Denke von ihm und seinen Gesinnungsgenossen immer noch nicht verinnerlicht. Was meinst du, was passieren wird, wenn ihr ihn anzeigt und er aus Mangel an Beweisen freigesprochen wird?«

»Das weiß ich nicht.«

»Aber ich weiß es, und wenn du ehrlich wärst, würdest du zugeben, dass du es auch weißt.«

»Hmm …«, brummelte ich und spürte im selben Moment, wie es mir eiskalt den Rücken herunterlief. »Und was schlägst du vor?«

»Bevor wir einen Plan machen«, sagte er, »rufst du noch einmal deine Frau Wagner an und sagst ihr, dass sie unbedingt machen soll, was ich dir vorhin gesagt habe. Wenn das erledigt ist, dann rufst du zurück, und in der Zwischenzeit denke ich nach.«

Klick, und das Gespräch war weg.

»Verdammter Mist«, fluchte ich und tippte Frau Wagners Handynummer ein.

Bis sie abnahm, dauerte es ziemlich lange, sodass ich schon begann, mir Sorgen zu machen.

»Hallo«, sagte sie dann munter. »Gibt es Neuigkeiten?«

»Ja, die gibt es«, antwortete ich, erzählte von meinem Gespräch mit Konrad und was er vorgeschlagen hatte.

»Ich glaube, dass das übertrieben ist, hier ist alles ruhig«, entgegnete sie kühl. »Er ist nicht in seine Burg zurückgekehrt, und ich gehe jetzt zu meinem Auto.«

»Was?«, rief ich bestürzt, »ich dachte, dass Sie schon im Hotel sind.«

»Das hatte ich auch vor! Dann ist mir aber eingefallen, dass es vielleicht ganz sinnvoll wäre, wenn ich die Videokamera zurückbringe. Vielleicht gibt es doch noch etwas Interessantes auf Wolffs Anwesen. Mit der Installation bin ich gerade fertig geworden.«

»Sehr leichtsinnig«, sagte ich vorwurfsvoll. »Aber jetzt mieten Sie sich bitte sofort in einem anderen Hotel ein und fahren nicht mehr in das alte zurück. Versprochen?«

»Ja … gut … versprochen«, sagte sie widerstrebend. »Wenn Sie das unbedingt wollen, mache ich das, obwohl ich glaube, dass das eine unnütze Geldausgabe ist. Aber bitte, es ist schließlich Ihr Geld!«

»Genau«, sagte ich. »Deshalb bestehe ich auch darauf. Und nehmen Sie nicht das billigste Zimmer, sonst glaubt der Portier noch wer weiß was, wenn ich zu Ihnen komme.«

»Der kann glauben, was immer er mag«, lachte Susanne. »Mich interessiert eher, wer meine Videokamera wieder abmontiert. Ich muss zugeben, dass ich nach dem ganzen Gerede keine Lust habe, dort erneut hinzugehen.«

»Ich mache das. Ich weiß ja, wo dieses Wunderwerk befestigt ist. Wenn ich in Bremen bin, baue ich zuerst die Kamera ab und komme danach zu Ihnen. Wenn Sie wissen, in welchem Hotel Sie sind, informieren Sie mich bitte über das Handy.«

»Einverstanden.«

»Ich rufe jetzt Grochowski an«, sagte ich. »Wenn es doch noch etwas Wichtiges gibt, sage ich Bescheid. Ansonsten wie besprochen.«

»Sehr gut! Dann bis bald! Ach so, das muss ich Ihnen doch noch sagen: Mein Handy hat kaum noch Saft. Wenn Sie mich erreichen wollen und es funktioniert nicht, dann wissen Sie, warum. Ich melde mich auf jeden Fall, wenn ich im neuen Hotel bin.«

»In Ordnung.«

Nach diesem Gespräch telefonierte ich mit Konrad und berichtete, dass Frau Wagner sich gerade ein zweites Hotel suchen würde.

»Ausgezeichnet«, sagte er.

»Und, hast du dir eine Strategie für unser Problem überlegt?«, fragte ich ihn zum Schluss.

»Ich habe eine halbe Idee«, antwortete er und fragte dann, wie lange ich brauchen würde, um wieder in Bremen zu sein.

»Ich will noch einmal zu Boger«, sagte ich, »denn ich möchte unbedingt wissen, ob Wolff tatsächlich in Schönow war.«

»Natürlich war er!«, fuhr mich der Kobold an.

»Ich möchte Boger trotzdem fragen.«

»Mach das, schaden kann es nicht. Vielleicht irre ich mich ja auch«, gab er sich versöhnlich.

»Hoffentlich! Aber zu deiner Frage: In ungefähr sieben bis acht Stunden bin ich wieder daheim. Warum willst du das wissen?«

»Ach, nur so«, erklärte er. »Ich habe mir vorhin noch einmal sein Anwesen auf Google-Earth angeschaut und sofort gesehen, wo ihr euren Beobachtungsplatz habt. Es gibt ja nur diesen einen Punkt, der infrage kommt.«

»Ja, das stimmt. Willst du jetzt Susannes Job übernehmen?«

»Nein, bestimmt nicht.«

»Das war auch nur ein Scherz.«

»Ich weiß. Aber mir kommt gerade eine Idee, wie wir vielleicht die Kuh vom Eis bekommen.«

»Da bin ich gespannt, erzähle!«

»Ich kenne jemanden, der Wolff wegen einer anderen alten Sache gewaltig unter Druck setzen kann. Das wird ihn bestimmt hindern, gegen euch etwas anzuzetteln. Ich checke das mal.«

»Danke. Ich informiere dich, wenn ich etwas Neues erfahre, und melde mich, wenn ich wieder in der Stadt bin.«

Nach einer herzlichen Verabschiedung legten wir auf.

Ich startete meinen Wagen und fuhr zum Schönower Polizeirevier. Boger war nicht da. Ein Polizist sagte mir, dass er ihn in Kürze zurückerwarten würde. Ich wartete. Dann kaufte ich mir in einem nahe gelegenen Kiosk eine Illustrierte, ging zurück in das Revier und setzte mich im Vorraum auf die Bank. Nach einer knappen halben Stunde fragte ich noch einmal nach. Gut 20 Minuten würde es ungefähr noch dauern, wurde ich beschieden. Nachdem eine weitere halbe Stunde vergangen war, kam der Polizist heraus und sagte, dass Herr Boger ausrichten ließe, dass er vor dem Mittagessen leider nicht zurück sein könne.

Ich war ziemlich sauer wegen der vertrödelten Zeit und entschloss mich, auf das Gespräch zu verzichten und nach Bremen zurückzufahren.

KAPITEL 48

Bremen

Nach der Frühbesprechung kam Lena in das Dienstzimmer zu den beiden Hauptkommissaren, um die neue Lage zu erörtern.

»Gratulation«, begann sie. »Ich habe bereits gehört, dass mit der Verhaftung alles glattgelaufen ist. Ein schöner und schneller Erfolg, alle Achtung!«

»Danke für die Blumen, aber das war nicht weiter schwierig nach Ihren Hinweisen«, wiegelte Walter ab. »Manche Leute sind auch von einer solchen Dämlichkeit, dass man sich nur wundern kann.«

»Und bei Doreen Höppner stehen wir wieder am Punkt null, oder wie seht ihr das?«, gab Jens seine Stimmungslage kund.

»Ich habe dir schon mal gesagt, dass du nicht so pessimistisch sein sollst, das nervt«, schimpfte Walter und zog seine Augenbrauen zusammen. Dann entspannte sich aber seine Miene und er fragte: »Hat das eigentlich gestern mit dem Geburtstagsgeschenk geklappt?«

»Ja, hat es«, sagte Jens und strahlte über das ganze Gesicht. »Lena hat mir super geholfen, und ich bin sicher, dass Conny von meinem guten Geschmack begeistert sein wird.«

»Das freut mich für dich. Sag mal, hast du diesen ehemaligen Stasi-Offizier aus dem Blockland überprüft?«

»Noch nicht vollständig«, brummte der Angesprochene, und seine Miene verfinsterte sich wieder. »Dazu bin ich wegen des Otten-Falls noch nicht gekommen. Im Gegensatz zu dir habe ich mich nämlich auch noch um meine Familie zu kümmern, oder willst du, dass mir meine Ex wieder mal mit dem Jugendamt droht?«

»Ganz ruhig, Jens. Das war nur eine normale Frage und keine Rüge.«

»Ich habe mich bei der Stasi-Unterlagenbehörde nach Wolff erkundigt«, sagte Lena, um den sich anbahnenden Disput abzublocken. »Viel ist aus den noch vorhandenen Akten nicht zu entnehmen. Es gibt aber einige Besonderheiten, die hinterfragt werden sollten.«

»Ja, und welche?«, fragte Walter.

»Wolff wird als sehr eigensinnig, schwierig und schlecht lenkbar beschrieben. Er war Leiter einer Außenstelle und im Stasi-Knast Rostock Ermittlungsführer bei einer Reihe von Fällen und hatte dabei eine Verurteilungsquote von fast 100 Prozent. Das hatten andere auch. Was in dem Zusammenhang aber erstaunlich war, ist die Tatsache, dass bei ihm alle Angeschuldigten Geständnisse unterschrieben haben – ausnahmslos! Und da wir wissen, dass die Dinge, die man den Menschen vorwarf, nur zu einem geringen Teil wirklich zutrafen, ist diese Tatsache bemerkenswert. So etwas konnte man nur erreichen, wenn man keine Skrupel hatte, die Beschuldigten so gewaltig unter Druck zu setzen, dass auch die Unbeugsamen wider bessere Überzeugung unterschrieben haben.«

»Mit Druck meinst du körperliche Gewalt?«, fragte Jens.

»Auch. Ich denke aber dabei hauptsächlich an erpresserische Drohungen, auch Freunde, nahe Angehörige wie Ehepartner, Eltern, Geschwister und auch Kinder zu beschuldigen und notfalls in Haft zu nehmen, wenn man nicht nachgibt. Die Leute unterschreiben dann aus Angst um ihre Lieben. Und so etwas regelmäßig zu machen, sagt viel über einen Menschen aus.«

»Verstehe. Auf gut Deutsch: ein skrupelloser Schweinehund.«

»Genau. Und noch etwas: Seinen Offiziersrang hat Wolff nach seiner Ausbildung in der Stasi-Akademie Eiche-Golm sehr schnell bekommen, und er war wohl auch für höhere

Aufgaben vorgesehen. Dann muss in Rostock etwas passiert sein, das einen Karriereknick hervorgerufen hat, denn in der MfS-Hierarchie hat er keinen Schritt mehr vorwärts gemacht. Er ist von Rostock nach Berlin-Hohenschönhausen versetzt worden, und zwar schon zwei Wochen vor dem Tod von Elisabeth Dembrock. Dort hat er zwar seinen Dienstrang behalten, hatte aber einen Vorgesetzten mehr. Der Wechsel war also quasi eine Strafversetzung. Die Frage ist jetzt: Was war der Grund?«

»Sie meinen, dass er etwas getan haben könnte, was selbst bei der Stasi nicht gern gesehen wurde?«, überlegte Walter laut.

»Wie zum Beispiel ein Verbrechen an einer Frau«, ergänzte Jens.

»Das wäre auch möglich. Ich glaube aber eher, dass das mit seiner Person zu tun hatte, mit seinem Charakter. Mir scheint, dass seine Vorgesetzten froh waren, ihn loszuwerden. Zwischen den Zeilen sind ihm Intrigen vorgeworfen worden, und seine Eigenmächtigkeiten haben auch nicht jedem gefallen. Jedenfalls hatte er keinen Fürsprecher«, erklärte Lena.

»Berlin … Berlin … was war noch in Berlin, verdammt noch mal«, sagte Jens plötzlich ziemlich unmotiviert.

»Ich habe noch 'ne Kiste in Berlin«, trällerte Walter laut und ziemlich schräg frei nach dem Lied von Hildegard Knef.

»Das war keine Kiste, sondern ein Koffer«, korrigierte Lena. »Ich hab noch einen Koffer in Berlin, heißt das!«

»Kiste ist gut. Kiste ist sogar sehr gut!«, rief Jens, sprang auf, raste um den Tisch herum und drückte Lena einen Kuss auf die Stirn.

»Dieser Bagatellunfall mit dem Berliner Kennzeichen«, erklärte Jens, »wo der Fahrer des SELs, der angeblich auf der Fahrt aus dem Ruhrgebiet zurück nach Berlin war, auf seinen Anspruch zur Schadenregulierung verzichtet hat. Stellt euch mal vor, es stimmt nicht, was er damals für das Protokoll angegeben hatte. Wenn also der Mann nicht aus dem Ruhrpott, sondern direkt aus Bremen kam, und das aber nicht sagen wollte. Dann könnte es passen. Das würde auch seine Handlungsweise erklären.«

»Wissen Sie, wovon er redet?«, fragte Walter und schaute Lena irritiert an.

Aber anstatt die Worte seinem Kollegen zu erklären, stürzte Hauptkommissar Fiedler zum Telefon und wählte mit fliegenden Fingern die Nummer des Bremer Verfassungsschutzes.

»Eine Frage, Herr Wrieden«, japste er ins Telefon. »Hat dieser ehemalige Stasi-Major Wolff, von dem wir letztens gesprochen haben, noch einen anderen Wagen als den russischen SIM und später den BMW gefahren?«

»Ganz ruhig, Herr Fiedler«, kam es aus dem Raumlautsprecher. »Ich habe schon begriffen, was Sie wollen, aber atmen Sie erst einmal tief durch. Nicht, dass Sie noch einen Herzinfarkt bekommen.«

»Danke für die Fürsorge, es ist aber wirklich eilig!«

»Schon gut. Nein, ich glaube nicht, dass er weitere Autos hatte, sehe aber gerne nach. Das ist ja auch schon ein Weilchen her, und man kann sich nicht an alles erinnern. Was ist noch Ihre konkrete Frage?«

»Was für Autos auf Wolff zugelassen waren, seit Sie ihn observiert haben. Hersteller, Autotyp und Kennzeichen wenn möglich. Ich meine nicht den SIM und auch nicht den BMW. Ich möchte wissen, ob er noch andere Autos hatte.«

»Verstehe. Sie wollen wissen, was alles auf ihn zugelassen war. Sie wollen nicht wissen, welche Autos er gefahren hat oder mit welchen wir ihn fotografiert haben. Richtig?«

»Entschuldigung. Besser das Letzte.«

»Gut, dann will ich mal unsere Bilder durchsehen. Ah, da habe ich es auch schon auf dem Schirm. Also: In der Anfangszeit ist er immer mit dem SIM gefahren und dann eigentlich nur mit dem BMW. Tut mir leid. Mehr war nicht … Nein, warten Sie! Das hier ist eine Fremdaufnahme von den Berliner Kollegen. Geschossen auf dem Zentralfriedhof in Friedrichsfelde. Das war anlässlich der Beerdigung einer Stasi-Größe. Ja, ganz eindeutig, das ist Peter Wolff am Steuer. Der Wagen hat ein Berliner Kennzeichen.«

»Und was ist das für ein Auto?«

»Ein Mercedes. Das Modell kenne ich nicht. Groß, schwarz und älter. Und sehr gut gepflegt. Schicken Sie mir eine Faxanforderung, und Sie haben morgen das Foto in der Hand, wenn ich Ihnen damit einen Gefallen tun kann.«

»Ich wiederhole mal für meine Kollegen«, sagte Jens laut: »Großer, schwarzer gepflegter alter Mercedes! Ja, mit dem Foto täten Sie mir tatsächlich einen Gefallen. Aber nicht morgen, sondern jetzt, sofort!«

»Das geht nicht, das muss ich erst absegnen lassen, und mein Chef ist im Moment außer Haus.«

»Doch, das geht! Sie haben bestimmt von den beiden Frauenmorden gehört, wovon nur einer aufgeklärt ist. Was würde Ihr Chef sagen, wenn …«

»Schon gut, dieser Hinweis ändert die Sachlage, und ich nehme das auf meine Kappe. Wenn die Anforderung eingeht, haben Sie in ein paar Minuten das Foto. Einverstanden?«

»Das nenne ich ein Wort! Einverstanden!«, jubelte Jens, bedankte sich und knallte dann den Hörer auf die Gabel.

»Das gesuchte Taxi?«, fragten fast synchron Walter und Lena.

»Ja, es könnte sein. Nein, nicht könnte, das muss es sein!«

Jens erklärte nun die Lösung seiner Gedächtnisblockade, während er den behördlichen Anforderungsschein ausfüllte.

»Haben wir denn einen Fachmann im Haus, der das Auto zuordnen kann?«, fragte Lena. »Dörr werden wir auf die Schnelle nicht hierher bekommen.«

»Ich rufe mal bei Roland durch«, sagte Walter. »Der ist Mercedes-Fan und auch in einem Club, deren Mitglieder ältere Wagen restaurieren. Er soll gleich mal herkommen. Roland kennt garantiert den Autotyp.«

»Gute Idee«, stimmte Jens zu. »Ich habe es im Urin! Das ist der Durchbruch! Es müsste schon mit dem Teufel zugehen, wenn wir den Kerl jetzt nicht an den Hammelbeinen hätten.«

»Jens, nun tritt mal auf die Bremse, noch haben wir gar nichts«, kommentierte Walter kühl.

In diesem Moment klingelte das Telefon. Aus irgendeinem Grund zuckten alle drei zusammen, und entgegen seiner Gewohnheit, mitunter Jens Fiedler den Vortritt zu lassen, griff Walter Hausmann zum Hörer. Schon nach kurzer Zeit sah man in seinem Gesicht hektische Flecken aufsteigen.

KAPITEL 49

Ein argwöhnischer Blick zurück zu der Ansammlung von Gesträuch und niedrigen Bäumen, in der Susanne soeben die kleine Kamera unter einer Astgabel angebracht und auf Dauerbetrieb geschaltet hatte, bewies, dass das letzte Telefongespräch Wirkung zeigte. Bis jetzt war für sie alles ein aufregendes Spiel gewesen. Kein entspannendes Spiel, aber doch nur ein Spiel. Aber nun hatte sie endgültig begriffen, dass ihr Widerpart gar nicht daran dachte, sich an irgendwelche Spielregeln zu halten.

Ich suche mir jetzt ein neues Hotel und informiere Paul. Dann gehen wir zur Polizei. Das hätten wir schon viel früher tun sollen!

Susanne hatte ihr Auto erreicht. Sie blickte noch einmal zurück, um sich zu überzeugen, dass ihr niemand folgt, denn die Gefahr konnte sie fast körperlich spüren.

Gott sei Dank, keiner zu sehen. Paul montiert das Ding ab, wenn er wieder in Bremen ist. Es wäre schön, wenn wir sehen könnten, was der Major macht, wenn er wieder zurückkommt. Ich werde auf jeden Fall bei der Polizei sagen, dass sie sich die Garage anschauen sollen, denn ich kann mir sehr wohl vorstellen, dass es dort noch etwas anderes gibt außer Autos.

Susanne ging um ihr kleines Gefährt herum, um einzusteigen, als der Major in seiner Gummikluft plötzlich hinter dem Wagen hervorkam. In der rechten Hand hielt er einen kurzläufigen Revolver, mit dem er auf ihre Brust zielte.

»Einsteigen«, zischte er und schaute Susanne boshaft an, die entsetzt stehen geblieben war. »Tür aufschließen und einsteigen«, flüsterte er noch einmal fast tonlos.

Susanne rührte sich nicht.

»Bei drei hast du ein Loch in der Brust. Deine Entscheidung! … Eins …«

Susanne glaubte zu kollabieren, schwankte und hielt sich an der Kühlerhaube fest.

»Wenn du auf sterbenden Schwan machst, bist du auch tot … zwei …«

Sie taumelte zur Tür, und nur mit allergrößter Mühe gelang es ihr, das Schloss zu öffnen.

»Setz dich hinter das Steuer«, kam die nächste Anweisung.

Susanne öffnete die Autotür und ließ sich auf den Fahrersitz fallen, klappte vornüber und schlug mit dem Kopf auf das Lenkrad.

Der Major steckte den Revolver in seine Hosentasche, öffnete die Beifahrertür und war gerade dabei, sich auf dem Sitz niederzulassen, als ihm ein Gedanke kam.

»Schlüssel«, sagte er barsch und streckte seine Hand aus. Ohne sich ihm zuzuwenden, hielt sie den Autoschlüssel hin. Er griff zu, ging hinter den Wagen und öffnete den Kofferraum. Zufrieden sah er, dass seine Vermutung richtig gewesen war. Mit der großen Fototasche setzte er sich wieder auf den Beifahrersitz und nahm die Kamera heraus.

»Interessant«, sagte er, nachdem er sich auf dem Display einige Bilder angeschaut hatte. »Sehr interessant. Darüber wird zu sprechen sein!«

Susanne ging es nun wieder etwas besser, auch hatte sie inzwischen ihre Situation realisiert. Sie schaute starr geradeaus und überlegte krampfhaft, welche Optionen sie hatte.

Was wird er tun? Er wird wissen wollen, was ich weiß, und auch, ob ich alleine bin. Also bin ich nicht in unmittelbarer Lebensgefahr. Wenn er mich auffordert, zu seinem Anwesen zu fahren, müssen wir ein kurzes Stück über eine Straße, auf der es immer Verkehr gibt. Ich werde auf meinen Vordermann auffahren oder, wenn ich keinen Vordermann habe, in den Gegenverkehr lenken und dann so tun, als würde ich ohnmächtig. Das ist riskant, aber das Risiko ist geringer, als das, was kommt, wenn ich in seinem Haus bin. Ja, so werde ich es machen!

Susanne spürte den misstrauischen Blick, mit dem er sie von der Seite her beobachtete.

»Du wirst jetzt den Wagen starten und dich genau an meine Anweisungen halten. Ich weiß, dass du gerade überlegst, wie du abhauen kannst. Überlegen kannst du, so viel du willst. Wenn du allerdings versuchen solltest, etwas davon umzusetzen, dann bist du tot! Kapiert?«

»Ich weiß nicht, was Sie meinen«, sagte Susanne mit fester Stimme.

»Lüg nicht, das macht mich wütend!«, schrie er. »Du spekulierst, dass ich nicht schießen werde, weil ich von dir noch etwas möchte, und dass ich auch nicht schießen werde, solange das Auto fährt.«

»Ich weiß wirklich nicht, wovon Sie sprechen.«

»Das weißt du genau. Und du liegst damit sogar richtig. Es stimmt, ich will noch etwas von dir wissen, und ich werde nicht schießen, solange das Auto fährt. Und deshalb wirst du jetzt aussteigen und dich auf den Beifahrersitz setzen.«

Der Major stieg als Erster aus, ging um das Auto herum und öffnete die Fahrertür. Seinen Revolver hatte er wieder in die Hand genommen und dirigierte Susanne damit auf den anderen Sitz.

Er wird jetzt losfahren. Während der Fahrt werde ich das Steuer so verreißen, dass der Wagen in den Gegenverkehr steuert. Er ist dann mit dem Vermeiden eines Unfalls beschäftigt, und ich kann versuchen, mich nach dem Öffnen der Tür aus dem Auto fallen zu lassen.

Entgegen Susannes Annahme setzte er sich aber nicht auf den Fahrersitz, sondern blieb neben der Beifahrertür stehen, griff in die Tasche seines Gummianzugs und zog eine kleine Sprayflasche hervor.

»Ich weiß immer, was die Leute denken«, sagte er überheblich grinsend und sprühte Susanne ein Aerosol ins Gesicht, schlug die Tür zu und stellte sich so davor, dass sie nicht hinauskonnte.

Susanne versuchte, den Atem anzuhalten und auf den Fahrersitz hinüberzukriechen, aber die psychotrope Substanz befand sich schon in ihrer Lunge und somit auch in der Blutbahn, und sie spürte regelrecht, wie ihre Nervenbahnen langsam blockierten, wie zuerst ihre Arme, dann die Beine und zum Schluss ihre gesamte Koordination zu versagen begannen. Sie sah, hörte und spürte alles, konnte sich aber kaum noch bewegen und auch nicht mehr sprechen.

Der Major hatte sie ausdruckslos beobachtet. Nun öffnete

er alle Autotüren. Dann schnallte er Susanne, die vornüber zu fallen drohte, vorschriftsmäßig an, setzte sich ans Steuer und startete den Wagen.

»Nach gut 20 Minuten wirst du spüren«, erklärte er ihr, »dass du dich wieder rühren kannst. Und nach weiteren zehn Minuten kannst du auch wieder sprechen, denn ich werde mich mit dir noch unterhalten müssen. Glaub mir, du wirst ganz freiwillig erzählen, wer dir den Auftrag gegeben hat, die Fotos zu machen, und auch seit wann das schon geht.«

Der Major lenkte das Auto nicht zu seinem Gehöft, wie sie erwartet hatte, sondern fuhr auf einem Behelfsweg zu einer entfernt liegenden Brachfläche, auf der sein BMW hinter einem Gebüsch geparkt war. Hier stellte er ihr Auto ab, stieg aus, ging zu dem BMW hinüber und öffnete den Kofferraumdeckel. Nach einem kurzen Rundumblick zog er Susanne von ihrem Sitz, schleifte sie zu seinem Wagen und ließ ihren Oberkörper in den Kofferraum kippen. Dann ergriff er ihre Beine, warf sie mit einer einzigen heftigen Bewegung ins Innere und knallte den Deckel zu. Ihren Wagenschlüssel beförderte er in das Gebüsch und setzte sich dann hinter das Steuer.

KAPITEL 50

Bad Doberan

Nach dem Telefonat musste Konrad erst einmal nachdenken.

Fakt ist, dass Wolff keine Zeit vertrödelt hat, sobald ihm die Gefahr aus Schönow bewusst geworden war. Hanfft hat ihn angerufen und informiert, dass die Kundrow-Kinder kommen werden, um die Hintergründe des Todes ihrer Mutter zu klären. Deshalb wurden die Gerüchte, die Frau Sagasser in die Welt setzte, eine Bedrohung. Da er nicht genau wissen konnte, was alles zutage kommen würde, entschließt er sich, diese Gefahrenherde zu beseitigen. Dabei wird ihm der Gedanke gekommen sein, Edith für seine krankhafte Neigung zu benutzen. Der Jäger hat diesen Plan vereitelt. Robert und Edith leben immer noch, und seine Befriedigung hat er auch nicht bekommen. Voller Wut und Enttäuschung ist er nun wieder in Bremen. Er weiß bestimmt auch, dass er beobachtet wird und vielleicht auch schon von wem. Das macht ihn zu einer tickenden Zeitbombe. Was würde ich an seiner Stelle tun? Genau: ausschalten, eliminieren! Im Moment sind ihm allerdings die Hände gebunden, denn Susanne Wagner ist nicht zu greifen und Paul auf der Rückfahrt. Aber der Major ist es gewohnt, mit Unvorhergesehenem umzugehen und Problemlösungen zu finden. Und er wird sie finden!

Was kann ich jetzt tun? Die Bremer Polizei informieren? Gibt es einen Beweis, dass er Elisabeth Dembrock und Julia Kundrow umgebracht hat? Nein! Dass er in Schönow für den Tod von Frau Sagasser verantwortlich ist und dass er sich an Edith Kundrow vergehen wollte? Nein! Dass er Doreen Höppner getötet hat? Vielleicht. Und zwar dann, wenn man den Ort ausfindig macht, an dem dieses Verbrechen geschehen ist. Also, vielleicht ja, vielleicht nein. Eher nein. Er wird damit gerechnet haben, in Verdacht zu geraten und für den Zeitpunkt des Verschwindens von Doreen Höppner ein Alibi präsentieren können.

Fakt ist auch: Ich habe Paul und damit auch Susanne Wagner dieses Wahnsinnsunternehmen erst ermöglicht. Warum? Weil ich hoffte, dass sie etwas entdecken, mit dem man ihn festnageln kann. Ich habe meinem Bekannten damals in der DDR nicht geglaubt, als er mich gebeten hatte, den Tod seiner Tochter zu untersuchen. Ich habe mir nicht vorstellen können, dass jemand die unglaubliche Dreistigkeit besitzt, in den eigenen Diensträumen ein so widerwärtiges Verbrechen zu begehen. Aber ich hätte es wissen müssen! Bestimmt hatten seine niederen Chargen Kenntnis. Es wäre aber ihr Todesurteil gewesen, wenn sie geredet hätten. Verdammt, verdammt, ich hätte es wirklich wissen müssen! Niemals hätte ich Paul und Susanne diesem Risiko aussetzen dürfen! Konrad, wie konntest du nur!

Was passiert, wenn keine Beweise gegen ihn gefunden werden? Er wird sich rächen! Morgen, übermorgen oder auch erst in drei Jahren, aber er wird es tun! Also werde ich heute nach Bremen fahren und versuchen, dieses zu verhindern trotz meines kranken Beins. Der Ort des Verbrechens an Doreen Höppner ist wahrscheinlich irgendwo in seinem Refugium. Man muss ihn nur finden. Soweit ich weiß, hat der Major erhebliche Umbauten auf dem Gehöft vornehmen lassen. Ich bin mir sicher, dass er sich damals einen geheimen Raum geschaffen hat, in dem er ungestört seinen perversen Neigungen nachgehen kann. Auch dann, wenn sich andere Personen auf dem Anwesen aufhalten. Der Raum wird sich also nicht in dem Haupthaus befinden, sondern in einem der Nebengebäude, in das normalerweise niemand geht. Wahrscheinlich ist es die Garage. Die ganze Sache muss schnell gehen, jedenfalls bevor Paul in Bremen zurück ist. Ich glaube zwar nicht, dass Paul noch einmal zu der Beobachtungsstelle gehen wird, aber wer weiß?

Konrad stand vom Küchentisch auf, ging an das Regal, nahm eine Flasche Korn herunter, schraubte den Verschluss auf und genehmigte sich einen kräftigen Schluck. Dann überlegte er erneut. Zu einem Entschluss gekommen, begab er sich in sein Schlafzimmer, griff unter das Kopfkissen und nahm die Pistole heraus, die dort lag. Eine Makarow PM 9 Millimeter. Die hatte er kurz nach der Wende in Wismar vor der russischen

Kaserne für billiges Geld erstanden. Konrad wusste zwar, dass diese Armeepistole bei größeren Entfernungen unpräzise schoss, aber die Waffe war nicht registriert, konnte also nicht zurückverfolgt werden. Er griff nach einem fusselfreien Lappen, nahm die Waffe auseinander und reinigte sie mit leichtem Nähmaschinenöl. Dann holte er aus dem Schlafzimmerschrank ein Päckchen Munition und ein Ersatzmagazin, füllte beide Magazine, sicherte und verstaute alles. Er trat ans Fenster, schaute für einen Moment hinaus und kam zu einer weiteren Entscheidung.

Konrad nahm einen Schlüssel von dem Haken, der neben der Eingangstür hing, verließ die Wohnung und ging hinkend in den Keller, denn sein Bein schmerzte. Dort schraubte er von einem Wandpaneel zwei Bretter ab und griff in den dahinter liegenden Hohlraum. Er zog eine längliche Holzkiste hervor, in dem sich ein Gasdrucklader befand, seine geliebte Dragunow. Dann schraubte er die Bretter wieder fest, ging mit der Kiste schwerfällig nach oben und unterzog das darin befindliche Gerät einer intensiven Prüfung, die zu seiner Zufriedenheit ausfiel.

Jetzt nahm er Wäsche und Verbandsmaterial aus dem Kleiderschrank des Schlafzimmers, Toilettensachen aus dem Bad, legte die Dinge auf sein Bett, holte einen kleinen Koffer vom Schrank herunter und packte alles hinein. Nachdem er sich vergewissert hatte, nichts vergessen zu haben, ging er zum Telefon und rief eine Nummer an.

»Es geht mir ganz schlecht, kannst du mich sofort in die Klinik fahren?«, war seine Frage, die nach einem Moment wohl positiv beschieden wurde, denn er sagte: »Gut, das schaffe ich.«

Nun ging Konrad noch einmal ins Bad, erneuerte vorsichtig die Verbände an seinem operierten Bein und zog sich um. Er nahm das Regenzeug von der Garderobe und stopfte es in eine Plastiktüte, schaute dann in seine Brieftasche, um sich zu überzeugen, dass er genügend Bargeld dabei hatte, ging zum Fenster und wartete dort so lange hinter der Gardine, bis auf der gegenüberliegenden Straßenseite ein dunkler japanischer Kleinwagen hielt.

Konrad schnappte sich seine Sachen, ging aus der Wohnung, schloss ab und schaltete die Alarmanlage ein. Unten angelangt, begab er sich zu dem Kleinwagen, öffnete den Kofferraum, legte alles hinein und nahm dann auf dem Beifahrersitz Platz. Er lächelte spöttisch, als er zu dem Fahrer schaute, denn der hatte den Kragen hochgeschlagen und einen Hut tief ins Gesicht gezogen.

»Ich glaube, dass mein Kontrolleur heute nicht da ist, jedenfalls habe ich ihn noch nicht gesehen«, sagte Konrad.

»Vorsicht ist die Mutter der Porzellankiste«, antwortete der Mann am Steuer.

Der Wagen startete und fuhr in Richtung Krankenhaus, hielt aber drei Querstraßen später wieder an.

»Vielen, vielen Dank«, sagte Konrad zu dem Fahrer.

»Keine Ursache«, antwortete der Mann. »Die Nummernschilder sind clean. Schraub aber trotzdem besser die aus Berlin an und sieh zu, dass du nicht geblitzt wirst. Vollgetankt habe ich. Viel Glück! Wann wirst du zurück sein?«

»In ein bis zwei Tagen.«

»Gut. Du sagst denselben Code wie beim letzten Mal, und ich bin dann am Treffpunkt.«

»Nochmals vielen Dank. Jetzt hast *du* bei mir etwas gut.«

Der Fahrer lächelte, stieg aus und entfernte sich. Auch Konrad stieg aus. Er ging um das Fahrzeug herum, setzte sich hinter das Steuer und fuhr los.

KAPITEL 51

Bremen

Die letzte Stunde war mit Abstand das Schrecklichste, was Susanne je durchlitten hatte. Zu spüren, dass alle Muskeln des Körpers nacheinander versagen und man nichts dagegen tun kann. Dann in den Kofferraum geworfen zu werden wie ein Kartoffelsack und während der Fahrt hin und her zu rollen wie ein nutzloser Gegenstand.

Nach einer Weile hielt der Wagen, und sie konnte hören, dass der Major ausstieg. Etwas quietschte laut, und der BMW fuhr erneut ein kurzes Stück. Eine Tür knallte, und dann öffnete sich der Kofferraumdeckel. Es wurde hell, aber sie konnte den Kopf nicht drehen, konnte nicht sehen, was vor sich ging.

Der Major packte Susanne an der Schulter und zerrte sie herum. Ganz tief kam er zu ihr herunter und sie roch seinen unangenehm warmen Atem.

»Ich habe keine Zeit für Spielchen«, sagte er und blickte ihr kalt in die Augen. »In ein oder zwei Tagen wird die Polizei hier sein. Deine einzige Chance, dieses noch zu erleben, ist, wenn du mir sagst, was du weißt, wenn du wieder sprechen kannst. Ich werde noch heute Abend von hier verschwinden, dorthin, wo mich niemand findet. Vorher will ich aber wissen, warum du mich fotografierst und wer der Mann ist, der bei Hanfft war und in Schönow herumgeschnüffelt hat. Dieser angebliche Dr. Schröder. Wer du bist, das weiß ich, denn deinen Ausweis habe ich in deiner Tasche gefunden. Also versuche erst gar nicht, dir irgendwelche Lügengeschichten auszudenken. Ich weiß, wo du wohnst, und ich kann dich töten lassen, wann immer ich will. Und das werde ich, wenn du mir

Märchen erzählst. Erwische ich dich bei einer einzigen Lüge, bist du tot! Kapiert?«

Nun zerrte er sie aus dem Kofferraum, griff unter ihre Achseln und schleifte sie um das Auto herum. Es ging eine enge Treppe hinunter in einen schmalen Schacht. Durch das Aufschlagen ihrer Hacken auf den Treppenstufen konnte sie die Stufen zählen, es waren acht. Unten angelangt sah Susanne, dass auf der linken Seite des schmalen Gangs so etwas wie eine Tür offen stand, deren Oberfläche aus denselben Klinkern bestand wie die Wände. In diesen Eingang schleppte er sie. Sie gelangten in einen kleinen Raum, in dem an einer Wand mehrere Monitore standen. Der Major schloss die Tür, und Susanne sah, dass Wände und Decken mit dicken Matten gedämmt waren. Er öffnete eine weitere Tür, zerrte sie hindurch und warf sie dann auf ein breites Bett, das als einziges Möbelstück in dem Raum stand.

Der Major atmete schwer. Nach einem Moment ging er um das Bett herum, nahm eine Kette und befestigte diese mittels einer Handschelle an ihrem linken Handgelenk. Dann, nach einem letzten prüfenden Blick auf sein Opfer, ging er hinaus.

Susanne lag auf dem Rücken und musste in das grelle Licht der Deckenstrahler schauen. Nach einigen Minuten spürte sie, dass sie wieder in der Lage war, ihre Augen zu schließen. Dann begannen ihre Beine zu vibrieren, und kurz darauf konnte sie erst ihre Zehen und dann die übrigen Muskeln bewegen.

Er wird mich beobachten. Ich darf ihm nicht zeigen, dass meine Muskulatur wieder funktioniert. Vielleicht bekomme ich dadurch eine Chance zu fliehen. Auf keinen Fall werde ich ihm aber sagen, wer in Schönow war. Er wird das unbedingt wissen wollen. Und wenn er es weiß, wird er mich umbringen. Oh verdammt, er ist wieder da!

Der Major war in den Raum getreten. In seinen Händen

hielt er ein kleines Tablett, auf dem sich eine Banane, ein Apfel und eine Plastiktasse mit Wasser befanden. Er stellte das Tablett neben sie, trat einen Schritt zurück, verschränkte seine Arme und betrachtete sie aufmerksam.

»Ich weiß, dass du dich wieder bewegen kannst, also hör mit der Schauspielerei auf. Ich gebe dir jetzt fünf Minuten zum Essen. Dann komme ich zurück, und wir werden unser Gespräch führen. Denk daran, was ich dir vorhin gesagt habe. Eine einzige Lüge …«

Der Major ging wieder hinaus.

Der meint es todernst! Er wird mich umbringen, ob ich etwas sage oder nicht. Wie lange wird es dauern, bis Paul in Bremen ist und merkt, dass ich verschwunden bin? Zu lange! Wird er ahnen, dass ich es bis in mein Auto nicht mehr geschafft habe, dass ich entführt wurde? Wird er die Polizei rufen, und wird man mich dann hier finden? Was war das für ein merkwürdiger schmaler Gang, in den er mich geschleift hat. Wo habe ich so etwas schon einmal gesehen? Ich glaube, in einer Autowerkstatt. Wir sind in der Garage, und ich weiß jetzt auch, weshalb er sich dort immer so lange aufgehalten hat. Paul weiß das auch, er wird den Polizisten sagen, wo sie suchen sollen. Diese merkwürdige Klinkertür, die von dem Gang abgeht, war auf der Gegenseite gepolstert, und die Tür, die in diesen Raum führt, ist auch gepolstert. Sicher, damit man von außen nicht hören kann, was hier passiert. Die Luft ist ziemlich muffig. Wir befinden uns unter der Erde! Paul weiß als Einziger, wo man suchen muss. Bitte beeile dich, Paul, habe den richtigen Gedanken! Ich muss versuchen, das, was der Kerl vorhat, zu verzögern, sonst …

Susanne spürte plötzlich, dass die Verzweiflung übermächtig wurde und ihre Tränen hinausmussten.

Der Major hatte alles beobachtet. Er wusste, dass sie dem Zusammenbruch nahe war, und kam zurück in den Raum.

»Susanne, es ist so weit. Die Stunde der Wahrheit! Du sagst mir jetzt, wer der Mann ist. Sag mir den Namen, dann bist du mich los.«

»Kurt heißt er.«

»Kurt und weiter?«

»Einfach nur Kurt, mehr weiß ich nicht.«

»Gut, wie du willst!«

Der Major zog seine Pistole heraus.

»Kurt und weiter? Eins, zwei …«

KAPITEL 52

Meine Rückfahrt verlief problemlos.

Als ich in den Empfangsbereich der Bremer UKW-Sender kam, hörte ich, dass man im Fall der toten Frau Otten den Ehemann und einen Bekannten dieses Mannes verhaftet hatte. Beide wurden dringend verdächtigt, gemeinschaftlich für den zweiten Mord verantwortlich zu sein.

Konrad hat recht gehabt! Der Major ist der Urheber von allem. Susanne und ich sind in Gefahr. Was hatte der Kobold überlegt? Ihn von irgendjemandem gewaltig unter Druck setzen zu lassen, damit er uns zufriedenlässt. Aber man wird doch Beweise für seine Taten entdecken, die ihn für lange Jahre ins Gefängnis bringen. Oder ist das zu optimistisch gedacht? Er wird Frau Höppner irgendwo in seinen Räumlichkeiten umgebracht und dann mit seinem Auto zum Hochschulring transportiert haben. Dann wird die Spurensicherung etwas finden. Sie finden heutzutage immer etwas, wenn man weiß, wo man zu suchen hat.

Aber schon kamen wieder meine Zweifel.

An die Möglichkeit, dass sein Anwesen irgendwann einmal durchsucht werden könnte, wird er gedacht haben. Im Radio haben sie von dieser Lösung gesprochen, die in der Lage ist, DNA-Spuren zu beseitigen, die bei Frau Höppner verwendet wurde. Wer so viel Vorsicht walten lässt, dem ist auch zuzutrauen, dass er alle Spuren vernichtet. Und was passiert, wenn wir ihn anzeigen und wenn man in dem Anwesen im Blockland nichts findet? Nur nicht daran denken! Aber Schönow! Es muss ihn doch dort irgendjemand gesehen haben und das auch bezeugen können. Oder doch nicht? Aber was würde die bloße Anwesenheit in diesem Ort schon beweisen? Nichts! Und Konrad könnte auch recht haben mit seiner Mutmaßung, dass der Jäger bei einer Aussage vor Gericht kalte Füße bekommt.

Ich spürte, wie mir der Schweiß ausbrach. Meine Gedanken rasten. Kaum war ich wieder der Überzeugung, einen anderen Weg gefunden zu haben, kamen mir erneut Zweifel.

Eines ist sicher: Eine ergebnislose Beschuldigung seiner Person darf es nicht geben.

Seine Boshaftigkeit, seine Brutalität, seine Hinterlist und seine anzunehmende Rachsucht ließen mich schaudern.

Aber was kann ich tun? Und ich habe eine Verantwortung für Susanne. Darf ich riskieren, dass sein Zorn diese mutige Frau trifft? Nein, nein, nein, das wäre das Allerschlimmste, was passieren könnte!

»Verdammter Mist, verdammter«, schrie ich, so laut ich konnte.

Ich spürte, dass meine Furcht mich beim Fahren unaufmerksam werden ließ. Deshalb wollte ich mich überzeugen, dass Susanne gut in ihrem neuen Hotel angekommen war, und wählte sie über das Autotelefon an.

Als sich nur ihre Mailbox einschaltete, erinnerte ich mich ihres Akkuproblems und hoffte, dass sie bald vom Hotel aus sich selbst melden würde, um mir die Anschrift ihrer neuen Unterkunft mitzuteilen. Dann kam mir in den Sinn, dass das eigentlich schon lange hätte passieren müssen.

Ich schaute auf mein Navi und sah, dass es bis Bremen nur noch knapp 40 Kilometer waren, also keine 20 Minuten Fahrzeit.

Nach weiteren zehn Minuten konnte ich meine Unruhe kaum noch aushalten.

Warum meldet sie sich nicht? Sie muss doch wissen, dass ich mir Sorgen mache. Ist vielleicht doch etwas in der Zwischenzeit passiert? Ist es vorstellbar, dass der Major sie, als sie noch einmal zu dem Beobachtungsposten zurückgekehrt ist, gesehen und nun in seiner Gewalt hat? Aber er ist doch mit seinem BMW weggefahren, hat Susanne gesagt.

Dann kam mir der Gedanke, der die logische Erklärung war.

Meine Mobilfunknummer befindet sich auf ihrem Handy, und auf das hatte sie keinen Zugriff. Also wird sie vom Hotel meine Festnetznummer angerufen haben, um mitzuteilen, wo sie sich eingemietet hat.

Eigentlich hatte ich mir vorgenommen, zuerst die Kamera zu holen und dann nach Hause zu fahren. Jetzt wollte ich aber zuerst ganz sicher sein, dass Susanne im Hotel in Sicherheit ist.

Also fuhr ich, nachdem ich Bremen erreicht hatte, auf kürzestem Weg zu meiner Wohnung. Mein erster Gang war dort zum Telefon. Erleichtert sah ich auf dem Display, dass drei Anrufe eingegangen waren. Aber kurze Zeit später glaubte ich, verrückt werden zu müssen, denn keiner davon war von Susanne!

Mit fliegenden Fingern versuchte ich, Konrad anzurufen, denn ich brauchte unbedingt seinen Rat. Aber Konrad war nicht da oder nahm nicht ab, und sein Anrufbeantworter war auch nicht eingeschaltet. »Mist, Mist, Mist!«, rief ich laut und dann: »Konrad, verdammt, geh an den Apparat!«

Wie ein gefangenes Raubtier lief ich in der Wohnung auf und ab. Kurze Zeit später griff ich erneut zum Hörer. Wieder nur dieses endlos lange und nutzlose Tuten.

Konnte es sein, dass ich Susanne falsch verstanden hatte? Nein, unmöglich! Irgendetwas läuft gewaltig schief! Paul, du musst jetzt bei der Polizei anrufen!

Und das tat ich dann auch.

Nachdem ich einem Beamten in der Zentrale berichtet hatte, dass ich wüsste, wer der Täter in dem Fall Doreen Höppner sei und wo dieser wohnte, wurde ich mit einer Lena Grimm verbunden, die sich als BKA-Mitarbeiterin vorstellte. Ich wiederholte meine Aussage, und Frau Grimm sagte mir zu meiner Verblüffung, dass genau an dem Ort, der von mir soeben genannt worden war, ein Polizeieinsatz stattfinden würde. Näheres dürfe sie mir allerdings nicht sagen. Sie schrieb sich meine Personalien auf und bat mich, heute noch vorbeizuschauen, um mein Wissen zu Protokoll zu geben. Ich war so irritiert, dass ich nicht nachfragte, sondern nur versprach zu kommen. Dann legte ich auf.

Wieso Polizeieinsatz? War etwas mit Susanne, oder hatte dieser Einsatz nichts mit ihr zu tun? Oh mein Gott, lass diesen Kelch an uns vorübergehen!

KAPITEL 53

Er wird es nicht tun! Nein, nein, er wird es nicht tun, er wird mich nicht erschießen! Er darf es nicht tun, lieber Gott, bitte …

»Kurt und weiter? Den Nachnamen! Kurt …«

»Kurt, mehr weiß ich nicht!«

»Soll ich weiterzählen?«

»Mehr weiß ich nicht!«, schrie Susanne. »Mehr weiß ich wirklich nicht!«

»Und drei!«

Das Aufschlagen des Hahns auf die leere Trommel ließ Susanne zusammensacken.

Der Major starrte sie böse an.

»Ich werde den richtigen Namen schon noch herausbekommen«, zischte er. »Er wird seiner Strafe nicht entgehen, da kannst du sicher sein!«

»Mir ist schlecht«, flüsterte Susanne. »Ich glaube, ich muss mich übergeben.«

Den Major interessierte das nicht. Er griff in seine Hosentasche und holte eine Patrone heraus, die er in die leere Kammer seiner Waffe schob.

»Beim nächsten Mal hast du ein Loch in deinem dämlichen Schädel. Kapiert?«

Susanne sagte nichts.

»Ob du das kapiert hast, will ich wissen.«

»Ja.«

»Ich nehme dir jetzt die Handschellen ab«, sagte er kalt. »Dann ziehst du dich vollständig aus. Du gehst in das Bad, das sich hinter dem Vorhang dort befindet. Du lässt Wasser in die Wanne ein. Dann legst du dich hinein und wäscht dich ausgiebig. Auf dem Waschbecken liegen zwei Einmalrasierer und eine Tube Rasierschaum. Du wirst dir deine Körperhaare abrasieren. Alle! Dann kommst du wieder in dieses Zimmer und legst dich auf das Bett. Hast du das verstanden?«

Sie sagte wieder nichts.

»Ob du das verstanden hast?«

Der Major spannte den Hahn seines Revolvers.

Susanne schaute ihn an und sah die Wut in seinen Augen.

»Genauso, wie es Doreen Höppner machen musste?«, fragte sie trotzdem provokativ.

Für einen Moment sah es so aus, als wolle er ihr den Revolver ins Gesicht schlagen. Dann aber sagte er kalt lächelnd:

»Ja genauso. So wie es Doreen gemacht hat. Tust du es nicht, erschieße ich dich ohne weitere Diskussion.«

»Ist schon gut«, sagte sie resigniert.

Ich brauche Zeit, einfach nur Zeit, das ist meine einzige Chance!

Er nickte, nahm ihr die Handschellen ab und deutete mit der Pistole auf den Plastikvorhang.

»In 40 Minuten bin ich wieder da. Dann bist du gewaschen, rasiert und liegst auf dem Bett.«

Susanne erhob sich mit wackligen Beinen, machte die Schritte zum Badezimmer, schob den Vorhang zur Seite und ging hinein.

»In 40 Minuten. Wenn ich dann noch ein Haar an dir finde oder du nicht sauber bist, wirst du das erste Mal in deinem Leben erfahren, was es bedeutet, Schmerzen zu empfinden. Wirkliche Schmerzen.«

Er ging hinaus.

Ich darf ihn nicht weiter reizen. Das mit dem Namen hat er geglaubt, oder es war ihm egal. Jetzt ist ihm nicht egal. Wenn ich nicht mache, was er sagt, wird er seine Wut an mir auslassen und mich töten. Entweder die Polizei kommt, oder … Vielleicht bekomme ich auch noch meine Chance, wenn er beginnt, mich zu vergewaltigen, denn das ist doch wohl der Zweck seiner Forderungen.

Susanne badete, benutzte dann den Schaum und rasierte sich. Da ihre Hand zitterte, verletzte sie sich einige Male, es war ihr gleichgültig.

Plötzlich stand er hinter ihr mit einem Fläschchen in der Hand. Susanne erschrak so heftig, dass sie sich an der Innenseite des Oberschenkels einen tiefen Schnitt zuzog.

»Pass doch auf, du blöde Kuh«, schrie der Major wütend. »Hier ist eine Lösung, die du auf die Stellen tupfst, die bluten. Blut auf glatter Frauenhaut, das ist einfach nur widerlich! Ich bin in fünf Minuten zurück, dann liegst du im Bett! Kapiert?«

Nachdem sie ihre Hautschnitte mit der Lösung bearbeitet hatte, hörten die Blutungen tatsächlich auf. Sie ging zurück in den Raum, legte sich auf das Bett, zog die Beine an, drehte sich zur Wand und legte beide Arme um ihren Kopf.

Dann hörte sie ihn kommen.

Paul und die Polizei werden es nicht mehr schaffen! Wenn er seinen Erguss hat, musst du es wagen. Du musst es wagen, sonst bist du verloren!

Wegen ihrer Körperhaltung konnte Susanne nicht sehen, was er tat. Irgendetwas klapperte, und dann spürte sie, dass er an sie herankam. Während sie noch überlegte, welche Art Sex er von ihr fordern würde, riss der Major jäh ihren Kopf nach oben, und ehe sie überhaupt wusste, was geschah, hatte er ein Seil um ihren Hals gelegt. Er sprang zurück, und Susanne bemerkte, dass er nackt war. Der Major zog so kräftig an dem Seilende, dass sie gezwungen war zu folgen. Sie konnte erkennen, dass der Strick über einen Rollenmechanismus lief, bis zu einem Haken, der neben der Tür in der Decke verankert war.

Für einen Moment glaubte Susanne, dass er die Absicht hatte, sie sofort umzubringen, denn sie bekam keine Luft mehr. Dann aber schob er ihre Füße auf einen schmalen Holzklotz, zog das Seil noch einmal straff und band dann das Ende an einen Eisenring, der neben dem Vorhang in die Wand eingelassen war.

»Ich sage dir jetzt, was ich von dir will und wenn du das zu meiner Zufriedenheit machst, bleibst du am Leben. Du siehst diesen Stock? Ich werde mich gleich mit meiner Rückseite vor dich stellen und du wirst … Verflucht, was ist das denn? Das ist ja ekelerregend! Du hast die Lösung nicht benutzt du dämliche Ziege!«, schrie er völlig außer sich.

Susanne wusste im ersten Moment nicht, was er meinte. Dann aber spürte sie, dass von ihrem Oberschenkel Blut herunterlief. Sehen konnte sie es nicht, denn die Schlinge um ihren Hals war so eng und das Seil so kurz, dass sie nicht in der Lage war, ihren Kopf herunterzubeugen.

Voller Zorn stürzte der Major in das Bad, um die Adrenalinlösung zu holen, musste aber feststellen, dass diese umgefallen und ausgelaufen war.

»So eine verdammte Scheiße«, schrie er unbeherrscht und rannte, nackt, wie er war, aus dem Raum. Dann hörte Susanne, wie sich der Ausgang öffnete und kurz darauf wieder schloss.

Sie war alleine.

Er holt eine neue Flasche. Du musst dich aus der Schlinge befreien. Dann stellst du dich hinter die Tür und schlägst ihm den Stuhl, der vor den Monitoren steht, auf den Kopf.

Susanne wollte die Seilschlinge nach oben schieben. Wenn sie sich auf die Zehen stellte, schaffte sie es ein Stückchen, aber es gelang ihr nicht, die Schlaufe über ihr Kinn zu bekommen. Mit all ihrem Willen versuchte sie es. Voller Verzweiflung riss sie sich dabei mit den Fingernägeln ihre Haut an Hals und Kinn auf, musste aber bald einsehen, dass immer einige Zentimeter fehlten. Es ging einfach nicht. Und dann kam eine weitere schreckliche Erkenntnis: Ihre Beine schmerzten und begannen heftig zu zittern, und Susanne wusste, dass sie sich nicht mehr lange auf dem Holzklotz würde halten können.

»Lieber Gott«, keuchte sie schluchzend, »lieber Gott, hilf mir!«

KAPITEL 54

Konrad lag im tiefen Gras und beobachtete das Anwesen des Majors. Sein Auto hatte er wie ein Spaziergänger neben dem Weg abgestellt und war dann mit der Holzkiste und seiner Pistole mühevoll zu der Stelle gegangen, an der auch Susanne ihren Beobachtungsposten eingerichtet hatte.

Nichts rührte sich, nur einige Fliegen von einer nahen Kuhweide nervten ihn, weil sie sein verschwitztes Gesicht als Landepunkt auserkoren hatten.

Konrad überlegte.

Hingehen und ihn über den Haufen ballern oder abwarten, bis er herauskommt, und ihm mit dem Dragunow-SWD-Gewehr die Kniescheibe zerschießen?

Fast zärtlich öffnete er den Holzkasten und nahm das Gewehr heraus. Auch das hatte er 1990 von einem russischen Offizier erstanden, der für das Geld Unterwäsche für seine Frau kaufen wollte. Das Zielfernrohr PSO-1 hatte er kostenlos dazubekommen und auch noch 50 Schuss Präzisionsmunition.

Konrad hatte vor der Geldübergabe die Waffe in der Kühlung ausprobiert und festgestellt, dass er auf 300 Meter ohne Probleme eine Spielkarte treffen konnte. Die Entfernung bis zum Haupthaus betrug ungefähr 250 Meter. Auch wenn sich das Ziel bewegen sollte, würde er damit keine Schwierigkeiten haben.

Was macht der Kerl dort im Moment? Ist er im Haus oder treibt er irgendwo anders sein Unwesen? Kann es sein, dass er hinter Susanne oder Paul her ist? Nein, an beide kommt er im Moment nicht heran. Paul wird schon versucht haben, bei mir zu Hause anzurufen. Aber er soll nicht wissen, dass ich weg bin. Keiner braucht das zu wissen, deshalb ist auch mein Anrufbeantworter ausgeschaltet. Ein Loch in der Schulter oder im Knie des Majors wird die Polizei auf Trab bringen, und niemand wird auf den Gedanken kommen, dass ich es war. Wenn die Polizei sich dann mit ihm befasst, werde ich eine anonyme Anzeige hinterherschicken, die sich nur auf Julia Kundrow bezieht. Dann wird er glauben, dass ein ehemaliger Stasi-Kumpan dahintersteckt, denn das Begleichen alter Rechnungen ist bei denen ja durchaus nicht unüblich.

Konrad schraubte das Zielfernrohr auf, justierte das Gewehr, prüfte den Wind, der schwach von rechts kam. Er korrigierte das Zielkreuz um einige Millimeter. Dann klappte er die zwei kurzen Stützen am vorderen Laufende aus, schob das Magazin ein, sicherte und richtete das Gewehr aus.

Noch keine fünf Minuten hatte Konrad so gelegen, als er glaubte zu träumen. Ein großer, nackter Mann kam aus einem der Gebäude und rannte zum Haupthaus. Konrad schaute durch das Zielfernrohr.

Der Stasi-Major!

Der Mann verschwand hinter der Tür des Haupthauses, und Konrad spürte plötzlich, dass sein Herz raste.

Was, verdammt noch mal, macht der Kerl da drüben? Hält er in seinem Geheimraum eine Frau gefangen oder ist das, was ich gerade sehe, harmlos?

Verdammt noch mal, was soll ich tun? Ins Auto steigen und hinfahren, um nachzuschauen? Schwachsinn! Was würde das für Susanne und Paul ändern, wenn ich den Grund seiner momentanen Nacktheit kenne? Nein, es gibt nur eine einzige Möglichkeit! Wenn er wieder herauskommt, dann muss ich ihn stoppen, sonst wird er versuchen, beide umzubringen.

Konrad entsicherte die Waffe. Dann spürte er das Zittern.

Konrad, hör auf zu wackeln! Mache es wie bei den Bezirksmeisterschaften 1965 in Rostock, als du als Einziger von den 120 möglichen Ringen 117 erzielt hast: tief einatmen, ganz langsam ausatmen, Luft anhalten, Schuss! Konrad, reiß dich zusammen!

Für ein paar Sekunden glaubte er, dass sein Zittern nachließ. Aber das war ein Irrtum, und bald darauf bewegte sich das ganze Gewehr im Takt seines Tremors.

Durch das Zielfernrohr sah er nun, dass sich die Tür des Haupthauses wieder öffnete. Der Major, immer noch nackt, kam heraus und hielt eine kleine Flasche in seiner rechten Hand.

Konrad zögerte.

Wegen meines Tremors kann ich ihn nur erwischen, wenn er die Tür zur Garage öffnet, denn dann muss er für einen Moment stehen bleiben.

Plötzlich hörte Konrad aus der Ferne einen Knall, der wahrscheinlich von einem Flugzeug kam, und sah, dass der Major verharrte.

Und nun lief alles wie in einem Film ab: Er hörte den Ausbilder bei dem Scharfschützenkurs der NVA leise die Anweisung geben: »Ziel erfassen, Entfernung 350 Meter, leichter Wind von rechts, etwas rechts halten, einatmen, ausatmen, Feuer!«

Knall und Rückstoß brachten ihn wieder in die Wirklichkeit zurück. Ein erneuter Blick durch das Fernrohr zeigte, dass er den Major ziemlich weit oben in die linke Brustseite getroffen hatte. Dieser war zurückgeschleudert worden und lehnte jetzt so, wie ihn Gott geschaffen hatte, an der Hauswand, und Konrad sah mit Erstaunen, dass er den Inhalt der kleinen Flasche, die er mit sich geführt hatte, auf das Blut goss, das ihm an Brust und Bauch herunterlief. Kurze Zeit später sah es so aus, als wolle er aufstehen, was aber nicht gelang. Sein Oberkörper rutschte zur Seite, und das Fläschchen fiel ihm aus der Hand, und wenn das viele Blut nicht gewesen wäre, hätte man denken können, er sei eingeschlafen.

Mit ruhiger Hand schraubte Konrad das Zielfernrohr von der Dragunow und klappte die Laufstützen ein. Er verstaute alles in dem Holzkasten und ging, schwerfällig zwar, aber innerlich ruhig, zu seinem Auto, startete und fuhr davon.

KAPITEL 55

Es war kein richtiger Schmerz, sondern eher das Gefühl, als hätte ihn ein riesiger Vorschlaghammer an der Brust getroffen. Der Major wurde zurückgeschleudert, was er selbst gar nicht bemerkte, knallte mit dem Rücken an das Haus und rutschte dann an der Mauer herab.

Peter, steh auf, geh in die Garage. Dort ist Susanne Wagner! Töte sie!

Er wollte sich erheben, aber irgendetwas hinderte ihn daran.

Meine Beine sind so schwer, und auf meiner Brust lastet ein gewaltiger Druck. Was ist los? Steh auf, verdammt noch mal, lass dich nicht hängen!

Plötzlich spürte er, dass etwas Warmes an ihm herablief, und versuchte, an sich herunterzuschauen. Schon das fiel schwer, trotzdem sah er, dass sich eine Menge Blut auf seinem Bauch befand, das langsam von dort über die Oberschenkel auf den Boden tropfte.

Woher kommt dieses ekelhafte rote Zeug? Von der Wagner? Aber so viel? Peter, du blutest! Aber warum? Das ist ja widerlich. Nimm die Flasche mit der Adrenalinlösung, dann hört das Bluten auf, lass aber einen Rest übrig, den brauchst du noch für sie. Dann ruhst du dich einen Moment aus und danach gehst du in die Garage und zeigst dieser dämlichen Ziege, wo es langgeht! Sie hat es verdient, denn sie hat dich ausspioniert. Verflucht, warum bekomme ich so schlecht Luft? Peter, atme tief durch, dann wird es besser. Warum bin ich plötzlich so schrecklich müde! Du darfst jetzt nicht einschlafen! Mach deine Augen auf! Nanu, woher kommen plötzlich Julia und Elisabeth? Sie stehen da hinten und winken mir freundlich zu. Das ist aber nett. Oder sollten sie mir drohen? Nein, sie winken, zu drohen würden sie sich nicht trauen! Einem Tschekisten droht man nicht. Nanu, da ist ja auch Vater! Was will das Schwein hier? Er soll verschwinden! Und da sind auch Mutti und Gisi. Was wollen all diese Leute? Ah, jetzt weiß ich es, sie wollen sich für das entschuldigen, was sie mir angetan haben. Das wird aber auch Zeit! Wie war das noch in unserem kleinen Ort in Mecklenburg, als alles anfing? Peter Wolff, erinnere dich …

*

Irgendetwas hatte ihn aufgeweckt. Peter war innerhalb eines Sekundenbruchteils hellwach. Wie erstarrt lauschte er in die dunkle Stille. Nichts war zu hören.

Da ist doch nichts … oder? Habe ich mich getäuscht?… Aber etwas ist anders.

Vorsichtig richtete er sich auf. Außer den normalen Konturen, die er nachts in seinem Zimmer sehen konnte, war nichts Besonderes zu entdecken.

Hatte ich einen meiner Angstträume? Waren sie wieder hinter mir her gewesen, und ich konnte ihnen nicht entkommen?

Peter griff hinüber zum Nachttisch, auf dem seine Taschenlampe liegen sollte, fand sie aber nicht.

Herzklopfen, Angst. Augen zukneifen.

Soll ich Gisi wecken? Aber dann muss ich wieder für Tage ihren Spott ertragen. Wenn ich sie laut rufe, dann könnte Vater das hören, und ich bekomme 20 Schläge mit dem Kleiderbügel.

Peter flüsterte: »Gisi, wach auf, bitte! Wach auf!«

Sage, dass ich rüberkommen darf, und nimm mich dann in deine Arme. Ich habe schreckliche Angst!

Ganz langsam hob er noch einmal seinen Kopf, vergrub ihn aber umgehend wieder im Kissen.

»Gisi, bist du wach?«

Keine Antwort.

»Gisi, bitte! Bist du wach?«

Wieder nichts.

»Gisi, du bist doch wach … sei nicht so gemein!«

Schweigen. Dunkelheit.

Irgendwo knackte es, und Peter zuckte zusammen.

Er spürte, dass die Panik begann, ihm in Bauch und Brust zu kriechen.

Nicht schreien, nicht schreien, bitte nicht schreien!

Sein stummer Wunsch wurde nicht erhört. Mit letzter Anstrengung schaffte Peter es gerade noch, nur in das Kopfkissen zu brüllen, während seine Hände sich rechts und links in das Laken krampften. Jäh spürte er die Taschenlampe, die er vor dem Einschlafen neben dem Kopfkissen deponiert hatte.

Peter nahm nun seinen ganzen Mut zusammen und knipste die Stablampe an. Seinen Kopf hob er aber erst, als eine Weile nichts passiert war, und nach einer weiteren Sicherheitsfrist richtete er sich langsam auf.

Er schaute zum Bett seiner Schwester. Der Tisch stand im Weg, trotzdem konnte er sehen, dass ihr Schlafplatz leer war.

Ist sie draußen zum Plumpsklo, um Pipi zu machen?

Peter wusste, dass seine kleine Schwester, im Gegensatz zu ihm, auch in dunkler Nacht über die wackligen Bretter im Hof zu dem kleinen Häuschen mit dem grob ausgesägten Herzen ging, obwohl auch bei ihr immer ein Nachttopf unter dem Bett stand.

Während er noch überlegte, ob sie tatsächlich nach draußen gegangen war oder ob sie sich vielleicht nur in die Küche geschlichen hatte, um etwas zu essen, was Vater streng untersagt hatte, und Peter schon abschätzte, was er von ihr als Schweigegeld fordern könnte, hörte er einen merkwürdigen lang gezogenen Klagelaut, wie er noch nie einen vernommen hatte.

Ein Schauder durchfuhr ihn. Er war sich sicher, dass das Geräusch nicht von ganz unten gekommen war.

Das kam vom Flur oder aus dem Elternschlafzimmer. Ist das vielleicht doch nicht Gisi? Da, wieder! Mutti kann es nicht sein, denn Mutti ist bei Tante Klara. Oder Vater, der Schmerzen hat und deshalb stöhnt? Liegt Gisi nicht in ihrem Bett, weil sie gehört hat, dass Vater stöhnt? Nein, das war bestimmt Gisis Stimme!

Peter war sich ziemlich sicher.

Gisi wird krank sein. Muss ich Dr. Sterkel holen?

Peter überlegte nur kurz, ob er es schaffen könnte, in der Nacht zu dessen Wohnhaus zu laufen, um ihn zu alarmieren. Und er wusste sofort, dass er sich das niemals trauen würde.

Ich muss einfach so tun, als hätte ich nichts gehört.

Kurze Zeit später kam wieder dieses eigenartige, schreckliche Geräusch.

Am besten, ich klettere auf den Boden und ziehe dann die Leiter hoch. Hier bin ich nicht sicher.

Peter stieg vorsichtig aus dem Bett. Er leuchtete noch einmal in der Hoffnung, sich getäuscht zu haben, zum Bett der Schwester, aber es gab keinen Zweifel: Sie war nicht dort.

Er öffnete die Schublade seines Nachttisches, ergriff sein Fahrtenmesser, das er zum letzten Geburtstag als einziges Geschenk von seinem Vater bekommen hatte, und nahm es in die rechte Hand, die heftig zitterte.

Ganz, ganz langsam schlich er zur Tür, die nur angelehnt war, öffnete und leuchtete mit der Lampe hinaus. Niemand war zu sehen, und die Tür zur Treppe, die ins Erdgeschoss führte, war geschlossen.

Unten ist Gisi nicht, denn dann würde die Tür offen stehen. Ist sie zu Vater ins Schlafzimmer? Aber warum sollte sie?

Peter bewegte sich links herum, denn dort stand die Leiter, mit der man auf den Boden gelangen konnte.

Schnell hinauf!

Plötzlich raschelte es auf dem Dachboden, und er verharrte jäh in seiner Bewegung und horchte erneut. Nun war es totenstill, auch das Stöhnen war verschwunden.

Zurück ins Bett? Ganz nach unten laufen?

Peter konnte durch eine Ritze erkennen, dass im Elternschlafzimmer Licht brannte. Ihm war unheimlich und er fror. Vorsichtig ging er die paar Schritte zu der Zimmertür, um durchs Schlüsselloch zu schauen. Er konnte nicht glauben, was er sah: Gisi lag gefesselt auf dem Ehebett seiner Eltern. Peter konnte es genau sehen: Je ein Riemen war an ihren Armen und Beinen befestigt, und diese führten zu den runden dicken Pfosten des schweren alten Eichenbetts.

Sie lag ganz still und schien unbeteiligt an dem, was geschah, denn ihr Blick war zur Decke gerichtet.

Spielt Vater ein Spiel mit ihr? Nein, das war unmöglich, nicht mitten in der Nacht. Es passiert bestimmt gerade etwas Furchtbares! Ein Mörder, der Vater ermordet hat und nun auch Gisi töten will?

Angst lähmte ihn. Peter wollte weglaufen, konnte aber nicht. Ihm wurde schwindlig. Sein Kopf kippte vornüber und schlug gegen die Tür, was ihm gar nicht bewusst war.

Die Zimmertür wurde aufgerissen, und er stolperte in den Raum.

Hinter der Tür stand sein Vater splitternackt mit erigiertem Glied. Obwohl Peter sich zwingen wollte, den schlimmen Gedanken, der sofort in ihm war, nicht aufkommen zu lassen, wusste er genau, was sich abspielte.

Gisi bewegte sich nicht, aber Peter konnte erkennen, dass sie ihre Augen auf ihn gerichtet hatte. Er fand, dass es ein eigenartiger Blick war. So, als sei sie einfach nur erstaunt darüber, dass er zu diesem Zeitpunkt hier auftauchte. Mehr nicht.

Er starrte sie an, sah keinen Hilferuf in ihren Augen wie sonst, wenn sie vom Vater gezüchtigt werden sollte, keine Verzweiflung.

Wieder hatte er die Empfindung, dass sie nur so dalag. Gleichgültig, vielleicht sogar gelangweilt.

Einer ihrer Mundwinkel zuckte. Dieses Zucken kannte und verabscheute er.

Dieses Zucken kommt immer, wenn sie lügt, um einen Vorteil zu erhaschen!

Peter war sich sicher, dass Gisi vorhatte, aus Vaters unanständigem Verhalten Kapital zu schlagen.

Seine Schwester wandte ihren stoisch-leeren Blick wieder von ihm ab und richtete ihn erneut zur Zimmerdecke.

Sie schämt sich noch nicht einmal, dass ich sie so sehe.

Peter wollte wegschauen, wollte zurück in sein Zimmer. Aber das ging nicht. Mit offenem Mund musste er sie weiter anstarren, so wie sie auf dem Rücken lag. Ihre Haut, das fiel ihm auf, hatte etwas Durchscheinendes, und ihre Extremitäten erschienen ihm wie die schlaffen Tentakel eines Tintenfisches. Aber das Schlimmste war die Lage ihrer Beine: Sie waren weit und unanständig gespreizt und gaben den Blick frei auf ihr haarloses Geschlecht.

Ekelhaft! Wie das aufgeschnittene Schwein, das beim Bauern Hinze im letzten Herbst nach dem Schlachten an der Stallwand hing und von dem dünnflüssiges Blut auf den Boden tropfte!

Peter wandte sich ab, wollte zurück auf den Flur, nur weg. Aber das ging auch nicht, denn sein Vater hatte ihn am Genick gepackt und griff nun mit der anderen Hand zu einem Handtuch, das auf dem Nachtschrank lag. Er ließ Peter los und knüpfte sich das Tuch um seine Hüften. Nach einem Moment hatte er es sich anders überlegt, riss mit einem wütenden Knurren das Handtuch wieder herunter und warf es voller Wut auf den Boden, während ein tiefes, gutturales und brunftiges Stöhnen aus seinem Mund kam.

Peter blickte wieder auf seine Schwester, die aber immer noch keine Reaktion zeigte. Kurz darauf schien es ihm dann, als würde sich so etwas wie ein Lächeln auf ihrem Gesicht zeigen.

Ist das, was Vater mit ihr macht, für sie gar nicht schlimm? Will sie es sogar?

Sein Vater nahm nun den blau-grau gestreiften Bademantel vom Haken, zog ihn an und ging dann zum Schlafzimmerschrank, den er öffnete. Er nahm einen Kleiderbügel heraus, betrachtete ihn, schüttelte seinen schwitzenden und stark geröteten Kopf, hängte den Bügel wieder zurück und nahm stattdessen einen, der eine kräftige Querstange aufwies. Er prüfte ihn gründlich mit beiden Händen und drehte sich dann zu Peter herum.

»Geh auf dein Zimmer! Dort ziehst du dich aus, legst deine

Sachen ordentlich zusammen und wartest auf mich. Ich habe noch einige Worte mit deiner Schwester zu reden.«

Peter hatte die Ansage vernommen, war aber nicht in der Lage, der Anweisung zu folgen.

»Hast du nicht kapiert, was ich gesagt habe?«

Peter nickte wie fremdgesteuert. Er blickte nochmals auf seine Schwester. Sie bewegte sich immer noch nicht, sondern schaute nach wie vor starr nach oben.

»Los, hau ab«, blaffte sein Vater und blickte böse zu seinem Sohn.

Peter drehte sich um, wankte hinaus und ging über den Flur in das Kinderzimmer. Dort zog er sein Nachthemd aus, faltete es sorgfältig zusammen und legte es auf einen Stuhl, kletterte in sein Bett, schloss die Augen und wartete, bemüht, möglichst nicht an das zu denken, was bald folgen würde.

Es sauste in seinem Kopf, als würde sich dort ein riesiger Dynamo befinden, und er fror entsetzlich.

Aus dem Elternschlafzimmer klangen Geräusche hinüber, die Peter nicht wahrnahm.

Wie lange er so gelegen hatte, wusste er im Nachhinein nicht mehr. Aber es musste eine längere Zeitspanne vergangen sein, denn er hatte die Kirchturmuhr in der Ferne mehrere Male schlagen hören.

Irgendwann war er dann wohl eingeschlafen, denn der heftige brennende Schmerz auf seinen Pobacken kam für ihn völlig überraschend. Peter stieß einen lauten Schrei aus, riss die Augen auf und versuchte, zum Kopfende zu krabbeln.

Aus den Augenwinkeln sah er, dass sein Vater neben ihm stand, den Kleiderbügel in der Hand. Aber anstatt erneut zuzuschlagen, legte dieser den Bügel auf das Bett, bückte sich und verschloss seinem Sohn mit einer Hand den Mund, während er mit der anderen an seinen Haaren riss und ihn so wieder in die Ausgangslage zurückzerrte.

»Hör mir zu, Heulsuse! Solltest du weiter jammern, bekommt Gisela für jeden deiner Schreie fünf Extraschläge von mir, und ich werde ihr sagen, dass du daran schuld bist, weil du dich wieder mal nicht mannhaft verhalten konntest. Kapiert?«

Danach gab er den Mund seines Sohnes frei und ließ auch seine Haare los. Sekunden später folgte der nächste Schlag. Dann wieder einer und noch einer und noch einer. Peter hielt mit all seiner Kraft den Mund geschlossen, und mehr als Klatschen und gelegentliches Stöhnen war in dem Zimmer nicht zu vernehmen.

Anfänglich krallte sich Peter in dem Laken fest, dann steckte er die Finger seiner rechten Hand in den Mund und biss sich auf die Knöchel, wollte er doch seinem Peiniger und mehr noch Gisi beweisen, dass er diese Tortur zu ertragen in der Lage war.

Unvermutet hörten die Schläge auf, und sein Vater verließ das Zimmer.

Peter war erschöpft. Sein Rücken, sein Hinterteil und seine Oberschenkel brannten wie Feuer. Gleichwohl weinte er dieses Mal nicht. Ja, er fühlte sich gar nicht so schlecht wie sonst nach Züchtigungen, und ein kurzes Lächeln glitt über sein tränenfeuchtes Gesicht.

Verwundert wurde ihm bewusst, dass die Schläge nur anfänglich heftig wehgetan hatten. In der Folgezeit hatte der Schmerz, trotz weiterer Hiebe, deutlich an Intensität verloren. Seine Haut brannte zwar heftig, aber seine Empfindung war nicht ausschließlich negativ, sondern irgendwie gespalten. Es war eine merkwürdige Wahrnehmung, die sich jäh zu einer Art von noch nie da gewesenem Gefühl steigerte, als ihm bewusst wurde, dass er das erste Mal in seinem Leben sich seinem Erzeuger widersetzt hatte.

Das Klappern der Tür holte ihn wieder in die Realität.

Sein Vater war zurück, und bevor Peter überhaupt wusste, was geschah, hatte dieser – Peter lag auf dem Bauch – erst seine Hände und dann auch seine Füße gepackt und sie mit Seilen an die Bettpfosten des Eisenbettes gebunden.

Jetzt macht die Sau bei mir dasselbe wie vorhin bei Gisi!

Vor Ekel begann er zu würgen. Dann sah er den langen Stock. Er schloss seine Augen und biss in das Laken, denn er ahnte, dass die Schläge mit dem Kleiderbügel nur die Ouvertüre gewesen waren.

Prompt schoss ein heftiger Schmerz durch seinen mageren Körper.

Wieder und wieder zischte der Stock durch die Luft.

Wieder blieb die Pein entgegen seiner Befürchtung erträglich, ja, seine Angst ließ mit zunehmender Dauer sogar nach. Etwas anderes wurde ihm bewusst: Irgendetwas schaukelte sich langsam auf, etwas, das auf einen einzigen Punkt hinzusteuern schien.

Ja, es tat weh, heftig sogar. Trotzdem hatte er plötzlich das unerklärliche Bedürfnis, seinen Vater bei seinem Tun anfeuern zu müssen, und wiederholt kam dieses fremde, eigenartige Glücksgefühl über ihn.

Warmes Blut lief ihm bald an Gesäß und Beinen herab, was ekelhaft war. Aber Peter geriet nicht in Panik wie sonst, sondern er fühlte sich in paradoxer Weise trotz seiner Hilflosigkeit stark und kräftig, seinem Peiniger überlegen.

Du kriegst mich nicht, du geile Sau! Du nicht! Ich werde Mutti alles erzählen, alles!

Und dann spürte er seine Erektion. Alles war nun eine einzige, komplexe und gewaltige Empfindung. Und schon Sekunden später begannen da unten ein Klopfen und ein Zucken. Und aus Erfahrung wusste er, was gleich geschehen würde.

Er presste sich auf die Unterlage. Und dann bewegte er seinen Unterleib, um die Explosion auszulösen, auf die er nicht mehr warten wollte, und das, was nun folgte, war viel, viel intensiver und schöner als alles, was er bislang erfahren hatte.

Er kollabierte und versank in einen Zustand, der zwischen Ohnmacht und völliger Erschöpfung pendelte. Und so bekam er auch nicht mit, dass sein Vater das Zimmer verlassen hatte, um wieder zu seiner Schwester zu gehen. Peter sah nicht, dass er sie von den Fesseln befreite, hörte nicht, dass auch sie auf das Heftigste geschlagen wurde.

»Eine einzige Bemerkung zu irgendjemandem, und du landest im Erziehungsheim«, sagte der Vater zum Schluss mit kalter, lauter Befehlsstimme zu seiner Schwester Gisela. »Dann gibt es kein Abitur, kein Studium mit dem Ziel Kinderärztin, keinen Ehemann und ganz sicher auch keine eigenen Kinder. Solltest du zu Mutti etwas sagen, steht dein Wort gegen meines. Du weißt, dass sie dir nicht glauben wird. Sprichst du auch nur eine einzige Silbe mit Peter, dann bekommst nicht du die Strafe, sondern er ... und zwar doppelt und dreifach ... kapiert? Und noch etwas: Du wirst nicht mehr mit deinem Bruder zusammen in einem Raum schlafen, sondern du bekommst das kleine Zimmer neben meinem. Da habe ich dich besser im Blick!«

Gisela machte ihrem Vater mit keiner Regung ihres Körpers deutlich, ob sie verstanden hatte, sondern schaute weiter zur Decke. Aber das brauchte sie auch nicht, wusste sie doch, dass Zuwiderhandlung für sie die Hölle auf Erden bedeutet hätte.

*

Als Peter am nächsten Morgen erwachte, kam ihm als Erstes seine Schwester in den Sinn.

Sie hat einfach so da gelegen. So reglos. So weiß, so durchscheinend. Wie ein makelloses anstößiges Kunstwerk eines

Bildhauers aus Vaters Lexikon. Wie ein glitschig nackter Körper eines Reptils aus dem Biologieunterricht. Glatt und völlig ohne Haare.

Gisi hat sich zu dieser Drecksau ins Bett gelegt … freiwillig! Ich hätte es bemerkt, wenn Vater sie gezwungen hätte. Beide haben so lange gewartet, bis Mutti fort war. Sie wollten nicht, dass sie es mitbekommt. Ich werde es ihr sagen, und Mutti wird Gisi für ihre Unanständigkeit bestrafen. Sie wird sich von Vater trennen, so wie sie es schon mehrfach angedeutet hat.

Zu diesem elenden Schwein in das Bett, in dem auch Mutti schläft. Widerlich! Gisi ist nicht besser als er. Sie hat mich verraten. Sie ist falsch wie eine Natter. Sie ist nicht mehr meine Schwester, kann es nicht sein! Sie ist nicht mehr mein Rückzugsort, an den ich mich ankuscheln kann, nicht mehr der Platz zum Ausweinen, zum Kaspern und Späße machen, erst recht nicht zum Bewahren von Geheimnissen. Wie konnte ich nur! Wie oft wird sie mich schon verraten haben? Wie häufig hat sie schon heimlich über mich gelacht? Das alles ist vorbei. Endgültig! Ich werde es ihr heimzahlen, doppelt und dreifach!

Sie hat sich nicht einmal geschämt. Und warum? Nur, um für sich Vorteile zu erschleichen. Ihr Blick, als Vater gestöhnt hat. Zufrieden lächelnd und beglückt!

Was hätte sie gemacht, wenn ich nicht in das Elternzimmer gekommen wäre? Mir davon erzählt? Nein! Sie wäre in unser Zimmer zurückgekommen, hätte getan, als wäre nichts passiert. War es das erste Mal? Bestimmt nicht. Es ist ganz sicher schon häufiger geschehen. Sie hat sich wieder und wieder über mich und meine Angst amüsiert. Sie hat mich verspottet, und ich habe es nicht einmal bemerkt!

Peter empfand tiefste Demütigung und Erniedrigung und war überzeugt, dass nicht nur Gisi, sondern dass alle, natürlich außer seiner Mutter, ihn verraten hatten. Ein Gefühl war in ihm entstanden, das ihm bisher unbekannt gewesen war: Hass. Schrecklich bohrender Hass.

*

Gerlinde Wolff kam entgegen ihrer ursprünglichen Absicht schon am nächsten Tag vom Besuch bei ihrer Schwester Klara zurück. Peter war erleichtert, ja beinahe euphorisch, malte er sich doch in bunten Farben aus, wie es jetzt weitergehen würde.

Mutti wird sich zu mir ans Bett setzen, meine Hand streicheln und mich bedauern. »So, Pjotr«, wird sie sagen, »nun erzähle mir mal, was in den letzten Tagen passiert ist, denn weder deine Schwester noch dein Vater wollen sich äußern. Irgendetwas ist geschehen. Ich spüre es und sehe es an deinen Verletzungen.« Ich werde ihr berichten, dass Gisi und Vater nach dem Abendessen getuschelt hätten und dass sie dann zu ihm auf den Schoß gerutscht ist. Ich werde Mutti außerdem sagen, dass Gisi nachts aufgestanden und zu Vater hinübergegangen ist. Ich wollte das nicht. Ich habe geweint und sie angefleht, es nicht zu tun. Gisi hat aber nur gelacht und mich verspottet. Mutti wird mich bedauern, beteuern, dass sie sich endgültig von dem Schwein trennen wird. Und dieses Mal wird sie es wirklich tun!

Sie wird mir auch noch versprechen, nichts von dem, was ich ihr heute berichten werde, Vater weiterzuerzählen, denn ich bin ihm auch künftig in der Schule ausgeliefert. Besser wäre es, wenn wir nach Rostock zögen, wo mein Vater, die Drecksau Direktor Otto Wolff, seine Macht nicht mehr ausspielen kann.

Peter hörte schnelle Schritte auf dem Flur.

Mutti hat es eilig, um zu mir zu kommen. Gleich wird sie mich in ihre Arme schließen und mich küssen. Sie wird weinen, mich an ihren weichen Busen drücken und mich trösten.

Die Tür schwang auf.

Peter schaute seiner Mutter freudig entgegen, aber umgehend erstarb sein Lächeln. Der Schock darüber, was er in dieser Sekunde begriff, war noch größer als der, den er vor zwei Tagen erlitten hatte, denn ihr Blick sagte alles, war er doch voller abgrundtiefer Verachtung.

Trotzdem wollte Peter zum Sprechen ansetzen.

»Peter Wolff, ich will nichts von dir hören«, verhinderte sie sein Ansinnen mit Wut in der Stimme. »Mach deinen dreckigen Mund erst gar nicht auf! Sonst setzt es auch von mir noch eine Tracht! Vati hat mir schon alles erzählt. Also spar dir deine Worte. Sei froh, wenn du hierbleiben darfst. Bedanke dich dafür bei deinem Vater. Ich an seiner Stelle hätte dich sofort ins Heim gegeben, ich wäre nicht so nachsichtig gewesen.«

»Aber ich habe keine Schuld! Gisi …«

Inzwischen stand seine Mutter direkt vor seinem Bett. Peter starrte sie an und konnte seinen Einwand nicht zu Ende bringen, denn eine heftige Ohrfeige schleuderte seinen Kopf so zur Seite, dass er sich auf die Zunge biss.

»Peter Wolff, jetzt halt endlich dein schmutziges Mundwerk! Sonst überlegen wir es uns noch anders! Und damit du es weißt, du schläfst ab sofort alleine. Du bist für deine Schwester eine Zumutung. Nein, du bist für die ganze Familie eine Zumutung! Keinen Pfifferling bist du wert! Wenn du mal Straßenfeger werden darfst, kannst du dankbar sein! Deine Schwester bekommt das kleine Zimmer neben unserem. Du wirst es nicht betreten, gleichgültig, ob sie da ist oder nicht. Zu keinem Zeitpunkt! Du wirst auch nicht mehr das Badezimmer benutzen, sondern gehst in die Waschküche. Sollte ich dich erwischen, dass du meine Anordnungen missachtest, möchte ich nicht in deiner Haut stecken. Dann geben wir dich ins Heim … für immer! Hast du das verstanden?«

»Ja, aber …«

Ihre Hand machte eine ruckartige Bewegung, und Peters Kopf zuckte zurück.

»Nichts aber! Ich will jetzt kein Wort mehr hören. Auch keine Entschuldigung, denn es gibt nichts zu entschuldigen. Womit haben wir dich nur verdient? Was habe ich verbrochen, dass ich mit so einem Sohn gestraft bin? Man muss sich einfach nur schämen! Wenn dich einer nehmen würde, dann könnte er von mir noch 1.000 Mark obendrauf bekommen. Aber dich will ja keiner, und so muss ich mich weiter mit solch einem Sohn abrackern, der zu nichts taugt!«

Dann war sie wieder draußen, und eine Welt war für Peter zusammengebrochen.

Wäre es nicht besser, ich wäre tot? Dann werden sie weinend an meinem Grab stehen, und allen wird klar werden, was sie angerichtet haben!

Peter stellte sich die Szene vor: die vielen Blumen, die neben dem Grab liegen, der Pastor, der in seiner Rede laut das Unrecht ansprechen würde, das ihm widerfahren war. Aber dann stutzte er, und es kamen ihm Zweifel.

Vielleicht sind sie gar nicht traurig. Vielleicht lächelt Gisi, so wie sie in Vaters Bett gelächelt hat. Nein, tot zu sein ist keine Lösung, damit treffe ich niemanden. Außerdem ist es bestimmt nicht schön, langsam zu verfaulen. Trotzdem, ihr werdet noch alle sehen, was ihr getan habt. Meine Zeit wird kommen. Dann werde ich mich rächen und Gisi wird bereuen.

Etwas war Peter auch noch bewusst geworden: Seit diesem Zwischenfall hatte er niemanden mehr, dem er sich anvertrauen konnte, niemanden, der auf seiner Seite stand.

Brauche ich denn überhaupt jemanden?

In den nächsten Monaten kapselte sich Peter vollständig von seiner Familie ab und redete nur noch das Allernotwendigste. Typisch für ihn wurde sein Blick, mit dem er seine Eltern und besonders seine Schwester bedachte, wenn er angesprochen wurde: ein Zwischending aus Geringschätzung, Hohn und Abscheu. Eines Tages stellte seine Mutter ihn dann vor die Alternative: entweder Rückkehr zu einem normalen Umgang, wie sie sagte, oder die sofortige Unterbringung in einem Kinderheim für Schwererziehbare. Und um Peter zu verdeutlichen, dass das keine leere Drohung war, fuhr sie mit ihm nach Rostock und brachte ihn in eine solche Einrichtung.

An dem gefängnisähnlichen Eingang wurde er von einem Mann in Empfang genommen, während seine Mutter in einem nahe gelegenen Park spazieren ging.

»Du bist also Peter Wolff. Deine Mutter hat gesagt, dass du demnächst zu uns kommen wirst, weil du dich nicht benehmen kannst. Ist das richtig?«, fragte der untersetzte Mann, als sie die Treppen hinaufstiegen.

Peter wusste nicht, was er antworten sollte, und sagte deshalb gar nichts.

»Ist das richtig so?«, kam es noch einmal verdächtig leise.

»Äh …«, sagte Peter und verstummte erneut. Schon traf ihn ein heftiger Faustschlag in den Rücken, der ihn hinstürzen ließ. Er rappelte sich hoch, wich erschreckt an die Wand zurück und hob seine Hände schützend vor sein Gesicht.

»Ist das richtig so?«, kam wieder die Frage.

»Ja«, sagte Peter leise.

»Es gibt nur eine Regel in diesem Haus, die du dir merken musst, wenn du hierher kommst«, sagte nun der Mann und grinste fies. »Willst du wissen, welche das ist?«

»Ja.«

»Du bist ein Nichts. Hast du das verstanden?«

»Ja.«

»Also sag mir, was du bist!«

»Ein Nichts.«

»Richtig. Dieses Nichts hat all das, was es gesagt bekommt, auszuführen. Wenn zum Beispiel ein Vorgesetzter sagt, dass du die Katzenscheiße vom Boden zu lecken hast, dann leckst du die Katzenscheiße vom Boden. Hast du das verstanden?«

»Ja.«

Nach einer halben Stunde war der Rundgang beendet, und der Mann brachte Peter zum Ausgang.

»Im Leben gibt es nur zwei Möglichkeiten«, sagte er, während die Tür geöffnet wurde. »Man ist Hammer oder Amboss. Wenn du Macht hast, bist du der Hammer, und dann kannst du tun, was du willst. Wenn nicht, bist du der Amboss, auf dem alle herumprügeln. Also, Junge, werde ein Hammer. Schlage die anderen oder töte sie. Du darfst alles tun, nur nicht deine Macht verlieren. Niemals, denn die Ambosse sind weit in der Überzahl und vergessen nichts. Hast du das verstanden, Peter Wolff?«

»Ja, das habe ich.«

Peters Verhalten änderte sich tatsächlich. Er war wieder freundlich zu Gisi und auch zu seinen Eltern. Aber es war eine eigenartige Freundlichkeit, und wenn er lächelte, dann lächelte sein Mund, nicht aber seine Augen.

Als er sich an einem regenverhangenen dunklen Herbsttag in der Scheune eines Bauern aufhielt, in die er immer dann ging, wenn er allein sein wollte, fielen ihm wieder die Worte des Erziehers im Kinderheim ein, und er beschloss, nie mehr in seinem Leben Amboss zu sein.

Peter begann zu manipulieren und zu intrigieren: Vater gegen Mutter und umgekehrt. Eltern gegen Gisi und Gisi gegen die Eltern. Und es funktionierte, und nur selten wurde er bezichtigt, Urheber der Zwistigkeiten zu sein.

In der Schule wurden nach einer Phase extremer Gleichgültigkeit, die seinen Notendurchschnitt absinken ließ, seine Leistungen nicht nur wieder besser, sondern sie wurden außergewöhnlich, weil er sich am Tage mit nichts anderem mehr beschäftigte außer mit Lernen. Das geschah aber nicht der guten Noten wegen, sondern weil er als Klassenbester viel Einfluss hatte. Einfluss auf Mitschüler, mehr aber noch auf die Lehrer. Und er sammelte alle Information, die er bekommen konnte, und verwendete diese geschickt für seine Zwecke.

Es dauerte nicht lange und Peter galt unter seinen Mitschülern als übler, besserwisserischer Streber und Intrigant. Er wurde gemieden, was ihn nicht zu stören schien. Mehr als einmal wurde er von Klassenkameraden verprügelt und von Mädchen verlacht, was sowohl mit seinem speziellen Charakter als auch damit zu tun hatte, dass er der Sohn des strengen unbeliebten Direktor Wolff war.

Und noch etwas entwickelte sich bei ihm: Vor dem Einschlafen hatte er viele böse Gedanken, ja man konnte durchaus sagen, mörderische Fantasien. Diese waren besonders intensiv und angenehm, wenn er sich dabei befriedigen konnte, was er häufig tat. Bald aber reichten Fantasien nicht mehr aus. Als er dann einmal im Schwimmbad anscheinend unabsichtlich, in Wahrheit aber exakt geplant, einer Mitschülerin die Luft abdrückte, eng an ihren glatten gummiartigen Badeanzug gepresst, und diese zusammensackte, erlebte er im selben Moment einen kaum enden wollenden Orgasmus, obwohl er sich selbst überhaupt nicht berührt hatte. Tränenüberströmt, in Wahrheit aber glücklich, entschuldigte er sich wortreich.

Als er dann am selben Abend wieder an sich manipulierte, dachte er an das, was geschehen war und stellte sich vor, dass er im letzten Moment seine Hände von dem schlanken Hals nicht weggenommen hätte. Und dann entwickelte er die Vorstellung, dass sie sich wehren würde, dass sie mit einem Stock voller Angst und Wut auf ihn einschlagen würde, wie sein Vater es getan hatte. Er würde zudrücken, dann seinen Griff wieder lockern, wieder zudrücken und wieder lockern, so lange, bis er spürte, dass das Leben aus ihr herausfloss. Und während er so fantasierte, erlebte er eine Explosion ohne

Gleichen und wusste im selben Moment, dass er das, was er gesucht, gefunden hatte.

KAPITEL 56

»Wartet, bis die Kollegen da sind!«, schrie Walter Hausmann in das Telefon. »Keine Eigenmächtigkeiten! Wisst ihr, wer geschossen hat? … Nein? … Was? Ein nackter Mann an der Hauswand? … Von wo ist der Schuss gekommen? … Das wisst ihr auch nicht? … Was wisst ihr denn überhaupt? … Ein Kleinwagen und ein schmächtiger, sehr kleiner Mann mit einem länglichen Koffer? … Das könnte auch ein Zufall gewesen sein? … Oh, eine Berliner Autonummer? Sehr verdächtig … Ihr habt sie notiert? … Ja, ich schreibe mit … okay. Ich lasse die Wagennummer gleich überprüfen und gebe eine Fahndung raus. Die Kollegen vom MEK und wir sind sofort bei euch. Bleibt um Gottes willen im Auto! Nicht, dass euch der Schütze auch ins Visier nimmt!«

Als das Gespräch beendet war, sprang Walter auf und rief: »Jens, informier das MEK und schicke zwei Rettungswagen. Die Sanitäter sollen aber erst dann auf das Anwesen, wenn wir wissen, was Sache ist. Gib die Fahndung raus und lass dieses Kennzeichen sofort überprüfen.«

»Bin schon dabei.«

»Was ist denn passiert?«, fragte Lena, während Jens telefonierte.

»Auf Wolffs Anwesen ist geschossen worden. Was genau passiert ist, wissen die Kollegen nicht. Sie haben gesehen, dass ein nackter Mann aus einem Gebäude zum Haupthaus gelaufen ist. Später ist er wieder herausgekommen, und dann haben sie einen Schuss gehört. Durch die Wucht des Projektils ist der Mann gegen die Hauswand geschleudert worden. Mutmaßlich ist es Wolff, aber warum nackt, zum Teufel?«

»Das MEK und die Rettungsfahrzeuge sind unterwegs, und das Kennzeichen wird schon überprüft. Wir können«, rief Jens.

Die beiden Hauptkommissare sprangen auf und eilten zur Tür.

»Lena«, sagte Jens beim Hinausgehen, »hältst du die Stellung?«

»Mach ich. Seid bloß vorsichtig! Lasst den Profis vom MEK den Vortritt!«

»Jawohl, Mutti!«

»Nun aber raus!«, rief sie lachend.

Als Walter und Jens auf dem Anwesen im Blockland angekommen waren, hatten die Beamten des mobilen Einsatzkommandos schon das Gelände gesichert. Zwei Krankenwagen hielten entgegen der Anweisung vor dem Portal des Haupthauses, und mehrere Personen in Rettungsuniformen umstanden den toten nackten Mann, der neben der Hauswand auf der Seite lag. Man hatte ihn intubiert und mit zwei Zugängen versorgt, aber medizinische Maßnahmen fanden jetzt nicht mehr statt.

»Exitus?«, fragte Walter den Arzt, der den Einsatz leitete.

»So ist es. Er hatte keine Chance. Wir konnten im EKG nur noch ein paar frustrane Herzaktionen feststellen, mehr war aber nicht. Einschuss in den linken Lungenflügel, wahrscheinlich mit massiver Verletzung der Gefäße, große Austrittswunde im Rücken, direkt neben der Brustwirbelsäule. Mit dem Leben ist so etwas nicht vereinbar, auch nicht, wenn die Bedingungen optimal gewesen wären. Wenn Sie uns nicht mehr benötigen, rücken wir ab.«

»In Ordnung und danke«, sagte Walter Hausmann.

»Eindeutig Peter Wolff«, meldete sich Jens zu Wort. »Das Gesicht ist nicht zu verwechseln.«

Walter nickte. Dann wandte er sich an den Leiter des MEK. »Wir müssen sofort in alle Gebäude.«

»Gefahr im Verzug?«, fragte der Mann.

»Gefahr in Verzug!«, bestätigte Hauptkommissar Hausmann und lächelte flüchtig.

»Dann gehen Sie mal hinter die Einsatzfahrzeuge, bis wir unser Okay gegeben haben.«

Der Chef des Einsatzkommandos dirigierte einige seiner Männer um, die das Gelände für die Rettungsärzte und Sanitäter gesichert hatten. Als sich nach mehrmaligem Klopfen und Klingeln in dem Haus nichts rührte und auch der Versuch misslang, die Eingangstür ohne Beschädigung zu öffnen, kam die schwere Ramme zum Einsatz.

Nach 20 Minuten waren alle Gebäude gewaltsam geöffnet worden außer der Garage, die unverschlossen durchsucht werden konnte.

»Kein Schwein anwesend«, stellte Jens fest.

»Der Schütze hat wahrscheinlich Wolff herausgelockt«, spekulierte Walter. »Oder er hat auf ihn gewartet.«

»Aber warum war der Mann um diese Uhrzeit nackt?«, fragte Jens. »Er kommt aus der Garage, rennt zum Wohnhaus und will vermutlich wieder zurück, ohne etwas anzuhaben. Sehr merkwürdig!«

»Er hatte es extrem eilig. Da fragt man sich: warum? Und er muss ohne Arg gewesen sein, denn wir wissen, dass eine Waffenbesitzkarte auf ihn zugelassen ist und ihm auch eine Waffe gehört. Wenn er misstrauisch gewesen wäre, hätte er sie dabeigehabt.«

»Und sich etwas angezogen«, ergänzte Jens.

»Das auch. Was meinst du, wo mag der Schütze gestanden haben?«

»Aus der Verletzung und dem tiefen Einschlag in den Ziegel muss das Projektil eine hohe Auftreffenergie gehabt haben. Entweder war es eine sehr großkalibrige Kurzwaffe, die aus der Nähe abgefeuert wurde, oder ein Gewehr aus einem Gebüsch von dort drüben.«

»Wenn der Schütze auf dem Gelände gewesen wäre, dann hätten ihn unsere Leute entdecken müssen. Das Gebüsch dort konnten sie von ihrem Standort nicht einsehen«, erläuterte Walter. »Was meinst du, wie weit ist das?«

»200 bis 300 Meter?«

»Und ein einziger Schuss mitten in die Brust! Für einen Amateur aus der Entfernung kaum machbar, höchstens zufällig. Schicke gleich mal zwei Beamte dorthin, sie sollen sich umschauen. Beginnen werden wir aber mit dem Gelände bis zum Zaun.«

In diesem Moment klingelte Walters Telefon.

»Ja, Frau Grimm, was gibt's? … Ein Arzt, sagen Sie? … Was? Er hat die Vermutung, dass Wolff eine Frau mit dem Namen Susanne Wagner entführt hat und hier irgendwo gefangen hält? … Wahrscheinlich in der Garage? Das kann nicht sein, die haben wir gerade untersucht. Da war niemand. Es standen dort nur die beiden Autos: der BMW und tatsächlich auch der alte Daimler. Damit ist der Fall Doreen Höppner wahrscheinlich aufgeklärt … Nein, sonst haben wir hier nur den Toten … Was? Gut, wir werden die Garage noch einmal intensiv überprüfen … Ja, das ist richtig. Er soll sich auf den Weg machen und im Präsidium warten. Wir sind in einer Stunde zurück. Wenn er da ist, fragen Sie schon mal, wie er zu seinen Behauptungen kommt … Okay, den bekommen Sie jetzt. Bis gleich.«

Walter reichte das Handy seinem Kollegen.

Jens nahm das Telefon, wendete sich ab, was Walter mit einem Grinsen kommentierte.

»Nein … Das ist lieb von dir, aber keine Sorge, wir haben aufgepasst … Ja, ich dich auch! Ich muss jetzt weitermachen … Gut, bis nachher!«

Mit einem verlegenen Lächeln gab er das Handy zurück.

Keine fünf Minuten später klingelte das Telefon erneut. Wieder war Lena am Apparat.

»Lass mich mal mithören«, sagte Jens, als er sah, dass Walter bei der Nachricht ein völlig entgeistertes Gesicht machte.

»Moment, Frau Grimm. Ich schalte auf laut, und dann wiederholen Sie bitte für Jens, was Sie soeben gesagt haben.«

»Es hat ein Mann aus Hamburg angerufen«, sagte Lena, »der uns aber seinen Namen nicht verraten wollte. Ich gebe jetzt annähernd wörtlich wieder, was er gesagt hat. Also: Der tote Mann, den Sie inzwischen gefunden haben dürften, ist ein ehemaliger Major der Staatssicherheit der DDR. Er heißt Peter Wolff. Er hat Doreen Höppner umgebracht und auf gleiche Weise auch eine Frau mit dem Namen Julia Kundrow. Diese Tat passierte vor der Wende in Schönow. Die Stadt liegt in der Nähe Berlins. Jetzt hat dieser Mann wahrscheinlich eine weitere Frau entführt und hält sie in einem Raum gefangen, der sich in oder unter der Garage befinden muss, in der sein BMW steht. Sie müssen diese Frau unbedingt finden und befreien. Es geht wahrscheinlich um Leben und Tod!«

»Das hat er wirklich gesagt?«, fragte Walter Hausmann.

»Ja, Er hat auch noch gefragt, ob ich alles verstanden hätte. Dann hat er aufgelegt. Ich habe das Gespräch mitgeschnitten.«

»War das unser Schütze?«

»Kann gut sein, gesagt hat er es nicht. Ich lasse gerade den Anruf rückverfolgen.«

»Danke, Frau Grimm! Mit der entführten Frau meint der Anrufer wahrscheinlich diese Susanne Wagner, von der der Arzt gesprochen hat. Jens, ruf unsere Männer zusammen. Das Absuchen des Geländes ist erst einmal zweitrangig. Alle

Mann in die Garage! Jeder Millimeter wird dort noch einmal abgesucht! An der Sache kann etwas dran sein, es würde auch Wolffs Nacktheit erklären. Los, los, los! Beeilung!«

Keine zehn Minuten später hatten die Polizisten eine Auffälligkeit in der Verfliesung des Unterstands entdeckt. Zwei der Fugen bestanden aus Kunststoff und nicht aus Zement wie die übrigen. Als Jens eine mit einem Schraubendreher zur Seite drückte, konnte man sehen, dass sich an dieser Stelle ein verborgener Eingang befand.

»Wir brauchen schweres Gerät«, rief ein Polizeibeamter. »Presslufthämmer und Brecheisen.«

»Moment, nicht so kopflos«, entgegnete Walter. »Wolff kam von hier. Er war nackt. Später wollte er mit der von uns gefundenen Flasche wieder hinein. Also muss sich der Öffnungsmechanismus irgendwo hier befinden. Los, Männer! Wir suchen einen Sender oder einen wie auch immer gearteten Hebel oder Schalter. Betätigt alles, was nach so einer Vorrichtung aussieht.«

»Hier ist etwas, Herr Hauptkommissar«, rief bald darauf ein junger Beamter.

Und tatsächlich: Hinter einer Holzleiste neben einem Regal, auf dem Werkzeug lag, war ein kleiner Kippschalter angebracht.

Als Hauptkommissar Hausmann den Schalter betätigte, gab es in der verklinkerten Vertiefung ein schabendes Geräusch. Alle Polizisten, die sich in dem Raum aufhielten, blieben wie angewurzelt stehen, und als hätte jemand das Kommando gegeben, zogen sie ihre Waffen.

Walter war der Erste, der durch den nun offen stehenden Zugang schaute und dann vorsichtig in den winzigen Vorraum ging.

»Frau Wagner?«, rief er leise. Und dann noch einmal: »Frau Susanne Wagner? Wir sind von der Polizei. Haben Sie keine Angst, es kann Ihnen nichts mehr passieren!«

Nichts rührte sich, nichts war zu hören.

Vorsichtig ging Walter weiter, dicht gefolgt von Jens. Die Tür zu dem nachfolgenden Raum, der hell erleuchtet war, stand offen. Durch den Spalt konnte man auf ein Doppelbett schauen, auf dessen Laken sich große, hellrote Blutflecken befanden, die durch das grelle Licht wie ein surreales Kunstwerk wirkten. Als Walter die Tür weiter aufdrückte, konnte er erkennen, dass der Raum leer war. Ein dünnes Seil, an dessen Ende sich eine blutbeschmutzte Schlinge befand, stach ihm ins Auge, und er spürte Übelkeit in sich aufsteigen.

»Oh verdammt«, flüsterte er fast tonlos. »Wir sind zu spät!«

Jens ging an ihm vorbei und schob mit seiner linken Hand den Plastikvorhang zur Seite, der den Zugang zu dem nächsten Raum abtrennte.

»Walter, komm schnell«, rief er, als er auf die Frau blickte, die auf dem Fußboden hockte und sich mit den Fingern die Ohren zuhielt.

»Frau Wagner?«, fragte Jens.

Die Frau nahm langsam ihre Hände herunter und schaute die Beamten aus verweinten Augen an.

»Wir sind von der Polizei«, sagte Jens sanft. »Ich bin Hauptkommissar Fiedler, und das hier ist mein Kollege Hausmann. Sie sind in Sicherheit. Sind Sie verletzt?«

Susanne Wagner blickte ungläubig auf die beiden Kommissare und schüttelte den Kopf. Sie wollte sich erheben, bekam aber einen heftigen Weinkrampf, sodass Jens sich neben sie kniete, sie in den Arm nahm und an sich drückte.

»Es ist alles gut«, flüsterte er. »Alles gut.«

KAPITEL 57

Lieber Gott, lass ihr nichts passiert sein, bitte!

Hektisch griff ich zum Autoschlüssel. Im selben Moment, als ich die Wohnung verlassen wollte, klingelte es. Vor Schreck ließ ich den Schlüssel fallen, stürzte zum Telefon und riss den Hörer aus der Schale. Auf dem Display stand eine Kennziffer aus Schwachhausen.

»Das wird aber Zeit, dass Sie sich melden«, sagte ich erleichtert und vorwurfsvoll zugleich, denn ich war überzeugt, dass die mit 34 beginnende Nummer nur von Susannes Hotel stammte konnte.

»Ich glaube, Sie sind auf dem falschen Dampfer«, sagte eine weibliche Stimme ironisch. »Hier ist die Pforte des St. Josef-Stifts.«

Eiskalt lief es mir den Rücken herunter, und im Nu hatte ich einige Horrorszenarien in Kopf, sodass ich nur »Ja?« sagen konnte.

»Ich soll Sie von einer Susanne Wagner grüßen, die seit heute bei uns ist«, sagte die Stimme, und da sie nicht beunruhigt klang, wusste ich im selben Moment, dass sich Susanne in Sicherheit befand, und ein riesiger Brocken fiel von meiner Seele.

»Was ist passiert, und wie geht es ihr?«, fragte ich.

»Das darf ich Ihnen leider nicht sagen. Aber Frau Wagner lässt fragen, ob Sie jetzt noch in die Klinik kommen können.«

»Selbstverständlich«, sagte ich. »Bin schon unterwegs!«

Ich ließ mir noch Station und Zimmernummer geben und machte mich auf den Weg. Im Krankenhaus angekommen, ging ich dann mit Herzklopfen auf die Station.

Als ich vorsichtig das Zimmer betrat, es war zum Glück

ein Einzelzimmer, sah ich, dass Susanne ihre Augen geschlossen hatte. Behutsam setzte ich mich auf einen Stuhl, denn ich glaubte, dass sie schlief.

Ich schaute mich in dem karg möblierten Raum um. Nach einigen Sekunden fiel mir auf, dass sie mich aus großen Augen anschaute, gequält lächelte und mich nun mit einer Fingerbewegung zu sich winkte.

Ich stand auf und setzte mich auf den Bettrand, beugte mich über sie und nahm sie in den Arm. Es dauerte bestimmt fünf Minuten, bis wir uns ausgeheult hatten.

»Was waren wir naiv, und wie konnte ich nur so dämlich sein?«, flüsterte sie.

»Und ich erst! Absolut bescheuert! Ich schäme mich so! Aber ich weiß noch gar nicht, was genau passiert ist«, flüsterte ich, hatte aber schon die Ahnung, dass es zu einer Konfrontation von Susanne mit dem Major gekommen war.

»Ich war in seiner Gewalt«, sagte sie zwischen zwei Weinkrämpfen, »und er hat mich mit einem Gas betäubt. Dann hat er mich wie Abfall in den Kofferraum seines Autos geschmissen und in seine Garage gebracht. Ich konnte nichts machen, gar nichts. Ich konnte nicht einen Muskel bewegen, es war ganz furchtbar.«

»Es ist vorbei, lass deine Tränen raus, Susanne. Du hast es geschafft, es ist zu Ende«, sagte ich und streichelte ihren Kopf. Im selben Moment merkte ich, dass ich ›Du‹ gesagt hatte und wollte mich korrigieren. Aber sie lächelte: »Das ist schon lange überfällig, Paul. Ich weiß auch nicht, warum wir immer noch beim ›Sie‹ waren.«

Dann weinte sie erneut, und ich fühlte mich so hilflos, weil ich nicht wusste, wie ich sie trösten konnte. Daher drückte ich sie ganz fest, und sie klammerte sich an mich wie eine Ertrinkende. Ich spürte fast körperlich ihre erlittenen Schrecken und die entsetzliche Qual der letzten Stunden.

Als ich merkte, dass ihr Weinen weniger wurde, forderte ich sie sacht zum Weitersprechen auf, denn ihre Seele sollte sich Luft machen können.

»Ich musste mich am ganzen Körper rasieren und habe mich dabei geschnitten«, sagte Susanne leise und abgehackt, als würde sie sich genieren. »Das hat mich gerettet. Er fand das Blut auf meiner Haut ekelhaft und wollte, dass ich eine Lösung zur Blutstillung benutze, was ich auch gemacht habe. Plötzlich hat er mir dann eine Schlinge um den Hals gelegt, zerrte mich auf ein wackliges Holzstück und zog die Schlinge fest. Wenn ich von dem Holz abgerutscht wäre, hätte ich keine Luft mehr bekommen. Paul, er wollte mich umbringen, so wie er die anderen umgebracht hat!«

Wieder weinte Susanne schrecklich und herzergreifend. Ich spürte und schmeckte ihre Tränen, die von ihren Wangen auf mein Gesicht rannen.

»Dann wollte er eine neue Flasche von dieser blutstillenden Substanz holen, weil die andere leer war, und ist raus. Irgendwann konnte ich mich dann nicht mehr auf dem Holz halten und bin abgerutscht. Dabei hat sich der Knoten, mit dem er das Seil an der Wand festgemacht hatte, gelöst. Sonst …«

»Es ist vorbei! Er wird dir nichts mehr tun können. Dafür werde ich sorgen, und wenn ich ihn erschießen muss«, sagte ich voller Überzeugung.

»Das brauchst du nicht mehr, er ist tot«, sagte sie mit leerer Stimme.

»Was, der Major ist tot? Hat die Polizei ihn erschossen?«, fragte ich entgeistert.

»Nein«, sagte Susanne. »Ich glaube, dass er zuerst erschossen wurde, erst dann kam die Polizei. Das hat mir der Kommissar gesagt, der mich ins Krankenhaus begleitet hat. Man weiß wohl noch nicht so genau, was passiert ist. Der Kommissar sprach von einem sehr schmächtigen Mann in einem japanischen Kleinwagen, der gesehen wurde. Aber man ist sich nicht sicher, ob das tatsächlich der Schütze war.«

Wie Schuppen fiel es mir plötzlich von den Augen: Konrads Andeutungen, seine Hinweise an uns, seine Abwesenheit, als ich ihn anrufen wollte, seine Gewissensqual wegen der Tochter seines Bekannten.

Konrad hat es getan, er ist hierher gefahren und hat auf seine Art das Problem aus der Welt geschafft. Von wegen, den Major wegen einer alten Sache unter Druck setzen!

»Ich habe aus irgendeinem Grund sofort an Konrad Grochowski gedacht«, fuhr Susanne fort. Ich war froh, dass sie mich in diesem Moment nicht anschaute.

»Was meinst du, Paul, kann es Konrad gewesen sein?«, bohrte sie.

Nun richtete Susanne ihren Blick auf mich, und ich hatte große Mühe, glaubhaft zu lügen.

»Konrad ist in der Kurklinik in Bad Nauheim. Ich habe vor einer Stunde mit ihm telefoniert«, log ich mit Überzeugung, jedenfalls hoffte ich das.

»Na Gott sei Dank. Ich hatte schon Angst, dass er es gewesen sein könnte.«

»Was hast du denn der Polizei erzählt?«, fragte ich jäh erschreckt. »Was wissen sie von uns und von Konrad?«

»Gar nichts«, sagte Susanne und schaute mich argwöhnisch an. »Der Polizist hat mich nur gefragt, wie es zu meiner Entführung gekommen ist, und ich habe gesagt, dass ich Landschaftsaufnahmen gemacht habe, und als ich zurück zu meinem Auto gegangen bin, war plötzlich dieser Mann da. Ich wollte dem Polizisten nicht gleich unsere ganze Geschichte erzählen. Der Beamte hat sich mit meiner Erklärung zufriedengegeben. Er hat noch gefragt, ob ich sonst noch etwas gesehen oder eine Ahnung hätte, wer geschossen haben könnte. Beides habe ich verneint. Er hat dann gesagt, dass ich heute in Ruhe gelassen werde. Aber morgen Vormittag will ein Hauptkommissar mit mir sprechen, und das Protokoll muss dann auch noch geschrieben werden.«

Konrad hat es für uns getan. Ich muss ihn unbedingt da raushalten. Aber wie kann ich schaffen, dass Susanne nichts erzählt, ohne dass ich ihr sage, dass ich ihn in Verdacht habe. Verdammt, das wird alles nicht funktionieren! Aber vielleicht war es Konrad ja gar nicht. Vielleicht habe ich mich getäuscht, und alles ist ganz anders gewesen.

Ich wagte nicht, Susanne anzuschauen, denn ich hatte Angst, dass man mir meine Gedanken ansehen konnte. Deshalb stand ich auf, trat ans Fenster und schaute hinaus. In dem Moment klopfte es. Die Tür öffnete sich, und eine ältere Schwester kam herein.

»Frau Wagner, ich glaube, dass es Zeit wird zu schlafen«, sagte sie. »Ich stelle Ihnen zur Vorsicht noch ein Schälchen mit einer Schlaftablette hin.«

»Danke«, sagte Susanne. »Wann kommt denn mein Mann morgen?«

»Ich habe mit der Kurklinik telefoniert. Ihr Mann kommt um die Mittagszeit. Und nun wünsche ich eine gute Nacht.« An mich gewandt fügte sie hinzu: »Noch fünf Minuten. Frau Wagner braucht Ruhe nach dem, was sie durchgemacht hat.«

»Ich gehe sofort«, sagte ich. »Ich will mich nur noch verabschieden.«

»In Ordnung«, sagte die Schwester, lächelte freundlich und ging hinaus.

»Ich gehe jetzt«, sagte ich etwas steif. »Wann darf ich morgen wiederkommen?«

»Komm her«, forderte Susanne mich auf.

Ich ging zu ihr, setzte mich noch einmal auf den Bettrand und wollte sie zum Abschied umarmen.

»Ich glaube, er hat es für uns getan«, sagte sie unvermittelt, griff nach meinen Händen, und ich hatte das Gefühl, dass mein Herz stehen bleibt.

Nun zog sie mich zu sich herunter, und wir heulten beide noch einmal wie die Schlosshunde.

»Es gibt keine Beweise, es ist nur eine Vermutung«, versuchte ich erfolglos, ihren Verdacht zu zerstreuen.

»Die Polizei darf nichts erfahren«, flüsterte sie. »Du musst dafür sorgen! Versprich es mir bei allem, was dir heilig ist, denn wir stehen für ewig in seiner Schuld!«

»Ich verspreche es!«

Ich benötigte nun ein Weilchen, um meine Gedanken zu ordnen und so etwas wie einen Plan zu entwickeln.

»Wir machen es folgendermaßen«, erklärte ich ihr. »Wir waren nur wegen Elisabeth Dembrock hinter dem Major her und natürlich auch wegen Karl. Nicht wegen Julia Kundrow. Die kennen wir nicht. Wenn jemand aus Schönow von mir etwas erzählt, wird man nach einem Anwalt Schröder suchen, der Edith und Robert vertreten hat. Den gibt es aber nicht. Diesen Namen hatte ich sowieso auf Konrads Anraten zur Sicherheit bei der Polizei in Schönow und im Hotel angegeben. Konrad kennen wir auch nicht. Ich erzähle der Bremer Polizei nur die Geschichte von meinem Schulfreund und die von der Suche nach der Wahrheit im Fall von Elisabeth. Mehr nicht! Morgen kommt der Kommissar. Du sagst genau dasselbe und unterschreibst dann das Protokoll. Für dich dürfte damit die Sache erledigt sein. Dann fährst du mit deinem Mann möglichst schnell nach Hause, dann können sie dir keine weiteren Fragen stellen.«

»Und was sagst du morgen der Polizei, wie du an die Informationen von dem Anwesen im Blockland gekommen bist?«, fragte Susanne.

»Ganz einfach: ein Tippgeber aus Kröpelin, der nicht

genannt werden will. Dabei bleibe ich. Das kann keiner widerlegen.«

»Die Kamera«, sagte Susanne plötzlich ganz aufgeregt. »Die Videokamera hängt noch an dem Baum!«

»Ich fahre gleich hin und baue sie ab«, beruhigte ich sie.

Wir umarmten uns, und plötzlich küsste mich Susanne zärtlich. Es ging mir durch und durch. Danach schob sie mich vorsichtig von sich weg.

»Gute Nacht, Paul«, sagte sie und lächelte traurig.

»Gute Nacht, Susanne.«

Aufgewühlt verließ ich das Krankenhaus und fuhr ins Blockland. Meinen Wagen parkte ich abseits der Straße, denn ich wollte auf keinen Fall irgendwelchen Beobachtungsfahrzeugen der Polizei auffallen. Wie ein Dieb schlich ich zu dem Gebüsch, und wegen der Dunkelheit benötigte ich längere Zeit, bis ich die Kamera gefunden hatte.

Wieder im Auto war meine Neugier so groß, dass ich den schnellen Rücklauf betätigte und mir dann in Zeitraffer die Aufzeichnung anschaute. Vor lauter Aufregung zitterten meine Finger.

Erst einmal passierte gar nichts. Dann kam Wolffs Auto und fuhr in die Garage.

In dem Kofferraum hat Susanne gelegen! Du darfst dir jetzt nicht ausmalen, was hätte geschehen können!

Dann sah ich auf einmal auf der linken Bildseite eine unscharfe Bewegung, und ich konnte erkennen, dass der Lauf eines Gewehrs, der mit einer Stütze versehen war, auf das Anwesen ausgerichtet wurde. Plötzlich lief eine unbekleidete Person von der Garage ins Haupthaus. Wolff! Er kam wieder heraus, ging ein paar Schritte, blieb stehen, machte eine ruckartige Bewegung nach hinten, schwankte und fiel gegen die Hauswand. Ein kurzes Zucken des Gewehrlaufs hatte mir verdeutlicht, dass geschossen worden war. Ich war wahnsinnig erschrocken, denn ich hatte nicht damit gerechnet, auch noch Zeuge der Tat zu werden. Ich schaute wieder auf den Major. Er war wohl noch nicht tot, denn er bewegte sich, goss etwas aus einer Flasche auf seinen Bauch. Der richtige Schock kam erst noch, denn für einen Moment war der Schütze im Bild, unscharf zwar, aber gut zu erkennen.

Der Kobold! Eindeutig! Heilige Muttergottes, wenn jemand die Kamera vor mir gefunden hätte!

Mir war ganz flau im Magen.

Wieder erinnerte ich mich an unser letztes Gespräch.

Hatte Konrad damals schon den Plan gefasst, den Major zu erschießen? Hat Susanne nicht erzählt, dass er ein erfolgreicher Sportschütze gewesen ist?

Nach kurzer Überlegung nahm ich den Chip aus der Kamera und verstaute ihn in meiner Brieftasche. Dann fuhr ich nach Hause. Plötzlich fiel mir ein, dass ich ins Präsidium fahren sollte, und rief dort mit der Frage an, ob es recht sei, wenn ich jetzt noch käme. Mir wurde erklärt, dass die zuständigen Beamten nicht mehr im Hause seien, ich möge meinen Besuch auf morgen früh verschieben. Erleichtert stimmte ich zu und machte mich für die Nacht fertig, merkte aber, dass an Schlaf nicht zu denken war. Deshalb ging ich zum Medikamentenschrank und griff zu einer Beruhigungstablette.

Am nächsten Morgen wachte ich verkatert und müde auf, denn trotz des Mittels hatte ich keine Ruhe gefunden.

Ich duschte, zog mich an, frühstückte nur mäßig und rief dann im Josef-Stift an. Dort ließ ich mich mit Susanne verbinden. Sie war sehr kurz am Telefon, sagte, dass es gerade schlecht sei, denn sie hätte Besuch von der Polizei, und ich möge es am Nachmittag noch einmal versuchen.

Ich legte auf.

»Bitte, Susanne«, rief ich nach dem Telefongespräch laut zu mir selbst. »Bleib dabei, wie wir es besprochen haben! Bitte verplappere dich nicht!«

Nachdem ich einige Male im Zimmer auf und ab gelaufen war, kam mir in den Sinn, dass es ganz gut wäre, wenn sich Konrad sicherheitshalber ein Alibi besorgen würde. Aber wieder wurde bei ihm nicht abgenommen.

Nun kündigte ich mein Kommen bei der Polizei an, setzte mich in den Wagen und fuhr ins Präsidium. Als ich dem Beamten am Eingang sagte, wer ich war, wusste er schon Bescheid und schickte mich in ein Büro, in dem Frau Grimm auf mich wartete.

»Sie kommen spät«, sagte sie, schaute mich kritisch an, während wir uns mit Handschlag begrüßten.

»Ich musste gestern noch etwas Dringendes erledigen«, erklärte ich unbestimmt.

»Na gut«, sagte sie, »es war ja auch keine offizielle Vorladung. Und jetzt setzen Sie sich bitte und erzählen mir Ihre Geschichte. Möchten Sie etwas trinken?«

»Ein Glas Wasser bitte.«

Sie gab über die Sprechanlage eine Anweisung.

»Sind Sie damit einverstanden, dass wir das Gespräch aufzeichnen?«

»Kein Problem«, stimmte ich zu und versuchte, selbstsicher zu klingen. »Darf ich erst einmal Ihnen eine Frage stellen?«

»Nur zu!«

»Haben Sie diesen ehemaligen Stasi-Major Wolff verhaftet? Sie hatten doch gestern von einem Polizeieinsatz gesprochen.«

»Eigentlich darf ich Ihnen das nicht sagen, aber morgen steht es sowieso in allen Zeitungen. Wolff ist tot, er ist erschossen worden.«

»Was, Wolff ist tot? Bei dem Polizeieinsatz?«

»Nein. Es gab eine Schießerei, die erst unseren Einsatz ausgelöst hat, und dabei ist er getötet worden.«

»Ich bin also nicht die Ursache, dass dieser Mann jetzt nicht mehr lebt. Das ist doch richtig«, erklärte ich, und es sollte erleichtert klingen.

»Nein, Sie sind nicht die Ursache.«

»Das beruhigt mich.«

»Da wir gerade dabei sind«, sagte Lena Grimm, »wir haben noch einen Anruf von einem Mann bekommen, der uns einen ähnlichen Tipp gegeben hat wie Sie. Der Anruf kam aus einer öffentlichen Telefonzelle in Hamburg. Haben Sie eine Ahnung, wer das gewesen sein könnte?«

»Das ist ja merkwürdig«, sagte ich mit dem Brustton der Verwunderung. Und dann: »Nein, keine. Ich habe mit niemandem außer mit Frau Wagner über meine Recherchen gesprochen. Ich habe wirklich keine Ahnung.«

»Gut«, sagte sie, »ich schalte jetzt die Gesprächsaufzeichnung ein, denn über Ihre Nachforschungen und warum Sie sie gemacht haben, möchten wir gerne mehr wissen.«

»Dann muss ich aber weit ausholen. Es ist eine lange komplizierte Geschichte.«

»Das Gerät kann ohne Pause 24 Stunden am Stück aufzeichnen.«

»Das dürfte reichen«, lachte ich.

Nun erzählte ich alles, was nach meiner Ansicht wichtig war. Von Karl, dem Brief, dem Verdacht auf ein Verbrechen an Elisabeth, meiner schwierigen Suche nach Karls Tagebuch, von der alten Frau Dembrock, davon, wie ich Susanne kennengelernt hatte und von einem Tippgeber, der mir die Spur ins Blockland unter der Bedingung gegeben habe, dass ich nichts über ihn verlauten lasse, weil er eine wichtige Position innehabe, und von den Bildern, die Susanne gemacht hatte.

Als ich zu Ende war, schaute sie mich lange an.

»Kennen Sie den Spruch von dem Schuster und seinen Leisten?«, fragte sie mich.

»Ja, den kenne ich. Dass die Sache so ausufern würde, konnte ich nicht ahnen. Das Problem war, dass wir keinerlei Beweise hatten. Wir wollten unbedingt, dass dieser Psychopath hinter

Gitter kommt, wenn wir ihn anzeigen. Und um das zu erreichen, brauchten wir Fakten. Wolff hätte uns kaltblütig ›um die Ecke gebracht‹, wenn unsere Beweise nicht ausgereicht hätten, ihn zu verurteilen, davon bin ich immer noch überzeugt. Und dass er Doreen Höppner getötet haben könnte, ist uns erst vor ganz kurzer Zeit aufgegangen.«

»Vielleicht liegen Sie mit Ihrer Vermutung gar nicht so daneben, wenn alles so stimmt, was Sie mir gerade erzählt haben. Sie beide sind mit einem ganz großen ›blauen Auge‹ davongekommen, das wissen Sie hoffentlich.«

»Ja, es war wohl etwas eng«, gab ich mich reumütig.

»Diese Formulierung ist die Untertreibung des Jahres! Aber gut. Das wär's erst einmal für heute von unserer Seite. Können Sie morgen Nachmittag zum Unterschreiben des Protokolls hereinschauen, wir haben dann sicher auch noch weitere Fragen.«

Gegen Mittag rief Susanne aus dem Krankenhaus an, um mir zu sagen, dass ihr Mann eingetroffen und es vielleicht besser sei, wenn ich nicht mehr ins Krankenhaus käme. Ihr Mann würde darauf drängen, Bremen so schnell wie möglich zu verlassen, was sie verstehen könne. Ihre Stimme klang traurig.

»Alles in Ordnung?«, fragte ich und spürte einen Kloß in meinem Hals.

»Ja und nein«, sagte sie. »Ich brauche noch viel Zeit, um alles zu verarbeiten. Auch muss ich damit klarkommen, dass es nur einem Zufall zu verdanken ist, dass ich noch lebe. Ich muss damit fertig werden, dass ein Mann einen anderen Menschen getötet hat, damit wir beide weiter ohne Angst leben können. Und ich muss damit klarkommen, dass du nicht mehr da sein wirst, denn ich habe mich an dich gewöhnt, und was du mir bedeutest, ist mir auch erst vor Kurzem bewusst geworden. Das zusammen ist etwas viel für die kleine Susanne, und es würde mir noch schwerer fallen, wenn wir uns heute noch einmal sehen würden.«

Ich hörte, dass sie wieder leise weinte, und der Kloß, den ich in meiner Kehle spürte, wurde riesig.

Bevor ich eine Antwort finden konnte, sagte sie: »Mein Mann kommt gerade herein, ich mache jetzt Schluss. Ich bin mir sicher, dass wir uns wiedersehen werden, aber lass etwas Zeit verstreichen, es ist besser so. Sag dem Kobold, dass ich tief in seiner Schuld stehe, dass ich aber jetzt nicht die Kraft habe, es ihm persönlich mitzuteilen. Übernimmst du das?«

KAPITEL 58

Tags darauf machte der Weserkurier mit folgender Schlagzeile auf:

Serienmörder von Unbekanntem erschossen

In Bremen haben sich gestern gleich mehrere Dramen abgespielt, deren Hintergründe zum Teil noch im Dunkeln liegen. Zum einen ist eine Tierfotografin aus Wernigerode von dem Eigentümer einer Ferienanlage aus dem Blockland, in der hauptsächlich ehemalige Kader der untergegangenen DDR ihre Urlaubstage verbringen, gekidnappt und in einen Raum verschleppt worden, der sich unterhalb der Garage des Anwesens befindet. Trotz der schon seit Tagen durchgeführten Observierung des Objekts seitens der Polizei, war das Kidnapping unbe-

merkt geblieben, weil der Mann, ein ehemaliger Offizier der Staatssicherheit der DDR, die Fotografin im Kofferraum seines Autos dorthin verschleppt hatte. Er wurde, als er von der Garage zu seinem Wohnhaus ging, von einer Gewehrkugel in der Brust getroffen und verblutete. Ein mobiles Einsatzkommando der Polizei befreite kurze Zeit später die Fotografin. Es besteht der begründete Verdacht, dass in demselben Verlies der Mord an Doreen H. begangen wurde, der unsere Stadt lange Zeit in Atem gehalten hat. Die Beamten der Mordkommission sind überzeugt, dass es sich bei dem ehemaligen Stasi-Offizier um den Täter handelt. Wer allerdings den Schuss abgefeuert hat, der diesen Mann tötete und letztendlich Auslöser für den polizeilichen Einsatz war, ist bislang ungeklärt. In diesem Zusammenhang wird nach einem dunklen Kleinwagen gesucht, in dem ein auffallend kleiner Mann saß, wobei die Polizei betont, dass es keineswegs sicher ist, dass der Fahrer dieses Wagens in die Tat verwickelt ist. Rätsel gibt den Beamten auch noch ein anonymer Anruf auf, der von dem unbekannten Schützen stammen könnte. Mehr könne man zu diesem Punkt noch nicht sagen. Der Leiter der Mordkommission, Hauptkommissar Hausmann, geht davon aus, dass der Mord an dem Eigentümer der Anlage und die Entführung der Fotografin nicht in Zusammenhang stehen, sondern zufällig parallel passiert sind. Mit großer Wahrscheinlichkeit hat somit die Tierfotografin ihr Leben dem unbekannten Schützen zu verdanken. Die Polizei nimmt auch an, dass das Kidnapping geschah, weil der Ferienanlageneigentümer ein ähnliches Verbrechen an ihr plante, wie er es mit an Sicherheit grenzender Wahrscheinlichkeit an Doreen H. verübt hat. Aus einer anderen Quelle gibt es einen Hinweis, dass dieser Mann für eine ähnliche Tat verantwortlich sein könnte, die sich in der ehemaligen DDR zugetragen hat. Das wird im Moment noch überprüft. Die Fotografin wurde zur Beobachtung in ein Krankenhaus gebracht. Sie wird dem Vernehmen nach heute noch die Heimreise in den Harz antreten. Weitere Einzelheiten der dramatischen Geschehnisse werden von der Kriminalpolizei auf der nächsten Pressekonferenz bekannt gegeben, erklärte Hauptkommissar Hausmann zum Schluss seiner Stellungnahme.

KAPITEL 59

»Freunde, das Leben ist lebenswert«, schmetterte Jens laut und unmelodisch, als er, ganz gegen seine Gewohnheit, pünktlich am frühen Morgen das Dienstzimmer betrat.

Sein Kollege hielt sich mit schmerzverzerrter Miene die Ohren zu und sagte trocken: »Wenn du willst, dass ich wegen eines Hörschadens vorzeitig in Pension gehen muss, dann singe nur weiter! Davon mal abgesehen, dein gestriger Abend war wohl sehr erfolgreich, oder täusche ich mich? Hat dich deine Mutter in den Schlaf gewiegt oder jemand anderer?«

»Ich habe keine Ahnung, wovon du sprichst«, entgegnete Jens. »Weißt du eigentlich, dass ich ein Gentleman bin?«

»Du? Gentleman? Ich habe schon bessere Witze gehört.«

»Ein Gentleman ist ein Mann, der genießt und schweigt. Also stell erst gar keine weiteren Fragen. Antworten wird es nicht geben.«

»Gut, akzeptiert. Aber ernsthaft: Morgen ist dein letzter Tag mit Lena. Wie geht es denn mit euch weiter?«

»Ich glaube, dass das die Zeit bringen muss«, entgegnete Jens nun wieder ernst. »Dass unsere Beziehung nicht unproblematisch ist, weiß ich auch. Ihre Tochter, meine zwei Kinder, dazu noch meine Mutter, die allerdings von Lena in den höchsten Tönen schwärmt ...«

»Jens, Bedenken helfen nicht weiter. Lasst die Dinge auf euch zukommen. Ich wünsche auf jeden Fall viel, viel Glück!«

»Danke, das können wir gut gebrauchen.«

»In dem Zusammenhang gleich eine Frage: Heute Abend bei ihrer Verabschiedung, läuft das alles unter topsecret oder darf darüber gesprochen werden?«

»Walter, es gibt schon genug Klatsch unter den Kollegen. Ich werde nach dem Motto verfahren: Mein Name ist Hase, ich weiß von nichts. Wenn Lena dazu etwas sagen will, ist das für mich in Ordnung. Ich halte mich zurück.«

»Gut, dann weiß ich Bescheid. Hast du denn die Absicht, dich beim BKA zu bewerben?«

»Nein. Fürs Erste werde ich dir erhalten bleiben, so leid es mir auch tut.«

»Okay, das habe ich befürchtet. Kleiner Scherz. Aber etwas anderes: Sag mal, bei der Fahndung nach dem Mann mit dem Kleinwagen – ist dabei etwas herausgekommen?«

»Nein, unsere Leute hatten ihn und seinen Wagen nur aus der Entfernung beobachtet. Zudem waren sie mit der Eigensicherung beschäftigt. Ein dunkler Japaner, der sonst niemandem aufgefallen ist. Das von den Kollegen notierte Berliner Nummernschild war falsch. Oder besser gesagt, es existiert tatsächlich an einem japanischen Kleinwagen, der einer Berliner Lehrerin gehört. Aber dieser Wagen befand sich nachweislich zur fraglichen Zeit in ihrer Garage. Ziemlich clever. Was denkst du denn über den Schützen, Walter?«

»Du meinst, ob wir es mit einem Profi zu tun haben?«

»Genau.«

»Die Umstände deuten darauf hin. Das raffinierte Nummernschilddoppel. Nur ein einziger Schuss. Das passt nicht für einen Amateur.«

»Eigentlich auch meine Meinung. Aber warum der Anruf von der öffentlichen Telefonzelle? Der Hinweis auf das Verlies beweist doch, dass der Anrufer von dem, was sich dort abgespielt hat, etwas wusste«, sagte Jens nachdenklich.

»Nicht unbedingt. Wahrscheinlich hat der Schütze beobachtet, wie eine Frau in die Garage geschleppt wurde. Er dachte sich seinen Teil und wollte weiteres Unheil verhindern. Vielleicht hatte der Anschlag etwas mit den anderen Verbrechen des Majors zu tun.«

»Ja, das wäre eine logische Erklärung, vorausgesetzt, dass dieser Arzt nicht doch tiefer in der Sache steckt, als er uns erzählt hat.«

»Unwahrscheinlich. Der Mann kommt mir ziemlich blauäugig vor. Er und diese Frau Wagner haben Nachforschungen angestellt, die viel gefährlicher waren, als sie gedacht hatten, und dann den richtigen Zeitpunkt verpasst auszusteigen. Hätte der Stasi-Major davon etwas mitbekommen, hätte es in Bremen wahrscheinlich einen Doktor der Medizin weniger gegeben.«

In diesem Moment klopfte es, und Lena Grimm steckte ihren Kopf durch die Tür.

»Kommen Sie herein, Frau Grimm, und trinken Sie einen Kaffee mit uns«, sagte Walter. »Wir unterhalten uns gerade über die Frage, ob der Arzt eventuell mehr weiß, als er zugegeben hat.«

»Darüber können wir gleich sprechen«, sagte sie. »Ich habe gerade vom BKA die Info erhalten, dass die Waffe ein Scharfschützengewehr aus russischer Produktion ist, von denen in den Wendewirren einige von sowjetischen Soldaten gegen Westwährung an Meistbietende verhökert worden sind. Bei der Patrone handelt es sich um Präzisionsmunition, die nur bei besonderen Gegebenheiten, zum Beispiel bei echten Kampfeinsätzen, Verwendung fand und die nur für diese eine Waffe hergestellt wurde.«

»Also doch ein Profi«, sagte Jens.

»Nicht unbedingt«, entgegnete Lena. »Kurz nach der Wende wurde von den Russen alles verscherbelt, was sich zu Geld machen ließ, auch solche Spezialmunition.«

»Also wahrscheinlich wieder eine Spur, die im Nichts endet«, klagte Walter.

»Es sieht so aus«, sagte Lena. »Um auf den Arzt zurückzukommen: Ich kann mir wirklich nicht vorstellen, dass er Kontakte zu professionellen Killern pflegt.«

»Ja, da hast du recht. Aber wer kann sonst ein Interesse an dem Tod dieses Stasi-Offiziers haben?«, fragte Jens.

»Das weiß ich nicht. Vielleicht hat sein Tod auch mit den von ihm begangenen Morden überhaupt nichts zu tun«, überlegte sie. »Ich könnte mir gleichfalls vorstellen, dass es sich um eine Racheaktion eines ehemaligen Opfers aus dem Stasi-Gefängnis in Rostock oder Hohenschönhausen handelt.«

»Das wiederum glaube *ich* nicht«, entgegnete Walter. »Die gute Planung, das falsche Nummernschild und das Profigewehr sprechen dagegen. Der Anschlag könnte aber von einem ehemaligen Angehörigen der Staatssicherheit begangen worden sein. Solche Leute haben das Equipment, und Gründe, jemandem etwas heimzuzahlen, gibt es reichlich. Was meint ihr?«

»Könnte sein«, sagte Jens. »Wir sollten mal schauen, ob es im Vorfeld Drohungen gegeben hat. Wenn das nicht der Fall war, werden wir wieder nur auf einen Zufall hoffen können, wenn nicht aus seinem Umfeld Hinweise kommen.«

»Du meinst aus den Reihen seiner erlesenen Gäste.«

»So ungefähr.«

»Ich glaube«, sagte Walter süffisant, »dass wir von diesen Kameraden keine Unterstützung bekommen werden.«

»Das hat mir Wrieden auch erzählt«, sagte Jens. Er hat gesagt, dass es bei solchen Leuten ein Sakrileg ist, mit bundesrepublikanischen Behörden zusammenzuarbeiten. Vielleicht sollten wir auch nicht allzu traurig sein, wenn wir diesen Fall nicht aufklären. Den Verkehrten hat es jedenfalls nicht erwischt, zumal wir dadurch Frau Wagner befreien konnten. Wahrscheinlich hätte sie die Nacht nicht überlebt, und dieses Verbrechen wäre quasi unter den Augen der Polizei geschehen.«

»Dünnes Eis, Jens. Ganz dünnes Eis. Auf der einen Seite habe ich wegen des Stasi-Majors auch keine schlaflosen Nächte. Auf der anderen Seite darf so etwas unsere Arbeit nicht tangieren. Aber das weißt du selbst.«

»Das tut es auch nicht! Allerdings ist meine Motivationslage bei so einer Sache eine andere als zum Beispiel bei Frau Höppner, und jetzt sage nicht, dass das bei dir nicht so ist, Walter.«

»Dazu sage ich nichts. Ich bekomme aber Schweißausbrüche, wenn ich darüber nachdenke, was geschehen wäre, wenn Frau Wagner die Sache nicht überlebt hätte. Somit hatten auch wir riesiges Glück.«

»Wie weit ist eigentlich die Überprüfung der Suizide von Frauen ohne Abschiedsbrief der letzten Jahrzehnte in Bremen und Umgebung?«, schaltete sich Lena wieder in das Gespräch ein. »Ich bin immer noch der Überzeugung, dass Doreen Höppner bei uns nicht die Einzige war.«

»Noch nicht sehr weit«, sagte Walter. »Es ist schwierig, weil wir zwar über Suizide Zahlen haben, allerdings ist der weitaus größte Teil anonymisiert. Und das mit dem Rasieren und dem fehlenden Abschiedsbrief müssen wir in jedem einzelnen Fall separat eruieren. Aber diesen Dingen werden wir nachgehen, denn ich bin Ihrer Meinung, Frau Grimm, dass es unwahrscheinlich ist, dass Peter Wolff vor Doreen Höppner ein unbeschriebenes Blatt war.«

»Was passiert denn jetzt mit dem Anwesen? Gibt es Erben?«

»Soviel ich weiß, gibt es eine Schwester, die aber zu ihrem Bruder keinen Kontakt hat. Und die Immobilie ist hochbelastet. Das soll aber nicht unser Problem sein. Eine andere

Frage, Frau Grimm: Auf was für eine Garderobe legen Sie heute Abend bei Ihrem Abschied Wert?«

»Ich komme im Smoking«, sagte Jens, »und von dir, Walter, erwarte ich das auch.«

KAPITEL 60

Bad Nauheim

Irgendwie war es unwirklich, als mir nach zwei weiteren Tagen im Polizeipräsidium gesagt wurde, dass man keine Fragen mehr hätte, denn jedes Mal, wenn ich zu einem Gespräch gebeten worden war, hatte ich Angst, dass doch die ganze Geschichte auf den Tisch kommen würde.

Aber nun war es tatsächlich überstanden.

Susanne und ihr Mann hatten bei ihrer Abreise gebeten, in naher Zukunft nicht angerufen zu werden, um Abstand zu gewinnen. Auch hatten sie auf den geplanten Besuch eines Konzerts bei ›Sommer in Lesmona‹ verzichtet.

Für mich blieb aber noch ein schwerwiegendes Problem: Sollte ich Konrad sagen, was wir wussten, oder sollte ich es nicht? Oder wusste er es bereits? Unwahrscheinlich war das nicht bei seinem Scharfsinn. Und er musste befürchten, dass wir bei den Vernehmungen von ihm erzählt hatten und dass die Polizei in der Lage sein würde, eins und eins zusammenzuzählen. Deshalb würde er in der Kur auf glühenden Kohlen sitzen.

Als ich das Für und Wider abgewogen hatte, kam ich zu

der Entscheidung, ihm zu sagen, dass wir von seiner Täterschaft wussten, ihm aber gleichzeitig zu verdeutlichen, dass die Ermittlungsbeamten von seiner Existenz keine Kenntnis hatten und durch uns auch keine bekommen würden.

Da er mir die Klinik genannt hatte, in der er sein Reha-Verfahren ableisten sollte, rief ich an, um mich zu vergewissern, dass er tatsächlich dort war, und kündigte mich an.

Während der Fahrt ins Hessische, die gut vier Stunden in Anspruch nahm, hatte ich genügend Zeit, noch einmal über alles nachzudenken.

Wie konntest du nur, sagte ich zum Schluss zu mir, als ich meinen eigenen Beitrag überdachte. Dummheit, Naivität, Leichtsinn und Selbstüberschätzung haben dich gesteuert. Und du wärst deines Lebens nicht mehr froh geworden, wenn Susanne …

Ich wollte den Gedanken nicht zu Ende denken. Wie hätte ich das jemals mit meinem Gewissen vereinbaren können? Der entsetzlichsten aller Katstrophen waren wir nur um Haaresbreite entgangen, und dass das so war, war ausschließlich Konrads Verdienst, wenn er auch in dem Moment nicht wissen konnte, dass Susanne von dem Major entführt worden war. Ich überlegte noch einmal, ob er von Anbeginn den Major töten oder ihn nur stoppen wollte, und kam zu dem Ergebnis, dass die Beantwortung dieser Frage völlig irrelevant war.

Aber wie ist unser Verhalten, auch das von Konrad, moralisch zu bewerten? Der Retter erschießt den Bösewicht, weil er weiß, dass es vor Gericht keine Gerechtigkeit gibt, nicht geben kann. Und: Ist man verpflichtet, Dinge zu offenbaren, nach denen man nicht gefragt wird? Ich weiß es nicht, und wenn ich ehrlich bin, ist es mir jetzt auch egal. Das mit Abstand Wichtigste war, dass Susanne körperlich unbeschadet überlebt hatte, und wenn ich daran denke, was hätte geschehen können, wenn Konrad diesen Schuss nicht abgefeuert hätte …

Als ich von dem großen Klinikparkplatz in Bad Nauheim zum Hauptgebäude ging, sah ich, dass Konrad schon wartete. Er saß auf einer Bank und schaute in meine Richtung.

Klein und zerbrechlich erschien er mir. Seine fahle Gesichtsfarbe und die Augenringe ließen darauf schließen, dass er schlecht schlief. Als ich näherkam, erhob er sich, und ich sah, dass ihm das Aufstehen immer noch schwerfiel.

Dann standen wir uns gegenüber.

Ich nahm ihn in den Arm. »Danke von Susanne und danke von mir! Danke für ihr und für mein Leben! Niemand, mein Freund, weiß, was geschehen ist, und so wird es auch immer bleiben.«

Und dann gab ich mir redlich Mühe, ihn beim Drücken nicht zu zerquetschen. Gleichzeitig musste ich aber auch noch dafür sorgen, dass das Präsent mit dem bernsteinfarbenen Inhalt in der Lederkassette, in der auch noch ein kleiner Chip steckte, nicht zu Schaden kam.

*

Der Grund für den Suizid meines Jugendfreundes Karl kenne ich trotz aller Anstrengungen immer noch nicht. Ich glaube zwar nicht, dass der Major damit etwas zu tun hatte, kann es aber auch nicht ganz ausschließen.

Vor kurzer Zeit habe ich von Günter die Anschrift von Karls damaliger Freundin bekommen, und wenn sich mein Innenleben wieder beruhigt hat, werde ich auf jeden Fall einen neuen Versuch starten, all die unbeantworteten Fragen doch noch zu beantworten.

Das Neueste aus der Gmeiner-Bibliothek

Unser Lesermagazin

Bestellen Sie das kostenlose Krimi-Journal in Ihrer Buchhandlung oder unter www.gmeiner-verlag.de

Informieren Sie sich …

www … auf unserer Homepage: www.gmeiner-verlag.de

@ … über unseren Newsletter: Melden Sie sich für unseren Newsletter an unter www.gmeiner-verlag.de/newsletter

f … werden Sie Fan auf Facebook: www.facebook.com/gmeiner.verlag

Mitmachen und gewinnen!

Schicken Sie uns Ihre Meinung zu unseren Büchern per Mail an gewinnspiel@gmeiner-verlag.de und nehmen Sie automatisch an unserem Jahresgewinnspiel mit »mörderisch guten« Preisen teil!

GMEINER SPANNUNG